2021 신춘문예당선소설집

2021 신춘문예당선소설집

초판 인쇄 2021년 1월 18일
초판 발행 2021년 1월 20일
저   자 이지은 외
발 행 인 김호운
상임이사 김성달
사무국장 이월성
편집국장 김현주
발 행 처 사단법인 한국소설가협회
등록번호 신고 제313-2001-271(2001. 12.13)
주   소 04175 서울시 마포구 마포대로 12 한신빌딩 302호
전   화 02)703-9837
팩   스 02)703-7055
전자우편 novel2010@naver.com
한국소설가협회홈페이지 http://www.k-novel.kr
인   쇄 정은출판 (02)2272-9280
총   판 한국출판협동조합 (070)7119-1740
I S B N 979-11-7032-084-5 (03810)
정   가 18,000원

2021
신춘문예당선소설집

사단법인 **한국소설가협회**

| 차례 |

소설은 웅숭깊은 지혜의 샘이다

김호운
(소설가, 한국소설가협회 이사장)

『2021년 신춘문예 당선작품집』에 초대되신 신춘문예 당선자 여러분께 신춘문예 당선을 진심으로 축하드립니다. 오랜 시간 인고의 노력으로 문학을 갈고닦아 소설가로 입문하였기에 그 영광이 더욱 빛납니다. 아울러 앞으로 훌륭한 작품을 창작하여 우리 한국소설 문학을 융성시키고, 한국소설이 세계문학 속에 크게 자리매김하도록 함께 노력해 가기를 희망합니다.

한국소설가협회에서는 매년 '신춘문예 당선작품집'을 발간합니다. 한 해를 시작하는 새해 벽두에 이 작품집을 발간하는 일은 크게 세 가지 의미가 있습니다. 하나는 신선한 소설 향기로 올 한 해 행복한 삶을 누리시라는 의미의 선물을 전하는 일입니다. 또 하나는 어려운 관문을 통과하여 막 소설가로 첫 출발하는 당선자들의 작품을 두고두고 독자들에게 다가갈 수 있도록 하는 일입니다. 마지막 하나는 이 시간에도 소설가가 되기 위해 쉼 없이 노력하고 있는 문청文靑 여러분들에게 훌륭한 교과서를 제공하는 일입니다.

소설을 잘 읽지 않는다고 걱정하는 분들이 많습니다. 소설뿐만 아니라 책을 잘 읽지 않는 시대에 살고 있다고 염려하기도 합니다. 사회환경 변화 등에 의하여 독서인구가 줄어든 것은 사실입니다만, 아직은 희망의 불씨가 살아 있습니다. 서점에 나가보면 책 향기에 묻혀 행복해하는 분들이 의외로 많이 계시며, 소설가가 되고자 하는 분들이 해마다 늘어나는 것도 희망의 한 축입니다.

우리의 삶에서 가장 소중한 지혜와 체험을 우리는 문학 작품을 통해 얻습니다. 문학을 멀리하면 할수록 우리가 사는 사회는 삭막해지고, 사람과 사람 사이의 인정 또한 메말라 갑니다. 이러한 문학의 소중한 역할을 잘 알고 있기에 우리 소설 문학은 더욱 융성할 것이라 믿습니다. 이러한 희망이 우리가 소설을 쓰는 이유이기도 합니다.

지난 한 해는 '코로나19 바이러스'로 인하여 많은 사람이 고통을 받았으며, 아직도 그 고통이 완전히 가시지 않았습니다. 이 바이러스 창궐은 우리나라뿐만 아니라 전 세계 인류의 생명을 위협하며 일상생활을 힘들게 하고 있습니다. 이 힘든 시기에 우리 문학이 해야 할 역할이 무엇인가를 생각해 봅니다. 문학은 개인의 삶을 풍요롭게 만들기도 하지만, 사람과 사람 사이에 인정의 향기가 흐르게도 합니다. 코로나19 바이러스를 이기는 가장 훌륭한 방역이 마스크를 잘 쓰고, 사람과 사람 사이를 떨구어 놓으며, 함께 모이지 말라는 것입니다. 그동안 집합 문화에 익숙했던 사람들이 갑자기 섬이 되어 사는 일은 쉬울 리 없습니다. 코로나19로 고통받는 분들에게 우리 문학이 좋은 벗이 되어 마음의 위로가 되길 희망합니다.

끝으로 『2021년 신춘문예 당선작품집』이 많은 독자에게 지혜의 향기가 되고, 소설가가 되기를 꿈꾸는 분들에게는 훌륭한 나침반이 될 수 있기를 바랍니다.

강원일보 **이지은**

1982년생
안동대학교대학원 현대문학 석사 졸업
중앙대 예술대학원 창작전문가 과정 중퇴
2018 kb창작동화제 최우수상
제4회 한국과학문학상 가작
제6회 한낙원과학소설상 당선
펴낸 책으로 《고조를 찾아서(공저)》가 있다.

오후 여섯 시를 위한 배려

이지은

그 일이 시작된 지 열흘이 지났다. 여자는 귀를 막았고 입을 닫았고 주먹을 쥐었다. 여자의 감각과 기억은 자신 안으로 미끄러져 들어가 식도와 위와 소장에 이르는 길을 점검했지만 원인을 알 수 없었다. 여자는 손등이나 무릎에 귀를 붙이고 몸에서 나오는 음악을 들으며 땀을 흘렸다.

처음에는 희미한 소리만 들렸다. 그러다가 농도 높은 소리가 모공 밖으로 빠져 나갔다. 바람 부는 날이면 여자는 밖에 나가 나무들 사이에 서 있었다. 몸 안에 축적된 음악의 총량이 있다면 바람의 리듬을 타고서 사라지기를 바랐다. 개업한 점포 앞의 플라잉 가이처럼 팔다리를 흐느적거리기도 했다. 바람이 몹시 부는 날이면, 사람들은 꽁꽁 닫은 창문 너머로 기이한 춤을 추는 여자를 볼 수 있었다.

여자는 늘 자비로운 미소를 띠고 있었지만 서른둘의 나이보다 더 오래 산 것처럼 보였다. 피부가 새하얗다 못해 약간의 회색빛을 띠고 있는데다, 미간 사이에 동그란 갈색 점이 있어 석조비로자나불의 얼굴 같아 보이기도 했다. 여자가 그 갈색 점을 새삼스럽게 만져 본 이유는 혹시 그것이 스위치가 아닌가 하는 기대 때문이었다. 그러나 온몸에서 음악이 쾅쾅 흘러나오는 바람에 여자는 재빨리 물을 틀고 믹서를 돌리는 수밖에 없었다. 그런 후 소음을 만들어낸 자신을 벌주기 위해 벽에 몸을 붙이고 삼십 분간 서 있었다.

음악이 들려오기 시작한 것은 여자가 친구 A를 집에 초대한 날 밤부터였다. 여자는 A를 초대하기까지 도대체 무슨 일이 있었는지 벽에 붙은 화이트보드에 날짜별로 동선을 그려가며 되새겼다.

A를 만났던 날 오전 10시, 여자는 고급 쇼핑몰 6층의 한 여성 구두 매장에서 구두를 고르고 있었다. 아니, 고르는 척했다. 여자는 미스터리 쇼퍼였다. 브랜드 관리 차원에서 고객을 가장하여 매장을 평가하고 그 목록과 지표를 본사에 보내는 일을 했다. 여자는 그곳에서 아르바이트를 한 지 2개월 차였고 이번 매장을 끝으로 그만둘 생각이었다.

여자는 휴대폰의 녹음 버튼을 누르고 그곳을 방문했다. 여자의 월급으로는 단 두 켤레의 구두만 살 수 있을 정도로 가격대가 높은 곳이었다. 팀장의 지시에 따라 가진 것 중 가장 고급스러운 옷을 입고 갔다. 그랬는데도 매장 카운터에 서 있던 직원은 여자를 한번 훑어본 뒤 일절 말을 걸지 않았다. 깔끔한 슈트 차림에 흠집 하나 없는 검정 구두를 신은 남자였다. 맑은 피부를 가졌고 머리카락 한 올조차 튀어나오지 않은 마네킹 같은 머리를 하고 있었다. 여자는 등을 곧게 펴고 또각또각 소리를 내며 매장 안을 걸었다. 가죽 냄새가 이질적일 뿐, 커피나 담배 냄새는 나지 않았고 진열장에는 먼지나 얼룩이 없었다.

여자는 매장 안에 설치된 긴 거울 앞에 놓인 의자에 다리를 꼬고 앉았다. 벨벳 천의 감촉이 부드러웠다. 직원은 마지못한 듯 다가왔다. 여자는 남자를 안타까운 눈길로 바라보았다. 다른 미스터리 쇼퍼들도 곧 이곳을 다녀가 아르바이트 과제를 수행하겠지만, 여자가 어떻게 평가하느냐 역시 점수의 평균에 영향을 줄 것이다. 여자는 그 생각을 하면 온몸이 굳는 것만 같았다.

"로퍼와 힐을 하나씩 추천해 주세요."

여자는 녹음기를 의식하며 최대한 도도한 목소리로 주문했다. 수십 번 연습한 문장이었다. 하지만 얼굴 근육이 부자연스럽게 움직이고 목소리가 떨린다는 걸 스스로도 느낄 수 있었다. 여자는 비언어적 표현을 최대한 활용해서 이 모든 것이 음모에 지나지 않는다는 것을 알려주고 싶었다. 그러나 직원이 낯선 여자를 믿어줄 리가 없었다.

직원은 검정색 가죽 힐과 회색 로퍼를 한 쌍씩 가져와 여자의 발 앞에 내려놓았다. 여자는 그것들을 들어 올린 뒤 공들여 살펴보는 척했다. 여자는 여러 개의 까다로운 질문을 던져야 했다.

"이 신발들은 어떤 재질로 되어 있나요?"

"재질이요? 아, 뭐 이건 카프스킨이고 이건 헤어쉬프죠."

직원은 심드렁하게 대답했다. 여자는 침을 삼킨 뒤 준비한 다음 질문을 했다.

"헤어쉬프 원산지는요?"

직원은 미간을 잠깐 찌푸리더니, 에티오피아 산입니다 하고 중얼거렸다. 여자는 신고 있던 구두를 벗었다. 직원은 여자가 벗은 구두의 밑창에 찍혀 있는 로고를 재빨리 훑었고 여자는 그 시선을 놓치지 않았다. 직원이 한쪽 무릎을 꿇고 힐을 신겨 주었다. 여자는 평생 그런 구두를 신어본 적이 없었다. 싸구려 구두는 신자마자 뒤꿈치의 살을 대팻밥처럼 밀어내고 스타킹에 핏물이 배게 했다. 그런데 이곳의 구두는 마치 라텍스 베개에 발을 올린 것처럼 부드럽게 뒤꿈치를 끌어안았고 볼을 조이지도 않았다. 여자는 잠시 할 말을 잃었다가 다시 본래의 역할로 돌아왔다.

"왼쪽 구두가 5밀리 정도 더 큰 거 같은데요."

여자는 말도 안 되는 불평을 늘어놓았다. 매뉴얼대로라면 직원은 일단 죄송하다고 해야 했다. 그 뒤 브랜드의 장점을 부각하는 답이 이어져야 마땅했다. 저희 회사는 천연 가죽만을 쓰기 때문에 인위적인 공정의 맛으로는 느낄 수 없는 약간의 차이가 있다고 얘기하는 게 무난한 범위의 대답이었다.

"한쪽 발만 좀 부으신 게 아닐까요."

직원의 입에서 양치액 냄새가 났다.

대부분의 본사들은 친절과 배려가 이윤과 직결되는 스킬이라고 생각했고 고객 관리의 필수적 요소라고 판단했다. 하지만 딤섬 가게에서도, 백화점의 시계 매장에서도, 사람들은 자꾸 그걸 잊었다. 여자는 소란을 일으키지 않는 선에서 까다로운 요구를 해야 했고 직원들은 그걸 다 받아들여야 했다. 깨끗하게 닦지 않은 단 하나의 숟가락이나 얼룩을 지우지 않은 화장실 세면대, 현재 시각에 바늘을 맞춰놓지 않은 시계를 지적하는 손님에게 표정관리를 못한다는 이유로 그들의 평판이 달라진다는 걸 여자는 믿을 수 없었다. 이토록 사소한 배려를 기준으로 옳고 그름을 판단하는 사회가 되었는데도 여자는 여전히 자신이 어떻게 살아야 하는 건지 알 수 없다는 게 더 놀라웠다.

여자는 사회복지 재단에서 계약직으로 사무보조를 보다가 몇 달 전 해고당했다. 재단의 이사가 저지른 뇌물수수 때문에 지방 신문의 한 기자가 취재를 왔을 때 그에게 문을 열어주었다는 이유에서였다. 밀린 월세가 급하지 않았다면 좀 더 시간을 두고 다른 일을 알아보았을 것이다.

구두 매장의 남자는 말끔하게 입었지만 밀린 월세나 차 할부금이 남아 있을지도 모를 일이었다. 너무 까다로운 고객들만 상대한 탓에 지쳤을 수도 있고, 얼마 전에 어머니가 암에 걸렸거나 여자 친구로부터 이별을 통보받아 잠을 제대로 못 잤을 수도 있었다. 여자는 타인의 사정을 이토록 세세하게 배려할 줄 아는 자신에게 다소 감격했다. 무엇보다, 여자는 남녀노소를 불문하고 자신에게 친절하지 않은 사람들을 자주 보았기 때문에 직원의 퉁명한 응대가 왠지 자신이 감내해야 할 정당한 시련처럼 느껴졌다. 여자는 자신의 이마에 한 줄기 빛이 닿는 것만 같아 잠깐 눈을 감았다.

하지만 그때도 몸에서는 아무 소리가 들려오지 않았다. 여자는 고급 구두가 든 쇼핑백을 어깨에 멘 채 팀장에게 영수증과 녹음 파일을 첨부한 메시지를 보내며 점검이 끝났다고 보고했다. 팀장은 그것을 확인한 뒤, 내일 구두를 환불해야 하니 흠집을 내지 않도록 주의하라고 말했다.

오전 11시, 여자는 승강기를 타고 로비로 내려가는 길에 그 안에 붙은 광고를 보았다. 〈올해의 북 페어 : 작가와의 만남, 책들의 축제로〉 포스터가 붙어 있었다. 이 건물 지하 1층에서 열리고 있는 행사였다. 여자는 문득 책을 한 권 사고 싶어졌다. 누구도 의식하지 않고 고요하게 할 수 있는 유일한 행위가 독서인 것처럼 느껴졌다.

만약 그곳이 붐비고 있었다면 여자는 사람들이 많이 사가는 아무 책이나 한 권 사서 돌아갔을 것이다. 그러나 평일 오전이라 그런지 이곳저곳에 붙은 홍보 전단지에도 불구하고 행사장은 휑하기만 했다. 광장처럼 생긴 동그란 터에는 책으로 만든 트리가 계절에 앞서 외롭게 반짝였다. 수십 곳이 넘는 출판사 부스마다 테이블 위에 책들이 가득 쌓여 있었다. 창백한 표정을 한 출판사 직원들이 스툴에 앉아 불안한 눈빛으로 바깥을 바라보았다. 여자는 그들이 호객 행위를 할까봐 염려스러웠다. 여자는 호객을 버티지 못하는 편이었다. 보고 가요, 먹고 가요 이런 말들에 언제나 걸려들었다. 시식 코너에서 뭔가를 먹으라고 권하면 차마 무시하지 못했고 그걸 먹게 되면 반드시 그 식품을 사주어야 마음이 편했다. 미용실에서 권하는 대로 에센스나 두피 마사지를 추가한 뒤 회원 카드까지 만들고 온 적도 여러 번이었다. 여자는 언제나 지나치게 남을 신경 쓴다는 충고를 듣고 살았다. 그러나 그런 기준은 누가 정하는 건지 알 수 없었다.

"좋은 구두를 사셨네요."

아동 문학 부스를 지날 때 그곳을 지키고 있던 직원이 말을 걸었다. 그 말이 들려온 이상, 못 들은 척할 수는 없었다. 쇼핑백을 가리키며 사람 좋게 웃는 그녀를 그냥 지나치는 것은 불가능했다. 여자는 걸음을 멈추고 관심 있는 척, 동화책들을 훑어보았다.

"자녀분이 본격적인 학령기에 접어들기 전에 과학에 호기심을 갖게 해 주는 책이에요. 국내 최고의 일러스트레이터가 그림을 그렸어요. 시리즈로 있는데, 한번 보고 가세요."

'해님이 궁금해요!'라고 적힌 동화책 표지에 눈길을 주자마자 직원이 말을 시작해서 여자는 한참 그 말을 듣고 있었다. 그녀는 여자에게 아이가 있다는 걸 확고하게 전제로 깔고 말했다. 아니라고 할 타이밍마저 놓쳤기 때문에 여자는 잠자코 고개를 끄덕였다. 그녀는 21권짜리 세트를 모두 펼쳐 보여줄 기세였다.

"저 그럼, 일단 한 권만……."

여자는 어쩔 수 없이 만 이천 원을 주고 그림동화 한 권을 샀다. 어쩌면 아침마다, 방긋 웃는 해와 알록달록한 꽃들을 그린 표지를 보면서 마음이 밝아질지도 몰랐다. 직원은 "사모님 형편 정도 되시면 시리즈로 구매들 하셔요."하고 부추기며 여자의 주머니에 명함을 밀어 넣었다.

여자는 딱딱한 표지 모퉁이가 구두에 흠집을 낼까 봐 쇼핑백에 책을 같이 넣지 못하고 가슴팍에 끌어안았다. 다른 부스의 직원들과 눈이 마주치지 않도록 조심하며 걸었더니 사고 싶은 책이 뭔지도 알 수 없어졌다. 모두 똑같은 사각형의 부스들뿐이어서 미로를 헤매는 것 같았다. 그때, '작가와의 만남: 스도만이 말하는 인문학의 경계'라 적힌 입간판을 보았다. 백발에 주름진 얼굴의 외국 작가가 흑백 사진으로 찍힌 것이었다. 그 너머로 반투명한 부스 안에 스무 개 남짓의 회색 플라스틱 의자가 있는 게 보였다. 무대랄 것도 없이 객석과 같은 높이의 바닥에 갈색의 작은 테이블을 놓고 그 위에 마이크만 하나 둔 게 전부였다. 입간판과 똑같이 인쇄된 포스터들이 벽에 걸렸고 바닥에는 작가의 것으로 보이는 양장본의 책이 백 권 가까이 쌓여 있었다. 여자는 포스터에 적힌 글귀를 자세히 보았다. 스위스에서 온 작가였고, 여자는 잘 알지 못하는 몇 몇 상들을 받았으며 한국에 처음 오는 만큼 한국인 독자와의 만남을 매우 기대하고 있다고 적혀 있었다.

여자는 시계를 보았다. 11시 40분이었다. 20분 뒤면 행사가 시작될 터였다. 여자는 주최 측의 배려 없는 일 처리 몇 가지를 바로 파악할 수 있었다. 우선, 외국에서 초빙한 작가를 고작 스무 개 남짓의 의자가 놓인 공간에 부른다는 것이 부적절한 대우로 보였다. 인적이 뜸한 평일인데다 점심시간에 스케줄을 잡았다는 것 역시 매우 무례한 일 같았다. 어쩌면 스위스 작가는 한국에 대단히 실망한 뒤 다시는 이 나라에 오지 않을

지도 몰랐다. 여자의 가슴 속에서 무한한 부끄러움과 책임감이 솟아올랐다.

여자는 빈자리를 채워주기로 다짐했다. 배가 고프기는 했지만 스위스 작가가 겪을 비참함에 비하면 사소한 일이었다. 다짐을 굳히자 이번에는 들고 있는 동화책이 신경 쓰였다. 작가와의 만남에 참석하면서 다른 책을 들고 오는 것 역시 배려 없는 행동이었다. 여자는 스태프에게 말해 바닥에 쌓여있던 그의 책을 한 권 사서 자리에 앉았다. 임시로 만든 벽면이나 조도가 지나치게 밝은 조명이 신경 쓰였지만 여자는 아무것도 신경 쓰지 않으려고 노력했다.

12시가 되자, 여자까지 합해 일곱 명의 독자가 왔다. 작가의 말투는 느리고 무심했는데 통역을 맡은 남자의 말투는 어조가 높고 속도가 빨라서 그들의 말은 기이한 돌림노래처럼 들렸다. 여자는 통역된 말을 하나도 이해할 수 없었다. 하지만 프랑스 구조주의니 뭐니 하는 말들을 다 알아듣기라도 한 것처럼 고개를 끄덕이며 끝까지 앉아 있었다. 한 시간의 강연이 끝나자 사회자가 청중과의 대담 시간을 갖겠다며 궁금한 것을 물어보라고 했다. 숨 막힐 듯 한 정적이 흘렀다. 사회자는 어색하게 숨을 고른 뒤, 작가의 책을 가슴팍에 안고 있던 여자에게 간절한 눈빛을 보냈다. 여자는 결국 비자발적으로 손을 들었다. 열혈독자가 아니라는 게 티 나지 않는 적당한 질문을 생각했다. 학창 시절 내내 실패했던 모든 발표의 순간들이 스쳐갔지만 이곳은 낯선 자리이고 낯선 이들과 함께이므로 오히려 괜찮을지도 몰랐다.

"저는, 우리의 스위스 문학이 나아가야 할 방향이 궁금합니다."

'우리의'는 빼는 게 좋았을 텐데, 하고 여자는 질문이 끝나자마자 자책했다. 작가는 긴 답변을 내놓았다. 여자의 뒤에 앉은 사람이 작게 한숨을 쉬는 소리가 들렸다. 작가는 내내 여자의 눈을 응시하며 말했기 때문에 여자는 땀을 흘리며 결박된 듯이 앉아 있었다.

사인을 받고 사진을 찍는 일까지 모두 끝났다. 작가는 여자에게 유독 정성들여 사인을 해주는 것 같았고 사진을 찍을 때에는 여자가 들고 있는 자신의 책에 살짝 손을 올리고 톡톡 두드리기까지 했다. 여자는 그 제스처를 어떻게 해석해야 할지 몰라 안절부절못했지만 행사가 끝나자마자 작가는 스태프들과 함께 껄껄 웃으며 사라졌다. 여자는 기진맥진한 상태가 되어, 이제 집으로 가서 쉬어야겠다고 생각했다. 온몸이 땀에 흠뻑 젖어 있었다. 모든 에너지를 타인에게 쏟아 부었지만 그저 공허하다는 생각이 드는 한편으로, 누군가를 위해 배려를 한 자신이 사랑스럽기도 했다.

여자는 동화 전집을 파는 부스를 피해 출입구를 찾아 걸었다. 그때였다.

"혹시, 윤이정?"

예술 관련 출판사 부스를 지날 때 누군가 여자의 이름을 불렀다. 여고 동창이었던 A였다. 여자는 A와 3년 내내 같은 반이었다. A는 언제나 반장을 맡았기 때문에 여자의 이름을 가장 자주 불러준 사람이기도 했다.

"긴가민가했는데 점 보니까 기억 나. 언제나 창백하던 그 표정도 그대로네."

A가 여자의 이마를 물끄러미 보며 재미있다는 듯 웃었다. 여자의 학창 시절 별명은 윤미간, 윤점 둘 중에 하나였다. 여자는 학기 초마다 친구들이 다가왔다가 얼마 지나지 않아 멀어지던 것을 기억했다. 착한데 부담스럽다고 했다. 친구들은 A도 착하다는 이유로 좋아하고 따랐는데, 여자는 그 차이를 전혀 알 수 없었다.

"아, 그래?"

여자는 자비로운 미소를 부자연스럽게 띠었다가 문득 몸을 움츠렸다.

A는 미간에서 시선을 천천히 옮겨 여자가 들고 있는 것들을 유심히 바라보았다. 고급 구두와 동화책과 인문학 책 세 가지만으로 여자의 삶을 압축적으로 직관한 뒤 인사치레로 말했다.

"애도 있고, 교양도 있고, 돈도 있나 보다. 하긴, 너 공부는 꽤 잘했지. 모의고사 성적 보고 엄청 놀랐던 게 기억나거든."

안부를 물어주는 사람은 오랜만이었다. 여자는 A에게 여기는 어쩐 일이냐고 묻는 게 우선일 것 같았는데 이미 그런 말을 할 맥락은 닫힌 뒤였다. 여자는 A가 유명한 미대에 진학했다는 것을 간신히 기억해내고 그 얘기를 꺼내려고 했다. 대학생활은 재미있었냐는 등의 평범한 안부 인사를 하면 될 것 같았다. 하지만 대학을 졸업한 지 벌써 한참 지났다는 게 뒤이어 떠올랐다. 평일 오후에 편안한 차림으로 북 페어에 온 걸 보면 달리 직업이 없는 건지도 몰랐다. 여자는 너무 많은 요소들이 한꺼번에 기억났고, 이런 대인관계의 매뉴얼을 숙지해 본 적도 없었다.

A는 여자가 입술을 달싹거리는 걸 지켜보다가 답답한 듯이 말했다.

"안 그래도 가끔 궁금하긴 하더라. 어디서 잘 살고는 있나 하고. 애들 모이면 가끔 네 얘기 했었어."

"그랬어?"

"별 의미는 없고. 근데 넌 나 별로 안 반가운가 봐?"

여자는 동창들과 연락을 해본 적이 한 번도 없었다. 졸업하면 모두 각지로 흩어져 바쁘게 살기 때문이라고 생각했다. 여고 시절, 여자는 모둠 과제나 봉사, 청소 등의 희생과 헌신이 필요한 모든 영역에서 앞장섰고, 동아리를 고를 때나 수학여행에서 방을 선점할 때처럼 선택이 필요한 모든 영역에서 양보했지만 학년이 올라갈수록 '윤점은 반장도 아닌데 학급 일에 너무 나선다', '윤미간, 착한 척해서 부담스럽다'라는 말을 듣는 게 전부였다.

"그렇게 느꼈어? 미안해, 진짜. 내가 너무 놀라서."

"얘는, 농담이야. 그럼, 너 볼일 보고 다음에 또 보든지 하자. 난 여기 자주 와. 이 근처 살거든. 또 마주치는 날이 있겠지, 뭐."

A가 몸을 반쯤 돌렸다. 약간 일그러진 표정과 엉거주춤하게 흔드는 손짓을 보자 여자는 자신이 반갑게 대하지 않은 게 더욱 마음에 걸렸다. 이런 순간을 그냥 지나치면 두고두고 괴로울 것이 뻔했다.

"잠깐만."

여자는 A의 팔꿈치를 잡았다. A가 화들짝 놀라며 몸을 돌렸다. 그 탓에 여자는 걸음이 꼬여 휘청거렸다. 하지만 여자는 이내 진정하고 차분한 말투로 말했다.

"그럼 연락처를 알아야지, 서로."

"뭐?"

"내가 폰을 바꾼 지 좀 오래 돼서 애들 연락처가 하나도 없거든."

그 말에 A는 눈을 가늘게 뜨고 여자가 내민 휴대폰에 자신의 번호를 천천히 찍었다. 그 모습을 보자, 여자는 자신에게 다정한 말투로 말을 걸어주던 A가 기억나 용기가 생겼다. 혼자 급식을 먹던 여자에게 A가 다가와 말없이 함께 밥을 먹던 어느 저녁 풍경도 떠올랐다.

"밥 같이 먹을까?"

"뭐……. 그래, 그러자. 언제 한번 밥 같이 먹자. 그럼."

A는 웃는 여자를 보며 손을 흔든 뒤 방금 구매한 작품집을 방어하듯 끌어안고 멀어졌다. 여자는 건물 밖으로 나오자마자 '이따 시간 언제 돼?'하고 문자를 남겼다. 여자는 밥 한번 먹자고 말하고 약속을 잡지 않는 사람들을 이해하지 못했다. 그 말을 들은 사람이 기다리는 줄도 모르고 그렇게 무례하고 무책임한 행동을 아무렇지도 않게 되풀이하는 사람들보다 나은 사람이 되고 싶었다. A가 여자에게 보여준 환한 표정과 반가워하던 말투를 곱씹으며 여자는 답장을 기다렸다.

A에게서 답장이 온 것은 여자가 집에 도착하고도 한참 시간이 흐른 저녁 8시였다. A는 '너 많이 바쁘지 않아?'하고 답장을 보냈다. 여자는 부담 갖지 말라는 말로 A가 자신을 배려하는 마음을 다시 배려하면서 자신이 얼마나 바쁘지 않은지에 대해 설명하느라 밤늦은 시각까지 문자를 주고받았고, A를 다음날 6시에 집에 초대하는 데 성공했다고 믿었다. A는 '시간이 되면 갈게'라고 한 뒤에도 갑작스러운 방문이 여자의 일상에 방해가 될 것이라고 걱정스럽게 말했고 진심이냐고 몇 번이나 물었다. 여자는 A야말로 자신 다음으로 사려 깊은 사람이라는 생각이 들었다.

여자는 A가 집에 오면, 고등학교 때 있었던 비누 사건에 대해 꼭 해명해야겠다는 생각이 떠올라 들떴다. 일기장에 그 사건을 꼼꼼히 기록해

두었던 데다 틈날 때마다 복기했기 때문에 마치 어제 일처럼 생생하게 묘사할 수 있었다.

여자가 다니던 여고의 3층 화장실에서 양변기 세 개가 일주일 내내 막힌 적이 있었다. 야간 자율 학습이 의무였던 때여서 모두 밤 열 시까지 학교 안에 머물렀고 교사용 화장실은 일층에 따로 있었으므로 범인은 가까이에 있는 누군가였다. 막힌 변기를 뚫으면 항상 연두색의 오이 비누가 하나씩 나왔다. 세 개의 세면대에 각각 놓인 공용비누였는데 거의 쓴 흔적도 없는 상태로 변기에서 발견되었다. 같은 사건이 반복되자 짜증이 난 학생들 사이에 범인 찾기 놀이가 유행하기 시작했다. 어느 날 여자가 교실을 나갔다 돌아오자마자 쉬는 시간을 알리는 종이 울렸고, 한 무리의 아이들이 화장실에 다녀온 뒤 여자를 힐끔거렸다. 여자는 공부에 방해되지 않도록 계단에서 코를 풀고 왔을 뿐이었다. 여자는 자신이 의심받는다는 사실을 알게 되자 범인이 아니라는 의미로 피식 웃었는데 스스로 생각해도 자연스럽지가 않았다. 그래서 여자는 일부러 십분마다 복도로 나가 큰 소리로 코를 푸는 척했다. 나중에는 코피가 나올 정도였다. "누가 범인인지 진짜 궁금하네."하고 짝에게 여러 번 말했지만 방백을 할 때의 상대 배우처럼 침묵이 흐를 뿐이었다. 여자는 모두가 자신을 의심하고 있다는 걸 견딜 수 없었다. 다음 날 여자는 가방에서 반만 은박지로 싼 살구비누를 꺼냈다. 그걸로 자주 손을 씻었고 보란 듯이 책상 한 귀퉁이에 올려 두었다. 작문 시간에는 '비누'를 주제로 글을 써서 발표했다. 여자는 할 수 있는 모든 노력을 했지만, 친구들은 점점 노골적으로 여자를 의심했다. 결국 여자는 아침 8시부터 밤 10시까지 한 번도 화장실에 가지 않는 방법을 택했고, 소태에 걸렸다.

다음 날 오전 10시, 여자가 구두 매장에 들르자 직원은 그럴 줄 알았다는 듯이 환불 처리를 했고 황급하게 돌아서는 여자의 뒤에서 사진을 찍었다. 그 순간 여자는 돌아서서 직원을 바라보았다. 그는 미처 휴대폰을 숨기지 못한 채 엉거주춤한 자세로 서 있었다.

"미안해요."

여자는 속삭이듯이 뱉었다. 울먹이는 것처럼 들리기도 했다. 직원은 굳은 표정으로 여자를 볼 뿐, 아무 대답도 하지 못했다.

건물을 나서 지하철을 타고 집으로 오는 길에 팀장에게서 캡처된 사진 한 장과 함께 '이것도 같이 본사에 보낼 건데 사진에 나온 사람이 이정 씨 맞는지 확인해 줘' 하고 문자가 왔다. 누군가 SNS에 올린 사진과 글이었다. '갑질 손놈 다녀감. 진상으로 하루 시작'이라는 글과 함께 여자가 쇼핑백을 메고 나서는 뒷모습을 찍은 사진이 올라와 있었다. 교묘한 각도로 찍어 로고는 어디에도 나오지 않았다. 손님 대신 손놈으로 불린 여자는 자신의 뒷모습을 물끄러미 바라보았다.

여자가 집에 도착한 시각은 1시였다. 집으로 오는 내내 많은 것들을 고려하느라 숨도 제대로 뱉기 힘들만큼 지쳐 있었다. 그렇긴 해도 그때까지 몸에서는 어떤 울림도 흘러나오지 않았다. 그건 분명했다.

여자는 A가 집들이 다닥다닥 붙어 있는 좁고 경사 진 골목을 올라오기 힘들까 봐 전전긍긍했다. 그래서 사진을 찍어 '달쟁이길'과 '다랭이길'이 헷갈리지 않도록 정성스럽게 편집했다. 지도를 다운 받아 성범죄자가 사는 집과 사냥개를 키우는 집에 동그라미를 쳤다. 여자는 그 모든 것을 8쪽짜리 디지털 가이드북으로 만든 뒤 '오래된 우정의 초대장'이라는 제목을 붙여 A의 SNS로 보냈다. A가 '오래된'이나 '우정'이라는 표현에 신경 쓸까 봐 장문의 톡을 보내 사전적 의미 이상은 아니라고 이야기했다. 그러자 '사전적 의미'나 '그 이상은 아니다'라는 표현이 냉정해 보여 다시 긴 주석을 달았다. 그때마다 A는 똑같은 이모티콘으로 답장을 보냈다. 퀭한 눈의 판다가 대나무를 우적우적 먹고 있는 모습이었다.

호스트는 게스트를 위해 만반의 준비를 하는 게 당연한 도리였다. 여자는 복지재단에서 일할 때 동료네 집에 집들이를 간 적이 있었다. 아무도 자신의 외투를 받아 걸어주는 이가 없는 것을 보고 그 동료가 욕을 먹을까봐 대신 나섰다. 손님들이 새로 올 때마다 여자가 그들의 외투를 받아 옷걸이에 걸어주었고, 혹시나 주머니에 든 물건이 사라지기라도 할까봐 내용물을 미리 확인받았다. 음식이 부족할까봐 자신은 적게 먹었고 술에 취한 동료들이 화장실을 쓰고 나올 때마다 가서 뒷정리를 했다. 그 후로 상사들은 집안에 중요한 행사가 있을 때마다 여자를 초대했다. 하지만 동료들은 아무도 여자와 어울리려 하지 않았다.

여자는 A를 초대한 오후 6시의 애매함도 놓치지 않았다. A가 점심에 무엇을 먹었는지에 따라 각각 다른 메뉴로 가볍지도 무겁지도 않은 대접을 해야 할 것이었다. 점심에 돈가스를 먹었다면 오후 여섯 시에 피자나 치킨이 먹고 싶을 리가 없었다. 김치찌개를 먹었다면 초콜릿이나 비스킷, 셔벗도 괜찮을 것이었다. A가 비건일 경우를 고려해 아몬드 우유에 케일과 사과의 비율을 맞춰 가며 음료를 만들어 보았다. 냉장고 안의 냄새가 사과에 얼마나 배어 있는지도 확인했다. A가 큰 소리로 웃을지도 몰라 이웃들에게 미리 시끄러울 수도 있다고 문자를 넣어 알렸다. 이웃들은 여자가 평소에 그 어떤 소리도 낸 적이 없었기 때문에 그 말만으로도 놀라워했다.

여자는 A의 발소리를 상상하며 슬리퍼를 샀다. 여자는 언제나 발꿈치를 들고 걷기 때문에 슬리퍼 따위는 필요 없었다. 여자는 새벽에 결코 변기 물을 내리지 않는 타입의 교양인이었다. 영의정의 화선지 위에 문진을 내려놓듯이 현관문을 닫았기 때문에 아무도 여자가 언제 집에 오는지 몰랐다. 여자는 그런 삶을 당연한 듯이 살았다.

여자는 지하철에서 자리에 앉아 있을 때 아무리 피곤해도 눈을 감지 않는 사람이었다. 행여나 노인이나 임산부가 앞에 서 있는데도 보지 못할까 봐 걱정했다. 하지만 그보다는 일부러 자는 척하는 무심한 사람으로 비치는 것이 더 견딜 수 없었다. 어쩌다 잠이 들면 여자는 화들짝 놀라 자리를 양보한 뒤 "제가 자는 척 한 것이 아니라 정말로 몸이 피곤해서 눈을 감고 있었던 겁니다."하고 정중하게 설명했다. 상대가 고개를 갸웃하면, '몸이 피곤해서'를 이해시키느라 애를 썼다. 그랬는데도 상대가 입을 꾹 다물고 짜증난 얼굴을 하고 있으면 무엇으로 자신을 증명해야 할지 곱씹고 또 곱씹느라 내릴 곳을 놓치곤 했다. 언제나 사람들은 자신의 진심을 알아주지 않았다.

여자는 동네 만두 가게의 유일한 단골손님이기도 했다. 여자의 집으로 가는 골목 어귀에 있는 그 가게에는 언제나 손님이 없었다. 만두피가 너무 질기고 만두소에서 누린내가 났다. 여자는 비쩍 마르고 손톱이 새까만 일흔의 노인에게 차마 만두가 맛없다고 말하지 못했다. 노인은 정말 성실하게 만두를 만들었다. 새벽 4시부터 고기를 다지고 부추를 씻고 양파 껍질을 벗겼고 밀가루를 직접 반죽해 피를 빚었다. 그리고 그 고생을 여자에게 모두 하소연했다. 여자는 먹어본 것 중에 제일 맛있다고 하며 포장도 해달라고 말했다. 노인은 여자의 손을 감싸 쥐고 "고맙네, 고마워."하고 훌쩍거렸다. 오후에는 가게 앞에서 내내 기운 빠진 얼굴로 서 있다가 퇴근하는 여자를 발견하자마자 구부정한 다리를 휘청거리며 달려가 덥석 손을 잡곤 했다. "오늘도 개시를 못 했네."하고 눈물을 글썽이면 여자는 씩씩하게 웃으며 "제가 해드릴게요."하고 가게에 들어가 만두를 주문했다. 노인은 맞은편에 앉아 여자가 먹는 모습을 내내 흐뭇하게 지켜보았다. 테이블은 미끈거렸고 다진 고기에 배인 기름은 잇몸을 흠뻑 적셨다. 여자는 물컹거리는 단무지에 식초를 많이 뿌려 먹었다. 노인이 자신을 보며 행복해 하는 걸 볼 때마다 쓸모 있는 사람이 된 것 같아 뿌듯했다. 그것은 맛없는 만두를 먹는 일을 상쇄할 만큼 괜찮은 것이었다.

여자는 늘 그런 식으로 살아왔다. 삼겹살을 먹은 날에는 대중교통을 이용하기 전에 한 시간을 배회하며 옷에 배인 냄새를 빼는 것까지 포함해 세상에는 배려하고 신경 써야 할 일이 너무나 많았다. 그런 미시적인 세계에는 한번 발을 디디면 좀처럼 빠져나올 수 없었다. 여자는 갈수록 더 세밀한 것들을 보았고 그래서 더 촘촘하게 상처 받았지만 이상하게도 사람들은 점점 무심해지는 것 같았다.

3시부터 5시까지, 여자는 욕실과 베란다와 수도꼭지를 꼼꼼히 물청소 했고 침구의 먼지를 털었다. 건조대에 걸린 아직 덜 마른 속옷들을 치우고 신발장에 탈취제를 뿌렸다. 냉장고에 붙여 놓은 배달음식 쿠폰들을 떼어내고 거실에 아로마 향초를 피웠다. 해야 할 일에 비해 시간이 너무 빨리 흘러가는 것 같았으므로 여자는 더욱 분주히 움직였다. 지나치게 깨끗이 청소한 것에 A가 어색해할까 봐 다시 적당하게 물건을 흩트려 놓았다. 땀이 나서 샤워를 한 뒤, 목욕재계한 것에 A가 부담스러워하지 않도록 머리를 오래 말렸고 환기를 시킨 뒤 욕실의 수증기를 닦아냈다. 케일의 숨이 죽지 않도록 이제야 다듬었다. 오이비누에 관해 자연스럽게 이야기를 꺼내기 위해 졸업 앨범과 일기장을 펼쳐 놓는 것도 잊지 않았다. 작정한 것으로 보이지 않게 그 옆에 스위스 작가의 책도 갖다 놓았다. 두 장도 정독할 수 없을 만큼 어려운 내용이었는데, A가 무슨 내용이냐고 물어보면 스위스 문학이 나아가야 할 방향에 대해 길게 설명해 줄 자신은 있었다. 어쨌든 자신은 죽었다 깨어나도 변기에 비누 따위를 넣을 수 없는 유형의 사람이라는 걸 꼭 알려주고 싶었다. 그 여고를 졸업한 누군가가 아직도 '그때 그 오이비누 사건이……'하며 자신을 떠올릴 거라 생각하면 두려워 견딜 수 없었다. 배려하며 살아온 선한 삶이 통째로 흔들리는 것만 같았다.

A가 오기로 한 시각까지 30분이 남았을 때 여자는 집안을 한 번 더 둘러보았다. 모든 사물이 제자리에 있었고 공기에서는 은은한 향기가 났으며 습도도 온도도 적당했다. 여자는 만족스러운 표정을 짓고 식탁 의자에 앉아 동화책을 읽기 시작했다. 태양광을 받아 무럭무럭 자라는 꽃들이 화사한 색감으로 그려져 있었다. 해바라기, 채송화, 백합, 민들레……. 따뜻하고 아름다운 세상이었다. 여자는 잠시 눈을 감았다. 꽃들이 알록달록한 점이 되어 어둠 속을 고요하게 떠다녔다.

눈을 뜨자, 밤 8시가 넘어 있었다.

여자는 숨이 멎을 듯 한 충격을 받으며 벌떡 일어났다. 심장에 구멍이 난 것만 같은 감각이 온몸으로 파고들었다. 그 구멍으로 차디찬 바람이 지나갔다. 여자는 몸을 움츠린 채 부들부들 떨다가 몇 번이고 구토를 했다.

그날 밤부터였다. 여자의 뼛속에서 윙윙 하는 울림이 시작되었다. 여자는 진도 2의 지진이 난 줄 알았다. 소리는 점점 혈관으로 번지더니 몸 밖으로 빠져 나가, 벽을 쿵쿵 두드리는 정도의 진동으로 커졌다가 서서히 줄어들었다. 그러다 갑작스럽게 쾅! 하며 소리가 피부 밖으로 뛰쳐나왔다. 여자는 이 모든 현상을 인지하지 못하는 척하며 그 밤을 견뎠다. 그러나 아침에 눈을 뜨자마자 여자의 몸에서 소리가 다시 스멀스멀 기어 나오기 시작했다.

날이 갈수록 몸에서 나오는 소리가 크게 들렸다. 그 소리는 난데없이 뚝, 멎어 여자를 안심하게 만들었다가 놀리듯이 몇 배로 볼륨을 키웠다. 어디서부터 잘못된 것인지 여자는 알지 못한 채로, 발만 동동 굴렀다. 이웃들이 현관문을 세게 닫는 소리를 들으며 여자는 그것이 자신에게 보내는 항의의 표시라고 생각했다. 여자는 음악의 진앙이 되어 속수무책으로 온통 흔들리기만 했다. 소리가 불현듯 더 커진 밤이면 뒤꿈치를 든 채 밖으로 달려 나가 노래방 간판 아래 자연스럽게 서 있었다. 온몸에 머드팩을 바르거나 두꺼운 옷을 입어도 소용없었다. 병원에는 가지 않았다. 오래 전에 여자는 온갖 종류의 상담 치료들을 경험해 보았다. 그러나 여자는 최면술사, 점성술사, 임상심리전문가와 무당 앞에서조차 그들이 자신의 직업적 소명을 의심하지 않도록 애를 써주었다. 전생에 한 많은 하인으로 살았던 척했고 물고기자리의 예민한 성정 탓이라는 해석에 동의해주었다. 죽고 싶을 때가 있느냐는 질문에 종종 그러하다고 체크했고 불타 죽은 조상이 여럿 있다고 대답했다.

A는 끝내 전화를 받지 않았다. 여자는 음성 메시지를 일곱 개째 남기다가 울음을 터뜨렸다. 여자는 이렇게 민폐를 끼치는 자신을 받아들일 수 없었다. 자신은 이런 사람이 아니었다. 그러나 아무도 그걸 믿어주지 않을 것이었다. 오래 전의 그 오이비누가 먼 길을 걸어 여자를 찾아온 것이나 다름없었다.

도대체 이 도시의 타인들은 어떻게 서로를 세심히 신경 쓰지 않으면서도 흔들리거나 무너지지 않으며 계속 살아갈 수 있는 건지, 여자는 언제나 그것이 궁금했다. 너무나 궁금해서, 어떤 것도 견딜 수 없을 것만 같은 밤이었다. 여자는 그저, 어둠 속에서 어둠이 된 척 오랫동안 서 있을 뿐이었다.

뼛속 깊은 곳에서 여자의 울음이 음악처럼 흘러 나와 까만 방을 채웠다.

오랫동안 찾아가지 않는 짐을 경매에 부치는 나라가 있다. 그곳에서 나는 누구도 손을 들지 않는 가방이 되어 가라앉는 중이었다. 아무도 건져주지 않는 돌의 그늘처럼, 아무도 울고 가지 않는 무연고의 묘비처럼. 입장을 거절당하는 꿈만 꿨다. 어둠도 빤히 바라보면 눈이 먼다.

언어를 건져야 할 때는 코끼리를 생각했다. 태종13년에, 자신에게 침을 뱉은 공조판서를 밟은 죄로 유배를 떠난 코끼리를. 코끼리의 언어로 말할 수 있는 존재가 아무도 없는 막막한 섬에서, 풀을 삼키고 볕에 기대었을 그 고독을 생각하면, 말이 고였고 흘러 나왔다. 흐르는 것을 썼을 뿐인데 등뼈가 하얗게 바랜 것만 같다.

이제, 이름이 불리었으니 꽃이 되어야겠다. 손을 들어 가져가는 가방이 되어야겠다.

건져올려주신 심사위원님께 감사드립니다.

"그녀를 고통스럽게 만드는 음악은 대체 무엇일까"

응모작들을 읽으면서 먼저 든 생각은 소재는 각기 다르지만 다들 코로나 시대를 힘겹게 건너가고 있다는 것이었다. '피네'는 단아한 문장과 잔잔한 서술이 인상적이었는데 왠지 소품에서 멈췄다는 느낌이다. '임플란트'는 이야기에 힘이 있었다. 차분하게 이야기를 들여다보면 여덟 개의 치아가 새롭게 빛을 발할 수 있을 것이다. '통증'은 모든 것을 통계적으로 사고하는 주인공이 돋보였다. 묘한 것은 수치로 사고하는 세계에도 허점이 있다는 것이다.

여기 타인에 대한 친절과 배려심으로 가득한 사람이 있다. 지금 그녀가 하는 일은 미스터리 쇼퍼다. 그녀의 몸에선 언젠가부터 정체 모를 음악이 흘러나온다. 그녀를 고통스럽게 만드는 음악은 대체 무엇일까? '오후 여섯 시를 위한 배려'를 당선작으로 뽑았다.

경남신문 **김단비**

본명 김민아
1978년 서울 출생
2001년 국민대학교 영어영문학과 졸업
현) 사이언스타임즈 객원기자

하루에 두 시간만

김단비

가든 빌라 A동 502호, 윤 미로 작가의 집까지 겨우 네 개 층을 걸어 올라갔을 뿐인데도 등 뒤엔 땀이 송골송골 맺혔다. 백팩까지 다 젖어있을 것이다. 통화와 메일로만 만났을 뿐 일면식도 없는 그녀의 집에 약속도 없이 오게 된 건 팀장의 닦달 때문이었다. 뉴욕 에세이에 들어갈 삽화를 모두 맡은 윤 작가는 겨우 삼 일 남은 이달 말까지 마지막 데이터를 넘겨야 하는 긴박한 시점에 나흘째 잠수를 타고 있었다. 오늘 아침 출근을 하자마자 그녀의 집으로 가서 그림을 받아오라는 얘기를 들었을 때 나는 가슴이 턱 막혔다. 그림을 잘 그리는 만큼 완벽주의적 성격을 지닌 그녀는 업무 통화상에서 늘 나를 긴장하게 하는 존재였고, 회의나 회식에 단 한 번도 참석하지 않는 그녀에 대해 히키코모리이거나 정신병자라는 얘기까지 돌고 있었으니까.

벨을 누르기 전 심호흡을 했다. 법인 카드로 사 들고 온 소고기·새우 피자에서 고소한 냄새가 콧속으로 빨려 들어왔다. 안에서 인기척이 나는 듯했지만 아무런 대답이 없었다. 또 한 번 벨을 누르고 있자니 빚쟁이가 된 기분이었다.

"누구시죠?"

나지막한 그녀의 목소리가 복도 안쪽으로 울려 퍼졌다. 나는 꾸벅 고개를 숙여 인사했다.

"안녕하세요. 푸르다 박재하입니다."

이때 나도 모르게 목소리에 힘이 들어가고 있었는데, 그건 아마도 방문의 이유가 우리 측이 아닌 윤 작가의 잘못에 기인하고 있다는 생각 때문이었을 것이다. 그녀의 하, 소리 뒤로 정적이 이어졌다. 집에까지 찾아올 줄은 예상하지 못했을 것이다.

"잠시 문 좀 열어주시겠습니까."

역시 아무런 대답이 없었다. 잠시 문을 두드려 볼까 하는 충동이 일었지만, 말을 좀 더 해보기로 했다.

"작가님. 수정이 너무 많았죠. 수정에 민감하신 거 아는데 이번에 좀……. 네. 당장 해내라는, 뭐 그런 말씀 드리러 온 건 아니고요."

사실 그런 말을 하러 왔다.

"이렇게 집에까지 찾아와서 죄송하지만, 저희도 사정을 좀 알아야 해서요."

간절한 나의 말이 공허하게 울릴 뿐 그녀의 문은 열리지 않았고 아무런 소리도 들리지 않았다. 팀장에게 문자로 이 상황을 보고하자 팀장은 바로 버티고 있으라는 답장을 보내왔다. 밭은 한숨이 났다. 언제 열릴지 모르는 문 앞에서 나는 언제까지 버텨야 할까. 계속 버티면 언젠가 문이 열리기는 할까.

바닥에 주저앉아 노트북을 꺼냈다. 휴대용 와이파이를 연결하자 화면엔 부채꼴 모양의 아이콘이 떴다. 국가직, 지방직, 공무원 시험 개편사항 등 검색창에 입력하는 키워드는 공무원 시험 정보와 수험서에 관한 것들이었다. 박봉에 야근, 늘 위태위태한 회사 상황, 거기에 보잘것없는 책 판매 부수, 전직을 꿈꾸기 시작한 요인은 많았다.

즐겨찾기에 수험서와 시험 정보를 열 개쯤 더하고 있을 때였다. 빼꼼 그녀의 집 문이 열리고 문틈으로 나를 내려다보는, 거의 코만 보이는 사람의 얼굴이 보였다. 나는 용수철처럼 튀어 올랐지만, 그 얼굴은 비명소리와 함께 시야에서 사라져버렸다. 그것의 잔상에 빨려 들어가듯 나는 그녀의 문에 찰싹 달라붙어 급하게 문을 두드리기 시작했다. 그러자 나지막한 그녀의 목소리가 들려왔다.

"노트북하고 핸드폰 좀 꺼주세요."

"네?"

"노트북하고 핸드폰 좀 꺼 달라고요."

다급한 목소리였다. 뭔지 모를 불안감이 담겨 있는 것 같기도 했다. 도촬을 걱정하고 있는 건가. 삼 년 넘게 여러 작업을 함께 한 나를 그 정도로 여기고 있다면 그건 상당히 기분 나쁜 일이다. 하지만 지금 내 기분 따위는 중요한 게 아니다. 잠시 핸드폰을 켜 놓으라는 팀장의 말이 떠오르기도 했지만 어쩔 수 없는 일이었다.

전원을 끈 노트북과 핸드폰을 초인종 앞에 들어 보이자 문이 반쯤 다시 열렸고 이번엔 그녀의 얼굴이 제대로 보였다. 신분증 사진에서 보다 더 길고 부스스한 머리는 가슴까지 내려와 있었고, 얼굴이 전체적으로 경직돼 보였는데 큰 눈은 사진에서 보다 더 깊이 안쪽으로 들어가 퀭해 보였다. 하지만 이상하게도 그 모습에서 자유롭고 순수한 느낌이 났다. 그녀는 겸연쩍은 표정으로 고개를 까딱인 뒤 문을 완전히 열었다. 연락이 안 돼 죄송하다는 말을 하는 그녀는 긴 팔 티셔츠에 긴 판 바지를 입고 있었다. 보는 것만으로도 숨이 턱 막혀왔다.

"그렇다고 여기까지 오세요?"

기가 질린 내 모습은 전혀 개의치 않는 담담한 목소리였다.

"죄송합니다. 하지만 지금 상황이 상황인지라……."

나는 마른 침을 삼켰다. 하지만 그녀는 불편한 기색으로 눈을 이리저리 굴릴 뿐 아무런 말이 없었다.

"저 좀 살려주세요. 작가님. 이대로 그냥 가면 저 정말 죽습니다."

나는 다소 과장되게 불쌍해 보이는 표정을 지었다. 그러자 놀랍게도 그녀의 눈빛이 흔들리기 시작했다. 무슨 말을 꺼내려는 듯 그녀가 입술을 달싹이자 나는 가슴이 두근거렸다.

"여긴 에어컨이 없어요. 괜찮으시겠어요?"

의외의 말에 멍해졌지만 지금 그런 것 따윈 전혀 문제가 아니었다. 나는 재빨리 고개를 끄덕였다.

집안으로 들어서자 한눈에 족히 거실의 반이 차 보이는 키가 큰 선인장들에 압박감이 느껴졌다. 그녀에게 피자 상자를 건네며 함께 먹자고 했지만, 그녀는 입맛이 전혀 없다며 현관 오른쪽 방 안으로 들어가 버렸다. 나는 거실 소파에 자리를 잡고 앉아 주위를 둘러보았다. 선인장 행렬이 멈춰진 곳, 그러니까 부엌이 시작되는 곳 벽에 해바라기 모양의 시계가 걸려있었다. 시계는 막 오전 열한 시를 넘어가고 있었다. 핸드폰 대신 시간을 가늠할 것이 있어 다행이었다. 문득 팀장의 얼굴을 떠올렸다. 지금쯤 나와 연락이 되지 않아 얼굴이 붉으락푸르락해져 있을 걸 생각하니 쿡쿡 웃음이 났다. 어디 제대로 속 한 번 타 보시라.

가방에서 공무원 영단어장을 꺼내 탁자 위에 놓고 피자를 베어 물었을 때 그녀의 방에서 희미하게 음악소리가 흘러나오기 시작했다. 귀를 기울여보니 비발디의 사계였다. 그 선율엔 낑낑대는 소리와 국적 불명의 언어가 더해지기도 했는데, 그 소리들은 마감에 대한 부담감과 문밖에 지키고 앉아있는 나의 존재 때문인 듯했다. 문득 안타까운 마음이 들었다. 그런데 신기한 건 그녀의 그 소리들 속에서 단어는 어느 때보다 더 잘 외워지고 있다는 거였다. 그녀의 소리들에 담긴 마감에 대한 집념이 나에게도 옮겨지고 있는 모양이었다.

단어장을 두어 장 넘기고 나자 이마에서 땀이 줄줄 흘러내리기 시작했다. 선풍기라도 있으면 틀어볼까 해서 주위를 둘러보았지만, 선풍기로 보이는 것은 없었다. 이상했다. 사보·잡지·에세이 삽화 분야에서 탑 텐 안에 드는 윤 미로 작가의 집에 에어컨도 모자라 선풍기 하나조차 없다니. 혹시 몰라 부엌으로 가보았지만 선풍기로 보이는 것은 없었다. 한데 없는 건 선풍기뿐만이 아니었다. 거실과 부엌을 통틀어 전자레인지, 전기밥솥, TV, 정수기 등 웬만한 집엔 하나씩 있을 법한 가전제품들조차 보이지 않았다. 소파로 돌아와 백팩에서 휴대용 선풍기를 꺼내 틀었지만 시원하기는커녕 간지럽기만 했다. 찬 물이라도 마셔야겠다는 생각에 그녀의 방으로 가 조심스럽게 노크를 했다.

"무슨 일이시죠?"

경계하는 듯한 목소리에 나는 순간 움츠러들었다.

"작가님. 작업하시는 데 죄송하지만, 저 물 좀 마실 수 있을까요?"

방문이 빼꼼 열리며 그녀가 고개를 내밀었다. 그 순간 그녀는 비명을 지르면서 나를 떠밀었고 나는 선풍기를 놓치며 별안간에 바닥으로 나동그라졌다. 가냘파 보이는 여자가 무슨 힘이 그렇게 센지. 겨우 몸을 일으켰을 때, 이미 방 안으로 들어가 문을 닫은 그녀는 나에게 소리치듯 말했다.

"그거 좀 치워요!"

대체 뭘 치우라는 건가. 나는 욱신거리기 시작한 엉덩이를 손으로 비비며 물었다.

"뭘 말하시는 거예요?"

"그거요. 그거, 박 대리님 선풍기요. 그거 좀 빨리 치워주세요."

다급한 목소리였다.

"이게 무슨 문제가 됩니까?"

나는 엉거주춤 자리에서 일어나며 물었다.

"빨리 좀 치워주세요. 빨리요."

그녀는 기를 쓰고 재촉했다.

"휴지통은 어디 있습니까?"

"그런 거 없어요. 나가서 좀 버려주세요."

"휴지통이 없다고요?"

"네. 빨리요. 빨리."

그녀가 재촉을 해대는 통에 나는 허둥지둥 부서진 선풍기와 핸드폰을 챙겨 밖으로 나왔다. 넘어진 쪽 엉덩이가 쑤셨다. 왜 저러는 걸까. 감전된 적 있나.

길 건너 슈퍼에 가서 종량제 봉투와 아이스크림 하나를 샀다. 종량제 봉투에 선풍기를 담아 들고 아이스크림을 먹으며 다시 윤작가의 집을 향해 걸었다. 핸드폰을 켰더니 팀장의 문자가 여러 개 와 있었다. 전화를 걸자 그는 고함부터 쳐댔다. 하지만 내가 윤 작가 집에 들어갔다고 하자 그는 다소 진정이 된 듯 헛기침을 했다. 이어 나는 배터리가 다 됐다는 궁색한 변명을 했다. 왜 충전을 하지 않았느냐는 그의 새된 소리가 들려왔지만 나는 이제야말로 배터리가 정말 다 된 것처럼 전화를 끊어버렸다.

지난달 초, 연일 이어지던 야근이 잠시 주춤했다. 나는 며칠 동안 오랜만에 퇴근 후 게임도 하고 친구들과 밀린 소주 한 잔을 기울이기도 하며 여유로운 저녁을 보내고 있었다.

"박 대리. 아르바이트 하나 해."

팀장은 컴퓨터 화면에 시선을 고정한 채로 툭 던지듯 말했다.

"네? 아르바이트요?"

"그래. 요즘 일찍 퇴근하잖아. 자기 계발 팀 교정 알바 좀 하라고. 사장님하고 얘기 다 됐어."

순간 나는 목덜미가 뻣뻣해졌다. 선심 쓰듯 듯한 말투가 더 기분 나빴다. 얼마 전부터 자기계발 팀 쪽에서 외주 편집자를 구하고 있었지만 비용이 맞지 않아 계속 결정이 나지 않고 있었다. 그 일을 겨우 삼일 제때 퇴근했을 뿐인 나에게 일찍 퇴근한다는 이유로 안기려고 하다니. 게다가 우리 팀엔 이제 막 입사한 신입도 있었고 삼 년 차 다정 씨도 있다. 왜 하필 대리인 나인가. 그것도 최근 가장 많은 야근일수를 찍은 나를. 억울한 마음에 가슴이 뛰었다.

"그걸 왜 제가……."

그제야 나에게로 시선을 향한 팀장은 윗입술을 비틀며 말했다.

"실력이 안 되면 몸으로라도 때워야지."

실력, 팀장이 말하는 실력은 실적을 의미한다. 입사 이래로 열다섯 권의 책을 내는 동안 나는 단 하나의 히트작도 내지 못했다.

"요즘 부모님 라면 가게도 어렵다며."

부모님까지 들먹이니 속에서 뜨거운 것이 올라왔다. 이때 팀장이 내

등 뒤로 지나가며 나지막하게 말했다.

"싫으면 leave 하는 거야. 못 하겠으면 떠나는 거라고."

나는 얼음처럼 온몸이 굳어졌다.

그날부터 나는 공무원 시험정보를 알아보기 시작했다. 사실, 서른두 살이나 돼서 시험 준비를 하는 게 엄두가 나지도 않았고 한 몇 년 시험 준비할만한 돈도 모아두지 못한 상황에 시험 준비보다는 이직하는 게 더 나은 방법이겠지만 그것도 상황이 녹록지 않았다. 작은 회사에 다니고 있는 데다 히트작 하나가 없는 나는 푸르네 보다 사정이 좋은 회사에 서류 전형 한 번 통과해 본 일이 없었다.

A동과 B동 사이에 종량제 봉투 매립장이 보였다. 그쪽으로 다가가며 마침 다 먹은 아이스크림 껍질을 선풍기가 든 종량제 봉투에 담고 있는데 발아래로 물컹한 느낌이 들었다. 내려다보니 내 발이 개똥을 밟고 있었다. 머리가 쭈뼛 섰다. 이대로 그녀의 집에 들어가면 난리가 날 게 빤했다. 나는 다시 연립을 빠져나와 오는 길에 보았던 길 건너 세탁소에 운동화를 맡겼다. 세탁소 주인은 오만상을 찌푸리며 삼선 슬리퍼를 내주었다.

그녀의 식탁엔 이슬이 맺힌 물컵이 놓여있었다. 집안 어딘가에 냉장고가 있긴 한 모양이었다. 컵을 들어 올리는 데 손끝에 닿는 시원한 느낌이 묘했다. 한데 물맛이 조금 이상했다. 보리차도, 결명자차도 아닌 한약 같았다. 그 맛의 정체를 궁금해하며 살펴본 식탁 안쪽엔 각종 견과류와 철분·칼슘·마그네슘 등의 영양제, 그리고 유리병 안에 든 요구르트가 있었다. 온통 몸에 좋다는 것들로만 이루어진 그 식탁, 아무래도 그녀는 건강에 유난히 신경을 쓰는 듯했다. 전자기기에 대해 유난히 거부감을 보이는 것도 같은 이유 때문인지도 몰랐다.

소파로 돌아와 남은 피자를 먹고 영단어 장을 뒤적거리다 한 시가 되었을 때 그녀는 졸음이 가득한 얼굴로 거실에 나왔다. 소파에 앉은 그녀는 무심히 소컷 스케치를 내밀었다. 나는 여전히 엉덩이가 쑤셨지만 그녀는 조금 전 있었던 일에 대해서는 까맣게 잊어버린 듯했다. 그래. 그림 그려주는 것만도 어디냐. 뉴욕 맛집 탐방 섹션에 들어갈 소 컷들 속 핫도그와 피자 그리고 수제 버거는 스케치 상태에서도 맛있는 김을 모락모락 피워대고 있었다. 역시 손댈 것이 별로 없는 작가였다. 하지만 버거집 안의 소녀 얼굴이 문제였다. 윤 작가의 동그란 눈과 뾰족한 턱이 닮아있는 이 소녀는 지난번 프랑스 에세이에 나왔던 소녀랑 비슷해 보였다. 일하면서 알게 된 건데 작가들은 종종 캐릭터의 얼굴을 자신과 닮게 그린다.

"소녀 얼굴이 작가님하고 비슷해 보이는데요?"

"그래요?"

그녀는 고개를 갸우뚱거리더니 혼잣말을 했다.

"매일 내 얼굴만 봐서 그런 가……."

"네?"

나의 물음에 그녀는 약간 당황한 표정을 지었다.

"아, 아니에요."

나는 교정지와 그림을 대조하며 간단하게 몇 가지 수정사항들을 얘기했다. 쭉 이 정도의 속도로 나간다면 내일 밤까지는 목표 달성이 가능할 거라 생각하니 마음이 한결 가벼워졌다.

나는 다시 단어장을 보기 시작했고 그녀의 방에선 또다시 음악이 들려오기 시작했다. 좋은 경치를 배경으로 한 광고에서 종종 들어본 적이 있는 음악이었다. 노래가 세 번쯤 바뀌고 났을 때 그녀의 목소리가 들려오기 시작했다. 전화가 걸려온 듯했는데 무슨 일인지 자못 심각한 분위기가 느껴졌다. 그녀에 대한 걱정스러운 마음과 동시에 그림 완성이 무산될 것 같은 불안감에 나는 가슴이 두근거리기 시작했다. 이때 그녀가 부서질 듯 방문을 열고 나왔다. 나는 무슨 말이라도 붙여보려고 했지만 그녀는 헐레벌떡 밖으로 뛰쳐나갔다. 그녀를 따라가 봐야 하나 망설이고 있는데 다시 그녀가 집안으로 들어왔다. 부엌 쪽 방으로 뛰어 들어간 그녀는 하얀 이불 같은 것을 망토처럼 둘러쓰고 얼굴의 반 이상을 가리는 선글라스를 끼고 나와 또다시 밖으로 뛰쳐나갔다.

삼십 분쯤 뒤 그녀가 그 이불을 둘러쓴 채로 돌아왔을 때 선글라스 너머로 보이는 그녀의 눈엔 눈물이 가득 고여 있었다. 황망히 바라보는 내 시선을 외면하며 그녀가 방 안으로 들어가고 나자 음악 소리는 조금 전보다 더 커졌다. 잠시 후 음악 소리 사이로 흐느끼는 소리가 들려오기 시작했다. 그 소리는 귀를 기울일수록 더욱 애처로워졌다. 그 소리에 이상하게 빨려 들어가는 기분이 든 나는 그녀의 허락을 구하지도 않고 그녀의 방문을 열었다.

벽면이 은회색인 방엔 창이 없었다. 벽면은 온통 아크릴화와 펜 그림 스케치들로 도배가 되어있다시피 했는데 그것들은 정면 벽 쪽에 놓인, 막 채색이 들어간 그림이 놓여있는 책상과 그 옆에 놓인 작은 소파를 요새처럼 둘러싸고 있었다. 화면으로만 확인했던 그림들의 원화를 마주하는 느낌은 강렬했다. 그녀는 오른쪽 벽면에 기대 앉아 고개를 무릎에 묻고 있었다. 바닥엔 아까의 그 하얀 이불이 가슴을 풀어 헤친 채로 널브러져 있었다.

"작가님. 무슨 일 있으세요?"

그녀는 천천히 고개를 들었다. 그녀의 넋이 나가 있는 얼굴에선 눈물이 주르르 뺨을 타고 흘러내리고 있었다. 윤 작가가 내 앞에서 울고 있으니 기분이 묘했다.

"토토가 죽었어요. 토토가……."

"토토요? 토토가 누군데요?"

"내가 토토 엄마거든요. 키워주지는 못했어도 마지막 인사는 해야 하는데."

나는 그녀를 빤히 보았다. 그녀의 눈동자엔 어린 시절 우리 집에 있던 몽이가 있었다. 학교에 다녀와 엄마가 일하러 나간 텅 빈 집안에서 나를 반겨주던 몽이. 몽이는 저녁에 엄마가 지친 몸을 이끌고 돌아올 때까지 나와 함께 공놀이를 하고 숙제를 하고 TV를 봤다. 몽이가 죽었을 때 나는 몽이를 찾아 온종일 온 동네를 헤맸다. 그러다 어느 순간 멀리 해가 지는 능선에서 몽이가 희미하게 보이기 시작했다. 나는 몽이에게 뭔가 말을 하려고 했지만, 경찰관 아저씨에 의해 발견되어 곧바로 경찰차에 실려야 했다. 몽이를 제대로 보기 위해 발버둥 쳤지만 소용없었다. 내 친구가 되어줘서 고마워. 다시 너를 만날 때까지 한순간도 너를 잊지 않을게. 입안에서 맴돈 그 말들을 삼키는데 가슴이 깨질 것처럼 아팠다. 그때부터였던 것 같다. 그저 되는 대로, 주어지는 대로 별생각 없이 살게 된 건.

"그러면 가보셔야죠."

"갈 수가 없어요."

그녀의 눈물은 또르르 방울지고 있었다.

"왜요? 그림은 이따 그리셔도 됩니다."

그러자 그녀는 고개를 저었다.

"나는 바보라서 갈 수가 없어요. 바보 병신이라서 갈 수가 없어요."

무슨 말을 하는 건지 알 수 없었지만 나는 가슴에 찌르르한 통증이 느껴졌다. 왜 갈 수 없는 건지 묻는 눈으로 그녀를 바라보자 그녀는 나에게 책상 뒤 벽면을 보라고 했다.

"저 그림들 뒤는 알루미늄 포일을 덮은 창이에요. 그게 튀어 보이는 게 싫어서 이 방 벽도 은회색으로 한 거고요."

뭔가 다 체념해버린 말투였다. 그림들 쪽으로 다가가 보니 그림들 뒤는 정말 벽이 아닌 창문이었고 전체가 다 포일로 덮여있었다. 이 순간 나는 어릴 적 읽은 만화책에 나온 포일을 두르고 사는, 전자파를 피해야 살 수 있는 사람을 떠올렸다.

"작가님. 전자파에 알레르기 반응 같은 게 있는 사람이 있다고 하던데 작가님도 혹시……."

그녀는 무겁게 고개를 끄덕였다.

"저는 지하철도 버스도 택시도 아무것도 탈 수가 없는 상태예요. 그래도 블루투스, 내비게이션을 꺼 주는 택시는 탈 수가 있어서 나가봤던 건데…… 택시 몇 대를 보내고 겨우 그렇게 해 준다는 기사님을 만나서 택시를 탔는데, 막상 타보니 증상이 또 시작됐어요. 이제 차장에 열 차단

필름까지 붙여야 하는 상태가 된 것 같아요."

나는 그녀가 침낭 옷을 입은 채로 황망히 택시에서 내렸을 때의 모습을 떠올리며 가슴이 먹먹해졌다. 대체 그 증상이라는 것은 어떤 것일까.

"작가님. 그런데 전자파 때문에 몸에 어떤 증상이 느껴지시는 거예요?"

나의 말에 그녀는 미간을 조였다.

"머리가 찢어질 듯이 아파요. 어지러울 때도 있고 속이 메스껍기도 하고. 어떤 땐……마비되기도 해요."

그 순간 내 머릿속에 그녀가 포토샵을 이용해 수정작업을 한다는 사실이 스쳤다.

"그럼 요 며칠 그림 못 그리신 것도 그 때문이었던 거예요?"

"네. 하루에 두 시간 이상 컴퓨터 사용을 못 하는데 이번엔 어쩌다 훌쩍 네 시간을 넘겨버렸어요."

하루에 두 시간, 삽화가가 몰두해 수정 작업을 하기엔 지나치게 짧은 시간이었다. 하지만 그녀의 얼굴은 의외로 편안해 보였다. 자신의 증상에 대해 편집자 중 누구든 한 사람에게 털어놓고 싶었던 것인지도 모르겠다.

"작가님. 저랑 잠깐 밖에 안 나가실래요?"

앞뒤 생각 없이 충동적으로 꺼낸 말에 그녀의 눈빛이 잠시 흔들렸다. 하지만 이내 한숨을 내쉬었다.

"전신주, 전기함, 이동통신사 중계기, 여기저기서 뻗어 나오는 와이파이까지. 전자파는 공기처럼 존재하고 있어요."

문득 가슴이 답답해진 나는 혼잣말을 내뱉었다.

"전자파 없는 데는 없나……."

그러자 잠시 생각에 잠겨있던 그녀가 말했다.

"있어요. 지금은 어떤지 알 수 없지만……."

"그래도 가 봐요. 침낭 옷 입고."

나의 말에 그녀는 들고 있던 침낭 옷을 바라보며 얼굴을 찌푸렸다.

"이거 입고 나가면 미친 사람 취급할 텐데……."

그녀는 망설이는 듯했지만 눈을 반짝이고 있었다. 그녀의 방에선 여전히 음악 소리가 나고 있었다. 그녀에게서 시선을 떼 방 안을 둘러보니 문 쪽 벽 가슴 높이에 유리 상자가 세 개 붙어 있었다. 지그재그 모양으로 붙어있는 그것들 중 맨 위 상자 안엔 벽걸이형 CD 플레이어가 CD를 돌리고 있었다. 그 아래 상자엔 손바닥만 한 듀얼 스피커, 그리고 또 그 아래 상자엔 유선 전화기가 들어있었다. 상자들은 모두 문이 달려 있었는데 스피커 상자는 문이 열려 있었다.

집을 나선 건 저녁 시간이 됐을 때였다. 그녀가 소 컷 채색은 마치고 나가야 한다고 했기 때문이었다. 그사이 나는 식어 빠진 피자를 먹었고 그녀는 식탁에서 시리얼과 우유로 점심인지 저녁인지 모를 식사를 마쳤다. 조금 전 그녀가 채색이 다 된 소 컷들을 내밀었을 때 나는 괜히 가슴이 뭉클하기도 했다. 현관문을 열고 나서는데 그녀는 내 삼선 슬리퍼가 마음에 걸렸는지 신발장에서 하얀색 남자 운동화를 꺼내주었다. 예상외의 물건에 괜히 신경이 거슬린 나는 아무렇게나 발을 집어넣고 대충 끈을 묶었다. 이 집에 남자가 사는 건가?

집에서 나와 칠백 미터 쯤 떨어진 곳에 닿았다. 사실 거리야 칠백 미터라 할 수 있겠지만 그녀의 전자파 측정기가 알려주는 전자파 방출량이 많은 곳을 피해 오다 보니 실제로 걸은 거리는 족히 이 키로는 된 것 같았다.

"여기예요. 여기."

그녀는 아파트 끝 거의 주택가와 닿는 부분에 위치한 농구장 앞에서 전자파 측정기를 마구 흔들었다. 녹색 바탕에 하얀 선이 그려진 바닥과 덩그러니 서 있는 농구대 하나, 특별할 것 없어 보이는 농구장이었다. 하얀 침낭 옷을 둘러쓰고 선글라스를 써 모습이 거의 보이지 않는 그녀가 나에게 오라고 손짓을 하며 안으로 뒤뚱뒤뚱 걸어 들어갔다. 그 모습이 펭귄 같아 피식, 웃음이 났다.

그녀를 따라 들어간 농구장의 안쪽으로 키가 큰 나무들이 줄지어 서 있었다. 그 사이사이로 뿜어져 나오는 솜사탕 같은 가로등 불빛이 두 개의 벤치에 불을 비춰주고 있었다. 그녀는 오른쪽 벤치로 뛰어가 앉았다.

"여기가 바로 전자파가 조금도 느껴지지 않는 곳이에요."

그녀는 선글라스를 벗고 침낭 옷을 벗어 던졌다. 반소매 티셔츠를 입은 탓에 하얗고 긴 팔이 그대로 드러났다. 나는 혹시 있을지 모를 전자파에 심장이 졸아들었지만, 그녀 얼굴은 편안해 보였다. 나는 조심스럽게 왼쪽 벤치에 앉았다.

"와. 여름 저녁 정말 좋네요."

그녀는 목소리 톤을 높이며 말한 뒤 깊게 심호흡을 했고 나도 그녀를 따라 했다. 오랜만에 가슴이 뻥 뚫리는 느낌이었다.

"네. 좋네요. 저도."

그때 그녀가 바지 주머니에서 은박지에 싸인 종 모양의 초콜릿 몇 개를 꺼내 나에게 건넸다.

"요즘 일하시는 건 어때요?"

문득 막막한 기분이 든 나는 초콜릿의 은박 껍질을 벗겨냈다. 초콜릿이 조금 녹아있었다.

"모르겠습니다. 히트작도 못 냈고."

"꼭 히트작이 있어야 하나요? 일을 잘하는 것도 중요하죠. 난 박 대리님이랑 일하는 게 제일 편하던데."

무덤덤하게 툭, 내던지는 그녀의 말에 나는 물수제비를 뜨고 있는 냇물처럼 가슴이 첨벙댔다.

"그래요? 어떤 부분이요?"

그녀는 골똘히 생각하는 표정이 됐다.

"글쎄요. 뭔가 믿음이 간다 할까. 박 대리님은 정확하고 친절하시잖아요. 발주서 내용이 나중에 바뀌는 일도 거의 없고. 제 스타일대로 고집 부릴 때도 이해하려고 애쓰시고. 회사에서도 박 대리님의 그런 부분 알지 않을까요?"

그 순간 나도 모르게 하, 하고 탄성이 났다. 판매 부수로도, 연봉으로도, 팀장의 칭찬으로도 단 한 번도 받지 못한 인정을 그녀에게서 받게 되다니. 조금 전 입안으로 넣은 초콜릿이 사르르 녹아들었다.

그녀는 뒤꿈치로 바닥을 툭툭 치기 시작했다. 그걸 바라보며 내 시선도 자연히 내 발 쪽을 향했다. 내가 신고 있는 하얀 운동화는 내 발보다 커 뒤가 조금 남았다.

"작가님. 이 신발 누구 건지 물어봐도 돼요?"

그러자 그녀는 바닥을 툭툭 치던 걸 멈췄다.

"남자친구 거예요."

그 순간 나는 머릿속이 하얘졌고 그녀는 다시 발뒤꿈치로 바닥을 툭툭 치며 담담한 목소리로 말했다.

"헤어질 때 주고 간 거예요. 현관에 남자 신발이 있어야 한다고."

나는 헛웃음이 났다. 떠나면서 위해주는 척하기는. 미친놈. 왜 헤어졌는지 묻기가 망설여져 괜히 초콜릿 껍질만 까고 있는데 그녀가 말을 이었다.

"내가 자기랑 사는 이유가 자기가 내 불편함을 해소해주기 때문이래요. 다른 이유가 없는 것 같아서 더는 같이 못 살겠대요."

나는 까놓은 초콜릿 껍질을 꾹꾹 눌러 지렁이 모양을 만들었다.

"미친놈. 가려면 조용히 가지."

그러자 그녀가 피식 웃었다.

"난 진짜 이유 알아요. 꼭 필요한 시간에 꼭 필요한 장소에 가주지 못하는 건 죄악이거든요. 걔 아빠 돌아가셨을 때도 그랬고. 오늘 토토한테도 그랬잖아요. 열 번쯤 받은 결혼식 청첩에도 한 번도 못 갔어요."

말끝에 그녀는 옅은 한숨을 내쉬었다.

"친구들한테 작가님 사정을 얘기하면 안 되나요? 일부러 안 간 게 아니잖아요."

그러자 그녀는 쓸쓸하게 웃었다. 나는 위로할 말을 하고 싶었지만 어떤 말도 쉽게 떨어지지 않았다.

집으로 돌아오는 길은 왔던 길과는 다른 길을 택했다. 그녀에게 조금은 다른 길을 구경하게 해주고 싶은 마음이 들어 다른 길로 가자고 했다. 한 십분 쯤 걸었을까. 지하철역이 있는 네거리를 지날 무렵 그녀가 탄성을 내질렀다.

"와. 유리 엘리베이터다."

족히 이십 층은 되어 보이는 밝은 빛을 내는 쇼핑몰의 유리 엘리베이터는 안에 탄 사람들의 모습을 훤히 보여주며 유유히 위로 올라가고 있었다.

"그래도 작년엔 저건 탈 수 있었는데."

그녀의 목소리엔 아쉬움이 가득 담겨있었다.

"엘리베이터를 타셨다고요?"

"네. 유리 엘리베이터에서는 핸드폰이 터져도 철제 엘리베이터에서처럼 그렇게 전자파가 많이 나오지 않거든요. 저건 정말 인류 최대의 발명품이에요."

두 손을 꼭 쥔 채로 그것을 올려다보는 그녀의 얼굴엔 조금씩 환희가 차오르고 있었다. 저걸 타면 우주 정거장에라도 갈 수 있을 것처럼. 하루에도 지겹게 타고 오르내리는 엘리베이터에 저렇게 기뻐하다니. 그녀는 때때로 평범한 사람들보다 더 많은 행복을 느끼는지도 모르겠다.

"악."

그녀가 새된 비명을 질러댔다. 그녀의 하얀 침낭 옷은 거리에 나동그라져 있었고, 그녀 옆엔 술에 취한 젊은 남자가 의아한 표정을 지으며 휘청거리고 있었다.

"어? 바바리 걸 아니었어?"

남자를 노려보다 그녀에게로 시선을 옮겼을 때 그대로 드러난 그녀의 하얀 팔이 보였다. 떨고 있었다. 나는 온몸으로 그녀를 꼭 끌어안았고, 그 순간 감전된 것처럼 온몸이 저릿했다. 이때 귓가에 팀장의 목소리가 이명처럼 맴돌았다. 싫으면 leave 하는 거야. 못 하겠으면 떠나는 거라고. 나는 온몸이 타들어 가는 것 같았다.

어느새 남자는 달아나버리고 없었다. 누군가 눈치 빠르게 집어 준 침낭 옷을 그녀에게 입혔지만, 그녀는 몸에 힘이 풀리며 바닥으로 무너져 내렸다. 그녀를 둘러업자 온몸으로 찌르르한 전류가 퍼져 나갔다. 내 등 위에 닿았던 건 그녀의 몸이 아니라 그녀의 온 생이었었던 듯 했다. 몇 걸음을 내딛고 난 뒤 구급차를 부르기 위해 전화기를 꺼냈다. 그때 그녀의 가는 목소리가 들려왔다.

"집으로 가요……."

"병원으로 가셔야죠."

"소용없어……거기 있는 전자기기……나 더 힘들어지기만……."

그래도 병원에 가야 하는 거 아닌가 싶었지만 나는 그녀의 말을 따르기로 했다. 내가 모르는 그녀의 세상에 대해 그녀가 더 잘 알고 있을 테니까. 걸음을 옮기려는 데 기이한 듯 바라보는 사람들이 시선이 느껴졌다.

집으로 돌아왔을 때 여덟 시가 조금 지나있었다. 침대 방에 누운 그녀는 부엌 쪽 방에 있는 냉장고에서 우엉차를 가져다 달라고 했다. 내가 낮에 마신 물을 말하는 것 같았는데 그 물이 그녀의 증상에 도움이 되는 모양이었다. 부엌방 안엔 미니 냉장고와 데스크톱 컴퓨터, 그리고 스캐너가 있었다. 그녀는 이 방에서 수정 작업을 하는 모양이었다.

그녀에게 물을 먹이고 다시 침대에 눕히고 난 뒤 나는 다시 병원에 가서 검사를 받아봐야 하지 않냐, 고 물었다. 하지만 그녀는 쓰러진 건 마비가 왔기 때문이고 그걸 풀 수 있는 건 시간뿐이라고 했다. 그 시간이 언제인지는 알 수 없었지만 그림 마감이 물 건너간 건 확실했고 이제 나에게 남은 일은 그녀의 마비가 풀리기만을 기다리는 것뿐이었다.

그녀의 방에서 나온 나는 팀장에게 상황 보고를 해야 할 것 같아 밖으로 나갔다. 전화기를 켜니 팀장의 흥분한 문자들이 도착해 있었다. 그리고 그 중엔 예상치 못한 내용이 있었다. 너, 에세이 하우스에 이력서 넣었다며? 그 순간 나는 가슴이 턱, 막혀왔다. 그게 벌써 육 개월 전 일인데 인제 와서 팀장 귀에 들어갈 게 다 뭔가. 그다음 문자가 더 가관이었다. 이력서 넣는 건 좋은데 티 나지 않게 해라, 어! 첩첩산중이었다. 뉴욕 에세이 그림도 중단될 판에 왜 이런 일까지……. 아, 이제 정말 푸르네와 인연이 다 한 건가.

팀장에게 전화를 걸지 못한 채로 다시 그녀의 방으로 돌아왔을 때 그녀는 잠이 들어있었다. 방에서 나가려던 나는 무심코 그녀의 얼굴을 돌아보았다. 그녀는 아이처럼 쌔근쌔근 잠들어 있었다. 침대 맡으로 가 그 모습을 바라보는데 마음이 고요해지는 느낌이 들었다. 그리고 어느 순간 나는 잠에 들어버렸다.

잠에서 깬 건 침실 창문으로 스미는 투명한 햇살과 왁자지껄한 소리 때문이었다. 소리의 근원지는 거실이었고 선인장 무리 앞엔 윤 작가를 비롯한 몇몇 사람들이 원을 그리며 모여 앉아있었다. 중년으로 보이는 여자, 대학생으로 보이는 남자, 이십 대로 보이는 여자, 그리고 나와 동년배로 보이는 남자 등 나이대도, 성별도 모두 달라 보이는 사람들이었다. 윤 작가는 긴 팔 옷으로 갈아입고 있었고, 이십대 여자와 동년배 남자 역시 긴팔 옷을 입고 있었다. 나는 꿈인가 싶어 얼굴을 때려보았지만 눈앞의 광경은 그대로였다.

중년 여자는 윤 작가의 왼편에 붙어 앉아 윤 작가의 다리를 주무르고 있었다. 윤 작가가 간밤에 거리에서 당했던 일을 얘기한 모양이었다. 그들 모두의 옆에는 아까의 그 갈색 물이 놓여있었고 소파엔 윤 작가의 침낭 옷과 비슷한 거적때기가 있었다. 그것을 유심히 살펴보던 나는 피식피식 웃음이 새어 나왔다. 안쪽이 새우깡과 오징어집 등의 과자 봉지로 되어있었기 때문이었다. 과자봉지도 전자파 차단 역할을 하는 모양이었다.

윤 작가와 눈이 마주친 나는 홀린 듯 그들에게로 다가섰다. 그들의 중심엔 부루마블 게임판이 있었다. 오버워치와 서든어택이 판을 치는 이 시대에 부루마블이라니. 어안이 벙벙해진 채로 그것들 바라보고 있는 나에게 윤 작가가 그들을 소개했다.

"동호회 회원분들이에요. 전알퇴."

전알퇴가 전자파 알레르기 퇴치의 약자라는 건 쉽게 알 수 있었다. 왠지 서글픈 느낌이 드는 이름인데도 그녀의 얼굴엔 해바라기 같은 미소가 피어있었다. 나는 그들에게 어정쩡하게 인사를 했고 윤 작가는 그들에게 회사에서 온 사람이라며 내 소개를 했다. 그러자 그들은 나에게 함께 게임을 하자고 했다. 이때 나는 그들에게 어색한 미소를 지어 보이며 윤 작가를 한쪽으로 불러내어 속삭이듯 말했다.

"작가님. 지금 뭐 하시는 거예요? 몸은 괜찮으세요?"

그러자 그녀는 고개를 끄덕이며 씩 웃어 보였다.

"이러다 괜찮아져요. 중 컷 스케치도 다 끝났어요."

자리에서 일어난 것도 모자라 스케치를 끝냈다니 믿어지지 않았다. 그녀를 그냥 이대로 둬도 되는지 아니면 쉬라고 해야 하는지, 그도 아니면 이왕 컨디션을 회복한 김에 그림을 계속 그려달라고 해야 하는지 판단이 서질 않았다.

"박 대리님도 같이 해요. 부루마블 은근히 재미있어요. 그림은 한 시간만 놀다 그릴게요. 네?"

그녀는 어린아이처럼 조르는 표정을 지었고 나는 그 표정에 이끌리듯 고개를 끄덕였다.

부루마블은 은행에서 돈을 받아 각 나라에 호텔이나 별장을 지어 통행요금을 받아 수익을 내는 게임으로, 게임이 끝난 시점에 돈을 제일 많이 갖고 있는 사람이 승리하게 된다. 그녀는 내가 마드리드와 부에노스아이레스 등에 손톱만 한 플라스틱 호텔이나 별장을 세울 때마다 까르르 웃으며 진심으로 좋아했다. 내가 진짜 그 도시에 건물을 사기라도 한 것처럼. 그건 다른 사람들도 마찬가지였다. 기껏해야 일등만 빼고 나머지 사람들끼리 오천 원씩 내서 떡볶이를 배달 시켜 먹을 작정이라면서 사활을 건 듯 진지했다. 그 모습에 나는 어이가 없었지만 돈이 거의 바닥이 나 버렸을 땐 나도 위기의식이 들기 시작했다. 이즈음 내 또래로 보이는 남자가 내 땅에 호텔을 하나 선물해 주었고, 나는 그와 묘한 연대감을 느끼며 게임이 재미있어지기 시작했다.

이번 판은 중년 여자의 승리로 끝이 났다. 판을 정리하고 난 그녀는 긴 생머리를 말아 올려 핀을 꽂으며 모두에게 물었다.

"요즘은 다들 좀 어때?"

"이제 그냥 그런가보다, 해요. 요즘은 더워서 더 힘들죠."

이십 대 여자가 활짝 편 접선 부채를 부치며 심드렁한 표정으로 말했다. 곧게 뻗은 단발 머리가 바람에 흩날렸다. 그러자 중년 여자가 얼굴을 구겼다.

"난 그놈의 바코드 때문에 마트에 못 가서 아주 죽겠다고."

그러자 윤 작가는 의아한 듯 말했다.

"미선 님은 다니시는 데는 지장 없으니까 시장에 가시면 되잖아요."

이들은 서로의 실명을 부르고 있는 듯했다.

"자긴 아직 아가씨라서 뭘 몰라. 시장에 가서 살 거, 마트 살 거 따로 있지."

그러자 다들 짐짓 의미심장한 얼굴로 고개를 끄덕였다. 이때 나와 동년배의 남자가 통통한 볼에 볼우물을 만들며 약병을 꺼내 모두에게 하나씩 내밀었다.

"이게 그 미스콘신 사에서 새로 나온 철분제예요. 흡수율이 탁월하답니다."

순간 나는 얼굴이 찌푸려졌다. 약을 팔아? 꼭 이렇게 힘든 사람들 돈을 우려먹어야겠냐.

"하나씩 드리려고 여러 개 샀습니다."

그 순간 나는 멍해졌다. 그는 약을 팔려는 게 아니었고 자비로 산 약을 사람들에게 나눠주고 있는 거였다. 철분제를 받아든 사람들은 그것을 이리저리 뜯어보며 고맙다고 말했다.

"자수정 목걸이 써 본 분 계세요?"

이십 대 여자가 물었다.

"쓰니까 좀 낫긴 한데, 내 몸이 해야 할 일을 자꾸 물건에 의존하는 거 같아서 좀 그래요."

중년 여자가 다소 지친 기색을 비치며 말했다. 윤 작가는 아직 마비가 풀리지 않은 탓인지 느린 동작으로 그녀의 어깨를 토닥이더니 대학생 남자를 향해 물었다.

"윤철이 너는 어때? 노트북 못 쓰니까 불편하지?"

그러자 가늘고 긴 손가락으로 뿔테 안경을 올렸다 내리는 그의 얼굴 빛이 어두워졌다.

"네. 과에서 병신 취급당해요. 스마트 폰도 맨날 비행기 모드로 해놓으니까 제때 전화도 못 받아서 애들이 짜증 내고……."

이번엔 이십 대 여자가 말했다.

"나도 처음엔 스마트 폰 못 써서 진짜 속상했지. 저절로 왕따가 되더라니까. 하지만 지금은 완전 편해. 요금제 걱정 안 해도 되지, 새 기계 알아볼 필요 없지, 떨어트려 액정 갈 걱정할 일 없지, 잃어버려서 눈물 날 일 없지, 핸드폰 없으니까 사는 게 편하다니까. 심플해서 좋아."

그들은 조금씩 다른 거추장스러운 옷을 바꿔 입어가며 서로를 이해하고 있었지만, 대학생 남자의 얼굴빛은 여전히 어두웠다.

"오늘 지하철을 타고 왔는데 한 사람도 빠짐없이 핸드폰을 들고 있었어요. 지하철 안에서 나오는 평소보다 사십 배나 되는 핸드폰 전자파를 생각하니까……. 아, 정말 무섭더라고요. 아, 정말 저는 왜 이 시대에 태어났을까요. 조선 시대에 태어났으면 불편한 거 없이 잘 살 수 있었을 텐데."

지하철을 탄다는 것으로 보아 그의 상태는 윤 작가보다는 가벼운 것 같았다. 대답을 한 건 윤 작가였다. 조금은 느린 말투였다.

"나도 처음엔 그런 생각 했어. 하지만 이젠 생각이 달라. 왠지 그 시대에 태어났어도 이만큼의 힘든 일을 겪고 있을 거야."

"왜요?"

남학생이 의아한 듯 물었다. 나 역시도 왜냐고 묻고 싶었다.

"그냥. 내가 겪어야 할 힘든 일들이 정해져 있다면 그건 언제 태어나도 다 겪게 될 것 같아."

너무나 담담한 그녀의 말투에 나는 어안이 벙벙해졌다. 그녀는 전자파 알레르기를 겪는 것에 대해 적어도 자신과는 화해한 것 같았다. 그 순간 뭔가 기분 나쁜 느낌이 내 속에서 스멀스멀 올라오는 것이 느껴졌다. 푸르네, 내가 용케 그곳을 벗어난다 해도 어딘가에서 똑같은 상황을 겪고 있을지도 모른다. 이때 골똘히 생각에 잠겨있던 남학생이 다시 말을 꺼냈다.

"가장 큰 걱정은 상태가 더 심해져서 사회생활도 못 하게 되는 거예요."

그의 말에 나는 문득 푸르네에서의 내 암담한 생활을 떠올리며 가슴이 갑갑해졌고, 오늘 처음 일면식을 한 그들의 대화에 끼어들고 말았다.

"사회생활 그거 꼭 해야 하나요? 이상한 인간들 천지인데."

그 순간 모두의 뜨악한 시선이 나에게로 향했다.

판이 다시 시작되었을 때 나는 왠지 모를 의지가 불타올랐다. 이겨야겠다는 마음 같은 건 없었지만 제대로 게임에 임해보고 싶었다.

"그린뱅크다!"

사람들이 환호성을 질러댄 건 중년 여자가 주사위를 던지고 났을 때였다. 환희에 들뜬 그들은 중년 여자의 머리 위로 폭죽을 터트렸다. 부루마블에 그런 도시가 있었나? 부루마블 판을 자세히 보니 우주 정거장이 그려져 있어야 할 자리에 대형 접시형 안테나 사진이 붙어 있었다. 그리고 거기엔 그린뱅크라고 쓰여 있었다. 중년 여자는 폭죽 같은 웃음을 터뜨리며 말했다.

"19세기로 돌아가려면 준비 단단히 해야겠는데."

무슨 말인지. 저 안테나가 사람들을 19세기로 보내준단 말인가. 어리둥절해 있는 나에게 그들은 자랑하듯 그린뱅크에 대한 이야기를 하나씩 들려주었다.

"그건 미국 웨스트버지니아주에 있는 자치구예요."

"그린뱅크 전파 망원경이 우주로부터 오는 전파를 감지하는데요, 안테나 크기가 축구장만 하대요."

"안테나가 작은 전파에도 예민해서 인근 16km 이내에 무선 통신을 제

한하고 있어요."

"휴대전화, TV, 인터넷 공유기 중 아무것도 쓸 수 없는 지역이죠."

그런 곳이 있다니. 이 시대에 그런 곳이 존재한다니. 그게 사실이라면 윤 작가가 지금의 터전에서도 살 수 없게 되는 날이 와도 옮겨갈 곳이 있다는 얘기다. 생각의 끝에 가슴에 시원한 물결이 굽이쳤다. 이때 어디선가 핸드폰 벨 소리가 들려왔다. 전알퇴 회원이 핸드폰을 켜 놨다니 한심하다는 생각을 하고 있는데 사람들의 시선이 나를 향하기 시작했다. 지금 들려오는 익숙한 이 벨 소리는 내 벨 소리였다. 전날 밤 밖에 나갔을 때 전화기를 켜 놓은 채로 그대로 들고 들어왔던 거였다.

당황이 돼 전화를 끄지도, 받지도 못한 채로 머뭇대고 있는데 사람들이 하나씩 자리에서 일어나 밖으로 나가기 시작했다. 이십 대 여자는 소파에 놓인 과자봉지 거적때기를 서둘러 입고 나가며 나를 할긋 흘겨봤다. 잠시후 뒤늦게 전화기를 껐을 땐 이미 모두가 떠나버리고 난 뒤였다.

"죄, 죄송해요. 작가님. 아까 팀장님한테 상황 보고를 해야 할 것 같아서 전화기를 켜는 바람에."

윤 작가의 꽉 다문 입술이 떨렸다.

"돌아가 주세요."

"아, 작가님……."

"우리 중에 핸드폰 가진 사람은 윤철이뿐이에요. 우리가 이렇게 만난 건 기적이라고요. 가을이는 두 시간을 걸어서 왔고요."

그녀는 울먹이며 말했고 나는 온몸이 지구의 중심으로 꺼져 들어가는 것 같았다. 그리고 이제 더 어찌해 볼 도리가 없다는 걸 알게 되었다. 나는 그녀에게 연거푸 미안하다는 말을 한 뒤 현관문을 나섰다. 문득 돌아본 부엌 시계는 오전 여섯 시 반을 가리키고 있었다.

윤 작가의 연립을 나선 후 나는 보도블록을 따라 걸어 내려가며 거의 십 미터마다 하나씩 있는 전기함을 지났다. 네 개의 전기함을 지났을 때부터는 나도 모르게 전기함에서부터 멀찍이 떨어져서 걷고 있었다. 그 사이 팀장의 전화가 걸려왔지만 받지 않았다.

버스 정류장에 도착한 나는 기다리던 버스에 올라 교통카드를 찍었다. 세 정거장을 지나 내릴 때도 마찬가지였다. 그러고 난 뒤 계단을 이용해 지하철역으로 내려가 표찰 구에서 또 교통카드를 찍었다. 이후 이동통신사 중계기, 와이파이 공유기 등이 설치된 벽면 곁을 지나 에스컬레이터를 타고, 플랫폼에 도착해 유유히 다가오는 지하철을 탔다. 출근 시간인 탓에 겨우 문에 매달리다시피 해 들어선 지하철 안쪽엔 빼곡히 들어찬 사람들로 발 디딜 틈이 없었지만 사람들은 핸드폰을 검색하고 있었다. 공기처럼 존재하고 있는 전자파, 그것을 모두 느끼는 그녀와 아무런 느낌 없이 온종일 그것을 흡수하고 다니는 나 중 누가 더 나은 것일까.

한 시간 반을 온몸이 조여진 채로 서 있다 종점에 닿았다. 그곳에서 내린 나는 곧바로 반대 방향의 지하철로 갈아탔다. 전자파에 시위하듯 같은 행동을 두 번 더 하고 났을 때 나는 배가 고팠고 머리가 띵했고 다리가 풀리는 느낌이 들었다. 집 근처 지하철역에 서 내렸을 때 이미 저녁 여섯 시가 되어있었다. 공기는 여전히 뜨거웠는데도 코끝에 시원한 느낌이 들었다.

플랫폼 위를 맥없이 걷는데 문자가 도착하는 진동이 느껴졌다. 윤 작가였다.

"일곱 시쯤 웹 하드에 올릴게요. 피드백 바로 보내주세요."

나는 기가 질려 입이 딱 벌어졌다. 마비가 다 풀리지도 않았을 텐데 계속 그림을 그리고 있었다니. 생각의 끝에 급기야 화가 나기까지 했다. 힘든 일을 잘 견뎌낼수록 신은 계속해서 더 힘든 일들을 부여한다는 걸 그녀만 모르고 있는 듯했다. 이제 내가 할 일은 윤 작가가 두 시간 이상의 수정을 하지 않게 할 피드백을 작성하는 것이다. 하루에 딱 두 시간뿐인 그녀의 수정 시간은 방금 전까지의 내 피로감을 긴장감으로 대체하고 있었다. 윤 작가는 아주 오래 그 긴장감 속에서 살아왔을 것이다. 두 시간 이내의 수정사항만을 내기 위해 그녀는 내내 분투해왔을 것이고, 그 시간들이 쌓이고 쌓여 그녀를 지금의 위치로 이끌었는지도 모르겠다. 어느새 나는 손등으로 눈물을 훔쳐내고 있었다.

표찰 구에서 교통카드를 찍고 나오는데 팀장의 전화가 걸려왔다. 그는 새된 목소리로 소리를 질러댔지만 웬일인지 나는 그 목소리에 이전처럼 움츠러들지 않았다. 일곱 시에 그림이 올라올 거라고 하자 팀장의 목소리는 한층 수그러들었다.

표찰 구 앞 의자에 앉아 노트북을 꺼냈다. 그리고 즐겨찾기에 저장된 스무 개가 넘는 공무원 시험과 수험서 정보를 모두 지웠다. 표찰 구에서 사람들이 교통카드를 찍는 소리가 들렸다.

나를 다독이는 '소설의 자장'

우선 저의 간절한 기도를 들어주신 하느님께 감사드립니다.

오래전 누군가로부터 너 하면 방황의 아이콘이란 말이 떠오른다는 말을 들은 일이 있었습니다. 그때가 진심으로 몰두하고 싶은 일을 찾아 헤매기 시작할 무렵이었습니다. 그 방황은 아주 오래 지속되었습니다. 그 시간 동안 몇 가지 새로운 일들에 도전했는데, 지금에 와 생각해보면 저는 꽤 무모했고 꽤 용감하기도 했던 것 같습니다.

그 끝에 만나게 된 것이 소설을 쓰는 일이었습니다. 처음엔 설레고 즐겁기만 한 일이었지만 당선작들을 읽어 보았을 때 좌절이 시작되고야 말았습니다. 특히 단편소설은 어떤 단단한 문학의 향기가 느껴지는 글들이었고 그래서 계속해 볼 용기를 내기가 어려웠습니다. 과연 내가 할 수 있는 일인가 하는 생각에 고민한 날도 많았습니다. 그럴 때면 한동안 소설을 한 자도 쓰지 못한 채로 지내기도 했습니다. 하지만 어느 정도 시간이 지난 후에 저는 다시 소설을 쓰고 있었습니다. 소설의 자장은 스스로를 무던히 다독여 다시 자신에게로 돌아오게 했으니까요.

사실 부끄럽지만 최근에도 그런 시간을 보내고 있던 중이었습니다. 그런 제게 그 어느 때보다도 강력한 소설의 자장이 느껴지는 사건이 일어났습니다. 당선 전화였습니다. 그저 멍해졌고, 그다음에 눈물이 났습니다. 부족한 글을 뽑아주신 심사위원님들께 진심으로 감사드립니다.

늘 걱정과 안타까움, 때로는 기쁨으로 지켜봐 주시는 엄마와 가족들, 그리고 하늘의 별이 되었지만 늘 함께해 주시는 아빠에게 사랑과 감사를 전합니다.

가르침을 주신 고마운 분들이 계십니다. 강태식 선생님, 하성란 선생님, 강영숙 선생님, 김현영 선생님께 진심으로 감사드립니다. 그리고 맞춤법과 띄어쓰기에 대해 전화상으로 친절하게 대답해주신 국립국어원 분들께도 감사의 말씀을 전하겠습니다.

그리고 모두가 힘든 이 시간이 빨리 지나갈 수 있길 기도합니다.

'전자파 세상' 실감있게 그려

올해 경남신문 신춘문예 단편소설 응모작 편수는 코로나 여파인지 예년에 비해 다소 떨어졌다지만 그래도 상당히 많은 예비 작가들이 응모했고, 만만치 않은 실력을 과시한 작품도 많았다. 100여 편을 훌쩍 넘긴 작품들 중에서 심사숙고하며 최종심으로 선정한 작품은 '록포트만에 머물다', '아이들', '오피스텔', '덩크', 하루에 두 시간만' 등 모두 다섯 편이다.

이 중 '오피스텔'은 문장과 구성이 물 흐르듯 자연스러웠지만 메시지가 불분명하고 임팩트가 부족해서, '록포트만에 머물다'는 벌새를 모티프로 삶의 지난한 도정을 비교하고 이끌어가는 구성도 괜찮고 밀도 높은 문장 구사도 마음에 들었지만 희망을 위한 분명한 메시지가 없다는 점에서 제외했다.

'덩크'의 경우 농구라는 스포츠를 테마로 인생의 굴곡을 풀어가고 있다. 현실과 환상을 오가면서 나락으로 떨어진 삶을 극복해가는 과정은 괜찮았다. 참신한 소재 역시 눈에 띈다. 다만 이야기의 동기가 되는 화자와 언니의 관계가 너무 느슨해서 감정이입이 안 되는 것이 아쉬웠다. '아이들'은 사랑받지 못하고 자란 주인공이 보육교사가 되어 아이들에게 적극적 사랑을 베풀며 보상 받으려는 이야기와 맞벌이 가정의 보호받지 못하는 아이들의 이야기가 교차하면서 꽤 괜찮은 화음을 만들어내지만, 전체적으로 소외된 아이들에 대한 관심을 적극적으로 이끌어내기에는 부족했다는 판단이다.

긴 시간 숙고 끝에 '하루에 두 시간만'을 당선작으로 민다. 문명비판 소설이다. 전자파 알레르기라는 특이 질병을 앓는 사람들을 통해 현대문명이 인간에게 미치는 영향이 얼마나 무서운지를 설득력 있게 묘사하고 있다. 아파트나 빌딩에 솟아 있는 중계기나 노트북 심지어 휴대전화까지도 인간을 좀먹어가는 전자파로 가득한 세상을 실감 있게 그리고 있다. 세련되고 안정된 문장력 또한 신뢰가 간다. 소재 소화능력도 나무랄 데가 없었다. 당선을 축하드리며, 아쉽게 낙선한 분들께도 격려의 박수 보낸다.

경상일보 **김남희**

서울시립대 철학과 졸업 및 동 대학원 박사과정
2020년 투데이신문 직장인 신춘문예 소설 당선

어떤 약속

김남희

맥주를 테이블에 내려놓고서야 배낭을 알아차렸다. 남자는 나처럼 앉으려다 말고 멈칫 섰다. 편의점 파라솔 자리를 두고 그와 내가 맞닥뜨린 거였다. 쥐고 있는 빵은 햄버거인지 새큼달큼한 짠 내가 났다. 초면이 아니라는 생각이 바로 스쳤다.

"쏘리."

그가 먼저 물러났다. 짧은 영어 한마디였지만 원어민임을 알 수 있었다. 나는 그러지 말고 앉으라는 뜻으로 말했다.

"플리즈."

그도 우리가 구면인 걸 알아차린 눈치였다. 출근할 때 들르는 던킨도너츠에 그가 배낭을 메고 나타나기 시작한 건 일주일쯤 전이었다. 셀프바에 비치된 냅킨을 한 뼘쯤 집어서 배낭에 쑤셔 넣고, 도넛을 받아오는 길에 또 한 뼘쯤 그러는 광경을 나는 커피를 마시며 매번 고스란히 보았다. 뻔뻔한 태도라기보다는 무슨 이유에선지 부끄러움을 무릅쓴 것 같았다. 다시 '플리즈' 하자 그의 눈이 웃었다. 술김이었을 것이다. 이미 한잔하고 온 나는 비닐봉지에서 맥주를 꺼내 건넸다. 그도 목이 말랐던 모양이다. 물방울이 맺힌 차가운 캔을 보자 목울대를 움직이며 침을 삼켰다. 후덥지근한 주말 저녁, 우리는 그렇게 마주 앉아 대화를 나누게 되었다.

그는 처음에 자신을 필립이라고 소개했다. 미국에서 이십육 년을 살다가 열흘 전 한국에 돌아와서 줄곧 찜질방에서 지내왔다고 말했다. 계단 끝에 있는 그 오래된 찜질방은 외국인이 나오는 예능프로그램에도 소개된 적 있는 관광명소였다. 박모영. 나도 내 이름을 밝혔다. 소규모 유학원을 하고 있다거나 이혼했다는 말은 안 했다. 근방에 산다고는 했다. 네이버, 이웃. 한국말에 서툰 필립을 위해 나는 녹슨 실력을 발휘해서 영어로 말했다. 술을 마셔서인지 말이 제법 술술 통했다. 사실 아무리 술을 마시더라도, 누군가 나에게 혹은 내가 누군가에게 그처럼 말하고 싶고 들어주고 싶었던 적은 별로 없었던 것 같다.

"바닷가에 살고 싶어요. 매일 수영도 하고."

그는 사진으로만 본 필리핀의 보라카이 섬에 가기를 꿈꾸었다. 나는 우리나라의 동해도 좋다고 말했다. 시리도록 푸른 쪽빛이라고 하자 그는 눈을 반짝였다. 물에서 종일 떠 있을 수 있다는 말에 나는 손뼉까지 치면서 감탄했다. 수영을 잘하게 된 계기가 그를 때리고 싶어 하는 사람들로부터 도망가다가 물로 뛰어들었기 때문인 것을 나는 알지 못했다. 죽도록 발을 구르며 말 그대로 생존 수영을 익혔다는 건 모르고, 그저 힘에 부치면 물에 몸을 맡기고 누워 흘러가는 구름을 본 줄만 알았다.

"저는 발이 닿지 않으면 가라앉아요. 바다는 멋지지만 뛰어들려면 불안하죠. 검푸른 빛깔이라면 더더욱."

막연한 불안은 실체를 감추고 있어도 그것을 의식하는 어떤 힘은 있었다. 가령 물속에서 내 목을 뻣뻣하게 만드는 힘. 필립은 그런 힘을 빼는 연습으로 엎드린 자세의 수평뜨기를 보여주었다. 물에 뜬 시체가 되었다고 생각하라는 거였다. 우선은 부력이 있는 물체에 의지해 보면 도움이 될 거라고도 말했다.

"저는 빈 페트병을 넣은 배낭을 메고 헤엄치기도 했어요."

대화가 한창 무르익는 중에 톡이 왔다. 적자를 줄이기 위해서 월세 사무실 공간 일부를 월세 놓기로 했었는데 계약하기로 한 사람이 마음을 바꾼 거였다. 공유오피스 게시판에 글을 다시 올렸다. 불편하더라도 결정적인 돌파구가 나오지 않는 한 선택의 여지가 없었고 아니면 폐업을 생각할 처지였다. 핸드폰을 보다 고개를 드니 필립은 아껴먹듯 조금씩 먹던 햄버거를 결국 포장지에 묻은 소스까지 마저 닦아 먹고 있었다. 하지만 맛있냐는 말에는 가벼운 인상을 쓰며 웃었다. 저렴해서 먹지만 좋아하진 않는다고 했다. 좋아하지 않게 된 사연이 기가 막혔다.

"허기진 상태로 배낭에 기대어 앉아 있던 날이었어요. 힘없이 졸다가 깨어보니 커다란 개들이 어슬렁대고 있는 거예요. 물릴까 봐 정신이 번쩍 들었는데, 어떤 여자가 불룩한 맥도널드 봉투를 안고 걸어왔어요."

냄새를 맡고 다가와 꼬리를 흔드는 개들에게 여자는 햄버거를 먹였다. 조금씩 뜯어서 주는 게 아니라 한 마리당 한 개씩이었다. 그는 곧 주체할 수 없이 침이 흘렀지만 여자는 외면한 채 말했다. 노숙자는 쉼터에서 먹여 주면서 불쌍한 너희 개들은 아무도 먹이지 않았구나. 무정한 세상 같으니. 그녀는 개들에게 말을 했겠지만 그 말을 알아들은 건 개가 아니라 그였다. 나는 노숙자라는 말이 걸렸으나 대신 그게 어디였냐고 물었고, 코네티컷주 하트포트였다는 말에 깜짝 놀랐다.

"코네티컷? 나도 코네티컷에 있었어요. 하트포트는 아니고 댄버리에."

그도 놀라워했다. 마주쳤을 수도 있다고 흥분한 우리는 십 년이나 다른 시기에 각자 코네티컷에 있었던 걸 알고는 웃음을 터뜨렸다.

대학 입시에 실패한 나는 유학원을 통해서 패자부활의 길을 모색했다. 당시 도피성 유학으로 합리적인 선택지였던 필리핀 치대가 물망에 오르다가, 돈을 더 들인 끝에 미국으로 가게 되었다. 그때만 해도 아버지가 슈퍼살롱 브로엄을 타던 사장이었기에 가능한 일이었다. 이제라도 정신을 차리고 유학 준비에 전념하려 했던 나는 하지만 어학원에서 만난 K와 폭풍 같은 첫사랑에 빠지고 말았다. 출국이 다가올수록 나는 그에게 집착했던 반면에 그는 예정된 헤어짐을 쿨하게 받아들였다. 제풀에 상처 입고 먼저 이별을 고했으나 미국에 간 나는 결국 졸업도 하지 못하고 귀국했다. 아이엠에프 여파로 집이 쫄딱 망했기 때문이다. 이후 예전 같은 무모함이나 가슴 떨리는 순수한 감정은 내게 다시 일어나지 않았다.

술이 오르는 걸 느끼며 맥주를 한 번에 쭉 들이켰다. 만 원에 네 개짜리 맥주 여덟 캔이 모두 찌그러졌고, 편의점에서 흘러나온 불빛이 사방의 어스름을 나른하게 빨아들이고 있었다. 필립을 처음 보았을 때 사실 나는 K를 떠올렸다. 그래서 자꾸만 눈길이 갔다. 나는 꾸벅꾸벅 졸기 시작한 그를 게슴츠레 바라보다가, 깨웠다.

"집에 가야죠. 아, 찜질방으로 가요."

계단 위 찜질방은 팔천 원에 열세시간까지 이용하고 초과하면 추가 요금을 내는 곳이었다. 저녁에 들어갔다가 아침에 나와서 한나절쯤 외출했다 돌아오는 식으로 필립은 그곳에서 지냈나 보았다. 황토방, 숯방, 히노끼방, 얼음방, 소금방, 식당과 수면실이 갖춰진 대규모 시설이지만 노후화된 분위기에 이용객이 적어서인지 휑뎅그렁했다. 식혜를 한 잔씩 손에 들었다. 술이 깨며 서먹해진 나는 찜질방 옷을 가리키며 말했다. 유니폼을 입으니 결속력이 생기는 것 같지 않아요? 그를 따라 띄엄띄엄 앉은 사람들을 지나쳐서 어둡고 외진 공간으로 들어갔다.

"피곤하죠? 저는 여기서 혼자 눈을 붙이곤 해요."

그는 찜질방 목침이 딱딱해서 대신 배낭을 베고 잔다고 말했다. 배낭 양 끝에 각자의 머리를 기대고 떨어져서 누웠다. 피곤한데 잠이 오지 않았다. 낯선 숨소리를 들으며 언제든 불이 켜질 것만 같은 어둠을 나는 바라보았다. 현실은 때로 그렇게 비현실적이었다. 슬며시 몸을 일으키고 나는 그를 쳐다보다가 충동적으로 손을 뻗어 뺨과 입술을 더듬었다. 놀란 그가 눈을 뜨고 내 손을 잡았다. 순간 지나가던 누군가의 혀 차는 소리에 우리는 허둥대며 일어나 앉았다. 떨리는 손으로 흐트러진 머리를 매만졌다. 나는 이미 후회하고 있었지만 '쏘리'라고 말한 건 아무런 잘못도 없는 그였다. 천장에 달린 전등이 깜박거리다가 켜졌다. 꼴좋게도 우리가 마주 앉은 공간이 환해졌다. 잠을 자기는 그른 것 같았다. 그가 내 등에 배낭을 받쳐주었다. 아까도 느꼈지만 정말 폭신하다고 신기해하자

63

그가 배낭의 지퍼를 열고 속을 조금 보여주었다. 던킨도너츠 로고가 새겨진 냅킨 뭉치가 비죽이 드러났다. 쿡 웃음을 삼킨 나를 무릎에 턱을 괸 채로 가만히 보던 그가 모영, 하고 불렀다.

"모영, 원래 내 이름은 준필이에요. 김준필."

김준필. 나는 그의 이름을 되뇌어 보았다. 망설이고 있는 듯한 그에게 뭐든 좋으니 말해 보라고 했다. 커다란 집, 무슨 궁궐인데, 하더니 그는 말했다. 독서공?

"덕수궁?"

"맞아요. 덕수궁. 거기가 바로 제가 버려진 곳이에요."

네 살 무렵 그는 덕수궁 앞에서 울고 있다가 경찰에게 발견되었다고 말했다. 세게 한 대 얻어맞은 기분이 그럴까. 잠시 무슨 말을 할지 모른 나머지 실없는 소리를 해버렸다.

"궁궐에서 발견되었다면 혹시 왕족이 아닐까요?"

고맙게도 그는 피식 웃어주었다. 나는 그가 아동 양육 시설과 위탁 가정을 전전한 끝에 미국으로 입양된 사연을 듣게 되었다. 첫 번째 양부모인 왓슨 부부는 불임인 줄 알았다가 나중에 아이를 갖게 되자 그를 '세컨핸드' 시장에 내놓았다.

For Sale: 필립(12). 한국 태생의 온순한 소년. 음식 투정이 없어요.
($3,200).

믿을 수 없게도 그는 강아지와 고양이의 재입양 정보와 나란히 지역 무가지의 '리호밍rehoming' 섹션에 등장했고 이를 보고 선택한 모레이 부부가 그의 두 번째 양부모가 되었다. 그들은 입양에 따른 세금 공제와 보조금을 받으며 그를 무료 기숙 군사학교에 보냈고 이혼하고 나선 연락을 끊었다. 성인이 된 그는 한동안 노숙자로 살아야 했다. 말하자면 그는 나처럼 흔해 빠진 실패담의 주인공이 아니었다. 그래서 나는 그가 왜 혹은 어떻게 한국에 왔는지가 더욱더 궁금해졌다.

"아이 워즈 디포티드 I was deported."

디포트? 추방되었다고? 놀라서 입을 막자 그는 나를 안심시키려는 듯 신중한 발음으로 한국말을 했다.

"범죄가는 아니에요"

범죄가? 아 범죄자, 하고 바로 알아들었지만 오히려 의혹이 일었다. 그는 답답한지 다시 영어로 말했다. 자신은 시민권자인 줄 알았는데, 아니었고, 그래서 시민권자라고 적은 게 공문서위조가 되었다는 것이다. 도무지 이해가 되지 않았다. 나의 표정을 본 그가 '익스큐즈미'하고는 배낭을 뒤적이더니 책자를 꺼냈다. 중고책방에서 건져낸 듯 보이는 한국어 교본이었다. 책갈피 사이에 끼워져 있던 여권을 펴자 사진이 나왔다. 그가 아홉 살 때라고 했다. 영문으로 휘갈겨 쓴 이름과 생년월일, 일련번호가 적힌 푯말을 들고 있는 소년을 나는 숨죽이고 바라보았다. K로 시작하는 일련번호는 한국에서 그해 입양 보낸 아동의 순서였고, 그는 1528번째라고 했다. 갑자기 가슴이 먹먹해지면서 어디선가 멀리서 비행기 소리가 들리는 것 같았다. 눈을 감자 감은 눈 속에 검푸른 바다가 일렁였다. 나는 내가 아주 좋지 않은 상황에서 만나고 헤어졌던 한 소년을 떠올리고 있었다. 혹시 이 남자가 그 소년은 아닐까. 나는 고개를 저었다. 소년이 결국 추방된다는 건 생각만으로도 끔찍했다.

"아 유 오케이?"

다가온 그의 손을 밀어냈다. 얼굴이 달아올랐다. 지금 보니 그는 정말 나보다 한참이나 어렸다. 나의 반응에 당황한 듯 움츠러든 그에게 미안한 마음으로 조심스럽게 물었다.

"대체 무슨 일이 있었던 거에요?"

그래서 그가 내게 들려준 나머지 얘기는 어떻게 보면 유일한 친구였던 벤에서 시작해서 벤으로 끝났다. 아프리카계 미국인 벤은 공원에 앉아 남이 마시다 놓고 간 콜라를 빨대로 열심히 빨아 대다 그를 보자 '코리안?' 하고 먼저 말을 걸었다고 했다. 노숙자와 트럭커, 그러니까 물류기사를 오가던 벤은 한때 필리핀과 한국에 있는 미군 기지에서 복무한 경험이 있었다. 당시 '닭공장'에서 닭을 부위별로 정리하는 일을 했던 준필은 그의 보조로 트럭 일을 시작하게 되었다. 벤은 언젠가 필리핀 보라카이나 한국의 이태원에 다시 가고 싶어 했고, 만일 한국에 간다면 같이 가자고 했다.

"한국은 호텔이 비싸. 숙소는 스파를 이용하자. 디즈니랜드같은 스파도 저렴해."

그는 사실 자신을 버린 한국이 아니라 필리핀처럼 아예 새로운 곳에 가 보고 싶었다. 그게 가능하단 걸 새삼 깨달은 그는 열심히 돈을 모았다. 여권도 미리 만들어 놓기로 했다. 하지만 국토안보부에 여권을 신청하는 과정에서 그는 영주권 갱신이 되지 않은 문제에 이어 자신이 미국 시민권자가 아니란 사실을 처음 알게 되었다. 국토안보부 직원은 그가 간직해 온 비자를 보더니 말했다.

"이건 IR-4 비자군요."

그의 비자는 입양이 아니라 입양 '예정'으로 영주권을 보장받는 입국 비자였다. 입양아에게 자동으로 시민권을 부여하는 제도가 도입되었지만, IR-4 비자는 여전히 해당이 되지 않아서 그가 시민권자가 되려면 양부모가 연방정부와 주정부 각각의 법원에서 입양 '확정'을 받고 귀화시켰어야 했다. 그런 절차를 밟지 않은 왓슨과 모레이 모두 입양을 약속한 후견인이었을 뿐 법적인 양부모도 아니었다. 충격을 받은 그에게 직원은 서류미비자, 즉 불법체류자 상태라면서 여권은 '당신네 나라'에나 알아보라고 말했다. 뜻밖의 상황을 벤에게 털어놓았다.

"해괴한 일이군. 이제껏 문제없이 운전면허도 내주고 했으면서 갑자기 지랄이래."

불법체류자 추방작전이란 게 사실일지 모르니 행여 체포되지 않게 영주권 갱신이나 해두라는 벤의 충고는 일리가 있었다. 국토안보부에 다시 가긴 싫어서 전화로 알아보니 만료된 지가 오래라 인터넷으로 절차를 밟을 사안이 아니라고 했다.

"내가 잘 아는 사람을 통해서 도와줄게."

갱신 수수료 사백육십오 달러, 지문 등록 구십오 달러, 합쳐서 오백육십 달러만 달라고 하면서 벤은 말했다.

"대행 수수료는 무료, 우린 친구니까."

하지만 그로부터 얼마지 않아 그는 이민세관단속국에 의해 체포되었고 구치소에 갇힌 채 과거 운전면허와 여권 신청 등에서 시민권자를 사칭한 공문서위조 혐의로 국토안보부의 재판에 회부되었다. 이민 구치소에는 그와 사정이 비슷하거나 다른 유색인들로 넘쳐났고 침대는 물론 담요도 모자라서 바닥에 수건을 깔고 자는 날도 있었다. 한 달 뒤 추방이 확정되었고 명단과 사유를 통보받은 한국 영사관은 그에게 단수여권을 발급해 주었다. 외교부 차원에서 그는 미국에서 추방되는 수백 명의 한국인 중 한 명일 뿐이었다. 추방된 입양인이라면 복지부 산하 단체에서 파악하고 지원하게 되어 있지만, 막상 출입국 관리는 외교부도 복지부도 아닌 법무부 소관이었다. 그는 영사관이 대신 끊어준 인천행 편도 항공권에 대한 비용을 치르고 배낭 하나만을 메고서 미국을 떠났다. 나는 물었다.

"벤은요?"

벤은 영주권 갱신 비용을 받아간 뒤로 연락이 끊겼다고 그는 말했다.

월요일 아침, 찜질방 앞에 선 나는 다시 시계를 보았다.

"준필씨, 이제 여기서 살아야 하니 주민등록증부터 만드는 게 좋겠어요."

내 말에 그는 무심히 끄덕였을 뿐 선뜻 받아들이는 기색은 아니었다.

"주민등록증이 있어야 대한민국 국민으로 보호받고 제대로 된 권리도 찾을 수 있어요. 정부로부터 생활비 같은 거라도 지원받아요."

찜질방 바닥을 두드려 가며 나는 얼마나 열심히 말했는지 모른다. 주민등록번호조차 기억에 남아있지 않다는 그에게 여권 하단을 가리키며 이게 그 번호라고 알려주었고 내가 도와줄게요, 돕고 싶어요, 우기다시피 해서 그로부터 주민센터에 같이 간다는 약속을 받고서야 그곳을 나왔었다. 하지만 집에 가서 자고 일어나니 신열이 내린 듯 지난밤 열의는 낯부끄럽고 출근길에 맨정신으로 찾은 찜질방은 낯설기만 했다. 아직 문들을 열지 않은 유흥가 곳곳의 쓰레기들을 바라보다가 나는 생각했다. 그가 알아서 안 나타날 수도 있지 않을까. 그가 내게 도와 달라고 부탁한 것도 아니지 않은가. 그때 찜질방 문이 열려서 나는 긴장하며 쳐다보았다. 한 할머니가 나왔다. 다시 문이 열리고, 동남아시아계로 보이는 남자가 나타났다. 아프리카계 남자가 따라 나왔다. 번번이 시선을 피하던 나는 문득 자괴감이 들었다. 백인에게도 이랬을까. 평생 그가 느꼈을 시선은 어땠을까. 이윽고 문이 열리고 배낭을 멘 그가 나왔다. 유 오케이? 나는 고개를 끄덕였다. 오케이.

주민센터에는 의외로 대기자들이 많았다.

"이분이 한국말이 서툴러서 대신 말씀드립니다. 주민등록증을 새로 만들려고요."

담당 공무원은 신청서를 확인하더니 예전 주소지를 물었다. 알고 보니 주민등록증 신청은 주민등록번호만 가지고선 안되는 거였다. 이전에 등록된 주소지의 시 혹은 도와 구 정도는 전산 입력을 해야만 공무원도 그의 주민등록 상태를 확인할 수 있었다. 내가 통역을 하자 준필이 한국어로 말했다.

"쏘울시 중구?

공무원은 고개를 저었다.

"안 나오는데요."

준필이 '덕수궁 왕족은 아닌가봐요' 하고 내가 했던 말을 영어로 속삭였다. 나는 공무원에게 양해를 구하고 다시 말했다.

"강서구."

"안 나와요."

"마포구."

"안 나와요."

서대문구, 용산구, 관악구, 서초구, 나는 생각나는 대로 계속 읊었고 결국 은평구에 이르고서야 못마땅한 얼굴로 자판을 두들기던 공무원의 인상이 펴졌다. 기준등록지인 은평구의 아동 양육시설이 99년에 폐원되면서 이후 그의 주민등록이 말소된 게 확인되었다. 말소를 해지하고 재등록하려면 과태료 8만 원을 내고, 새 거주지 주소를 적어내야 했다. 찜질방은 안 되니 고시원이라도 얻어야 할까? 순번을 알리는 벨이 다른 창구에서 울렸다. 대기자들을 돌아보며 고민하던 내게 공무원은 다른 얘기를 꺼냈다.

"재외국민이면서 거주 불명 등록자로 말소되어서요, 이분 영주권자였죠?"

문제는 생각보다 더 복잡했다. 외교부에 가서 영주 귀국 처리를 한 후에 다시 와서 주민등록 재등록을 신청하라는 거였다. 주민센터에서 알려준 외교부 여권과로 직접 문의해 보았다. 전화 받은 담당자는 미국 대사관에 영주권 카드를 반납하고 반납 증명서를 외교부 여권과에 제출하라고 했다. 그제야 준필은 당황한 얼굴로 추방 과정에서 영주권 카드를 되찾지 못했다고 말했다. 다시 여권과에 전화하자 담당자는 차선책을 알려주었다.

"경찰서에 영주권 분실 신고를 하시고요, 분실 접수증을 영문 번역해서, 공증하신 후에, 대사관에 반납 형태로 제출하실 수는 있으세요."

두 시까지는 회사에 가 봐야 했지만 하는 수 없었다. 경찰서를 찾아가서 받은 분실 접수증을 그 자리에서 번역한 나는 아는 공증법인사무실에 팩스를 보내고 대사관 근처 지하철 보관함으로 공증 서류 퀵서비스를 부탁했다. 이제 정류장으로 가자며 서둘러 걸음을 옮기는데, 준필이 나를 붙잡더니 손에 오만 원 지폐를 여러 장 쥐여 주었다. 수수료라는 말에 나는 살짝 눈을 흘겼다.

"대행 수수료는 무료, 친구니까."

벤을 따라 한 짓궂은 농담에 우리는 기운이 나서 같이 웃었다. 이렇게 많이 들지 않는다고 하면서 나는 한 장만 남기고 억지로 돌려주었다.

버스에 타서도 내려서 걸어가면서도 그는 행여 다른 사람과 스치지 않도록 몸을 조심하는 것 같았다. 배낭을 어깨에 걸친 채 한쪽 끈을 움켜쥐고 살짝살짝 비켜 가는 그는 배낭과 한 몸처럼 움직였다. 그것은 거북과 등껍질 같다기보다는 영화 캐스트 어웨이의 톰 행크스가 배구공 윌슨을 대하듯 배낭에라도 절실히 의지하는 느낌이기도 했는데, 그런 생각을 하며 가만히 보니 배낭끈 한쪽이 떨어져 나간 게 눈에 들어왔다. 비로소 늘 한쪽 어깨에만 메고 다닌 이유를 알 수 있었다.

대사관에 도착해서 정문 경비원의 안내로 담당자와 통화를 시도했다. 아침부터 서두른 보람도 없이 담당자는 영주권 반납은 매주 목요일만 가능하다고 말했다. 허탈감에 쓸쓸히 웃는데 핸드폰이 울렸다. 사무실을 혼자 지키고 있던 직원이었다. 일찍 퇴근하기로 했으나 두 시가 넘도록 내가 나타나지 않자 뚱한 목소리였다. 나는 준필과 수요일에 다시 만나기로 했다. 주민등록 접수를 위한 거주지로 고시원을 미리 구해 두기 위해서였다.

"그냥 찜질방에서 지내면 안 될까요?"

보증금 없이 한 달에 삼십만 원, 두 평 남짓의 고시원을 둘러본 준필이 말했다. 낮 동안의 열기가 채 빠지지 않아서 저녁인데도 찜통 같았다. 나는 주민등록증을 만들면 기초생활지원비를 받을 수 있게 되니 보증금을 모은 후에 방을 옮기면 되지 않겠냐고 타일렀다. 그는 시무룩한 얼굴로 배낭을 내려놓았다. 나는 그 옆에 초록색 배낭을 살짝 내려놓았다.

"선물이에요."

전혀 생각지도 못했는지 그는 당황했고 대단한 선물이라도 되는 양 감동한 표정으로 어쩔 줄을 몰랐다. 길거리에서 산 저렴한 배낭일 뿐이라 오히려 미안한 마음에 나는 목소리가 작아졌다. 힘내요. 이제 거의 다 왔어요.

목요일, 드디어 그는 '주민등록증 발급신청 확인서'를 받았다. 실물 카드가 나올 동안 주민등록증과 동일한 효력이 있는 임시 신분증이었다.

"축하해요. 이제 정식으로 다시 대한민국 국민이 된 겁니다. 김, 준, 필, 씨."

힘주어 말한 나를 향해 환히 웃은 준필은 이제 여권도 만들 수 있느냐고 물었다. 나는 우선 기초 생활 수급부터 알아봐야 한다고 말하며 그를 해당 창구로 끌었다. 담당자가 건네준 제출 서류들은 십여 종이었고, 그중 문제가 되는 건 부양 의무자 관련 서류였다. 혹시 모르니 가족 관계 등록부를 떼어 보기로 했다. 내용은 간단했다. 생부모가 아예 출생신고조차 하지 않았는지 입양 기관에 의한 '고아 호적'이 전부였다. 긴장했던 준필은 실망한 빛이 역력했지만, 어쨌든 서류 하나는 필요가 없어졌다.

"주거 지원비까지 합쳐서 매달 최대 칠십만 원 정도 받을 수 있겠네요."

담당 공무원이 말했다. 나는 이제 끝났구나 싶어 준필을 향해 웃어 보였다. 하지만 실제로 그 금액을 다 받을 순 없다는 말이 이어졌다. 병약자가 아니라면 정부의 자활 사업에 참여하여 수급비 상당의 소득은 올리도록 장려한다는 거였다.

"한국말이 서툴면 서툰 데로 거기에 맞는 일이 또 있어요."

그러면서 추천한 일은 환경정화사업 쪽이었다. 쉽게 말해 하천에서 잡풀을 뽑고 쓰레기를 줍는 산책로 정비였는데, 역시 적을 내용도 없는 제출 서류가 복잡하게 요구되었다. 마침내 주 이십오 시간 일당 사만여 원을 삼 개월간 받게 된다고 하자 준필은 '코맙습니다' 하고 허리를 숙였다. 흐뭇한 얼굴로 인사를 받은 공무원이 나를 계속 쳐다보는가 싶더니 말했다.

"혹시, 생각 안 나세요? 지난달 유학원 박람회 때 부스에서 인사 나눴는데."

"그래요? 선생님께서 거긴 무슨 일로…"

얼떨떨한 기분으로 되묻자 실은 연수 프로그램을 검토 중이라는 대답이 돌아왔다. 그는 내가 준필을 가족처럼 돕는 모습에 감동했다면서 마침 유급 휴직 연수 프로그램 관련해서 업체를 찾는 윗선에 추천하고 싶다고 말했다.

"아일랜드 쪽 단기 연수도 하시죠?"

네? 네. 나는 무심코 아니 무조건 대답하며 명함을 건넸다. 아일랜드 쪽은 경험이 없어서 새로 알아봐야 했지만 못할 건 없었다. 어쩌면 기다리던 회생의 돌파구일지도 몰랐다. 이렇게 되면 준필이 오히려 나를 도운 셈이었다.

"우리 자축할까요? 제가 살게요."

주민센터를 나와 걷다가 내가 말했다. 하지만 대답도 듣기 전에 핸드폰이 울렸다. 수수료 문제로 불만을 제기해 온 학부모였다. 통화가 길어지자 기다리던 그는 입 모양과 손짓으로 먼저 가겠다고 했다. 나는 수화기를 막고 조만간 고시원으로 연락하겠다고 말하며 손을 흔들었다.

일상으로 복귀하자 다시 바빠졌다. 명함을 준 공무원의 윗선에서 정말 연락이 오고 상황은 나아졌다. 간혹 낯선 번호로 전화가 울리면 나는 준필을 떠올렸다. 받지 못한 번호로 나중에 재발신을 해보니 고시원이었는데, 일단 끊었다. 해결해야 할 과제가 많았고 발등에 떨어진 사안도 있었다. 몇 번인가 같은 번호가 뜰 때마다 공교롭게도 전화를 받을 형편이 되지 못했다. 우리는 결국 한 달 뒤에나 만날 수 있었다. 처음 만난 편의점에서 그리 멀지 않은 패밀리 레스토랑에서였다. 그는 하천 정비를 한다고 햇빛에 그을어서인지 핼쑥해 보였다.

"일은 어때요?"

"괜찮아요."

"주민등록증은 찾았죠?"

"네."

우리는 전보다 서먹한 분위기였다. 일터나 고시원 사람 중에 친구가 생기지는 않았냐고 물었다. 보일 듯 말 듯 고개를 저으며 그는 씁쓸한 웃음을 지었다.

"저기, 이게 뭔지 궁금해서 물어보려고 했어요."

그는 고시원으로 왔다는 우편물을 보여주었다.

'김준필 님의 병역 의무 이행을 진심으로 환영합니다….'

뜻밖에도 징병 신체검사를 받으라는 통지서였다. 준필은 서른넷이었다. 뭔가 잘못된 것 같았다. 나는 병무청에 전화를 걸어 보았다. 통화한 담당자는 대한민국 남자라면 만 서른일곱까지 모두 병역 의무 대상이라고 했다. 만일 고아라면, 보육원에서 오 년 이상 자란 기록을 제출하면 면제라고 해서 그와 급히 손을 꼽아 가며 확인해 보니 이런, 몇 개월이 모자랐다. 한국 물정도 모르고 말도 서툰데 어떻게 군대 생활이 가능하겠냐고 묻자 담당자는 기초 생활 담당자와 비슷한 말을 했다.

"한국말을 못 하면 못하는 데로 그에 걸맞은 보직이 맡겨지겠죠."

여하튼 군대에 간 다음에 결정될 문제라는 거였다. 나중에 현역 복무 부적합 판정을 받고 조기 전역을 하더라도, 일단은 가는 게 맞는다고 했다.

"원하는 신검 날짜를 신청하세요, 안 하면 본인 의지와 관계없이 임의 소집됩니다."

나는 할 말을 잃고 전화를 끊었다. 준필의 눈이 불안으로 일렁거렸다. 군대 가면 얼마나 있어야 하냐고 물었다. 이 년, 아니 이십일 개월이요. 그는 주민등록증을 찾으면서 여권을 신청해 놓았으니 이제라도 필리핀으로 가겠다고 했다. 나는 한숨을 내쉬었다.

"군 복무 대상자가 된 이상 출국은 이제 병무청의 허가를 받아야 해요. 출국이 제한되는 거죠."

"주민등록을 취소할 순 없나요?"

그는 정말 혼란스러워 보였다. 울먹이듯 중얼대다 얼굴을 감싸쥐기도 했다.

"저는 이제 갈 곳이 없는 거네요. 거기밖에. 또 그런, 오 맙소사."

집단구타가 있던 학교 기숙사와 노숙자 쉼터 그리고 이민국 감옥을 떠올리는 모양이었다. 힘들겠지만 조금만 더 견디면… 하지만 나는 이미 몇 번이나 했던 그런 말이 더는 입에서 떨어지지 않았다.

"모영, 당신은 최선을 다했어요. 당신처럼 나한테 잘해준 사람도 없었죠. 그런데도 저는요, 미안해요, 당신을 만나지 않았으면 좋았을 거란 생각이 들어요. 저 참 나쁘죠."

원망하듯 보던 그의 두 눈에 눈물이 핑 돌았다. 나는 목이 탄 나머지 급히 한 모금 마시다 사레가 들려 물잔을 쏟았다. 흥건한 물 위로 조명이 어른거렸다. 서빙하는 직원이 테이블을 닦아주고 가자 준필이 말했다.

"모영, 당신은 왜 나를 도와줬나요?"

허를 찌르는 것 같았으나 내 생각일 뿐 그의 표정에 악의라고는 없었다. 하지만 나는 말문이 막혀서 입술을 몇 번 달싹이다 입을 다물어버렸다. 대신 잊으려고 하면 할수록 어쩌면 한순간도 잊지 못한 오래전 기억과 떨치지 못한 부채감이 되살아나는 바람에 눈을 감고 말았다.

그 여름, 내가 한국에 잠시 왔다 간 일은 부모님이나 친구 아무도 알지 못했다. 임신 사실은 미국에 가고 나서야 알았다. 지정된 병원의 보험에 가입해 두기는 했으나 낙태 수술은 해당이 없었다. LA 한인타운 쪽까지 알아보았는데 미국의 의료비가 어마어마하다는 것만 확인했다. 그러다 지역 무가지 '메트로'의 한국판을 넘기던 나는 이거다 싶었다. 그것은 한국에서 미국으로 입양되는 어린이를 양부모에게 인계할 때까지 비행기 안에서 돌보는 에스코트 모집 광고였다. 나는 한국의 아동 복지회들 세 군데에 팩스로 각각 신청서를 보냈다. 선정되면 왕복 항공권을 받는 대신 삼십만 원만 복지회에 기부하면 됐다. 항공비는 모두 양부모가 부담하는데도 불구하고 왜 기부가 요구되는가도 싶었지만, 그걸 문제 삼을 여유는 내게 없었다. 게다가 에스코트 프로그램은 휴가철이면 해외여행을 싼값에 가려는 관광객들로 경쟁률이 대단히 높았다. 내가 그런 바늘구멍을 통과한 걸 행운이라고 할 수 있을까?

한국에 도착한 나는 모텔을 잡고 산부인과에 가서 임신 12주의 태아를 중절하는 수술을 받았다. 수술실에 걸려있던 달력에는 검푸른 바다가 담겨 있었고 나는 그 차가운 물 빛깔을 보면서 마취에 들어갔고 또 깨어났다. 다음날 서울의 H복지회 본부에서 유아 수유와 기저귀 가는 방법, 기내 유의 사항, 비상시 대처 등의 에스코트 사전 교육을 받았다. 그리고 출국 날, 뉴욕으로 입양되는 아이는 열둘이었고 에스코트는 여덟 명이었다. 내가 맡은 소년과 아기는 남매인가 했더니 나처럼 처음 보는 사이였다.

"몇 살이니?"

소년은 나를 가만히 올려다볼 뿐 아무런 대답이 없었다. 나도 몸 상태가 좋지 않아서 말없이 머리만 쓰다듬어 주었다. 품에 안은 아기의 앙증맞은 손을 보다가 초음파 사진이 떠올라 울컥 입술을 깨물었다. 그런 나의 옷자락을 슬며시 쥐고서 소년은 걸음을 옮겼다. 우리는 각자의 서러움과 금방이라도 터질듯한 당혹감을 끌어 앉은 채 한 덩어리가 되어 비행기 좌석에 앉았다. 이륙할 때부터 칭얼대던 아기는 어느 순간 정신이 아득해지도록 울어 젖혔다. 하도 많이 토하고 싸고 해서 냄새가 진동했다. 나는 아이를 어르는 일에 무척 서툴러서 소년이 자주 도와주었다. 난기류에 흔들리면 서로 끌어안았다. 우리는 모두 힘이 들었고 그걸 조금이라도 덜기 위해 서로 절실하게 기대었다. 멀리 도착지의 불빛이 보이자 나는 의젓해서 더 안쓰러운 소년의 자그마한 등을 쓸어내렸다. 그동안 참았던지 후드득 눈물을 떨어뜨린 소년은 재빨리 훔치고 시선을 돌린 채 가슴을 들썩거리며 심호흡을 했다. 열여섯 시간의 고된 비행 끝에 JFK 공항에 도착한 나는 품에서 떨어지지 않으려 자지러지는 아기와 허리에 매달려 우는 소년을 입국장에서 기다린 각각의 양부모에게 억지로 떼어 인계했다. 퉁퉁 부은 나와 소년의 눈에서 눈물이 멈추지 않자 양부모도 글썽이며 손수건을 내밀었다. 나는 마지막으로 다시 꽉 끌어안은 소년의 귀에 대고 말했다.

"울지 마. 좋은 부모님을 만났으니 이제 행복할 거야. 우리 나중에 멋진 어른이 돼서 꼭 다시 만나자, 약속."

오래전 그때 나와 손가락을 걸고 약속했던 그 소년은 지금 어디에 있는 걸까. 떨리는 손을 나는 준필의 손등으로 가져갔다. 하지만 그는 슬며시 손을 뺐고 나는 더 다가가지 못한 채 고개를 떨구었다.

"박모영 씨, 이십니까?"

헌병대에서 온 전화를 받았을 때 나는 사무실로 찾아온 공무원과 휴직 연수 상담을 마치고 계약서를 작성하던 참이었다.

"김준필 이병을 군무 이탈죄로 수배 중입니다."

회사 직인을 꺼내기 위해 서랍을 열다가 멈추었다. 공무원에게 양해를 구하고 직원을 불러 맡기곤 복도로 나가 속삭이듯 나는 되물었다.

"뭐라고 하셨죠? 혹시, 탈영했다는 말인가요?"

"네, 그렇습니다."

"가혹 행위가 있던 건 아니죠? 이제 그 사람은 어떻게 되는 거죠?"

헌병은 대답 대신 마지막으로 그를 본 게 언제인지 물었다. 나는 석 달 전인가 고속버스 터미널에서 그가 훈련소로 가는 직행버스에 올라타는 것까지 보았다고 말했다. 동시에 그날 본 준필이 떠올랐다. 배낭을 메지 않은 모습은 처음이었다. 그 모습이 너무도 허전하고 쓸쓸해 보인 나머지 나는 그가 배낭을 버린 게 아니라 무인 사물함에 보관해두었다고 말하자 안도의 숨마저 내쉬었었다. 헌병은 탈영병을 은닉하거나 비호하면 3년 이하의 징역이라고 말했다.

"지금 저를 의심하시는 거예요?"

"만일 연락이 오면 바로 자수하도록 설득하고 저희에게 연락해주십시오, 그래서 전화드린 겁니다."

"잡히면 어떻게 되는데요?"

헌병은 그가 며칠 내로 복귀했다면 자대 내 징계에 그쳤겠지만, 이렇게 헌병대로 사건이 넘어온 이상 잡히면 구속 수사 원칙에 따라 영창에서 미결수로 재판을 받고 최소 일 년 이상 최고 십 년 이하의 징역형으로 군 교도소에 수감될 거라고 했다.

"안 잡히면요? 언제까지 수배를 받는 거죠?"

"군무 이탈죄의 공소 시효는 십 년입니다. 하지만 말입니다, 각 군의 참모총장이 탈영병들에게 계속 복귀 명령을 내리기 때문에 명령 위반죄가 중복돼서 탈영의 공소 시효는 무제한이 돼버립니다."

전화를 끊고 사무실로 들어가려는데 다리가 휘청했다. 문을 열자 벽에 걸린 TV를 보며 기다리던 직원과 공무원이 동시에 돌아보았다. 유학원 분위기상 묵음으로 틀어 놓은 CNN 채널이 YTN으로 바뀌어 소리를 내고 있었다. 나는 억지로 미소를 지으며 겨우 자리에 앉았다. 공무원이 물었다.

"무슨 일 있으세요?"

"아니요, 아무 일도 아닙니다."

서랍을 여는 손이 떨렸다. 직인을 꺼내던 나는 서랍 속에 넣어둔 한국어 교본에 시선이 꽂혔다. 훈련소행 버스를 타기 전 준필이 내게 맡긴 유일한 소지품이었다. 나는 그걸 멍하니 집어 들고 처음으로 펼쳐 보았다. 책갈피에 끼워져 있던 그의 주민등록증이 툭, 하고 떨어졌다. 나는 손으로 입을 막았다. 하지만 이내 들려온 뉴스 내용에 고개를 들지 않을 수 없었다. 직원과 공무원의 휘둥그레진 시선에 아랑곳없이 나는 넋을 잃고 TV 앞으로 다가섰다.

강원도 최북단 명파해변으로부터 삼 킬로미터 떨어진 바다에서 신원 미상의 남자가 빈 페트병을 넣은 배낭을 메고 북방 한계선을 헤엄쳐 넘어가다가 우리 군에게 사살된 일이 뒤늦게 알려졌습니다. 군 당국은 수차례 경고 방송에 이어 공포탄으로 경고 사격을 했지만 남자는 계속 헤엄쳐 나갔고, 이를 막기 위해 최전방 접적 지역에 준하는 메뉴얼에 따라 조준 사격을 했다고 합니다. 최근 연이은 경계 실패를 의식한 무리한 대응이냐 국가안보를 위한 정당 행위냐 해석이 갈립니다. 전문가를 모시고 의견 들어보기 전에 당시 조업 중이던 제보자의 휴대폰 동영상으로 직전 상황을 보시겠습니다. 날씨가 쾌청한데 물살은 꽤 세군요. 네, 헤엄쳐 가는 사람이 보입니다. 멀어서 얼굴은 희미하지만, 초록색인가요, 배낭이 보입니다!

편지를 쓰는 기분이었다.

짝사랑처럼 편지를 써 왔다.

바다에 던져서 어딘가에 가 닿은 기적 같은 편지.

이제 누군가 내 편지를 읽겠지.

세상에는 아무도 읽지 않는 편지들이 얼마나 많을까.

그런 편지를 읽어주는 마음으로 소설을 쓰겠다.

나에게 깃든 이 행운은 나만의 것이 아니기에 드는 미안함과 부끄러움을 무릅쓰고 감사할 이들이 너무도 많다.

영광스러운 기회를 주신 심사위원분들과 존경하는 오정희 선생님 그리고 경상일보에 우선 감사드린다. 소설의 꿈이 구체화하도록 아낌없이 가르쳐주신 위대한 스승 조동선 선생님과 화요반 문우들에게 감사한다. 이번 소설을 쓰는 데 도움을 주신 입양인 뿌리찾기 관계자분들께도 감사하고 싶다. 나의 무지와 편견을 일깨워주는 철학과 교수님들과 대학원 동료들, 피어리뷰와 자주회 벗들에게 고맙다. 내 오랜 전우 같은 FI 본사와 사무실 및 회원들 모두에게 감사한다. 사랑하는 가족과 친구에게 물론 고맙다. 마지막으로, 이십 대에 울산 H중공업에서 일했던 그리운 큰오빠에게 이 영광을 돌린다. 엄마 아빠와 같이 거기서 기뻐하기를.

"청년의 짧은 생애 강렬하게 표현…가독성 높고 서사 뚜렷한 작품"

예선을 거친 16편의 소설들은 다채로운 소재와 주제로 폭넓은 스펙트럼을 이루었다. 그중 특히 주목해 읽은 작품은 네 편이다.

'틈'은 안정된 구도와 유려한 문장이 좋았다. 그러나 이 소설의 상징이자 숨어 있는 주제라 할 수 있는 햇빛과 그늘, 거대한 위협으로 덮쳐드는 역병과 표층적 이야기와의 연결이 약하다는 느낌이다.

'생의 자리'는 노년으로 접어드는 노부부의 무기력하고 음울한 일상과 병적으로 왜곡되는 복잡한 심리, 과거 자신들이 자식에게 저지른 잔인한 폭력에 대한 죄책감, 회복할 수 없는 상실감 등이 조용한 그로테스크함으로 파고드는 점이 인상적이다.

인터넷상에서 만난 세 사람의 남녀가 함께 동반자살을 한다는 '내일은 해피앤딩'은 정보화시대의 역기능적 사회문제로 빈번히 떠오르는 이야기를 다루고 있다. 소재의 참신성은 덜하나 현대 한국 사회를 살아가는 젊은이들의 고독과 소외, 삶의 어려움, 급기야 마지막 탈출구로 죽음을 택하게 되는 여정을 아픈 마음으로 읽었다.

'어떤 약속'은 여타의 소설들에 비해 가장 서사가 뚜렷한 작품이다. 고아로서 미국에 입양되었다가 거듭 파양당하고 양부모로부터 받은 상처와 학대, 유기의 기억만을 가지고 다시 한국으로 돌아왔지만 현실적으로, 정서적으로 온전히 한국인으로 살 수 없었던 인물 '준필'의 비극적 죽음에 이르기까지의 짧은 생애가 아프고 강렬하게 어필한다. 지금 이곳에서 살되 결코 우리와 이 세상에 속할 수 없었던 한 청년의 죽음을 화자는 자신의 내밀한 슬픔으로 받아안으며 섣부른 성찰과 판단을 유보하는 방식으로 문학적 형상화를 이룬다. 가독성도 뛰어나고 소설이 자기안에 고립되어 있는 우리들과 사회에 던지는 시사성, 메시지도 단순하지 않다. 망설임없이 이 작품을 수상작으로 선정한다.

경인일보 **박규숙**

서울예대 문예창작과 졸업
한신대 문예창작 대학원 졸업

은유와 고조

박규숙

포메 0325. 보호소에 새로 들어 온 포메라니안 이름이다. 0325를 주인은 다섯 살 된 셔리라고 했다. 럭셔리하게 생겨서 셔리라 줄여지었다고 말했다. 은유는 셔리보다 주인이 더 럭셔리하다고 생각했다.

셔리는 은유를 향해 자지러들 듯 짖어댔다. 셔리, 그만 해, 셧 조용, 하고 말하는 주인의 목소리는 셔리보다 앙칼졌다. 셔리는 두려움의 눈빛으로 은유를 노려봤다. 우리 셔리는 방안에서만 자랐어요. 밖에 나간 본적이 거의 없어요. 안 데리고 나가서였는지 나중에는 아예 밖에 나갈 생각을 않더라구요. 현관에서 짖기만 할 뿐 내가 외출해도 따라나선 적이 없었어요. 오늘이 처음 하는 외출이라 겁을 먹었나. 주인의 얘기는 쓸데없이 길었다.

은유는 셔리를 받아들고 몸무게를 가늠했다. 3.5kg 정도의 흰색 털, 병도 없고 예방주사도 잘 맞췄고 중성화 수술도 했다. 작고 예뻤다. 은유의 품안에 안겨 부들부들 떨면서도 짖었다. 짖기를 그치고 애원하는 표정으로 은유를 바라봤다. 저런 눈빛, 많이 봐왔다. 하루에 두세 번 쯤 그리고 어쩌면 더 자주. 털빛도 건강하고 고왔다. 한 달 쯤 전 미용했는지 가장 예쁘게 자라있었다. 발끝 털이 더 수북하게 자라있어 발톱을 감췄고 귀엽고 생기 있어 보였다.

0325의 주인은 사흘 전 미리 전화를 줬고 약속한 시각에서 30분 쯤 늦게 보호소에 도착했다. 조금 늦었죠? 미안해요. 주인은 결코 미안해하지 않는 밝고 여유 있는 표정이었다. 은유는 셔리의 머리를 매만지며 주인에게 싫지 않은 표정을 지어보였다. 보호소 찾느라 조금 헤맸어요. 이 근처를 두 번이나 지나쳤는데 겨우 찾았네요. 꼼꼼한 사람이었다면 이곳을 지나치진 않았으리라. 개 짖는 소리가 들렸을 테고 멀리에서도 키 낮은 울타리가 보였을 테니. 넓지는 않지만 개들이 운동할 수 있는 푸른 잔디가 깔린 마당도 있다. 셔리가 오래 머물지 않을 테니 보호소가 어떤 환경인지 주인은 관심 밖이었을 것이다.

은유는 비어 있던 케이지에 셔리를 넣었다. 어머, 벌써 그곳에 넣으면 어떡해요. 빨리 꺼내주세요. 주인은 화들짝 놀라며 부산을 떨었다. 꺼내서 주인에게 건네려는 순간 셔리가 바닥으로 뛰어내렸다. 은유 팔에 길게 긁힌 자국이 생겼고 핏방울이 맺히기 시작했다. 주인이 셔리를 잡으려고 뒤따라갔다. 은유는 화장지를 떼어 핏방울을 닦아냈다. 붉은 선이 그어졌다. 셔리는 책상 밑으로 들어가거나 의자 다리 사이를 오가며 주인의 손길을 요리조리 피했다. 주인이 가방에서 간식을 꺼냈다. 주인에게 다가가서 닭고기 져키를 무는가 싶더니 주인의 손가락을 깨물었다. 셔리는 바닥에 떨어진 져키를 물고 구석진 자리에 앉아 뜯기 시작했다.

결혼한 딸이 다음 주면 아이를 낳는다고 했다. 딸은 학교 선생으로 근무하니 자신이 손자를 키울 수밖에 없다고, 그러니 셔리를 키울 수 없다고 주인은 말했다. 5년 키운 셔리를 남에게 줄 수도 없고, 그러다 길을 잃고 헤매거나 나쁜 주인을 만나서 구박이라도 당한다 생각하면 잠도 못 자겠어요. 나와 헤어져서 슬퍼할 셔리를 생각하면 차라리 안락사 시키는 게 더 낫지 않겠어요? 주인은 셔리가 듣고 있다는 생각을 안 하는 모양이었다. 이미 결정을 하고 사흘 전 전화로 얘기를 했고 여기 데려오지 않았는가. 다른 좋은 주인을 만나면 지금처럼 편안하게 살아갈 수도 있겠죠. 은유는 심드렁하게 대꾸했다.

제 친구 딸이 비글을 키웠어요. 결혼을 하면서 남편이 데려오지 말라고 했나 봐요. 그래서 가까운 사람에게 줬는데 그 사람이 못 키우고 또 다른 이에게 줬대요. 세 번을 옮겨 다니고 나서야 친구 딸이 다시 데려 올 수밖에 없었대요. 우리 셔리에게도 그런 일이 생겨 봐요. 주인은 고 개를 설레설레 저으며 애처로운 눈빛으로 셔리를 바라봤다. 셔리는 저 키의 마지막 부분을 아작아작 씹어 삼키고는 앞발을 내밀어 입 주위를 닦았다. 앙칼지게 할퀴고 깨무는 걸 보니 셔리는 약하지 않았다. 다른 주인을 만나도 잘 지낼 수 있을 것이다.

지난겨울 여행이 세 사람에게 마지막이 될 것이라고 누구도 예상하지 못했다. 호텔은 지나치게 크고 화려했지만 얼음 속처럼 추웠다. 은유는 추위에 떨며 밤새 잠을 거의 못 잤고 아침 일찍 일어났다. 추위에 아랑 곳 않고 고조는 편안하게 잘 자는 눈치였다. 호텔 입구에는 공장에서 나 온 차가 대기하고 있었다. 재오가 가장 늦게 로비로 내려왔다. 차를 타 기 위해 호텔 밖으로 나왔는데 밖의 기온과 로비의 기온이 크게 다르지 않았다. 히터 열기에 따뜻해진 차안에 들어가고 나서야 추위에 굽어진 허리를 편안하게 펼 수 있었다.

호텔에서 시장까지 오는 동안 잠깐 잠을 잘 수 있었다. 쩅하게 추운 날씨가 상쾌하다고 고조가 말했다. 발아래를 내려다보며 걷던 은유는 하늘을 올려다봤다. 지나치게 푸른 하늘에 엷은 구름 몇 조각이 지평선 언저리에 닿아있었다. 시장 주위로 시야가 안 닿는 곳까지 넓게 빈 밭이 펼쳐져 있었다. 여름이면 희끗희끗한 목화송이가 저 빈 들판에 끝없이 들어찬다고 재오가 말했다. 봄에 건조한 바람이 불면 밭에서 이는 흙먼 지가 얼굴에 부딪쳐 상처가 생긴다고도 했다. 은유는 픽 웃고 말았지만 재오의 시답잖은 농담이 싫지는 않았다.

흙이 신발에 찐득찐득 들러붙었다. 주차를 하고 시장 입구까지는 채 오십 미터도 되지 않았지만 걸음을 옮길 때마다 은유는 짜증이 났다. 움 푹움푹 빠지는 걸음을 옮기면서도 고조의 얼굴에는 웃음이 묻어났다. 이렇게 질척이는 흙길을 오랜만에 걸어본다며 오히려 즐거워했다. 시장 입구에 다가설수록 더 질척였고 신발이 더 깊이 빠졌다. 흙덩이가 덕지덕지 붙은 자신의 빨간 어그부츠를 내려다보며 그나마 다행이지? 발이 젖지는 않잖아, 하고 고조가 웃었다.

텐진에 있는 따영까지 가게 된 건 고조의 고집 때문이었다. 원단구매는 MD인 재오 몫이었다. 모피원단의 생산 공정은 재오가 따영에 다녀올 때마다 되풀이해서 얘기해 줬다. 고조가 군이 그것을 봐야겠다고 우길 필요까진 없었다. 고조는 싫으면 같이 가지 않아도 된다고 은유에게 말했다. 차마 할 수 없었던 얘기를 낯선 곳에 가면 꺼내기가 쉬울 수도 있다고 은유는 판단했다. 억지 부리며 따영에 따라온 이유였다.

디자인은 거의 카피였다. 카피를 얼마큼 잘 하느냐, 그것이 유능한 디자이너의 능력이었다. 비싼 원단이 적게 들어가고 효율적으로 어필되는, 유행을 잘 포착해내는 능력. 여성패션 디자이너인 고조가 해오는 일이었다. 그렇게 하지 않으면 계절에 맞춰 그 많은 디자인이 나올 수 없다고 말했다. 고조는 카피를 일종의 벤치마킹이라고 우겼다.

그러니까 고조는 군이 모피 생산과정까지 돌아볼 필요가 없었다. 카피가 전문인 디자이너에게 원단생산 공정 따위 알 필요가 없었다. 재오가 따영에 다녀올 때마다 다음엔 꼭 같이 가자고 말했다. 은유는 그저 하는 얘기라고 생각했지만 고조는 재오에게 약속 꼭 지켜야 돼, 라고 다짐을 받았다. 고조가 근무하던 의류회사에 재오가 MD로 입사 한 이후부터 셋은 자주 어울렸고 서로 편하게 지냈다.

시장 입구에는 석탄덩어리를 실은 리어카가 길게 줄지어 놓여있었다. 가공되지 않아 크기가 제각각인 석탄덩어리는 검고 굵은 돌덩이처럼 보였다. 덩어리를 사서 적당히 잘게 부수어 난방을 하거나 필요한 곳에 쓰인다고 재오가 말했다. 은유에게는 모든 게 낯설고 불편했다. 고조는 저 덩어리는 우리가 쓰는 장작 같은 거네요? 하고 물었다. 그렇지. 재오와 고조는 나란히 걸었고 은유는 두어 발짝 뒤따랐다. 고조의 와인빛 머플러가 바람에 날려 재오의 등에서 춤추듯 흔들렸다.

석탄리어카를 지나자 검은색과 은빛 여우털들이 오토바이에 실린 채

무더기져 쌓여있었다. 머리에서부터 꼬리까지의 길이가 1미터도 더 돼 보였다. 윤기 흐르는 여우 털은 바람에 스칠 때마다 가볍게 흔들렸다. 저런 여우 털을 사다 공장에서 손질해 원피를 만든다고 재오가 설명했다. 붉게 상기되어 있던 고조의 표정이 굳어져갔다. 고조가 곁에 와서 은유의 팔을 붙들었을 즈음 이상한 냄새가 떠돌기 시작했다. 역한 냄새가 코끝을 떠나지 않았다.

셋은 어느새 더 좁고 시끄럽고 냄새나는 거리에 들어와 있었다. 재오가 한 곳을 향해 곧장 걸었다. 은유가 재오의 뒤를 따랐고 고조는 은유의 팔을 붙들고 걸었다. 떠도는 공기마저 축축하게 느껴졌다.

여우들이 맑은 눈을 빛내며 철제케이지 안에 웅크리고 앉아있었다. 케이지에서 흘러나온 배설물이 흙과 뒤섞여 있었다. 냄새가 진동했다. 칠흑처럼 까만 털을 가진 여우가 케이지 밖 세상을 호기심 가득한 눈으로 바라봤다. 시장 안 좁은 통로로 사람들이 발 디딜 틈 없이 오갔다. 시끄러운 목소리와 역한 냄새가 잘 섞여든 시장 분위기는 활기차고 복잡했다. 재오의 목소리도 약간 들떴다. 처음이지? 매번 볼 때마다 참 끔찍하다는 생각이 들어. 끔찍함이 배어나오지 않은 가벼운 목소리였다. 약간 상기된 기대감까지 느껴졌다.

찐득하게 들러붙은 머리가 귀밑까지 자라 얼굴이 거의 보이지 않은 작은 남자가 케이지 안에서 여우를 잡아 끌어냈다. 여우 뒷다리를 잡더니 머리를 땅바닥에 세게 내리쳤다. 엉겁결에 끌려나온 여우는 한마디 괴성을 내지르다 멈췄다. 기절한 여우를 한쪽에 던져 놓고 케이지에서 다른 여우를 꺼내 바닥에 내리쳤다. 다섯 마리의 여우가 꽁꽁 언 흙 바닥에 널브러져 쌓였다. 희미하게 정신을 차린 듯 꿈틀대는 머리를 나무 몽둥이로 차례로 내리쳤다. 죽은 듯 누워있는 여우에게 남자가 손도끼를 꺼내 다가갔다. 작은 베개만 한 나무토막에 여우 발목을 올리고 도끼로 내리쳤다. 뭉툭한 칼을 꺼내 여우 목에 대고 칼집을 낸 뒤 뒷다리 부분에도 몇 차례 칼집을 넣었다. 기계적이고 재빠른 손놀림이었다. 잘려나간 발목 부분에서부터 천천히 껍질을 뒤집어 벗겼다. 찌이익, 살 찢어지는 소리가 겨울 공기에 섞여들었다. 뒤집어 벗은 옷인 듯 벗긴 껍질을 언 땅에 던졌다. 옷을 벗어 붉게 실핏줄 드러난 하얀 여우 몸뚱이도 다른 쪽에 쌓았다. 여우가 힘겹게 눈을 떴다. 경련하듯 파닥거리는 여우 몸에서 흰 김이 피어올랐다. 살아있는 상태에서 껍질을 벗겨야 가죽 상태가 좋아. 재오가 덤덤하게 말했다. 꽁꽁 언 흙바닥에 붉은 핏물이 고여 갔다.

고조의 손이 차가워지고 있었다. 은유의 손을 꼭 쥐고 있었는데 손끝부터 얼음처럼 차가워가는 느낌이 또렷했다. 감기든 사람처럼 몸까지 오돌오돌 떨었다. 상대적으로 은유의 손이 뜨거웠던 걸까. 은유는 잡은 손에 더욱 힘을 주고 몸을 꼿꼿이 했다. 달아나려는 고조를 붙잡으려는 것처럼.

뭉툭한 칼을 잡고 여우 껍질을 벗기는 남자의 손놀림은 순발력과 기교가 있었다. 여우는 자신에게 무슨 일이 일어나고 있는지 알까. 칼이 지나가고 있다는 느낌도 알아 챌 수 없는, 도의 경지의 손놀림을 발휘해 여우도 남자도 무엇도 느끼지 않았으면 싶었다. 찌이익 껍질 벗겨지는 소리. 겨울 공기를 가르고 북적대는 시장의 소음 속으로 사라져갔다. 고조는 움직일 생각이 없는 건지 딱딱하게 얼어있었다. 은유가 세게 잡아 끌어낸 다음에야 겨우 걸음을 떼었다.

그 날 밤 고조가 마신 술의 양이 얼마였는지 은유는 오래도록 의문으로 남았다. 재오가 처음부터 중국의 백주를 권했다. 고조에게 잘 맞을 거라며 노정공주를 시켰다. 소주도 잘 못 마시던 고조는 노정공주를 잘 받아 들이켰다. 술은 단맛이 느껴졌고 부드러웠지만 목을 넘길 때 느껴지던 톡 쏘는 끝 맛이 호기심을 자극했다. 노정공주를 두 병째 비우고 이후로는 좀 더 저렴한 술로 몇 병 더 비웠을 것이다. 술자리는 새벽녘까지 이어졌고 부축해 들어왔던 고조는 다음 날 깨어나지 않았다. 따영 병원에서 며칠을 보내고 여전히 의식을 회복하지 못한 채 고조는 은유와 함께 돌아왔다.

병원냄새는 갈 때마다 불편했다. 몸속까지 끈질기게 파고드는 냄새는 영원히 익숙해질 수 없을 것이라고 은유는 생각했다. 고조의 병실은 3층이다. 천천히 계단으로 걸어 올라갔다. 3층까지 오르는 동안 뭔가를 정리할 생각이었지만 아무런 결정도 내리지 못한 채 병실 문 앞에 서 있곤 했다.

침대에 누운 채 두 눈을 뜨고 있는 고조를 마주보며 앉았다. 저런 눈빛, 하루에도 몇 번씩 부딪치는 눈빛이다. 뭘 원하는지 알 것 같다. 다 들어 줄 순 없다. 밖으로 나가고 싶겠지. 배가 고파서 먹을 것을 달라고 할 때의 눈빛도 저렇다. 손을 우리 밖으로 내밀며 보호사를 만지고 싶어 빈 손짓을 할 때의 강아지들 눈빛도 저와 같았다.

은유는 보호소에 들어온 지 며칠 안 된 애플푸들의 밖으로 나온 손을 무심코 잡았었다. 손을 놓고 몇 발짝 옮기지도 않았다. 함께 갇혀 있던 개들이 애플푸들에게 모두 달려들었다. 집단 린치를 당한 애플푸들은 바닥에 뻗어버렸다. 끙 끙, 가는 신음소리를 냈다. 깨물리거나 할퀴어서 어딘가 다쳤을 것이다. 길들이는 거였다. 이제 들어온 네가 감히 주인의 손을 만져, 라는 경고. 모른 척 지나칠 수밖에 없었다. 더 이상 관심을 보인다면 애플푸들은 다른 케이지로 옮겨야 한다. 들어온 지 며칠 안 된 아이든 오래 갇혀 있는 아이든 은유가 지나치면 케이지 밖으로 손을 내밀어 잡아달라는 눈빛을 보낸다.

고조 지금 넌 뭘 원하는 거니? 은유는 눈빛으로 묻는다. 배고파? 아니면 나가고 싶어? 고조는 어쩌면, 지금도 재오와 잘 사귀고 있어? 라고 묻는지 모른다. 헤어졌어, 라고 말 하고 싶지 않아. 네가 편안하길 바라지 않으니까. 내가 대답을 할 때까지 그런 눈빛을 나에게 보낼 거지? 넌 말이 많았어. 원하는 게 있을 땐 주저 없었어. 그런 네가 부담스럽게 느껴질 때가 얼마나 많았는지. 무시하면 곧장 불이익이 따라왔지.

중 3때였다. 담임선생님이 참고서를 줄 테니 은유에게 교무실로 따라오라고 했다. 그 때 왜 고조도 함께 갔는지. 고조가 보는 앞에서 담임이 한 아름 참고서를 은유에게 안겨줬다. 한 권 쯤 나에게 줄 수도 있었는데 열권이 넘는 책을 너에게만 줬다고 고조는 말했다. 그 다음 날 고조는 담임에게 반장을 그만 두겠다고 했고 은유가 반장을 넘겨받았다. 담임은 다시 반장 투표를 하는 건 번거롭고 성적도 가장 낫고 여러모로 은유가 적합하다고 말했다. 자존심이 약간 상했지만 담임의 생각을 거부할 수도 없었다. 무엇보다 물려받았다는 게 견딜 수 없었다. 처음부터 반장을 했더라면 이런 일을 겪지 않았을 게 아닌가.

너, 누워 있으면서도 그런 기억 떠올리곤 하니? 도무지 말이 없으니 네가 무슨 생각을 하는지 궁금해서 미칠 지경이야. 언제까지 누워있어야 하는지, 네 부모님은 언제 볼 수 있는지 궁금할 거야. 나는 말이 없는 편이었어. 너를 만나러 와서 말이 없는 건 당연한 거야. 뭘 숨기려고 얘기를 안 하는 게 아니야. 얘기를 해도 너는 반응도 없잖아. 눈을 깜빡이거나 몸을 뒤채거나 나를 빤히 바라보거나 해 보란 말이야. 너의 피부는 여전히 곱구나. 살도 찌지 않았어. 위로 살짝 들린 야윈 콧날로 품위를 드러내고 싶겠지만 글쎄. 나를 제외한 친구들 얼굴 본 지도 꽤 오래됐지? 네겐 나뿐인 거야. 예전에도 그랬던 것처럼.

매주 수요일마다 널 찾는 것도 나뿐일 거야. 처음엔 부모님도 자주 왔었지만 너무 먼 길이잖아. 친구들도 몇 번 찾아 왔었지, 이젠 볼 수 없지만. 모두에게 잊히는 시간이 짧아 내심 놀랐어. 너를 이곳에 입원시킨 건 내 뜻이었어. 고등학교에 입학하면서부터 같이 살아왔으니까 너를 내가 책임지는 건 당연해. 병원에 떠도는 이런 냄새, 따영에 갔을 때 시장에서 맡았던 것보다 덜하다고 생각하지? 자주 오고 싶진 않아, 병실에 떠도는 냄새 때문에라도. 네 곁에 오래 앉아 있지 않는다고 원망하지 마. 언젠가 너에게 주저리주저리 얘기할 때, 내말이 옳지 않다고 생각했는지 넌 땀을 흘리며 입술을 움직이려고 한 적이 있어. 틀린 얘기를 하더라도 넌 듣고 있어야만 하는구나. 재오와 노정공주를 마실 때, 넌 나를 화나게 했지. 재오는 왜 너에게 더 친절했는지, 마치 내가 아니고 너를 좋아하는 사람처럼 굴었지. 그날 내가 재오와 연인이 되었다고 너에게 처음 말한 날이었어. 그 말을 듣고 네가 화난 사람처럼 굴었지. 그래서 재오가 너에게 친절했을 거야. 난 그게 싫었고. 은유는 고조를 바라보며 눈빛으로 소리쳤다.

고조 맞은편 침대는 조용했다. 치매를 앓는 할머니 주변에 가족들이 몇 보였다. 두런거리는 말소리도 들리지 않았다. 할머니의 60을 넘긴 아들은 일주일에 두 번, 꼬박 병원에서 보내면서 할머니를 돌본다고 했다. 할머니는 그가 아들인지 보호사인지 구별하지 못했다. 아들은 젊었을 때 어머니에게 너무 많은 불효를 저질렀다고 했다. 일주일에 이틀, 간호하는 시간을 얻기 위해 아들은 직장까지 옮겼다. 그로인해 이혼을 당했는데 어쩔 수 없는 일이었다고 했다. 그 일이 이혼을 결정했는지 이혼을 하려는 찰나였는지 알 수 없다. 소문이 그렇다면 그렇다고 믿을 수밖에. 할머니는 아들이 오면 환자복을 벗고 예쁜 외출복으로 갈아입었다. 병원 정원을 산책하거나 멀지 않은 마을길을 걸어 돌아올 뿐이었다. 할머니의 옷장에는 화려한 색의 외출복이 빼곡히 걸려있었다.

고조의 옷에 대한 안목은 남달랐다. 신발, 가방도 고조의 것이 되면 특별해 보였다. 학생 모두가 입었던 교복마저 어딘가 다르게 고쳐 입었다. 손수 고쳤기 때문에 누구와도 같지 않았다. 고조에게 부탁해 은유도 교복을 고쳐봤지만 느낌은 달랐다. 은유는 고조에게 너와 다르게 고쳤다고 우겼다. 고조가 처음 패션디자이너가 꿈이라고 말했을 때 충격이었다. 은유도 패션디자이너가 꿈이었다. 그 말을 은유가 먼저 하지 않았을 뿐이었다. 고조가 없을 때만 은유는 친구들에게 패션디자이너가 꿈이라고 말할 수 있었다. 고조의 늘 한 발 앞서가는 느낌이 싫었다. 은유는 패션디자이너의 꿈을 버렸다. 친구들은 너희 둘 언제나 손을 잡고 긴 복도를 걸어 화장실을 다녀오던 일을 잊을 수 없다고 말했다. 둘이 싸우는 것도 남들 눈에 띄게 해서 졸업 후 모일 때면 수다거리를 제공하곤 했다. 고조는 목소리 크게 덤볐고, 은유는 차분하고 조용하게 따지기 시작하면 싸움은 서로 밀리지 않았다. 두 시간이 훌쩍 지나도록 말싸움이 그치지 않을 때도 많았다. 긴 말싸움이 싫었던지 고조가 의자를 들어 은유에게 던진 적도 있었다. 그런 싸움 다음날에도 둘은 손을 잡고 화장실을 오갔다며 놀렸다.

은유는 병원을 찾을 때마다 고조의 옷을 갈아입혔다. 늘 같은 디자인의 환자복이다. 어떤 옷이든 세상에 하나밖에 없는 것처럼 잘 어울렸던 고조의 예전 옷들은 거의 버렸다. 이제 은유는 그런 것들에 질투할 필요가 없어졌다. 고조의 신발을 훔치고 싶었던 적도 많았다. 카피에 불과했지만 포인트를 잘 잡아 약간씩 변화를 준 스케치들로 채워진 고조의 디자인북을 찢어버리고 싶은 생각도 사라졌다. 은유가 갈아입히는, 늘 같은 디자인의 옷에 핀잔을 줄 생각도 하지 않았다. 고조는 누워서 얕은 숨만 내쉬고 있었다.

어제 박스 열 두 개가 나갔다. 은유는 죽은 강아지를 신문지에 둘둘 말아 박스에 네 마리씩 넣어 두었다. 이 주에 한 번 박스를 처분하기 위해 폐기물수거 트럭이 왔다. 기사는 바퀴달린 케이지에 네 개씩 싣고 박스를 냉동차에 옮겨 실었다.

말티즈 0332. 보호소에 들어온 지 2주일이 지났다. 일곱 살이면 많지도 적지도 않은 나이다. 들어올 때부터 약했다. 재분양의 기대는 포기했고 지금껏 살아왔던 것도 기적처럼 느껴졌다. 혀가 밖으로 밀려나왔고 입 주변은 찢어져서 입을 다물지 못했다. 먹이도 스스로 먹지 못해서 매일 유동식을 주입했다. 빼어 문 혀로 숨을 꼴깍꼴깍 들이마시면 주사기로 흘린 먹이가 목안으로 넘어갔다. 목으로 넘기는 양보다 밖으로 다시 흘러나오는 양이 더 많았다. 하루 다섯 번 빠뜨리지 않고 은유가 해오던 일이었다. 한꺼번에 많이 먹을 수 없어 자주 적은 양을 줄 수밖에 없었다. 워낙 못 먹다 보니 소화력이 점차 약해졌다. 0332는 조금씩 기운을 잃어갔다. 2주 동안 잘 버텨주었다. 잘 못 먹어서인지 뼈마디도 약했고 전체적으로 홀쭉했다. 길게 자란 거친 털은 뭉쳐져서 샴푸를 해도 풀리지 않았다. 은유는 털을 깎아야겠다, 생각은 했다. 0332를 케이지에서 꺼내 안아 들고 책상 위에 놓았다. 은유를 빤히 바라봤다. 은유는 0332를 볼 때마다 숨을 쉬는 것이 오히려 고통이 아닐까 생각했다. 은유 팔에는 강아지들이 할퀸 길고 가는 상처들이 많았다. 오래 돼서 희미해져 가거나 아직 핏물이 배어나올 것처럼 선명한 상처까지. 0332는 은유의 손길이 익숙해졌을 테고 또한 반항할 기운도 없을 것이다. 은유는 0332에게 석시콜린을 주입했다. 긴장감에 팽팽했던 0332의 근육이 서서히 늘어졌고 눈도 감겼다. 신문 몇 겹을 꺼내와 두 번을 말아 쌌다. 은유는 세 마리가 들어있던 박스를 꺼내 0332를 넣고 테이프로 마무리해서 냉동고에 넣었다. 0332를 넣어 둔 박스가 마지막이었다.

냉동고가 텅 비었다. 텅 빈 냉동고를 볼 때마다 가볍고 홀가분하단 생각과 냉동고를 채웠던 강아지들이 떠올라 무겁고 혼란스러웠다. 보호소에서 2주일을 채운, 재분양이 안 된 강아지와 더 이상 생명을 유지하기 힘든 강아지도 있었다. 몸이 사르르 이완되어가는 느낌은 늘 불편했다.

고조가 쓰러지게 된 원인은 뇌출혈이었다. 고조의 뇌가 촬영된 사진을 수없이 봐왔다. 은유가 알 수 있는 건 검은 바탕에 흰 부분이 있으며 전체적으로 먹물이 풀려 희미한 그림이 된 것처럼 보인다는 것이다.

몸무게 230g인 시루의 머리는 은유 주먹보다 작다. 그 작은 뇌를 움직여서 은유의 말을 알아듣고 배고프다는 표현을 하고 두려움에 떨며 숨어들기도 한다. 한 줌도 안 되는 뇌를 작동시켜 사고하는 시루를 볼 때마다 신기하다.

고조의 뇌도 누구와도 다르지 않을 것이다. 약간 검게 표시되어야 할 부분이 흰색으로 두드러져 보인다는 것뿐이다. 두드러진 흰색 부분으로 인해 고조는 한 줌 뇌를 가진 시루도 할 수 있는 배고프다는 표현도 밖으로 나가고 싶다는 생각도 드러낼 수 없다. 밤을 새워 얘기하고 토론하고 싸움으로 번질 수 있었던 것도 뇌가 제대로 작동할 수 있었기 때문이었다. 은유는 손 안에 들어오는 시루의 머리를 쥘 때마다 해맑기만 한 눈을 들여다보게 된다. 시루가 고조보다 더 많은 걸 가진 건 아닌가, 하는 생각이 스치곤 했다.

시루는 유기견으로 들어온 토이푸들이 낳은 새끼였다. 두 마리를 낳았고 시루의 형제는 두 달 만에 분양되어 나갔다. 시루를 키우게 된 건 은유가 보호소에 들어온 후 태어난 첫 생명이라는 것도 있었지만 시루를 남기고 그 어미는 곧 죽을 수밖에 없다는 것이었다. 어미는 새끼를 낳을 때까지 생명을 지킬 수 있었다. 시루는 어미의 유족이 되었다. 유족이라니, 남아있는 가족. 시루는 그러니까 새끼 두 마리를 낳고 죽은 푸들의 유족이었다.

시루는 대부분의 시간을 은유 방에서 보낸다. 밖으로 나와서는 은유의 관심을 받지 못한다. 은유가 시루를 예뻐하는 기미라도 보이면 시루는 아마도 살아남지 못했을 것이다. 보호소 내에서도 질서라는 게 있다. 위계도 있고 권력도 있다. 덩치가 크고 강하고 약삭빠른 개들은 더 많이 먹을 수 있고 케이지 안에서도 더 자유로운 시간을 보낸다. 시루처럼 작거나 잘 섞이지 못하는 아이면 종일 우리 구석진 자리에서 꼼짝을 안 한다. 구석진 자리에 쪼그려 앉아 있더라도 괴롭힘 당하지 않고 무사하게 넘어가는 날은 드물다. 크기별로 구분해서 케이지에 넣기는 하지만 섞여서 생활할 때가 있다. 이유 없이 깨물리기도 하고 할퀴어서 피가 나는 일이 흔했다. 시루가 밖에 나와 은유와 가깝게 보인다면 어느 순간 덩치 큰 개들이 뛰어와 시루를 낚아 채 갈지 모른다. 시루는 대부분의 시간을 은유 방에 갇혀 있고 밖으로 나와서는 멀리에서 바라 볼 수밖에 없다. 은유의 보호를 받는 대신 혼자 방안에 갇히는 대가를 받아들이고 있다, 시루는.

재오와 헤어진 건 시루 때문이었을까. 나보다 시루를 더 많이 사랑하는 것 같아. 재오가 떠나겠다고 말하기 전, 은유에게 머뭇거리며 꺼낸 첫마디였다. 친구로 몇 년을 지냈고 사귀자, 라는 말을 꺼낸 이후 얼마 되지 않았을 때였다. 그래. 그게 물음이었고 답이었다. 고조가 없는 둘만의 시간들이 지루하고 어색해졌었다. 시루 핑계를 댄 건 고조에게서나 나올 법한 위트였다고 은유는 생각했다.

재오가 다녀갔다. 헤어진 후 첫 방문이었다. 시루가 꼬리를 흔들며 반겼다. 밖의 우리에서도 컹컹, 개 짖는 소리가 크게 들렸다. 마치 재오를 반기는 것처럼. 시루 때문에 떠나간 건, 그런 핑계를 댄 재오는 비겁하다. 고조가 저렇게 누워있는데 우리 둘만 행복할 수는 없잖아, 라고 말했다면 덜 비겁하게 느껴졌을까.

시루가 재오의 입술에 폭풍 뽀뽀를 했다. 얇고 가는 시루의 혀는 재오의 입술을 코를 턱을 핥고 또 핥았다. 냄새를 다 핥아 없앤 시루가 재오의 품을 빠져나와 은유의 품에 안겼다. 시루에게서 재오의 냄새가 느껴졌다. 재오의 코에서 맡아지던 얄팍하고 인색한 냄새. 차라리 진하거나, 진해서 역겹거나, 처음엔 좋았다가 잠시 후 역해졌다면 그 냄새를 좋아하지 않았을 것이다. 인색하고 얄팍해서 더 간절했던 냄새였다. 시루에게서 아주 짧게 재오의 향이 났다.

익숙한 손놀림으로 재오가 커피를 내렸다. 시루는 재오의 발끝을 졸졸 따라다녔다. 창밖의 잣나무 이파리는 여전히 누르스름했다. 잣송이가 창 아래 가까운 곳에 떨어졌는지 향이 흘러들었다. 떨어질 때 벗겨졌거나 짓이겨진 잣송이 상처에서는 머리가 어지러운 독 같은 향이 배어나왔다. 공기 중에 섞여 날아든 향은 부드럽고 향긋했다. 누워있는 고조의 눈빛에서 보이는 원망과 간절함과 무언가 말하고 싶은 눈빛, 그렇지만 아무런 말도 할 수 없는 고조의 눈빛이 은유는 독 같다는 생각이 들었다.

어렸을 때, 고조는 은유의 청바지가 크고 헐렁해서 다리가 멸치 같아 보인다고 말했다. 은유는 무심코 고조를 밀쳤다. 넘어지면서 보도블록 모서리에 부딪쳐 정강이가 찢어졌다. 고조의 정강이뼈에서 피가 흘러 흰색 컨버스화가 빨갛게 물들어갔다. 둘 다 놀라서 두 눈만 뜬 채 잠시 동안 어떤 말도 하지 않았다. 멸치가 아니야, 중얼거리며 은유는 도망쳤다. 고조가 책가방을 들고 절룩이며 은유의 집 앞을 지나가길 오래 기다렸지만 그 날은 볼 수 없었다. 정강이뼈에 크게 흉터가 남았다.

재오가 입은 자주색 칠부 바지 아래로 정강이뼈가 도드라져 보였다. 카키색 가죽 스니커즈와 바지의 조합이 잘 맞았다. 고조의 패션 감각이 재오에게서 느껴졌다. 재오의 손놀림은 침착하고 빨랐다. 수동식 커피

머신에서 떨어지는 탄자니아 AA의 향이 잣 향을 눌렀다. 세 잔을 내리곤 했던 재오는 이제 두 잔만 내려도 될 것이다. 세 사람은 모두 커피를 지나치게 좋아했다. 인터넷에서 커피 맛집을 찾아 200g 씩 주문을 했다. 커피를 마실 때 전문가인 것처럼 맛을 평가하곤 했다. 커피 맛은 매번 달랐지만 평가는 크게 다르지 않은 말들로 마무리 할 수밖에 없었다. 조금씩 구별되는 맛을 맛 그대로 표현하고 싶었지만 어떠한 낱말로도 적확하지 않았고 매번 비껴갔다.

은유가 재오와 사귀는 사이라는 말을 했을 때, 고조는 적확하게 의미를 짚고 싶었을 것이다. 고조와 재오가 회사 동료로 만난 이후 셋은 오래 친구로 지내왔을 뿐이었다. 고조는 얘기를 듣고 표정이 굳어졌다. 말이 적어졌고 술 마시는 속도가 조금씩 빨라졌다. 고조가 쓰러지던 날 셋은 모두 취했고 고조가 더 많이 마셨을 리도 없었다. 많이 마신 술 때문이었는지 충격 때문이었는지 여전히 오리무중이다. 고조는 테이블에 엎드려 잤고 더 오래도록 마시던 재오와 은유가 일어서려 할 즈음에 고조는 의자 아래로 쓰러졌다. 둘이서 고조를 부축해 호텔로 향했고 끌리는 느낌이었지만 분명 고조는 다리에 힘을 주곤 했다.

커피 맛은 좋았다. 고조 눈빛이 달라졌더라. 재오는 누르스름한 잣나무를 바라보며 얘기했다. 은유도 그쪽에 눈빛을 두었다. 창밖 잣나무 잎은 누르스름했다. 고조가 키우던 장수풍뎅이 애벌레를 잣나무 아래 묻었던 다음해부터 변했다. 고조는 싫증을 잘 냈다. 장수풍뎅이를 몇 달 기르더니 못 키우겠다며 애벌레를 잣나무 아래 묻었다. 물고기도 기른 적이 있었고 자라도 길렀었다. 은유와 헤어진 후 재오가 고조에게도 발길을 끊은 줄 알았다. 은유는 묘한 배신감이 느껴졌다. 할 말이 있는 사람처럼 내 눈을 오래 바라 봐. 무슨 말일까 궁금해. 재오는 혼잣말처럼 다시 중얼거렸다. 시루가 꼬리를 흔들며 테이블 아래에서 은유와 재오를 번갈아 올려다보았다.

처음 잣나무 이파리가 누렇게 변해갈 즈음 나무 아래를 파보았다. 까맣고 부드러운 부엽토 속에 애벌레들이 꿈틀거리고 있었다. 고조가 묻었던 것보다 훨씬 많았다. 은유는 다시 흙을 덮었다. 잣나무와 애벌레는 서로 공생관계를 유지한다고 했다. 애벌레를 모두 없애버리면 잣나무 또한 살아남을 수 없다. 처음부터 없었다면 모르지만 이미 서로 깊숙이 관계를 맺고 있다고 말했다. 잣나무 잎이 누렇게 변해가는 걸 보고 조경전문가에게 물은 적이 있었다. 장수풍뎅이 애벌레가 잣나무아래 터를 잡았고 잣나무에게 가는 양분의 일부를 차단하거나 보내는 역할을 한다고 했다. 서로에게 기대면서도 괴롭히는 사이? 잣 열매는 여전히 크고 단단했다.

재오는 두 잔의 커피를 다시 내렸다. 커피콩은 고조가 수동그라인더로 갈았었다. 그라인더가 작아 두 번을 갈았다. 셋이 두 잔씩의 커피를 마시려면 두 번을 갈곤 했다. 은유는 재오가 커피를 갈고 내리는 걸 바라보았다. 셋은 휴일이면 커피를 마시며 잣나무가 보이는 마당을 내려다보며 무슨 얘긴가를 끊임없이 주고받았다. 고조는 출퇴근시간이 너무 길어 이사를 가고 싶다는 얘기를 자주 했지만 행동으로 옮기진 않았다. 중학교를 졸업하고 고향을 떠나올 때부터 은유는 고조와 함께 살았다. 도심을 한참을 벗어난 보호소에 있는 집으로 이사 올 때 고조와 함께 오는 것이 은유는 당연하다고 생각했다. 재오가 은유를 바라보며 고조에게 같이 갈까? 하고 물었다. 아니. 은유는 거절하고 혼자 병원에 왔다.

은유는 빤히 눈을 뜨고 누워있을 고조를 떠올리며 소리나지 않게 문을 열었다. 잠깐 자리를 비운 사이 어느새 고조는 자고 있었다. 큰 한숨이 절로 튀어나왔다. 고조는 하루의 대부분, 아니 전부를 잠으로 시간을 채운다. 고조의 앞자리 할머니 상태가 위급해 보였다. 60이 넘은 아들은 할머니 손을 꼭 잡고 눈물을 흘리며 앉아있었다. 아들의 동생인 듯한 남자, 그리고 며느리 혹은 딸인 듯한 여자, 손자인 것처럼 보이는 젊은이까지 할머니 침대 주변에 서있거나 앉아 있었다. 의사며 간호사가 번갈아 할머니를 살폈다. 조용하지만 서두르는 기색이 엿보였다. 침대주변을 커튼으로 대충 가렸지만 그들의 숨소리까지 들렸다. 여자는 훌쩍이거나 가늘게 흐느꼈다. 진심이 느껴지는 울음이었다.

은유는 고조의 손을 잡았다. 살이 조금 더 내려 정맥이 도드라진 손은 부드럽지만 차가웠다. 만지작거리다 자신도 모르게 꼭 눌렀다. 손을 살짝 빼는 느낌이 들어 깜짝 놀라 고조를 바라봤다. 잠에 취한 눈빛이었지만 점점 또렷하게 눈동자를 굴렸다. 무슨 말인가를 하고 싶었지만 입이 떨어지지 않았다. 잘 잤어? 일어났어? 머릿속에서만 무수한 말들이 오갔다. 마주보는 서로의 눈빛에서 감정이 읽혀졌겠지만 그건 의심만 더해갈 뿐이었다. 나 지금 불편해, 라고 하는 말을 네가 미워, 라고 읽을 수도 있었다. 고조가 입을 다물었으니 은유도 다물었다. 말들은 오해만 더했다. 그런 오해 때문에 숱하게 싸웠고 숱하게 사과했다. 차가웠던 고조의 손이 따뜻하게 느껴졌다. 은유는 손을 꼭 눌러주고 시트위에 놓았다.

가방에서 책을 꺼내 읽으려다 옆 침대가 생각났다. 어느새 텅 비어 있었다. 고조에게 신경 쓰는 사이 발소리도 듣지 못했는데 사람들은 사라지고 할머니마저 보이지 않았다. 커튼은 걷혔고 시트마저 벗겨졌다. 반 넘어 들어있는 링거 병이 걸려있고 침대 아래는 할머니 것이었을 슬리퍼 한 짝만이 놓여 있었다. 짧은 순간이었다. 곧 임종을 맞을지도 모르겠다는 생각을 했었고 고조의 손에서 움직임이 느껴졌고 잠시 고조를 바라보고 있었을 따름이었다. 병실은 한결 조용했다. 책을 읽는다면 은유의 목소리만 조그맣게 울릴 것이었다.

은유가 읽으려던 책은 복사본이었다. 책 표지와 앞 페이지 몇 장이 뜯겨져나간 책이 있었다. 청록색에 가까웠지만 이미 바래고 낡아가는 뒤 표지만 남아있는 문고본 책이었다. 고등학생 때 고조와 함께 살던 방에 언제부터 그 책이 책장에 꽂혀 있었는지 기억에 없다. 어느 날 은유가 그 책을 읽기 시작했고 그걸 본 고조도 읽었다. 일본이 배경이었고 번역본임이 틀림없었다. 둘의 기억에 오래 남아있었고 20대의 어느 날 그 책에 대해 오래 얘기했다. 토막토막 기억나는 내용을 떠올렸고 주인공 이름이 칸나였다는 것도 기억해냈다. 은유는 인터넷을 검색했고 주인공 이름을, 내용을 입력해서 책의 제목을 알아냈다. 이미 절판되었고 국립

중앙도서관에 소장되어 있었다. A4 용지에 복사했고 제본을 했다. 그 때처럼 청록색 표지로 갈무리했다. 은유는 첫 문장을 읽으려다 그만두고 책을 할머니 침대 끝에 놓인 쓰레기통에 던져버리고 병실을 나왔다. 어디선가 잣 향이 흘러들었다.

친구와 태백 여행을 다녀왔다. 둘이서 나눈 많은 수다 중 초등학교 때부터 나의 꿈이 소설가였다는 얘기도 있었다. 그것이 신선했는지 친구는 초등학교 때 꿈이 소설가였다니, 라는 말을 여러 번 했다. 소식을 듣고 초등학교 때의 꿈이 이루어졌다고 그 친구가 말했다. 왜 그랬는지 그것이 나의 꿈이었던가, 스치듯 그런 생각을 했다. 살아오면서 마주쳤던 수많은 꿈들 중 하나였을 것이다. 많은 꿈들을 절박하게 희망했거나 어떤 꿈들은 나도 모르게 사라져버렸을 것이다. 다시 새로운 꿈을 갖게 된 것 같다.

태백 여행에서는 눈길을 오래 걸었다. 사람 발자국 하나 없는 푹푹 빠지는 눈길을 걸어 작은 암자를 찾아갔다. 개 두 마리가 크게 짖는 게 우릴 거부하는 것 같았지만 나이든 비구승이 이런 날 어떻게 왔냐며, 반갑게 맞아 주었다. 눈길에 연탄재를 뿌리는 비구승을 도와 리어카를 끌기도 했다. 추위에 발갛게 물든 비구승의 뺨이 여전히 생생하다.

한강 발원지라는 검룡소에도 다녀왔다. 오가는 두어 시간 동안 누구와도 마주치지 않고 친구와 둘이 걸었다. 바람에 날리는 낙엽들이 눈 덮인 하얀 길 위에서 뒹굴었다. 푹푹 빠지는 눈 위에 동물 발자국도 자주 보였다. 눈이 녹으면 흔적 없이 사라질 발자국이겠지만 친구와 두리번거리며 열심히 찾았다. 누군가 봐주지 않더라도 내내 무엇인가를 열심히 할 것 같다.

당선 전화가 온다면 서울예대 박기동 선생님에게 맛있는 걸 사드려야겠다는 다짐을 오래 해오고 있었다. 겨우 5개월을 못 기다려주신 선생님. 선생님이 계시지 않은 이곳이 한없이 서러웠다. 많이 감사하고 죄송합니다.

한신대 최수철 선생님, 아주 오랜 인연 그리고 수많은 이야기들. 큰 힘이 되었습니다. 우리 만취 모임, 기댈 수 있어 덜 외로운 것 같습니다. 윤후명 선생님, 예리한 눈빛으로 바라봐주는 것으로도 많은 것들을 느낄 수 있었습니다. 열심히 하는 사람이 제일 좋아, 라는 말 새기겠습니다. 소설가 언제 될 거야, 라는 농담을 못하게 되었다고 걱정하는 가족들. 포기하고 있었는데 '오올, 드뎌' 소식을 전하게 되어 다행입니다. 그리고 많이 고맙습니다. 지인들에게 넘치는 축하인사를 받았는데 아마도 늦게 들려온 소식이라서 그랬나 봅니다. 모두 감사드립니다. 시골에 계시는 엄마에게 축하전화가 왔다. 오래오래 건강하시기를.

주제의식, 표현·구조 통일 속 성공적으로 부각

2021년 경인일보 신춘문예 소설 부문에 투고된 작품은 190편이었다. 수십 년 전 기억을 되살리는 내용이라든가 일상을 담담하게 풀어나가는 양상의 투고 작품이 적지 않았다.

이러한 작품들은 대개 보편으로 확장되지 못한 채 개인사의 범주에 머무르고 만다. 신춘문예는 신인들의 등용문인 만큼 선별기준을 주제의식이라든가 형식에서 이전과 다른 새로움에 둘 수밖에 없다.

심사자들은 먼저 동시대와 호흡하는 한편 개성이 드러나는 작품을 당선작으로 뽑기로 합의하였다. 각 심사자는 예심에서 응모작을 절반씩 나누어 읽은 뒤 열 편 내외의 작품을 선정하였으며, 본심에서는 스무 편 가량의 진출작을 두고 논의를 펼쳤다.

그 가운데 본격적으로 검토한 작품은 '은유와 고조', '파랑', '그래도 해피 크리스마스', '재연과 재연과 재연의 사이' 네 편이다.

'은유와 고조'는 차분하게 가라앉은 문장이 내공을 드러낸다. 특히 살아있는 여우에게서 가죽을 벗겨내는 장면의 묘사가 퍽 강렬하다. 이러한 강렬함은 작품의 구조와 맞물리면서 그 의미가 배가된다.

한 편에는 반려견이 있다면 다른 한 편에는 병상에 누운 혼수상태의 친구가 있다. 이성 없는 대상을 둘러싼 인간의 사고 및 행위의 문제를 따져 묻는 주제의식이 표현과 구조의 통일 속에서 성공적으로 부각되고 있다는 것이다.

여성 문제를 다루고 있는 '파랑'은 분위기를 만드는 힘이 돋보였다. 찬찬한 흐름 속에서 어린 시절 당한 성폭력이 어떻게 존재 의미를 뒤흔들게 되는가가 설득력 있게 펼쳐졌다.

열악한 노동 현실과 현실 종교의 상황을 결부시키고 있는 '그래도 해피 크리스마스'는 시의적절한 주제를 적절하게 포착하였으나, 펼쳐놓은 문제들을 모두 다 수습해 내지 못하였다는 느낌을 남겼다.

'재연과 재연과 재연의 사이'는 욕망의 복제 양상을 발랄하게 풀어나가는 문장이 강점인 반면, 중반 이후의 전개가 다소 작위적으로 흘러 아쉬움이 남았다.

'은유와 고조'와 '파랑'을 두고 최종 논의를 거친 뒤, 당선작으로 전지호(필명)의 '은유와 고조'를 선정하였다. 전지호씨에게 축하의 인사를 전한다.

경향신문 **양지예**

1984년 서울 출생
동국대학교 법학과 졸

나에게

양 지 예

아이들 과제를 채점하는데 유독 소린의 시험지가 눈에 띄었다. 이름, 풀이 과정, 답까지 모두 분홍색 펜으로 적어놓았다. 계산 문제를 펜으로 푸는 아이는 흔치 않은데 거기다 분홍이었다. 내가 젊어서 다행이라는 생각에 피식 웃었다. 옆자리 사회 선생은 나이 먹을수록 글씨 읽기가 힘들다며 손으로 쓰는 과제는 절대 내주지 않았다. 주관식 시험문제도 모두 단답형으로만 냈다. 문장 단위가 되면 채점이 해독 내지는 독해가 되어버려 고역이라고 했다. 글자 포인트 13이상, 교사들도 알고 있는 그녀 숙제의 가장 중요한 준수사항이다.

소린의 자리는 교실 중앙 앞에서 두 번째로 교탁 앞에 서면 눈에 가장 잘 띄는 위치다. 필기할 때면 소린은 미간을 계속 찌푸렸다 폈다 했다. 노트를 볼 때마다 주름이 패는 모습에서 보건대 아이답지 않게 원시遠視가 있는 모양이었다. 분홍색 펜을 들고 찡그린 채 문제를 풀었을 소린을 상상하자 또 웃음이 났다. 그제 걷어다 놓고 아직 들여다보지 않은 필기노트를 뒤져 소린의 것만 살펴보았다. 노트필기도 보라색에 초록색에 제멋대로였다. 형형색색 글자를 보다 세 번째로 웃었다. 요즘 애들은 글씨를 참 못 쓴다. 소린도 그렇다.

소린은 팔다리가 길쭉하니 중학생치고 큰 키인데 동글동글 얼굴만은 영락없이 아기 같았다. 이름 예쁜 소린이가 나와서 풀어보자, 하면 쌤 이름 얘기 좀 그만 해요, 하면서 툴툴거린다. 불퉁해지는 볼살이 볼 만하지만 그 애는 뒤통수가 더 귀엽다. 나는 아이들의 뒷모습 보기를 좋아한다. 필기나 문제 풀이를 시켜놓고 교실 뒤쪽 사물함에 삐딱하게 기대어 있노라면 유독 소린의 뒤통수가 눈에 들어온다. 시꺼먼 남자반 아이들의 수그린 머리통 사이 크고 새하얀 귀가 양쪽으로 튀어나와 도드라져 있다. 빚은 듯 동그란 두상에 찻잔 손잡이처럼 달려있어 잡아 당겨보고 싶다는 충동을 일으키는 귓바퀴였다.

나도 가지각색 펜을 모아 필기하던 시절이 있었다. 중학교에 다닐 무렵이었다. 이모네가 서점 겸 문구점을 운영했던 덕이다. 당시 여학생 사이에서는 필통의 부피가 요즘 애들 말하는 인싸력의 잣대였다. 고가인 하이테크C는 어찌 보면 정점이었다. 나는 반에서 가장 많은 하이테크C를 가진 아이였다. 버린 적도 없는데 다 어딜 갔는지 지금 내 연필꽂이에는 교직원연수기념이라 적힌 삼색 볼펜에 컴퓨터용 사인펜, 네임펜이 전부다.

"쌤, 저 이거……."

"아, 사생대회! 벌써 가져왔어? 다음 주랬지?"

사생대회참가확인서였다. 미술 선생의 도장이 찍혀 있었다. 한 장이라 생각했는데 두 장이었다. 뒷장의 참가자란에 임소린, 세 글자가 적혀 있었다.

"소린이도 미술부였나?"

"아뇨, 지난번에 미술 선생님이 나가보라고……."

"미술 선생님께서 직접? 소린이도 그림을 잘 그리나 봐?"

"모르겠어요."

"몰라?"

"저도 걔 그림 본 적이 없어서요."

화려한 노트필기를 보면 끄덕여지기도 했다. 남다른 색감을 가졌을지도 모른다. 고흐나 몬드리안처럼 색이 독특한 그림을 그리는 소린을 상상해보았다. 눈살 찌푸린 앞모습이든 집중한 뒤통수든 내 눈에는 고뇌하는 예술가처럼 보이지는 않을 듯했다. 어릴 적 나를 두고 괜히 괴롭혀보고 싶다던 이모의 심정을 이제는 이해한다. 이모에게는 끝내 아이가 생기지 않았다.

"쌤들 저거 보세요. 그렇게 봄이 안 올 듯 춥더니."

"금방 벚꽃 피겠네."

국어 선생이 창밖으로 묵직하게 핀 목련을 보며 감탄했다. 나는 한숨을 쉬었다. 주말에 집에 오라는 어머니의 메시지가 도착했다. 이모도 거들었다. 엄마 문자 받았지? 가끔 서울 집에도 가고 그래.

"꽃 핀다고 아줌마들은 호들갑인데 아가씨는 한숨이야?"

"집에서 주말에 오라고 하시네요."

"왜? 결혼하라고 잔소리하셔?"

질문은 국어 선생 혼자 하지만 오롯이 나를 향하는 교무실의 모든 귀가 느껴졌다.

"아직 그렇진 않네요."

"하긴 요새 서른은 뭐. 아니지, 아직 아홉이지?"

결혼 얘기하니까 말인데요, 음악 선생이 말을 꺼냈다. 공립고 교사 하는 대학 후배 하나가 상견례 자리에서 파혼했다는데, 글쎄, 둘이 육촌 사이였더래요, 고향 후배기도 한데 시골에 소문이 나가지고. 그래그래 요새 그렇다면서. 육촌이 뭐야 사촌끼리도 요즘 애들은 안 보고 살잖아. 그런데 김 선생 고향이 어디였지. 청도 아니었어요? 맞아, 청도. 작년에도 복숭아 보내주셨잖아요, 선생님도 드셔놓고서는. 아무튼 걔도 이제 서른일곱인데 큰일이에요, 걔가 말이죠 전에…….

자리에서 일어났다. 커피 드실 분? 자진해 커피 석 잔 심부름을 하며 무언가를 뱉어내듯 다시 한숨을 쉬었다.

아버지는 교사였다. 일찍 돌아가신 할아버지도 교사였다(고 들었다). 작은아버지도 고모부도 교사였다. 친가 쪽 사촌들 역시 줄줄이 교사가 되었다. 배우자도 어떻게 학교에서만 찾아 결혼했다. 수능 성적표가 나오던 날, 나는 물리학과 아니면 절대 대학에 가지 않겠다고 하루를 굶었다. 이튿날 저녁 아버지가 교직 이수를 조건으로 내걸었다. 그날 나는 과식했다. 이후 끼니를 꼬박꼬박 챙기면서도 며칠 동안 아버지 쪽을 쳐다보지도 않았다. 열심히 공부해서 보란 듯이 CERN에 취직할 생각이었다. 거기 가서 신의 입자인지 힉스 입자인지를 찾아내어 노벨상 수상으로 인생을 완성하겠다는 계획을 세웠다. 나는 이제 노벨상을 꿈꾸지 않는다. 특별히 안타깝거나 아쉽지는 않다. 다만 내가, 지금, 선생님이 되어있다고 의식할 때면 속이 울렁거린다. 명치께 같지만 육체가 아니라 물리적으로 짚어낼 수 없는 미지의 공간이 뒤틀리는 기분이다.

점심시간, 소린이 교무실에 찾아와 불쑥 죄송하단 말을 꺼냈다.

"눈 아프셨어요?"

과제 이야기였다. 돌려주면서 시험지 하단에 "갱지에 분홍색 펜은 잘 안 보입니다. 과제는 연필이나 검정펜으로 작성해주세요."라고 메모를 적었다.

"응? 아니야. 아프지는 않았어. 그래도 공식 문서니까 검정이 낫지. 내년에 고등학교 가서는 더 그렇고. 앞으로도 쭉 그렇고."

"죄송해요……."

"왜, 수행평가 점수 깎였을까 봐?"

"아뇨……."

소린이 우물쭈물했다. 할 말이 있는 듯 보였다. 그때 주말에 본가에서 가져온 뚱뚱한 필통이 눈에 들어왔다.

"소린아, 무슨 색을 제일 좋아해?"

"핑크, 요……."

필통을 뒤져 분홍색 계열을 골라내니 하이테크C 한 자루, 베이비핑크에다 핫핑크 젤리롤까지 모두 세 자루가 되었다.

"요즘 애들도 하이테크C 쓰니?"

"네. 근데 비싸서요."

"그래? 그럼 이거 가져다 써. 과제에는 쓰지 말구."

고맙습니다, 펜을 받아들고 제 위치로 돌아가던 손이 어정쩡한 허공에서 멈추었다. 나는 의자에 앉은 채 소린을 올려다보았다. 길고 마른 어른의 팔뚝에 아이의 손이 달려있었다.

"쌤, 남자가 핑크색 좋아하면 별로예요?"

"으응, 아니? 왜?"

"전에 누가 게이냐고 그런 적이 있어서요."

"요새도 그런 말을 해? 인권 선생님 우시겠다. 그러고보니, 전에 선생님한테 핑크색하고 분홍색 차이를 설명해준 적이 있지 않아?"

"맞아요. 기억하시는구나……."

소린이 뒷머리를 긁었다.

"예비종 울리겠다. 얼른 가 봐야지?"

"쌤!"

"그래."

"쌤 머리 왜 자르셨어요?"

"차여서."

"진짜요?"

"아니. 안 어울리니?"

"아뇨, 완전 잘 어울리시는데요!"

소린이 놀란 새가 파드득거리듯 거듭 나를 칭찬했다. 주위를 살피더니 상체를 내 쪽으로 살짝 숙였다.

"애들이 그러는데요, 머리 자르시니까 저랑 쌤이랑 닮았대요."

대단한 비밀처럼 속삭였다. 장난스레 웃는 아이의 귓불이 발갰다. 대답할 말을 찾는 와중에 구원처럼 예비종이 울렸다. 어떻게 말했어야 옳았을까. 선생님이 영광인데? 과장이 심해서 진심처럼 느껴지지 않는다. 그런 말은 나처럼 예쁜 선생님한테 실례 아니니. 농담처럼 상황을 잘 넘길 수 있겠지만 나와 어울리지 않는 느낌이다. 거기에 발간 귓불을 무시하는 처사 같다. 학창시절의 나였다면 어떤 반응을 원했을까. 학생이 원하는 반응을 해주는 교사가 진정 훌륭한 교사일까.

서랍에서 핸드크림을 꺼내 천천히 발랐다. 문득 이틀 앞으로 다가온 사생대회가 떠올랐다. 그림 얘기를 했다면 좋았을걸. 적당한 화제였다 싶다가도 사생대회라니 막상 무슨 말을 하면 되나 싶었다. 담임을 맡으니 모르는 일투성이였다. 무엇을, 어디까지, 얼마만큼 하면 될까. 있지도 않은 선을 자꾸 찾게 되었다. 무슨 꽃인지 손등에서부터 향기가 올라왔다.

우리 학교에는 정문과 후문에 각각 자전거 거치대가 설치되어 있다. 우리 반 아이들은 후문 쪽보다 정문 쪽의 거치대를 선호한다. 교실과 가까워서다. 이유는 알 수 없지만 소린은 후문파다. 주차장은 후문에 있다.

평소보다 늦게 퇴근하던 3월 초의 일이다. 한 학생이 후문 가까이 자전거를 세워둔 채 안장에 걸터앉아 있었다. 차가 통과하기에 아슬아슬해 보였다. 창문을 내리고 보니 소린이었다. 임소린. 올해 내가 가장 먼저 외운 이름이다. 선글라스를 쓴 채 차가 오는 줄도 모르고 하늘을 올려다보고 있었다. 소린아, 불렀더니 싱글벙글한 얼굴이 돌아봤다. 볼이며 코끝이 얼어 있었다. 올해는 봄이 늦어 3월 내내 날이 추웠다.

"선생님, 구름이 복숭아색이에요!"

소린이 라식했구나? 아뇨. 내 질문에 들뜬 얼굴이 가라앉았다. 아주 짧은 순간이었는데도 느린 화면처럼 장면 장면이 마음에 박혔다. 이후 내 머릿속에는 소린의 표정 변화며 그날의 대화가 개연성 없이 하루에도 몇 번이고 떠올랐다. 대단히 잘못한 일도 아니건만 자꾸 반성하게 되었다. 감정이 투명하게 비치는 아이의 말에, 좀 더 적절하게 반응할 수는 없었을까.

선글라스를 벗는 소린을 보면서 나는 해야 할 말을 고민했다. 정답이었는지는 알 수 없다. 변명의 기회가 주어진다면, 최선을 다해 꺼낸 질문임에는 틀림없다고 대답할 수 있을 따름이다.

"복숭아색? 분홍색하고는 다른 거야?"

분홍색은 좀 옅은 색이고 복숭아색은 핑크색에 노란빛이 조금 섞인

색이라고 했다. 살구색이 되지 않도록 아주아주 약간만 섞여야 한다고 제법 진지한 설명을 덧붙였다. 소린이 보던 하늘을 보았다. 소린의 묘사대로 붉으면서도 아주 약간의 노란색이 섞인 노을빛을 구름이 반사하고 있었다.

"분홍색에 노란색을 섞으면 복숭아색이라고……."

"아뇨, 쌤. 분홍색이 아니라 핑크색에 섞으면요."

"분홍이 핑크 아니야?"

"맞아요. 근데 그냥 제 느낌으론요, 음……, 저한테 분홍색은 벚꽃색이고 핑크색은 복숭아꽃색이에요."

"복숭아꽃을 본 적이 있어?"

"저희 외할아버지가 복숭아 농장을 하시거든요."

나는 꽃에 대해 잘 모른다. 매일 지나치는 교정의 나무조차 꽃봉오리가 맺히는 시기가 되어서야 아, 벚나무였지 목련나무였지, 새삼 알아차리곤 한다. 설명을 들으면 그렇군, 알겠다가도 여전히 철쭉과 진달래가 헷갈린다. 복사꽃이 그렇게 예쁘다면서. 하마터면 소린에게 물을 뻔했다. 복숭아꽃. 예전에 복사꽃을 그렇게 부르던 사람이 있었다. 봄이면 복숭아꽃이 만발한 자기 고향을 보여주고 싶다고, 그는 말했다. 당연한 결말처럼 나는 아직 그의 고향에 가보지 못했다. 복사꽃이 어떻게 생겼는지도 모른다.

"이것도 외할아버지가 주신 거예요."

선글라스와 외할아버지의 선물. 언뜻 두 개념 사이 연결고리가 만들어지지 않았다.

"그래서 아끼는 거야?"

"네……. 어, 아뇨. 잘 모르겠어요."

"응?"

"저는 외할아버지가 불편했거든요."

조금 더 친해졌을 때, 그러니까 중간고사라도 치른 이후 이런 말을 들었다면 당황하지 않았을지도 모른다. 가끔 소린은 가슴에 훅 끼치는 말을 한다. 그때는 소린이 어떤 아이인 줄은 전혀 몰랐다. 나는 솔직함에 서툴다. 마지막 인사는 최악이었다.

"학교에서는 웬만하면 쓰지 않았으면 좋겠다."

대화는 대본이다. 주어진 대본을 바탕으로 얼마나 유연하게 대화를 이어갈 수 있느냐로 사회성을 판가름하게 된다. 제각각 개성을 가진 학생들도 이 규칙을 이해하고 있기에 나 같은 교사도 지나치게 긴장하지 않은 채 아이들을 대할 수 있다. 소린은 가끔 초등학교 3학년 같았고, 가끔은 대학교 3학년 같았다. 대본을 새로 써야 했다.

퇴근하려는데 학교 주차장으로 택시 한 대가 들어오더니 소린이 내렸다. 키 큰 긴 머리 여학생과 함께였다. 청아였다. 트렁크에서 짐을 꺼내는 두 아이를 잠시 지켜보았다. 청아가 나를 알아보고 손을 흔들며 달려왔다. 한껏 올려묶은 머리카락이 달리는 움직임보다 반 박자 늦게 좌우로 호선을 그렸다. 청아는 작년 부담임을 맡았던 반의 반장이었다. 뒤따르던 소린도 내게 꾸벅 인사했다. 사생대회 날이었다.

"대회 마치고 바로 집에 가는 거 아니었어?"

"다른 애들은요. 근데 미술도구 없는 애들한테 미술 쌤이 미술부 거 빌려주셨거든요. 그거 반납하러 왔어요."

"소린이도 미술부 들어간 거니?"

"아뇨. 임소린은 객원요!"

청아는 유독 나를 따랐다. 사립학교 특성상 젊은 교사가 얼마 없어서일지도 모른다. 각양각색 학생 중에 과자나 사탕 같은 소소한 선물을 주기 좋아하는 아이들이 있다. 청아도 그중 하나다. 수업하는 내 모습을 크로키해서 준 적도 있었는데, 나는 지금도 파일 속에 그림을 보관하고 있다. 수업시간에 공부는 안 하고. 필기 다 하고 그린 거예요오오. 뭘 주지 않아도 충분히 어딜 가서든 예쁨 받을 만한 아이였다. 올해 들어 남자반 수업을 주로 맡다 보니 청아와는 만날 일이 없었다. 학기 초 미술부 부장이 되었다며 자랑스레 교무실에 찾아왔을 때가 다였다.

"야 그거 그냥 너 혼자 갖다 놓으면 안 돼?"

청아가 열쇠를 내밀었다. 미술부, 라고 쓰인 견출지가 붙어 있었다. 견출지 위에 덧붙인 셀로판테이프가 누렇게 변해 떨어지기 직전이었다.

"네 것도?"

"어차피 나는 너 때문에 온 거잖아. 거의 다 네 짐인데."

소린이 짐을 든 채 열쇠를 받아 꾸물꾸물 바지 뒷주머니에 넣었다.

"쌔앰 쟤가 열쇠 갖다 줄 때까지 저랑 있어주시면 안 돼요? 저 진로상담 해주세요."

진로상담은 청아가 수다를 떨고 싶을 때 대는 핑계였다.

"미술 선생님이 소린이한테 사생대회 참가해보라고 하셨다면서."

"방과 후에 미술부 와보라고 하시구요."

"그래서 화가 났어? 소린이한테?"

"네?"

눈을 동그랗게 뜬 청아가 곧 찡그리듯 웃었다. 그런 거 아니에요. 고개를 가로저을 때마다 머리카락 끝이 교복 깃에 닿으며 경쾌하게 마찰했다.

"뭘 화가 나요. 쟤 그림 되게 못 그리는데."

못 그린다니. 미술 선생은 이사장의 조카였다. 낙하산 아닌 낙하산인지라 교사들 사이 미묘하게 겉도는 존재였다. 교무실 대신 미술실 안에 그녀의 개인 공간이 있었다. 근무 사 년 차에 접어든 나 역시 그녀와 교류라고 할 만한 일이 없었다. 그런 그녀가 보충 수업을 시킬 정도로 소린의 그림 실력이 형편없었다는 의미일까.

"매력이 있다고 하더라고요."

기대어 있던 난간이 갑자기 쑥 빠져버린 느낌이었다. 소린의 매력이라면, 내게는 뒤통수였다. 찻잔 손잡이 같은 귓바퀴였다. 담임교사라는 인간이 겨우 아이의 귀를 잡아당기는 상상이나 할 때, 누군가는 아이의 재능을 발견했다. 목덜미에 미열이 올라왔다.

"매력 있는 그림이라고?"

"쌤이 그러셨어요. 매력도 재능이라고. 그럼 뭐 쟤는 재능이 있나 보죠. 짜증나요."

언젠가 미술 선생이 청아에게 그림 두 점을 보여주었다고 한다. 꽃이 그려진 탁한 색조의 수채화였다. 이상해요. 청아는 솔직하게 대답했단다.

"색감 이상해서 처음에는 드라이 플라워 그린 줄."

청아의 말에 따르면 꽃을 그릴 때는 색감이 중요하다. 색을 선명하게 만 잡으면 실물에서 멀어진, 말 그대로 그림 같은 그림이 되어버린다. 그렇다고 너무 톤을 낮추면 생명력을 잃고 만다. 아예 죽은 꽃을 표현한 다면 모를까 칙칙한 색감을 표현하기 위해 꽃이라는 정물을 택하는 사람은 멍청하다. 더구나 맑고 투명한 색조가 생명인 수채화라면 더더욱.

"정확히 흑백도 아닌데, 탁하고 이상한 수채화를 그리더라고요. 이 런 그림도 있나 싶어서 미술 쌤이나, 저희 미술학원 쌤한테도 여쭤보 고 그랬는데요. 보다 보니까 매력 있단 게 무슨 말인지 알 것 같기도 하 고……."

미술 선생이, 얘는 어떤 그림을 그릴지 궁금하지 않느냐고 청아에게 물었다. 미술부장에게 양해를 구하는 말이라고 청아는 바로 알아들었다. 괜찮다고 대답했다. 어차피 3학년 되면서 그만두는 부원들이 많으니 괜 찮다고.

"비밀인데요. 쌤 말씀대로 화가 좀 났어요. 질투 나더라고요. 근데 그 럴 정도는 아니에요."

"재능 있는데 못 그린다는 거지?"

"네. 선도 제대로 그을 줄 몰라요. 연필도 깎아본 적이 없대요. 안 지워 지는 싸구려 지우개로 4B연필을 지우질 않나. 색감이 독특하지만, 그냥 보이는 대로 그리는 거더라고요."

"원래 정물화는 보이는 대로 그리는 거 아니야?"

"그게, 잘 설명 못 하겠어요. 쌤도 쟤 그림 보면 바로 아실 텐데. 사람 들이 전부 같은 세계를 보고 있지만, 사실 정말로 같은 세계를 보는지는 모른달까? 내가 보는 빨간색이 다른 사람한테도 똑같이 보일까, 뭐 이런 거죠. 석고 같은 거 데생할 때는요, 보이는 대로 그리면 안 되고 규칙대로 그려야 하거든요. 빛이 오른쪽에서 오면 이 각도에서는 무조건 그림자는 이쪽, 명암은 이렇게! 근데 쟤는 그런 걸 모르니까…… 미술 쌤은 보이는 대로 그리는 용기도 재능이라고 칭찬하시던데 뭐. 저는 부장 입장에서 애가 너무 애 같으니까 동갑 맞나 싶고…….”

내가 보는 빨간색이 다른 사람한테도 똑같이 보일까. 어린 시절 나도 이 부분을 궁금해했었다. 많이 알려지지 않은 사실이지만, 나의 전공이 바로 이 부분을 다룬다. 프리즘을 통과한 빛이 스펙트럼을 나타내는 현상을 발견한 사람도 다름 아닌 현대 물리학의 시조 뉴턴이다. 나는 광학 수업을 꽤 좋아했었다.

소린이 열심히 설명했던 색을 꼽아보았다. 분홍색 핑크색 살구색 복숭아색 벚꽃색 복숭아꽃색. 어느 쪽이 더 노랗고 더 빨갛다고 했더라. 천천히 줄을 세워보았다. 나름의 스펙트럼이었다.

소린과 청아도 나란히 세워보았다. 한쪽은 하얗고 다른 한쪽은 까무잡잡하다. 채도와 명도를 만들기 위해 반드시 필요하지만 흰색과 검은색은 빛의 스펙트럼에 존재하지 않는다. 붉은색 너머 적외선이 어떤 색인지, 보라색 너머의 자외선이 어떤 색인지, 인간의 눈은 보고 있으면서 결코 보지 못한다.

“근데요 쌤.”

청아의 한쪽 볼에 우물이 팼다. 평소처럼 애교와 짓궂음이 섞인 목소리였다.

“아세요? 임소린 뒤통수 보면 진짜 웃기게 생겼어요. 뒤통수가 엄청 똥그래가지구 거기다 진짜 크고 하얀 귀가 똥그랗게 양쪽에 붙어 있다니까요. 귀가 머리통만 해가지구. 무슨 검은 바둑돌에 흰 바둑돌 붙여놓은 거 같애요.”

똥그래가지구. 똥그랗게. 청아의 두 손이 허공에서 동그라미를 만들었다. 손끝이 차가워지며 텅 빈 안쪽에서 버석버석 소리가 났다. 갑자기 고함을 치고 싶어졌는데, 그 대신 청아에게 웃어주고 돌아서니 아주 피곤해졌다.

일주일에 한 번, 과학 관련 동영상을 아이들에게 보여준다. 교과 진도와 관련한 영상이나 아이들이 흥미를 가질 만한 과학상식 영상도 튼다. 전멸하다시피 자던 아이들도 그때만큼은 또랑또랑 눈을 뜨고 화면을 들여다본다.

이번 주제는 스펙트럼이었다. 나는 평소처럼 교실 뒤쪽에서 영상을 보는 아이들을 지켜보았다. 그러면, 멀리 떨어진 천체가 어떤 물질로 이루어졌는지는 어떻게 알 수 있을까요? 내레이션이 흐르는 가운데 소린이 가방에서 무언가를 꺼냈다. 외할아버지 선물이라던 선글라스였다. 대놓고 쓰지는 않고 안경다리를 접은 상태 그대로 눈에 가져다 댔다. 소린의 짝이 말을 걸었다. 소린이 고개를 저었다. 짝이 손을 뻗었다. 소린이 손을 밀쳐내며 고개를 저었다. 아무것도 아냐. 입모양이 읽혔다. 뺏고 빼앗기지 않으려는 투닥거림이 소란이 되었다. 영상을 정지시켰다.

나는 잠시 아이 둘을 세워두고 아무 말도 하지 않은 채 눈을 깜빡였다. 대단하지 않은 일이었다. 왜 그렇게 화가 났는지 알 수가 없었다. 말을 고르다 선글라스를 집어 들었다. 수업 끝나고 2층 과학실로 찾으러 와. 아이의 어깨가 한껏 내려앉았다. 계절과 어울리지 않는 거센 바람 소리가 교실에 들어찼다.

지난주 토요일, 나는 서울 본가에서 점심만 먹고 이모네로 향했다. 이모부가 세상을 떠난 후 이모는 이천에 작은 아파트를 얻어 혼자 지내고 있다. 가는 길에 이모가 좋아하는 상표의 막걸리를 두 병 샀다.

"이모, 나 머리 자를까."

"머리? 어떻게."

"아주 짧게 확 치려고."

"그래 해봐. 젊을 때 하고 싶은 것 해야지. 너 예전부터 보이시한 스타일 해보고 싶어 했잖아."

"내가?"

"머리 자르고 싶은데 느이 아빠가 못 자르게 한다고 투덜거렸는데. 기억 안 나? 느이 엄마는 제부 장단 맞춘다고 안 된다 그러고."

내 취향에 맞추어 새우를 가득 넣은 파전을 썹었다. 썹을 때마다 뽀도독한 질감이 향기와 섞이며 잘게 부서졌다. 직접 심은 파라 향이 더 강하다며 이모는 내가 올 때마다 뿌듯한 표정을 지었다. 이모도 같은 말을 하고 또 하고 다시 반복하는 그런 나이가 되었다. 나는 내색하지 않고 매번 과장하며 맞장구쳤다.

이모는 보고 싶은 드라마가 있어도 보지 않고 내가 찾아오길 기다렸다. 나는 이모의 무릎을 베고 소파에 누워서 이모의 밀린 드라마를 함께 보았다. 이모부 생전에는 일주일에 한 번씩 꼭 영화관에 갔다고 했다. 어린 시절 나도 몇 번인가 부부 외출에 동반했던 기억이 있다.

"이모, 그 사람 있잖아. 결혼하려다 파혼했다나 봐."

"그러니……. 마음 쓰여?"

"아니야. 근데 그 사람 얘기 아닐 수도 있어."

청도 출신 음악 전공 서른일곱 남자 선생님이 얼마나 될까. 이모가 내 머리카락을 쓰다듬었다. 졸음이 밀려왔다.

"아빠가 아직 미워?"

"아니……. 아빠는 그 사람 아니어도 싫지. 엄마는 밉구."

"그래. 그래도 집에는 가끔 가구 그래."

"응……. 근데 이모."

"그래."

"그 사람 그런 사람 아니야……. 막 어린애 건드리구 그런 사람…… 우리, 내가 스물한 살 때부터 만났어. 나 고등학교 때 선생님한테 맨날 차였다구……. 대학생 되서도 차이구……."

"그랬어?"

"왜 이 말을 전에는 못했지?"

"글쎄, 왜 그랬을까. 느이 아빠가 그렇지 않니. 너도 마음이 급했구…… 어렸구……."

머리를 쓰다듬는 손길이 느릿느릿해졌다. 나는 이모의 손길에 호흡을 맞추었다. 애가 첫 남자를 못 잊어서. 목소리에 물기가 묻어났다. 나는 자는 척 눈을 감고 있었다. 이모가 말하는 첫 남자가 어떤 의미일까. 그는 내 첫사랑이 맞지만, 내 첫 남자는 아니었다.

그의 파혼 이야기가 나는 기쁘지도 슬프지도 않다. 저런, 안 됐네요. 감정이입을 하지 않은 채 대본의 대사를 읊으며 대화를 마무리 지을 수도 있었다. 마음에 들지 않는 드라마를 보듯 그를 흘려보낼 수 있게 되었다. 떠나는 그에게 비겁하다고 몸부림치던 나를 기억한다. 지금은 몸부림친다 한들 그때의 마음이 되살아오지 않는다. 동요할 수 없음에, 나는 동요하고 있다.

쾅당. 과학실 문이 닫히는 소리에 나도 소린도 놀랐다. 제가 그런 게 아니라, 선생님. 바람이에요……. 소린이 눈썹을 팔자로 늘어뜨렸다.

"알아. 쫄지 말고 앉아."

널찍한 과학실 책상을 두고 소린과 마주 앉았다. 나는 아무 말도 하지 않고 압수한 선글라스를 내어놓았다. 높아지는 바람 소리에 신경이 술렁였다.

"지난번에, 학교에서는 쓰지 않기로 했잖아."

죄송합니다. 점점 작아지는 목소리와 함께 목이 움츠러들었다. 부풀었던 내 화도 더불어 사그라들었다. 애초에 소린에게 화낼 일이 아니었다. 고개 숙인 정수리 부근으로 가마가 보였다. 회오리처럼 말린 모양이 둘이었다. 소린도 알고 있을까. 웃음을 참으며 엄한 목소리를 자아냈다.

"라식 안 했다며. 선글라스를 가지고 다닐 필요가 있니? 아니, 할아버지께서 주신 물건이면 집에 소중히 보관하고 나중에 쓰면 안 될까?"

이상한 말이었다. 왜 학교에 선글라스를 가지고 다니면 안 될까. 선글라스를 휴대해서는 안 된다는 교칙이 있을 리 만무하다. 소린이 고개를 들어 왜요? 라고 묻는다면, 대답할 말이 없었다. 어른이 말씀하시는데 어디서 말대꾸야. 나는 그런 말을 하지 않을 수 있을까. 앞으로도 쭉 그런 말을 하지 않는 교사로 남을 수 있을까.

소린의 대답을 기다렸다. 앞으로 안 그러겠습니다. 이 한마디로 정리하고 끝내면 되는데 소린은 원하는 말을 해주지 않았다. 대화가 끊어진 시간 속에 바람 소리만 부피를 키웠다.

"학교에 꼭 가져와야 한다면 이유라도 말해……, 너 우니?"

내려다보이는 코끝이 빨갰다. 소린아. 불렀더니 비로소 훌쩍거리는 소리가 들렸다. 티슈를 내밀자 고개를 돌리고 아예 어린아이처럼 울기 시작했다. 죄송하다는 말이 애용해요, 라고 들렸다. 책상 모서리를 손가락으로 톡톡 두드리며 아이가 진정하기를 기다렸다. 교직 이수할 때 어째서 우는 아이 달래기는 가르쳐주지 않을까.

"소린아, 저기 봐."

과학실 앞쪽의 창 너머를 가리키자 소린이 울음을 그쳤다. 창밖으로 회오리바람이 불고 있었다. 모래와 함께 바람에 이리저리 쓸려 다니는 육상용 허들이 보였다. 하교 중이던 아이들이 걸음을 멈추고 제각각 비명이나 감탄사를 내질렀다. 휴대폰을 꺼내 촬영하는 아이도 있었다.

"선생님, 저기……."

소린이 뒤편의 창을 가리켰다. 과학실 뒤편의 창문 앞에는 커다란 왕벚꽃나무 두 그루가 심겨 있다. 소린의 손가락 너머 팝콘이 튀는 듯 꽃잎이 무더기로 쏟아지고 있었다. 하늘하늘 청순한 모양이 아니라, 벚꽃과 바람이 으르렁거리며 벌이는 사투로 보였다. 발걸음이 절로 창가로 향했다. 우리는 감탄도 하지 못하고 잠시 나란히 서 있었다.

"선생님."

갈라진 목소리였다. 울고 난 얼굴이 발갛고 말겠다.

"저는 외할아버지가 싫었거든요. 시골 가면 맨날 남자답지 못하다고 구박만 하고."

소린이 문제의 선글라스를 내밀었다. 표면에 누구의 것인지 지문이 두셋 찍혀 있었다.

"써 보실래요?"

안경다리를 차근차근 펼쳤다. 그리고,

세상이 시뻘겋고 시퍼렇게 돋아났다. 바람이 가지를 후려칠 때마다 선혈이 듣는 듯 벚꽃잎이 유리창에 달라붙었다. 막 돋아나기 시작한 여린 잎새마저 선명한 짙푸름으로 퍼뜩퍼뜩했다. 붉은색과 녹색의 감각만 두드려 일깨워지는 기분이었다. 낯선 세상에 반 발자국 뒤로 물러섰다.

"일 년 전까지 저는 벚꽃도, 복숭아꽃도 무슨 색인지 몰랐어요. 그런데 작년 생일에 외할아버지댁에 갔더니 복숭아꽃이 가득 피어 있고 할아버지가 이걸……."

안경다리를 쥐었다. 엔크로마 글라스. 광학 시간에 배웠던 기억이 났다. 붉은색과 녹색을 구분하지 못하면, 신호등은 어떻게 보나요? 질문까지 했었다. 되돌아온 교수의 답변이 기억나지 않았다. 다시 마주할 줄 알았다면, 절대 잊어버리지 않았을 텐데.

눈이 마주쳤다. 사과하는 어른이 되고 싶다고 오랜 시간 소망해왔건만, 입이 떨어지지 않았다. 소린의 시선이 나보다 반 뼘 정도 높았다. 졸업해서 학교를 떠날 때까지 높아지기만 할 그 시선을, 나는 지켜보아야 한다. 소린이 떠난 후에도 다른 누군가의 눈높이가 높아지는 과정을 내리 지켜보아야 한다. 그런 일을 직업으로 삼았다.

스물아홉. 그가 나를 겨우 받아주었던 그 나이에, 지금의 내가 도착해 있다. 어린 눈에 한없이 어른으로 보이던 그가 어른이 아니었음을 이제는 안다. 소린의 눈에 내가 어떻게 비칠까. 또 장차 학창시절을 추억하게 될 소린에게 나는 어떤 기억으로 남을까. 혹은 서른일곱이 된 그에게 스물아홉의 나는 어떻게 보일까. 밤새워 이야기하더라도 상대방의 시선을 이해할 수 없겠지. 눈높이가 바뀌지 않더라도 나도 그도 흘러가지 않을 수 없다. 그 모든 흐름을 붙잡으며 살 수는 없으리라.

"선생님한테는 어떻게 보여요?"

대답 대신 두 손을 내밀어 잡았다. 까칠한 손끝이 아직 어딘가 말랑했다. 소린이 웃었다. 다 알고 있다는 듯, 단단한 어른의 미소였다. 미소 너머 슬쩍 미래의 무언가가 비쳐 보였다. 가끔은 무심하게 놓쳐버린 뒤 후회하다 결국은 또 떠나보내게 될, 그것이었다. 활짝 피기만을 기다리는 그 미래를 붙잡고 있었다. 텅 빈 안쪽으로 향기가 들어찼다. 품을 수 없음을 알면서도, 복사꽃이 어떻게 생겼는지 더이상 궁금하지 않았다. 꽃멀미라도 날 듯 봄이 또 지나고 있었다.

손목시계가 둘 있습니다. 인조가죽 하나, 메탈 하나. 딱히 비싼 물건은 아닙니다. 시계는 둘 다 일 년도 넘게 멈춰 있었습니다. 가끔 멈춘 시계를 차고 나갔습니다. 움직이지 않는 바늘을 부끄러워하면서요.

유튜브 영상에서 누군가 말했습니다. 멈춘 시계를 그대로 두면 좋지 않다고. 마음에 걸리면서도 저는 참 게을렀습니다. 어느 밤, 내일은 꼭 시계의 배터리를 갈아 주자고 결심했습니다. 시계를 맡긴 뒤 춥고 낯선 길을 따라 걸었습니다. 배터리 교체가 끝났다는 문자를 받을 때까지요. 시계를 찾으러 춥고 낯선 길을 되짚던 중에 당선 연락을 받았습니다. 시계를 살렸는데 내 안의 시간이 살아나는, 꾸며낸 듯한 이런 일도 있습니다.

더딘 제가 앞으로 나아가기 위한 글을 쓰고 싶습니다. 노력하다 보면 언젠가 누군가는 제 글을 읽으며 괜찮은 시간을 보냈다고 여기는 날도 오리라 감히 바라봅니다.

부족한 글을 좋게 보아주신 심사위원분들. 우경미 선생님. 구효서 선생님. 아낌없이 주시는 강선 선생님. 함께 공부한 문우님들. 응원해 주시는 SF의 끈 회원님들. 법웅대 선후배님들. 곁을 지켜주는 친구들. 고마운 연을 이어가고 있는 위원회 동기분들. 멀리서 힘내고 있는 정아. 닿았다가 스러진 인연 속의 소중한 분들. 영감을 주는 모든 것. 고맙습니다.

심사평 ┃ 성석제, 하성란

말해지지 않음으로 더욱 풍성해지는 이야기

본심에 올라온 열두 편의 소설들을 읽으면서 소설의 시간에 대해 생각했다. 순간을 채는 기민함에서 한곳을 진득하게 응시하는 시간까지, 그들이 치열하게 감당해온 그 시간들을 충분히 짐작할 수 있었다. 그중 두 편의 소설에 특히 눈길이 갔다.

'메이드 인 뉴잭스윙'은 미군기지 근처의 버거집에서 일하는 철구와 그를 향한 비딱한 시선이 섞인 '나'의 화법이 경쾌하고 속도감 있게 읽히는 소설이다. 사장인 듯 지나친 소속감을 가졌다는 이유로 철구가 해고당할 때나 자신이 개발한 버거임에도 소유권을 내세우지 못한 내가 전전긍긍할 때조차도 뉴잭스윙의 비트감이 잔향처럼 실리는데, 아이러니하게도 지금 우리 청년들이 선 그 자리가 단번에 파악된다. 미국에 간 철구에게 쏟아지는 "네가 왜 여기에 있냐?"라는 질문이 결코 이국에만 해당되는 것이 아니라는 현실이 손가락질을 당하듯 아픈데, 끝내 두 가지 아쉬움이 남았다. 잘못 탄 지하철에서 내리지 못하는 나의 행동이 다소 수동적인 것은 아닐까. 반짝 인기를 끌다 사라진 뉴잭스윙과 그것을 좋아한 철구가 "좋았던 시절을 못 놔주는 어른들의 모습"으로만 읽혀도 되는가.

'나에게'는 막 담임을 맡은 교사인 '나'와 적록색맹을 가진 소린이라는 학생의 소소한 일상에 관한 이야기이다. 교사 일색인 집안에서 나의 바람과 달리 교사가 되고 만 중압감과 마음가짐, 실수 등 교사의 일상도 흥미롭지만 이 소설에서 놓치지 말아야 할 것은 '말해지지 않는 이야기'이다. 편린처럼 드러나는 이야기, 말해지지 않음으로 더욱 풍성해지는 이야기. 구체적으로 말해지지 않는데도 땅속 깊은 뿌리처럼 소설 전체를 장악한 또 다른 이야기가 있다. 이것은 '말할 수 없는 이야기'로 확장된다. 어쩌면 이 소설은 "본 적 없는 복사꽃"에 대한 이야기인지도 모른다.

내가 보는 풍경을 소린은 볼 수 없고 소린에게 보이는 풍경을 나는 볼 수 없다. 오해와 이해 속에서 펼쳐지는 풍경은 압도적이다. "벚꽃과 바람이 으르렁거리며 사투를 벌이는" 듯한 창문 밖 벚꽃 풍경은 이 소설을 읽는 한 사람 한 사람을 창가로 이끌어 자신이 경험한 "봄 한가운데" 세운다. 전율이 끼치는 놀라운 장면이다. 오랜 논의 끝에 '나에게'를 당선작으로 결정했다. 진심으로 축하드린다.

광남일보 **김인정**

ㄱ

1969년 서울 출생
서울디지털대학교 문예창작과 4학년 재학

오른손

김인정

언젠가 텔레비전에서 영화를 본 적이 있어. 전쟁 중 포로수용소였는데, 나치가 유태인 남자 머리에 총을 겨누고 있었어. 당장이라도 방아쇠를 당겨 죽여 버릴 것 같은 분위기였지. 그런데 그 유태인 남자가 두 손을 모으고 울먹이는 목소리로 자신은 쓸모 있는 인간이라고 했어. 겁에 질려 있었지만 그 말을 하는 남자의 얼굴에서는 어떤 신념 같은 것도 느껴졌지. 남자는 갑자기 벌떡 일어나더니 작업대로 가서 망치질을 하는 거야. 그 순간만큼은 죽음을 앞둔 죄수가 아니라 의자를 만드는 장인 같았어. 뭐라도 할 수 있는 쓸모 있는 인간이 된 거지.

의사는 테니스 엘보라고 했다. 테니스를 친 것도 아닌데, 라는 구태의연한 물음에 그 역시 의례적이고 상투적인 웃음을 흘리면서였다. 이렇게, 하면서 의사는 오른쪽 팔을 쭉 뻗어 손잡이 돌리는 모습을 흉내 냈다. 상상의 손잡이를 돌리느라 의사의 손등과 손목이 가볍게 뒤로 젖혀졌을 때 구금자씨는 자신도 모르게 입술을 깨물었다. 이렇게 예를 들면 말이죠. 반복적인 손목과 팔 동작으로 팔꿈치에 염증이 생기는, 하루에 이십 명 내로 찾아오는 흔하고 일상적인 질병이죠, 했다. 초음파 화면을 들여다보며 일상생활이 힘들었을 텐데 하던 의사는 염증이 심한 편이라

했다. 어쩌면 수술을 요할 수 있을지도 모르는. 일단은 약물과 물리치료를 병행해보자며 의사는 모니터로 시선을 돌렸다. 혹시 실비 보험이 있으신가요? 의사의 갑작스러운 질문에 구금자씨가 멍하니 입을 벌린 채 의사를 응시했다. 당황스러울 때면 구금자씨는 입을 벌리는 버릇이 있었다. 그 모습이 자신의 남루한 행색에 더 치명상일 거라는 사실을 알지만, 고쳐지지 않았다. 구금자씨는 천천히 입을 다물었다. 도수치료비가 좀 부담되는 금액이라…… 네, 그럼 다 됐습니다. 나가시면 안내해드릴 겁니다. 의사는 키보드를 두드리기 시작했다. 구금자씨는 소맷부리로 삐져나온 낡은 속옷을 들킨 것처럼 치욕스러웠다. 내일 일어나면 주사 때문에 진통이 느껴지지 않을 겁니다. 괜찮은 줄 알고 안 나오시면 안 됩니다. 이틀에 한 번씩은 내원하셔서 치료 받으셔야 됩니다. 구금자씨는 보풀이 잔뜩 일은 코트에 한 쪽 팔을 끼며 엉거주춤 고개를 숙였다.

구금자씨는 가방을 들 때, 지갑에서 카드를 꺼내거나, 병원 문을 열고, 엘리베이터 버튼을 누를 때, 그럴 때마다 오른손이 아닌 머뭇거리는 왼손을 들어 올렸다. 오른손은 주먹을 꼭 쥔 채였다. 너는 절대 움직이면 안 돼, 하는 구금자씨의 보호 아래 손은 쑥스러운 듯 바짝 긴장돼 보였다.

유구한 역사를 간직한 지방 중소도시였다. 중심부에는 도시를 통틀어 하나밖에 없는 영화관과 대형 할인점이 있었으며 역사만큼 오래됐거나 지은 지 얼마 안 된 건물들이 키를 달리하며 경쟁하듯 그 주변을 촘촘히 에워싸고 있었다. 근래 들어 그 사이를 어떻게 뚫고 들어갔는지 타워크레인이 자리 잡게 된 일이 특이할 만한 사항이었다. 양팔을 늘어뜨린 채 높이 솟아있는 타워크레인은 마치 지구에 불시착한 외계인처럼 주변에 동화되지 못하고 생뚱맞게 서 있었다. 어쩌다 건물 사이로 그것이 드러날 때마다 구금자씨는 불편하고 불안했다.

5층 건물 꼭대기 층에 위치한 병원은 여기저기 메우고 덧칠한 흔적이 농후했다. 하지만 워낙 그 주변이 고만고만한 때와 나이를 먹은 건물들로 군집을 이루었고, 그곳에는 그들 나름대로의 역사와 규칙과 정돈과 생기가 있었기에 함부로 할 수 없는 엄숙함도 있었다. 구금자씨는 그 안에서 편안했다.

집까지는 버스로 세 정거장이었다. 구금자씨는 옷깃을 단단히 여몄다. 영하 십 도였고, 눈발이 하얀 재처럼 사방으로 흩어지고 있었다. 평일 점심때였지만, 사람들은 많지 않았다. 불과 몇 개월 전만해도 여기저기 바래진 건물 안에서 그만큼의 빛이나 무게를 지닌 사람들이 삼삼오오 떼 지어 나와 삼천 원 칼국수 집이나 오천 원 백반 집으로 또는 편의점으로 몰려가면서 수다를 떨거나 담배를 태우는, 활기가 있었다. 하지만 근래 들어 구금자씨는 그런 광경들이 갈수록 드물어진다고 생각했다. 한 집 건너 임대문의를 붙여놓은 상가들이 생겨났다. 가끔 둘러보던 보세옷 가게도 천 냥 숍도 없어졌다. 다들 어디로 간 것일까. 구금자씨는 문득 슬퍼졌지만, 아직까지 자신은 괜찮다는 안도감에 조금은 당당히 텅 빈 가게를 지나쳐 걸었다. 그래도 병원에서 지출한 육만 원이 자꾸 생각나는 것은 어쩔 수 없었다. 도수치료를 제외한 초음파에 엑스레이, 주사, 처방전, 진료비가 모두 포함된 금액이었다.

육만 원은 구금자씨의 일주일 치 생계비에 해당하는 금액이었다. 밥값, 교통비, 그 외 자잘한 생필품을 살 수 있는 돈이었다. 쉬는 날 하루를 빼면 하루 만 원씩 쓸 수 있는 돈이기도 했다. 구금자씨는 결국 도수치료는 받지 못한 채 처방전만 들고 나올 수밖에 없었다.

일 년 열두 달, 삼백육십오 일에 잘 맞게 짜진 그녀의 월급 사용 내역에는 몸이나 마음의 병에 연관된 항목은 없었다. 참아야 되고, 돈을 들여서는 안 되는 부분이었다. 하지만 몇 달 전부터 시작된 팔꿈치의 통증은 유별났다.

결국 구금자씨는 어제 놀이방에서 십 개월 여아를 화장실 딴딴한 타일 바닥에 떨어뜨릴 뻔했다. 여아의 엉덩이를 닦아주려고 세면대에 섰을 때, 더는 참을 수 없는 통증이 아이의 몸무게를 받히던 오른팔에 들이닥친 것이다. 그건 아픔이라기보다 그냥 팔이 잘려나가는 느낌이었다. 다행히 구금자씨는 급하게 주저앉으면서 아이를 두 허벅지와 왼 팔로 받쳐 낼 수 있었다. 그러는 동안 그녀의 오른팔은 잘못 조합된 인형 팔처럼 축 늘어진 채 대롱거렸다. 본인도 이유를 알 수 없다는 듯 억울하고, 당황해하는 모습이었다.

길을 걸으며 구금자씨는 어제의 이물감이 생각난 듯 두꺼운 외투 위를 더듬어 자신의 오른팔을 살살 주물렀다. 좀 더 버텨줘야 해. 구금자씨는 팔을 내려다보며 말했다. 일을 그만둘 수는 없었다. 그건 바로 그녀의 삶에 위험을 초래한다는 의미였다.

구금자씨는 가진 게 너무 없었다. 해가 갈수록 전화번호 목록도 줄어갔고, 살림살이도, 키도, 머리숱도, 몸피도. 그나마도 넉넉했던 게 없었기에 쇠잔해가는 것들은 그녀를 더 가속적으로 곤궁하게 만들었다.

섬처럼 느껴졌다. 과거 언젠가 남해에서 바라봤던 섬. 까마득히 멀어 보이는 자잘한 섬들. 자기들끼리 다가갈 수도 없는, 누구도 찾지 않는, 이름도 없는, 아무도 기억하지 않는, 그런 외로운 섬 같다고 그녀는 생각했다. 나이 쉰을 넘어선 요즈음 더 자주 그 생각에서 헤어 나올 수 없었다.

원룸에 도착한 구금자씨는 얼마간 동그란 손잡이를 쳐다봤다. 어느 때고 스스럼없이 잡고 돌렸던 손잡이가 낯설고, 두려웠다. 비닐 코팅이 벗겨지고 녹이 슨 문이었지만, 손잡이는 자신의 임무에 충실하듯 본인이 있어야 할 자리에 변함없이 못 박혀 있었다.

지금껏 구금자씨는 오른손으로 손잡이를 잡고, 오른쪽으로 돌려, 숱한 문을 지나왔다. 그곳이 집이었든 직장이었든 공공장소였든 그 문을 통해 그녀는 많은 경험과 시간을 보내왔고, 마치 처음 보는 물건인 양 손잡이를 주시하는 지금 이 순간까지 도달한 셈이다. 구금자씨는 그 문들을 통과한 대가를 비로소 자신의 오른팔이 원하고 있음을 알았다. 정당한 부름이었고, 요구긴 했다. 하긴 어디 그뿐이랴. 구금자씨는 자신의 온 체중과 생계를 이제껏 오른팔에게 의지해왔음을 시인했고, 그러고 나자 그 애에게 한없이 미안한 생각이 들어 마음이 다 아렸다. 그녀는 반쯤 올라간 오른손을 정중히 내리고 왼손을 들어 올렸다.

생각보다 오른손이 하는 일들은 너무 많았다. 과거에는 모르고 지나쳐왔던 사실이었다. 그럼에도 어떻게 그 공을 모르고 있었을까. 평소 스스럼없이 행했던 일들을 하나하나 되짚어보니 더 그랬다. 사소한 일이지만, 병뚜껑을 열거나 나물을 다듬거나 걸레를 짤 때마저도 힘은 오른쪽 그 애가 주도적으로 썼다. 왼손은 그저 병을 받쳐주거나 나물이나 걸레를 잡아주는 보조적인 역할만 했다. 도구를 들고 또는 빈손인 채 무언가를 자르고, 누르고, 당기고, 돌리는 그 모든 일련의 과정들을 오른손이 해온 셈이었다. 마치 티 내지 않으면서 일이란 일은 모두 해내던 묵묵한 사원의 진면목을 그가 퇴사하고야 알아챈 것처럼 그녀는 당황스럽고, 공포감이 엄습했다. 그나마 아직까지는 오른손이 주인의 부름을 기다리고 있음이 다행스러울 뿐이었다.

반면 비등한 자리에 있다는 이유만으로 똑같은 지위를 차지하고 대가를 받는 왼손은 말만 많은 무능한 직원처럼 느껴졌다. 하는 일 없이 거저먹기만 하는 군식구 같았다. 반면 오른손은 똑같은 엄마의 몸에서 태어났지만, 일은 일대로 제일 많이 하면서도 차별받는 삶을 살아온 자신과 닮았다고 생각했다.

형제가 많았지. 부모도 가끔 이름을 헷갈릴 정도로. 다른 사람들이야 오죽하겠어. 그래도 다들 어떤 식으로든 기억되잖아. 한속에서 나도 나오는 시기도 생김새도 다르니까. 누구는 예뻐서, 누구는 똑똑해서, 누구는 말을 잘해서, 누구는 막내라, 첫째라. 내 경우에는 그랬어. 누구였더라. 집에 오는 어른들은 놀이 삼아 아니면 자신의 기억력을 시험해본다는 듯이 일렬로 죽 세워놓고 첫째부터 이름을 훑어 내리곤 했어. 항상 막히는 것은 나였지. 그 순간만큼은 사람들의 주목을 받았어. 존재감이 없으므로 해서 관심을 끈다는 사실이 아이러니하긴 하지. 내 얼굴을 쳐다보며 이름을 기억해내려고 애쓰는 어른들의 표정을 보면서 나는 그 시간이 빨리 지나기를 바랐어.

구금자씨는 수도꼭지를 돌리고 가스렌즈를 켜고 숟가락 젓가락을 들거나 화장실 볼 일을 마치고도, 그 모든 일을 왼손에게 일임했다. 전기 스위치, 밥통, 난방조절기, 스마트폰을 보는 족족 달려드는 오른손을 제지하고 왼손을 다그쳤다. 처음에는 주춤거리던 왼손도 서툴렀지만 참을성 있게 일들을 해나갔다. 어색해하고 조마조마 해하던 오른손도 어느 순간부터는 불안해하지 않았다. 오랜 세월 다져진 습성은 쉽게 고쳐지지 않을 터였다. 그래도, 얼마나 다행인지 몰랐다. 오른손이 완전히 망가지기 전에 깨우쳤으니, 구금자씨는 가슴을 쓸어내렸다.

오른쪽에 무리가 생겨 그런 거라면 왼손으로 하면 되지 않나요? 일을 쉴 수 없으면, 당분간 일을 줄여서라도 오른쪽 팔을 많이 움직이지 말라는 의사에게 구금자씨가 물었다. 의사는 무표정한 얼굴로 말했다. 그럼 왼쪽 팔도 똑같은 통증이 시작될 겁니다. 진행은 당연히 오른쪽 보다 더 빨라질 테고요. 결국 양쪽 팔 모두 힘들어질 뿐입니다. 사람 몸에 생기는 암이란 것이 염증이 원인인 경우가 많습니다. 팔에 있던 염증이 반대쪽 뿐 아니라 장기나 관절로 옮겨갈 수도 있다는 얘깁니다. 사람 몸에 이상이 온 것치고 별일 없이 사라지는 것은 없으니까요. 그 흔적 또한 어떤 식으로든 남기게 되는 거죠. 누구 말마따나 생계를 접을 수 없으니, 약으로라도 치유를 하는 거죠. 염증은 애초 깨끗하게 없애야 합니다. 초음파상으로 봐도 깨끗해질 때까지.

그래도, 어쩔 수 없었다. 오른팔을 쉬게 하기 위해서는. 얼마간 왼팔을 써서 무리가 간다 해도, 그 긴 세월을 견뎌온 오른팔에 비한다면 이 정도는 왼팔이 감수해야 하는 일이라 생각했다. 더는 병원에 갈 수 없는 상황에서 어쩔 수 없는 결정이었다. 나중에 결과가 어떻게 나오든 일단 지금은 고통을 분담할 수밖에 없었다. 그러다 나아지지 말라는 법도 없지 않은가.

구금자씨가 근무하는 놀이방은 삼십 년이 넘은 아파트 일 층에 있었다. 최근 몇 년 사이 그 주변으로 많은 아파트가 지어졌고, 주민 일부는 일찌감치 새 아파트로 옮겨갔다. 대부분이 의욕적이고 활기찬 젊은 부부들이었고, 당연히 그들의 튼튼하고, 영특한 아이들도 딸려갔다. 젊은 사람들이라도 은행 대출이 막혀있거나 세상 돌아가는 일에 무신경하거나 욕심이 없거나 변화를 싫어하거나 게으르거나 스스로 낙천적이라 생각하거나 남들이 비관적이라 말하는 부모들은 남겨졌고, 그들의 아이들과 놀이방도 남았다.

구금자씨는 그곳에서 보육도우미로 일했다. 놀이방의 점심과 간식을 마련해주는 일로 채용됐지만, 원장 선생과 두 명의 선생이 하지 않거나 못하는 일들도 자연스레 그녀의 몫으로 떨어졌다. 딱히 누가 시키지는 않았지만, 부지런하고 성실한 그녀의 성격상 또는 환경이 그녀가 그 일들을 하게 만들었다. 제 할 일을 다 하고도 욕실에서 무언가를 빨거나 여기저기 쓸거나 닦거나 그것도 아니면 좀 더 큰 아이들 방에 가서 색종이라도 오려야 그녀 마음이 편했다. 잠들지 않은 아이가 있으면 들쳐 업고라도 그 일들을 하는 구금자씨의 모습을 어렵지 않게 볼 수 있었다. 욕심 많은 원장을 만난 덕도 있었다. 부모들이 원하면 저녁 늦게라도 상관없었고, 어느 시기부터는 토요일에도 아이들을 받았다. 모두 구금자씨를 염두에 두고 벌이는 일이었고, 그녀 역시 자신이 필요한 일에 마다할 이유가 없었다. 그 순간 그녀는 쓸모 있는 사람이 됐다.

사람은 제각기 다른 빛을 갖고 태어나고, 그 빛으로 구별할 수 있다면, 나 같은 경우는 무채색이었던 것 같아. 아무도 볼 수 없고, 느낄 수 없는 투명한 빛. 어려서부터 그랬던 것 같아. 형제들 사이에서도 학교에서도 내가 갖고 태어난 빛은 아무 의미가 없었어. 그래서 있는 듯 없는 듯, 자리를 차지하고 앉아있지만, 그 자리가 비어있어도 아무도 알아채지 못하는 존재 말이야. 그래서 누군가 내 이름 석 자를 불러주면 나는 웃음을 함빡 지으며 돌아봤지. 그 웃음은 너무 오래 굳어있어서 어색하고 굳은 주름으로 나타났지만.

"구 선생님 왼손잡이였어요?"

보육교사 정이 말했다. 정의 목소리는 네 명의 어른과 열세 명의 영유아가 뒤섞여 어수선하게 밥을 먹고 떠드는 속에서도 튈 정도로 유난스러웠다.

정을 비롯한 원장 선생과 이 선생, 몇몇 아이들의 시선이 구금자씨에게로 향했다. 구금자씨의 왼손에는 숟가락이 들렸고, 이제 돌 지난 여아가 그녀의 오른편 가슴에 안겨 있었다. 먹는 것을 병적으로 거부하는 수빈이었다. 구금자씨 옆에 바짝 붙어서 되지도 않는 숟가락질로 연신 밥을 떠먹는 십 개월 민주에 비해 수빈이의 몸피는 반도 나가지 않았다.

구금자씨는 대답 없이 수빈이의 꼭 다문 입술 사이로 숟가락을 들이밀지만, 여아는 시체 놀이라도 하는 양 입뿐 아니라 눈까지도 꼭 감고 꼼짝하지 않았다.

"구 선생님 제 말이 안 들려요? 제가 아까 오전부터 선생님 행동이 부자연스러워 유심히 지켜보고 있었는데 오른팔은 내려놓고, 왼손으로만 건성건성. 수빈이도 위치가 바뀌니 평소보다 더 심한 것 아니냐고요. 아니, 어제까지 멀쩡하던 오른팔이 갑자기 부러지기라도 한 거예요?"

그 사이 정 선생의 눈길은 욕실 앞에 쌓인 수건이나 걸레, 오물이 묻은 옷가지에서 여기저기 어지럽게 널려있는 장난감, 학용품까지 죄 훑어가는 중이었다.

"그게 아니고, 그게, 제가 팔이 좀 아파서요. 그리고 원래 제가 어렸을 때는 왼손잡이였거든요."

풋, 상 맨 끝에 앉아 밥을 먹던 이 선생이 입에서 뿜어 나오는 밥풀을 욱여넣으며 웃음을 참느라 입을 틀어막았다. 스마트폰 벨이 울리자 원장은 얼굴을 찡그리며 자리에서 일어나 방으로 들어갔다. 정 선생이 원장의 뒷모습을 눈으로 좇으며 목소리를 높였다.

"구 선생님, 지금 그게 말이라고 하는 거예요? 나 참, 어이가 없어서. 그래요, 그렇다 치고, 아무리 그래도 일하면서 동료 간에 피해 주는 일은 하지 말아야죠. 주변을 둘러보고 그런 소리도 하라고요."

그래도 대답이 없자 정 선생은 고개를 절레절레 저었다.

"구 선생님, 오늘 수빈이 엄마가 한 시간 정도 더 늦는다는데 괜찮겠어요?

방에서 나오던 원장이 폰을 호주머니에 집어넣으며 말했다.

"정 선생이나 이 선생은 보나 마나 안 될 테고. 문제없는 거죠? 구 선생님?"

정과 이를 번갈아 쳐다보던 원장이 구금자씨에게 시선을 고정했다. 구금자씨가 채 대답도 하기 전에 원장의 시선은 다시 두 선생에게로 옮겨갔다. 정 선생은 잘 먹고 있는 아이에게 골고루 먹으라고 훈수를 주고, 이 선생은 못 들은 척 딴청을 부리고 있었다.

"선생님들, 열심히 합시다. 그렇지 않아도 갈수록 원아가 줄고 있어요. 아실만한 분들이 왜 그래요. 서로 도와가면서 해도 모자랄 판에. 나도 요새 같아서는 정말 이거 때려치우고 요양원이라도 차리고 싶은 심정이라고요. 선생님들 요양사 자격증으로 갈아타고 싶으신 건 아니죠?"

그랬던 것 같아. 누군가 내 이름을 불러주면 나는 뭐든 했어. 금자씨, 금자씨, 구금자씨…… 초등학교 언젠지 생각이 나지 않는데, 앞으로 어떤 사람이 되고 싶은지 돌아가면서 얘기하는 시간이 있었어. 공부 잘하는 사람, 노래 잘하는 사람, 돈 많이 버는 사람…… 나는 쓸모 있는 사람이 되는 것이 꿈이라고 했어. 쓸모 있다는 얘기는 이름이 기억되는 방법이라고 생각했으니까. 하지만 내가 열심히 할수록 다들 뒤에서 날 비웃는다는 사실을 알았지. 그리고 나를 이용해 먹는다는 것도. 하지만 어쩌겠어. 그런 때야 비로소 내가 살아 있다는 생각이 드는걸.

"구 선생님, 여기 그릇이오!"

설거지하느라 뒤돌아있던 구금자씨가 오른편으로 몸을 돌려 오른손을 내밀었다. 그녀를 기다리는 것은 그릇이 아니라 정 선생의 냉소였다.

"왼손잡이 아니었어요? 구 선생님?"

구금자씨는 말없이 몸을 돌려 수세미를 다시 집어 들고 그릇을 문지르기 시작했다.

정 선생은 사 년제 유아교육과를 나왔고, 2급 보육교사 자격증을 갖췄다. 몸에 꽉 끼는 고동색 투피스를 입은 정 선생이 구금자씨 옆에 바짝 붙어 서서 팔짱을 긴 채 그녀가 수세미든 왼손으로 그릇을 꼼꼼히 문지르는 모습을 지켜봤다. 갈수록 입술이 일그러지던 그녀가 구금자씨에게 속삭였다.

"구 선생님 말로 하세요, 말로. 그렇게 어쭙잖은 개그 하지 말고. 네? 그리고 선생님 잊은 거 같아서 알려주는데 지금 구 선생이 떨치는 이 개그를 보고 있는 게 우리뿐만이 아니라는 사실 정도는 알고나 하시라고요. 네? 구 선생님?"

하루가 멀다 하고 놀이방에서 벌어지는 아동 학대 사건으로 전국의 놀이방은 물론 어린이집, 유치원에 폐쇄회로 텔레비전을 의무적으로 설치해야 한다는 법이 시행된 지도 여러 해가 지났다.

처음 사생활 침해라며 우려했던 일부 선생과 인권단체의 생각과는 달리 사람들은 폐쇄회로 텔레비전 아래에서의 삶에 익숙해져갔다. 극성스럽고 유달리 걱정이 많던 엄마들은 폐쇄회로 텔레비전이 설치됨으로써 내 아이에게 안전한 어떤 확실한 조치라도 취한 듯 안심하는 눈치였다. 사실 바뀐 것은 크게 없는데도 그랬다. 사람들은 카메라를 사이에 두고 각자의 입장에 따라 필요에 의해 위안을 찾거나 해결점을 구하는데도 적응해갔다.

구금자씨의 놀이방에도 폐쇄회로 텔레비전으로 실시간 화면이 나가기 시작했다. 엄마들은 일하거나 친구와 수다를 떨거나 쇼핑을 하거나 영화를 보거나 화장실에 앉아서도 자신의 아이를 확인했고, 어떤 엄마들은 자신의 아이가 화면에 나오지 않는 이유를, 숟가락 드는 폼이 이상한 이유를, 화장실에 오래 있는 이유 등을 수시로 물어왔다.

구금자씨는 거실 한가운데 아이들을 모아놓고 책을 읽어주는 정 선생을 쳐다봤다. 폐쇄회로 텔레비전 아래 정 선생의 모션은 부자연스러울 정도로 컸고, 목소리도 평소와 달리 과장됐다. 마치 연극배우 같다고 생각하며 구금자씨는 쓴웃음을 지었다. 그녀는 저 조그만 카메라 너머에 누군가 있어 그 누군가가 이쪽을 지켜보고 있다는 사실이 낯설었다. 실감나지 않았다. 설령 그렇다 해도 그녀에게는 아무런 상관이 없는 일이었다.

그녀는 아이들을 좋아했다. 아이들과 있으면 편안했고, 사람들의 눈에 띄기 위해 애쓰지 않아도 됐다. 지금껏 다른 사람의 필요에 의해 살아온 구금자씨가 그나마 본인이 꿈꾸는 삶이 있다면, 그것은 보육교사가 되어 정식으로 아이들을 가르치고 돌봐주는 일이었다.

구금자씨는 본인 스스로도 대단하다고 생각했다. 아니, 자신의 왼손이 대견스러웠다. 이십사 시간도 안 걸려 구금자씨는 왼손잡이가 된 듯했다. 조금 더뎠지만, 왼손을 주도적으로 사용하는 일이 생각만큼 어렵지 않았다. 단지, 시간이 조금 더 걸리고, 능숙하지 못할 뿐이었다. 벌써 놀이방 일과도 반이 훌쩍 넘어갔다. 이대로라면 오늘 하루, 아니 며칠이라도 별다른 실수 없이 잘 넘길 수 있을 듯했다. 그 며칠이란 오른손이 기력을 회복할 수 있는 소중한 시간이 될 터였다.

여섯 시가 되자 제일 나이 어린 이 선생이 칼같이 퇴근했다. 아이들의 수도 줄어갔다. 부모 모두 자식을 위해 양해를 구할 수 없는 직장에 다니거나 한 부모 아이인 경우는 저녁까지 먹여야 했다. 그런 아이가 넷이었다. 민주와 수빈이도 그중에 있었다. 특히 두 아이는 제시간에 맞춰 퇴근하는 선생들을 대신해 구금자씨가 돌본 시간이 많았던 터라 정이 두터웠다. 두 아이 모두 골칫거리로 취급받는 것도 그녀가 신경 쓰는 이유였다. 민주 엄마는 직장에 다니지 않았지만, 거의 매일 아이가 저녁을 먹고 나서야 데리러 왔다. 놀이방에 드나드는 차가 있는 몇 안 되는 엄마 중에 한 명이었고, 차림새도 세련됐다. 선생들은 애 엄마가 아이 아침 먹여 보낼 생각은 안 하고 그 시간에 화장하고 지 모양내느라, 애가 저렇게 비만이 됐다고 했다. 집에서 먹을 것을 하도 안 주니 놀이방에 와서 쳐 먹는다고, 애정결핍이 비만이 됐다고, 아이까지 싸잡아서 욕했다. 물론 폐쇄회로 텔레비전이 미치지 않는 곳에서였다.

선생들은 화면이 미치지 못하는 장소와 닿는 곳이라 해도 학습도구나 장난감을 교묘하게 이용해 그 시야에 들어가지 않는 법을 알았다. 그곳에서 엄마와 같이 밉상으로 분류된 아이들은 한 대씩 쥐어 박히거나 부당한 대우를 받았다. 민주도 뚱이란 별명 아래 제일 혹독한 타박을 당했다.

평소에 비해 시간이 많이 늦어졌지만, 구금자씨의 일도 어느덧 마무리되어갔다. 막연하기만 했던 아침에 비하면 성공적이었다.

그런 와중에 구금자씨가 피치 못 할 난관에 부딪힌 일이 있었다. 주방에서 칼을 다뤄야 할 때였다. 점심으로 야채 볶음밥을 만들거나 과일을 깎을 때, 그녀는 애를 먹었다. 별 어려움 없이 일을 잘해온 왼손도 그 부분에서만큼은 능숙해지기 위해 시간이 필요해 보였다. 당근을 채 썰다가 미숙한 왼손 탓에 당근을 잡고 있던 오른손에 상처를 입힐 뻔했다. 구금자씨는 어쩔 수 없이 사람들, 특히 정 선생의 눈치를 봐가며 칼을 왼손에서 오른손으로, 오른손에서 왼손으로 바꿔가며 들어야 했다.

아이들에게 저녁을 먹이고 치운 후, 방걸레질을 한 걸레를 욕실에서 빠는 사이 방에서 수빈이의 자지러지는 울음소리가 터져 나왔다. 먹는 거라면 무조건 고개를 가로젓는 수빈이가 유일하게 집착하는 츄파춥스를 민주가 뺏어든 것이 틀림없었다.

구금자씨는 그러면 안 되는 줄 알지만, 어쩔 수 없는 경우에는 애 엄마처럼 수빈이에게 츄파춥스를 물리고 일을 할 수밖에 없었다. 밀린 일을 두고 마냥 아이의 투정을 받아줄 수는 없었다. 덕분에 수빈이의 몇개 안 되는 이는 벌써 검게 썩어 들어가거나 이미 썩어 있었다. 처음 수빈이를 봤을 때 아이를 그 지경까지 둔 애 엄마를 속으로 나무랐지만, 이제는 구금자씨도 아이 엄마가 이해됐다. 공장에 일을 다니는 아이 엄마는 집에 가면 수빈이 말고도 거동이 불편한 시어머니와 장애등급을 받은 남편이 있다고 했다.

아이는 좀처럼 울음을 그칠 것 같지 않았다. 당장 달려가야 했지만, 하던 일은 마무리 져야 했다. 약속 시간에 대기 위해 아직 퇴근하지 않고 부엌, 폐쇄회로 텔레비전이 미치지 않는 안쪽 의자에 앉아 화장을 고치고 있던 정 선생은 방안을 한 번 쓱 쳐다볼 뿐이었다. 구금자씨는 입으로 아이를 달래면서 부지런히 걸레를 마저 빨았다.

그러는 사이 문득 수빈이의 울음소리가 그치고 민주를 꾸짖는 정 선생의 목소리가 수돗물 쏟아지는 소리 사이로 들렸다.

"구 선생님, 여기 민주 데려왔어요. 받으세요."

곧이어 구금자씨의 등 뒤로 정 선생의 목소리가 가깝게 들렸고, 그녀가 수도꼭지를 막 잠그고 왼편으로 부리나케 몸을 돌리려는 순간 정 선생의 손에서 벗어난 여아의 우람한 몸이 구금자씨의 오른쪽으로 떨어질 듯 던져졌다. 구금자씨는 악, 하는 비명과 함께 두 손으로 눈을 가리고 주저앉았다.

"나 원 참, 구 선생님도 참 집요하시네. 못 말리겠네요, 정말. 내 두 손 들었어."

민주의 겨드랑이에 양손을 집어넣은 정 선생이 아이를 인형인 양 허공에 대롱대롱 흔들어댔다. 방실방실 웃는 민주의 입가에 침과 끈적이는 액체가 번질거렸다.

"와 정말 왼손잡이였나 봐요? 평소처럼 아이를 오른쪽으로 휙, 던졌으면 어떡할 뻔했어."

믿을 수 없었지만, 그렇게 말하는 정 선생의 말투가 진정으로 느껴져 구금자씨는 본인도 모르게 슬쩍 웃고 말았다.

"정말 대단해, 대단해. 내 두 손, 두 발 다 들었어."

아이를 안은 정 선생이 욕실 밖으로 나갔다. 구금자씨도 수건에 손을 문질러 닦고 정 선생의 뒤를 쫓아 나왔다.

"하긴 그렇게 일을 해대는데 남아나는 팔이 어디 있겠어. 그동안 제대로 붙어 있었던 게 기적이지. 그래 팔이 아프면 사려야지. 아픈 거 참아가면서 하면 누가 알아주기나 해. 자를 생각이나 하지. 안 그래요, 구 선생님? 우리 앞으로는 잘 해보자고요. 서로 돕고 살아야지, 나이 먹은 사람끼리. 그렇지 않아도 새파란 애들 자꾸 치고 올라오는데 우리끼리라도 의지하면서 버텨내야. 참 선생님도 이제 보육 교사 자격증이라도 따서 이런 허드렛일에서 벗어나야 않겠어요. 내 그동안 말을 안 해서 그렇지 구 선생님 고생하는 거야 다 알지. 덕분에 다들 편하게 지내는데. 더군다나 원장이란 년은 그렇게 구금자씨 부려먹으면서, 그래, 초과수당이나 제대로 꼬박꼬박 타는 거예요? 어쨌든 구 선생님도 빨리 자격증 따요, 내 알아봐 줄까요?"

씽긋 웃는 정 선생 앞에서 구금자씨는 몸 둘 바를 몰라 하며 붉게 달아오른 얼굴을 숙이고 주방으로 갔다. 정 선생의 말 한마디 한마디가 그녀의 귓바퀴를 돌아 돌아 고막을 울리고 영혼에 닿아 빛이 되어 온 몸으로 퍼져나갔다. 빛은 그녀의 얼굴에 윤기로 어깨에 힘으로 몸짓에는 여유로 뻗어나갔다.

정 선생은 민주를 안은 채 보란 듯이 거실을 몇 바퀴 느릿느릿 돌았다. 구금자씨는 낯선 남의 주방에 들어선 사람처럼 앉지도 서지도 못한 채 우왕좌왕했다. 지금 당장 보육교사라도 된 양 그녀의 심장은 콩닥콩닥 뛰었고 가슴은 한껏 부풀어 올랐다. 얌전해진 아이를 방에 들여놔준 정 선생은 두 아이의 머리를 양손으로 똑같이 쓰다듬은 후 주방으로 나왔다. 구금자씨는 정선생이 한없이 친근하게 느껴졌다. 정선생을 위해서라면 무슨 일이라도 할 성 싶었다.

"저, 저, 커피라도 한잔하실래요?"

구금자씨의 입에서 뜬금없는 말이 새 나왔다. 동시에 그녀는 얼굴이 화끈거렸고, 흘러나오는 말이 제 목소리 같지 않았다. 꿈같았다. 모든 것이.

"커피 말고 냉장고에 파인애플 있던데, 우리 그거 까먹어요."

정 선생이 식탁 의자에 앉았고, 구금자씨는 양손을 비비며 냉장고로 다가갔다. 구금자씨의 손 역시 얼굴만큼이나 붉었고, 그 기운은 조금 불길했다.

구금자씨는 냉장고 문을 열고 파인애플을 꺼냈다. 아직 여물지 않은 파인애플은 껍질이 시퍼렇고 단단했다. 거북의 등처럼 빈틈없어 보였다. 그녀는 조금이라도 성긴 부분이 있나 찾아보려고 껍질을 더듬었다. 마침내 칼자루 쥔 왼손을 들어 표면에 칼날을 조심스럽게 내려놨다. 서서히 힘을 줬다. 하지만 칼날은 그대로 인 채 손만 부들부들 떨렸다. 칼날은 조금도 스며들지 못했다. 역시나 왼손에게는 벅찬 일이었다. 구금자씨는 그 과정 중에도 자신을 뚫어질 듯 쳐다보는 정 선생의 시선이 옆으로 번지듯 느껴져 무안했다. 왼 손바닥 가득 땀이 차오르자, 그녀는 어쩔 수 없다는 듯 칼을 오른손에게 쥐여 줬다. 그 과정 중에 구금자씨는 누군가에게 모를 화가 치밀었다. 꾹 다문 그녀의 입가에 경련이 일었다.

어제 오늘 쉬었을 뿐인데 오른손은 그새 감을 잃은 듯 칼 쥔 폼이 어색해 보였다. 그래서 그런지 왼손이 그러했듯 칼날은 쉬이 파인애플의 속살을 뚫지 못한 채 표면에서만 머뭇거릴 뿐이었다. 왜 그러는 거야, 응? 왜 그러는데. 당황한 구금자씨는 오른손을 다그쳤다. 양 이틀 과분한 대접을 받았던 오른손은 왜 주인이 갑자기 화를 내고 재촉하는지 알 수 없다는 표정이었다. 구금자씨는 아랑곳없이 칼을 머리 높이 치켜 올렸다. 그리고 힘껏 내리쳤다. 마침내 파인애플은 두 동강났고, 칼날은 도마 깊숙이 박혔다. 그 사이 왼손에 날카로운 기운이 스치고 지나갔다. 구금자씨는 천천히 고개를 숙여 잘린 파인애플을 내려다봤다.

노랗게 드러난 파인애플 속살 사이로 시뻘건 피가 스며들고 있었다. 어리둥절한 표정의 구금자씨가 왼손을 살살 들어 올리자 손가락 하나가 채 따라오지 못하고 덩그러니 도마 위에 남겨졌다. 왼손 집게손가락이었다. 구금자씨의 얼굴이 푹 익은 토마토의 속살처럼 붉게 짓이겨졌다. 그녀의 눈가로 토마토 즙이 흐르듯 물기가 배 나왔고, 벌어진 입에서는 침 한줄기가 탄력을 받아 오르락내리락 거렸다. 뒤미처 그녀의 입에서 비명이 튀어나왔다. 그제야 정 선생이 구금자씨에게 다가오다 똑같이 비명을 질렀다. 방 안에 있던 아이들이 울기 시작했다.

태풍의 눈에 들어앉았던 듯 차분하지만 조심스러워 보이던 놀이방은 그대로 아수라장이 됐다. 두 아이가 기거나 뒤뚱뒤뚱 걸어 나와 구금자씨의 다리를 부여잡고 더 처절하게 울었다. 구금자씨도 그런 아이들을 내려다보다 큰 소리로 울기 시작했다. 한 번 터진 울음은 봇물이 터진 듯 걷잡을 수 없었다. 오른손으로 피범벅이 된 왼손을 부여잡은 채 구금자씨는 잘린 손가락을 쳐다보다 두 아이의 작고 까만 머리통을 내려다보다 카메라 렌즈를 올려다보다 그제야 생각난 듯 정 선생에게 고개를 돌렸다. 정 선생은 조금 전의 충격에서 벗어났는지 한껏 고양된 표정으로 고개만 절레절레 젖다가 구금자씨와 눈이 마주치자 한마디 내뱉었다.

"내 오늘 어째 하는 행동이 이상하다 했더니 이러려고 그랬네. 사람이 항상 똑같아야지, 쉽게 변하면 안 된다고. 변해지지도 않고. 어떻게 택시? 구급차?"

구금자씨는 그런 정 선생의 입만 멍하니 쳐다볼 뿐이었다. 그러는 사이에도 잘린 그녀의 왼손 집게손가락은 차갑게 굳어갔다.

유태인은 어떻게 됐냐고? 죽었어. 마침 나치한테 새 의자가 생겼거나, 아니면 엉덩이에 종기라도 생겨 당분간 의자에 앉을 일이 없게 됐거나, 그랬겠지. 그 순간 의자란 나치한테는 필요 없는 물건이었던 거지. 만일 담배 케이스나 구두나 양복 따위를 만드는 장인이었다면 어땠을까. 그 중 하나라도 나치에게 필요한 물건이 있었다면 유태인은 살 수 있었을까. 쓸모 있는 인간이 되어서? 그러면 그다음에는? 자신의 쓸모를 증명한다는 자체가 우스운 거지. 그건 내가 아무리 증명한다고 해서 되는 게 아니거든. 그건 그러니까 타고나는 거야. 만들 필요 없이. 태어날 때부터 가지고 나오는 빛처럼. 그걸 다른 말로 하면 운명이라고도 하지.

학창 시절 친구들은 나를 말 없는 아이 그리고 책을 많이 읽는 아이로 기억한다. 지금 생각해 보면 수줍음을 많이 탔던 내가 자구책으로 택한 것이 책이었던 것 같다. 다행히 책은 나와 맞았고, 어느 순간 소설가의 꿈을 꾸게 되었다. '꿈은 이루어진다' 나는 이 말의 무책임함을 인정한다. '간절한 꿈은 이루어진다' 나는 이 말의 위대함을 믿는다.

늦었지만 소설을 배워보겠다고 나섰을 때 초등학생이었던 아이들이 지금은 대학생이 됐고, 그만큼의 세월을 보낸 나는 이렇게 당선 소식을 들었다. 하긴 쓸 수 있었던 시기보다 쓸 수 없었던 간절함의 시기가 그 배가 될 것임을 알기에 염치없지만 긴 세월 잘 견디고 버텨줬던 '나'에게 제일 먼저 고마움을 전하고 싶다.

나서지 않고, 구태여 드러낼 생각도 없이 제자리에서 묵묵히 제 할 일을 하는, 그러다 어느 순간에는 존재감마저 의심받는 '금자'씨를 닮은 분들을 생각하면서 '오른손'을 썼다. 우리들은 안다. 평소 우리가 무심결에 지나쳤던 사람일수록 그 빈자리가 두드러질 수 있음을, 우리 사회를 이끄는 저력이란 그분들에게서 비롯된다는 사실을.

'왼손'의 소중함도 안다. 어차피 오른손을 보듬어줄 수 있는 것은 왼손일 수밖에 없으며 그들의 존재 여부는 공존을 전제로 했을 때 가장 빛이 나니까.

소설가는 자신의 생애라는 집을 헐어 그 벽돌로 소설이라는 집을 짓는 사람이라고 한다. 내가 앞으로 쓰게 될 이야기들 역시 나를 닮은 아이들일 테지만, 거기에서 머무르지 않고 더 나아가야 한다는 사실은 항상 염두에 두고 있으며 앞으로도 나의 가장 중요한 화두가 될 듯하다.

서울디지털대학교 문예창작학과 김종광 교수님, 손홍규 교수님께 감사드립니다. 경희, 용은, 세정, 영란, 서연, 후남 그리고 윤주씨에게 고맙다는 말을 전하고 싶습니다. 나의 부모님과 가족들 사랑합니다. 부족한 작품에 기회를 주신 광남일보와 심사위원 선생님들께 한없는 감사의 말씀 드리고 싶습니다.
기적이란 한 번밖에 일어나지 않음을 압니다. 기적을 만들어가는 사람이 되고 싶습니다. 그러기에 앞으로의 여정이 두렵습니다. 그래도, 행복합니다.

단편소설의 미학과 문장의 힘 발현

단편소설 분야에서는 총 165편이 응모했다. 올해 응모작들의 가장 큰 특징이라면 50, 60대의 작품이 압도적으로 많다는 것이다. 인생의 중후반에 이른 이들이 자신이 조망한 인간과 삶에 대한 가치를 나누고자 하는 열망에 박수를 보낸다.

다만 이들이 '단편소설'에 대한 장르적 이해가 부족하다는 점은 아쉽다. 단편소설이란 인생의 한 단면을 밀도 있게 그려냄으로써 주제를 드러내는 문학이다. 연대기적 서술이나, 회고적 서술은 단편소설의 감흥을 살리기 어렵다는 점을 염두에 뒀으면 한다.

165편 중 본심에 오른 작품은 '이모수', '하얀 거짓말', '머랭치기', '다른 소리', '인간식물', '오른손' 등 6편이었다. '이모수'는 안정적인 문장이, '하얀 거짓말'은 속도감 있는 전개가 눈길을 끌었으나 두 작품 모두 소재의 참신성이 부족해서 먼저 제외됐다.

'머랭치기'는 SNS 전쟁을 치르게 된 딸의 사건을 전경으로 삼고, 매스컴에 시달렸던 노동운동가 남편의 이야기를 후경으로 삼으면서 가족 간의 화해를 그려낸 작품이다. SNS의 즉흥성과 천박함, 편파 뉴스와의 투쟁 등을 생동감 있게 묘사했으나, 비약적 서술이 많아 내용 전달이 쉽지 않은 것이 아쉬웠다.

'다른 소리'는 SF적 발상이 돋보이는 소설이다. '상대방의 감정과 의도를 해석'하는 장치를 착용하고 막무가내로 행패를 부리는 노인의 속마음을 알게 된 주인공이 병상에 누운 아버지의 절망을 이해하게 된다는 내용인데, 주제는 뚜렷

하나 플롯이 치밀하지 않아 소설 전개에 긴장감이 없다는 것이 흠이 됐다.

'인간식물'은 서술을 줄이고 상징과 이미지를 효과적으로 활용한 소설이다. 식물인간으로 돌아온 아버지를 배경에 두고, 식물에 집착하는 어머니—냉장고에서 죽어가는 화분—흙냄새—번개탄—자살—식물이 되어가는 사람—썩는 냄새를 풍기고 있는 화분의 나무를 반복되는 언어와 이미지로 제시함으로써 주제를 드러내는 기법을 시도하고 있다.

'오른손'은 단편소설의 미학을 잘 보여주는 작품이다. 디테일을 살린 구체적인 묘사는 인물의 성격을 생생히 보여주며, 상황의 박진감을 드러낸다. 군더더기 없는 문장은 읽히는 힘을 지니고 속도감을 추동한다. 서두에 있는 서술자의 개입은 에피그래프의 역할을 하며 소설의 내용을 암시하고, 끝머리의 개입은 주제를 매듭짓는 역할을 한다.

최종심에 남은 작품은 '인간식물'과 '오른손'이었다. '인간식물'의 참신함과 '오른손'의 문학적 완성도 중에서 고민을 했으나, 소설이 독자와의 소통을 염두에 둔 장르라는 점에서 '오른손'을 당선작으로 삼는다.

광주일보 **김정숙** ㄱ

1961년 여수출생
생오지 창작대학 3년 수료

광주일보

등고선

김정숙

　기상캐스터는 한낮 온도가 35도까지 올라갈 거라고 말했다. 삼복이 지났어도 불볕더위가 당분간 이어질 거라고. 그렇게 보도하는 그녀의 긴소매 원피스는 더위와는 무관해 보였다. 나는 그녀의 스카프에 눈길이 머물렀다. 색채는 구원이라고 한 피카소의 말이 생각났다. 몽환적인 느낌의 보랏빛은 인공적인 합성염료로는 얻을 수 없었다. 자연에서 얻은 색에 강렬한 조명이 반사되면서 이색적인 색채를 만들었다. 다소 밋밋한 그녀의 원피스도 보랏빛 스카프로 인해 돋보였다.

　길거리 행사는 날씨에 민감했다. 여름은 소나기가 흔한 계절이었다. 날마다 날씨를 확인하고 덮개를 준비해도 어느 순간 흙냄새가 코끝에 느껴지면 허둥대기부터 했다. 특히 실크는 습기를 잘 빨아들였고 다른 천들도 미세하게 구김이 지면서 형태가 일그러졌다. 행사 기간은 보름이었다. 이제 삼 일만 버티면 끝이었다. 행사장은 화랑과 화방, 표구점들이 밀집된 곳이었다. 오래된 공방 또한 많아서 언제부턴가 예술의 거리로 불렸다. 가게마다 인도 앞까지 내놓은 각양각색의 오래된 물건들은 인사동 거리를 연상케 했다. 몇 년 사이 도청 분수대를 중심으로 축제가 부활하자 사람들이 거리로 나오기 시작했다. 그러자 젊은 층을 겨냥한 소품 가게들이 하나둘 들어서면서 활기가 살아났다. 편승하듯 몇 번 기획 행사로 길거리 판매를 시도했다. 적어도 찌는 듯한 더위와는 무관했다. 한 달 전, 이사장이 공방에 찾아와 말했다.

"곧 가을이 올 테니 앞서서 스카프전을 합시다."

예술이라는 장르에는 관심을 가지지만 예술품에는 관심이 없는 게 현실이라고, 이런 때일수록 일반인에게 친숙하게 다가가야 한다며 길거리 판매에 대해 장황하게 설명했다. 생색내듯 햇빛예술촌 천막과 현수막도 지원하겠다고 했다.

"중요한 건 단가인데……."

생각에 잠긴 듯 손으로 턱을 매만졌다. 저렴하게 일이 만원 대에서 오만 원을 넘지 말자고, 그러잖아도 튀어나온 눈을 부라리며 말했다. 그건 원가도 안 되는 금액이라고 하자 염색 재료가 얼마나 한다고 그러냐며 재고 떨이로 생각하라고 했다. 재고라는 말에 말문이 막혔다. 이사장은 잔뜩 일그러진 내 표정을 흘깃 보더니, 경제 논리는 생각하지 않고 예술가라고 자존심만 내세우니, 작가로 활동한 지가 십 년이 넘었는데 그 모양 그 꼴이 아니냐고……. 하고 싶을 말을 다 했다.

이사장이 나갔다. 나는 얼룩덜룩 염색물이 든 대야에 물을 채웠다. 복도 난간에 놓인 제라늄 화분에 냅다 부었다. 화분에서 넘쳐난 물이 아래로 쏟아졌다. 반지하 사무실로 내려가던 이사장이 위를 올려다보며 소리를 질렀다. 숨듯이 공방으로 들어왔다. CD 플레이어에 「The Lost Opera」를 재생시켰다. 키메라의 높은 음색에 속이 뻥 뚫렸다. 그녀는 팝페라 창시자였다. 누구도 생각지 못한 클래식과 팝을 조화시켰다. 유독 정통을 중시하는 클래식계에서 틀을 깼다는 말까지 들었다. 선구자로서 힘든 시간을 보냈을 그녀를 떠올리자 왠지 모르게 위로받는 느낌이었다.

행사장인 예술의 거리는 인도와 차도의 구분이 따로 없었다. 사람을 쫓듯 바짝 붙어가는 자동차의 기척에도 길을 비켜주는 이가 없었다. 마음은 조급해도 방법이 없었다. 건물 벽에 바짝 붙여 차를 주차했다. 밤새 천막 주위에 어질러진 쓰레기를 치우고 트렁크에서 매대를 꺼냈다. 매대 조립에 이력이 붙을 만도 한데 손은 여전히 더뎠다. 땀에 들러붙은 머리카락을 쓸어 올려 고무줄로 질끈 묶었다. 목이 선득했다. 깜짝 놀라 자라목을 하고 돌아보았다. 얼린 생수병을 흔들며 공 선생이 웃었다. 그는 생수병을 내게 건네고 한쪽 발만 겨우 세운 매대의 다리를 움켜잡았다. 로봇을 조립하듯 철커덕철커덕 순식간에 완성했다.

"괜찮아요?"

잘 견디는 중이라고 말하려는데 엄살 부리는 아이처럼 목이 멨다. 지금 상황이 전부는 아닐 거라며 위로의 말까지 건네는 그의 오지랖에 속절없이 눈물이 핑 돌았다. 공방으로 돌아가려던 그가 뭔가 생각난 듯 몸을 돌렸다. 고자질하는 아이처럼 입가에 웃음을 달고 말했다.

"아침에 한바탕 난리가 났다는 거 아닙니까."

할머니랑 이사장이 결국 싸웠다는 것이다. 이사장이 고추 한 바구니를 사가면서 천 원을 준 게 발단이었다고 했다. 할머니는 삼천 원이라고 말했지만, 이사장은 천 원짜리가 한 장밖에 없다며 지갑을 꺼내 보였다. 지갑에서 오만 원 권을 발견한 할머니가 오백원짜리를 합쳐 사만 칠천 원의 거스름돈을 건네고 지폐를 받았다고 했다. 정당한 값을 요구하는 할머니의 당당함에 가슴이 뻥 뚫리는 것 같았다고 했다. 그 소란에 하나둘 공방 문이 열리고 지나가던 사람들도 흘끔거리자 이사장이 도망치듯 사무실로 들어갔다고 했다. 그래서 할머니께 엄지를 척! 세워줬다며, 흉내 내듯 엄지를 내밀었다.

할머니는 이곳의 터줏대감이었다. 햇빛예술촌이 간판을 올리고 만국기를 늘어뜨리기 전부터 텃밭에서 거둔 푸성귀를 팔았다. 약을 치지 않아 농작물 상태가 좋은 편은 아니었다. 하지만 가치를 알아보는 단골이 많았다. 이사장은 미관을 해친다는 이유로 할머니를 무시하고 푸대접했다. 화장실 드나드는 걸 못하게 하라고 은근히 작가들에게 전달하기도 했다. 한 달이 지나자 할머니는 관리비라며 만 원을 내밀었다. 그때부터 당당하게 예술촌 일원이 되었다.

엄지를 세운 공 선생의 손에 눈이 머물렀다. 손등은 쇠에 긁히고 불꽃이 튀어 막일꾼 못지않았다. 상처는 시간이 지나면 아물어도 흉터로 남왔다. 그런 흉터들이 그 사람의 포트폴리오였다. 내 시선을 느낀 공 선생이 장난하듯 손을 쫙 펴더니 앞으로 내밀었다. 나도 따라서 손을 내밀었다. 손 매듭과 손톱 선까지 염료 물이 들어서 여자 손이라고 말하기도 창피했다. 할머니의 뭉툭하고 나뭇등걸이 된 손을 보태면 못난이 삼총사 손으로 손색이 없을 터였다. 공 선생이 휘파람을 불며 공방으로 향했다. 익숙한 멜로디였다.

Dust in the wind, All they are is Dust in the wind……
바람 속의 먼지, 그것은 모두 바람 속의 먼지다……

공 선생이 되돌아서 난감한 표정으로 나를 보았다. 나는 억지웃음을 지으며 손을 흔들었다.

전시를 앞두고 정신없었다. 아이의 입술이 꽃잎처럼 붉어졌다. 내뱉는 숨에서 단내가 났다. 바쁜 마음에 어린이집에 아이를 맡겼다. 시간 맞춰 약을 먹여달라고 부탁하는 것으로 엄마의 책무를 다했다고 여겼다. 아이는 일주일을 못 버텼다. 작은 입김에도 날아가는 먼지처럼 사라져버렸다. 너무 순식간의 일이어서 마냥 안고 있을 수도, 보낼 수도 없었다. 아이의 감각은 쉽게 사라지지 않았다. 주변에서 쉽게 위로의 말을 했다. 이 또한 지나갈 거라고. 나는 인정할 수 없었다. 내 아이, 내 분신, 내 살과 뼈였던 장미를 흐르는 세월에 묻어가듯 그냥 지나가게 할 수 없었다.

정오가 되었다. 햇볕은 쇠도 녹일 듯 뜨거웠다. 바짝 달궈진 지열이 올라오면서 체감온도는 더 상승했다. 냉방이 된 사무실에서 나온 직장인들은 긴 팔 차림으로 그늘진 천막 아래를 지나갔다. 사원 카드를 목걸이처럼 매단 그들은 매대에 놓인 스카프에는 눈길도 주지 않았다. 바쁜 걸음들 사이에 멈춰 선 내가 역행하며 사는 사람 같았다. 그 자리에 쭈그리고 앉았다. 매대 아래 처박아둔 피켓이 눈에 띄었다. 이사장이 건네준 피켓에는 내 프로필과 '천연염색 스카프 파격세일'이라고 인쇄되어 있었다. 지방 예술계에서 나름 유명 작가임을 내세우려는 이사장의 속셈이었다.

　처음 예술촌에 입주하고 지방지에 실릴 때 만해도 내 모습은 빛이 났다. 서른, 열정을 표면에 내세워 질주하던 시기였다. 천연 염색과 섬유 조형 작업을 병행하면서 이 길로 들어선 지 어느덧 십 년이었다. 천을 여러 번 겹친 뒤 테두리를 두른 몰라 기법으로 입체적이고 자연스러운 무늬를 연출한 스카프가 호평을 받았다. 그런 호평에 한때는 우쭐했다. 하지만 그러한 호평이 예술적 가치를 인정하는 잣대는 될 수 없었다. 음식을 만들 때 정해진 레시피로 만들어도 조리 시간이나 불의 온도에 따라 맛이 달라지듯, 염색도 마찬가지였다. 천과 시간에 따라 염료의 농도와 작가의 컨디션에 따라 달랐다. 그런 생각을 염두에 두고 옷이나 소품에 응용했지만, 예술과 대중의 경계에 머물렀다. 천연염색을 지도했던 교수는 말했다. 스스로가 작가의식을 지니고 있을 때 남들도 예술적 가치를 인정한다고. 가짜 천연염료를 들여 기계로 찍어낸 공산품들이 쏟아져 나오는 시대인 만큼 실용성보다는 작품을 만들려는 장인의 태도를 견지해야 한다고. 하지만 현실은 달랐다. 전시를 위한 예술 작품과 대중에게 팔기 위한 상품으로 나눌 수밖에 없었다. 먹고 살아야 하기 때문이었다.

　해가 많이 짧아졌다. 입추가 코앞이었다. 어둠이 대기를 떠돌자 거리에 정적이 맴돌았다. 점심을 걸러서 등이 휠 것 같았다. 장을 본 지가 언제인지 기억에도 없었다. 마트에 들러 저녁 찬거리를 사야겠다고 생각하며 서둘렀다. 매대를 접어 차 트렁크에 넣었다. 소품은 상자에 담아 조수석에 놓고 스카프는 구겨지지 않게 뒷자리에 펼쳐 놓았다.

　마트는 한가했다. 마이크를 쥔 직원의 호객행위에 발을 멈췄다. 제주에서 막 올라온 은갈치 한 팩이 만원이라고 했다. 한 팩을 집었다. 조림에 넣을 감자와 양파를 찾다가 장미를 보았다. 오늘의 세일 품목이었다. 현수막 아래 색색의 장미꽃이 양동이마다 담겨 있었다. 열에 들뜬 아이의 입술처럼 선홍빛이었다. 망연한 내 눈빛에 눈치 빠른 직원이 장미꽃 한 다발을 내밀었다. 얼떨결에 받아들었다.

흐르는 물에 갈치를 씻고 감자껍질을 벗겼다. 갈치와 감자가 양념장에 졸여지는 동안 장미꽃을 손질했다. 잎을 한두 개만 남기고 떼어냈다. 가느다란 광목천에 한 송이씩 엮어서 바람이 잘 통하는 창틀에 거꾸로 세웠다. 바람결에 느껴지는 장미 향에 코끝이 매웠다. 뭉근하게 졸여지는 갈치 냄새에 이끌려 주방으로 돌아왔다. 불을 끄고 냄비 채 식탁 위에 올렸다. 밥통을 열었다. 고소한 밥 냄새가 위를 자극했다. 아이를 보내고도 악착같이 살아나던 본능이었다. 밥을 입에 넣고 씹는데 목이 멨다. 소주를 꺼내 머그잔에 따랐다. 소주와 함께 갈치살에 밥 한 숟가락, 감자에 또 한 숟가락 먹다 보니 한 공기를 비웠다.

아이의 서랍장 앞으로 갔다. 미키 마우스가 웃고 있는 서랍장에는 아이의 필체가 유서처럼 남아 있었다. 그리듯이 쓴 제 이름 장미…… 서랍에서 잠옷을 꺼냈다. 식탁 의자를 바짝 끌어당겨 등받이에 입혔다. 아이의 웃음소리가 좁은 공간을 가득 메웠다. 식탁에 놓인 엽서가 이지러져 보이더니 점점 뭉개졌다. 나윤이 말했다. 선배는 생각이 너무 많다고. 그렇다고 삶이 나아지지도 않는데…… 그 말이 맞았다. 죽을 만큼 생각을 많이 해도 어떤 결정이 쉬운 적은 없었다. 오히려 결정해야 하는 순간이 오면 한발 물러서서 결론이 나기를 기다리곤 했다. 장미가 내게 올 때도 그랬다. 하지만 장미를 품에 안았을 때 다짐했다. 앞으로는 그런 삶을 살지 않겠다고, 물러터졌다는 말도 듣지 않겠다고. 그러나 이제 무엇을 위해 살아야 하는가? 뙤약볕에서 치르는 이따위 세일 행사가 무슨 의미가 있을까? 나는 색이 바랜 아이 잠옷을 종이 가방에 담으며 결심했다. 이틀 남은 거리 판매는 하지 않겠다고.

카페 조명이 지나치게 밝았다. 구석진 곳을 찾아 앉았다. 오늘따라 유난히 커 보이는 쇼핑백을 테이블 밑으로 밀어놓았다. 세븐, 이름에 걸맞게 7명이 회원인 고등학교 동창 모임이었다. 거리 판매를 정리하고 이 사장에게 곤욕을 치르느라 이차에 겨우 합류했다. 친구들이 소란스럽게 들어왔다. 진희가 앉으면서 쇼핑백을 흘끔 쳐다보았다. 음료 주문을 마친 친구들은 맥락 없는 수다를 이어갔다. 쇼핑백을 흘끔거리는 진희를 의식했기 때문일까? 다소 의기소침해진 나는 친구들과 섞이지 못했다. 그때 허공에서 진희와 시선이 얽혔다. 무슨 말이 든 해야겠다는 조급함에 말을 건넸다.

"스카프 잘 어울린다."

진희가 대답 대신 스카프를 매만졌다.

"비 예보는 없었어?"

나는 엉뚱한 질문을 하고 말았다.

"비는 무슨."

"날이 너무 더워서."

진희가 피식 웃었다. 그리고 스위치만 켜면 자동으로 말하는 인형처럼 감정이 실리지 않은 목소리로, 사람들은 날씨 예보가 조금만 틀려도 전화를 해댄다고, 세금으로 운영되는 기상청이니 그 정도는 참아야 한다고 생각하는 국민의식이 참으로 한심하다고 했다. 진희가 아무리 제 일에 대해 투정해도 안정된 직장을 가진 그녀가 부럽다는 듯 친구들은 쳐다만 보았다. 언제 짐을 빼게 될지, 불안증에 시달리는 비정규직과 인정받지 못하는 예술가 앞에서 할 말은 아닌 듯했지만, 아무도 진희의 말을 끊지 않았다. 진희가 가방에서 봉투를 꺼내 탁자 위로 던졌다.

"좀 늦었어. 우리 성의니까 받아."

말을 마친 진희가 구두코로 쇼핑백을 톡, 톡, 찼다. 앞부리에 박힌 금색 징이 불빛에 반짝 빛났다. 진희의 태도는 몹시 불쾌했다. 그대로 일어나 나가고 싶었다. 그렇다고 탁자 위 봉투를 덥석 집어 들기에는 자존심이 상했다.

전시 오픈 날, 진희가 보랏빛 스카프를 만지작거렸다. 이런 고혹적이고 몽환적인 색은 처음 봤다며 염색에 관해 물었다. 나는 약간 흥분했다.

오배자는 염색 입자가 거칠고 타닌 성분과 기름기가 있어 천에 침투가 쉽지 않다. 그래서 오래 주물러서 염액을 침투시키는 게 가장 중요하다. 생강 모양의 주머니 속에 벌레 알들이 들어있어서 촘촘한 샤로 거른 다음 염색해야 얼룩이 생기지 않는다. 오배자 2백 그램을 물에 가볍게 헹궈준다. 물 2천 시시를 삼십 분 끓여서 색소를 추출한다. 고운체로 거른 다음 똑같은 방법을 두 번 거친다. 이때 물의 온도도 중요하다. 30도에 습윤 시켜둔 섬유를 넣고 천천히 온도를 올린다. 50도가 되면 불을 끄고 삼십 분간 잘 섞어줘야 원하는 색감을 얻을 수 있다. 하지만 매번 마음에 들지는 않는다고…….

진희는 이렇게 섬세하고 힘든 과정을 거쳐 만들어진 색이라는데 놀라는 눈치였다. 진희의 진지한 표정에 기분이 들떴다. 보랏빛을 내는데 중요한 철매염제에 후매염을 하는 설명도 덧붙이려는데, 스카프를 목에 두르며 어울리냐고 물었다. 진희에게 다가갔다. 스카프를 굵은 리본 모양으로 묶은 다음 목 뒤로 엇갈리게 돌렸다. 스카프 양쪽 끝은 리본 매듭에 넣어 반대 방향으로 뺐다. 쉽고 간단했지만 예쁜 선물 상자를 장식한 리본 모양이 되었다. 진희가 거울을 보며 환하게 웃었다. 며칠 후 친구들이 스카프를 사겠다며 찾아 왔다. 언젠가부터 공방까지 오는 거 성가시다며 모임 때 가지고 나올 것을 요구했다. 갈수록 가격을 깎고 원+원으로 달라고 하는 친구도 있었지만, 그동안 내게 힘이 되어준 건 분명했다.

쇼핑백을 탁자 위로 올렸다. 스카프와 소품을 하나씩 포장했다. 친구들이 듣든 말든 염색 기법과 천의 소재, 그리고 질감에 관해 설명했다. 내 자존심이었다. 그리고 친구들에게 골고루 건네며 말했다.

"선물이야."

눈치 빠른 진희가 호들갑스럽게 분위기를 띄웠다. 봉투를 집어 들고 카페를 나왔다. 방향감각을 상실한 채 밤거리를 헤맸다. 극심한 무력감에 무릎이 꺾이고 발걸음이 뒤엉켰다. 이사장 말대로 재고떨이는 한 셈이었다. 하지만 차오르는 설움은 어쩔 수 없었다. 여행사 간판이 눈에 들어왔다. 나도 모르게 걸음을 멈췄다. 출입문에는 배낭 여행, 패키지 여행, 그룹 여행, 모든 여행 가능, 이라고 쓰여 있었다.

선배, 나 갠지스강에 왔어요. 강으로 가는 길. 꽃을 파는 행렬은 끝없이 이어졌어요. 사람들에 섞여 꽃을 샀어요. 강에 도착하자 살인적인 더위와 시체 태우는 열기에 정신을 차릴 수가 없었죠. 강가에는 배들이 늘어서 있었고 사람들도 줄지어 있었어요. 다비식을 보려는 사람들과 함께 배에 올랐어요. 강 가운데 도착하자 군데군데 쌓아 놓은 장작더미와 꺼지지 않고 타오르는 불꽃은 더 맹렬했어요. 그때 인솔자가 촛불을 나눠주면서 소원을 빌라고 하더군요. 죽은 자의 마지막 의식을 보면서 추모가 아닌, 산 자를 위한 소원을 빌라니…… 사람들이 하나둘 눈을 감았어요. 나도 합류하고 싶었어요. 그러자 거짓말처럼 내게 주어진 시간만은 잘 살고 싶다는 열망이 일었어요. 먼저 떠난 그 사람에게 이제는 살고 싶다고, 나 좀 살게 해달라며 꽃다발과 촛불을 강물에 띄워 보냈어요. 순간, 그동안 나를 잠식한 슬픔이 먼지처럼 사라지는데 나 자신도 믿을 수 없었어요. 인도는 그런 곳인가 봐요.

엽서를 읽은 후 나윤의 모습이 떠나지 않았다. 나윤은 나와 같은 길을 걷고 있었다. 때론 경쟁자이기도 했지만 서로 의지하며 힘이 되어주던 동지였다. 그림을 천직으로 여기던 애인이 극심한 생활고와 작품에 대한 질곡에서 벗어나지 못하고 자살했다. 상실감을 견디지 못한 나윤도 손목을 그었다. 다행히 목숨은 건졌다. 언젠가 화가의 전시를 앞두고 나윤과 찾아갔을 때, 그가 유튜브 영상을 보고 있었다.

타는 듯 붉은 해가 떨어지기 직전이었다. 맨발에 두건을 쓴 남루한 행색의 사람들이 끝도 없이 어딘가를 향해 몰려갔다. 뭔가에 홀린 듯 걸어 갠지스강에 도착한 그들은 몸을 씻고 북을 치며 죽은 영혼을 보내는 의식을 행했다. 삶과 죽음을 다르다고 생각지 않는 듯, 이승에서 수고했으니 잘 쉬길 바라는 마음으로 느껴질 뿐 슬픔은 없었다. 인도인과 행색이 별반 다르지 않던 그는 아, 나도 저곳에 가고 싶다고 말했다. 가슴속에 슬픔이 매설된 사람은 서로를 알아보는 법이었다. 나윤의 외모도 그와 별반 다르지 않았다. 비쩍 마른 몸피에 안색은 창백했고 눈빛만 형형했다. 그 모습에 불안해하며 물었다. 정말로 그들은 삶과 죽음을 하나라고 믿는 거냐고, 혹시 죽음의 두려움 앞에서 의연 하려는 필사적인 몸짓이 아니냐고. 그때 그들이 했던 대답은 뭐였을까? 기억나지 않았다.

행사 기간에 비워둔 공방은 먼지가 수북했다. 앞치마를 두르고 걸레에 물을 적셨다. 염색 매대를 닦고 돌아서다가 현기증에 풀썩 주저앉았다. 손에 닿는 뭔가를 잡고 몸을 일으켰다. 투박한 광목의 질감이 익숙했다. 긴 나뭇가지를 벽에 고정하고 광목을 색색으로 염색한 뒤 좁은 폭으로 접어 길게 늘어트린 소품이었다. 아이는 광목 뒤에 숨는 걸 좋아했다. 아이가 숨어들면 광목이 들썩거렸고 모른 척 고개를 돌리면 엄마를 부르며 제 위치를 알렸다. 아이의 흔적은 공방 곳곳에 남아 있었다. 염료 물이 담긴 대야에 천을 담그면 작고 오동통한 손도 함께 넣었다. 내 손놀림을 흉내 내듯 자박자박 누르며 나와 눈을 맞추고 웃었다. 할머니한테 산 고구마나 옥수수를 쪄서 아이와 마주 보고 앉으면 내 입에 먼저 넣어주고 까르르 웃던 아이. 염료를 손에 묻혀 공방 곳곳에 찍어놓은 손자국을 작품이라 우기던 모습까지…… 아이의 기억은 너무 생생했다.

싱크대 아래 밀쳐둔 대야를 꺼냈다. 코치닐을 덜어 망에 담았다. 깍지벌레라고도 불리는 코치닐은 선인장에 기생하는 벌레였다. 산란 전의 암컷을 쪄서 말린 후 사용했다. 농도에 따라 분홍에서 선홍색까지 얻을 수 있는 염색 재료였다. 코치닐을 명반에 선 매염한 후 물을 붓고 불에 올렸다. 물이 끓으면서 핏빛 같은 선홍색이 우러났다. 불을 끄고 찬물을 섞어가며 색을 조절했다. 아이의 잠옷을 꺼냈다. 염료 물에 담그고 얼룩이 생기지 않게 자박자박 눌렀다. 염료 물이 닿자 갈라진 손톱 밑이 아렸다.

딱…… 딱…… 반복적으로 벽을 치는 소리에 밖으로 나왔다. '2호 채정', 입구에 달린 작은 아크릴 간판이 바람에 흔들리며 소리를 만들고 있었다. 철사로 얽어놓았던 게 어설퍼 한쪽이 풀린 모양이었다. '10호 공근'으로 발을 옮겼다. 작업 중이던 공 선생이 고글을 쓴 채 눈으로 무슨 일이냐고 물었다. 내가 간판을 가리키자 고개를 끄덕이며 손을 내저었다. 쇠를 자르는 소리는 언제 들어도 고약했다. 나는 바닥에 널브러진 쳇조각을 물끄러미 보았다. 저렇게 잘린 조각들은 곧 어떤 형태로든 되살아났다. 공 선생의 손길에 숨이 불어 넣어지고 작품으로 탄생했다. 내 아이도 저 쳇조각처럼 분리되었다가 누군가의 손길에 의해 형태를 잡아가고 숨이 넣어져 다시 내 품으로 올 수만 있다면…… 공 선생이 다시 손을 내저었다. 떠밀리듯 공방으로 돌아왔다. 염료 향 때문인지 눈이 매웠다. 환기를 시키려고 창문을 열었다. 저만치 할머니가 펼쳐 놓은 보퉁이가 보였다. 밖으로 나갔다. 할머니는 환한 햇살 속에 앉아 호박잎 껍질을 벗기고 있었다. 할머니의 투박한 손길에 맑은 쳇소리를 내며 하얀 실이 벗겨졌다. 나를 흘깃 본 할머니가 호박잎 한 줌과 청양고추를 봉지에 담아 내밀었다.

"밥만 잘 먹으면 살아지는 게여."

나는 피식 웃었다. 앞치마에서 천 원짜리 두 장을 꺼내 내밀었다. 할머니가 마수라며 침을 뱉고 이마에 붙였다가 꽃무늬 앞치마에 넣었다. 할머니의 과한 행동에 누가 먼저랄 것도 없이 웃었다. 호박잎을 데치고 청양고추를 다져 넣은 매콤한 양념장에 밥을 먹으면 할머니 말대로 오늘도 살아질 것이다. 봉지를 들고 돌아서는데 햇빛예술촌 아치형 간판이 햇빛에 반짝였다. 폐교를 구청에서 인수하면서 햇빛예술촌은 문을 열었다. 교실 벽을 허물어서 도예 체험장으로 만들었고, 염색이나 공예 체험의 학습장과 주민을 위한 편의시설도 마련했다. 그리고 정문 옆에 기역 자 형태의 조립 건물을 지어 십여 개의 공방을 입주시켰다.

이곳 폐교는 아버지의 일터였다. 빗물이 고인 웅덩이에서 흙을 짓이겨 여러 형태의 모양을 만들고 수분이 증발하면서 색이 변하는 걸 지켜보며 아버지가 퇴근하기를 기다렸다. 얼마 전까지는 어린이집 버스에서 내린 장미가 나비처럼 팔랑거리며 다가와 내 품에 안기던 곳이기도 했다. 처음 입주하던 날, 휘날리는 만국기를 보며 아버지가 교문에 서서 손을 흔들어주는 모습을 상상했다. 살아계셨다면 나를 응원했을 아버지. 하나뿐인 딸이 이렇듯 가난하고 못난 작가로 남을 줄은 몰랐을 것이다.

"이 선생!"

봉지를 들고 현관에 들어서는데 이사장이 불렀다.

"공방을 옮겨야겠어요!"

"네?"

잠시 뜸을 들이던 이사장이 규칙을 위반했다고 했다. 공방에 한 달에 삼 분의 이는 상주해야 하는 규정을 어겼다고 했다.

"행사 때문에 그런 거잖아요. 그리고 이 자리는 구청에서 정해준 제 자리예요."

나도 모르게 말끝이 가팔라졌다. 이사장은 건물에서 나가라는 게 아니고 장소를 옮기라는 건데 왜 그렇게 예민하게 구느냐고 했다. 어디로 옮겨도 곰팡내 나는 지하보단 낫지 않겠냐며 지하에 있는 본인의 사무실을 쳐다보았다.

"그럼, 누구와 바꾸라는 거예요?"

헛기침을 두어 번 하더니 매듭 정이라고 말했다. 개량 한복에 올림머리가 잘 어울리는 매듭 정을 홀아비 이사장이 좋아한다는 걸 모르는 작가는 없었다. 얼마 전의 일이 생각났다. 공방으로 찾아온 이사장이 구청장 부인 생일이 곧 돌아온다며 전시할 때 메인으로 진열했던 스카프를 만지작거렸다. 말뜻을 가늠하느라 잠시 머뭇거렸지만, 관습처럼 이어지는 갈취에 동조하고 싶지 않았다. 그래서 선물할 거면 원가로 드리겠다고 했다. 이사장은 떫은 감을 씹은 얼굴로 나갔다. 나는 반박보다 침묵을 택했다. 부당함을 내세워 따지고 들면 손해였다. 내년에는 이 자리도 잃을 수 있었다. 공방에 소속되지 못하면 행사장은 물론이고 초등학교 방과 후 수업도, 유치원 염색 체험학습의 기회도 얻을 수 없었다. 이사장 뜻을 거스를 수 없었다.

공방을 옮기는 날 온종일 비가 내렸다. 이사장에게 하루나 이틀, 이삿날을 보류해 달라고 말해 볼까 하다가 구차해지기 싫어 그만두었다. 공선생이 내 일처럼 나서서 도와줬다. 비는 그칠 듯하다가 이어졌다. 차양도 없는 계단을 오르내리며 짐을 옮기기는 쉽지 않았다. 대부분 원단이어서 비닐로 꽁꽁 싸매고 푸는 일까지 보태져 밤 열 시가 되어서야 짐

정리가 끝났다. 시장기를 달래기 위해 공 선생과 포장마차에 들렀다. 나는 잔치국수는 손도 대지 않고 소주만 마셨다. 허겁지겁 국수 그릇을 비워낸 공 선생이 내 손에서 소주병을 낚아챘다. 자신의 잔에 술을 따르며 말했다.

"이 선생, 도시재생사업으로 달오름 동네에서 작가들을 모집한대요. 한쪽에 카페를 운영할 수 있는 공간도 제공한다는데 천연염색이나 뜨개방 퀼트 작가에게 우선권이 있대요. 여기야 관리비만 내면 되지만 생활에 보탬도 안 되잖아요. 대신 그곳은 보증금이 있나 봅디다."

이사장 눈 밖에 나지 않으려고 애썼지만 내게는 행사장 연결도 쉽지 않을 거였다. 무엇보다 낯선 곳에서 새롭게 시작하고 싶은 마음도 있었다.

이 층으로 옮긴 공방은 기역 자 형태로 꺾인 지점이었다. 그래서 온종일 햇볕이 들지 않았다. 작업하는 틈틈이 복도에 나가 해바라기 했다. 난간에 턱을 괴고 할머니를 내려다보았다. 위에서 보는 할머니는 당당하고 강건한 모습이 아니었다. 머리카락은 빠져서 숭숭 비었고 가녀린 몸피는 햇살에 말라 바스러질 낙엽 같았다. 그 모습에 따져 묻고 싶었다. 왜 그렇게 사느냐고, 자식들은 다 어디에 있느냐고. 하지만 그런 생각이 얼마나 경솔한 것인지 나 또한 장미를 보내고 깨달았다. 세상살이가 마음먹은 대로, 계획한 대로, 살아지는 게 아님을…….

할머니는 틈만 나면 좋았다. 고구마 줄기 껍질을 벗기면서도, 잘 익은 고추 꼭지를 따면서도. 햇살을 등지고 앉아 자울자울 졸 때면 고개와 구부정한 등이 오르락내리락했다. 손님이 오자 등이 곧추 펴지며 할머니가 웃었다. 얼굴에 퍼지는 주름의 곡선에서 가팔랐던 삶을 옭아맨 단단함이 느껴졌다. 단단함은 아픔이었다. 오랜 세월 굴곡진 삶을 살아온 사람에게 생긴 옹이 같은 거. 그래서 단단함은 또 다른 거룩함이었다. 그렇게 푸성귀를 담는 할머니의 움직임이 땅의 높낮이를 나타내는 등고선 같았다. 그때 할머니 등에 노란 나비 한 마리가 사뿐히 내려앉았다. 나비는 한참을 머물다 느릿느릿 날아올랐다. 노란 원복을 입고 나비처럼 팔랑이며 차에서 내리던 장미였다. 수묵화처럼 무겁고 진중한 삶을 살아낸 가녀린 몸피의 노년과 나비처럼 팔랑이던 아이의 모습은 생명의 순환이었다. 순간 찌릿한 통증이 느껴지면서 섬광처럼 작품에 대한 구상이 떠올랐다. 작품 이름은 등고선이었다.

스케치북을 펼쳤다. 도안을 스케치했다. 천연염색이란 배경이 되는 색이라고 지도교수는 말했다. 천연염색으로 섬유 조형 작품을 제작할 생각이었다. 옥사를 바탕색으로 하고, 울 린넨 명주로 등고선을 나타내고, 노방으로 나비를 만들어 회화적으로 표현하고……. 그러고 보니 「천년의 세월」공모전 마감이 일주일 남았다.

옥사를 가로 30센티 세로 80센티 길이로 네 개를, 그리고 울 린넨 명주는 각각 크기가 다른 등고선 모형으로 스케치했다. 천을 자르기 위해 나그참파 향에 불을 붙였다. 불꽃이 일면서 향이 퍼졌다. 백단향과 허브가 섞인 향이었다. 아이를 떠나보낸 뒤 나윤의 권유로 질리도록 피웠던 향이었다. 공모전에 작품을 보낸 뒤 갠지스강으로 떠날 생각이었다. 그곳에서 사람들에 섞여 몸을 씻고 북을 치며 아이의 잠옷을 태울 것이다. 그렇게 제대로 장미와 이별한 뒤 내 삶을 살아갈 것이었다.

옥사를 반으로 접었다. 스케치한 선을 따라 향의 끝에 대고 움직였다. 재를 태우듯 끝이 타들어 가면서 천이 나뉘었다. 향에서 나오는 열기와 긴장감에 손이 끈적였다. 먹을 꺼냈다. 먹을 가는 건 잡념을 몰아내는 일이기도 했다. 단조롭게 반복되는 움직임은 부질없는 생각들을 지우기에 좋았다. 미지근하게 열을 가한 뒤 옥사를 담갔다. 3시간이 지난 후 대야에 담아 옥상으로 올라갔다. 햇볕이 좋았다. 건조대를 펴고 널었다. 먹물이 떨어져 하얀 시멘트 바닥에 무늬를 만들곤 금세 사라졌다. 수묵화 느낌의 잿빛만 남았다.

공방으로 돌아왔다. 옥사가 마를 동안 오배자와 로그우드를 물에 헹궜다. 작은 먼지, 흙 한 톨, 꼼꼼하게 관리해야 순수한 색을 얻을 수 있었다. 울 린넨 명주를 염색물에 담갔다. 보라와 분홍, 그리고 중간색을 얻을 때까지 염색하고 그늘에서 말린 후 다시 담그기를 반복했다. 젖어있

161

을 때와 말렸을 때 색의 간극은 예상을 벗어났다. 색이란 멈춤이었다. 색을 얻기 위해 가장 중요한 건, 염색시간이나 건조 그리고 결과에 욕심을 부리지 않는 것이었다. 삶도 마찬가지였다. 전시에 눈이 멀어 간만의 차이로 아이를 잃었다. 다시는 그런 실수를 하지 않을 거였다. 명암과 곡선을 살리며 손바느질로 등고선을 이었다.

상자에서 메리골드를 꺼냈다. 물을 끓인 다음 미지근하게 식혀서 노방을 담갔다. 20분 후 물에 헹궈서 말리는 작업을 아홉 번 반복했다. 물속에 잠긴 노란색이 잔물결이 일렁일 때마다 드러났다 숨었다 했다. 몽환적 형광빛이었다. 천을 고정하고 향에 불을 붙였다. 향을 쥔 엄지와 검지의 힘 조절이 중요했다. 향을 가볍게 잡고 나비 모양으로 스케치한 선을 따라 움직였다. 날개의 완벽한 대칭에 집중하며 한 땀 한 땀 새기듯이 천을 태웠다. 날개 여덟 개가 만들어졌다. 한 쌍의 날개를 마주 보게 놓았다. 몸과 더듬이는 철사로 고정했다. 눈은 투명한 유리알을 붙였다. 첫 번째 등고선에 앉은 나비가 두 번째 세 번째를 지나 네 번째에 하늘로 날아오르도록 고정했다. 나비가 날아오르는 길은 금색 메탈사로 터치하여 섬세하게 표현했다. 반짝이는 은색 실을 헝클어 아련한 아지랑이도 형상화했다. 고리를 만들어 네 개의 작품을 봉에 연결했다.

광목이 걸린 나뭇가지에 작품을 걸었다. 어느새 서쪽 창가로 스며든 노을이 벽을 타고 올라왔다. 광목 위까지 그득하게 차오르자 등고선에 있던 나비가 날아올랐다. 내 머리 위를 아련하게 맴돌던 나비가 노을 속으로 천천히 사라졌다.

이제 시작이다. 인생의 유턴 시점을 찾았다. 밤마다 꿈속에서 소설을 썼다. 현실에서는 막히는 문맥이 술술 풀렸다. 꿈속에서의 글쓰기는 매번 만족스러웠다. 꿈은 꿈일 뿐이라는 걸 모르지 않았어도 깨어났을 때의 안타까움은 컸다. 2020년 2월, 오랫동안 하던 일을 접었다. 그리고 계획했다. 소설은 엉덩이 싸움이라는 말에 싸움을 걸었다. 전업 작가를 흉내 내듯 오전 9시에 시작하고 오후 5시에 마치는 글쓰기를 계획했고 실천했다. 그러는 동안 옆구리에 살이 붙고 엉덩이에 굳은살이 생기는 느낌이었다. 그 어느 때보다 고통스럽고 힘들었지만, 삶은 지독하게 행복해졌다. 그리고 당선 소식을 들었다. 뭐든 열심히 하면 된다는 답을 얻은 셈이다. 그 답을 주신 광주일보사와 정지아 작가님께 무한한 감사를 드린다.

좋은 스승과 문우들을 만났다. 소설의 기초를 가르쳐 주신 심영의 작가님, 그리고 미미한 나의 필력을 알아봐 주고 채찍질해준 장마리 작가님께 감사드린다. '생오지' 문우들과 그곳에서 만나 언제까지나 함께 할 보석 같은 '길나힘' 문우들, 끝없이 되풀이되는 합평에도 지루해하지 않고 질책해준 '돌소공' 문우들께 감사를 전한다. 무엇보다 내 삶에 축복인 딸과 사위, 그리고 아들에게 내 아이들로 와줘서 고맙다고 말하고 싶다. 올해 94세인 엄마, 엄마! 라고 부르면 오야! 라고 오래오래 대답해 주길 간절히 소망한다.

당선 소식에 흥분된 며칠이 지나면 다시 엉덩이 싸움은 시작될 것이다. 이제는 똑같은 나날을 견디는데도 이전과는 다를 것을 안다. 자판을 누르는 손에 힘이 가해질 것이다.

할머니와 예술가의 손 묘사 장면이 아름다워

2020년은 우리 인류가 전례없는 위기에 맞닥뜨린 시기였다. 코로나라는 인류의 위기가 과연 문학 속에 어떻게 반영되었을지 궁금하기도 했고, 기대되기도 했다. 뜻밖에 단 한 편의 소설에도 이러한 시대상은 담겨져 있지 않았다. 코로나 시대가 즉자적으로 소설에 반영되었을 거라는 기대가 섣부른 것일 수도 있겠다. 어쩌면 거리두기의 시대가 내면으로의 침잠이라는, 문학의 핵심적 본질에 맞닿아 있는 게 아닌가 조심스럽게 짐작해본다.

본심에 오른 것은 김득진의 '장인의 길', 범영의 '신발', 김정숙의 '등고선', 세 편이었다. 요리를 삶과 접목시킨 '장인의 길'은 스토리가 흥미로웠다. 다만 아버지의 서사가 전조 없이 너무 성급하게 끼어들고, 두 여자의 이야기가 요리만큼의 설득력을 확보하지 못했다는 점에서 아쉽게 탈락했다. '신발'은 소설의 얼개를 짜는 솜씨가 촘촘하고 신발이라는 상징 또한 신선했다. 나무랄 데 없는 작품이었으나 주제가 결국 남편으로부터의 탈출에 그치고 말았다는 점이 아쉽다.

염색을 소재로 한 '등고선'은 예술과 노동을 등고에 놓고 예술가로서의 삶을 반추하는 작품이다. 아이의 죽음이라는 상투적인 서브 플롯이 마음에 걸렸으나 평생 노동을 해온 나물 파는 할머니와 예술 노동자들의 손을 묘사한 한 장면의 아름다움이 당선작으로 선택하게 했다. 섣부른 낭만이나 예술적 허영에 빠지지 않은 점도 작가의 미덕이라 할 만하다.

자본이 누구도 의심하지 않는 절대적 기준이 된 요즘에도 많은 사람이 문학이라는, 인간과 삶에 대한 자기 반추를 멈추지 않고 있다는 점에 큰 위로를 얻는다. 당선에는 이르지 못했으나 문학에의 꿈을 가진 모든 투고자들께 감사와 함께 격려를 보낸다.

국제신문 이경숙 ㄱ

1972년 울산 출생

한국소설 제60회 신인상 당선 〈물고기 비늘〉

21세기 소설가 협회 동인

국제신문

얼음 창고

이경숙

　나는 얼음을 자르고 있는 문 씨를 보았다. 두 동강이 난 얼음은 자로 잰 듯 길이가 비슷해 보인다. 문 씨는 소매로 땀을 훔쳐내고 한 토막을 다시 자르기 위해 얼음 위에 홈을 파고 전기톱을 가져다 댔지만 전원은 켜질 듯하다 이내 아무 소리도 내지 않고 잠잠해졌다. 플러그를 뺐다 다시 꽂아 보았지만 전기톱은 움직이지 않는다. 수염이 듬성듬성 있는 턱에 땀이 맺혔다. 전기톱과 씨름하던 그는 톱을 바닥에 내동댕이쳤다. 아무리 만져도 손에 익지 않는다고 투덜거렸다.

　허리를 두드리며 서 있는 문 씨를 보다 얼음 창고 문이 눈에 들어왔다. 창고 문은 문 씨의 바지처럼 낡았고 못 보던 종이가 붙어 있었다. 5월 20일까지 창고를 철거해 달라는 내용의 공고문이었다. 한 달 전부터 환경미화를 위해 무허가 건물을 철거한다는 현수막이 상가 앞에 걸려 있었다. 커피잔을 평상 가장자리에 놓았다. 나는 상가에서 '커피 이모'로 통했다. 상가를 누비며 배달을 하다 보니 얻은 별명이다.

　문 씨가 전기톱을 처음 사용했을 때가 생각났다. 내가 신신 상가에 발을 디디고 자리를 막 잡던 시기였다. 얼음처럼 차가운 표정의 남자가 얼음을 자르고 있었다. 연장은 나무 자르는 톱을 사용했다. 톱날이 얼음에 닿을 때마다 하얀 눈이 평상에 쌓였다. 눈처럼 부드럽게 뭉쳐지지는 않았다. 하지만 손에 전해지는 시원한 느낌은 눈과 같았다. 얼음을 가지고 장난치는 내 모습을 보고 문 씨가 상가에 뭐 하러 왔냐고 물었다. 봄볕 같은 따뜻한 말투였다. 나는 가게를 얻어 장사를 할 거라고 했다. 문 씨의 도움으로 얼음 창고 옆 상가를 얻을 수 있었고, 그가 부재중일 때 얼음을 대신 팔아주곤 했다. 커피 배달이 잦아질 쯤 문 씨의 나무 톱이 부러져 버렸다. 얼음에 홈을 파주지 않아 이에 물렸다고 했다. 얼음에도 이가 있다는 걸 처음 알았다.

문 씨가 공고문을 잡아뗐고 네 조각으로 찢었다. 떨어진 종잇조각 너머로 사주문의 기둥이 보였다. 신신 상가를 살리기 위해 홍보 차원에서 짓는 문이다. 현판만 달면 문 준공식을 할 거였다. 사주문의 첫인상은 짓다만 절처럼 보였다. 벽 없이 지붕과 기둥만 덩그러니 세워져서 어떻게 보면 을씨년스럽게 보였다. 갈색과 초록으로 단층을 칠하는데 꼬박 보름이 걸렸다. 화사한 단층은 신신 상가의 녹슬고 오래된 건물들과 어울리지 않았다. 해가 질 무렵이면 기둥의 그림자들이 길게 늘어서 인도를 어두침침하게 했다.

사주문 건설업자인 엄 소장이 갑자기 나타났다. 사주문 뒤에 서 있었던 모양이다. 그는 바닥에 떨어진 조각난 공고문을 힐긋 봤다.

"내일까지입니다."

문 씨는 엄 소장의 말에 뒤도 돌아보지 않았다.

"커피 이모 넉 잔."

엄 소장은 커피를 자주 시켜 먹었다. 사주문 공사를 하면서 커피 매출은 늘었다.

"아 그리고, 얼음을 다른 걸로 써. 어제 먹고 배탈 났어."

그 말을 듣고 문 씨가 얼음을 자르던 평상에서 내려섰다. 엄 소장이 몇 걸음 뒤로 물러났다. 문 씨의 눈가가 반짝였다. 너무 작아 있는 듯 없는 듯한 문 씨의 눈동자를 확실하게 보기는 처음이었다. 번들거리는 눈빛이 얼음을 닮았다. 차갑고 서늘했다. 나는 두 사람을 떼어냈다. 문 씨와 엄 소장이 싸움을 한다면 커피 판매가 줄어들지도 모른다.

"얼음도 식품인데 위생에 신경써야 안 됩니까? 매연에 절은 음식은 불량식품이죠."

엄 소장은 문 씨를 보며 어린아이 놀리듯 한마디를 더 하고 사주문 쪽으로 갔다.

승강장에 버스가 서더니 흙먼지를 일으키며 한 무리의 사람들을 싣고 떠났다. 문 씨는 분이 풀리지 않는지 평상 위에 남아 있던 얼음가루를 얼굴에 문질렀다.

사주문 앞에 사람들이 모여들었다. 엄 소장이 한 남자와 이야기를 하고 있었다.

"이쪽으로 옮기면 어떨까요?"

"눈에 거슬리지 않네요. 사주문이 잘 보이겠어요."

엄 소장의 고갯짓 한 번에 삽차는 승강장 표지판으로 다가섰다.

신신 상가가 생긴 이래로 장승처럼 굳건히 자리를 지키고 있던 승강장 표지판에 끈이 매어졌다. 엔진이 몇 번 기합소리를 내자 표지판의 밑동은 쉽게 흔들렸다. 삽차의 힘은 표지판의 저항을 순식간에 없앴고, 파르르 떨고 있던 기둥은 이내 움직임을 멈추고 바닥에 버려진 고철처럼 누워 버렸다. 매일 출퇴근하면서 지나치던 승강장 표지판은 끈에 매달려 삽차가 움직이는 대로 끌려다니다가 얼음 창고 앞으로 옮겨졌다. 고철이 되어버린 승강장 표지판은 어떤 이정표의 역할도 하지 못했다.

문 씨는 창고 옆에 누워 있는 표지판을 노려봤다.

"불법 건물 철거반이 오면 나중에 한꺼번에 실어가면 돼!"

엄 소장이 인부들이 다지는 땅을 지켜보며 말했다.

"깨끗해졌네요."

남자는 만족한 미소를 지었다. 사주문 앞으로 간 남자가 주위를 둘러보고는 엄 소장에게 말했다.

"저, 저 얼음 창고 빨리 치워요."

"내일이면 끝납니다."

문 씨가 남자에게 다가서려 하자 엄 소장이 막고 나섰다. 햇빛에 바래

누런색을 띤 창고는 버스 표지판 하고 같이 신신 상가 입구에서 삼십 년을 지냈다. 문 씨는 얼음 창고를 올려다봤다. 글자는 지워져 흔적만 보이고 녹물과 찌든 때가 덕지덕지 붙어 있었다. 새로 단장한 사주문 옆의 창고는 더 낡아 보였다. 엄 소장의 입술이 씰룩거렸다.

"이 집 얼음 먹으면 배탈 난다고, 위생과에 신고해 버릴까?"

문 씨가 얼음을 자르는 평상 위로 뛰어올랐다. 자르다 만 얼음 두 덩이가 햇볕 아래서 녹고 있었다. 문 씨는 한 덩이를 엄 소장에게 던졌다. 바위처럼 둔탁한 소리를 내며 떨어진 얼음은 몇 바퀴 구르더니 엄 소장 앞에 멈췄다. 엄 소장이 얼음에 발을 올리고 문 씨를 쳐다봤다. 얼음이 녹으면서 안전화에 묻어있던 흙이 섞여 흘렀다. 문 씨는 엄 소장에게 한 덩이를 마저 던졌다. 시멘트 바닥에 떨어진 얼음은 산산조각이 났고 파편이 승강장 표지판을 맞혔다.

"엄마, 겨울이 다시 와?"

구경을 하던 아이 하나가 부서진 얼음을 보고 말했다. 엄 소장은 문 씨를 뒤로하고 남자와 사주문 쪽으로 사라졌다.

"사장님 각얼음 하나 줘요."

나는 문 씨를 살피며 말했다.

"오늘은 장사 그만할래. 다른 데 가서 사."

문 씨는 창고 문을 잠그고 사주문과 반대 방향으로 가버렸다. 매지구름 한 조각이 하늘에 떠 있었다.

오후 들어 햇살이 피부를 뚫고 들어올 정도로 강해졌다. 민소매 셔츠를 입었지만 더위는 가시지 않았다. 각얼음 하나를 입에 넣고 오물거렸다. 엄 소장이 안전화에 묻은 흙을 털면서 들어왔다.

"빙수 하나."

커피를 하루에도 네댓 잔을 먹는 엄 소장이다. 커피를 타려던 손을 멈추고 얼음을 갈았다. 파란색 투명 그릇에 설산처럼 쌓인 얼음가루는 보기만 해도 시원했다. 플라스틱 간이의자에 걸터앉은 엄 소장의 시선이 빙수 그릇에 고정되었다. 팥과 연유를 넣은 빙수였다.

"선풍기 없어?"

빙수를 입에 떠 넣으며 엄 소장이 말했다. 오월인데도 폭염주의보가 내렸다.

"공사는 언제 끝나는데요?"

"현판만 달면 돼."

빙수 안의 팥을 가장자리로 밀어내며 엄 소장은 입을 그릇에 가져다 댔다. 빙수를 먹고 남은 그릇에는 으깨지다 만 팥들이 남았다. 투명한 밑바닥에 쌓인 팥의 모습이 작은 동물들이 모여 있는 것처럼 보였다. 엄 소장은 남은 팥을 숟가락으로 으깼다. 팥의 둥그런 형체는 사라지고 진흙탕 같은 팥물이 그릇을 채웠다. 흙바닥에서 뒹굴며 녹아가던 문 사장의 얼음이 생각났다.

"얼음집은 언제 떠난데?"

그릇을 한편 귀퉁이로 밀치며 말했다.

"여기 터줏대감인데 비키겠어요. 그 땅 불하받으려고 알아보던데."

"아이고 두야."

빙수를 빨리 먹어서인지 아님 문 씨 때문인지 엄 소장이 머리를 감쌌다. 엄 소장의 찡그린 얼굴을 보며 얼음 창고 문을 닫던 문 씨를 떠올렸다. 얼음 창고가 없어지면 문 씨가 어디로 갈지 궁금했다. 다른 곳에 상가를 얻더라도 지금처럼 익숙해지려면 또 얼마나 시간이 흘러야 할까. 그의 나이 오십이 넘었다. 망설임이 있을 수밖에.

"아까 같이 있던 사람은 누구예요?"

"구청 건축과 공무원. 사주문 보러 왔잖아."

"창고 살릴 방법 없을까요?"

"벌써 끝난 일야."

엄 소장은 안전화에 묻어있던 흙을 손가락으로 긁어냈다. 잘 떨어지지 않는지 한참을 씨름 중이다.

"이놈 왜 이렇게 질겨."

엄 소장의 목소리가 어른 하나가 누우면 꽉 찰 정도로 좁은 커피숍 벽면을 때렸다. 더위 때문인지 냉장고가 쉴 새 없이 돌아갔고 좁은 실내는 열기로 가득했다. 엄 소장은 이마를 타고 흐르는 땀을 닦지도 않고 그대로 두었다. 환기를 위해 열어놓은 문으로 문 씨가 들어왔다.

"커피 이모, 창고 문 봤어?"

"네?"

빙수 그릇을 치우며 쳐다본 문 씨의 얼굴에는 팥죽색 땀이 흐르고 있었다. 즐겨 신던 장화가 아닌 못 보던 낡은 운동화를 신었다.

"문을 왜 여기서 찾아!"

엄 소장이 손부채를 하며 말했다. 문 씨가 그제야 그를 발견했는지 흘끔 봤다. 엄 소장은 허리를 펴며 등을 벽에 기댔다. 그는 입꼬리를 올리며 문 씨를 봤다. 문 씨는 손을 맞잡고 비비기 시작했다. 수금하러 올 때마다 보던 버릇이다. 얼음값 달라는 말을 못 해 한참을 서서 기다리곤 했다.

"얼음 창고 문이 사라졌어!"

"문에 발이 달린 것도 아닌데 왜 없어져요?"

문 씨는 내 손을 잡고 끌었다. 얼음 창고는 치아가 다 빠진 할머니의 입처럼 구멍이 났고 문이 있어야 할 곳에는 비틀린 경첩만이 자리를 지키고 있었다. 문 씨는 얼음 창고에 들어갔다 나오기를 반복했다. 파이프에 맺힌 성에는 굵은 눈물을 뚝뚝 떨어뜨리고, 바닥에 있는 긴 얼음은 가운데부터 구멍이 나기 시작했다. 문 씨는 녹고 있는 얼음을 냉기가 남아 있는 벽면 쪽으로 밀고, 고인 물을 퍼냈다. 냉동고 지붕 위에 있는 팬은 문 씨가 물을 퍼내는 속도보다 빠르게 돌아갔다. 바닥에 흥건하던 물이 없어지자 문 씨는 허리를 폈다.

나는 얼음 창고 안으로 들어섰다. 에어컨을 튼 것처럼 시원해 밖으로 나가고 싶지 않았다. 식용 각얼음은 벌써 다 녹았는지 봉긋하던 봉지가 납작해졌다. 새로 거래를 할 얼음집을 찾아야 할지도 모른다. 언제 왔는지 엄 소장이 손으로 내리쬐는 햇볕을 가리며 얼음 창고 앞에 서 있었다. 그는 평상 위로 뛰어오르더니 얼음 창고로 들어왔다.

"으, 시원타."

엄 소장을 보던 문 씨는 얼음처럼 굳었다. 이마 위로 차가운 물방울이 떨어져 내렸고 바닥에 고이기 시작한 물의 수위가 다시 올라갔다. 엄 소장은 신발 바닥에 묻어있던 흙을 바닥에 비비며 닦아냈다. 얼음물은 흙탕이 되었다.

엄 소장이 어깨를 밀면서 밖으로 나섰다. 문 씨는 투명하던 얼음이 점점 탁해지는 모습을 지켜보다 손에 들고 있던 바가지를 놓쳤다. 붉은 바가지가 물위를 떠다녔다. 천정에 맺혀 있던 물방울이 바가지 안으로 떨어지며 얼음 창고 안이 울렸다.

"얼음을 지켜야 돼."

문 씨의 혼잣말이 창고 벽면을 치며 떠다녔다.

"문 사장님, 큰 비닐을 구해서 입구를 막아요."

내 제안에 정신이 든 듯, 창고 밖으로 나온 문 씨는 상가 철물점으로 뛰기 시작했다. 그의 녹색 조끼가 시야에서 점점이 사라졌다.

"이사 비용 부담할 수 있는데."

엄 소장이 기지개를 켜며 말했다. 나도 모르게 고개를 끄덕였다. 난장판이 된 창고가 그곳에 덩그러니 놓여 있었다. 엄 소장이 입꼬리를 무너뜨리며 웃었다. 문 씨가 한자리에 있지 않은 게 다행이었다.

문 씨가 파란 비닐천막을 들고 나타났다. 천막은 입구를 가리기에 충분했다. 누렇게 낡은 창고와 파란색 천막은 어울리지 않았다. 창고는 가쁜 숨을 헐떡이며 파랗게 질려버린 혀를 늘어트리며 죽어가는 동물처럼 보였다. 문 씨는 창고 안의 냉기가 새지 않게 하려고 천막을 바닥에 고정했다. 벽돌 세 개가 나란히 줄지어 섰다. 천막의 주름을 펴려고 문 씨는 다림질하듯이 손을 놀렸다. 죽어가는 동물에게 심폐소생술을 하는 듯 손동작이 섬세했다. 천막의 옆 부분은 미세하게 벌어졌고 그 틈으로 냉기가 새어 나왔다. 문 씨는 평상에서 뛰어내려 창고를 바라봤다. 벗어진 이마에 머리카락 몇 가닥이 흘러내렸다.

"다행이다."

문 씨가 흘러내린 머리를 넘기며 말했다.

"시발, 더 흉측해졌네."

엄 소장이 못마땅한 얼굴로 문 씨를 바라봤다. 인부로 보이는 남자가 엄 소장을 향해 다가왔다.

"사장님, 현판 달 위치 확인해 주소."

엄 소장은 남자를 따라 사주문을 향해 잰걸음으로 갔다.

"문 사장님, 창고 문은 어떻게 할 거예요?"

"찾아야지. 아침까지도 멀쩡하던 문이 사라졌잖아."

"고물상부터 가보죠."

문 씨는 내 말에 동의하며 두 정거장 위에 있는 고물상을 향해 휘청거리며 걸어갔다.

상가의 간판들에 하나둘 불이 들어오기 시작했다. 해는 아직 지평선으로 내려올 기미가 없어 보였다. 냉장고는 쉼 없이 돌아가고 있고, 더위는 가시지 않았다. 커피 배달 주문도 뜸해졌다. 주판에서 얻어온 냉장고 유리문에서는 연신 물이 흘러내렸다. 행주로 유리문을 닦아내는데 뒤에서 인기척이 느껴졌다. 문 씨가 흙 묻은 옷을 입고 서 있었다.

"냉커피 하나 말아줘."

커피잔을 받아든 문 씨의 손이 가볍게 떨렸다.

"사장님, 문은 찾았어요?"

문 씨는 커피를 냉수처럼 벌컥 들이켜다 말고 나를 올려다봤다.

"수레 좀 빌려줘. 빌어먹을 것들."

출퇴근할 때 밀고 다니는 수레를 내줬다. 수레를 물끄러미 보던 문 씨가 종이컵을 우그러뜨렸다.

"거기다 갖다 버리면 못 찾아낼 것 같아?"

"어디 있던데요?"

"나 좀 도와."

나는 선뜻 따라나섰다. 문이 어디 있었는지 궁금하기도 했다. 먼저 눈에 들어온 것은 '사고 주의'라는 노란색 팻말이었다. 해거름에 힘을 잃은 빛은 창고 문을 누더기처럼 보이게 만들었다. 사주문 공사를 하면서 철거된 보도블록과 기와 공사를 하면서 남은 황토와 기초 공사를 하면서 버려진 흙들이 어지러이 널려 있었다. 창고 문 표면에는 찍혀 움푹 팬 상처가 여럿 나 있었다. 문 아래쪽에는 황토 흙이 덕지덕지 묻었고, 페인트칠이 벗겨져 은색 속살이 드러났다.

문 씨는 '사고 주의' 푯말을 발로 차버렸다. 폐자재가 늘어져 있는 공터로 들어가 문을 일으켜 세우기 위해 힘을 쓰기 시작했다. 문은 일어날 듯하다가 드러누웠버렸다. 무게 때문에 일으켜 세우기가 쉽지 않아 보였다. 힘에 부치는지 문 씨의 숨소리가 거칠어졌다.

"문 사장님, 내일 사람 불러서 옮겨요."

문 씨는 손짓으로 나를 불렀다. 바짓단을 걷어 올리고 공터로 들어갔다. 문을 앞뒤로 잡고 끌다시피 해서 수레에 겨우 실었다. 어둠이 내리고 있었다.

얼음 창고 입구를 막은 천막은 어둠 속에서 검은 맨홀처럼 보였다. 문 씨는 문을 문틀에 맞추기 위해 조금씩 움직였다. 갑자기 눈이 부셨다. 사주문에 설치한 조명시설에 불이 들어왔다. 경주 안압지에서 본 적이 있다. 밤인데도 안압지의 건물들이 낮에 본 것처럼 환하게 보였다. 잠깐 암흑이 찾아왔다가 사물들이 희미하게 보이기 시작했다. 문 씨도 손으로 눈을 비볐다. 온몸으로 받치고 있던 창고 문이 순간 흔들거렸다. 문이 바닥에 내동댕이쳐지고 그나마 붙어있던 경첩은 떨어져 나갔다.

창고 안이 불빛에 드러났다. 흘러내리던 물은 얼어서 고드름이 되었고, 바닥에 두껍게 언 얼음은 아이스링크를 연상시켰다. 쌓여 있던 장 얼음은 녹아 바닥과 하나가 되거나 호수 안의 인공 섬같이 솟아 있기도 했다. 얼음을 자르는데 쓰이는 연장에는 살얼음이 덮여 있었다. 걸어 놓았던 집게가 흔들리면서 위태롭게 매달려 있던 살얼음이 떨어졌다. 문 씨의 이마를 때렸고 혹이 뿔처럼 부풀어올랐다. 문 씨는 눈을 끔뻑거렸다. 바닥에 떨어져 있던 경첩을 주워 문 씨는 주머니에 넣었다. 문을 안고 일으켜 세웠다. 문은 겨우 네 귀퉁이가 맞게 들어갔다. 창고 지붕에 있던 팬이 신나게 돌아가기 시작했다.

창고 문에 팬 홈집을 보던 문 씨가 사주문 지붕을 흘겨봤다.

"어떻게 하면 넘어질까?"

"뭘요?"

나는 문이 사라진 충격을 이제야 받는 건가 하고 생각했다. 문 씨는 신중한 걸음으로 사주문을 향해 나아갔다.

지나가던 아주머니 한 사람이 버스 승강장이 없어졌다며 두리번거렸다. 문 씨는 손짓으로 창고 앞으로 옮겨간 버스 표지판 기둥을 가리켰다. 가로등의 희미한 빛을 받고 있는 기둥은 눈에 선뜻 띄지 않았다. 아주머니는 얼음 창고 주변을 뱅뱅 돌면서 당황해했다. 내가 창고 앞에 있다고 말하자, 없어진 줄 알았다고 했다. 막차가 아직 가지 않았다며 안도의 한숨을 쉬었다. 사주문을 가리키며 뭐냐고 물었다. 전통 한옥 양식의 문이라는 내 말에 돈이 썩어난다고 했다.

사주문의 네 기둥은 골리앗 크레인의 거대한 다리처럼 땅을 딛고 서 있었다. 육중한 다리는 문 씨를 밟아 으스러뜨릴 것 같았다.

문 씨는 상가 안쪽을 향해 서 있는 기둥을 힘껏 안았다. 흰색 기둥에 황토색 무늬가 생겼다. 문 씨는 기둥을 오르려다 번번이 미끄러졌다. 그가 두 팔로 안기에는 기둥이 너무 두꺼웠다. 문 씨가 기둥과 씨름하는 사이, 엄 소장이 다가왔다.

나도 모르게 엄 소장을 가로막았다. 엄 소장이 나를 밀치고 문 씨의 허리를 잡아끌었다. 문 씨가 접착제를 바른 듯 기둥에 달라붙었다. 문 씨와 엄 소장의 실랑이가 연극의 한 장면처럼 보였다.

엄 소장이 문 씨를 기어이 기둥에서 떼어냈다. 바닥에 널브러져 있던 문 씨가 엄 소장을 향해 검은색 물건을 꺼냈다. 얼음 창고에서 보았던 집게였다.

"세금 낸다고 했잖아."

문 씨가 악을 써댔다.

"다 끝난 일 조용히 마무리하죠."

엄 소장이 손으로 입술을 훔치며 웃었다.

"땅, 산다고 했잖아. 불하받게 손써 줘."

"도시 환경 해친다고."

"누구를 위한 문, 문, 문이야!"

문 씨의 목소리가 어둠 속에서 빛처럼 흩어졌다. 문 씨는 집게로 엄 소장을 집으려 했고 미처 피하지 못한 다리가 잡혔다. 그는 다리를 잡아 끌며 얼음 창고 쪽으로 가려했다. 엄 소장은 균형을 잡으며 끌려가지 않으려고 허벅지에 힘을 줬고 다리를 힘차게 몇 번 흔들었다. 문 씨가 균형을 잃더니 바닥에 내동댕이쳐진 얼음처럼 넘어졌다. 엄 소장이 집게를 낚아채 도로 쪽으로 던졌다. 차가 지나가면서 쨍그랑거리는 소리가 두세 번 들리더니 사위가 조용해졌다.

조명에 비친 엄 소장의 입술은 처마처럼 곡선을 그리며 하늘을 향해 한껏 뻗어 있었다. 눈썹은 서까래를 지탱하는 대들보같이 일자로 이마 위를 가로질렀다. 잡은 먹이를 먹기 전에 여유를 즐기는 포식자처럼 문 씨를 내려다봤다. 문 씨는 일어나려고 애를 썼다. 엄 소장이 앞에 버티고 서 있어서 누구도 문 씨를 일으켜주는 이는 없었다. 문 씨와 눈이 마주치기 싫어 나는 기둥 뒤로 뒷걸음질쳤다. 뒹굴던 문 씨는 겨우 일어나 앉았다. 엄 소장이 문 씨의 어깨를 누르며 올라탔다.

"참, 말 많네. 엎어져 있으라고."

문 씨의 옷깃이 조명에 날아드는 나방같이 나풀거렸다. 엄 소장은 가볍게 내려섰다. 문 씨는 휘청거리며 일어나더니 집게가 날아간 어둠 속으로 어기적거리며 걸음을 옮겼다.

폭염주의보는 해제되지 않았다. 커피 배달 주문이 밀려 있었고 오후가 되기 전에 얼음이 떨어질 것 같았다. 어젯밤에 벌어졌던 사주문 결투 이야기는 신신 상가에 숨 막히는 더위처럼 퍼졌다. 상가 사람들의 질문에 배달이 더뎌졌다. 얼음 창고 문은 굳게 닫힌 상태였고 문 씨는 아직 출근하지 않았다. 오후에 쓸 얼음을 어디에 주문해야 할지 막막했다. 문 씨에게 전화를 걸어보았다. 전원이 꺼져 있다는 멘트가 사라지고 그의 목소리가 들렸다. 얼음이 있냐는 물음에 문 씨는 오라고 했다.

문 씨는 창고 문에 바짝 붙어 있었다. 비틀어져 있던 경첩도 고쳐졌고 팬 소리도 순조롭게 들렸다. 문 씨는 내가 온 것도 모르고 뭔가를 했다. 인기척을 내자 돌아본 그의 손에는 붓과 페인트 통이 들려 있었다. 벽체는 사주문과 같은 붉은 벽돌색으로 칠해졌고 문은 초록매실 색으로 칠이 되고 있었다. 사주문 천장의 화려한 꽃무늬가 생각났다. 뭐 하냐는 내 물음에 문 씨는 진지한 말투로 답했다.

"예쁜 게 최고라잖아."

문 씨는 얼음을 내어줄 기색도 없이 칠에만 열중했다. 그는 그림에 생명력을 불어넣는 화가처럼 섬세했다. 문틈의 이음새도 놓치지 않았다. 칠이 마무리되어갈 무렵 문 씨는 평상에서 내려와 지긋이 얼음 창고와 사주문을 번갈아 바라봤다. 덧칠을 해야겠다고 중얼거리며 붓을 가다듬었다. 가지런히 빗긴 붓은 부드럽게 벽을 쓰다듬는 듯했다. 문 씨는 손에 힘을 주는 것이 아니라 미간에 힘을 주는 모양이었다. 평소에는 보이지 않던 이마 주름들이 두드러졌다. 얼음 창고는 새 옷을 입었다. 문 씨는 맵시 꾸미기가 된 것처럼 보였다. 그는 가끔 고개를 갸우뚱하며 자신의 역량을 어떻게 해야 최대한 발휘할 수 있는지 생각하는 듯했다.

얼음 창고의 옷 갈아입히기가 끝날 무렵 버스의 경음기 소리가 들렸다. 창고 문에 붉은색으로 글자를 적던 문 씨는 손을 삐끗했다. 얼음이라는 글자는 매끄럽게 써지지 않았다. 문 씨는 붓을 바닥에 패대기쳤다. 그의 손과 팔에 붉은색과 연두색의 점들이 점박이 문양처럼 프린트되었다. 그가 문 옆에 선다면 사주문의 꽃처럼 보일 것 같기도 했다. 문 씨가 서 있는 평상에 시선이 갔다. 얼음 창고는 새 옷을 입었지만 평상은 낡은 그대로였다. 중간에 덧대어진 나무가 연해 두드러져 보였다. 자세히 보지 않으면 구멍이 뚫렸다고 착각할 수도 있었다. 칠을 할 거면 평상도 해야지 왜 빼먹었는지 물어보려다가 말았다.

문 씨가 내게로 걸어왔다. 연두색 바탕의 붉은 글씨는 눈에 잘 띄었다.

얼음 창고가 여기 있다는 걸 누구나 알 수 있을 것이다. 나는 그의 얼굴에 떠오른 흡족한 미소를 본 것 같았다. 문 씨는 갈 때는 깨끗하게 가야지, 하며 중얼거렸다. 의아해하는 나를 뒤로 하고 그는 버스 승강장으로 갔다.

승강장은 위치를 옮겨서 그런지 텅 비어 있었다. 어제 세웠던 표지판의 모습이 달라져 보였다. 다리가 하나인 것도 그대로, 녹물이 흘러내린 흔적도 그대로, 정차하는 버스 번호도 그대로였다. 문 씨가 표지판을 잡더니 힘을 쓰기 시작했다. 얼음 창고 앞으로 옮겨온 승강장이 눈에 거슬렸나 보다. 삽차가 땅을 파서 묻고 난 후 시멘트로 마감을 해 놓았다. 문 씨가 아무리 힘을 써도 표지판은 움직이지 않았다. 밀고 당기고 씨름을 하는 문 씨가 안쓰러웠다. 언젠가 본 적 있는 철봉을 잡고 곡예를 하는 원숭이 같았다. 그만두라는 말이 목까지 올라왔지만 입 밖으로 내뱉지 못했다.

핸드폰이 울렸다. 커피 배달 주문이다. 얼음을 사러 왔다는 사실을 잊고 있었다. 문 씨를 불러 얼음을 내달라고 했다. 표지판 기둥에 손이 붙어버렸는지 움직이려 하지 않았다. 알아서 꺼내 가라고 퉁명스럽게 말했다. 얼음들이 녹아서 한데 뭉쳐 있던 창고 안이 생각났다. 쓸 만한 얼음이 있을 것 같지 않았다. 문 씨에게 새 얼음을 가져다 놓았냐고 물었지만 아니라는 답만 돌아왔다. 정오의 햇볕에 문 씨의 그림자가 짧아졌다. 냉커피 주문을 받지 못하면 손해가 많이 난다. 근처에 있는 마트라도 가야 했다. 문 씨가 도와달라고 나를 잡았다. 기둥은 뽑히지 않을 거라며 나는 거절했다.

"기울어졌어."

"뭐가요?"

문 씨가 표지판의 머리 쪽을 가리켰다. 도로 쪽으로 머리 부분이 넘어가 있었다. 문 씨에게 왜 바로 세우려 하는지 물었다.

"이쁘지 않잖아."

"표지판이 예쁜 거 하고 뭔 상관인데요."

"기울어져 있으면 언젠가 또 뽑힐 거야."

나는 얼음 창고와 문 씨와 표지판을 번갈아 봤다. 깨끗한 새 옷을 입고 한낮의 태양 아래 서 있는 얼음 창고는 예뻤다. 삼십 년 세월 신신 상가를 지키고 있던 문 씨와 표지판은 지쳐 보였다. 문 씨는 상가에서 청춘을 흘려보냈다. 젊고 탄탄했던 몸은 구부정한 등과 톱질하다 다친 상처로 남았다. 문 씨의 구부정한 등을 볼 때마다 녹슬어 가는 상가 아케이드가 생각났다. 얼마 못 가 바스러져서 상가가 사라지는 게 아닌가 하는 걱정을 하기도 했다. 홍보를 위해서 사주문을 만든다는 말이 들렸을 때 반가웠다. 먹고 살기가 나아질 것 같았다. 문 씨도 어떤 문이 들어서는지 궁금하다고 말하곤 했다. 얼음 창고 옆으로 보이는 사주문은 신상품처럼 말끔해 보였다. 나도 문 씨처럼 상가와 함께 살아가야 한다. 사주문이 들어섬으로 해서 상가가 살아난다면 가게의 매출은 오를 것이고 미래를 준비하는데 도움이 될 것이다. 문 씨에게 그만두라고 재차 말을 했다. 그는 바닥에 힘없이 주저앉았다. 엄 소장이 횡단보도를 건너왔다.

엄 소장은 문 씨를 본척만척하며 손에 들고 있던 종이를 얼음 창고 문에 붙였다. 어제 보았던 공고문이었다.

"한 시에 뜯으러 옵니다."

얼음 창고 철거가 정해진 듯했다. 바닥에 널브러져 있던 문 씨는 일어나지 않고 창고 문에 붙어 있는 종이가 나부끼는 모습만 쳐다봤다.

버스 경음기 소리가 거칠게 울렸다. 할머니 한 분이 버스 앞에 누워 있었다. 버스를 타기 위해 횡단보도의 마지막 점멸 신호를 무시하고 건너온 것 같았다. 버스 승강장은 횡단보도와 가까웠다. 버스는 사람들을 태우기 위해 횡단보도에 정차했다. 구급차를 불러야 한다는 사람들의 외마디 소리만 들렸다. 엄 소장도 구경꾼으로 버스 주위를 맴돌았다. 문 씨는 표지판 기둥을 잡고 일어나려고 버둥대다 누워버렸다. 정오의 햇볕이 피부에 닿자 뜨겁다 못해 따가웠다.

점심시간이 지나 엄 소장은 삽차와 함께 얼음 창고 앞에 섰다. 그는 문에 붙어 있던 공고문을 뗐다. 삽차의 팔이 야구 방망이를 휘두르듯이 옆면을 쳤다. 얼음 창고는 부르르 떨면서 버텼다. 문 씨는 창고의 떨림을 주먹을 쥐고 보고 있었다.

새로 이어 붙인 문이 먼저 떨어져 나갔다. 얼음 창고 내부의 냉기가 빠져나오면서 하얀 연기처럼 보였다. 그다음에 오른쪽 벽이, 왼쪽 벽이, 천장이 무너져 내렸다. 오른쪽 벽이 무너질 때는 얼음이 파편처럼 튀었다. 왼쪽 벽이 무너질 때는 벽면에 영글어 있던 고드름들이 낙과하는 열매처럼 떨어졌다. 천장이 무너질 때는 파이프에 남아 있던 냉매가 쉬쉬 소리를 내면서 흩어졌다. 마지막으로 뒤쪽 벽만이 위태롭게 서 있었다. 뒷벽이 무너지면서 얼음들이 하얀 안개처럼 흩어져 바람에 이리저리 날아다녔다.

"엄마 눈이 내려요! 눈싸움할 수 있겠어요!"

구경을 하며 서 있던 아이가 얼음 가루를 보며 좋아했다. 아이의 웃음이 해맑다. 문 씨는 하늘에서 하늘거리며 내리는 얼음을 손으로 받았다. 그는 입안에 그것들을 털어 넣었다. 문 씨의 볼 근육들이 바삐 움직였다. 땅에 떨어진 얼음들은 데워진 땅의 열기로 녹았다.

엄 소장의 수신호가 다시 내려졌다.

삽차가 넘어진 창고 벽 위로 올라서더니 밟았다. 문 씨가 새로 칠한 붉은색 벽은 두 세 조각으로 부서지면서 나뉘었다. 끈으로 묶어진 문은 땅바닥에서 질질 끌려다녔다. 새로 쓴 얼음이라는 글자는 긁혀서 색이 지워졌다. 문은 트럭 짐칸에 실렸다. 창고가 있던 자리는 공터로 변했다. 팥죽색 흙이 드러났다. 그곳에 건물이 있었다는 흔적을 찾을 수 없었다. 문 씨가 그것을 바라봤다. 그의 눈에는 어떤 감정도 드러나지 않았다. 나는 괜찮으냐고 문 씨에게 묻고 싶었지만 그만두었다. 박힌 것을 뽑아내는 것이 이렇게 쉬울 줄은 몰랐다.

엄 소장은 구청에서 나온 직원을 안내하며 사주문의 완공 여부를 보여주고 있었다. 그가 현판을 가져오라고 직원에게 지시했다. 엄 소장이 현판의 위치를 잡고 있다. 오른쪽으로, 왼쪽으로 움직여 보지만 조금씩 어긋났다. 내일 있을 완공식에서 실수하면 안 된다고 구청 직원이 말했다. 내가 배달한 커피로 목을 축이고 엄 소장이 직원하고 자리를 바꿨다. 현판을 걸던 직원이 천정을 가로지르는 대들보를 가리켰다. 틀어졌다는 소리가 들렸다. 구청 직원이 각도기로 재기 시작했다. 대들보를 받치고 있던 기둥은 손가락 한 마디 정도 침하하고 있었다. 신신 상가가 지어지기 전에 미나리꽝이었다는 말을 들은 기억이 났다. 구청 직원의 질책에 엄 소장의 낯빛이 붉게 바뀌었다.

언제 왔는지 문 씨가 내 옆에 서 있었다. 그의 손에는 얼음을 자르던 전기톱이 들려 있었다. 은색 날이 햇빛을 받아 서늘하게 빛났다. 문 씨가 날을 천천히 쓰다듬었다. 오늘따라 더 날카롭게 보였다. 문 씨가 전기톱의 전원을 켰다. 기둥 가까이 톱을 가져다 댔다. 엔진 소리가 요란스럽게 들렸다. 기둥에 홈이 파이고 톱밥이 튀었다. 엄 소장이 문 씨를 말렸지만 그는 물러나지 않았다. 홈이 점점 깊어졌다. 문 씨의 톱날이 얼음이 아니라 나무 기둥을 자르고 있었다. 문 씨의 톱 소리와 엄 소장의 고함소리가 상가 안을 떠들썩하게 만들고 있었다. 구경꾼들이 모여들었다. 어딘가에서 "커피 이모" 하고 불렀다.

나는 조각난 얼음 창고와 문 씨를 번갈아 쳐다봤다. 얼음 창고의 조각들을 실은 트럭이 상가를 빠져나갔다. 폭염에 녹는 얼음처럼 문 씨도 흔적 없이 사라져 버릴 것 같았다. 나는 문 씨를 뒤로하고 가게로 향했다. 전기톱 소리가 서서히 멀어졌다.

치자나무의 잎이 마르며 시름시름 앓았다. 뭐가 잘못된 것인지 알 길이 없었다. 엄마가 보시더니 한마디하셨다. 왜 아끼고, 보듬어 주지 않았냐고. 등짝을 맞은 듯했다. 마른 잎을 자르고 물이 잘 스며들게 화분갈이를 했다. 햇볕이 잘 드는 곳에 두고 며칠을 기다렸다. 연둣빛 잎사귀 하나가 고개를 내밀었다. 왈칵 눈물이 쏟아졌다.

글을 쓴다고 책상에 앉아 있었지만 잘 되지 않았다. 쓰면 쓸수록 제대로 하고 있는가, 하는 의문이 들었다. 그런 생각에 사로잡힐 때마다 글은 멀어져 갔다. 잎이 돋은 나무를 보며 글을 아끼고 보듬은 시간이 얼마였는지 되돌아봤다. 새 잎을 돋게 할 만큼 정성을 들였던가. 하루에 한 번은 봐야 된다고 말씀하시던 선생님. 매일 밥을 먹듯이 글은 써야 한다며 게으른 제자를 부드럽게 타이르셨다. 이것이 아끼고 보듬는 자세일 것이다. 내 글이 뿌리를 내리고, 꽃 피우고, 열매를 맺기를 염원하며 오늘도 치자나무에게 물을 준다.

교통사고를 당하셨지만 불굴의 의지로 회복하신 김영웅 엄마, 믿고 기다려 주셔서 감사합니다. 누나가 도움을 청할 때마다 거절하지 않고 들어주는 이정훈, 네가 내 동생이어서 기분 좋다. 내 영혼의 동반자 이경욱, 하늘에 계시는 아버지 제 기쁜 목소리 들리시죠?

갈 길을 몰라 휘청거리던 저게 지지대가 되어주신 장창호 선생님, 글 잘 쓰고 있냐고 물어주시던 동리목월의 이채형 선생님 고맙습니다. 스터디 문우들, 당신들이 있어서 제가 포기하지 않고 나아갔습니다.

제 손을 잡아주신 조갑상 선생님, 함정임 선생님과 국제신문사에 감사합니다.

지문 · 대사는 절제력, 주제 관철은 집중력 돋보여

예심에서 올라온 작품은 10편이었다. 이중 최종 본심 대상으로 '잭나이프' '닥터 백' 그리고 '얼음 창고'였다. '잭나이프'는 고령화 사회 진입 이후 지속적으로 등장하고 있는 알츠하이머 부모를 매개로 한 가족 서사 유형이다. 이 경우 소설의 본령인 윤리moral를 다루는 작가의 관점과 태도, 새로운 인물(관계)을 창조하는 안목과 기술이 확인되어야 한다. 이 소설은 그 지점을 어느 정도 성취하고 있으나, 중반 이후부터 문장과 서사의 흐름이 매끄럽지 못하고 약화되는 한계가 있었다. '닥터 백'은 호주 멜버른을 무대로 이러저러한 사정으로 흘러들어온 한국인 체류자들의 유동적인 삶의 한 시기를 닥터 백이라는 인물과 타로 가게를 중심으로 펼친다. 인물과 공간에 대한 작가의 장악력으로 세부 구성에서 독자의 신뢰와 신비감을 확보했으나 결정적으로 서사 전환의 시간 운용이 불균질하여 맥락적으로 혼선을 빚는 단점을 노출했다.

'얼음 창고'는 얼음처럼 녹아버리고 사라지는 덧없음과 삶의 패배 속에서도 놓을 수 없는 것이 무엇인가를 되묻는다. 새로운 상권을 도모하기 위해 낡은 상가 건물을 정비하는 과정에서, 새롭게 건설하는 것과 허물어 없애는 것의 대치 상황과 그 끝을 그리고 있는데, 이러한 구도에서 승자는 정해져 있고, 서사의 흐름도 짐작 가능하다. 이런 흐름에서 어떤 새로움, 어떤 특징을 찾을 수 있을까. '얼음 창고'는 지문과 대사 운용에서 작가의 절제력이 뛰어나고, 소재를 주제로 관철시키는 집중력이 확실하다. 자칫 구태의연하게 흐를 인물과 공간이 작가의 오랜 관찰에서 도려낸 듯 적확하게 묘사되어 행위와 장면이 선명하고 진실하다. 소설가의 자질이 과학자의 관찰력을 전제로 한다는 것, 자칫 간과하는 삶의 어두운 부분을 밝혀준다는 것을 보여주는 수작이다. 응모자분들께 격려의 마음을, 당선자에게 축하와 정진의 말을 전한다.

농민신문 **연진희**

연세대학교 노어노문학과 졸업
연세대학교 노어노문학과 대학원 석사과정 수료
러시아문학 번역자

기차 여행

연 진 희

1

2015년 이른 봄, 지원은 서울 근교의 14평짜리 복도식 아파트 1402호로 이사했다. 그녀는 A출판사와 가까운 망원동의 낡은 빌라에서 살다가 터무니없이 치솟는 전세 보증금을 감당할 수 없어 아예 서울을 벗어나기로 했다. 지인들에게 조언을 구하며 고르고 고른 그 아파트는 대중교통으로 한 시간 안에 직장을 오갈 수 있는 통근권 내에서 가장 평수가 작고 집값이 싼 곳이었다. 마을을 둘러싼 산자락이 개발제한구역에 속해서인지 그 아파트 단지를 제외하고는 건물들의 높이가 낮았다. 거리, 상점, 심지어 가로수마저 칙칙하고 우중충해 보이는 마을이었다. 하지만 나른한 조용함이며 주변의 너른 경작지와 산에서 불어오는 풀 냄새에 어쩐지 마음이 끌렸다. 지원은 오랫동안 이곳에 살아도 좋겠다는 생각이 들어 은행에서 대출을 조금 더 받아 아파트를 사 버렸다.

이사하던 날, 활짝 열어젖힌 현관문으로 그 통로에 사는 사람들이 계속 얼굴을 들이밀며 새로 수리한 실내와 새로 이사 온 사람을 살폈다. 그렇게 불쑥불쑥 느닷없이 현관 안으로 들어서는 사람들은 대부분 칠순이 넘어 보이는, 아니 팔순에 가까울 듯한 노인들이었다. 이사한 지 일주일 정도 지났을 때 지원은 깨달았다. 노인들만 '허물없이' 울타리를 넘나들었다기보다 그 동에 사는 사람들 대다수가 노인들, 특히 혼자 사는 노인들이라는 것을.

그 층에는 지원을 포함해 전부 여섯 가구가 살았다. 승강기에서 가장 가까운 1401호에는 갈색으로 물들인 짧은 머리에 언제나 단순하고 우아하게 옷을 입는 노부인이 살았다. 칠십 대 초반으로 보였지만 허리와 어깨가 여전히 꼿꼿하고 호리호리했다. 1403호의 동년배 부인과 육십 대 중반으로 보이는 1405호의 부녀회장이 접착제처럼 들러붙어 캐묻듯이 말을 걸면, 친밀하지도 무례하지도 않은 상냥함을 갑옷처럼 두른 채 적당히 날씨에 관해 이야기하거나 그들의 말에 잠시 맞장구를 치고는 급한 볼일이 있다는 듯 능숙하게 자리를 피했다. 일부러 피하는 게 아니라 정말 한시바삐 가야할 곳이 있다는 듯, 또 얼른 처리해야 할 일이 있다는 듯, 그래서 상대방과 더 이야기할 틈이 없는 게 진심으로 아쉽다는 듯 사라졌다. 그래서 그들도 자신들의 분노 탱크에 불을 댕길 불씨를 찾지 못하고 점차 그녀를 어려워하다 가까이 지내기를 포기하게 되었다. 그녀에게는 '엄마'라고 부르며 아주 가끔 들르는 중년 여자 말고 달리 찾아오는 사람이 없었다.

1403호에는 충청도 억양이 강한 노부인이 살았다. 목이 보이지 않을 만큼 수북하게 오른 어깨살과 배와 엉덩이에서 늘어진 묵직한 살 때문에 걷는 것조차 힘겨워 보였다. 아침이면 지팡이를 짚고 단지에 있는 노인정에 갔다가 늦은 오후면 큰 소리로 무릎의 통증을 투덜거리며 돌아오는 것이 일과였다. 아파트 벽이 얇아서일까, 목구멍을 놀리고픈 생리적 욕구가 잠든 사이에도 비강을 힘차게 진동시켜서일까, 벽을 통해 들려오는 노부인의 요란한 코 고는 소리에 지원은 며칠 밤 귀마개를 낀 채 몸부림을 치다가 결국 침대를 현관 옆 좁고 어두운 북향 방으로 옮겼다.

그 노부인에겐 한번 말을 붙이면 상대를 놓아주지 않고 끝도 없이 이야기를 늘어놓는 버릇이 있었다. 한겨울에 이불을 털러 복도로 나갔다가 마침 현관문 앞에 서 있던 노부인과 맞닥뜨린 지원은 이불을 허공에 펼친 채로 삼십 분이나 노부인의 젊은 시절 서사시를 들어야 했다. "아, 네, 정말 대단하셨네요. 그런데 이 추위에 몸이라도 상하면 큰일이니 어서 들어가세요. 그럼 전 이만……." 지원이 새빨갛게 군은 손가락들을 애써 꼼지락거리며 이불을 가까스로 거머쥐고 현관문을 열려 할 때마다 노부인은 "그래서 말이여, 내가……."라는 말로 지원의 퇴로를 막았다. 지원은 노부인의 입에서 증기기관차 연기처럼 꾸역꾸역 쏟아져 나오는 입김의 기세에 눌려, 늦은 오후의 햇살이 힘을 잃고 축 늘어지기 시작할 무렵에야 겨우 집 안으로 도망칠 수 있었다.

1403호 노부인은 그 후로도 승강기나 복도에서 지원을 만나면 어김없이 그녀를 붙잡고 놓아주려 하지 않았다. 지원을 붙잡지 않을 때는 지원의 현관 앞 복도에서 그 층의 다른 주민과 뭔가에 대해, 누군가에 대해 성난 목소리로 비난했다. "안 되야…… 그럼 안 되지. 아니, 왜 그런댜……." 1403호에도 생김은 비슷하지만 말수 적고 우울한 표정의 오십 대 여자가 가끔 찾아오곤 했다. 다리가 불편한 어머니를 위해 식재료를 채워 두거나 반찬을 들고 오는 것 같았다.

1403호 노부인과 가장 가까워 보이는 이웃은 1404호의 기묘한 노부부였다. 동화의 삽화 속에서 튀어나온 듯한 노인들이었다. 길쭉하고 굵직한 등뼈가 활처럼 구부러진 남편은 눈썹과 머리칼이 새하얗고 얼굴이 불그레했다. 덥수룩한 긴 눈썹은 표정이 변할 때마다 꿈틀거리며 얼굴에 고집스럽고 단호한 인상을 더했다. 자그마하고 야윈 아내는 살짝 처진 눈매며 잡티 없는 하얀 피부며 얼굴에 항상 어린 옅은 웃음 때문인지 선한 인상을 풍겼다. 그 두 사람은 언제나 어디나 함께 다녔다. 저마다의 볼일 때문에 따로 움직일 수도 있다는 생각은 한 번도 해 본 적 없는 듯했다. 무릎이 구부정한 남자가 지팡이를 짚고 학처럼 두 다리를 경중경중 움직이면 자그마한 아내가 바지런히 걸으며 보조를 맞추었다.

남자는 손녀 나이의 지원에게 늘 정중하게 인사를 건네며 직장 생활에 대해 이것저것 묻곤 했다. 온순한 아내가 지원에게 왜 결혼을 하지 않느냐며 걱정스런 표정으로 말을 걸면 "무슨 쓸데없는 소리야. 일에서 인정을 받으며 사는 것도 멋진 인생이지. 그럼. 요즘 세상에 꼭 결혼을 하려고 애쓸 필요는 없어."라며 난처해하는 지원을 두둔해 주었다. 자신은 지난 시대의 통념에 갇힌 다른 노인들과 다르다고 과시하고 싶은 듯했다. 곱게 빗은 하얀 성긴 머리칼을 둔탁한 은빛 비녀로 틀고 겨울에는 꽃무늬 누비 조끼에 발목까지 오는 누비치마, 여름에는 품이 넓은 모시 옷을 입는 작은 노부인은 지원에게 십오여 년 전 세상을 떠난 외할머니를 떠올리게 했다. 승강기 안에서 지원이 서둘러 다가오는 노부부를 기다리며 열림 버튼을 누르고 있거나 길에서 인사를 건넬 때면 그녀는 "아유, 어쩌면 이렇게 이뻐유, 참 착해유, 요즘 아가씨 같지 않아."라며 부드러운 목소리로 말을 건넸다.

1405호에는 육십 대 후반의 작고 마른 남자와 작고 뚱뚱한 여자가 살았다. 남편은 딱히 직장에 다니는 것 같지 않았고, 마을 주위를 산책하는 모습만 간간이 눈에 띄었다. 같은 층 사람을 만나도 알은 체를 하지 않았고 성대를 쓰는 법을 잊어버린 사람처럼 거의 말을 하지 않았다. 다른 사람들의 눈에 띄는 것만으로도 견딜 수 없이 거북스러워하는 그는 항상 아내와 따로 다녔다. 1403호 노부인 못지않게 쟁쟁거리는 목소리로 누구에게든 서슴없이 온갖 질문을 퍼붓는 아내와 함께 있는 게 괴로웠던 것일까. 아내는 남편에게 숨길 일이 많았는지, 신경이 날카로운(지원은 그런 목소리가 쉬지 않고 귓가에서 들리면 신경쇠약에 걸리지 않을 수 없을 거라고 생각했다.) 남편을 배려해서인지 긴 통화를 할 때면 늘 복도로 나왔다. 오래 서 있다가 다리가 아프면 승강기 앞까지 긴 복도를 하릴없이 거닐면서 그 층의 주민들에게 전부 들리도록 큰 소리로 전화를 했다. 아무리 내밀한 이야기라도 전동 드라이버 같은 굉음에 실려 퍼지면 비밀스러움을 잃는지, 그녀가 그토록 요란하게 자신의 개인 정보를 퍼뜨리는데도 그녀가 사기를 당했다는 소문은 들리지 않았다.

승강기에서 가장 먼 끝집인 1406호에도 노부인이 살았다. 나이와 생김은 1403호와 비슷했지만 굵은 등줄기가 젊은 여성 못지않게 꼿꼿하고 팔다리의 근육이 탄탄해 힘이 넘쳐 보였다. 그녀는 4월부터 10월까지 누군가에게 임대한 땅에서 농사를 지었고, 틈날 때마다 산을 다니며 봄나물, 복분자 열매, 둥굴레 뿌리, 밤, 도토리를 거둬들였다. 늦은 오후 면 현관 앞에 자리를 깔고 밭에서 뽑은 채소며 산에서 거둔 것들을 다 듬었다. 그녀는 직장에 다니는 딸과 열서너 살쯤 된 손자와 그보다 어린 손녀와 함께 살았다. 그들을 위해서 식사 준비를 비롯해 살림을 꾸려가는 것도 그녀인 듯했다. 그녀가 복도를 지나칠 때면 1403호는 "아유, 이렇게 건강하니 얼마나 좋아?"라며 부러운 듯 말했고, 1406호는 땀이 밴 붉은 얼굴로 손을 내저으며 "힘들어, 힘들어."라는 짧은 말을 남긴 채 복도 끝으로 걸음을 재촉했다. 퉁명스럽거나 냉담한 성품은 아닌 듯했지만 남의 일에 호기심을 품는 것조차 피곤할 만큼 할 일이 많은지 그 층의 다른 노인들과 돈독하게 지내는 것 같지는 않았다.

14층의 노인들은 대체로 지원의 이사를 반겼다. 매끄럽고 탄력 있는 살갗, 숱 많은 반짝이는 머리칼, 군살 없는 가느다란 몸, 샌들 밖으로 드러난 부드러운 분홍빛 발, 재빠른 몸놀림…… 눈길을 끌 만큼 아름답지는 않아도 젊음의 생물학적 특징을 여전히 간직한 그녀의 육체와 마주칠 때면 그들의 눈에 경탄과 부러움의 빛이 스쳤다. 특히 지원과 함께 다니는 작은 개는 사람들을 지원에게로 끌어당기는 자석이나 다름없었다. 얼굴과 배는 베이지색, 등과 꼬리는 검은색, 귀와 다리는 갈색과 베이지색이 부드럽게 뒤섞인 모래색이었다. 구슬처럼 동그란 검은 눈을 반짝이며 풍성한 꼬리를 위로 치켜든 채 지원의 허리까지 힘차게 뛰어오르는 개를 보면 노인들은 어린아이처럼 웃음을 터뜨렸다. 낯가림이 심하고 소리에 예민한 개는 매번 큰 소리로 반기며 거칠게 머리를 쓰다듬는 노인들의 손길에 어깨를 움츠리며 머리를 뒤로 젖혔다. 하지만 새로 이사 온 동네가 예전 동네보다 마음에 들었는지, 개는 한껏 찡그린 표정으로 그들의 손길을 묵묵히 견뎠다.

2

"쿵쿵쿵, 쿵쿵쿵, 쿵쿵쿵."

짙은 어둠 속에서 눈을 떴다. 암막 커튼의 틈새로 비치는 흐릿한 창문을 보니 아직 이른 아침임이 분명했다. 아마도 1403호의 노부인일 것이다. 그 노부인은 휴대폰에 알람을 설정해야 한다든지 오디오에서 소리가 안 나온다든지 하는 불편한 상황이 생길 때면 때를 가리지 않고 지원의 현관문을 두들겨댔다.

이사 온 지 삼 년 정도 흐르면서 지원은 현관문을 집요하게 두드리거나 초인종을 계속 누르는 사람은 1403호 노부인, 혹은 뭘 믿는지 알 수 없는 종교인들뿐임을 터득했다. 다른 지방에 사는 부모의 집에는 지원이 일 년에 몇 차례 찾아갔고, 친구들하고는 각자 사는 곳들의 중간 지역에서 만났으며, 관리실에서는 지원의 휴대폰으로 직접 전화를 했다. 택배 기사도 14층까지 올라오는 대신 경비실 앞에 물건을 두고 갔다. 어느 누구든 현관문을 두드리는 사람이 그녀가 반가워할 사람일 가능성은 없었다. 특히 각종 단체의 이름을 대며 설문 조사에 응해 달라는 2인 1조의 여자들은 극도로 경계해야 할 대상이었다. 처음에 무심코 문을 열어준 날, 색과 디자인이 겉도는 음습할 만큼 단정한 차림새의 두 여자가 십자가와 조잡한 그림들이 뒤섞인 전단지를 건네며 성경 공부를 함께 해 보지 않겠느냐고 끈질기게 매달렸다. 만약 개가 지원의 불쾌해하는 낌새를 감지하고 앙칼지게 짖어대지 않았다면 그 침입자들은 물러서지 않았을 것이다. 지원은 베개로 귀를 막고 눈을 질끈 감았다.

"쿵쿵쿵, 쿵쿵쿵, 쿵쿵쿵."

토요일 이른 아침, 집이 비어 있을지 모른다는 한 점의 의혹도 없이 누군가 단호하게, 줄기차게 문을 두드린다. 개가 짖기 시작했다. 온순한 둥근 눈이 하얗게 뒤집히고 입술이 옆으로 길게 찢어지면서 날카로운 송곳니가 드러났다. 지원은 눈꺼풀이 안구에서 떨어지지 않아 한쪽 눈만 억지로 뜨고는 무겁게 몸을 일으켰다.

"누구세요?"

"나예요."

충청도 억양의 여자 목소리다. 탄력을 잃은 작고 쇠잔한 목소리였다. 1403호는 아니다. 그 노부인은 언제나 "나여, 문 좀 열어 봐."라고 말한다. 1404호인가? 위급한 상황 때문에 도움을 청하는 걸까? 하지만 문을 두드리는 집요함에 비해 목소리가 지나치게 차분해서 어쩐지 분노가 느껴진다. 내가 직장에 있는 동안 개가 많이 짖어대나? 하지만 이 아이는 내가 한자리에 있기 싫을 만큼 꺼리는 사람들에게만 짖을 뿐 건물 안에서 짖으면 안 된다는 것을 안다. 아마도 자기를 버린 예전 주인에게 거칠게 주입식 교육을 받은 것 같다. 아니면 동틀 녘까지 튼 음반이나 영화의 소리 때문인가? 지원이 문을 열기를 주저하다 조심스레 문을 연 순간, 훅 끼치는 차가운 바람과 함께 자그마한 사람이 불쑥 들어오더니 좁은 주방 복도를 지나 큰방으로 들어가 털썩 앉았다.

"할 이야기가 있어유."

"무슨……."

1404호 노부인이 한 번도 본 적 없는 일그러진 얼굴로 지원을 올려다보았다. 지원이 엉거주춤 무릎을 꿇고는 노부인에게 짖어대는 개를 가슴에 안고 진정시켰다. 문틀에 꽉 맞지 않는 베란다 쪽 창에서 시린 바람이 들어왔다.

"옆집 할머니 때문에 너무 속이 상해서……."

목소리가 갈라져 잠시 숨을 고른 노부인이 말을 이었다.

"옆집 할머니가 그렇게 우리 집 흉을 보고 다녀유. 우리 바깥양반이 이번에 동대표로 나가려는데 뒤에서 어찌나 흉한 소리를 하고 다니는지……."

노부인이 서두도 없이 바닥을 내려다보며 고통스럽게 긴 독백을 쏟아냈다. 잠시 눈가를 훔치던 그녀는 지원의 공감 없는 침묵을 깨달았는지 문득 눈을 들었다. 노부인의 얼굴에 샐쭉한 표정이 스쳤다.

"두 분이 아주 친하신 줄 알았어요."

진정을 되찾은 개가 지원의 무릎을 파고들며 동그랗게 몸을 웅크렸다. 지원은 눈을 내리깔고 개의 따뜻한 몸을 쓰다듬었다. 노부인이 다시 눈썹을 치켜 올리며 분에 찬 목소리를 내뱉었다.

"아니에유. 날 보면 그렇게 사사건건 트집을 잡아유. 도대체 왜 그러는지 모르겠어유."

"네……."

문득 문이 살짝 열린 욕실에서 역한 담배 냄새가 확 풍겨 주방을 채우고 큰방으로 넘어 들어왔다. 지원이 얼굴을 찡그리며 일어나 욕실 문을 닫고 베란다의 바깥 창을 조금 열었다.

"아래층에서 올라오나 봐유. 너무하네. 아파트는 이게 문제야. 이상한 인간들이 이웃이 되면……."

노부인은 코를 실룩거리며 투덜거리고는 이제야 분이 가라앉는지 말을 멈추고 방 안을 둘러보았다. 천장까지 닿은 책꽂이가 세 면의 벽을 디귿자 모양으로 메웠고, 긴 책상이 나머지 한 벽을 채웠다. 책상 위에는 사전 여러 개와 하얀 종이 뭉치, 볼펜들, 책들이 가지런히 놓여 있었다.

"무슨 책이 이렇게 많대유." 노부인은 잠시 감탄하듯 책장을 쳐다보다가 무표정한 얼굴을 지원에게로 돌렸다.

"아무래도 책 만드는 일을 하다 보니……."

"책이나 공부가 다 무슨 소용이래유. 여자한테는 좋은 남자 만나는 게 제일 큰 행복이지. 내 손녀 같아서 하는 얘기유."

몸을 일으키던 노부인은 문득 개에게 눈길을 던지더니 쯧쯧 혀를 찼다.

"나이가 많은가 봐유. 털이 듬성듬성하니 살이 훤히 보이네. 짐승이나 사람이나……."

노부인은 말꼬리를 흐리더니 이렇게 느닷없이 찾아와서 미안하다는 둥, 너무 속이 상해서 그랬다는 둥 변명을 트림처럼 내뱉으며 현관문 밖으로 사라졌다.

자그마한 노부인이 뱉고 간 질척이는 말들, 열린 창문으로 들어오는

11월의 메마른 바람, 욕실 환기구를 통해 들어오는 역한 담배 연기가 좁은 방 안에서 소용돌이쳤다. 지원은 욕지기를 느끼며 개를 가슴에 안고 목덜미에 가만히 코를 묻었다.

십 분쯤 지났을까. 또 문을 두드리는 소리가 들렸다. 집에 있는 것 다 알고 있으니 어서 나와 봐. 그처럼 의뭉스러운, 하지만 위협하는 듯한 소리였다. 지원은 침입자를 집 안에 들이는 실수를 되풀이하지 않기 위해 문을 열고 얼른 나간 후 등 뒤로 문을 닫았다.

1403호가 언제나 둥글게 웅크리던 어깨와 허리를 꼿꼿하게 펴고서 눈을 부라렸다.

"1404호 아줌마 왔다 갔지? 뭐라고 그랴?"

"별 얘기 하지 않으셨어요."

"낼 저녁 7시에 경로당으로 좀 와. 1404호 아저씨, 아주 나쁜 사람이여. 예전에 동대표를 한 적이 있는디 그때 이래저래 돈을 떼먹었던 말이여. 그런데도 이번에 또 나오려고 하네. 내일 주민 회의 때 확실하게 얘기를 해서 못 나오게 막아야 혀."

"제가 이사 오기 전의 일이라 아무것도 모르는데 제가 가서 뭘 하겠어요?"

"일단 사람들이 많이 와야 혀. 암말 말고 와. 꼭. 꼭."

1403호는 휙 돌아서더니 승강기를 향해 지팡이를 짚고서 성큼성큼 걸어갔다. 분노는 어쩌면 건강에 해롭기는커녕 닳은 인대를 복원하고 손실된 근육을 소생시키는 유익한 감정일지도 모르겠다고 지원은 생각했다.

3

1405호와 1406호 앞에 배추 망이 수북하게 쌓였다 사라지고, 1401호와 1403호의 딸들이 어머니들 집에 무거운 김장김치 통을 놓고 간 무렵부터였다. 그릇에 담아 둔 사료가 좀처럼 줄지 않았다. 그릇에서 뿌리째 빠진 이가 나왔다. 개의 입을 벌려 보니 이빨이 하얀 성벽처럼 두 줄로 단단히 박혀 있던 자리에는 혀가 다 드러나도록 구멍이 숭숭 뚫려 있었다. 그 후로 개는 사료를 입에 물었다 뱉기를 되풀이하며 힘겹게 몇 알씩 삼키기만 했다.

목덜미부터 성겨지기 시작한 털도 이 시기에 눈에 띄게 줄었다. 등과 팔다리에, 나중에는 얼굴에까지 흰 비듬이 섞인 불그죽죽한 주름이 드러났다. 지원은 지난 몇 년 동안 죽음이 곰팡이처럼 개의 몸에 뿌리를 내리고 서서히 생명을 좀먹는 모습을 지켜보았다. 털, 눈동자, 피부, 이, 신장, 심장, 근육……, 한 귀퉁이에서부터 시작된 죽음의 침략과 정복은 십여 년에 걸쳐 은밀하고 집요하게, 망설임도 물러섬도 없이 이루어졌다. 이제 죽음의 군대는 지난 몇 달 사이 속도를 높여, 저녁놀이 질 무렵 드넓은 갯벌을 빠르게 삼키는 회색빛 밀물처럼, 게걸스레 생명을 유린하며 승리를 굳히고 있었다.

그런데도 개는 십오 년 전 지원이 길에서 처음 데려왔을 때처럼 여전히 집안에서는 오줌과 똥을 싸려 하지 않았다. 눈이 어두워진 후로 그 고집은 더욱 완강해졌다. 생명의 품위를 지키기 위한 물러설 수 없는 마지막 전선에 선 것처럼……. 참지 못해 지린 오줌을 밟거나 미끄러져 나뒹굴 때면 개의 초점 없는 푸르스름한 눈에 당혹감과 수치심이 어렸다. "괜찮아. 아프니까 그래도 돼."라는 지원의 위로도 아무 소용이 없었다. 지원은 개의 자부심이 상처 입지 않도록 출근하는 날에는 이른 아침과 늦은 저녁에, 출근하지 않는 날이면 하루에도 몇 번씩 아파트 단지의 차디찬 산책로 위에 개를 잠시 내려놓아야 했다. 그러면 개는 뼈대에 살갗만 붙은 앙상한 다리를 휘청거리며 똥이나 오줌을 찔끔거리곤 했다. 그런 뒤에는 지원이 개를 파카 안에 감싸 안고 두 손으로 엉덩이를 받쳐 아파트 산책로를 거닐었다.

12월 중순, 편집부 체계가 재정비되고 입사 십 년 만에 세계문학 총괄 팀장이 된 지 얼마 안 됐을 때였다. 밤늦게 돌아온 지원은 긴 책상 아래 전선이 여러 개 늘어진 곳에서 끊어질 듯 끊어질 듯 들리는 희미한 신음

소리를 들었다. 버둥거리는 개의 목과 다리에 전선이 몇 겹으로 감겨 있었다. 눈이 어두워진 후로 개는 방 모퉁이, 책장과 책장 사이, 현관문과 신발장 사이의 모퉁이를 더듬어 찾아 고개를 묻고 있을 때가 많았다. 그런 개가 평소 잘 가지 않던 책상 아래, 그것도 일렬로 가지런히 잘 늘어뜨려 둔 전선들을 몸에 감고서 고통스럽게 울부짖고 있었다.

지원은 다음 날 회사에 사직서를 냈다. 그 뒤로 석 달 남짓이 흘렀다.

개는 지난밤부터 아무것도 먹지 않고 물만 겨우 삼켰다. 항문 사이로 된똥이 삐죽 나올 때면 분만이라도 하는 것처럼 쉼 없이 비명을 질렀고, 지원이 항문 가까이 아랫배를 부드럽게 눌러 똥을 짜서 손가락 두어 마디만큼 몸 밖으로 꺼내 주어야 겨우 소리를 멈추었다. 밤새도록 개는 날카로운 쇳소리를 질러댔다. 방석에 유리 가루가 흩뿌려지기라도 한 듯 개는 눕지도 앉지도 못하고 눈을 거슴츠레 뜬 채 계속 비틀거리며 덧없이 평온을 갈구했다. 지원의 품속에서도 마찬가지였다.

지원은 밤새도록 개의 감각을 숨 돌릴 틈 없이 하얗게 밝힌 그 예리한 아픔을 짐작조차 할 수 없었다.

공기의 검은색이 서서히 옅어질 무렵 개는 정신을 잃었다.

지원은 그 옆에 몸을 웅크리고 눈을 감았다. 눈 안쪽 점막이 따갑고 몸이 밑으로 꺼지는 것 같았다.

내 옆에 더 있어 주지 않아도 돼. 네 여정이 얼른 끝나길……. 그런데 1401호 할머니는 어디로 가셨을까? 딸네 집으로 이사 가셨나? 어쨌든 집이 비어서 다행이네. 이 소리를 듣지 않았을 테니. 1403호 할머니는 귀가 더 어두워져서 듣지 못하실 테고……. 참, 그러고 보니 1404호 할아버지와 할머니가 통 안 보이시네. 누가 편찮으신가?

눈을 떴다. 이른 봄의 햇살이 큰방 깊숙이 들어와 방 안이 환했다. 코끝에 독한 암모니아 냄새가 확 풍겼다. 지원은 방석을 세탁기에 집어넣고 개가 좋아하는 고구마를 냄비에 넣었다.

지원은 뜨거운 물에 불린 사료와 찐 고구마를 손절구로 빻아 팥알만

하게 뭉치고는 바닥의 방석 위에 축 늘어진 개를 조심스레 안아 벌어진 입 속에 넣었다. 개는 달걀흰자가 낀 듯 탁하게 변한 푸르스름한 눈을 힘없이 뜨더니 윤기를 잃은 희끄무레한 입술을 우물거리다 혀로 밀어냈다. 지원은 손가락에 물을 찍어 치석이 종유석처럼 두껍게 낀 누런 이 사이로 흘려 넣었다.

개는 온종일 누워 있다 이따금 비틀거리며 일어나 오줌을 지렸다. 끝끝내 아무것도 입에 대지 않더니, 저녁 무렵 날카로운 비명과 함께 뱃속에 남은 토끼 똥만 한 똥을 지원의 손을 빌어 밀어내고는 의식을 잃었는지 아픔이 가셨는지 평온한 표정으로 누웠다.

이제 곧 그것이 개를 데려갈 것 같았다. 개가 짙은 고독 속에서 외롭게 그 순간을 맞이하지 않도록 지원은 한순간도 개에게서 눈을 떼지 않았다. 한편으로는 그것이 마침내 생명을 삼킬 때 무슨 일이 일어나는지 똑똑히 봐 두고도 싶었다.

방 안을 채운 따뜻한 금빛이 서서히 줄어들고 창문이 다시 회색빛으로, 짙은 먹색으로 물들었다. 지원은 전등을 켜고 다시 개의 옆에 앉았다. 흐르는 것인지 멈춘 것인지 알 수 없는 시간의 덩어리가 방 안 공기를 짓누르며 팽창해 갔다.

개가 갑자기 눈을 부릅뜨고 꺽꺽거리며 숨을 들이마시기 위해 안간힘을 쓰더니 고개를 툭 떨어뜨렸다. 코에서 숨결이 느껴지지 않았다…….

지원은 개의 입술에 입을 맞추고 개의 앙상한 목과 어깨 사이에 자신의 얼굴을 묻었다. 생명이 육체를 떠나는 순간은 생각보다 짧고 초라했다.

잠시 후 개의 항문이 10원짜리 동전만큼 힘없이 벌어졌다. 그 구멍으로 똥물이 흘러나와 개의 다리와 엉덩이를 누렇게 적셨다. 한창 때의 개가 싸 놓은 길고 두꺼운 똥 덩어리에서도 나지 않던 고약한 냄새가 개의 육체를 막 떠나 갈 곳을 찾지 못한 무언가를 조롱하는 것 같았다.

지원은 생의 길을 끝까지 걸어 낸 작고 존귀한 생명체의 잔해를 세면대로 안고 가 물을 틀어 엉덩이와 다리 사이를 씻겼다. 똥물이 악취를 풍기며 찔끔찔끔 계속 흘러나왔다. 지원이 벌어진 항문 속에 샤워기를 대고 대장 벽에 붙은 마지막 오물까지 다 씻겨 나오길 기다린 후 마지막으로 샴푸를 뿌려 뻣뻣해진 몸뚱이를 천천히 조심스레 씻기는데 불현듯 개가 눈을 번쩍 떴다. 게슴츠레하게 다시 작아진 개의 눈이 추위를 호소하며 그녀를 원망하는 것 같았다.

지원은 바삐 손을 움직여 거품을 씻어내고 수건으로 개의 몸을 감쌌다. 개는 다시 눈을 감고 아무 반응도 보이지 않았다. 개의 몸이 차가웠다. 지원은 황급히 드라이기로 개의 성긴 털을 말린 후, 개를 안은 채 침대에 똑바로 누워 가볍고 따뜻한 이불로 개를 머리까지 감쌌다. 지원은 이불 속에서 손바닥으로 개의 몸을 연신 쓰다듬었다.

아, 이 차가움, 내 심장이 네 몸을 덥혀주기는커녕 네 심장이 날 얼어붙게 할 것 같아. 얼음도 이보다는 따뜻하겠어.

눈을 뜨니 한낮이었다. 지원은 개를 가슴 위에 올려놓은 채로 눈을 떴다. 이럴 수가……, 살아났구나. 개의 몸이 따뜻하고 부드러웠다. 지원은 개를 안은 채 벌떡 일어나 큰방의 소파 위에 개를 눕혔다. 개는 눈을 가늘게 뜬 채 아무 소리도 내지 않았다.

한두 시간이 더 흘렀다. 지원은 허기진 배를 채우며 개를 계속 힐끔거렸다. 지원은 밝은 목소리로 개에게 다정히 말을 걸며 자신이 지난 밤 얼마나 어처구니없는 짓을 저질렀는지 이야기했다. 그러나 여전히 아무런 반응도 보이지 않는 개에 불안해진 지원은 반쯤 뜬 눈을 들여다보고는 바닥에 주저앉고 말았다. 물기가 느껴지지 않는, 심지어 말라서 꾸덕꾸덕하게 주름진 눈동자는 그 육체로부터 이미 오래 전에 무언가가 떠났음을 분명하게 말하고 있었다. 살가죽의 선명하고 낯선 물질성이 어제의 개는 이 세상 어디에도 없다며 신랄하게 빈정거리고 있었다.

4

지원은 작은 벤자민 나무가 심긴 화분을 사서 비릿한 철 냄새가 나는 개의 뼛가루를 흙과 섞었다. 집안에 희미하게 떠도는 개의 체취는 화려한 불꽃이 터진 자리에 희미하게 퍼지는 희뿌연 연기 같았다. 주변의 봄꽃들이 차례로 피어나고 투명한 연두색 잎사귀들이 헐벗은 나뭇가지들을 도톰하게 감싸기 시작하면서, 개의 지문과도 같던, 샴푸 향과 살 비린내가 뒤엉킨 그 고유한 냄새가 조금씩 약해져 갔다.

4월이었다. 지원은 더 이상 미룰 수 없어 이불과 개가 사용한 옷과 천들을 세탁기에 집어넣었다. 맹렬하게 돌아가는 세탁기에서 세제의 인공적인 샤프론 향이 새어나와 온 집 안에 퍼지더니, 계약 기간이 끝난 빈궁한 세입자를 내쫓듯 벽지와 장판에 궁상맞게 매달려 있던 개의 체취를 냉혹하게 베란다 창밖으로 떠밀었다.

지원은 세탁기의 단호한 소음을 뒤로 한 채 꽉 찬 쓰레기봉투를 들고 밖으로 나섰다. 며칠 전 실내 공사를 마친 1404호의 닫힌 문틈으로 지독한 페인트 냄새와 접착제 냄새가 꾸역꾸역 밀려 나와 1403호 앞에 늘 떠도는, 많은 약을 복용하는 사람 특유의 오줌 냄새와 오랫동안 씻지 않은 몸의 역한 냄새를 지우고 승강기 앞까지 복도를 꽉 메웠다.

1404호의 노부부는 겨우내 돌아오지 않았다. 몇몇 사람들이 일주일 전부터 들락날락하며 낡은 세간들을 버렸고, 그 후 사나흘 동안 망치 소리와 드릴 소리가 그칠 새 없이 난폭하게 울렸다.

승강기가 열렸다. 1404호의 자그마한 노부인이 나왔다. 지원이 자기도 모르게 노부인의 팔을 덥석 잡았다.

"그동안 두 분 모두 통 안 보이셔서 걱정했어요. 어디 편찮으셨어요?"

노부인은 눈을 가늘게 뜨며 옅은 미소를 지었다.

"우리 아저씨가 갑자기 피똥에 설사를 쏟아내서 계속 병원에 있었어요."

"그렇게 정정하시던 분이요? 이제 괜찮아지셨어요?"

"죽었어요."

지원은 입을 다물었다. 지원은 고개를 떨어뜨리고 노부인의 메마른 작은 손을 계속 어루만졌다. 영원 같은 순간이 지나갔다. 노부인은 한층 더 작아진 것 같았다.

"두 분 사이가 그렇게나 좋았는데……. 힘드시겠어요."

노부인의 입가에서 온화한 미소가 사라졌다. 노부인이 눈을 빛내며 입술을 양옆으로 길게 늘였다.

"천만에요, 너무 좋아요."

아무 소리도 내지 않았는데 뱃속에서부터 커다란 웃음소리가 울려 나오는 것 같았다. 노부인의 목소리가 전에 없이 확고했다.

그 후 노부인은 벽지, 장판, 욕실과 싱크대, 베란다까지 싹 바꾸고 새 가구와 가전제품을 들인 깨끗한 집에서 삼 년을 더 살았다. 노부인은 오전에 경로당에 가서 그곳에 모인 노인들을 위해 점심 식사와 저녁 식사를 만들었고, 그 대가로 관리실에서 매달 조금씩 돈을 받았다. 1403호는 눈에 띄게 부드러워졌다. 두 노부인 사이에는 쉽게 녹지 않는 얼음벽이 여전히 남아 있었다. 그래도 둘 다 서로를 따뜻이 대하기 위해 일부러 애쓰는 것이 느껴졌다.

1404호 노부인은 오랫동안 집을 비웠다가 다시 돌아오기를 두어 차례 더 하더니 영원히 복도에서 사라졌다. 치매에 걸려 요양원에 들어갔다는 말이 돌았다. 얼마 후 그 집에는 할아버지의 큰 키와 할머니의 조붓하고 하얀 얼굴을 떠올리게 하는 육십 대 가까운 남자가 들어와서 살기 시작했다.

분노와 질타와 푸념으로 생의 발전기를 돌리던 1403호 노부인도 점점 얼굴의 붓기가 심해지고 힘겹게 숨을 내쉬다 이내 사라졌다. 그 후 얼마 동안 그 집에서 드릴 소리가 요란하게 울리더니 1403호 노부인처럼 넙적한 얼굴이 어깨에 바싹 달라붙은 키 작은 오십 대 남자가 들어와 살았다.

겨울에 살얼음이 낀 길에서 넘어져 골반뼈가 으스러졌다는 1406호 노부인은 이제 농사일은 완전히 접고 사각형의 가벼운 철제 보조 장치에 의지해 반년 가까이 복도만 오가고 있었다.

1405호의 말없는 남편과 시끄러운 아내는 두 손주가 자라는 속도에 비례해 근육이 빠지고 주름이 늘어갔다.

예전의 출판사에 복직한 지원은 퇴근길에 승강기에서 내릴 때마다 흐릿한 불빛 아래 우두커니 서서 길게 뻗은 복도를 바라보곤 했다. 그녀의 눈에 이 14층은 좁고 긴 복도 옆에 독립된 객실이 한 줄로 이어진 유럽식 특급 열차처럼 보였다. 지원의 개와 노인들은 저마다 목적지 역에서 하차하듯 차례로 14층을 떠났고, 남은 사람들도 떠날 채비를 하고 있다. 다만 떠난 이들 스스로도 언제 어디서 내릴지, 무엇을 위해 내리는지 몰랐다. 잠시나마 여행의 지루함을 함께 견뎌 준 다른 여행자들에게 인사할 겨를이 없이 그들은 느닷없이 사라졌다. 그들이 있던 풍경을 기억하는 지원의 뇌리에는 자신에게도 기차를 떠날 시간이 언젠가 반드시 오고야 만다는 사실이 눈에 들어간 속눈썹처럼 불편하게 각인되었다.

얼마 전 지원은 월차를 내서 새로 이사할 동네를 알아보고 왔다.

여덟 살에 소설가가 되고 싶다는 생각을 처음 했습니다. 그 무렵 전 어머니가 사 주신 50권짜리 '소년소녀 세계문학전집'에 푹 빠져 있었습니다. 책장을 펼치고 딱딱한 검은 글자를 조금씩 읽다 보면 눈앞에 산과 들판과 바다가 펼쳐지고, 궁전과 오두막이 세워지고, 말하는 동물들과 요정들이 나타났습니다. 그 세상에서 전 고아였고, 어린 방랑자였고, 바보 이반이었고, 탐정이었습니다. 그렇게 온갖 사람들을 만나고 모험을 거치고 시련을 이긴 후 소설에서 빠져 나오면 제가 책장을 열기 전과 다른 사람이 되어 있었습니다. 소설 한 편을 벗어날 때마다 스스로에게 새로운 질문을 던지게 되었고, 인간이 느낄 법한 다양한 감정들을 발견할 수 있었습니다. 글자만으로 그런 놀라운 세상을 만들어내는 소설가가 세상에서 가장 신비로운 존재로 보였습니다.

그 후로 이제까지 저의 삶은 소설을 쓰기 위한 몸부림과 그 꿈에서 달아나려는 시도의 끊임없는 반복이었습니다. 뛰어난 소설들에 압도당하고 제 초라한 언어와 제가 만든 흐릿한 세상에 절망하기를 되풀이하다 십 년 전쯤 창작을 접기로 했습니다. 좋은 소설을 읽는 즐거움으로 쓰린 회한을 달래자고 스스로를 다독이면서요. 그런데……, 20세기의 거장 윌리엄 트레버의 단편집을 가리켜 "이 책에 포함될 만한 자격을 갖춘 소설을 딱 하나만 쓸 수 있어도 행복하게 죽을 수 있겠다."라고 한 소설가 줌파 라히리의 간절한 고백이 지난 해 제 안에 들어와 도저히 쫓아낼 수 없는 꿈이 되어 버렸습니다. 그런 저에게 단편소설 「기차 여행」이 당선되었다는 소식은 그 길을 계속 걸어가 보라는 너무도 따뜻한 토닥임처럼 느껴졌습니다. 깊이, 깊이, 깊이 감사드립니다.

노인의 삶 섬세하게 그려내 공감 · 존중 내면묘사 돋보여

올해 본심에 오른 작품들은 다채롭고 흥미로웠다. 저마다 탄탄한 문장력, 각별한 얘깃거리, 가독성 있는 전개를 자랑했다. '틈' '춤을 춰요, 엄마' '나방의 기원' '런, 런, 런' 네 작품은 진정성은 유지하되 수필적 표현을 삭감하는 방향으로 퇴고한다면 괜찮은 소설로 발전할 테다.

본심에서는 세 작품을 집중 논의했다. 공히 장점과 단점이 뚜렷했다. '해바라기, 달을 먹다'는 고시원에 사는 십대 가출 미혼모의 힘겨운 일상을 영화로 보는 듯하다. 탄탄한 구성과 똑 부러지는 간결체로 뉴스에서 자주 접하는 안타까운 에피소드를 잘 버무려놓았다. 하지만 기시감을 넘어설 만한 뭔가가 와닿지 않았다. 화자의 마음이 강화돼야 한다. '입의 발달사'는 거대한 서사와 문제의식에도 불구하고, 뛰어난 입담만 오롯하다. 시골 권력 계층을 대표하는 이씨와 중하류 계층을 대표하는 아버지의 수십년간의 악연을 다룬 얘기인데, 참신한 시골 소설로의 발전이 기대된다.

'기차 여행'은 서울 근교의 14층 아파트 노인들의 삶을, 젊은 여성의 시선으로 섬세하면서도 따뜻하게 그려낸다. 늙은 애완견의 죽음을 다룬 에피소드는 이채로우며 강렬하고 인상적이다. 전체적으로 조화롭지 못한 구성에도, 사랑과 공감과 존중이라는 사람 특유의 정서를 잔잔하면서도 명료하게 전달하는 내면묘사가 돋보였다. 당선작으로 선정하며, 남다른 문체와 각별한 시선으로 좋은 소설을 많이 써주리라 응원한다.

동아일보 이소정

1978년 울산 출생
중앙대학교 문예창작학과 졸업
2020 부산일보 신춘문예 당선

밸런스 게임

이소정

　많은 일요일들을 지나왔다고 윤은 생각했다. 징검다리 같은 일요일들에는 아들과 그녀, 단둘뿐이었다. 심지어 택배기사도 찾아오지 않는 요일이라고 윤은 베란다에서 머리카락을 자르며 생각했다. 곳곳의 구멍 뚫린 방충망 사이로 총알 같은 햇빛이 들어왔다. 지난여름 술 취한 남자가 화단을 넘어 우산의 물미로 방충망을 내리찍는 일이 있었다. 어떤 흔적들은 오래 두고 본다고 해서 그 공포가 사라지지는 않았다. 장마가 시작되면 곳곳의 물웅덩이에 모기들이 알을 깔 것이다. 그 전에 방충망부터 수리해야겠다고 윤은 마음먹었다.

　오래된 아파트 일 층이었고, 6월이면 작약이 피는 작은 화단이 있었다. 윤은 방충망을 열고 숱을 쳐낸 머리카락을 쏟았다. 아들 건희는 이제 사학년이 됐고 부쩍 키가 자랐다. 지난여름에는 건희의 살이 좀 더 물렀다. 꽉 잡았다 놓으면 물기를 많이 머금은 수박처럼 발그레하게 번지던 손목이 이제는 제법 단단해지고 검은빛을 띠었다. 불과 일 년 만에 그런 일이 일어날 거라고 윤은 생각하지 못했지만, 건희는 그랬다. 또래보다 머리 하나는 더 컸다. 건희는 웃자랐고 표정은 단단해졌다. 바람직한 방향성이라고 생각하면서도 윤은 가끔 무른 건희가 그리웠다.

　그날 이후 모든 게 미세하게 변했다.

장래 희망란에 건희는 무조건 힘센 사람이라고 적었다. 힘센 사람이 되고 싶다는 건희는 못된 아이가 됐다. 단지와 학교에서 문제를 일으켰다. 윤은 가끔 그 전으로 돌아가면 어떨까 생각했지만 그런 일은 일어나지 않았다. 일어날 수 없는 일이었다. 티브이를 보던 건희가 일어나서 발바닥을 털었다. 먼지와 부스러기들이 떨려 나왔다. 청소에서 손을 뗀 지가 언제인지 기억도 나지 않았다.

현관문을 열고 집을 나설 때 윤은 발을 헛디뎌 휘청거렸다. 마트 매대 사이에서도 윤은 자주 그랬다. 윤은 자신에게는 보이지 않는 함정이 있다고 믿었다. 음모론을 믿었다. 오랫동안 사용한 접시에 이가 나간 것을 발견했을 때, 복도를 다 지나갈 때까지 센서 등이 켜지지 않을 때, 지갑에서 사라지는 돈의 액수가 점점 커질 때, 한 치수 크게 산 건희의 운동화가 꽉 낄 때, 양말들이 한 짝씩 사라질 때, 구형 통돌이 세탁기 뒤에 고인 어둠과 하수구 냄새를 손으로 휘저어 사라진 것들의 행방을 찾을 때마다.

공용현관으로 나오자 흰빛과 분홍빛이 그러데이션으로 핀 작약이 화단에 어지럽게 떨어져 있었다. 올해는 유난히 더 풍성했다. 떨어진 꽃잎은 이내 누런색에서 검은색으로 시들었다. 처음 작약이라는 이름을 들었을 때, 윤은 작고 약한 어떤 것을 떠올렸다. 매년 좁지만 작은 화단의 검은 흙들이 떨어진 꽃잎의 분홍을 순식간에 빨아먹는 것 같아 섬뜩했다.

윤은 숄더백 안을 다시 한번 확인했다. 집을 나서기 전 책 사이에 윤은 흰 봉투를 끼워 넣었다.

학교에서 연락이 온 건 금요일 오후였다. 평일은 마트 일이 바빠 일요일밖에 시간이 없다고 윤은 둘러댔다. 담임은 기다렸다는 듯 어차피 당직이라 괜찮다고 했다. 윤은 곤란한 표정을 지었다. 시든 시금치 단에 할인 바코드를 붙이며 얼굴을 찌푸렸다. 윤은 핸드폰을 어깨와 귀 사이에 끼우고 손은 바삐 움직였다. 한동안 대치하듯 담임은 아무 말이 없었고 윤은 더 이상 버틸 수가 없었다. 감사하다는 담임의 말에 고집을 피우는 애인에게 마지못해 져 준 것처럼 자신도 모르게 미소가 번졌다. 담임의 호출은 이번이 여섯 번째였고 더는 미룰 수가 없기도 했다. 전화를 끊고 윤은 처음 붙인 바코드 위에 새 가격표를 붙였다. 생물은 시간이 지나면 가격이 추락했다. 바코드를 다섯 번까지 붙이는 일도, 상한 것들을 골라내고 재포장하는 일도 있었다. 윤은 손바닥을 비벼 마른세수를 했다. 깨끗한 피부는 타고난 거라고 했다. 하지만 이제는 그마저도 자신이 없었다.

그날 윤은 퇴근길에 동네 책방에 들러 책 한 권을 샀다. 여러 번 지나쳤지만 막상 서점의 문을 열고 들어간 건 처음이었다. 윤은 내용은 보지도 않고 제목과 표지가 단정한 책을 사서 얼른 책방을 나왔다.

윤은 담임과 시간 약속을 정하지 않았다는 사실을 집을 나서고 나서야 알았다. 전화를 할까 했지만 귀찮게 하고 싶지 않았다. 일단 학교에 가서 안 되면 그때 해도 늦지 않다고 생각했다. 마을버스는 좁은 서랍을 부려놓은 듯 사람들로 가득했다. 다음 주까지 징검다리 연휴를 몰아 쉬는 곳이 많았다. 차는 자꾸 밀려서 너울성 파도를 넘듯 중간중간 자주 멈추고 달리기를 반복했다. 교복을 입은 예쁘장한 여자아이가 눈에 띄었다. 블라우스 단추가 가슴 부위에서 약간 벌어져 있었다. 교복만 아니었다면 전혀 아이로 볼 수 없는 성숙한 얼굴이었다. 윤은 그 나이 때 자신을 떠올려보려 했지만 잘 생각나지 않았다. 아이는 비좁게 선 사람들 사이에서 멍하니 창밖을 바라봤다.

'저 아이는 뭘 보고 있을까?'

아이는 푸른 잎을 펄럭이는 가로수보다 높은 곳을 보고 있었다. 고개를 꺾고 더 높이. 윤은 아이의 시선을 쫓았다. 증권사 빌딩 꼭대기에 송전탑을 발견하고 윤은 반가웠다. 하지만 이내 윤은 아이가 보는 게 그건 아닐 거라고 생각했다. 작고 녹슨 송전탑. 수신이 끊긴 지 오래인. 그건 마치 윤의 인생 같았다. 이제 막 피어나기 시작하는 아이가 볼만한 것은 아니었다. 하늘을 보는 거겠지. 꿈꾸듯 뭔가 나른하고 게으른 꿈을 꾸던 때가 윤에게도 있었던 것 같았다. 이후 뭔가를 꿈꾸지만 잘 안될 가망성이 더 많은 나이가 기다리고 있겠지. 저 아이 앞에도. 윤은 안쓰러운 마음이 자신을 향한 것인지 아이를 향한 것인지 몰라 잠시 당황스러웠다. 그런 것들과는 아무 상관없이 아이는 어느새 자리를 잡고 앉아 태연하게 핸드폰을 보며 환하게 웃기 시작했다. 오늘도 예쁘고 내일도 예쁠 것이었다. 윤은 누가 더 안쓰러운지 확실해졌다고 생각했다.

"늦어?"

윤을 보지도 않고 티브이에 시선을 둔 채 건희는 그렇게만 물었다. 거실로 쏟아진 햇빛이 맑은 개울물처럼 찰랑거렸다. 빛바랜 나이키 티셔츠를 입고 소파에 앉은 건희가 거기에 발을 담그고 있는 것처럼 보였다. 윤이 아니, 안 늦어, 라고 말하자 더 이상 말이 없었다. 티셔츠 한가운데에 적힌 fear of god라는 글자가 대답 대신인 것 같았다. 윤은 학교에 간다고 말하지 않았다. 볼 일이 있다고 말했을 뿐이다.

"아니, 늦을지도 몰라. 늦을 거야."

윤은 뭔가에 쫓기듯 다급하게 다시 말했다. 일부러 그래 줘야만 할 것 같았다. 윤과 눈을 마주치지도 않고 말수도 줄었지만 그럴 나이였다. 부모 몰래 무언가를 하고 싶어 하는 나이. 건희가 오늘은 좀 더 티브이를 많이 볼지도 모르겠다고, 얌전히 앉아 배고픈 줄도 시간이 가는 줄도 모르고 그렇게 물속에 발을 담그고 앉아 있을지도 모르겠다고 윤은 생각했다. 먼저 이혼한 걸로 선배라고 말하기를 좋아하는 명애는 우리는 평생 내가 나를 먹여 살려야 하는 팔자라고 했다. 셀프 가장이라고도 했다. 지레짐작한 명애에게도, 그 누구에게도 윤은 이혼한 적이 없다고 말하지 않았다. 아이가 대부분의 시간에 혼자 있다고 말하지 않았다. 대신 바쁜 윤은 건희가 아주 어릴 때부터 티브이를 틀어줬다. 잠깐 이거 좀 보고 있어. 윤은 잠깐이라고 생각했지만 건희는 일기에 티비는 내 친구, 라고 적었다. 글씨체가 아이답지 않게 단정한 것이 마음에 들었다.

교문에는 빛바랜 플래카드가 걸려 있었다. 학교는 세상에서 가장 안

전한 놀이터입니다. 정문 오른쪽으로 모래를 깐 저학년 놀이터가 있었다. 놀이터 둘레에는 폐타이어들이 반쯤 파묻혀 경계를 세우고 있었다. ㄱ자 건물에 가린 모래 놀이터와 달리 대운동장은 학교 중심에 있었다. 트랙들과 마른 흙들이 햇빛을 받아 바짝 말라 있었다. 아이들 몇이 가방을 골대 앞에 던져두고 축구를 하고 있었는데 키가 모두 제각각이었다. 윤은 그 가운데 한 명쯤 건희를 아는 아이도 있지 않을까 하는 의심으로 아이들의 얼굴을 유심히 살폈다. 아무리 봐도 그중 누가 건희를 알까? 알아낼 수 없는 수수께끼 같았다. 건희는 한 번도 친구를 집으로 데려온 적이 없었다. 친한 친구의 이름을 물으면 그냥 다 친하다고만 했다. 학교생활에 대해서는 거의 말을 안했다. 마트로 학부모 모임을 끝낸 엄마들이 장을 보기 위해 몰려온 적이 있었다. 라면과 냉동식품 코너 사이를 무리 지어 다니며 남자애들은 원래 그래, 라고 했다. 윤은 이벤트 매대를 정리하다 그 말을 듣고 안심이 됐다. 그리고 윤은 그날 또 한 가지 사실을 알았다.

"남자애들은 두 가지 일을 동시에 못 해. 껌을 씹고 계단을 못 올라가."

엄마들이 함께 웃었다. 윤도 표시 나지 않게 따라 웃었다. 웃다가 순간 멈췄다. 윤은 평일의 참관 수업이나 면담, 학부모 모임에 가지 않았다. 청과 담당인 윤은 마트에서 로컬 푸드가 입고되는 오전 타임을 빼기가 곤란했다. 애초에 그런 말을 하는 것이 거북했다. 올해 초 마트는 주 35시간 근로시간 단축을 시행했다. 하지만 그 이면에는 휴게시간 단축이라는 꼼수가 있었다. 익산이 고향인 점장은 배려가 사람들은 다 베린다며 근무 중 화장실에 가는 것조차 못마땅해했다. 그래서 윤은 일을 하는 동안에는 물을 마시지 않았다. 자주 목이 말랐지만 배려가 아닌 권리를 말하기가 쉽지 않았다. 건희는 늘 괜찮다고 했기에 대수롭지 않게 생각했다. 몇 달 전 명애가 반에서 건희만 보호자가 오지 않았다고 들어 들은 말을 해줬다. 요즘은 대부분 양쪽 부모가 다 온다, 하나도 아니고 둘다, 무슨 병풍처럼 서 있는다고 명애는 억울한 듯 말했다. 그 말을 듣고 윤은 갑자기 얼굴이 붉어져서 싹이 난 감자를 골라내고 재포장하는 일을 엉망으로 하고 말았다. 건희의 뒤에서 수군거렸을 사람들을 떠올렸다. 건희는 한 번도 교실 뒷문을 쳐다보지 않았을 것이다. 괜찮다고 했으니까. 혹시 내내 뒷문을 신경 쓴 게 아닐까? 저 중 한 아이는 그 모습을 목격했을 것 같았다. 그리고 건희를 놀렸을까? 누구일까? 윤은 싹이 난 감자를 골라내듯 그 아이를 찾아내 혼을 내주고 싶었다.

아이들이 일으킨 흙먼지가 가라앉자 운동장을 가로질러 젊은 남자가 윤을 지나쳤다. 통화를 하며 급하게 교문 밖으로 뛰쳐나갔다. 어딘가 낯이 익다고 생각했지만 어디서 만났는지 알 수 없었다. 마트 단골손님이겠지. 바다색 폴로셔츠에 상아색 면바지를 입은 그는 어느새 사라지고 없었다. 윤은 운동장을 가로질러 건물 안으로 들어갔다. 유리문에는 외부인 출입 금지 안내판이 걸려 있었다. 윤은 아들 건희가 매일 아침 이 안내판을 보는 건 아닌지 궁금했다. 처음 담임의 전화를 받고 느꼈던 거북한 감정들이 떠올랐다. 이번 통화에서 담임은 용건을 말하지 않고 학교로 오실 수 있냐고만 물었다. 커터 칼로 여자아이의 머리카락을 잘랐다던가, 체육 시간에 다른 아이에게 나무에 올라가라고 부추겼다던가, 비싼 물건을 말도 없이 빌려 갔다던가 하는, 아들에게 약간의 문제가 생겼다는 말도 작은 사고가 있었다는 말도 없었다. 윤은 아들 건희가 이제 돌이킬 수 없는 학교의 외부인이 돼 버린 건 아닌지 더럭 겁이 났다. 여기까지 와서 문을 열고 들어가기가 망설여졌다. 그런 윤의 등을 떠밀 듯 운동장에서 단단한 사탕을 깨무는 것 같은 아이들의 웃음소리가 들렸다. 건희를 데려올 걸 그랬다 싶었다. 상담을 하는 동안 운동장에서 어쩌면 친구일지도 모를 아이들과 놀게 할 걸.
오늘처럼 건희를 혼자 기다리게 하는 일이 많았다. 잠깐 있어. 엄마, 금방 갔다 올게. 그리고 사탕을 쥤다. 점점 사탕을 더 많이 요구하는 어린 건희에게 녹여 먹어, 라고 말했다. 건희의 유치는 시커멓게 썩어 들어갔다. 마치 자기 몫의 인생을 녹여 먹으라는 듯 왜 그랬을까? 다 시든 잎의 가장자리만 조금씩 떼서 가지라고, 한꺼번에 와락 깨 먹는 즐거움도 있다는 것을 왜 가르쳐주지 않았을까? 윤은 다시 운동장으로 돌아나가고 싶지 않았다. 외부인 출입 금지 팻말이 있더라도 앞으로 나가야 했다. 그런 인생을 살아야 한다고 건희와 오롯이 둘만 남겨졌을 때 윤은 다짐했다.

"정 선생을 만나러 오셨지요?"
교무실이 아닌 나란히 붙은 교장실 문이 열렸다.
"네, 4학년 건희 엄마입니다."
윤은 뒤늦게 안녕하세요, 라고 덧붙였다. 타들어 가는 목소리였다. 목이 말랐다. 그는 자신이 이 학교 교장이라고 말했다. 정 선생이 급한 일이 생겨 방금 전에 나갔다고 했다.
"못 보셨어요?"
윤은 방금 전 교문을 나간 남자를 떠올렸다. 익숙함은 목소리 때문인 것 같았다. 친절하고 따뜻한 목소리, 용기를 내세요, 윤은 뒤늦게 얼굴이 붉어졌다. 서서히 퍼지는 열망에 차가운 물을 붓는 것처럼 윤에게 교장은 좀 들어오세요, 라고 단호하게 말했다. 윤은 어떤 감정을 들킨 것 같아 조바심이 일었다. 교장은 전체적으로 체구가 작고 말랐다. 걸을 때마다 바지 밑단이 펄럭거렸다. 몸이 아니라 뼈를 넣어둔 것 같았다. 얼굴이 파리했고 피곤해 보였는데 일요일이라 그랬는지 수염을 깎지 않아 더욱 부스스했다.
교장실에 윤을 혼자 두고 나가 그는 커피를 타왔다. 윤은 뚱뚱한 벽돌색 가죽 소파가 마주 보고 있는 교장실이 불편했다. 열린 창문으로 여전히 아이들의 목소리가 들려왔다. 해가 질 때까지 어쩌면 해가 지고 나서도 운동장을 떠나지 않을 것 같았다. 언젠가 학교 운동장에는 졸업을 하지 못하고 죽은 아이가 밤마다 그네를 탄다는 얘기를 들은 적이 있다. 밀어주는 사람 하나 없이 오지 않는 친구들을 기다리며 혼자 그네를 타는 아이. 그 아이의 마음을 왠지 알 것도 같았다. 왜? 알 것 같지? 알지말지. 그런 것. 누구도 영원히 알지 못했으면 하는 것들이었다.

"혼자 아이를 키우신다고요?"

교장은 연민도 동정도 없이 말했다. 윤은 그런 걸 어느 정도 기대했다. 그렇다면 일이 좀 더 수월해질지도 몰랐다. 윤은 말없이 고개만 끄덕였다. 교장도 한동안 말이 없었다. 윤을 쳐다보는 시선이 묘하게 사람을 불편하게 만드는 태도였다.

건희는 학교 토끼장에 개를 집어넣었다.

"본교 아이들이 아끼고 사랑하는 장소였지요."

윤은 처음 듣는 얘기였다. 학교에 토끼가 살았다는 것도 몰랐고 개가 함께 살았다는 것도 몰랐다. 당연히 건희가 학교에 따로 떨어져 살았던 토끼와 개를 한 우리에 집어넣었다는 것도 몰랐다. 그리고 이 일이 어떤 의미인지, 이 사건의 크기가 얼마만큼인지 몰라 당혹스러웠다.

"누가 다쳤나요?"

교장은 한참 뜸을 들인 뒤 말했다.

"죽었죠."

윤은 순간 검은 물이 울컥 쏟아져 들어오는 것 같았다. 가방 안에 든 책과 책 속에 든 흰 봉투만으로는 안 될 일이 일어났다고 생각했다. 명애는 아무도 모르게 담임의 책상에 놓고 나오면 된다고 말했다. 요즘도 그래? 너는 그런 적 있어? 라는 말에 우리 애는 잘하잖아, 라고 말했다. 윤은 우리 애는 잘한다는 비교에 화가 났다. 하지만 지금은 그 말이 사실이 되어버린 것 같아서 두려웠다.

"……죽었죠. 토끼가 두 마리나."

윤은 어렸고 뭘 몰랐다. 학부모 모임 같은 데를 빠져도 된다고 생각할 만큼 윤은 자신이 허술하고 만만하다는 걸 알고 있었다. 그래서 그런 일들에 속수무책으로 당하고 싶지 않아서, 들키고 싶지 않아서 윤은 아무도 모르는 곳으로 이사를 했다. 이사한 곳의 놀이터에서 엄마들과 친해지지 않았고 가진 것보다 더 가지려고 애쓰지도 않았다.

"토끼가 죽어서 다행인가 보군요."

윤은 목이 말랐다. 떨리는 손으로 물 대신 커피를 마시다 그를 쳐다봤다. 그럼 다행이 아니란 말인가? 불쌍한 토끼들이 떠올랐지만 그럼에도 윤은 다행이라고 생각했다. 다행은 다행인 거였다. 교장은 윤을 못마땅하게 쳐다봤다. 죄송합니다, 라고 말하자 당연하다는 듯 교장은 고개를 끄덕였다. 그리고는 더 말할 필요도 없다는 듯 자세한 이야기는 정 선생이랑 나누세요, 라며 손사래를 쳤다. 집으로 돌아가면 건희가 왜 그랬는지 물어봐야겠다고 생각했다가 이내 묻지 말아야겠다고 고쳐먹었다. 이유가 있었겠지. 재미로 그런 일을 할 아이는 아니라고 믿었다. 아니, 재미로 그런 일을 할 수도 있는 나이라고 생각했다. 결과가 어떻게 될지 아무것도 모른 채. 결과는 너무 까마득해서 시작만 하기에도 바쁜 나이였다.

교장실을 나와 교무실 안을 들여다볼 때 교장은 윤을 다시 불러 세웠다.
"시간이 되면 이것 좀 보고 가세요!"
목소리가 너무 차갑고 날카로워 윤은 놀랐다. 담임을 만나고 싶었다. 한동안 윤은 하루 종일 댓글만 보던 때가 있었다. 같은 뉴스에도 극명한 온도 차가 있었다. 담임이라면, 그는 좀 더 다른 이야기를 들려줄 것 같았다. 지난봄 담임은 건희의 일기장에 용기를 내세요, 라고 적어두었다. 일기는 엄마가 울었는데 아무래도 이유를 모르겠다는 내용이었다. 이후로 윤은 담임의 전화를 받는 것이 즐거웠다. 담임은 건희가 아주 예쁜 아이라고 말했다. 사랑이 많은데 표현이 서툴러서 쉽게 오해를 받는다고 말이다. 윤은 일부러 담임을 만나지 않았다. 그런 이야기들을 계속해서 끝도 없이 듣고 싶었다.
담임과의 통화가 길어질수록 건희가 이런저런 말썽을 부려도 싫지 않았다. 윤은 오히려 기다리기까지 했다. 윤은 담임의 전화를 받은 날이면 건희에게 잘했어, 라고 말해줬다. 잘했는데 다음부터는 그러지 마, 라고 말했다. 건희는 곧잘 고개를 끄덕였다. 오늘은 잘했어, 라는 말을 해줄 수 없을 것 같았다. 건희에게도 자신에게도. 건희가 더 큰 잘못을 저질러서가 아니라 아직 담임의 이해를 얻지 못했기 때문이었다.

교장이 윤을 데리고 간 곳은 최근 새로 지은 학교 체육관 앞이었다. 작은 연못이 있었고 주차장으로 아이들이 돌발적으로 들어가지 못하게 화단 둘레로 울타리용 나무를 심어 놓았다. 휴일인데도 주차된 차가 있었다. 병설 유치원의 노란색 버스가 가장 끝에 주차돼 있었다. 교장이 멈춰선 곳은 건물 외벽과 붙은 사육장이었다. '달방앗간'이라는 나무 팻말이 달랑거렸다. 토끼장 안에는 물을 마실 수 있도록 작은 통나무를 깎아 만든 물통이 있었다. 윤이 들여다보니 이단짜리 케이지는 비어 있었다. 교장은 사건 현장을 보여주려고 윤을 부른 것이었다. 폴리스 라인과 어지러운 핏자국, 오 년 전에도 건희는 그곳에 있었다.

엄마 토끼 키워도 돼요? 몇 달 전 건희는 그렇게 말했고 윤은 고개를 저었다. 윤은 이제 자신이 뭔가를 잘 못 키울 것 같았다. 너무 귀여워요, 건희는 아쉬운 마음을 그렇게 표현했다.

"동물을 키워 본 적이 있습니까?"

"아니요."

"그렇다면 잘 모르시겠구나. 책임진다는 것에 대해서 말이에요."

교장은 뒷짐을 지고 서 있었다. 윤은 교장이 있는 곳에서 한 발짝 떨어져 그의 등을 쳐다봤다.

"저는 여기가 무덤 같습니다. 그 아이들이 생각납니다. 눈이 빨갛고 하얀, 털들이 북실처럼 온몸을 감고 있었지요. 토끼를 실제로 본 적이 있으세요?"

윤은 교장이 무슨 일을 벌이려고 하는지 몰랐다.

"토끼가 아니면 작고 약한 것들은요? 보신 적 있겠죠. 우리 주위에는 너무 많으니까요."

교장은 추궁하듯 물었다. 그런 말들을 윤은 지금도 기억하고 있었다. 기사에 달린 댓글들이 생생하게 떠올랐다. 윤은 그 말들이 새삼 토끼의 잘린 다리 같았다. 피 같았고 뽑힌 털 같았다.

"아니요, 먹어 본 적만 있어요!"

너무 무섭고 당황해서 그런 말이 나왔다. 어쩌면 그런 적이 있었는지도 몰랐다.

"저런."

그는 한동안 말이 없었다.

"한 번은 토끼 한 마리가 캑캑거리고 있는 거예요. 자세히 보니 토기의 목에 뭔가가 걸린 것 같았습니다. 재빨리 귀를 잡고 입속에 손을 넣었지요. 털 뭉치가 나왔습니다. 토끼도 그루밍을 해요. 그러다 죽을 수도 있고요. 아이를 사랑하시지요? 그렇다면 더더욱 가르쳐야지요. 생명은 아주 하찮은 일에도 죽을 수도 있다고 말이에요."

교장은 갑자기 돌아서서 어떤 교훈을 준다는 듯 윤의 어깨를 세게 잡았다 놓았다. 그리고는 가볍게 돌아섰다. 윤은 그도 댓글을 다는 사람일 것 같았다. 한 번도 본 적 없는 사람들이었고 모두가 위로나 비난에 부지런했다. 아침마다 댓글에 대댓글이 쌓였다.

꽃잎이 쌓인 아파트 화단에서 아이는 동생을 잃었다. 만취한 운전자가 조금 더 핸들을 옆으로 돌렸다면 동생이 아니라 아이가 죽었을지도 모를 일이었다. 그날 그랜저 승용차는 보도블록 위를 조금 더 달리다 화단을 밟고 아파트 벽면에 부딪치고 나서야 멈췄다. 신물이 올랐고 머리가 어지러웠다. 윤은 빈 케이지를 붙잡고 아침으로 먹은 된장찌개를 토했다.

윤은 도망치듯 학교를 나왔다. 이제 담임의 위로도 도움이 되지 않을 것 같았다. 그를 지나쳤고 모든 일이 너무 늦었다는 생각만 들었다. 집에 가면 어떤 말을 해야 할까? 윤은 잠시 쉬고 싶었다. 서두를 필요는 없었다. 늦을 거라고 말했기 때문에 건희는 오래도록 티브이를 볼 것이다.

어디로 가야 할지 몰라 윤은 학교 앞을 서성거렸다. 주변을 돌았다. 핫도그 가게는 문이 닫혀 있었다. 가게의 유리문에는 이름이 적힌 선불카드가 다닥다닥 붙어 있었다. 학년별로 색깔이 다른 카드에 건희의 이름은 없었다. 건희는 이런 것들이 필요 없는 걸까? 윤은 한참 동안 카드에 적힌 이름 아래 적립된 금액과 차감된 금액을 봤다. 마트가 쉬는 날 들러 건희의 카드도 만들어야겠다고, 넉넉하게 오만 원을 충전해야겠다고 생각하자 배가 불렀다.

영어와 피아노 학원을 지나 윤은 계속해서 골목을 걸었다. 연립주택이 즐비한 낯선 골목에 들어섰고 생각지도 못한 곳에서 작은 과자점을 발견했다. 연립주택 일 층에, 따로 간판도 없었다. 활짝 열린 문으로 끈적한 설탕 냄새가 흘러나오지 않았다면 그냥 지나쳤을 가게였다. 작은 테이블이 두 개 있었고 오픈 주방이었다. 색색의 마카롱과 휘낭시에, 에그타르트, 무화과 파운드케이크가 유리 선반 위에 진열돼 있었다. 주인은 매장 판매보다는 주문 위주로 운영하고 있다고 말했다. 손등이 부드러운 반죽색이었다. 윤은 무화과 파운드 한 조각과 커피를 시켰다. 케이크를 다 먹고 하얀 테이블 위의 부스러기를 손으로 모아 접시에 담을 때 맞은편 골목 모퉁이에서 여자가 뛰쳐나왔다. 뒤이어 쫓아온 남자는 여자를 잡아 앉혔다. 한낮의 전봇대 앞에 불편한 자세로 쪼그려 앉는 남자와 여자가 이상하게 보였다. 이내 둘은 세상에 둘뿐인 듯 큰 소리로 말하기 시작했다.

"죽을 거야!"

"안 돼!"

흥분한 목소리는 바로 옆에서 듣는 것 같았고 윤은 그 말이 신기했다. 죽음도 허락을 구하고 또 반대도 할 수 있는 거라는 그 순진한 무기가.

"그럼 방법이 없잖아요. 하루하루가 지옥이에요. 알아요? 내가 얼마나 무서운지? 그런데 그거 알아요? 내가 무서우면 선생님도 무서워해야 할 거예요. 혼자만 당할 줄 알고!"

윤은 그제야 여자를 알아봤다. 버스에서 봤던 아이였다. 하지만 윤이 놀란 건 아이 때문이 아니었다. 연신 담배를 피우고 있는 남자, 윤을 지나쳐 교문 밖을 뛰쳐나가던 건희의 담임이었다. 바다색 폴로셔츠에 상아색 바지가 그대로였다.

'……아!'

윤은 그를 알아보지 못한 죄책감을 그제야 털어버린 듯 순간 반가웠다. 반가웠다가 윤은 천천히 자신의 좁은 내부에서 어떤 기대가 서서히 죽어가는 것을 느꼈다.

"나쁜 짓 할 생각 마! 내가 다 해결할 거야."

"이보다 더 나쁜 짓이 어디 있어요? 풍선처럼 배가 커질걸요?"

햇빛을 많이 받고 단시간에 자란 것들이, 예쁘고 싱싱한 것들이 가장 먼저 상했다. 언제나 그건 사실이었다. 어둠의 재를 묻힌 감자나 당근 같은 것들은 비교적 나중에 할인 매대에 올랐다. 윤은 그제야 아이의 벌어진 블라우스가 파리하고 건조한 얼굴이 이해가 됐다. 아니, 건희의 담임일 리가 없었다. 교장이 지금까지 윤을 놀리고 있는 거라고, 착오가 있을 거라고 윤은 생각했다.

"우리 선생님 엄마 줄까요?"

지난달 담임과의 통화가 끝나자 건희가 말했다. 윤은 뭐? 라고 물었고 건희는 그냥, 이라고 말했다. 윤은 건희가 농담을 하고 있다고 생각했다. 어떻게? 라고 다시 물었고 건희는 단단한 표정으로 무슨 수를 써서라도요, 라고 말했다. 윤은 더럭 겁이 났다. 건희의 표정이 감자 싹처럼 검고 불길해서 윤은 애써 농담처럼 웃으며 그래, 그래라, 그렇게 말하고 말았다. 설마 그래서 건희가 토끼장에 개를 집어넣은 걸까? 윤은 불안했다.

"……미안해."

"아니, 내가 더 미안해요."

한낮의 폭죽처럼 화를 내던 둘은 이제 서로 무릎을 꿇고 앉아 울었다. 여자아이는 대성통곡을 했다. 주인 여자가 반죽을 밀다 말고 그 모습을 한동안 쳐다봤다. 계속될 것 같은 눈물은 또 어느 순간 뚝 그쳤다.

"우리 밸런스 게임해요."

종잡을 수 없는 여자아이. 남자는 못 말리겠다는 듯 고개를 끄덕였다. 그리고 언제 그랬냐는 듯 둘은 서로의 눈물을 닦아 주고는 웃었다.

"여친 집에 다른 남자 속옷? 다른 남자 집에 여친 속옷?"

담임의 얼굴이 다시 울어야 할지 웃어야 할지 모르겠다는 표정이 됐다.

"친구 팬티 속에 내 손? 내 팬티 속에 친구 손? 토 맛 토마토? 토마토 맛 토?"

그가 목을 잡고 토하는 시늉을 했다.

"잘 생각해봐요. 그래도 해야 돼요."

여자아이의 질문에 윤은 자신의 가방 속에 지나치게 단정한 책을 떠올렸다.

"자, 마지막! 뽀뽀하기? 뽀뽀 받기?"

"그건…… 둘 다."

그 말이 신호처럼 둘은 입을 맞췄다. 윤은 고개를 돌렸다.

"우리 조금만 더 용기를 내자."

윤은 놀랐다. 용기를 내자는 말에 이토록 반응하는 자신이, 그럼에도 그 말이 전혀 퇴색되지 않았다는 사실에 더. 누군가에게 던지는 말랑한 위로이자 스스로에게 하는 단단한 다짐 같은 그 말을 윤은 자신의 딱딱한 혀 위에 한동안 올려만 두었다. 반죽 색깔의 손등이 밀고 당기는 흰 덩어리를 쳐다봤다. 밀당을 잘하는 여자아이. 시간이 지나자 오래 쪼그려 앉은 다리가 저린 지 여자아이와 남자는 서로를 부축해 반대편 골목으로 사라졌다. 윤은 과자점을 나와 갔던 방법 그대로 돌아왔다. 마을버스를 탔다. 여자아이가 가볍게 벗어버린 마음을 자신이 챙겨온 것처럼 창밖을 봤다.

남편은 일요일마다 건희를 만나러 왔다. 올 때마다 반찬거리를 사왔다. 윤이 마트에서 일하는 것을 전혀 모르는 것처럼 안 하던 짓을 했다. 검은 봉지를 윤에게 내밀었다.

"식탁에 올려 둬."

아이들이 아직 어려서 남편은 윤이 일을 시작하는 걸 말렸다. 조금 더 있다 제대로 된 일을 찾아보라고 했지만 윤은 한사코 마트에 취직을 했다. 첫 한 달은 너무 좋았다. 조금 더 부지런하게 몸을 움직였고 많은 사람을 만나는 것도 좋았다. 아이들은 손을 잡고 아파트 안의 어린이집을 다녔다. 사고가 있던 날 윤은 조금 늦었다. 블랙데이 기간이라 한꺼번에 손님이 몰려왔고 카운터를 하나 더 열어 도와달라는 말을 거절하지 못했다. 바코드를 찍는 손이 바쁘게 움직였다. 티브이를 보라고 했다. 만약에 엄마가 어린이집으로 너희들을 데리러 가지 못하면 동생과 함께 집으로 돌아와 잠깐만 티브이를 보라고. 윤은 아파트에서 요란한 사이렌 소리가 울리는 동안에도 아이들이 티브이를 보고 있을 거라고만 생각했다.

"이런 죽은 것들 좀 사오지 마!"

검은 비닐에서 고등어의 피비린내가 확 끼쳤다.

"내가 밖으로 나돌아다닐까 봐? 그러느라 애를 잘 못 챙겨 먹일까 봐?"

남편은 한 번도 윤을 원망한 적이 없었지만 그의 모든 행동은 그것과 다름없다고 윤은 생각했다.

"이제 오지 마. 건희는 밖에서 봐."

윤의 남편은 말없이 고개를 끄덕였다. 돌아가면서 이제부터 잘 못 올지도 모르겠다고 했다. 미안해, 라고도 했다. 윤은 시어머니로부터 그에게 여자가 생겼다는 얘기를 이미 들었다. 쾅, 현관문이 닫히는 소리와 함께 집 안으로 한꺼번에 검은 물이 쏟아져 들어오는 것 같았다. 점점 차올라 윤의 몸이 천천히 잠기는 것 같았다.

"임신한 개였어요."

건희가 묻지도 않은 말을 내뱉었다. 혼자 있는 것보다 같이 있는 게 좋을 것 같아서요. 생각지도 못한 말이었다. 윤은 한참 후에야 이해했다는 듯 아주 어렴풋이 작게…… 아, 라고 말할 수 있었다. 지난여름 술 취한 남자가 작약 화단을 넘어 우산의 물미를 사정없이 내리찍는 일이 있었다. 그가 사라질 때까지, 한 시간 가까이 윤과 건희는 어둠 속에서 서로를 부둥켜안고 있었다. 온몸이 비 오듯 흐르는 땀으로 흠뻑 젖었다. 건희가 한 일은 그런 일이 아니었다. 건희가 가끔 그 일을 떠올리는지 묻지 않았다. 그 일이 아이의 인생을 바꾸는 일이 되어서는 안 되었다. 대신 윤은 건희를 데리고 편의점에서 색색의 츄파춥스 한 통을 샀다.

"엄마, 싸울 때 왜 사람들이 주먹을 쥐는지 알아요?"

fear of god, 그의 낡은 신이 말했다.

"왜?"

빈손이니까요, 펼쳐보면 빈손이지만 뭉치면 주먹이 된다고 말했다. 주먹이라도 내밀어야 해요. 불쑥 윤에게 주먹 쥔 손을 내밀었다. 순간 윤은 알았다. 아이는 엄마의 관심을 끌기 위해 매번 주먹을 날렸고 점점 나쁜 아이가 됐다.

윤은 오랫동안 신의 물음에 대한 답을 생각했다. 그들이 너를 가장 필요로 하는 시간에 너는 어디에 있었니? 신이 물었다. 그러는 당신은 어디 있었냐고 윤은 되물었다. 윤의 물음에 수십 건의 악플이 달렸다. 윤은 일부러 건희를 혼자 뒀다. 아이에게 잘해주면 죽은 아이를 배신하는 것 같았다. 그러면 안 될 것 같았다. 건희를 방치했고 오랫동안 사탕은 엄마의 사랑 대신이었다.

"내가 안 죽어서 다행이에요?"

윤은 천천히 고개를 끄덕였다. 다행은 다행이었다. 그걸 뭐라고 할 수 없었다.

"만약 둘 중에 누구를 선택할 수 있다면 나를 선택할 거예요?"

가장 나쁜 것과 가장 나쁜 것 중에 하나를 선택해야 하는 지독한 밸런스 게임 같았다. 게임의 공식은 둘 중 어느 것도 쉽게 고를 수 없도록 밸런스를 적절하게 맞추는 것이었다. 윤은 균형을 잃은 것처럼 잠시 어지러웠다. 윤은 다시 고개를 끄덕였다. 이번에는 세게. 누군가 윤의 머리와 턱을 동시에 잡고 흔드는 것처럼. 그래야만 했고 그럴 수밖에 없는 일이었다. 앞으로 살아가야 한다면 그럴 수밖에 없었다. 건희도, 윤 자신에게도 그것은 너무 이상하고 끔찍하지만 그렇게 믿을 수밖에 없는 일이었다.

건희의 선생님으로부터 이제 전화는 오지 않았다. 일요일이면 남편은 다시 아이를 보러왔다. 여자와는 잘 안 됐다고 시어머니는 아이를 생각해서 합치라고 부쩍 자주 전화를 했다. 윤은 남편이 돌아갈 때마다 그가 현관문에 등을 기댄 채 한동안 서 있다 간다는 것을 알았다. 쿵, 소리가 나고 발소리가 한참 후에 아주 느리게 다시 시작됐다. 다른 위로가 필요했던 거라고 윤은 생각했다. 남편도 자신도 그랬다고. 비가 오는 동안은 비가 그치기만을 기다리는 방법밖에 모르는 사람들 같았다. 언젠가 그칠 비를 종일 맞고 있는 사람. 하루하루가 지옥이에요, 알아요? 내가 얼마나 무서운지? 윤은 남편에게 그런 말을 한 번도 해본 적이 없다는 걸 떠올렸다. 사랑받기와 사랑하기, 그것은 언제나 용기의 문제인 것처럼 이내 고개를 저었다.

본격적인 장마가 시작되자 거실 밖에서 쏟아져 들어온 물그림자가 암막 커튼처럼 종일 집안을 어른거렸다. 윤과 건희는 온전한 물의 세상에 갇혔다. 물의 깊이가 세상에서 가장 깊은 곳에 앉아 있는 것처럼 집은 깜깜했다. 수심 10m. 그것보다 깊은 물속은 거의 대부분의 빛이 투과되지 않는다고 했다. 비가 그치고 여름이 끝나면 봉투에 넣었던 돈을 꺼내 방충망을 새로 해야겠다고 생각하는 동안에도 집은 한층 더 깜깜해졌다. 윤은 집이 점점 가라앉는 것 같았다. 20m…… 30m…… 눈을 감고 윤은 집이 물속으로 점점 더 깊이 내려가는 모습을 상상했다. 40m…… 비스듬히 기울어진 창과 문이 서서히 잠기고 끝내 아무것도 보이지 않게 되는 죽음 같은 순간…… 윤은 목이 말랐다. 마치 너무 많은 물속에서 몸이 균형을 잡으려는 것처럼.

몇 개의 문장이 있다. '소설은 태도다.' 책상 앞에 포스트잇으로 붙여둔 것이다. 그 옆에는 '소설은 인물의 깊이를 더하는 방식이다.' 가 있다. 대부분이 소설이나 소설가로 시작되는 것들이다. 모두 쓰는 사람들의 말이다. 쓰고 또 쓴 사람들의 말. 가장 지독한 문장 중 하나는 바늘로 우물을 파듯이 글을 써야 한다는 오르한 파묵의 말이다. 읽을 때마다 심장을 찔린다.

너무 낡고 오래된 문장은 자주 떨어진다. 그런 날은 내 접착력을 의심한다. 그 짧은 한 문장이 너무 크고 무거워서 이럴 일인가 싶다가도 괜찮다고 말한다. 자주 떨어져 봐서 안다고. 다시 붙이면 된다고…… 거짓말이다. 전혀 괜찮지 않다. 몇 개의 문장도 아니다. 접어둔 페이지 마다 너무 많은 문장들이 있다. 당선 전화를 받던 날은 문장이 모조리 뜯긴 날이다. 어지러운 이삿짐 사이에서 연락을 받았다. 다시 붙이라는 말처럼 들렸다. 울었다. 문장 때문에.

지금 이 순간에도 떨어지지 않기 위해 안간힘을 쓰는 사람들이 있다는 것을 안다. 불안과 공포 속에서 하루에도 몇 번씩 떨어졌다 다시 일어나는 사람들의 자국을 오래 들여다볼 줄 아는, 단단한 접착면을 가진 소설을 쓰겠다.

오영수문학관에서 나는 가끔 오영수 선생님이 나를 소설에 살게 하는 것 같다는 이상한 생각을 한다. 앞의 두 문장은 첫해 엄창석 선생님이 주신 것이다. 그날부터 지금까지 당신은 내 마음속 가장 높은 산이다. 난계소설반 문우들과 영하, 송아, 모두 고마운 이름들이다. 매일 쓰는 사람이게 해준 인호와 매일 넘치게 살게 해준 여민, 여준, 여림에게 사랑을 보낸다. 이근수 아빠, 김필연 엄마, 오래 건강하세요.

쉽게 붙이고 떨어질 마음이 아니라는 걸 알게 해준 심사위원분들께 감사드립니다.

소리 없이 소리 낼 줄 아는 기량 돋보여

적지 않은 응모작이 리얼리티의 중력을 거스르려는 듯 서사에서의 인과와 개연 요소를 아랑곳 않고 명랑한 허구의 세계로 가뿐하게 날아오르는 모습이 인상적이었다. 본심에 오른 9편 중 반수 이상이 그러했는데 좀 더 주목을 받았던 건 능청스러움이 의외의 소설적 정황과 긴밀히 이어진 '주말부부', 카프카와 카뮈가 작당하여 빚어놓은 듯한 호텔방에 인물을 슬쩍 가둔 '그들의 선량한 개와 한 사람'이었다.

'대문충돌'은 한 인물의 탐구를 통해 인간 상호 간의 입장 차이와 충돌의 문제를 좀처럼 열리지 않는 문의 상징성에 능숙하고도 성실하게 대비시키며 무리 없는 완주를 해 당선작과 끝까지 겨뤘다. '밸런스 게임'은 어찌할 수 없는 곤경과 난관의 사태를 불러와 독자 앞에 내놓는다. 미묘한 감정이나 심리의 완급을 조절하며 소리 없이 소리를 낼 줄 아는 작가의 기량이 앞으로 더 좋은 작품에 충분히 기여할 거라는 믿음을 주었다.

동양일보 **진성아** 「

대구 출생 1962년생
한국방송통신대학교 국어국문학과 졸업
2012 대구문학수필신인상
2019 경북일보문학대전 소설부문입상

야끼모

진 성 아

'존엄 케어'라고 쓰인 현수막이 바람에 펄럭였다. 병원 특유의 퀴퀴한 냄새가 긴 복도에 배어 있었다. 날이 차가워지면서 환자는 늘어났고 냄새는 더했다. 간병인이 방향제를 걸고 쑥을 피워도 일시적일 뿐이었다. 방치된 사물처럼 움직이지 않는 노인의 냄새였다. 오래된 체액의 냄새며 낡은 장기의 냄새였다.

닥터 뚜렛은 현관에서 마주친 원무과장에게 머리를 까딱하고는 곧장 진료실로 향했다. 그는 평소처럼 창을 활짝 연 후 컴퓨터 전원을 켰다. 재킷을 벗어 옷걸이에 걸었다. 발목이 드러나는 갈색 바지와 베이지색 피케셔츠가 꽤 도시적이다. 가운을 걸치며 맑게 갠 하늘을 올려다보던 그가 입술을 달싹하며 미간을 찌푸렸다. 에잇, 창문을 도로 탁, 닫았다. 창밖의 배롱나무에 걸어둔 '전면주차'는 매번 외면당했다. 차에서 내린 두 여자가 옆 건물로 재바르게 걸어갔다. 한 주차장을 쓰는 왼쪽 건물은 성형외과였다. 요양병원과 나란히 붙어있는 것이 왠지 엽기적이다. 젊음과 늙음이 전혀 다른 이유로 바동대는 것만 같다.

닥터 뚜렛은 재킷 주머니에서 담배를 꺼냈다. 진료 전 그의 습관을 모르지 않는 김별 간호사가 흡연실로 가는 그에게 말했다.

"매연이나 담배나? 선생님, 궁금해서 말인데요, 금연을 시도한 적이 있긴 있었어요?"

"당연, 작년 이맘때 끊었지."

"오, 얼마나요?"

"금연이 수명을 연장한다는 건 참 맞는 말이야. 글쎄 이틀을 끊었는데, 그게 말이야 2년을 산 것 같지 뭐야."

간호사는 고개를 젖혀 웃었다. 그녀는 몇 장의 차트를 책상 위에 가지런히 놓았다. 웃음기라고 없는 닥터 뚜렛의 낯빛에 온기가 돌 때가 있다면 뻐끔뻐끔 담배를 피울 때나 시시한 농담을 할 때였다. 간호사들은 연방 웃음을 터뜨렸는데 그것이 마흔을 훌쩍 넘긴 독신남에 대한 호기심인지 연민인지는 알 수 없었다.

김별 간호사는 행정이며 병실 안내까지 총괄하는 간호 부장으로 7년째 그와 함께 일했다. 병원에는 의사 같은 간호사가 있는가 하면 간호사 같은 의사도 있는데 그녀는 전자였다. 이곳은 딱히 의사의 능력이 중시되지 않았다. 돈 많은 남편을 둔 여의사, 의료사고 의사, 혹은 정년 후 시간을 보내는 의사들이 상주해 있었는데, 평균연령 팔십인 환자들의 통증을 완화하는—약물과 재활, 물리치료를 처방하는—것이 그들의 업무였다. 책무라면 소견서를 써 주거나 사망 판정을 내려주는 것이니 아무래도 히포크라테스 선서와는 무관해 보였다. 산부인과 의사였던 닥터 뚜렛 역시 그럴지도 모른다. 스스로 그런 생각을 한 적은 없다. 남녀구별을 알고자 찾아온 임산부에게 양수검사를 하거나 6개월 된 태아의 인공유산을 도왔으니 법에 위반된 행위였다. 부모가 원치 않는 아이의 삶은 벼랑 끝이라는 그의 신념이 바탕 되어 있었다.

"윤초이 할머니! 오랜만이에요. 저 아시죠? 별이요!"

"엄마, 간호사님 인사하잖아, 보시다시피 심기가 불편하십니다."

"할머니, 일단 진료 먼저 보시고요, 별이가 209호실 얼른 알아볼게요!"

윤은 허리를 조금 세우며 고개를 끄덕였다.

"엄마, 유난 좀 그만 떨어, 이제 내 집이려니 해야지, 할머니들과 잘 지내고…"

"알았다잖여, 넌 어여 가."

별 간호사가 팔짱을 끼자 윤은 끙, 소리를 내며 소파에서 일어났다. 그녀는 골반 통증을 호소했는데 무엇보다 당 수치를 떨어뜨려야 했다. 식이요법이 필요한 당뇨 환자였던 그녀는 이번이 세 번째 입소였다. 보호자는 그새 간 듯했다. 돈이 효를 대신하지! 닥터 뚜렛이 처방전을 쓰면서 입술을 달싹달싹했는데 말을 하는 것은 아니었다. 그의 중얼거림은 상스러운 말이나 욕설을 내뱉는 뚜렛증후군으로 오해받기도 했는데 뇌장애는 아니었다. 트라우마로 판명되었고 극복하기 위한 그의 노력은 오래되었다. 하지만 아주 가끔 감정이 격해질 때면 그의 혼잣말이 밥물이 끓어 넘치듯 입 밖으로 새 나왔다.

닥터 뚜렛은 어렴풋이 짐작했다. 그녀는 이제 더는 퇴원하지 않을 것이며 이곳은 그녀가 머무를 마지막 이승이 되리라는 것을. 인부들의 소리가 간간이 들려오는 병원 뒷마당에는 붉은 벽돌의 3층 건물이 보수공사 중이었다. 요양병원이라면 회 접시 곁에 놓인 와사비처럼 장례식장이 함께 하지 않는가.

그의 진료실은 복도 끝의 5번방이었다. 방 옆에는 그가 하루에 몇 번씩 드나드는 비상구—'출입금지'라고 써 놓은—가 있었다. 외부 계단으로 이어지는 그 테라스는 가끔 인부들이 앉아 있곤 했지만 그의 흡연실이나 다름없었다. 의자라도 하나 갖다 놓을까 했지만 매번 생각에 그칠 뿐이었다. 그는 난간에 기대어 검은 상복을 입고 오가는 사람들을 보면서 담배 연기로 동그라미를 그리거나 가로 혹은 세로획을 긋곤 했는데, 이따금 길게 늘어선 화환들을 보면서 그곳으로 보낸 그의 환자를 떠올려보기도 했다.

윤은 이번에도 컴퓨터가 있는 휴게실 옆 병실인 209호를 원했고 허수아비처럼 흐느적대는 환자복이 싫다며 평상복을 입게 해 달라고 요구했다. 닥터뚜렛은 이따금 화면을 응시하고 있는 그녀를 볼 수 있었다. 그녀는 간호사의 잦은 왕래나 간병인의 참견을 싫어했으며 회진마저도 귀

찮아했다. 혼자서도 거동이 가능한 그녀는 '우수 고객'에 '장기 투숙객'
이 될 터, 웬만해선 누구도 토를 달지 않았다.

닥터 뚜렛은 평소와 다름없이 뒷마당을 서성이며 담배를 입에 물었
다. 그는 고개를 젖히고 연기를 내뿜었다. 기역으로 꺾인 2층 휴게실
에―컴퓨터 앞에 앉아있는―윤이 보였다. 사각 창틀에 들어있는 하얀
단발의 노인은 그림액자처럼 보였다. 그녀는 왠지 푸념을 쏟아 내거나
버럭대는 환자와는 조금 달라 보였다. 적어도 징징대지는 않는다는 생
각이 미쳤을 때 최 원장이 요구한 면담일지가 떠올랐다. 그는 그 리스트
에 그녀를 올리기로 마음먹었다.

미래요양병원을 설립한 최 서형 원장은 퇴임한 명예교수로 '대화가
치료다'라는 강연으로도 명성이 자자했다. 오래전부터 '닥터 뚜렛!'으로
부르는 그의 은사이기도 했다. 원장은 종종 미술치료, 음악치료에 참여
했으며 무엇보다 노인들의 이야기를 들어주는 것을 중시했는데, 타 병
원과의 차별성을 내세우며 주치의들에게 환자와의 면담일지를 작성하
라고 했다. 하지만 의사들은 '그들'과 놀아주는 일이 수술을 집도하는 것
보다 힘들다고 토로했다.

수요일 오후 세 시는 음악치료 시간이었다. 구부정한 노인들이 하나둘
병실 밖으로 나왔다. 휘어진 다리에 헐렁한 바지가 휘적휘적 감겼다. 승
강기 앞에 모인 표정 없는 얼굴들이 흙먼지에 덮인 들풀처럼 파삭했다.
간병인이 소강당으로 그들을 안내했다. 초이 할머니는 오늘도 안 간대
요? 별 간호사가 정 노인에게 물었다. 몰러, 종일 한 마디도 안 혀. 한 양
반은 입에다 뭘 막아놨지, 노망난 것들 똥 싸대서 병실을 옮겼더만 여그
서는 심심혀서 죽었어. 할머니, 우리끼리 스트레스 풀자고요, 오늘은 어
릴 때 불렀던 동요래요. 간호사는 승강기 버튼을 누르며 말했다.

윤은 보글거리는 산소통 옆의 하 노인을 멍하니 쳐다보고 있었다. 닥
터 뚜렛이 병실로 들어서자 그녀는 창밖으로 시선을 돌렸다.

"윤초이님, 불편한 점은 없으신지요?

"있다면 불렀겠지요."

"점심은 어땠습니까?"

"싱거운 게 늘 문제요. 국인지 물인지, 당최."

"당 수치가 내리면 간을 좀 더 하지요. 따분하실 텐데 저랑 잠깐 나갈까요? 볕이 참 좋습디다."

"노래 교실이라면 안 갈 거요. 차라리 커피나 한잔 마시게 해주지요?"

"아하, 저도 갑자기 달달한 커피가 당기네요."

"죽을 날만 기다리는 우리가 그것도 맘대로 못하면 되겠소? 차라리 삶을 끊고 싶으이."

침대 옆의 지팡이를 건네자 걷는 건 문제없구먼. 하며 일어섰다. 옥상 휴게실에는 인조 잔디를 깔아놓은 토끼장이 있었다. 윤이 쭈쭈쭈, 헛소리를 내자 토굴 속에서 토끼 두 마리가 화들짝 달려 나왔다. 고놈, 볕이 좋아 그런지 통통하니 잘 컸구먼. 잎사귀 하나를 밀어 넣으며 그녀가 눈을 깜박거렸다. 창백한 얼굴은 구겨진 한지처럼 주름졌고 양 볼은 심술난 아이처럼 동그랗게 처져 있었는데 눈동자가 유난히 새까맸다.

"천천히 드세요, 몰래 먹는 커피는 더 맛있답니다."

"퇴원을 졸랐던 게 이놈의 커피 때문인걸. 말리면 더하고 싶거든."

"하하, 저 역시도 담배를 못 끊는걸요. 어르신, 하늘 좀 보십시오. 어찌 저리 푸를까요?"

윤은 이맛살을 찌푸리며 실눈을 떴다.

"곱게 물든 파랑이오? 잉크 물이라도 떨어질 것처럼 시퍼렇소?"

"네? 요즘 눈 상태가…"

"농이오. 아직 그 정도는 아니구먼."

웃을 듯 말 듯한 눈가에 설핏 장난기가 돌았다.

"난 이제 글렀어. 눈에 떠다니던 벌레가 살쾡이로 변했는지 어젯밤에 말이오, 살쾡이 한 마리가 침대 밑으로 난간 위로 슬금슬금 돌아다니지 뭐요. 실은 잠을 좀 설쳤어."

"하, 꿈을 꾸신 게지요. 안과 진료를 다시 봐야겠습니다."

"일없네요. 당뇨에 따라오는 거, 다 알고 있구면. 장기에 탈이 없다니 한참을 더 살아야 할 징조여. 내 근심이 그것이오, 눈 없이 살게 되는 거. 내가 살아있는 시간은 컴퓨터 앞에 있을 때요. 아들도 손주도 거기서 만날 수 있어. 허니 눈은 내 심장이지."

"아드님이 계신 줄 몰랐습니다."

"그놈, 공부를 조금만 더 잘했으면 당신처럼 의사가 됐을 건데, 여자 때문에 시기를 놓쳤지 뭐요. 뒤늦게 공부한답시고 미국 땅으로 갔구면. 바다 건너오기가 쉽지 않나 보오. 손주 사진이나 보러 가야겠수다."

"저도 한번 보고 싶네요. 어르신, 이건 어때요? 저랑 블로그 친구가 되는 겁니다!"

"… 왜 그래야 되지요?"

"어르신은 이야기하는 즐거움을 알지 않습니까? 마음을 건강하게 하는 거지요."

"생각은 가상하다만… 뭘 이야기하라는 게요?"

"뭐든지요. 흠, 농이면 더 좋구요."

그는 휴대전화를 꺼내들고 잠시만요, 하며 팔을 뻗었다.

"늙은이 얼굴은 왜 찍는 게요?"

"데이트 기념이지요. 초이님은 참 고우십니다."

"이런, 운이 좋은 날이구면."

템버린을 든 음악 치료사와 간호사들이 노인들 사이를 오가며 흥을 돋운다. 우는 것도 웃는 것도 잊어버린 걸까, 노인들은 노래방 영상도 노랫말 카드도 보는 둥 마는 둥 입술만 오물거린다. '푸른 하늘 은하수 하얀 쪽배에… ' 늘어지는 노래가 동요인지 트로트인지 구분되지 않는다. 노래기기가 멈추면 다시 정적이 흐른다. 버석버석 봉지 소리가 난다. 간병인이 도넛을 하나씩 돌린다. 합죽한 입가에 흰 가루가 묻는다.

"나 좀 죽여주시오."

블로그에 남긴 윤의 첫 문장이었다. 으레 있는 일이다. '죽음'은 오로지 자신의 몫, 그들의 분노는 두려움이었고 그들의 한숨은 외로움이었다. 철저한 고독보다 치매가 낫다고 말하는 이유이기도 했다. 닥터 뚜렛은 차분하게 글을 남겼다. "초이님은 당연히 행복할 이유가 있습니다. 저랑 커피도 마시고 재미난 이야기도 나눠야지요. 어르신의 건강에 제가 최선을 다할 겁니다." 며칠 뒤 그녀의 글이 기대 이상으로 생기를 띠었다.

"나무껍질처럼 거친 줄 알았더니 감성이란 게 아직 남아있나 보오. 나는 슬픔을 동경하는 오래된 버릇이 있는데, 자기연민이랄까 그런 것 말이오. 그런데 지금 내게서 물복숭 냄새가 나는 것 같소. 무릎에서부터 차오르는 애잔한 것이 몸을 감싸는 것 같으이. 그러니까 선생, 그것이, 나쁘지 않다는 거요. 얼마 전만 해도 구더기가 내 몸을 파고들 것 같았거늘."

회진을 돌 때면 윤은 토라진 아이처럼 입을 꼭 다문 채 눈을 마주치지 않았다. 컨디션이 안 좋은 건지 뻔한 질문은 하지 말라는 건지 가늠할 수 없었다. 그는 그 모습과 상반되는 그녀의 글—슬쩍슬쩍 내비치는 해맑은 소녀의 모습—을 떠올리며 막연한 적대감이려니 생각했다.

"의사 양반, 간만에 글을 쓰니 몸이 달아오르오. 고장 난 라디오가 켜진 느낌이오. 연애편지라도 거뜬히 쓸 수 있을 것 같으이. 시로 세상을 그렸던 때가 떠올라 괜히 으스대고 싶으이. 내 눈이 더 소중해졌소. 뭘 쓰나 했는데 문진에 답을 쓰는 게 먼저겠구먼. 오늘 운이 좋게도 손자가 보낸 크리스마스 카드가 와있지 않겠소. 선생, 메리 크리스마스요."

윤에게 당뇨망막병증이 나타나고 있었다. 시각세포가 밀집된 황반부의 장애로 시력이 저하되는 합병증이었다. 혈당조절로 신경망막병의 진행을 늦출 수는 있지만 조기 치료를 놓친 그녀의 경우는 실명될 확률이 높았다. 더 염려스러운 것은 살쾡이가 보인다는 그녀 말이었다. 환각 증상은 치매와는 다른, 정신 질환이기 때문이다.

"할머니, 요즘은 살쾡이 안 오죠? 밤마다 제가 창문을 꼭꼭 잠가요."

별 간호사가 혈압 봉에 바람을 넣으며 넌지시 말했다. 윤이 고개를 끄덕이며 말했다.

"영감탱이가 요 끝에 턱 하니 앉아 있더만."

"영감님이 뭐래요?"

"까닥까닥 손짓만 하데. 안 간다 했지. 거길 내가 왜 가."

닥터 뚜렛이 점심을 먹고 왔을 때 노크 소리와 함께 벙거지를 쓴 여자가 얼굴을 내밀었다. 그는 윤초이님 보호자라는 그녀를 단번에 알아보았다. 조금 전 흡연실에서 누군가와 통화하던 여자였다. 여자는 선글라스를 벗어 가슴골이 드러나는 브이넥 티셔츠에 꽂았다. 모자챙 아래 보톡스를 넣은 이마가 불그스름했다. 대부분의 모녀는 늙을수록 닮아가거늘 얼굴도 말투도 전혀 그렇지 않았다. 어쩌면 여자의 말이 그의 귓전에 남아있기 때문일지도 몰랐다. '따끔거리긴 한데 참을 만해. 노인네 잠깐 보고 가려고. 떡 본 김에 제사 지내야지. 맞아, 꼭 포로수용소 같다니까. 무식하긴, 존엄사라고 하는 거야. 아직은…'

닥터 뚜렛은 입술을 꾹 여민 채 차트를 열었다.

"예전보다 식사도 잘하시고 골반 통증도 좋아졌습니다."

"선생님, 드릴 말씀이 있어요. 작년 이맘때 동생이 사고를 당했어요. 근데 엄마는 아들의 죽음을 아직도 믿질 않아요. 자기 최면을 걸고 있는지 여전히 기다려요. 너무 바빠서, 너무 멀어서 못 오는 거라고. 기다려 보자고 말했어요. 엄마가 발작을 일으키면 감당할 수가 없거든요. 차라리 그게 낫더라고요. 조카에게 부탁도 했어요. 사진도 띄우고 메일도 보내라고. 이제 와서 번복할 수도 없고…"

"아, 그런 일이… 아드님 얘기는 되도록 피해야겠습니다. 우기거나 거부해서는 혼란만 키울 겁니다."

"그리고… 미리 말하지만 큰 병원으로 옮긴다거나 검사 따위는 하지 않겠습니다. 엄마를 고생시키고 싶지 않아요. 연명거부 사인도 해놓았습니다. 돌볼 형편은 안 되고 용만 쓰이네요."

닥터 뚜렛은 라이터를 만지작거리며 고개를 주억거렸다. 할 말을 다한 여자는 구둣발 소리를 또각또각 울리며 복도를 빠져나갔다. 닥터 뚜렛은 기다린 듯 흡연실로 향했다. 2층 창 너머를 흘긋하며 한껏 연기를 뿜었다. 그 앞을 지나가는 서너 명의 여자들이 손으로 코를 가렸다. 담배 피우는 남자가 멋있다고 한 시절도 있었건만. 흡연자가 범법자로 취급되는 건 아닐까 하는 생각이 훅 들었다. 뜻대로 되지 않는 것이 이뿐인가 하다가 불현듯 '죽음'이 떠올랐고 그것은 그중에서도 가장 큰 난관이라고 그는 생각했다. 또 노인을 방치하는 자식과 아기를 방치하는 부모를 저울질하기도 했다. 그는 입술을 움찔움찔하며 담뱃불을 짓이겼다.

최 원장의 메시지가 와 있었다. '닥터 뚜렛! 이번 면담을 사보에 싣도록 합시다. 블로그 친구 맺기라니, 환자와의 소통으로 이보다 더 좋은 게 어디 있겠나.' 그는 잠시 퇴근을 미루고 블로그를 열었다. 마침 윤이 들어와 있었다.

"윤초이님, 이제 한번 써 보시지요. 가령, 살면서 참 잘한 일이라든지 후회되는 일이라든지 혹은 좋은 기억이나 좋았던 장소… 그전에, 좋아하는 음식을 올려주면 참고하겠습니다."

"고맙소, 선생. 난 전을 좋아했구먼, 기름을 넉넉히 두르고 얇게 부친 전들은 참 맛있잖소. 그중에서도 호박전이 으뜸이지. 사실 이곳 음식은 미적지근하잖소. 맵지도 달지도 시지도 않아, 김치인지 나물인지… 거죽은 쭈그러들어도 혀만은 여즉 촉촉하니… 딸년은 나더러 유난스럽다지만 내가 요리 하나는 찰지게 했수다. 선생은 뭘 좋아하오?"

"음, 고구마요. 혹시 야끼모라고 아십니까? 도형 모양으로 썰어 기름에 튀긴 거요."

"아다마다, 꿀에 굴려 먹는 거 말이시, 우리 애도 그걸 참 좋아했구먼. 금방 튀긴 걸 주워 먹다가 입천장이 헐기도 하지."

"하하, 맞아요. 기억력이 좋으십니다. 하루빨리 건강을 찾으시길 바랍니다. 제게도 어르신의 요리를 먹을 기회가 올 테니까요."

"이런, 정신이 아득해지오. 선생 이야기도 듣고 싶은데, 별이가 찾는구려. 저것이 나를 잠시도 가만두질 않소이다."

조금은 귀찮은 작업이 될지 몰랐다. 의사가 된 이유를. 결혼을 안 한 이유를. 그녀가 물어왔기 때문이다.

"초이님, 이 공간은 어르신 것입니다. 저는 친구이자 주치의지요. 저는 글보다 말재주가 더 좋답니다. 제 이야기는 볕 좋은 날에 입으로 꼭 전해 드리겠습니다."

그는 조금 전부터 꼼지락대는 뭔가가 자꾸 거슬렸다. 마치 운동화 속의 버석대는 모래알갱이 같은, 하잘것없지만 내버려 둘 수도 없는 그것은 '살면서'라는 글자를 칠 때부터 불쑥불쑥 떠오르는 그의 유년이었다. 검은 몸뻬가 펄럭펄럭 눈앞을 스쳐 갔다. 안 처먹을 거면 뒈져 버려! 다그치는 할머니… 쓴맛만 나던 된장찌개… 욕지기를 해대는 아이… 그는 회전의자를 뒤로 밀치며 벌떡 일어났다. 어둑해진 창밖을 바라보며 입술을 실룩거렸다.

성긴 눈발이 비로 변해가고 있었다. 현관 앞이 흙탕물로 지저분했다. 독감 접종 안내문 아래 손 소독제와 일회용 마스크가 비치되어 있었다. 닥터 뚜렛은 드문드문 흰 가닥이 섞인 머리를 손으로 넘기며 체크 목도리를 풀었다. 면도한 턱이 푸르스름했다. 블로그를 열자 윤의 글이 그를 기다리고 있었다.

"참 잘한 일이라… 잘한다는 것은 한계가 있나 보오. 이웃에 살던 아이 이야기를 들려주리다. 그애는 여덟 살 난 아들의 친구였소. 그전에, 나는 일찍이 미혼모였던 적이 있었다오. 모성애라니, 피할 수만 있다면 피하고 싶었소. 지혜도 분별력도 책받침처럼 얇았던 게지. 어디선가 크고 있을 딸을 보듯 그애를 대하게 되더이다. 할머니와 사는 그애는 무척 불행했소. 계집애처럼 생긴 그애는 아줌마 아줌마하며 나를 참 잘 따랐지. 눈치가 팔 단인 게 참말로 총명했거든. 먹는 것과는 담을 쌓고 사는 그애에게 난 뭔가를 먹이려고 애를 썼어. 우리 애보다 머리통 하나는 작던 그애가 토실토실 살이 붙기 시작했소. 조금씩 밝아지는 그애 표정만으로 난 만족했소. 이런 망할, 눈앞이 안개 낀 것 같으이. 내일 다시 오리다."

닥터 뚜렛은 고개를 갸우뚱거렸다. 그는 입술을 움찔움찔하며 담배를 꺼내 들었다. 노크 소리와 함께 별 간호사가 얼굴을 내밀었다. 그제야 대기자가 있다는 걸 그는 기억했다.

"안색이 별로네요 선생님. 차라리 한 대 피우시고 시작하는 게?"

"별이 아니랄까봐 별소릴."

간호사는 재활 먼저 갑니다요, 하며 문을 도로 닫았다.

그는 양 볼이 패도록 담배를 빨아들였다. 2층 창 너머를 흘긋 올려다 보았다. 아무도 없었다. 가느다란 손가락 사이로 담뱃불이 타들어 갔다. 상념을 떨쳐버리려는 듯 머리를 세차게 흔들었다. 괜스레 구두 앞코로 꽁초를 짓이겼다. 흙탕물이 고인 얼음판이 와작와작 부서졌다. 언제 왔는지 상복을 입은 남자가 옆에서 빈 담배를 물고 주머니를 뒤지고 있었다. 불필요한 양반! 그가 라이터를 건네주고 돌아서자 남자는 머리를 꾸 벅하며 벙긋거렸다.

닥터 뚜렛은 이틀 뒤에야 윤의 글을 볼 수 있었다. 그는 의자를 바싹 당겨 앉았다.

"마흔을 넘긴 딸년을 찾아서 어쩌려는지 알 수 없지만 죽기 전에 해야 할 소임 같았소. 평범하게만 살고 있다면, 했던 건 내 착각이었소. 딸의 마음에 난 구멍이 오죽 컸겠소? 에미라니, 짐짝 아니겠소? 내가 이곳에 와 있는 이유라오. 이런, 옆길로 샜구먼. 그애 이야기를 마저 할 참이오. 언제부턴가 아들의 장난감이 안 보이더니 서랍 속 동전이 없어지기도 했소. 그럴 수 있거늘, 개의치 않을 작정이었소. 그러던 어느 날, 치와와 한 마리가 죽어있는 공터에 사람들이 모여 있었소. 아들 녀석도 눈을 멀뚱거리며 그애 옆에 서 있더군. 주차된 차에 돈을 훔친 것도 개에게 돌을 던진 것도 그애라고, 할머니 손자라고. 여자들과 아이들이 입을 모았어. 할머니가 그애 머리를 쥐어박았어. 이놈의 웬숫덩어리, 고마 죽자 죽어! 젊은 여자가 그애 어깨를 마구 흔들며 야물차게 캐물었어. 토토가 널 괴롭혔어? 달려들기라도 했어? 왜 그랬냐고, 왜! 여자의 팔을 획 뿌리치며 그애가 소리쳤어. 그냥! 그냥 했다고! 그때 그애 눈이 나와 마주쳤어. 내 쪽으로 한 발 내딛던 그애가 멈칫했어. 내가 아들놈의 손목을 꿰차고 돌아섰거든. 흔들리던 그애 눈동자가 아직도 생생하오. 그애의 훌쩍임이 울음으로 터졌소. 난 돌아보지 않았소. 또 하나의 업을 쌓고 말았지. 섣부른 사랑이 그애를 더 아프게 했을 테니. 선생, 참 잘한 일이란 게 후회되는 일이기도 하니 두 개의 답을 완성한 것 같소이다."

닥터 뚜렛은 가슴을 더듬어 담배를 꺼내 물다 도로 내려놓았다. 틱, 틱. 라이터를 공회전시켰다. 팟, 팟. 불씨가 튕겼다. 티틱, 파팟, 티틱, 파팟. 가솔린 냄새가 새 나왔다. 형우의 커다란 눈이 가물거렸다. 아줌마였어… 아, 형우… 그의 입술이 금붕어처럼 벙긋벙긋했다.

"그랬어, 당신의 얼굴은 푸석하지도 주름지지도 않았어. 당신은 빨간 집이 수 놓인 앞치마를 두르고 있었어. 내가 빤히 쳐다봤나 봐, 어쩌면 당신이 먼저 내게 눈을 두고 있었는지도 모르겠어. 당신이 나를 식탁 의자에 앉혔어. 무릎을 접어 나와 눈을 맞췄어. 그리고 앞치마를 펼쳐 보이며 여기, 요리의 신이 살고 있어! 라고 말했어. 그리고 시계를 가리키며 5분이 남았다며, 4시가 되면 마법이 시작된다고 했어. 어른들은 가끔 동화 같은 이야기를 한다는 걸 알고 있었지만, 형우가 뭐든 잘 먹잖니? 라는 당신의 말은 그럴듯했어. 뭐든 안 먹겠다는 내게 게임을 거는 거라 생각했어. 학원 간 형우를 기다리는 시간만큼은 당신을 차지할 수 있었으니 나는 좋아요! 하며 고개를 끄덕였어. 자, 이제 눈을 감아. 당신의 손이 내 눈을 쓸어내렸어. 최고의 맛이여 영원하라! 나무 피리에서 나올 법한 당신의 콧소리에 웃음이 나올 뻔했어. 당신은 등을 돌리고 툭닥툭닥 고구마를 썰었어. 네모 세모 동그란 것을 기름 팬에 넣었어. 눈 감고 있지? 당신이 물을 때마다 네! 소리치며 난 얼굴을 더 찌푸렸어. 당신은 튀긴 고구마에 재바르게 꿀을 묻혔어. 할머니가 꺼져가는 불씨라면 당신은 파랗게 타오르는 불꽃같았어. 기름 냄새가 고소하다는 생각이 드는 순간 신기한 일이 벌어졌어. 거짓말처럼 입속에 침이 고인 거야. 목구멍으로 뭔가를 삼키는 게 내겐 정말 고역이었건만… 눈을 떠도 좋아! 야끼모가 식을 동안 기다리라며 당신은 딸기를 씻기 시작했어. 그리고 꿀고구마를 하나하나 접시에 올리는데 당신은 어쩐 일인지 좀 전과 다르게 꿈지럭거렸어. 천천히. 느적느적. 그 슬로우 모우션에 내가 소리치고 말랐어. 아줌마! 언제 먹어요? 당신이 웃었어, 깔깔⋯ 깔깔 웃던 그녀⋯ 내게 '엄마'라는 세계를 보여준 그녀⋯ 당신이었어."

　윤이 물리치료실 앞에서 동그랗게 몸을 말고 앉아있었다. 그녀는 털목도리에 얼굴을 파묻은 채 소파 귀퉁이에서 빠져나온 스펀지를 만지작거렸다. 닥터 뚜렛은 핏줄이 불거진 그녀의 손등을 보자 깔깔 웃으며 딸기를 집어주던 그녀가 스쳐 갔다.
　"초이님, 어젯밤엔 통 못 주무셨다면서요?"
　"밤에 못 자면 낮에 자면 되고, 낮에 못 자면 밤에 자면 되고⋯"
　"잠시 제 방으로 가시지요, 카페인이 없는 커피가 있습니다."
　"그런 건 별로야, 사람으로 치면 영혼이 없는 거지."
　천천히 몸을 일으키는 그녀는 며칠 전보다 기운이 없어 보였다.
　"칼바람이 불어댄다는군. 이놈의 겨울은 그저 늙은이들을 괴롭히기나 하지. 선생은 모를 거요, 허무하다고 느낄 때는 그래도 살만해. 죽을 때가 되면 환멸이 따라오거든. 정을 떼야 갈 것 아니오."
　"오늘따라 기분이⋯ 안 좋아 보이십니다."
　안 해도 될 말이다. 별 간호사가 옆에 있었다면 울려는 아이 뺨치기, 라 했을 것이다. 어설픈 관심이라 했을 것이다.
　"⋯ 선생, 청이 하나 있소. 들어주겠소?"
　"그, 그럼요. 뭐든⋯ 말씀해 보세요."
　"내 몸에 호스 안 꽂겠다고 약속해 주구려."
　"갑자기 왜 그런?"
　"생각이 안 나, 밥은 먹었는지 세수는 했는지. 화장실 가는 것도 까먹어."
　"하, 저도 깜박깜박하는걸요. 괘념치 마세요. 어르신은 컴퓨터도 다루시는걸요."
　"그것도 기억이 안 나. 지문 같은 그거, 아이디 말이오. 아무래도 경고

등이 켜진 것 같어. 사는 건 긴 고통 죽는 건 짧은 고통이라는데 내가, 오동낭게 걸렸어."

"찜질하시고 한숨 푹 주무시지요. 기분이 한결 좋아질 겁니다."

그는 고개를 저으며 한숨만 내쉬는 그녀에게 무슨 말을 해야 할지 막막했는데, 별 간호사가 그녀의 물리치료 순서를 알려왔으니 잠시 안도할 수 있었다. 그때였다. 윤이 소리를 버럭 질렀다. 우리가 물건이 아니잖소! 그녀의 눈가가 금세 달아올랐다. 목소리가 부들부들 떨렸다.

"기계가 아니란 말이오! 당신들, 망가진 몸이 더는 쓸 수 없을 때를 기다리지 않소! 그런 게 존엄사라는 것 아니오? 콧줄로 먹고 싶지도 않고 오줌줄로 싸고 싶지도 않단 말이오!"

별 간호사는 잽싸게 그녀에게 다가갔다. 풀어진 목도리를 여며주며 팔짱을 끼자 그녀가 몸을 획 틀었다. 치워, 혼자 갈 거구먼! 그는 비틀대며 진료실을 나가는 그녀를 물끄러미 쳐다보았다. 그는 재치라곤 없는 자신이 무척 못마땅했다.

꽃샘추위가 이어졌다. 닥터 뚜렛이 세미나 일정으로 한 주 동안 병원을 비운 다음 날이었다. 진료실로 들어서자 별 간호사가 곧장 따라 들어왔다. 간호일지를 쓱쓱 넘기며 종알대기 시작했다.

"치매가 아닌 분열증이에요. 피해망상에 환시와 환청, 분노… 엉망이에요."

"처방도 좀 하지 그랬나."

"그저께는 약을 내동댕이쳤고 어제부터 식사도 목욕도 거부했다고요. 초이 할머니요!"

닥터 뚜렛은 꺼낸 담배를 집어넣고 계단을 내디뎠다. 그는 마지막으로 본, 날이 선 윤의 글을 기억했다. 바늘처럼 뾰족한 어투였다.

"십 년 전이나 지금이나 조금도 개선되지 않는구려. 개똥밭이나 감사, 감사하라는 이곳 말이오. 한 뼘 뒤에선 장례를 치르고 우리는 순서를 기다리지. 기다린다는 것이 꼭 희망만을 뜻하지 않는다는 걸 당신은 알지

245

않소. 존경하는 의사 양반 부탁이오. 탈출을 갈망하는 눈들을 모른 척 마시오. 혹여 숨이 멈출까, 별 조치를 다 하는 구질구질한 것들을 걷어 내시오. 영혼마저 구질구질해지니 말이오. 내게는 어떤 호스도 꽂지 마시오. 절대로!"

윤이 벽을 더듬으며 화장실에서 나오고 있었다.

"어르신, 잘 지내셨어요? 글이 없어 궁금했습니다. 손주 사진도 안 보시고?"

윤은 낯선 이를 쳐다보듯 그를 빤히 올려다보았다.

"눈깔 나간다고 집어치우래."

"… 밥은 왜 안 드십니까? 입맛이…"

"먹지 마래. 귀가 어찌 된 게야? 저 노랫가락이 안 들려?"

"그건 옳지 않아요. 봄이 오고 있어요. 저랑 꽃구경 가기로 했잖아요. 커피랑 담배랑…"

"가지 마, 가지 마, 안 들려? 형우 말이 안 들리냐고!"

윤의 눈에 원망과 불신이 가득 차 있었다. 또 시작이구먼, 혀를 차며 정 노인이 침대에서 내려왔다.

"선상님, 내 이마 짝에 혹 좀 보소, 저이가 숟가락을 던졌구만요, 눈 빠질 뻔했당게요. 누구는 미쳐서 여기 온다더만 난 여거 와서 미치것소."

윤이 갑자기 병실 문 쪽을 노려보며 얼굴을 일그러뜨렸다. 갈 겨, 갈 거라고! 귀를 막으며 소리쳤다. 닥터 뚜렛이 양손으로 그녀의 어깨를 잡고 힘줘 말했다.

"윤초이님! 제 눈을 봐요. 숨을 크게 쉬어 봐요. 이렇게 후, 후."

윤은 무슨 말을 하려다 말고 입을 반쯤 벌린 채 그를 잠깐 바라보았다. 눈의 초점이 정확하지 않다는 별 간호사 말이 틀리지 않았다. 어르신, 괜찮아요? 그의 말은 아랑곳없이 그의 어깨너머를 힐끔거렸다. 그리고 귓속말하듯 속삭였다.

"아즉도 있어. 쩌기."

예상치 못한 빠른 진행이었다. 실명 위기는 그녀에게 극도의 불안과 공포를 안겨주었다. 그건 환각의 원인이기도 했다. 벽을 보고 중얼거리더니 말을 걸어오는 사람에겐 소리를 질렀다. 소변을 참지 못한 자신에게 죽일 년인 거, 병신인 거, 할 때는 정신이 돌아왔을 때였다. 간호사를 밀치고 얼굴을 닦아주던 간병인의 손을 깨물기도 했다. 항우울제와 수면제를 첨가하고 정신과 약을 추가해야 했다. 자해나 상해를 염려하지 않을 수 없기 때문이다.

닥터 뚜렛은 알 수 있었다. 그녀는 이제 순한 개처럼 잠에 빠질 것이고 눈을 희번덕이며 말조차 어눌해질 것을. 수용소 같은 집중치료실에서 소변줄은 물론이고 코와 위장을 연결한 호스로 섭식하리란 것을. 그리고 뭉크러진 복숭아처럼 진물이 나고 사지가 굳어가도 그녀의 삶은 계속되리라는 것을.

봄비가 오락가락하며 종일 내렸다. 그날은 생일상을 받고 온다는 정노인에게 외박을 허락한 날이기도 했다. 흡연실 담벼락이 비에 젖어있었다. 담쟁이 넝쿨이 쭉쭉 세력을 넓히며 벽을 덮고 있었다. 닥터 뚜렛은 타들어가는 담배를 잊은 채 넝쿨잎 하나를 유심히 지켜보았다. 거대한 대열에서 이탈해 버린 잎이었다. 아이 손바닥만 한 그 잎은 갈라진 시멘트 틈에 끼어 비바람에 바들거렸다. 더는 오르지 못할 이파리를 그가 톡톡 건드렸다. 팔락거리며 발아래로 떨어진 이파리는 물웅덩이에서 살랑살랑 동심원을 그리더니 한순간 빗물에 쓸려 내려갔다. 잎맥이 혈관처럼 붉고 선명한 그것은, 흔적도 없이 사라져버렸다.

닥터 뚜렛은 별 간호사의 차가 주차장을 빠져나가는 것을 가만히 지켜보았다. 그리고 2층으로 향했다. 계단참에서 간호사실이 있는 긴 복도를 주시했다. 티브이 소리가 간간이 들려왔다. 교대 시간이 된 두 간병인이 승강기에 올랐다. 그는 태연스레 209호로 들어갔다. 하 노인의 산소 방울은 어김없이 올라오고 있었고 김 노인은 푸푸 고른 숨을 내쉬고 있었다. 그는 윤의 곁으로 성큼 다가섰다. 물기 어린 그녀의 눈이 번들거렸다. 더는 보지도 담지도 못하는 그 눈은 바닥까지 휘저어도 아무것도 잡히지 않는 빈 항아리 같았다. 그는 베개를 빼내 들었다. 지긋이 힘을 가했다. 빗소리가 점점 차올랐다. 숨이 죽은 베개는 쿠션이 적당했다. 그 일은, 넝쿨잎을 건드려준 것만큼 쉽고 간단했다.

목련이 피는가 했더니 그새 지고 있었다. 열정도 고혹함도 사라져버린 누렇게 뜬 목련은 붉게 번지는 영산홍에 오월의 화단을 내어주고 있었다. 햇살이 책상 위로 길게 드리워졌다. 닥터 뚜렛은 사보에 실을 글을 간추렸다. 깜박이는 커서 앞에 그의 눈이 멈추었다.

"선생, 내가 좋아한 것들은 말이지 대단찮은 것들이오. 초록초록 내리는 빗소리나 구불구불한 숲속 길, 더 보태면 시시한 농담 같은 것이오. 웃으려고 사는 것 아니오? 인생살이란 게 배배 꼬인 새끼줄이잖소, 거친 줄에 기름칠하듯 나는 농을 즐겼소. 죽을 땐 어떤 농담을 할까 상상하던, 그런 때도 있었다오. 개망초가 흐드러진 강변로가 문득 그립소. 긴장하시오, 선생. 더 살겠다고 떼쓸지도 모르니."

"하하, 봄이 오면 뒷산 자락이 온통 진달래지요. 꼭 한번 가기로 약속해요."

"요즘 젊은이들은 이렇게 쓰더이다. 쌤, 쵝오! 별이는 데리고 가지 맙시다."

그의 입꼬리가 슬며시 올라갔다. 그의 입술이 달싹거렸다. 그곳에도 봄꽃이 피었나요?

밤이면 누워서 소설을 읽는 때가 있었습니다. 울고 웃는 캐릭터를 가만가만 따라가는 저는 성실한 독자였습니다. 행간에 스며든 작가의 사유마다 고개를 끄덕였고 멋진 비유 앞에서는 밑줄을 그었습니다. 진실을 꿰뚫는 그들의 통찰력과 제각각의 상상력에 감탄하고 환호했습니다. 마음 한쪽에 새겨진 문장들은 종종 저를 자극하며 앞으로의 시간에 대해 물어왔습니다.

"인생은 짧다는 생각이 들었어. 그래서 난 내가 원하는 식으로 살아갈 생각이야. 그렇게 살아주었으면 하는, 다른 사람들이 생각하는 방식이 아니라…" (매기 오스본 『유언』)

해야 하는 것보다 하고 싶은 것으로 눈을 돌렸습니다. 쓰던 일기를 수필로 그리거나 혹은 시로 물들이곤 했습니다. 사람도 사물도 빤히 쳐다보는 습관이 생긴 언제부터인가 감히 소설을 쓰고 있었습니다. 내가 쓴 글에 환호하는 이가 있다는 생각만으로 뭉클했습니다. 작가라니, 저는 이야기를 술술 엮어내는 사람이 아닙니다. 위트가 있거나 언변이 좋은 사람도 아닙니다. 그저 '쓰기'를 좋아할 따름입니다. 글은 손으로 하는 말이었습니다. 손으로 하는 말은 입으로 하는 말보다 조금 쉬웠습니다. 조금 더 신중할 수 있기 때문인가 봅니다. 소설, 한 채의 집짓기가 아닐는지, 설계부터 완공까지 과정마다 삐걱거렸지만 살면서 해온 무엇보다도 매력적이었습니다. 더 들여다보고 더 깊이 사고하겠습니다. 작가가 될 역량이 있는지 확신할 수 없지만 이 밤, 행복합니다. 소설이 내게 준 기쁨만큼 보답해야하는 책임감을 느끼지만 오늘 만큼은 행복하려

합니다.

난계문학관의 엄창석 선생님께 감사드립니다. 선생님의 열정적인 수업이 큰 힘이 되었습니다. 소설의 길을 가게 해 준 김이정 선생님과 동고동락하는 글동무들에게도 감사를 전합니다. 암울한 팬데믹 시대에 느슨해진 습작생에게 한 줄기 빛을 주신 동양일보사와 심사위원님께 감사드립니다.

삶의 아름다운 정리는? 존엄사에 대한 질문.

일상의 다양한 삶에서, 남이 지나쳐 보는 것을 자세히 보고 찾지 못하는 의미를 찾아, 성찰과 재구성을 통하여 독자에게 전해주는 것이 작가의 역할이라면, 독자가 재미와 공감을 느끼고 어떤 의미를 깨닫게 하느냐 하는 것은 작가의 능력이다. 심사자에게 넘어온 작품 32편 가운데, 이러한 보편적인 능력을 갖췄다고 보이는 작품 3편을 가려냈다.

'암병동의 하루(서기주)'는 암병동의 일상을 통해 암환자와 간병인들의 투병과정을 소상하게 그려냈다. 문장도 원만한 편이나, 기복 없는 평면구성으로 독자를 긴장시킬 만한 요소가 없고, 시창작에 몰입하겠다는 환자의 각오 하나로 희망을 찾는다는 결말처리 역시 너무 싱겁지 않나 생각된다.

'1981년, 순례자(이종희)'는 영안실, 생사의 경계지역에서 무연고 행려병자의 시체를 관리하는 세신사洗身士들의 이야기다. 죽은 자도 산 자도 모두 막장에 다다른 고단한 군상들의 모습이, 인간의 가치나 존엄성은 어디까지 보장되는 것인가를 돌아보게 한다. 문장이나 구성에 무리가 없고, 무연고 시신을 어머니로 착각하고 울부짖는 '최'의 광기는 다양한 효과를 발휘한다. 혈연은 죽은 자와 산 자의 사이에도 끊어지지 않는 질긴 끈이라는 것, 모자가 누려온 저간의 삶이 어떤 것이었나를 짐작케 하는 것, 그리고 독자를 잠시 긴장케 하는 극적효과를 발휘하는 것이다. 인물들의 내면 조명에 신경을 썼더라면 하는 아쉬움이 있지만, 작가로서의 성장 가능성을 믿어도 좋은 작품이라 여겨진다.

'야끼모(진성아)' 역시 죽음에 관한 이야기다. 외로운 성장기에 친구 어머니에게서 모정을 느끼던 소년은 의사가 되고, 모정을 베풀던 친구 어머니는 치매노인이 되어 요양병원에서 다시 만난다. 옛날에 두 사람을 이어준 것은 모정이 담긴 '야끼모(튀김고구마)', 현재는 연명을 위한 투약. 의사는 '야끼모'에 담긴 모정을 기억해 내지만. 증상이 악화된 노인은 모정에 목말랐던 소년을 기억하지 못한다. 다만 잠깐 기억을 되찾을 때는 자신의 삶이 더 비참하게 추락되기 전에 죽기를 소원한다. 의사는 아무도 모르게 노인의 소원을 이루어 준다.

존엄사를 생각하게 하는 작품이다. 의사의 의도는 물론 선의일 것이나, 그 행위는 어떻게 판단해야 하는가? 작가는 법조문을 떠나, 인간 생명의 한계, 삶의 끝은 어디까지인가를 독자에게 묻고 있다. 그러면서도 작가는 침착하고 냉정하다. 의사의 행위를 굳이 변명하거나 미화하지 않고 비난하지도 않는다. 구성도 치밀하고 문장 역시 흔들림이 없다.

당선작으로 민다. 응모자들의 노고에 감사를 드리며 당선자에게 축하를 보낸다

매일신문 **허 성 환** ㄱ

1986년생
중앙대학교 예술대학원 문예창작 전문과 과정 (진행 중)
(학부는 국립경상대학교 식품영양학과인데 4학년 하고
졸업을 안했음)

매일신문

달팽이를 옮기는 방법

허 성 환

연차를 낸 평일에도 남편의 모니터 화면에는 복잡한 알고리즘이 그대로 떠 있다. 책상에 노트북이 켜진 거로 봐서 작업 중이었던 것으로 추측된다. 뚜껑이 따진 캔 맥주와 핫바 껍데기, 과자봉지가 책상 위에 어지럽게 놓여있고 백화점 카탈로그가 아무 쪽이나 펼쳐져 있다. '단순함은 진정한 우아함의 핵심이다.'라는 코코 샤넬의 명언이 담긴 샤넬 가방 광고였다. 카탈로그의 상품을 구매했다면 홈쇼핑 주문이니 밖에 나갈 이유가 없다.

남편은 우리가 같이 자는 안방에도 없었다. 침대 밑에도, 화장실에도 없었다. 남편이 숨바꼭질 같은 걸 할 사람은 아니었다. 안방 옆의 드레스룸에는 내가 즐겨 입던 계절별 옷과 시즌오프로 아울렛에서 산 옷들이 걸려 있다. 옷가지를 쓸데없이 뒤적거려보다가 깨달았다. 남편은 후드 티셔츠와 체크 남방, 트레이닝 복 몇 개 빼고는 옷이 없었다. 보일러실이나 세탁실을 가 볼 필요는 없어졌다. 남편이 밖으로 나간 것을 확신 쪽으로 기울였다. 거실로 나와서 현관 쪽을 쳐다보니 남편의 하나뿐인 운동화가 사라진 것이다.

그렇다면 중고 물품 거래를 하러 간 것일까. 이따금 남편은 중고나라 카페를 통해서 집 근처에 있는 사람에게 파티용 무드 플라워 향초나 빔

프로젝트를 사 오기도 했다. 물론 그 빔프로젝트로 남편이 거창하게 떠들어대던 영화감상은 단 한 번도 한 적이 없었다. 도무지 쓸 일이 없어 보이는 무드 향초도 스무 개나 사 와서 온종일 내게 구박받기도 했다. 남편은 인터넷을 뒤적거리다가 바람도 쐬고 동네 사람도 만날 겸 사 왔다고 변명했다. 남편은 최근 들어 점점 이상해지고 있었다.

남편에게 전화를 걸어보니 거실에서 벨 소리가 울렸다. 테이블 아래 충전기를 꽂고 충전 시켜 두고 간 것이다. 테이블 소파의 맞은편에는 벽걸이 TV가 있고 그 옆에는 화이트보드가 있다. 화이트보드에는 우유, 삼겹살, 아이스크림 따위의 단어들이 지워진 자국이 있다. 남편에게 신혼 때부터 마트 심부름을 시켰던 흔적이다. 남편에게 주문할 때는 주의가 필요했다. 예를 들어 밤고구마를 사 오라고 남편에게 주문하면 남편은 밤과 고구마를 사 왔다. 밤고구마라는 품종이 있는 줄 몰랐다는 것이다. 카레를 만들어 주겠다고 돼지고기를 사 오라고 시켰더니 찌개용 고기를 사 왔고 잡채를 만들어주려고 고기를 사 오라고 했더니 가브리살을 사 왔다. 남편은 고기가 다 비슷하게 생겨서 그게 그건 줄 알았다고 했다. 시킬 때는 뭐든 구체적으로 적어줘야 했다.

"마트 갈 때, 우유 사 와. 아 참, 사과 있으면 6개 사와."

구체적인 개수를 알려줘도 다른 지점에서 문제가 일어나기도 했다. 남편은 사과가 아닌 우유를 6개 사 왔다. 그러니까 남편은 마트에 사과가 존재하면 우유를 6개 사 오라는 걸로 이해했다는 것이다. 이후에 남편의 프로세스를 파악하고 구체적으로 오더를 했더니 실수 없이 잘 소화했다. 오늘은 마트 심부름을 부탁하지도 않았다. 그렇다면 도대체 남편은 어디로 갔을까.

요즘 같은 시대에 휴대전화를 두고 가면 정말 어쩔 도리가 없어진다. 거실을 서성이다가 단서를 찾을 만한 대상은 아무래도 컴퓨터뿐인 것 같아서 다시 작업실로 돌아왔다. 남편의 노트북 모니터를 들여다봤다. 남편의 컴퓨터를 잘 못 손대다가는 중요한 파일이 날아갈 수 있어서 조심스러웠다. 윈도우 작업 표시줄을 보니 바탕화면의 음악 플레이어에는 가수 이적의 '다행이다' 노래가 재생되고 있었다. 헤드셋이 연결되어 노래가 밖으로 나오지 않아서 몰랐는데 반복 재생되고 있었다. 생각났다. 남편은 내 생일 두 달 전 즈음에 보컬학원에 나 몰래 다니다가 적발됐다. 남편이 언성을 높이며 학원 원장과 실랑이를 벌이고 있었다.

"아니, 제가 가수 데뷔하려는 것도 아니고 직장인 취미반을 등록했는데, 당연히 한 곡을 완곡 하는 게 중요한 거 아닌가요? 발성 연습만 지금 두 달째입니다. 상담 때 말씀드렸잖아요! 아내 생일날, 아내한테 불러주려고 연습하는 거. 벌써 아내 생일 지났어요!"

"아니, 선생님, 이적이 장난입니까? 이적 노래를 그렇게 빠르게 마스터 할 수 없어요. 이적의 노래는 쉬워 보이지만 결코 만만한 게 아니라는 겁니다."

나는 남편에게 따졌다. 여가활동이나 취미생활을 뭐라 할 게 아니라 나와 의논하지 않았다는 점이다. 어디 갔는지 말하고 가면 덧나냐고. 남편이 고개를 숙였다. 몰래 깜짝 연습해서 노래를 불러줘야 효과가 있는데 들켜서 수포로 돌아갔다는 것이다. 방 안을 다시 둘러보았다. 방 안에 있는 남편의 물건이랄 게 딱히 없었다. 동종업계 사람들은 피규어나 로봇, 장난감들을 전시하고 사는 경우도 꽤 있는 것으로 안다. 프라모델이 하나 있는 건 우리가 다니는 게임회사에서 출시한 것으로 전 직원에게 나눠준 거였다. 그 이외에는 내가 인터넷으로 주문해서 아직 뜯지 않은 택배상품이 박스채로 쌓여 있었다. 남편의 공간은 점점 줄어들고 있었다. 나는 채워 넣자고 했다. 이제 남편도 여가생활을 챙겨야 하지 않겠냐고. 남편은 자기는 괜찮으니까 나보고 몸조리 잘하라고 했다.

나는 임신 9주 차에 약하게나마 뛰던 태아의 심장이 멈췄다는 진단을 받았다. 첫 아이는 임신 초기에 심장 뛰는 것이 확인되지 않은 상태에서 자연 유산됐다. 다이어트약을 복용 중이었고 대장내시경은 물론, 태아에게 악영향을 끼칠만한 행동을 많이 했다. 두 번째 아기는 우리가 원한 계획 임신이었다. 산부인과도 양재에서 강남으로 옮겼고 난임 카페에서도 좋은 글만 골라 읽었다. 육아휴직을 내고 극도로 신경을 썼는데 또 유산이라니. 내가 딛고 있는 지구가 와르르 무너지는 줄 알았다. 인공수정마저도 실패로 끝났다. 눈물이 더 나오지 않을 만큼 운 뒤에 남편과 함께 둘이서 즐길 수 있는 삶을 살자고 약속했다. 남편은 닌텐도 오락기도 샀고 플레이스테이션도 샀다. 새것은 아니었고 중고거래 카페를 통해서 헌것을 사서 가지고 놀았다. 그것마저도 되팔아서 받은 돈을 내게 주었다. 우리는 웃음을 잃었다.

인터넷 목록을 뒤져서 남편이 최근에 옥션으로 산 목록을 체크했다. 침낭이 있었고 침낭이 들어갈 만한 큰 사이즈의 등산 가방이 있었다. 코펠이나 버너는 없는 것으로 봐서 낚시나 캠핑을 기획한 것 같지는 않아 보였다. 닭가슴살도 있었다. 최근에 내가 남편에게 배가 나와 보인다고 살 좀 빼라고 구박했더니 운동은 하지 않고 닭가슴살만 주문해서 가끔 먹고 있던 것이다. 구매목록을 삭제한 내역은 없어 보였다. 나는 휴대전화를 들고 인사과 지인에게 전화를 걸었다.

"혹시 우리 남편, 회사에 있나요? 지금 회사에 없죠?"

"남희 씨, 연차 써서 휴가인데? 회사에 없어. 자기, 남편이랑 대화 잘 안 해?"

"아뇨, 휴가란 말은 들었는데 집에 없어서요."

"또 맨홀에 빠진 거 아니야?"

그제야 생각났다. 남편은 언젠가 집에 돌아와서 이불을 꽁꽁 뒤집어쓰고 있었던 적이 있었다. 한여름에 이불을 뒤집어썼기에 뭔가 싶어서 이불을 걷었더니 온몸에 긁히고 찢긴 상처가 나 있었다. 남편의 몸에서 악취가 났다. 무슨 일이냐고 물으니까 대답하지 않고 회피하려 했다. 누군가에게 맞았거나 넘어져서 다친 흔적은 아니었다. 내가 계속 들볶자 남편은 끝내 입을 열었다. 길을 걷다가 맨홀에 빠졌다고 했다. 나는 남편에게 바보 멍청이라고 했다. 아무리 휴대폰을 보고 길을 걷거나 딴청을 피워도 공사 중이면 위험이나 경고 문구를 주변에 표시해두지 않느냐고. 그러니까 남편은 푯말이 없어서 빠진 거라고 했다. 나는 남편의 말을 믿지 않았다. 그런데 그날 밤 뉴스에 맨홀 뚜껑을 고물상에 내다 판

절도범이 검거되었다고 나왔다.

　나는 전화를 끊고 서둘러 밖으로 나갈 채비를 했다. 남편은 어딘가에 빠져버렸을 수도 있을 것이다.

　밖은 완연한 가을인데 날씨가 우중충했다. 주차장에 차가 덩그러니 세워져 있다. 아직도 남편은 한때 임신 중이었던 나를 위해서 차를 놔두고 대중교통을 이용하던 습관이 그대로 남아있다. 내비게이션의 목록에는 아직도 강남의 산부인과가 추천 도착지로 설정되어 있었다. 아주 오랜만에 차에 시동을 걸었다. 액셀러레이터를 밟고 달렸다. 산책로와 가시나무가 있는 도로가 펼쳐졌다. 문득 남편을 처음 만났을 때가 떠올랐다.

　겨울처럼 추웠던 어느 봄의 오후, 사내 카페테리아에서 인사과 지인과 커피를 마시며 담소를 나누고 있었다. 인사치레로 서로의 의상을 칭찬하다가 뜬금없이 지인이 어떤 남자를 원하느냐고 내게 물었다. 나는 내 말만 잘 들어주면 괜찮다고 말했다. 부모님의 권유로 맞선을 몇 번 봤는데 별로였다. 그래서 평소에 사내커플이 되어보는 것도 괜찮다고 일부러 부서마다 입버릇처럼 말하고 다녔다. 인사과 지인이 남자 한 명이 곧 올 거라고 했다. 내 남편이 되기 전의 그는 우리 게임회사의 주력 게임의 캐릭터가 그려진 후드 티셔츠를 입고 내 앞에 나타났다. 그가 머뭇거리자 인사과 지인이 끼어들었다.

　"남희 씨는 개발팀 프로그램팀장이고 연봉은…… 우리 다 같은 회사니까 대충 알지? 돈 잘 벌어."

　그는 안절부절 못하며 나를 제대로 못 쳐다보고 있었다. 나는 그가 먼저 말을 걸어주길 기다렸다기보다는 달걀처럼 예쁜 두상과 어린 선인장의 가시처럼 듬성듬성 나 있는 그의 턱수염을 보고 있느라 말을 걸지 못했다. 전체적으로 봤을 때 미남이 아니라서 장점을 찾으려 애썼다. 침묵이 5초간 이어지자 그가 손을 쥐었다 폈다 하면서 구시렁거렸다.

　"인생은 짧고 코딩은 길다. 일하러 가자."

　나는 자리에서 일어난 그를 붙잡았다.

"잠깐만요! 아니, 서로 이름이라도 알고 지내요. 무슨 사람이 사람을 소개해줬는데 그냥 가버려요?"

"어차피 안 될 거 같아서요."

그가 체념한 표정을 지었다. 전체적으로 표정이 어둡고 침울해져 있었다. 그렇게나 빨리? 나는 이해할 수 없었다. 인사과 지인이 그를 측은한 표정으로 쳐다봤다.

"사실, 남희 씨 소개팅 두 번 퇴짜 맞아서 자신감이 없어. 사람은 참 좋아. 속는 셈 치고 한 번 만나봐."

인사과 지인이 중재해서 그와 연락처를 주고받았고 일주일 뒤에 첫 데이트를 하게 되었다. 그는 내 집 앞까지 차를 몰고 왔다.

"날씨가 쌀쌀하네요."

그가 그렇게 말하고 나서는 대화 자체가 끊어져 버렸다. 차는 출발하지도 않고 주차된 상태였다. 그는 안절부절 못하고 운전대를 잡고 있었다. 이마에 식은땀이 흐르고 있었다. 설마, 이 사람, 에어컨을 틀 줄 모르는 건가. 아니면, 초보운전이라거나 설마? 무면허 운전? 곧장 제가 운전할까요, 라고 물으려다가 그건 법적으로 문제가 되니까 제안할 수 없었다. 그가 겨우 입을 열었다.

"후……. 연주 씨, 죄송해요. 제가 연애 경험이 너무 적어서 데이터가 없어요. 원래 첫 데이트에는 분위기에 좋게 비트가 빠른 팝송이나 최신가요 같은 거 틀어두고 신나게 달려야 하는 거 같은데, 음악이 없어요. 나, 여태껏 음악도 안 듣고 뭐 했지. 아, 생각해보니 우리 회사 게임 BGM이랑 OST만 죽어라 들었네. 라디오라도 틀까요?"

나는 뭔가 많이 잘 못 되었음을 느꼈다. 그의 이마에 송골송골 땀이 맺힌 게 보였다. 순간, 그가 차를 운전하지 않아도 되는 아주 좋은 방법이 떠올랐다.

"그냥 여기 주차해두고 우리 집으로 가요. 제가 맛있는 거 해줄게요."

"아, 정말요? 그래 주시겠어요?"

"네, 그럼요."

"그럼 신세 좀 지겠습니다."

그는 갑자기 천진난만한 표정이 되었다. 그가 나를 졸졸 따라서 내 집 앞까지 왔고 나는 도어락 문을 열었다. 오피스텔 안은 조금 지저분했지만, 속옷 같은 게 널려있지 않아서 상관없었다. 그가 나를 따라 들어왔다. 나는 부엌으로 갔지만, 그와 외식할 거라고 생각했기 때문에 요리할 재료를 사두지 않았다. 어쩔 수 없이 라면을 끓였다. 그래도 손님이 왔으니 파도 송송 썰어 넣고 달걀도 하나 풀었다. 김치도 꺼내서 식탁에 올렸다. 그는 정갈하게 차려진 라면 보고 휴대폰을 꺼내서 사진을 찍기 시작했다. 몇 번 찰칵 소리가 나더니 마음에 드는 사진을 건졌는지 흐뭇한 표정을 지었다.

"잘 먹겠습니다!"

그는 라면을 아주 행복한 표정으로 다 먹었다. 그러고 나서 뒷정리를 시작했다.

"김치는 냉장고에 넣으면 되나요? 그릇, 싱크대에 놓을까요? 설거지, 제가 해요? 저, 설거지 잘하는데."

내가 설거지를 부탁하니까 그는 콧노래를 흥얼거리며 설거지를 시작했다. 나는 의자에 앉아서 설거지하는 그의 뒷모습을 빤히 쳐다보았다. 그는 설거지를 잘하는 것 같지는 않았는데 참 열심히 했다. 설거지를 마치고 나를 쳐다보았다. 뭔가를 요구하는 눈빛이었다. 표정이 목줄을 한 골든레트리버가 주인이 시킨 대로 심부름을 하고 왔을 때, 머리를 쓰다듬어주길 원하는 눈빛이었다. 나도 그를 빤히 쳐다보았다. 당연히 유혹의 눈빛은 아니었다. 이 상황을 어떻게 해야 할지 내적 고찰 중인데 그가 나를 빤히 쳐다보았다.

"혹시 지금 키스할 타이밍인가요?"

"아뇨."

그에게 천천히, 알 수 없는 감정이 들면서 빠져들 법 같기도 한데 얼굴을 보니 잘 생기진 않아서 첫날부터 키스하긴 힘들 거 같았다.

"앗, 죄송합니다. 연애를 글로만 배워서 이런 상황에서는 하는 거로 잘

못 알고 있었어요."

2분 정도 침묵이 있었고 그는 안절부절 못하고 좁은 거실과 부엌 사이를 왔다 갔다 했다. 화장실이 어디에 있냐고 물어본 뒤 화장실에 잠시 다녀왔고, 무언가 말하고 싶은 게 있는지 입을 열려다가 멈추고 다시 입을 열려다가 멈추었다. 나도 뭔가 말을 꺼내려다가 내가 꺼낸 말로 인해서 그의 대화가 어디로 튈지 몰라서 망설이는 중이었다. 그가 갑자기 심각한 표정이 되더니 침대에 걸터앉아 있는 내 앞에 섰다.

"저…… 몰라서 그랬어요. 저는 카이스트도 겨우 졸업했고 연애도 못하고 만년 공돌이로 살다가 죽을 운명이었어요. 부모님이 너는 학벌도 좋고 대기업 다니면서 돈도 잘 버는데 왜 여자가 없냐고 매일 갈구세요. 그런데 연애는 또 다른 영역이잖아요. 저도 잘하고 싶었어요. 놀이공원 같은데도 같이 가고 싶었고 영화표도 예매하고 싶었어요. 좋은 레스토랑도 예약하구요. 인터넷으로 이것저것 알아봤는데 잘 안 됐어요. 미안해요."

그는 어느새 무릎을 꿇고 더 간곡히 부탁하는 자세로 허리까지 굽혔다. 나는 그를 천천히 일으켜 세웠다.

"첨부터 잘하는 사람이 어딨나요. 저도 뭐 연애 고수도 아니고. 우리 천천히 해봐요. 그럼."

"키스요?"

그걸 말하는 게 아니었는데 그의 진지한 표정 때문에 상황이 애매해져 버렸다. 그는 미남도 아니고 조각 미남은 더더욱 아니었다. 그냥 신이 만들다가 포기한 조형 조각처럼 생겼다. 그나마 준 능력이 공부 머리 정도? 내가 그를 한심한 표정으로 쳐다보고 있자 그는 강아지처럼 구석에 가서 벽을 보고 고개를 숙이고 있었다.

"죄송해요. 초면에 말이 너무 심했죠. 만난 지 하루 만에 키스하는 사람은 엄청 잘생긴 사람일 텐데……."

그는 파양 당한 골든레트리버처럼 침울한 표정을 짓고 있었다. 내가 그에게 손을 내밀었다.

"아뇨, 남희 씨라고 못 할 거 없죠."

그가 침을 꼴깍 삼켰다. 나도 침을 꼴깍 삼켰다. 그의 어깨에 손을 올려서 그의 상체를 잡아당기고 내 쪽으로 끌었다. 그의 입술에 내 입술을 천천히 포개기 시작했다. 서로의 코가 닿지 않도록 얼굴을 조금 돌려서 키스했다. 그의 품이 이상하게도 포근했다. 나는 왠지 이 사람이 내 남편이 되어도 괜찮다는 생각이 들었다. 그의 맨홀에 풍덩 빠져버렸다. 그 안이 어떨지는 도무지 종잡을 수 없었다. 남편이 하필이면 그 넓은 서울 한복판의 맨홀에 빠졌듯이. 나도 풍덩.

우리는 작년 가을에 식을 올렸다. 그가 연애 세포가 없고 로맨스를 모른다는 것만 빼면 집안일 분담을 잘했고 말도 잘 들었다. 속을 썩이지 않아서 좋았다. 아이도 들어섰고 모든 게 순조로울 거라 생각했던 것과 달리 첫 유산을 맞았고 두 번째 유산까지 덮쳤다. 사랑스러운 우리의 아기를 보내줘야 할 미래가 펼쳐질 거라곤 도무지 상상조차 못 했다. 그 와중에 어느 날 갑자기 그가, 남편이 사라진 것이다.

차를 타고 달리면서 맨홀을 체크할 순 없었다. 맨홀이 있을 만한 곳에 차를 세우고 그 근처를 걷고 또 걸었다. 맨홀을 찾는 건 의외로 쉽지 않았지만, 각 기점과 합류점이 필요하겠다 싶은 곳에 분명히 있었다. 내가 발견한 맨홀은 뚜껑이 단단히 닫혀 있었다. 뉴스에 보도된 이후로는 누군가가 훔쳐 갈 수 없도록 확실하게 관리되고 있었다.

맨홀을 세 개 체크하고 나머지 네 개째에는 '공사 중' 푯말도 없이 맨홀이 열려 있었다. 나는 차를 갓길에 세워두고 맨홀 안을 들여다봤다. 안은 아무것도 보이지 않는 어둠뿐이었다. 나는 양손을 입 앞에 모았다. "여보, 거기에 있어?"하고 내가 물었다. "아니, 나 여기 없어,"하고 남편의 목소리가 들려오지 않았다. 손전등을 가져올 걸 그랬다. 나는 다시 외쳤다.

"당신, 어디 있어? 당신까지 잃으면 나 어떻게 살라구!" 왈칵 눈물이 쏟아져 나왔다. 한 시간이 넘게 밖을 돌아다니다가 집으로 돌아왔다. 거실 소파에 앉아서 찬찬히 생각해보았다. 남편은 심부름이 아니면 어디 멀리 나가는 사람이 절대 아니었다. 꼭 집 근처에서 멀리 나가질 않았다. 걸음이 느렸고 먼 곳에 가는 것을 꺼렸다. 집에 없어서 밖에 나가보니 집에서 삼백 미터 쯤 떨어진 곳에서 주인을 잃어버린 강아지를 발견해서 같이 놀고 있다거나 동네 DVD방이 망해서 떨이 중인 DVD를 구경했다. 중고나라 거래 아니면 편의점에서 간식을 사러 갔을 것이다. 그 의외의 동선은 추측하기 어려웠다. 그 둘 중 하나라면 이쯤에서는 집으로 돌아와야 정상이었다. 머리를 쥐어짰다. 집 근처에 갈만한 곳이 없다. 내가 처음 임신한 시점부터 남편은 차를 끌고 나가지도 않았다. 출퇴근 외에는 대중교통을 잘 이용하지도 않는다. 슈퍼마리오처럼 어딘가에 빠져서 다른 곳으로 나와버린 걸까. 남편이 멀리 갔던 적은 딱 한 번뿐이었다. 언젠가 청과물 코너에서 도매가로 할인 중인 과일을 사오라고 했더니 차를 타고 농산물도매시장까지 갔던 적이 있었다. 나는 남편에게 어떤 명령어를 입력해두었는지 생각해봤다. 혹시나 오해의 소지가 있을 법한 명령어를 입력했는지 찬찬히 기억을 더듬어 봤다. 마트

장은 어제 보고 왔다. 보컬 학원도 그만둔 거로 알고 있다. 소파에서 일어나서 천천히 화이트보드 쪽으로 걸어갔다.

남편은 결혼 후에 집안일을 배치해달라고 했다. 일주일에 한 번 하는 것과 매일 해야 할 것을 분류해서 화이트보드에 적어 두면 그대로 실행할 거라고 했다. 해야 할 일들을 적어두기만 하면 남편의 말대로 하루도 빠짐없이 행동에 옮겼다.

"일요일, 아침에 베란다 화분에 물 주기."

"노노, 그렇게 하지 말고 시간까지 적어줘."

"일요일 AM 9시, 베란다 화분에 물 주기. AM 11시, 진공청소기로 청소하기."

"그다음에 해야 할 것들도 다 적어줘."

우리는 요일을 나누어서 설거지와 빨래를 했다. 월, 화, 수는 내가 했고 수, 목, 금은 남편이 했다. 일요일은 가위바위보에서 진 사람이 했다. 남편은 내가 화이트보드에 적어둔 건 무조건 실행에 옮겼다. 문자 메시

지나 전화로 이야기하지 않았거나 갑자기 시켜야 할 것이 생각나면 화이트보드에 적어두라고 했다. 대신 정확히 적어둬야 제대로 실행되고 명령어가 이상하면 오류가 날 수도 있다고 했다. 나는 화이트보드에 내가 무엇을 적어뒀는지를 살펴봤다. 철학관에서 지어온 아기의 이름이 지워져 있었다. 글씨를 지우고 남은 얼룩까지 지우려고 남편이 행주로 거세게 문지른 자국도 남아 있었다. 그리고 그 오른쪽 아래 귀퉁이에 작은 글씨로 메모를 해둔 게 보였다.

'9월 27일. 우리 결혼기념일.'

남편에게 보라고 적어둔 게 아니라 내가 기억하려고 적어 둔 거였다. 크게 호들갑 떨 필요 없이 저녁에 간단하게 외식만 하자고 했다. 결혼 후에 서로의 살림을 합쳤다. 대출로 컨디션 좋은 신축 빌라에 들어왔다. 아낄 필요성이 있었다. 집에 돌아와서 작은 케이크 하나에다가 촛불을 붙이면 될 거 같다고 말했다. 남편이 고개를 끄덕였다. 이 명령어가 남편의 머릿속에서 다른 방식으로 작용하고 있는 것일까. 남편이 9월 26일 어제 사라졌다. 그리고 오늘은 9월 27일이다. 그렇다면 남편은 혹시 나와 식사를 하기 위한 레스토랑을 알아보러 다니는 걸까. 아니면 케이크를 사러 간 것일까. 케이크를 사두라고 말해두긴 했었다. 별 대수롭지 않게 흘러가는 말로. 집 근처에 유명 파티쉐가 운영하는 잘 나가는 제과점이 있었다. 거기 케이크는 가격도 저렴하고 너무 맛있어서 순식간에 동이 나곤 했다.

"일단 거기 제과점 가봐. 케이크 없으면 백화점 가봐."

처음으로 말투에 애교를 섞어봤다. 임신 후, 월, 화, 수요일 내가 하던 설거지와 빨래도 남편이 다했다. 두 번째 임신 중에 의자에 올라가서 장롱 위에 올려준 전기장판을 꺼내려다가 바닥에 넘어진 적이 있었다. 몸무게가 늘어나고 배가 나와서 무게중심이 달라진 걸 망각했다. 자칫 잘못하면 배가 바닥에 부딪혀서 유산될 수도 있었다. 그날 이후로 남편이 내게 편히 쉬라고 했다. 첫 유산 이후에 더는 유산 될 순 없었다. 남편이 원한 거였다. 그런데 결국 또다시 유산했다. 남편은 내게 안정을 취해야 한다며 여전히 가사 일을 내주지 않았다. 말이라도 예쁘게 해야겠다 싶어서 뒤늦게나마 말투에 애교를 조금 덧붙여본 거였다.

나는 뭔가 떠오르는 생각이 있어서 제과점으로 갔다. 남편은 분명히 케이크와 연관이 있다. 나는 케이크를 사두라고 했었다. 해외 유학파 출신이 운영한다는 제과점은 벌써 문을 닫았다. 진열장에 놓였어야 할 알록달록한 케이크들이 다 떨어졌다. 마진 따위는 생각도 안 하고 과일을 잔뜩 올리더니 과일 케이크는 주문해야 사갈 수 있었다. 아마도 남편은 케이크를 사러 좀 더 먼 곳으로 갔을 것이다.

다시 집으로 돌아와서 소파에 앉았다. 테이블에 놓인 리모컨을 들고 손바닥에 툭툭 치며 곰곰이 생각해보았다. 남편은 왜 나가면 나간다고 말을 하지 않는 걸까. 노래를 배우면 배운다고 말을 하고 케이크를 사러 나갔으면 케이크를 사 오겠다고 말하면 되는 거 아닌가. 그런데 남편이 노래는 몰래 연습해서 불러줘야 효과가 있다고 했던 말이 떠올랐다. 그렇다면 남편은 내게 말하지 않고 다녀와야 효과적인 무언가를 하러 갔을 것이다. 조금 특별한 케이크를 산다거나 작은 선물 하나를 들고 올지도 모르겠다. 그나마 다행인 건 남편이 맨홀에 빠지지 않았다는 것이다.

생각을 정리하고 머리를 식힐 겸 진공청소기를 꺼냈다. 거실을 청소하면서 생각을 비우기로 했다. 남편은 꼭 돌아올 것이다. 그런데 바닥을 보니 이미 깨끗했다. 남편이 청소에 대한 명령어까지 실행하고 나간 것이다. 집에서 내가 할 일이 없었다. 난 이제 임신도 아닌데. 남편이 없으니 뭔가 딱히 신나는 일도 없고 적적했다. 할 일이 없어서 TV를 틀었다. 드라마, 영화, 다 무료했다. 남편이 옆에서 국가대표팀 축구를 훈수 두고 국회의원들의 정치에 대해서 구시렁거리지 않으면 사는 느낌이 나지 않는 것이다. 러닝 차림의 남편이 소파에 삐딱하게 누워있고 그것을 구박해야 작은 즐거움이 밀려오는 것이다. 남편과 리모컨 쟁탈전을 벌이는 게 그 어떤 예능프로그램보다 재미있었다. 채널을 돌리고 또 돌렸다. 볼 게 없어서 뉴스에서 멈췄다. 기자가 백화점에서 시민과 인터뷰 중이었다.

"샤넬 백 시세가 오른다는 소식을 듣고 왔습니다."

새벽에 넘어왔다는 시민이 말했다. 카메라가 백화점의 명품관 입구에 줄 서 있는 사람들을 비췄다. 아나운서는 경기불황에 따른 보복 소비심리를 소개했고 심리학 박사는 리셀러들의 사회적 현상에 관해서 설명했다. 미취업 청년들의 경우엔 샤넬 백을 되팔면 100만 원 정도의 차익을 낼 수 있기 때문에 충분히 텐트를 치고 밤새 기다릴만한 가치가 있다는 내용이었다. 이어서 익숙한 사람의 모습이 보였다. 남편이었다. 남편은 오픈 직전의 샤넬 매장 입구 바로 앞에 줄을 서 있었다. 남편이 뉴스에 나왔다. 왜? 도대체 왜? 집 근처 맨홀에 빠진 달팽이가 물길에 쓸려저 멀리 다른 맨홀에서 나온 듯한 느낌이었다. 사람들은 굼벵이가 엉금엉금 기어가듯이 조금 더 앞쪽으로 이동하려 펜스 안에서 서로를 밀치고 있었다. 백화점 입구에서 대기 중이던 기자가 남편에게 마이크를 갖다 댔다.

"여성용 샤넬 백을 왜 사려 하시죠? 혹시 되팔기, 리셀러 그런 겁니까?"

"아뇨, 아내가 갖고 싶다고 해서 왔습니다. 저는 샤넬 백이 필요해요."

남편은 달팽이처럼 등에 침낭을 돌돌 말아서 배낭에 끼워서 메고 있었다. 배낭 안에 침낭과 담요가 공간이 부족해서 삐져나와 있었고 배낭의 주머니에는 물통이 달려 있었다. 남편은 밤늦게 백화점으로 넘어가서 대기를 타고 있었던 모양이다.

남편은 굼뜨고 느렸지만 꼼꼼하고 자세히 설명해주면 무조건 해냈다. 아내가 부탁한 건 무조건 해야 하는 단순한 사람. 서툴고 때론 실수도 했지만, 설명만 상세히 해주면 그대로 실행에 옮겼다. 그리고 주어진 임무를 완료해야만 다음 행동을 했다. 레스토랑과 호텔을 예약하는 법, 혼자가 아닌 두 명의 식사를 준비하는 법, 임신에 따른 산부인과 일정에 맞춰서 연차나 반차를 내는 것. 내가 산부인과 병실 침대에 누워 있으면 내 손을 꼭 잡아주는 것. 내 뱃속에 탄생할 아기의 이름을 같이 머리 맞대고 고민하는 것. 생명이 끝나버린 아기를 마음속에서 비워내는 것. 망연자실한 표정의 나를 꼬옥 안아주는 것. 남편은 그렇게 결혼생활을 느릿느릿 하나씩, 헤쳐나갔다. 이제 드라이브를 하면 분위기 좋게 비트가 빠른 팝송이나 최신가요 같은 걸 틀고 신나게 달릴 줄도 알았다. 놀이공원은 할인 혜택을 적용했고 영화표는 공짜로 예매했다. 좋은 레스토랑은 반값 할인으로 갔고 신라호텔 디너도 예약할 줄 알았다. 만약에 내가 실수로 하늘의 별을 따오라고 입 밖으로 말을 내뱉었다면 남편은 우주선을 만들러 NASA에 들어갈 방법을 연구하고 있었을 것이다. 남편은 그런 사람이다. TV 속 남편이 외쳤다.

"우와아아아! 내가 1등이다! 나는 무조건 산다!"

남편의 모습이 카메라에 포착됐다. 남편의 표정은 아주 진지했다. 나는 나도 모르게 진공청소기의 전원 버튼을 다시 눌렀다. 거실에서 진공청소기가 계속 위잉, 돌아가는지도 모르고 그 자리에 멍하니 서 있었다.

5월 27 오후 9시 45분경에 남편이 돌아왔다. 나는 남편의 알고리즘을 완벽하게 파악했다. 남편은 결혼기념일 이벤트를 실행했다. 남편은 심부름을 시키면 시간이 오래 걸린다는 알리바이를 만들어놓고 틈틈이 사라졌다. 이벤트에 필요한 무언가를 준비하기 위해서.

남편은 자랑스럽게 샤넬 로고가 크게 박힌 쇼핑백을 내게 들어 보이며 웃었다. 나는 남편에게 달려가서 남편의 어깨를 쳤다.

"당신이 거길 왜 가! 왜 거기서 그러고 있었어! 왜! 왜!"

"당신이 가방 갖고 싶다며."

"내가 언제?"

"당신이 어젯밤에 내게 말했잖아. 케이크가 없으면 백화점 가방."

내가 남편을 부리기만 해서 난생처음 애교를 조금 섞어서 가보라는 말을 '가봐'이라고 했더니 남편은 '가방'으로 들은 것이다. 맙소사!

"아니! 그건 근처 제과점에 케이크가 다 떨어졌으면 백화점 지하 1층에 있는 베이커리에 가보라는 거였잖아!"

남편은 묵묵히 거실 바닥에 배낭을 내려놓고 앉아서 침낭과 텐트를 풀었다. 물이 다 떨어진 물통을 내려놓고 전자레인지에 데워간 닭가슴

살 껍데기도 꺼냈다. 배낭 안쪽에 꽁꽁 싸매서 가져온 작은 아이스크림 케이크를 꺼냈다. 내 나이의 개수만큼 초를 꽂고 불을 붙였다. 중고나라에서 산 무드 향초를 가져와서 하트 모양으로 배치하고 불을 붙였다. 숨겨두었던 빔프로젝트도 꺼내와서 가동했다. 방 안의 불을 껐다. 우리가 결혼 했을 때의 사진과 연애 때 서로를 그윽하게 쳐다보고 있는 사진이 하트 모양의 불빛 위로 찬찬히 넘어갔다. 잔잔한 배경음악이 깔리기 시작했다. 남편이 내 눈을 지그시 바라보았다. 남편은 맨홀이 아니라 내게 빠진 것 같았다. 남편이 온화한 표정을 지었다.

"사실 몰래 보컬학원에 계속 다니고 있었어. 깜짝 이벤트를 해주려고 시간을 벌었지. 약속했잖아. 아기 없어도 우리끼리라도 행복하게 잘 살자고."

남편이 나를 껴안고 뽀뽀했다. 가을에 발견한 나뭇잎처럼 바삭, 메마른 남편의 입술에 내 입술이 포개졌다. 걸음이 아주 느린 로맨티스트 달팽이 한 마리가 내 심장 위를 엉금엉금, 우아하게 기어가고 있었다. 오랫동안 키스를 하고 나서 남편이 나를 떼어냈다. 남편의 방에 틀어놓았던 노래의 긴 반주가 방 안에 울려 퍼졌다. 남편이 목청을 가다듬고 입을 열었다.

"그대를 만나고… 그대의 머릿결을 만질 수가 있어서……."

남편이 보컬학원에 등록한 지 5개월 만에 이적의 '다행이다'를 부르기 시작했다.

살아남은 소설가들의 당선 소감을 살펴봤다. 그들은 무조건 '쓰고 있다.'였다. 나도 쓰고 있었다. 신춘 시즌에 치열하게 썼지만, 깨졌다면 다음에 꺼내는 소설은 무조건 더 진화된 형태여야 한다. 다음 행선지는 문예지기 때문에 가독성이 좋고 가벼워 보이면서도 강렬한 주제 의식을 내포한 '당선 킬러'를 준비 중이었다. 누구와 맞장 떠도 지지 않을 자신으로 만들고 전장으로 보내야 한다. 그렇게 내보내도 은둔 고수가 말도 안 되는 솜씨를 뽐내며 내 소설을 단박에 제압해버릴 것이다. 소설 바닥은 아주 무서운 동네다.

소설을 전문적으로 배우지 못해서, 밀도 낮게 지난날을 보내서 가슴이 아프다. 문예창작학과 관련해서는 한 학기만 수업을 들었다. 그럼 나는 학교에서 무얼 배웠나. 실력파 교수들의 비밀 노하우는 문우를 찾으라는 거였다. 서른다섯 살에 문우가 처음으로 생겼다. 서로 글을 봐주는 일이 너무나도 행복했다. 고마운 사람들의 이름은 이 짧은 지면에 다 나열할 수가 없다. 투고하기 전에 내 글을 읽어준 모두에게 고맙다. 신춘문예를 오래 붙들고 있으니 당선 이후에는 옷깃을 스쳤던 모든 사람까지 다 고맙게 느껴진다.

뜨내기 때나 조마조마했지, 이 바닥에 발을 디디고 쓴지 10년 차를 넘기니 별생각이 없다. 덜컥 된 게 아니고 여러 편의 소설을 보유 중이다. 다만 확실한 것은 심사위원들에게 은혜를 갚아야 한다는 것이다. 내 미래는 심사위원들이 간혹 밥을 먹다가 '아, 맞아. 그때 그 친구 뽑길 잘했어. 계속 글 쓰고 발표하잖아.'가 되어야 한다. 나는 나를 믿어준 심사위원들을 위해서 죽을 때까지 소설을 쓰고 발표하는 사람이 될 것이다. 일면식도 없는 분들의 이름을 내 가슴 속에 새긴다. 그리고 이 자리를 빌려 그분들에게 맹세한다. 쉬지 않고 쓰겠습니다. 사실, 다음 작품도 미리 다 세팅해놨어요. 감사합니다.

힘든 시절이라 가볍고 따스한 작품 눈길

예심을 통과한 11편(퍼피밀, 내 잘못이 아니에요, 당신의 이야기, 비타민, 닻을
주다, 달팽이를 옮기는 방법, 빵 트럭 습격, 솜 트는 사람들, 보통의 꿈, 짬뽕
아니 자장면, 블랙 라이트) 중에서 본심에서 비중 있게 논의된 작품은 5편(비
타민, 블랙 라이트, 닻을 주다, 퍼피밀, 달팽이를 옮기는 방법)이다. '비타민'은
우리 시대 가난한 노년여성의 이중생활과 그 파국의 정경을 꽤나 치밀하게 직
조해냈으나 그 치밀함의 작위성이 도드라졌다. '블랙 라이트'는 소극장과 병
원이 있는 대학로의 풍경 묘사가 매우 인상적이지만, 정작 중요한 주인공의
고뇌와 방황은 상투적 서사에 머물렀다. '닻을 주다'는 바다와 잠수부라는 소
재를 장악하고 밀어붙이는 작가의 내공이 남다른 작품이다. 다만 문장 수련이
조금 덜 되어 있고 주제의식이 희미하다는 단점을 넘어서는 장점을 보여주진
못했다.

'퍼피밀'은 반려견 문화가 얼추 정착되어가는 듯 보이는 우리 사회의 저변에
어떤 불편한 진실이 도사리고 있는지 파헤치는데, 그 폭로의 수준이 지독할
정도다. 생명체를 잔인하게 학대하면서도 끊임없이 거짓 구원을 갈구하는 인
간의 모습 또한 리얼하게 포착했다. 그런데 생명 학대의 현장 묘사가 지나치
게 날것이어서 오히려 선정적이다. 문학적 형상화 작업이 부족하다는 느낌도
준다.

'달팽이를 옮기는 방법'은 가볍게 읽히는 작품이다. 순문학과 웹소설의 경계
에 있다고나 할까. 관점에 따라 치명적인 단점으로 꼽힐 수 있는 대목이다. 좋

게 보면, 언어유희를 중심 서사와 공교롭게 결합하였고 영상물 쪽에서는 진작부터 인기 있던 너드nerd 캐릭터를 소설적으로 실감나게 구축해냈다. 상식과 사회성이 부족하지만 아이를 유산한 아내를 위하여 비상식적으로 최선을 다하는 너드 남편, 그의 비상식이라는 껍데기보다는 그의 사랑에 초점을 맞추는 아내가 따사롭고 달달한 메시지를 빚어낸다.

너무 길고 어두운 터널 속을 통과하는 듯 내남없이 힘든 시절이라 그런지 무겁고 끔찍한 현실 고발보다는 가볍고 따스한 소품 쪽으로 심사위원들의 마음이 움직였다. 당선자에게 진심 어린 축하 인사를 보낸다.

무등일보 **김인희**

충남 서산 출생
인하대학교 경영학과 졸

7구역

김인희

여기에요, 189-3. 행운의 쪽지가 왔네요. 팀장이 지도를 펼친다. 7구역을 복사한 세부도이다. 샛길 따라 크고 작은 도형들이 사방에 흩뿌려져 있다. 그중 한 다각형에 팀장이 형광펜으로 색칠을 한다. 어젯밤 홈페이지에 올라온 신규 문의예요. 성인 남자, 최 민식님. 담당 선생님 상담을 받고 싶다고 하네요. 오늘 꼭 만나보는 게 좋겠어요. 인영은 성인 회원은 달갑지 않다. 하지만 오늘은 다르다. 마감날이다. 어찌 보면 오늘의 신규 문의는 팀장 말대로 행운의 쪽지임에는 틀림없다.

팀장의 등 너머로 키높이가 들쭉날쭉한 막대 그래프가 보인다. 인영의 이름에는 막대가 없다. 창가로 다가가 7구역 쪽을 내려다본다. 시내에서 버스로 10분 밖에 걸리지 않는 그곳은 몸살을 앓고 있다. 칙칙한 회색 건물 사이사이의 삐뚜름한 간판들은 흉터에 붙인 반창고 같다. 골목길은 그물망처럼 복잡하게 뒤엉켜있다.

버스는 가로수가 양 옆으로 늘어선 구부정한 길을 달려 정거장에 인영을 내려 놓고 달아나버린다. 인영은 7구역 속으로 재빨리 들어선다. 횡단보도를 건너자마자 놀이터다. 인영은 놀이터를 가로질러 낮은 담장을 따라 걷는다. 문방구와 분식점을 지나쳐 오른쪽 샛길로 들어선다. 오밀조

밀한 낮은 빌라들을 여럿 지나자 붉은 벽돌집 4층짜리 연립 주택이 나온다. 189-3이다. 오늘 노순 첫 번째 A는, 이 건물 302호에 살고 있다. 겉보기에 붉은 벽돌집은 10세대이지만 빈 집도 있다는 것을 인영은 알고 있다. 이 건물 102호에 초이가 아직 떠나지 않고 있다는 것도. 신규 문의 온 최민식 님은 이 건물 몇 호 인가에 살고 있을 것이다. 오전에 인영은 최민식님에게 전화를 걸었다. 상담 시간을 미리 잡아야 했고 몇 호에 사는지도 알아야 했다. 그는 받지 않았다. 부재중 통화를 확인한다면 인영에게 전화를 할 것이다. 수업나올 때까지 연락을 기다렸지만 아직까지 연락이 없다. 문자를 남겨 놓을까 하다가 그만두었다. 아직 퇴근할 시간은 멀었어. 인영은 자꾸 핑계를 댄다. 최민식님이 머릿속에서 계속 떠나지 않고 있다. 해야 할 숙제를 미루어 놓은 것처럼 마음 한켠이 무겁다.

A의 집 302호로 가는 계단을 오를 때마다 인영은 102호 현관문을 쳐다본다. 무엇 때문에 아직 초이가 7구역을 떠나지 않고 있는지 인영은 답답하다. 정우는 벌써 엄마와 함께 7구역을 떠나버렸다. 정우가 떠난 후 초이가 집 밖으로 나오지 않는 사실을 아는 이는 없다. 인영은 친절한 성격은 아니지만 초이에게 자꾸 마음이 쏠린다. 마치 보이지 않는 끈에 끌려 다니는 것처럼.

초이를 보면 아버지가 생각났다. 부평에 있는 자동차 부품 공장에서 직원을 감원하기로 결정했을 때, 아버지는 맨 먼저 해고를 당했다. 엄마는 텔레비전 볼륨이 크다고 인영의 등짝을 때렸다. 손등으로 눈물을 닦으면서도 인영은 텔레비전 볼륨 때문이 아니라는 것을 알았다. 낮에도 집에 있는 아버지의 버릇을 고쳐본다고 대신 인영을 손질한 것을. 참다 못한 엄마는 일을 찾아나갔다. 엄마의 빈 자리는 아버지가 메웠다. 역할이 바뀐 것 뿐이었으므로 겉으로 달라진 것은 없었다. 아버지의 손은 축축하게 젖어 있었다. 인영은 아버지와 방바닥에 엎드려 종일 만화책을 읽었다. 고래밥을 먹으며 재미난 만화 장면이 나오면 서로에게 보여주며 까르르 웃었다. 배를 잡고 방바닥을 뒹굴기도 했다. 인영이 기억하는 가장 행복했던 날들이었다. 하루 열잔의 커피와 두 갑의 담배, 술, 주부

습진등. 아버지는 가까스로 세월을 견뎌내고 있었다. 그것은 아버지가 택한 세상과의 타협이었다.

7구역에 배정 받아 갔던 첫날, 동행했던 팀장은 말했다. 여기가 다 선생님 땅이에요, 라고. 그 말에 인영은 부끄러움을 느꼈다. 얼굴이 발개졌지만 금세 가슴은 부풀어 올랐다. 7구역 아이들이 모두 인영의 차지라는 생각이 들었다. 귀한 보물이 가득 들어있는 동굴 앞에 와 있는 기분이었다. 지금 같은 장소에서 바라보는 7구역은 생명보다는 죽음에 속한 도시 같다.

7구역에는 땅 투기 붐이 일어났다. 버스로 두 블록을 넘지 않는 큰길 양쪽에 부동산 간판이 자꾸 늘어났다. 낯선 사람들이 나타나 돌아다니기 시작했다. 검은 양복을 입은 사내들도 가끔 보였다. 사이사이 PC방과 호프집이 개업을 다투었다. 정작 사람들에게 필요한 경찰서와 병원, 약국 등은 슬그머니 자취를 감추었다. 유리창이 깨지거나 벽이 검게 그을린 빈집들이 생겨나기 시작했다. 남아있는 집들도 세월 때문에 빛이 바랬다. 집 없는 사람들은 알지 못했다. 7구역의 계획 속에 처음부터 자신들은 배제되었다는 것을. 낡고 오래된 것들과 함께 7구역에서 사라져야 한다는 사실을 알게 되었다.

사람들은 서둘러 7구역을 떠나기 시작했다. 그들은 가면서 반려 동물들을 버렸다. 버려진 동물들은 몰골이 더러웠다. 엉겨있는 잿빛 털을 보고 있노라면 영화롭던 시절의 털 빛깔은 상상하기 어려웠다. 고양이만큼 야생의 본능을 가진 동물은 없어 보였다. 양탄자 위에 엎드려있던 게 으러터진 낮잠꾸러기가 아니었다. 매끈한 허리선을 흔들며 강아지까지 공격하는 동작은 맹수의 그것이었다. 강아지는 고양이를 보면 얕볼 상대가 아니라는 듯 꼬리를 낮추고 슬금슬금 도망을 쳤다.

집 없는 사람들은 갈 곳을 정하지 못하고 초조해했다. 그 사이 다른 구역의 집값도 껑충 뛰어올랐다. 그나마 일터가 있는 7구역 주변에 악착같이 붙어있으려면 또 빚을 내야 했다. 그들에게 빚을 내는 일은 7구역을 떠나는 일보다 어려웠다. 사람들은 너그러움을 잃어버리고 날카로워졌다. 술집은 그들을 이용해 돈을 벌었다. 거리에는 술에 취해 비틀거리는 사람들이 늘어났다. 주정꾼들은 흥얼거리다가도 아무에게나 욕을 해대고 가래를 뱉기도 했다. 유리창이 깨어지고 벽이 검게 그을렸지만 고치는 사람은 없었다. 빈집이 늘어나자 야생 고양이들이 돌아다니기 시작했다. 고양이들은 야위었고 굶주려 있었다. 아무도 알아들을 수 없는 소리를 질러댔다. 대낮부터 먹을 것을 찾아 어슬렁거리는 고양이들이 지하 보일러실로 숨어들었다. 인영과 맞닥뜨려도 고양이들은 도망치지 않았다. 오히려 불온한 눈빛으로 인영을 노려보았다. 교활하고도 비밀스런 동작을 보면 인영은 소름이 끼쳤다. 뭉쳐진 누더기 옷의 실체를 알아차린 것은 시각보다 후각이 먼저였다. 비릿한 피 냄새가 풍겨왔다. 인영은 속이 울렁거렸다. 행동이 굼뜬 강아지를 갈기갈기 물어뜯으며 으르렁거리는 고양이를 보고 있노라면 등골이 오싹해졌다. 피를 흘리면서 끌려다닌 흔적이 계단과 시멘트 벽면에 보였다. 고양이들은 날로 거세어졌다. 7구역에 먹이가 별로 없다는 것을 알고 초조해하는 또 하나의 종족이다. 강아지의 숨통을 끊어 놓고 인영을 노려보는 고양이 눈만으로도 그 서슬을 감지할 수 있다.

189-3, 붉은 벽돌집 철문을 열고 발을 들여 놓는다. 발소리를 내지 않으려고 뒤꿈치를 살짝 들어 올린다. 인영의 눈은 초이가 살고 있는 102호 계단의 구석진 곳을 살핀다. 어둠 속에서 형광체가 쏘아보고 있다. 야옹. 계단 구석에 버티고 앉아 발광 물질을 내는 녀석, 야생 고양이다. 인영은 계단과 벽면에 묻어 있는 얼룩에서 눈을 떼지 못한다. 한 번도 들어보지 못한 이상한 소리를 내면서 야생 고양이는 쏙 사라져버린다. 첫 계단을 디디기 전에 인영은 102호 현관문을 흘끗 본다. 초이가 혹시 문을 열고 나올지도 모른다는 기대 때문이다. 102호의 깨진 창문을 슬몃 곁눈질해 본다. 그가 노트북 앞에 앉아 있을 것 같아서다. 인영은 최근 초이를 본 적이 없다. 7구역을 떠난다는 소식을 기다렸지만 정작 그에게서는 연락이 없다.

처음 정우를 만나러 102호를 찾아갔던 날, 인영은 축대 밑에 웅크리고 있는 몇 마리의 고양이들을 보았다. 인영은 움찔했다. 문을 열어 준 사람은 열두 살 된 정우였다. 엄마는 어디 계셔? 인영이 묻자, 정우는 안방을 향해, 초이! 하고 불렀다. 인영은 노트북 앞에서 엉거주춤 일어서는 남자와 눈이 마주쳤다. 정우아버지였다. 그는 정우가 자신을 장난스럽게 초이라고 부른다는 말을 전해주었다. 정우 엄마가 주야간 교대로 일을 하느라 직장 근처인 외가에서 지낼 때가 잦다는 것과 강아지 이름이 태식이라는 말은 정우한테 들었다. 초이는 태식이를 안고 있었다. 짙은 회색의 곱슬곱슬한 털을 가진 스패니얼종이었다. 미국 대통령의 외국 순방길에도 종종 동행했다는 그 스패니얼종은 영양이 부실한 지 털이 성겼다. 갸르릉거리는 숨소리가 아니었더라면 헝겊 인형으로 착각했을 정도였다. 그는 인영이 들어서기 전까지도 노트북에 매달려 있었다. 체홉, 니코스카잔차키스, 가르시아 마르케스, 할레드 호세이니, 나지브 마흐프즈, 르 클레지오, 허먼 멜빌, 로버트프로스트의 책들이 책장에 빼곡했다. 헨리 데이빗 소로우, 스콧리어링의 책들은 식탁 한쪽에 겹겹이 쌓여있었다. 그는 지독한 독서가이거나 무명작가일지도 모르겠다고 인영은 생각했다. 정우 선생님이시군요? 초이는 블랙커피를 타왔다. 그도 노트북 앞에서 커피를 마셨다. 인영은 그의 시선이 이마에 와 닿는 것을 느꼈다. 정우와 공부하는 삼십여 분 동안 그가 저편에서 지켜보고 있다는 게 거북했다. 그의 얼굴이 침울해 보이는 것은 아마도 눈썹과 두 눈 때문이라고 인영은 생각했다. 짙은 눈썹과 퀭한 눈은 시인 김수영을 떠오르게 했다. 갑자기 발치에 온기가 느껴졌다. 식탁 아래로 태식이가 기어와 발등에 누웠다. 해질 무렵의 노을빛이 창문을 통해 흘러들었다. 태식아, 태식아. 그가 허리를 굽혀 식탁 아래를 살폈다. 태식이가 부르르 몸을 털며 그에게로 달려들었다. 그의 얼굴 윤곽이 석양빛에 드러났다. 인영은 한 남자를 그때처럼 오랫동안 쳐다본 적이 없었다. 이상하리만치 그로테스크한 그의 얼굴은 아주 오래 전, 아버지의 얼굴과 겹쳐졌다. 태식이의 숨소리 사이로 고양이 울음소리가 축대 밑에서 들려왔다.

인영은 일주일에 한 번, 그것도 정우와 수업이 끝난 자투리 시간 1, 2분 정도 초이와 대화를 나누었다. 주로 정우의 학습 진도에 대한 상담이었다. 그는 세상 사람들 중에서 인영과 가장 많은 대화를 나눈 사람일지 몰랐다. 인영은 그가 게을러서 집에 있을 거라고는 생각하지 않았다. 그는 정우에 대한 이야기에 귀를 기울였다. 단 한 가지 문제만 아니었다면 그는 보통의 아버지들 보다 훌륭했다. 보통의 아버지들은 낮에는 집에 없었고 그는 낮에도 집에 있었다. 정우의 집에 갈 때마다 인영은 아버지를 만나러 가는 열두 살 아이로 되돌아간 기분이었다. 겨우 서른여섯 번을 정우와 만났을 뿐인데 정우 엄마가 정우를 데려가버렸다. 정우에게 최소공배수와 최대공약수를 채 가르치기도 전이었다.

노순 첫 번째 A를 만나러 3층까지 걸어 올라간다. 저녁이 되면 이 건물 몇 호인가로 최민식님은 돌아올 것이다. 아직 퇴근할 시간은 아니다. 302호 초인종을 누른다. A가 문을 열고 고개를 내민다. 인영의 눈은 한쪽 벽면에 거꾸로 매달려 있는 옷들을 지나 장롱에 시선이 간다. 서랍에 끼어 빠져 나오지 못하는 양말 한 짝에 눈이 멈춘다. 가슴이 답답해져 온다. 오늘 일정에 갑자기 끼어든 최민식님 때문이다. 그는 아직 연락이 없다. 아이가 연필을 굴려 교재를 푼다. 사각사각, 연필 굴리는 소리가 들린다. 화르륵, 교재 넘기는 소리가 숨소리에 섞인다. A에게 물어보면 혹시 알 수도 있다. 이 건물에 살고있는 최민식님, 아니? 인영이 묻자 A는 몰라요, 한다. 공부를 하겠다고 어제 신청했는데 전화를 받지 않네. 몇 호에 사는지 몰라서…. 성인 남자인데 혹시 모르겠니? 예. A는 아는 게 별로 없다. 늘 대답은 짧다. 수업이 끝나자 인영은 일어선다. A에게 머문 시간은 20분이다.

횡단보도 앞이다. 노순 두 번째 B는 횡단보도 건너편에 산다. 예정대로 라면 다섯 시 반에 B는 논술학원 차를 탈 것이다. 초록에서 빨간 불로 막 신호가 바뀌는 중이다. 신호를 기다리면서 휴대폰을 확인한다. 어제 상담을 요청해 놓고 오늘 전화를 받지 않는 일은 가끔 있는 일이다. 나중에 연락이 오거나 다음에 연락이 닿을 수도 있다. 그것도 아니라면 그 사이 변심했을 수도 있다. 문자를 보낸다. 안녕하세요, 7구역을 맡은 교사입니다. 오늘 방문해서 상담해드리려고 하는데 몇 시쯤이 좋으실까요? 전화를 드렸는데 받지 않으셔서 문자드립니다. 혹시 189-3, 몇 호에 사실까요? 연락주세요. 노란 피아노 가방을 든 아이가 맞은 편에서 인사를 한다. 아이의 얼굴이 낯익다. 신호가 바뀌자 인영은 빠르게 횡단보도를 건너간다. 다 건너가서야 그 아이가 189-3, 102호에 놀러왔던 정우 친구임을 깨닫는다.

정우는 없습니다. 아이 엄마가 데려갔어요. 이제 여기에 오지 않으셔도 됩니다. 진작 연락을 드렸어야 했는데 선생님 연락처도 모르고, 헛걸음을 하시게 했군요. 초이는 무척 미안해했다. 두 손을 비비며 허리를 굽혔다. 바닥에 누워있던 태식이가 달려와 꼬리를 흔들었다. 정우가 없는 적막한 집에 인영이 나타나자 태식이는 몹시 반가운 모양이었다. 아주 가까운 담벼락 어디쯤에서 부드득 이 가는 소리와 뼈가 부딪는 소리가 들려왔다. 인영은 진저리를 쳤다. 태식이가 안겨왔다. 몹시 가벼웠다. 인영은 태식이를 가슴에 안고 털 속에 얼굴을 파묻었다. 초이의 눈빛에서 절망을 본 것은 아마도 그가 아버지를 닮아서였을 것이다. 정우 아버님도 곧 7구역을 떠나시겠네요? 인영이 묻자 No, exit. 라고 그가 대답했다. 단호한 그의 대답에서 피투성이가 된 아버지의 얼굴이 겹쳐졌다. 아버지도 똑같은 말을 했었다. 그의 우울한 눈동자를 본 순간, 그를 두고 7구역을 떠난다는 것은 절도나 살인 같은 범죄를 저지르는 것과 다를 바 없다는 생각이 들었다. 사람보다 더 소중한 것은 없어. 이번 만큼은 절대 나쁜 일이 일어나서는 안돼. 그가 7구역을 떠나는 날까지 어떤 구실을 붙여서라도 인영은 7구역에 남을 작정이었다. 인영은 재계약서에 사인을 했다. 다행이에요. 지난번 면담 때 재계약을 망설이는 것 같아서 무슨 일인가 했네요. 새 지역을 받으면 일도 지금보다는 훨씬 수월할텐데요. 굳이 7구역만 고집하는 이유가 있을까요? 돈도 안되는 지역인데…. 팀장은 웃으며 덧붙였다. 혹시 7구역에 무슨 보물이라도 숨겨 놓았나요? 회원이 거의 떠난 7구역을 고집하는 인영을 팀장은 어이없어했다.

제발 일 좀 해봐. 엄마의 목소리는 차가왔다. 백 번도 넘게 듣는 그 말에 아버지는 대답하지 않았다. 그날은 달랐다. 모깃소리만큼 가느다란 목소리로 아버지가 대답을 했다. 출구가 없어, 라고. 아버지가 인영을 쳐다보았다. 무표정한 얼굴로, 그로테스크하게. 잊을 수 없는 아버지의 마지막 눈빛이었다. 오랜 시간의 침묵이 흐른 뒤에 아버지는 일어나 천천히, 아주 느릿느릿 옷을 갈아 입었다. 소줏병도, 담배연기도, 커피향도, 만화책도 고래밥과 함께 사라졌다. 아버지의 양복 주머니에는 신용카드가 있었으나 청구서가 날아오지는 않았다. 평창의 산골짜기에서 감자 캐는 일을 도와주고 있다고도 했고, 먼 누님 벌되는 집의 가을걷이를 돕고 있다고도 했다. 강원도 청계사에 있다는 소식을 마지막으로 아버지는 피투성이가 된 시신으로 돌아왔다.

B의 집 현관에서 문자를 확인한다. 최민식님은 답이 없다. B가 고개 숙여 인사를 한다. 열린 안방 문으로 포장된 박스가 여럿 보인다. 아이의 머리를 쓰다듬지만 맥이 풀리는 것은 숨길 수가 없다. 조만간 B도 이사 갈 조짐이 보인다. 지난 달에도 7구역을 떠난 회원은 다섯이나 되다. 용케 새 둥지를 튼 사람들이었다. 회원을 생각하면 무척 다행스러운 일이었지만 인영은 초조해졌다. 7구역에 남아야 할 구실들이 하나씩 사라지고 있었다. 팀장은 인영의 회원 중 한 명이 가짜라는 것을 알고 있었다. 지난달 마감날, 책상 위에 세부도를 펼쳐놓는 팀장을 보자 인영은 마음이 조급해졌다. 팀장이 지역을 교체하자는 제안을 하기도 전에 인영은 가짜 이름을 실제 회원인 것처럼 불러주었다. 인영에게 7구역은 사실 아무 의미가 없었다. 초이가 7구역을 떠나는 것을 보기 위한, 최소한의 평계거리가 필요했을 뿐이었다. 인영은 아이들을 대상으로 거짓말을 한 자신이 부끄러웠다.

엘리베이터까지 배웅 나온 팀장은 인영의 손을 꼭 잡았다. 마감날이면 팀장은 늘 친구처럼 군다. 189-3, 오늘 꼭 찾아가는 거예요? 문이 닫히려 하자 급히 엘리베이터안으로 뛰어 들어온 팀장은 은밀한 제안을 해왔다. 오늘 중으로 189-3에서 최민식님의 입회가 연결되면 곧 입주가 시작되고 있는 새 아파트 단지를 인영에게 주겠다고 했다. 동료들 몇몇에게도 비슷한 제안을 했다는 것을 인영은 알고 있었다. 얼굴이 화끈거리는 것을 겨우 감췄다. 팀장은 원래 그런 사람이 아니었다. 두 해 동안이나 승진에서 떨어진 팀장은 조바심을 드러냈다. 그럴 수 있어. 인영은 팀장을 이해했다. 팀장은 자신의 제안이 인영에게 적절한 미끼가 아니라는 것을 모르고 있었다. 기실 인영은 새 지역을 받을 마음이 없었다. 몇 달 후면 인영이 움켜쥐고 있는 이 한 뼘의 세상은 무너져 내릴게 빤했다. 어차피 그리 될 것이라면 초이가 7구역을 떠난 뒤에 그만 두어도 늦지 않을 것이다.

노순 세 번째 C의 집을 행해 걷는다. 4층까지 올라가려면 스물다섯 개의 계단을 올라가야 한다. 서른아홉 살이 되도록 인영의 인생이 그랬다. 한발 나아가기는커녕 주저앉아버린, 전율도 감동도 없는 삶이다. ㄴ이 앞서 계단을 올라가고 있다. C의 동생은 ㄴ학습지를 하고 있다. 인영은 계단에 앉아 수업이 끝나기를 기다린다. ㄴ과 C의 집에 같이 들어간 적이 있기 때문이다. 허겁지겁 계단을 내려오는 ㄴ과 마주친다. ㄴ의 낯빛이 어둡다. ㄴ이 몇 달 전에 걸어놓은 빛바랜 광고 전단이 아직도 옆집 문고리에 걸려있다. ㄴ의 수고가 전해져 온다. 팀장의 목소리가 들리는 것 같다. 다른 학습지 전단이 걸려 있으면 떼어버려요. 세상은 만만하지 않으니까요. 내가 머뭇거릴 때 빼앗기고 만다는 사실을 알아야 해요. 먹이 사슬 같은 거지요. C의 엄마가 다가와, 우리 둘째를 테스트해주실 수 있으세요? 한다. 방금 전 내려간 ㄴ의 기분을 떠올렸지만 인영은 로또에 당첨이라도 된 것처럼 기쁘다. 굳이 최 민식님을 만나지 않아도 될 것이다. 저희도 이사 날짜가 잡혔네요. 그곳에 가서 다시 시작하려고요. 그동안 고마웠어요, 선생님.

골목에 들어서자 기다리고 있기나 한 것처럼 찬 바람이 온몸을 휘감는다. 정우 엄마를 본 곳도 이 골목이었다. 여자는 정우를 자동차에 태우고 골목을 지나가고 있었다. 인영은 따라 달리기 시작했다. 여자는 잔뜩 화가 나 있는 것처럼 보였다. 정우가 몸을 돌려 손을 흔드는 것도 모르고 있었다. 신호등 앞까지 쫓아간 인영은 여자한테 묻고 싶었다. 아버지를 떠나도 괜찮은지를 정우에게 물어는 보았느냐고. 정우에게도 정우의 마음이 있지 않겠느냐고. 나야말로 7구역을 떠나야 할 이유가 천 가지가 넘는 사람이라고. 그런데도 이렇게 아무일 없는 듯이 지내지 않느냐, 고 소리치고 싶었다. 여자는 깜빡거리는 신호등을 보고 있느라 인영이 뒤쫓아 온 것을 모르고 있었다. 신호가 초록으로 바뀌자 정우를 태운 자동차는 순식간에 보이지 않게 되었다. 자동차가 모퉁이를 꺾어 사라진 길의 적막에 인영은 몸서리쳤다. 어렴풋이 폭발하기 시작한 분노가 팽팽하게 부풀어 오르는 것을 느꼈다. 이제 막 7구역에서 정우를 빼앗아 간 여자인지 인영의 엄마인지 분간 못할, 분노의 순도가 서로 같음을 인영은 깨달았다.

다닥다닥 붙어있는 빌라와 나란한 단독 주택의 담벼락 아래를 걷는다. 어느 사이 인영은 189-3, 붉은 벽돌집 앞에 와 있다. 담벼락 밑에서 해바라기를 하고 있던 고양이가 하품을 하며 눈을 뜬다. 발톱을 내밀고 몸체를 길게 당겨, 온몸의 털을 세우는 모습은 영락없는 새끼 호랑이다. 고양이는 붉은 벽돌집 담벼락 아래를 지나 철대문 틈으로 들어가려고 애를 쓴다. 고양이는 몸을 납작하게 만들어 철대문 안으로 재빠르게 사라져버린다. 붉은 벽돌집을 뒤로하고 걷는 발걸음이 무겁다. 최민식님은 만났어요? 팀장의 전화다. 아직요. 그럼 어쩌지요? 마감 시간이 다 되어 가는데요. 인영은 조용히 듣기만 한다. 골목 모퉁이를 돌아 나오다가 인영은 멈칫 선다. 야생 고양이가 붉은 벽돌집 지붕을 타고 있다. 어찌 보면 야생 고양이만큼 사람을 위협하는 동물도 없다는 생각이다. 흡사 자객 같다. 102호의 깨진 창문이 마음에 걸린다. 고양이 때문에 자꾸 태식이가 걱정된다.

그날 인영은 정우가 없는 것을 알면서도 초이를 찾아갔다. 왠지 태식이가 자꾸 걱정되었다. 축대 밑에 웅크리고 있는 고양이들이 뒤통수를 찌르듯이 쏘아보는 것을 인영은 느꼈다. 초이는 거실 바닥에 앉아 위스키를 마시고 있었다. 집에는 노트북과 책장만 있었다. 가구들이 거의 다 빠져나간 자리는 을씨년스러웠다. 수업을 마치고 밤에 찾아간 인영을 그는 거들떠보지도 않았다. 인영이 바닥에 앉자, 태식이가 다가와 발밑에 엎드렸다. 축대 밑에서 앙칼진 고양이 울음소리가 들려왔다. 그때마다 태식이는 움찔움찔했다. 저놈의 고양이들, 구청에 신고라도 해야 하지 않나요? 초이가 고개를 절래절래 흔들었다. 어차피 원래 왔던 야생으로 곧 돌아갈 텐데요. 7구역에는 먹이가 더 이상 없으니까요. 저, 정우는 잘 있나요? 인영이 묻자 그는 기묘한 표정을 지었다. 처음에는 미소를 짓는다고 생각했다. 하지만 다시 보니 울 듯 말 듯 한 얼굴로 변해 있었다. 정우 이야기를 꺼낸 것을 인영은 곧 후회했다. 내 아들 정우가 선생님한테 그리 소중했나요? 하긴, 아무도 공부를 시작하려 하지 않는 모양이군요. 딸꾹. 저는 선생님과 터놓고 얘기하고 싶었습니다. 이제 곧 선생님은 이곳에서 아무 쓸모가 없게 됩니다. 기회란 산 짐승처럼 달아나기 때문에 이를 놓치지 않는 기민함이 필요한건데…. 사람들은 하나, 둘, 떠나가고 없는데 공부가 필요하다고 생각하는 사람이 이 7구역에 아직도 있다고 생각합니까? 바보 멍청이가 아니라면 다 알 만한 사실 아닌가요? 내가 먼저 7구역을 떠나면 되겠습니까? 그는 이미 취한 상태인지 말을 할 때마다 딸꾹거렸다. 내가 떠나면, 이라는 대목에서 인영은 박수를 치고 싶었다. 정답, 이라고 하마터면 소리지를 뻔했다. 그가 떠난다면 인영은 7구역에 남을 이유가 없었다. 사실 나는 백수에나 어울려요, 라고 고백한 것도 그때였다. 아무한테도 꺼내보지 못한 말이었다. 아무것도 하지 않는 게 내 꿈이라고요. 처음에는 무언가 가장 중요한 것이, 언젠가 막연하게 꿈꾸어 왔던 그 무엇을 찾을 수 있다는 믿음이 있었어요. 여전히 세상은 안갯속 같았고 난 늘 무엇인가가 부족했어요. 강요된 삶은 참을 수 없어요. 세상은 메커니즘이에요. 이 메커니즘 안에서 나는 호흡하고 숨가쁘게 돌고 돌아요. 난 이 7구역이 지옥같아요. 무너져내릴 듯한 건물들과 차가운 공기, 썩은 냄새가 싫다구요. 몇 년 후, 7구역이 새로운 도시로 탈바꿈한다 해도 이곳으로 다시 돌아오고 싶은 욕망은 없어요. 단 한 사람만 아니라면 난 벌써 7구역을 떠났을 거예요. 초이가 벌떡 일어났다. 무슨 소립니까? 그럼 7구역을 떠나지 않은 게 내 탓이란 말입니까? 왜죠? 사람들은 자신들의 문제를 왜 내 탓이라고들 하는 거죠? 난 원래 혼자 노는 인간입니다. 가족을 버리기까지 했단 말입니다. 지금은 태식이도 버거운 그런 형편없는 인간이란 말입니다. 그는 남은 위스키를 단숨에 들이켰다. 7구역이 선생님한테는 지옥이라고요? 나와 반대시군요. 나에게 지옥은 7구역 밖입니다. 그 어느 곳도 7구역만큼 영혼을 배려하는 공간은 없으니까요. 영혼이 하얘질때까지 이 방에서 난, 한 발짝도…. 좋습니다. 나도 곧 7구역을 떠날 예정입니다. 떠날 때는 선생님께 꼭 연락을 드리지요. 우리 태식이를, 태식이를…. 초이는 바닥에 나둥그라졌다. 그가 횡설수설하면 할수록 인영은 그를 더 잘 이해할 수 있을 것 같았다. 이 죽을 것 같은 7구역에서 그는 아버지였고 친구였고 인영 자신이기도 했다. 인영은 그를 끌어다가 자리에 눕히고 이불을 덮어 주었다. 그날 이후 인영은 초이를 찾아가지 않았다. 102호의 깨진 창문을 곁눈질하는 것이 고작이었다. 아주 가끔, 노트북 앞에 앉아 있는 그의 얼굴을 보았다. 온통 수염으로 뒤덮여 있었다. 자판을 보지 않고 손가락을 마구 움직이는 그는 피아니스트같았다.

D의 수업을 마치고 나와 미로 학습하듯이 골목을 걷는다. 최민식님에게서는 여전히 답장이 없다. 어두워지기 전에 연락이 닿아야한다. 7구역은 참 이상한 동네다. 인영의 계획은 늘 빗나간다. 지름길이라고 생각되어 가보면 막다른 골목이다. 좁고 폐쇄된 공간에 자꾸 갇힌다. 어느 사이 인영은 189-3, 붉은 벽돌집 앞에 와 있다. 인영은 주저 않는다. 구두를 벗어 발을 만진다. 발뒤꿈치의 굳은 살이 잡힌다. 갑자기 서글픈 생각이 든다. 인영이 악착같이 7구역에 남아있는 것이 초이에게 위로가 되기는 할까. 102호에서는 분명했던 생각이 7구역의 골목에서는 공허한 일인 것 같다. 사람들이 땅바닥에 주저앉아 있는 인영을 흘끔거리며 보고 지나간다. 만났어요, 최민식님? 팀장이다. 아직요. 그럼 주소는 확실하니 벨을 다 눌러보는 건 어때요? 저도 마감날이라서 수치를 맞춰야하거든요. 인영은 팀장이 무리한 요구를 한다고는 생각하지 않는다. 끝까

지 해보려는 팀장의 노력이 그저 놀라울 뿐이다. 인영은 대답하지 않는다. 그렇게까지 할 용기가 애시당초 인영에게는 없다. 인영의 생각은 아까부터 초이에게 멎는다. 초이는 아직 7구역에 남아있을 것이다. 그날 그는 약속했다. 7구역을 떠날 때에는 인영에게 꼭 연락하겠다고.

어디선가 젖먹이의 칭얼대는 소리가 들린다. 갑자기 절망감이 찾아든다. 불안한 기운은 물러서지 않는다. 어느 새 아기 울음소리는 앙칼지게 변해 있다. 어딘가 고양이 울음소리와 닮아 있다. 골목에서 강아지 한 마리가 인영을 보자 졸래졸래 쫓아온다. 인영은 강아지를 따돌리느라 지그재그로 걷는다. 강아지는 용케 잘도 따라온다. 가로등 아래서 본 강아지는 제멋대로 자라난 털 때문에 눈이 보이지 않는다. 태식이가 걱정된다. 인영은 걸음을 재촉한다. 어쩌면 태식이는 야생 고양이에게 잡아먹혔는지도 몰라. 아니야. 그럴 리 없어. 초이가 있잖아. 인영은 강하게 도리질을 한다. 그날 초이에게 휴대폰 번호를 알려주지 않는 게 후회가 된다. 걷다 보니 아까 그 자리, 189-3이다. 피자 상자를 실은 오토바이가 달려가다가 멈춘다. 무슨 일 있습니까? 인영은 고개를 젓는다. 오토바이는 골목 끝 어둠 속으로 사라진다. 잠시 후 오토바이가 다시 나타나 인영 앞에 선다. 정말 괜찮습니까? 어디 많이 아프신 거 같은데요? 라고 묻는다. 아니에요, 괜찮아요. 저 혹시 이 건물에 살고 있는 최. 민. 식님, 몇 호에 사는지 아세요? 오토바이는 점퍼 안 주머니를 뒤져 나달나달 해진 지도를 꺼내 휴대폰 조명등으로 한참을 비춰 본다. 오토바이가 붕 ~ 빠르게 옆 골목으로 들어간 사이 인영은 주위를 둘러본다. 인영의 시야에 불빛들이 어지럽게 춤을 춘다. 인영은 몸서리친다. 낮 동안 잠복해 있던 수십 마리의 고양이들이 건물 창문에 켜켜이 올라 앉아 약탈을 노리며 골목을 내려다보고 있는 것 같다. 금세 나타난 오토바이가 손가락으로 189-3, 102호의 창문을 가리킨다. 아무래도 여기 같아요. 이 건물 사람들은 거의 다 떠나고 지금은 네 집만 남았거든요. 102호에는 남자분 혼자만 사는 것 같던데, 그분이 어쩌면 최씨 일수도 있어요. C. H. O. I, 라고 사인하는 걸 본 기억이 있거든요. 불 꺼진 음울한 창에 인영의 눈길이 닿는다. CHOI, 시. 에이치. 오 .아이, 초이, 최, 최민식. 반가움에 인영이 일어선다. 왜 진작 그 생각을 못했을까? 홈페이지에 행운의 쪽지를 남긴 사람이 초이라는 것을. 인영의 휴대폰 번호를 모르는 그가 쪽지를 남긴 것이다. 7구역을 떠난다는 소식을 전한 것이다. 이제 인영의 마음에 망설임 따위는 없다. 당장 해야 할 일을 방해하는 어둠이 거추장스러울 뿐이다. 어두침침한 계단을 올라간다. 구두굽이 시멘트 바닥에 닿는 소리가 요란하다. 계단에 올라선 인영은 숨을 고른다. 오른 손을 뻗어 102호의 벨을 누른다. 딩동, 딩동, 딩동. 기척이 없다. 사방은 캄캄하다. 인영은 손을 내밀어 어둠을 헤치고 앞을 가늠한다. 인영의 발소리에 놀란 고양이들이 휙, 인영의 앞으로 줄행랑친다. 으슥한 계단의 구석으로 들어가 으르렁거리는 놈도 있다. 인영은 팔을 뻗어 문고리를 더듬는다. 머리카락이 쭈뼛 곤두선다. 큰 소리로 문에 대고 불러본다. 정우야, 정우야. 대답이 없다. 인영은 문에 찰싹 붙어 서서 귀를 바투 대어 본다. 싸늘한 냉기가 느껴진다. 오소소 소름이 돋는다. 인영은 문고리를 마구 흔든다. 더 강한 힘으로 잡아 당긴다. 가까스로 문이 열린다. 거실에 검은 형체가 누워 있다. 인영이 머리맡으로 다가가서 어깨를 흔든다. 손길에 닿은 초이의 뺨은 차고 뻣뻣하다. 옷뭉치 같은 것이 기어와 인영에게 안긴다. 태식이다. 역하고 비릿한 냄새와 술 냄새가 코를 찌른다. 구역질이 올라온다. 인영은 그 냄새를 즉각 알아챈다. 아버지에게서 풍기던 냄새, 피냄새다. 휴대폰 조명등을 초이의 얼굴 가까이 가져간 인영은 소스라친다. 움푹 팬 초이의 눈 웅덩이는 크고 깊다. 인영은 주위를 둘러본다. 형광의 눈들이 캄캄한 어둠 속에서 인영을 쏘아보고 있다. 인영이 일어서자 형광의 눈들이 소리 없이 재빠르게 거실과 주방을 지나 다용도실 쪽으로 달아난다. 어느 때 보다도 고양이 눈빛들은 형형하다. 창을 넘고 담을 넘어 어둠 속으로 고양이 눈들이 달아난다. 저눔의 고양이, 저눔의 눈깔. 태식이를 안고 밖으로 뛰쳐 나온 인영은 고양이 눈을 쫓아 달리기 시작한다.

언젠가 읽었던 책속의 한 귀절이 생각납니다.

잘 못 탄 기차가 목적지에 데려다준다, 는 말.

아주 오래 전

저는 기차를 잘못 탔습니다.

내릴 용기가 없어서 갈팡질팡 하는 사이

기차는 저를 태우고 너무도 멀리 멀리 내달려갔습니다.

다시 되돌아갈 수도 없는 아주 먼 곳에

잘 못 탄 기차는 저를 내려놓았습니다.

그 기차는 저를 목적지에 데려다주었습니다.

고마운 사람들이 많습니다.

저에게 소설을 읽는 기쁨과

소설 쓰는 법을 가르쳐주신

지상 최고의 로맨티스트, 조동선 선생님.

고맙습니다.

못난 제 작품을 끝까지 읽어주신 심사위원님, 고맙습니다.

먼지 나는 책꽂이속에 숨어 있던 제 꿈을 꺼내주신 무등일보에 깊은 감사를

드립니다.

준호야,

주환아,

엉뚱한 엄마를 자랑스럽다고 말해줘서 고맙다.

가족사 울림의 폭 큰 이야기로 형상화

예상이 빗나갔다. 소설이란 모름지기 인간의 삶에 관한 이야기일 테니, 올해 신춘문예는 미증유의 감염병 공포로 멈춰버린 우리 현실을 담아낸 투고작이 많을 줄 알았는데 정작 소수에 불과했다. 우리 사회의 어두운 단면, 고단하고 팍팍한 일상에서 겪는 아픔과 상처가 주종이긴 했으나 세상살이에 대한 문제의식과 성찰이 부족한 이야기는 성에 차지 않았다. 문장이 안정되고 서사가 잘 짜인 작품이라면 남들과 다른 자기만의 목소리를 내고 있나 살폈다.

후보에 오른 작품은 6편이었다. '맹지'는 탄탄한 문장으로 땅 이야기를 풀어나가는 재미가 있었지만 새로운 감수성이라 보긴 어려웠고 '도수치료'는 사지가 꺾여 죽은 살인사건을 도수치료 방법에 병치함으로써 누구나 피해자가 될 수 있다는 강박에 연결했으나 단편소설이 갖춰야 할 압축과 밀도가 약해 아쉬웠다. '야차'는 세세하고 긴 묘사가 오히려 서사적 전달력을 이완시키는 바람에 주제로 나아가는 궤도에 진입하기를 주저했고 '틈'은 코로나19 확진자가 되어버린 이웃과의 막막한 관계를 그려내 현실감을 살렸으나 평범한 전개와 상투화된 결말이 안타까웠다.

마지막까지 주목했던 '해파리의 춤'은 오랜 수련을 짐작하게 하는 능숙한 문장에다 남에게 털어놓기 어려운 부부간 은밀한 고민을 해파리와 미역이라는 알레고리로 엮어낸 솜씨가 돋보였다. 쓰레기 더미에서 자란 해파리의 독침도 아름다울 수 있다는 작가의 의도가 인상적이었으나 부부의 심리적 장애를 이해시켜 줄 인과가 미약했고 윤리의식을 의식한 마무리도 눈에 걸렸다. 자신의 이야기에 집착하다 보면 자의식이 넘쳐 세상을 향한 보편적 인식을 끌어내지 못할 수 있다.

개인사에 머무르는 것보다 남을 향한 시선을 나누는 이야기가 울림의 폭이 크다고 할 때, '7구역'은 단연 두드러졌다. 재개발로 인해 황폐해진 주택지에서, 남는 자와 떠나는 자 사이의 틈새가 목을 죄듯 좁혀오고 있다는 상황 설정부터 흥미로웠다. 불우한 사람들 얘기면서도 지난 시절 곤궁한 가족사에서 오는 뻔한 가난 타령이 아니라는 점도 좋게 읽혔다. 쓰레기와 함께 버려진 반려동물 무리에서 연약한 유기견의 살점을 뜯어먹는 야생 고양이의 이빨이 인간의 탐욕을 연상하게 했고, 익숙하게 남아야 할 근거도 없고 낯설게 떠나야 하는 이유도 모른 채 떠밀리듯 버려지고 마는 '7구역'의 모습이 우리 사회의 축소판 같았다.

고심을 거듭하다가, 가족의 소중함을 알고 이웃이 사는 세상으로 나아가자는 작가의 따뜻한 목소리에 끌려 '7구역'을 당선작으로 정했다. 사람과 사람 사이에 비대면과 거리 두기를 강요받는 해괴한 현실, 세상이 더 망가지더라도 그렇다고 인간에 대한 신뢰마저 버릴 순 없지 않은가.

문화일보 김화진

1992년 안양 출생
숙명여자대학교 국어국문학과 졸업
2021년 문화일보 신춘문예 당선

나주에 대하여

김화진

  너를 처음 봤을 때 들었던 생각은 어리다. 였다. 어리구나. 한눈에 봐도 알 만큼 어리다. 매끄러운 볼과 초조한 눈에서, 붉은 손끝에서 알 수 있었다. 아직 빛이 죽지 않은 가방과 닳지 않은 로퍼에서 알아봤던 것 같기도 하다. 코트 역시 낡은 데 없이 깨끗했다. 정돈하는 습관, 깔끔한 성격. 이어 생각했다. 나와는 다르구나. 옷을 함부로 던져 놓고 신발을 험하게 신는 나와는, 너는 다르다.

  너는 나와 파티션 하나를 사이에 두고 마주 앉는다. 네가 두드리는 키보드 소리, 작게 내쉬는 한숨소리, 손끝으로 톡톡 책상을 두드리는 소리를 듣는다. 가끔 기지개를 펴는 너의 꼭 쥔 손끝이 보이기도 한다. 나는 네가 놀랄 걸 알아서, 언제나 자리에서 너무 벌떡 일어서지 않으려고 노력한다. 너는 두 달 쯤 전에 그 자리로 왔다. 프린터에 토너를 채워 넣는 일, 사무실의 비품을 주문하는 일, 냉장고를 청소하는 일이 너의 몫이 되었다. 줄기차게 오는 문의 전화는 나누어 받는다. 네 덕에 나는 끝없이 제안 메일을 쓰고 끝없이 제안 메일을 받는 일에 조금 더 집중할 수 있게 된다. 여전히 내 담당인 일은 사이즈별로 박스와 봉투를 주문하는 일, 서고에서 출고 받은 책들을 사무실로 가지고 올라오는 일, 커피머신의 원두와 물을 채우는 일이다. 너는 아슬아슬하게 이 회사에서 가장 어리다. 네가 오기 전까지는 내가 가장 어렸다.

싹싹하고 겸손한 너를 좋아하는 사람이 있는 반면, 너를 싫어하는 사람도 있다. 이를테면 홍보팀의 K는. 걔 재미없어. 착한 척하는 건지 착한 건지는 모르겠는데 뻔한 소리만 하고 같이 얘기하면 재미가 없어. 그렇게 말한 적이 있다. 그런 논평도 귀찮다는 듯. K의 말에 내가 뭐라고 했을까. 좋은 사람 같던데. 잘할 거 같던데. 그렇게 우물거렸을 것이다.

너에 대한 K와 나의 평가는 상반되었지만 완벽히 다른 말은 아니었다고 생각한다. 너는 착하다. 늘 오래 생각하고 살피려는 태도가 배어 있다. 함부로 말을 하지 않고 대답하기 전엔 항상 활짝 웃는다. 무례하고 기분 나쁜 문의 전화도 최선을 다해 상냥하게 받는다. K는 그런 너의 모습을 두고 1년도 안 돼서 긴장 풀릴 거야, 어떻게 평생 저렇게 받아? 하고 퉁명스럽게 말한 적이 있다. 그러나 아닐 것이다. 1년이 지나도, 2년이 지나도 너는 상냥할 것 같다. 아주 가끔 울거나 짜증을 내겠지만 그것마저 전화를 끊은 후에 내색할 것이다. 그러나 1년이 지나고 2년이 지나서도 네가 이곳에 계속 다니고 있을까? 이 작고 구질구질한 곳에. 너는 아마 6개월 만에 이 회사에서 네 능력만큼 대우받고 있지 못하다고 느낄지도 모른다.

나는 너의 모든 행동들이 부드럽고 나긋하다고 느끼지만 그 안까지 부드럽지만은 않다고 여긴다. 의외로 뾰족한 구석들이 있다. 그러나 그것들은 바깥을 향하는 게 아니라 너의 안쪽을 향한다. 너는 외모에 콤플렉스가 있다. 거래처 강 부장은 새로 들어온 네가 인사를 하자 "시집 좋은 데로 가게 생겼네."라고 말했다. 강 부장은 자신이 그런 말을 하면 듣는 아가씨가 아니에요랄지 감사합니다랄지 인사를 하며 수줍게 웃는 훈훈한 광경을 연출하고 싶었을 테지만 너는 그 기대에 부응하지 않는다. 대신 입술을 한번 오므린 뒤 천천히 말했다. "그런 건 외모 지적이 아닐까요."하고 조용히. 너는 그 말을 끝내고 다시 입을 오므린다. 외모 지적이 아니라 성희롱, 이라고 말하려다가 내뱉는 찰나에 바꾼 것 같다. 나는 네가 솟아오른 광대뼈와 낮은 코에 콤플렉스가 있다는 걸 안다. 너는 고민하거나 생각에 잠길 때면 너도 모르게 두 손바닥으로 뺨을 가리는 척하면서 광대뼈를 누른다. 완벽히 가리고 싶다는 듯 지그시, 오래.

네가 생각보다 외모에 신경을 많이 쓴다고 느끼게 된 것은 내가 너를 일주일에 다섯 번이나 보기 때문이다. 일주일에 다섯 번을 봐야만 하는 사이는 생각보다 시시콜콜한 걸 (싫어도) 알게 되는 사이다. 처음 2주 동안에는 눈치 채지 못했다. 처음에 나는 네가 집착하듯 관리하지 않아도 원래부터 세련되게 빛나는 사람이라고 느꼈는데, 일련의 종종거림을 파악하게 된 건 3주째부터다. 너는 생각보다 너의 외모에 닿을 타인의 시선에 민감하다. 나는 내가 원하지 않아도 네가 아침마다 공들여 눈썹을 그리고 광대뼈 옆에 음영을 넣는 걸 알게 된다. 그렇게 한 화장이 마음에 들지 않거나 시간을 덜 들여 좀 부족하다고 느낄 때 네가 끊임없이 바지 주머니에서 조그마한 손거울을 꺼내 얼굴을 비춰 보는 걸 알게 된다. 그러나, 그날 너의 화장이 잘 되었건 잘 되지 않았건 너는 세련됐다. 나는 눈썹 정리든 기초 화장이든 아이라인이든 립스틱이든 완벽하게 해내는 날이 별로 없으며, 자주 부스스한 꼴로 회사에 오는 나를 네가 가끔 부러워하는 동시에 가끔 이해하지 못하는 눈으로 본다는 걸 알고 있다.

너의 머리 모양은 가장 긴 머리카락이 턱 끝까지 오고, 뒤통수로 갈수록 짧아지는 숏컷이다. 어쩐지 결연하게 자른 것 같지만, 동그랗게 컬을 넣은 뒤통수 쪽 때문인지 그 모양은 의외로 너를 좀 더 유해 보이게 만든다. 언젠가 내가 머리 잘 어울려요, 라고 말을 건네자 너는 어릴 때는 머리 자르면 큰일 나는 줄 알았어요, 맨날 자를까 말까 고민하고, 치렁치렁 기르고만 있고, 하며 웃었다. 그 말에 나는 자를 때가 지난 앞머리를 대충 쓸어 넘기며 생각했다. 여전히 그렇게 생각하고 있구나. 저렇게 짧게 머리를 자르는 일이 네 인생에서 여전히 큰일이구나. 너는 덧붙인다. 페미니스트가 되려면 멀었죠.

나는 네가 양치질을 하며 다른 한 손으로 종종 콧대를 높이려는 듯 코를 쥐고 있는 것을 목격한 적이 있다. 내가 컵을 들고 화장실에 들어서

자 너는 화들짝 놀라서 가장 먼저, 코에서 손을 뗐다. 그리고 고개를 숙여 인사한다. 입 안 가득 치약 거품 탓에 소리는 내지 못하지만 네 목소리가 들리는 듯하다. 선배, 안녕하세요.

매일매일 점심을 함께 먹으며 너와는 거의 이야기할 일이 없었다. 질문은 주로 다른 사람이 했다. 편집부장님이나 관리부장님 같은 분들이. 어디에 사느냐, 출퇴근은 힘들지 않느냐, 전 직장은 어땠느냐, 거기에 근무하는 누구를 아느냐. 질문이 슬슬 떨어지기 시작했을 때, 그러니까 출근한 지 2주가 지나자 너는 일주일에 며칠은 점심에 운동을 한다고 했다. 무척이나 송구한 표정으로 점심을 따로 먹게 되어 죄송하다고, 수영을 시작했다고. 그게 놀라워 계속 감탄을 하고 있는 나에게 너는 몇 번이고 아니에요, 아니에요, 했다. 덕분에 너와 함께 점심을 먹는 날이 일주일에 두 번 정도로 줄었다.

*

나는 너를 안다. 사실은 네가 이 회사에 지원한 두 달 전보다 훨씬 전부터. 네가 입사하기 전부터 입사할 때까지 빠짐없이 너를 알고 있다. 그러니까 네가 SNS를 그만두지 않는 한 나는 너를 추적한다. 그것은 너무나 쉽고, 하나도 어렵지 않고, 그러니까 일도 아니다. 그건 내 삶이다. 어느 순간 삶이 되었고, 여전히 삶으로 자리 잡고 있다.

너는 내 애인의 전 여자 친구다. 너의 이름은 예나주. 대기업 마케팅부에 근무하다가 두 달 전 인문서적 출판사 영업부로 이직했다. 트위터 아이디는 @yeah_naa로 인스타그램 아이디와 같다. 페이스북 이름은 Najoo-yeah, 블로그 주소는 /nobodybut13. 내가 아는 너의 채널은 여기까지였다. 이 정도로도 충분하다고 생각했는데 입사 후 너의 채널 목록에 유튜브가 추가되었다. 유튜브 주소는 외울 필요가 없다. 너의 모든 나머지 채널 소개 글에 링크로 달려 있다. 클릭만 하면, 네가 운영하는 동영상 채널로 이동할 수 있다. 내 애인과 너는 3년 전 헤어졌다. 나는 애인과 3년 전에 만났다. 내 애인은 나와 만나기 위해 너와 헤어졌을 것이다.

입사지원서에서 너의 이름을 발견한 순간 나는 너를 알아보았다. 너는 최종 명단 두 명 중 한 명이었고 네가 뽑힐 확률이 제법 높았고 나는 그걸 슬쩍 옹호하기까지 했다. 무슨 마음이었는지 모른 채로. 나는 너를 어떻게 대해야 하는지 생각했다. 영향을 미치고, 영향을 받고 싶은 마음이 드는 건 왜인지에 대해. 먼 곳에 있는 너를 당겨 이곳에 놓고 살피고 싶었다. 그 욕망은 더 잔잔히 끈질겨져서 결국엔 너의 마음에 들고 싶었다. 너를 좋아하고 싶었다. 그 마음이 도대체 무엇인지에 대해 생각했다. 너를 좋아하고 싶다는 강렬한 마음이 진짜인지 가짜인지 알 수 없었다. 위선인지 위악인지 가릴 수 없었다. 다만 이것은 이상한가? 라고 물었다. 아닐 거라고, 똑같은 상황에 데려다 놓으면 나와 똑같은 욕망에 사로잡히는 사람들이 있을 거라고 나는 믿는다.

나는 네가 다시 규희 같은 남자를 찾아내 연애를 하고 있다는 걸 알고 있다. 너의 블로그에 종종 '애인에게 받은 꽃', '생일이라 비싸고 좋은 식사. 고마워.' 따위의 구절이 올라왔기 때문이다. 알고 있으면서도 묻는다. 너와 너의 애인이 궁금하다. 너의 현재가, 현재의 사랑이, 현재의 사랑의 고민거리가 궁금하다.

나주 씬 애인 있나요? 이런 거 물으면 실례인가요?

아니에요. 괜찮아요. 남자친구 있어요.

오래 만났어요?

아니요, 한 1년 정도……. 선배는요?

저도 있어요. 남자친구.

와, 어떤 분이실지 궁금해요.

걘……. 재미없어요. 섹스도 안 좋아하고. 애인이 벗어도 하고 싶어 하지도 않고. 그런 액션이 없으니까 진짜 심심하더라고요.

선배 너무 재밌어요. 저는 그렇게 말 못하는데.

너는 정말 재밌는지 입을 크게 만들고서 웃는다. 그리고 덧붙인다.

음, 이런 말 주제넘을 수도 있긴 한데 남자친구 분 이해가 갈 것 같기도 해요. 사실 저도 별로 해야 할 필요를 못 느끼거든요.

안다. 나는 너를 너무 많이 안다. 규희와 너는 그런 사람들이지. 너희들은 신앙이 깊은 연인이었고 성애나 성욕은 학문적 관심사에 불과할 뿐이었다. 섹스는 필수 요소가 아니었다. 손을 맞잡거나 가볍게, 장난스럽게, 진하게, 신중하게, 무드 있게 입을 맞추면 됐다. 너희 사이에 스킨십은 그거면 완벽했다. 너와 규희는 모두 '끝까지 간다'는 표현을 혐오했다. 성기결합이 섹스의 전부인 줄 아는 덜떨어진 애들이나 그런 말을 쓴다고 생각했다. 그런 상스럽고 거친 말로 생각하진 않았겠지만 내 식대로 표현하자면 그건 그런 생각이다.

진지하고 신중한 태도. 너의 모습에서 가장 자주 느끼는 그 태도는 규희가 추구하는 태도였다. 너는 규희가 추구하는 여자였다. 그런데 규희는 왜 나에게로 왔나. 나는 규희와 만나는 내내 그게 궁금하고 불쾌했다. 신선했겠지. 아니면 내 어떤 면을 높이 살 만하다고 평가했거나. 그거면 됐다고 판단했던 건지도 모른다. 그때는. 우리는 자주 착각을 하고 사람을 잘못 보니까. 연인이 된 이후에 규희의 성욕 없음 때문에 나는 종종 무안해졌다. 입을 맞추고 혀를 밀어 넣는 나에게 규희는 단호한 표정으로 그렇게 말한 적이 있다. "키스만 해. 키스까지만 해."

나도 나랑 하기 싫다는 놈이랑은 안 하고 싶어, 라고 쏘아붙였지만 달리 다른 남자도 없었으며 다른 남자가 필요한 일도 아니었다. 나는 규희가 좋았고, 성기를 내 안으로 넣는 게 좋았고, 사람과 하지 못한다면 기구가 있지 않느냐고 묻는다면 플라스틱이나 고무는 싫었고, 그랬을 뿐이다. 나는 사랑하는 남자랑 하는 게, 규희랑 하는 게 좋았을 뿐이다. 그래서 규희가 섹스를 되게 잘했냐 하면 그건 정말 아니고……. '발기된 성기를 질 안으로 집어넣는 섹스를', '규희랑' 하고 싶었다고. 그뿐이다. 이외에는 설명이 안 된다. 나는 자주 의아했다. 그 단순한 설명이 왜 규희한테는 납득이 되지 않았을까. 규희는 왜 나를 '스스로를 페미니스트라고 생각하면서 성기결합 섹스에 미쳐 있는 이해 못할 애'라고 생각했을까.

물론 이 표현도 규희 필터를 거치지 않은 나의 표현일 뿐이다. 규희가 알면 펄쩍 뛸지 모른다. 아니라고, 절대 그렇게 생각한 적 없다고, 자신을 그렇게 몰아가지 말라며, 그저 조금 이해가 되지 않았을 뿐이라고 반박하며. 하지만 그런 건 소용이 없다. 규희의 말투와 목소리가 들리는 듯하다. "약간, 이해가 안 돼." 조심스러운 말투. 그러나 규희는 내내 착각하고 있었다. 말투가 조심스럽다고 파괴력을 지니지 않은 건 아니다. 너만큼 모든 걸 이해하려고 하는 사람이 하필 자신의 애인을 향해 "조금, 이해가 안 돼."라고 말한다는 건……. 그리고 내가 그 말뜻을 모를 거라고 생각하는 건, 나에 대한 기만이다. 너를 사랑하고 너를 관찰해 온 나에 대한 어처구니없는 기만.

*

나는 네가 운영하는 모든 채널을 안다. 네가 분리해서 보이는 전시욕과 표출욕을 모두, 까지는 아니더라도 상당 부분 알고 있다. 나는 아마도 너의 가장 열렬한 추종자다. 너는 모든 SNS를 그 포맷에 맞게 사용할 줄 안다. 인스타그램에는 긴 설명을 덧붙이지 않고 한두 문장 정도를 남긴다. 사진은 주 2회 정도 올라오는데 평일에는 거의 올라오지 않고 주로 주말 이틀 동안 보거나 읽거나 먹거나 갔던 것에 대한 사진이 올라오는 편이다. 인스타그램에서 너의 자아는 산뜻하고 질척이지 않는다. 담백하면서도 진지하다. 특히 좋아하는 책이나 작가에 대한 글을 적을 때면 그 한두 문장뿐인 짧은 글도 얼마나 고심하고 고쳤는지 알 수 있다.

페이스북에서 너는 좀 더 사적이다. 오프라인에서 알고 있는 사람을 기반으로 한 매체라는 생각에서인지 개인적인 행사나 사소한 단상 같은 것도 자주 남기는 편이다. 접속하는 횟수는 주 0회에서 3회 정도. 그러니까 일주일 내내 아예 사용을 하지 않는 주도 있고, 하루에 짧은 글을 두 개 내지는 세 개 연달아 올리는 주도 있는 것이다. 그중 몇 개는 인스타그램과 연동이 되어 있어 이미 인스타그램에서 본 것일 때가 많다. 너의 페이스북에서는 너의 대학 졸업식, 친구들과 만나 봤던 영화나 연극에 대한 다소 긴 리뷰, 인터넷 서점 이벤트에 응모하기 위해 공유한 홍보물, 창경궁이나 경복궁으로 나들이를 가서 친구들과 함께 찍은 사진들이 있다. 그러나 그 게시물들 역시 1년 반 전에 게시된 것들이다. 어떤 날짜를 기점으로 인스타그램에는 올라온 사진이 페이스북에는 없다. 너는 아마도 1년 반 전 페이스북에서 완전히 인스타그램으로 넘어온 것 같다.

그리고 블로그. 나는 규희의 블로그를 통해 너의 블로그를 찾아냈다. 너는 블로그를 이제 거의 사용하지 않는다. 두 달에 한 번, 세 달에 한 번 불쑥 글이 올라오는 식이다. 그마저도 시간이 지난 후에는 삭제했거나 비공개로 돌린 탓에 사라져 있는 경우가 많다. 우리 회사로 이직이 결정된 후, 출근을 기다리는 동안 너의 블로그에는 이런 글이 올라왔다. '쫓기는 꿈을 꾼다. 건물에 갇혀 쫓기는데 건물은 내가 아는 건물인 것 같고 나를 쫓는 게 누구인지는 모른다.'

블로그는 인스타그램이나 페이스북보다 연결되어 있는 친구들의 수가 현저히 적고, 너는 딱 그만큼 더 솔직하다. 너의 블로그에는 인스타그램이나 페이스북에는 없는 게 있다. 그건 바로 짧은 다짐들이다. 머릿속에 떠오른 다짐들을 잊지 않기 위해 너는 블로그를 메모장 삼아 쓰는 듯하다. 너의 다짐은 대체로 이런 것들이다. 겸손할 것. 상대를 존중할 것. 실패하기를 두려워하지 않을 것. 계획대로 되지 않는 것을 두려워하지 않을 것. 너는 겸손하고 상대를 존중하지만 세운 계획이 어그러지거나 실패하는 걸 두려워하는 사람이다.

그리고 인스타그램, 페이스북, 블로그를 모두 보다가 보다가 보다 보면, 어김없이 규희의 흔적을 찾을 수 있다. 나는 매번 똑같은 짓을 반복한다. 더 이상 업데이트가 되지 않더라도 규희의 흔적이 나타나는 곳까지 거슬러 올라가서 규희가 단 댓글, 규희가 나온 사진, 규희가 태그된 게시물을 만나고 나서야 너의 채널에서 빠져나온다. 두근거리는 심장과 열에 달아오른 두 뺨을 하고서. 너의 모든 채널을 보기 시작한 것은 네가 입사하기 한참 전부터였다.

　개인 SNS보다 본격적으로 운영하는 너의 채널들도 있었다. 유튜브와 팟캐스트였다. 유튜브에서는 네가 다녀온 짧은 여행을, 주말에 갔던 커피 맛이 유난히 좋았던 카페와 커피잔이나 티스푼처럼 작고 쓸모없고 예쁜 것들을 파는 잡화점을 소개했다. 여행지에서는 꼭 그곳에만 있는 동네서점이나 독립서점에 들러 포스터와 엽서를 산다고 했다. 너는 여행에서 돌아오면 그곳에서 산 엽서나 포스터를 네 방 벽 한쪽에 붙이는 것으로 여행 영상을 마무리하곤 했다. 유튜브 동영상 덕분에 나는 너의 부엌과 한쪽 벽면도 알게 되었다. 간단하게 저녁이나 간식을 만들어 먹는 모습도 종종 나왔기 때문이다. 너는 성실하고 부지런한 사람이었다. 직장에 다니면서도 가죽 공예나 요가나 수영을 배우러 다니는 사람. 잊지 않고 화분의 물을 갈고 잎을 닦는 사람. 베개와 이불의 커버를 바꾸는 사람. 자신의 일상을 카테고리별로 잘라서 기록해 두는 방법에 능숙한 사람. 네가 사는 공간도 잘 분리된 너의 SNS 채널들처럼 잘 정리되어 있었다. 늘 쓸고 닦고 포스터를 바꾸어 붙이는 모습에서 알 수 있었다.
　팟캐스트에서는 고전문학을 소개했다. 거기에서 너의 닉네임은 '마케터 N'이었다. 혼자서 진행하는 것은 아니고 세, 네 명의 진행자가 돌아가며 주제를 정하고 그 주제에 맞는 고전문학을 소개하는 팟캐스트였다. 어느 팟캐스트가 포화 상태가 아니겠느냐마는 책을 소개하는 팟캐스트도 포화 상태가 된 지 몇 년째였다. 너와 네 팟캐스트 동료들은 딱히 욕심이 없어 보였다. 그래도 꾸준히 200명 정도는 그 방송을 듣고 있었다. 게시한 지 오래될수록 유입이 떨어지는 걸 감안했을 때, 유명하다고는 할 수 없지만 책읽기를 좋아하는 사람들의 검색에 한 번 쯤은 걸렸을 것 같은 방송이었다. N의 목소리는 늘 오프닝에는 조금 떨렸지만 5분 정도가 흐르면 자연스러워졌다. 시옷 발음이 약간 샜고(그 공기 소리가 좋았다), 니은과 리을을 또박또박 구분지어 발음하려다가 오히려 부자연스러워지는 부분들이 간간이 있었다. 대본을 미리 작성했을 텐데도 퇴고할 때 너에게는 거슬리지 않았는지 "했구요"로 끝나는 문장이 상당히 많이 남아 있는 편이었다. 너의 리스트는 이랬다. 「댈러웨이 부인」, 「삶의 한가운데」, 「모래의 여자」, 「포스트맨은 벨을 두 번 울린다」.

나는 네가 뒤라스의 「연인」은 리스트에 넣고 나보코프의 「롤리타」는 넣지 않아서 너를 좋아했다. 나는 너의 취향을 대부분 신뢰했다. 종종 너무 선하고 아름다운 것들만으로 일상을 구성하고 편집하고자 하는 욕망, 그리고 (의도하든 의도하지 않았든) 스스로의 약한 면에 대해 자주 이야기하고 상처받는 일에 익숙해지지 않는 스스로를 전시하는 것 같다는 느낌을 받을 때도 있었지만 네가 가진 다른 부분에서 느낀 호감이 그 작은 부분들을 모조리 상쇄시켰다.

나는 네가 왜 좋았을까. 그저 규희의 전 애인이라서? 규희가 너를 자기가 만났던 어떤 사람보다 완벽한 파트너라고 평했기 때문에? 그런 말을 남기고 규희가 죽어 버려서? 규희는 죽고, 규희를 공유했던 너만 남아 있어서?

규희를 훨씬 자주 떠올리는 건 규희가 죽은 이후부터다. 규희가 살아 있을 때보다 훨씬 더, 폭발적이고 끈기 있게 규희에 대한 힌트를 찾았다. 규희가 살아 있는 동안의 흔적을 찾고 찾다가 나는 너를 발견했다. 그리고 너를 생각했다. 네 채널들에 접속해 너의 일상을 보고, 규희의 흔적을 찾고, 빠져나온다. 그것은 나의 삶이었다.

나는 너에 비추어 나를 생각했다. 네가 자주 올리는 사진들과 내가 올리는 사진들은 어떤 차이가 있는지. 남이 찍어주는 너는 대부분 어떻게 나오고 남이 찍어줄 때의 나는 대부분 어떤 모습인지. 너는 도드라지는 광대가 콤플렉스였고 그래서 사진 찍힐 때면 두 손으로 뺨을 가리곤 했는데, 그런 너의 사진을 볼 때면 나는 광대 같은 건 하나도 보이지 않았고 오로지 너의 손만을 보았다. 그런 식으로 너의 콤플렉스를 아는 만큼 나의 콤플렉스도 알았다.

나의 콤플렉스는 손. 누군가가 찍어 준 사진들 속에서 나는 언제나 주먹을 꼭 쥐고 있었다. 웃을 때도, 이야기를 할 때도, 먼 곳을 쳐다보고 있을 때도. 심지어 한 손으로는 책장을 넘길 때에도 다른 한 손은 꼭 주먹을 쥐고 있었지. 엄지손가락 때문이었다. 그게 콤플렉스였다. 나는 주먹을 쥘 때 엄지손가락을 집어넣고 나머지 네 손가락으로 그걸 말아 쥐는 습관이 있었다. 날 때부터 뭉툭하고 못생긴 손인데다 어릴 때 왼손 엄지손가락을 칼에 깊게 베인 적이 있다. 손톱과 손끝이 갈라졌다가 다시 붙는 바람에 그 부위가 울퉁불퉁하게 부어오른 채로 남아 버렸다. 그 흉터까지 포함하여, 내내 손이 콤플렉스였다. 콤플렉스는 무섭다. 습관처럼 몸에 붙고 입은 옷처럼 표가 나니까. 사진에 드러난 내 모습에서도 나는 보이지 않는 엄지손가락만 보고 있었다.

손으로 광대를 가린 너의 사진과 손만 가린 내 사진을 번갈아 보면 이상한 기분이 들었다. 참 다르네. 다른 사람이네. 너의 가느다랗고 예쁜 손을 보며 얼굴이 달아오르고, 너의 도드라지는 광대를 보며 다시 차분히 열이 내리는 일을 반복했다. 너는 내가 미워하는 사람이기도 하고 사랑하는 사람이기도 했다. 내가 사랑하는 동시에 미워하는 사람은 둘이다. 나 자신, 그리고 규희. 규희는 죽고 없으므로 이젠 나 하나뿐. 너는 나 같았다.

*

너에 대해 아는 부분이 있는 만큼 모르는 것이 있다. 네 SNS에 없는 내용을 나는 알지 못한다. 나는 네가 어째서 대기업 마케팅부를 그만두고 이 작은 인문서적 출판사의 영업부에 들어오게 되었는지에 대해서는 모른다. 우리는 둘뿐인 영업부였다. 20년차 부장님이 그만두었는데 회사는 적어도 팀장급을 뽑는 게 아니라 다른 업계 마케팅 경력만 있는 중고 신입인 너를 뽑았다. 다행인 건 네가 운전을 할 줄 안다는 사실이었다. 우리는 회사 차에 나란히 앉아 서점 영업을 돌았다. 멀미가 심한 나를 위해 너는 언제나 사탕을 준비해 두었다. 나는 너에 대해 몰랐던 사실 가운데 상당 부분을 너와 함께 차를 타고 다니며 알게 되었다. 너의 SNS를 아무리 읽고 읽어도 모를 일들이 바로 옆자리에서, 너의 목소리로 들려 왔다. 싹싹하지만 조심성 많고 상냥하지만 거리를 두는 너에게 특별한 대답을 듣지는 못할 거라고 예상하며 했던 질문이었다.

그런데 나주 씨, 대기업이 많이 힘들었나요? 여기보다 훨씬 좋았을 텐데.

음, 하고 너는 눈을 크게 한번 굴렸다. 차는 신호에 걸려 있었다. 의도하지 않은 침묵과 유예의 시간이 지나고 있었다. 나는 딱히 대답을 기다리는 게 아니라는 태도로 창밖을 내다보았다. 흐리고 흐린 날이었다. 미세먼지가 심하네. 눈이랑 코랑……. 다 아프겠네. 괜히 차창을 건드리며 생각했다. 곤란하게 만들고 싶지는 않았는데. 곤란하게 만들고 싶지 않다는 마음은 너를 위한 것이 아니라 나를 위한 것이다. 나는 누군가를 곤란하게 하는 사람이고 싶지 않았으므로. 그 사람 좀 사람을 곤란하게 하더라, 하는 평은 듣고 싶지 않았다. 특히 너처럼 예의를 지키는 일이 각별히 중요하다고 생각하는 사람에게는.

한참 만에 차가 움직이고, 너는 입을 열었다. 정면을 주시하는 너의 얼굴에 그래 이 사람이라면 괜찮아, 말해도 괜찮아, 말하고 싶어, 하는 표정이 그대로 드러나는 듯해서 두려웠다. 듣게 될 말들보다 나에 대해 어떤 판단을 내리고 말을 꺼내기로 한 너의 결심이.

안 좋은 일을 겪었어요. 배운 대로 싸우며 견디고 싶었는데 마음이 많이 무너졌어요.

너는 일하던 팀에서 스토킹에 시달렸다고 했다. 상사는 거절할 수 없는 식사 약속을 제안하고 함께하는 프로젝트를 이 핑계 저 핑계를 대며 질질 끌었다. 퇴근하고도 끊임없는 문자와 전화에 너는 지칠 대로 지쳐 버렸다. 회사 인사 관리팀에 정식으로 고발하고 문제 해결을 하고 싶었으나 성공한 전례가 없었다. 그리고 너는 싸울 힘도 없었다. 동기의 팔할은 남자였고 몇 안 되는 여자 동기들도 너의 말을 전부 못 들은 척했다. 네가 인기 있다는 것을 자랑하려고 그런 말을 한다고 생각하는 사람도 있었다. 너는 회사를 그만두고 6개월을 쉬었다. 6개월, 그 시간 동안 너는 무슨 생각을 했을까.

그때 만났어요. 지금 남자친구요. 제가 동호회처럼 여러 명이랑 작게 팟캐스트를 한 적이 있는데, 거기서 만난 사람이거든요. 무기력한 저를 방 밖으로 끌어내 줬어요. 그거 보면 참 인연은 타이밍인 게……. 다른 때였으면 그런 사람 정말 무례하다고 생각했을 거거든요. 함부로 다른 사람의 공간에 침범하는 사람이요.

그랬구나.

나는 조용히 대답한다. 네가 그런 고백을, 힘들었을 이야기를 용기 내어 하는 와중에도 나는 너에게 깃든 규희를 본다. 둘의 닮은 점을 찾는다. 무례하다, 함부로, 다른 사람의 공간에, 침범. 그런 말을 할 때 너는 너무나 규희 같다. 자기 공간을 소중히 하는 사람들. 오롯한 혼자를 내버려둬야 하고 스스로가 세운 원칙을 존중받아야 해서 섣불리 노크하거나 노크조차 않고 불쑥 가까워지려는 사람들을 경계하는 사람들. 스스로를 내향적이라고 소개하며 절대 먼저 뭔가를 제안하지 않는 사람들. 같이 저녁 먹을래요? 시간 되면 볼래요? 하는 말을 주로 듣는 쪽인 사람들.

나는 생애 전반에 걸쳐 그런 사람들을 부러워하며 원망했다. 내가 가지지 못한 성향을 가진, 내향 인간들을 매번 좋아하면서도 서운했다. 나는 매번 제안하는 쪽이었기 때문에. 내향적이라며, 사람을 천천히 알아가고 조심스럽게 가까워지고 싶다는 사람들의 팔을 붙들고 같이 시간을 보내자고 흔드는 쪽은 백이면 백 나였다. 그런 나도 좀 병적인가. 어느 모임에서나 그런 유의 사람들을 좋아해 서촌으로 커피 마시러 갈래요? 광화문으로 생선구이 먹으러 갈래요? 하고 물으면 그들은 언제나 사려 깊은 표정으로 아, 네, 좋아요, 언제든 단이 씨 편하신 시간에……. 라고 대답해 왔다. 거절이 아닌 것만으로 마음이 놓였지만 한편으로는 늘 속이 꼬였다. 너희들은 좋겠다. 우아하게 컨펌할 수 있어서 좋겠어. 누군가가 물어보면 음……. 하고 고민하고 마침내 네, 라고 대답할 수 있어서 좋겠다. 나도 그런 역할 좀 맡아 보고 싶네.

규희도 그랬다. 나는 규희가 그래서 좋았고 그래서 슬펐다. 조심스럽고 조용한 성정. 나로서는 한 번도 살아보지 못한. 그런 성격으로 사는 일은 어떤 걸까 늘 상상하곤 했다. 규희는 나와 다툴 때, 그러니까 전적으로 나만 흥분해서 소리를 지르거나 인신공격을 할 때면 여러 말을 하지 않았다. 조용하고 낮은 목소리로 넘어오지 마, 하고 말할 뿐이었다. 나는 규희가 그렇게 말할 때마다 상처받았다. 너는 너만 그렇게 현명하고, 그래서 남이 들어오고 들어오지 말아야 할 선을 분명히도 알고 있고, 그걸 나만 모른다고 생각하지. 나만 너에게 더 가까이 가고 싶고, 네가 아무리 가까이 와도 전혀 상관이 없고, 오히려 더 깊이 너를 맞을 준비가 되어 있지. 사이란 건 그 선을 조정해가며 우리 둘이 만들어가는 걸 텐데 너는 이미 선이 있고 항상 단호하고 나는 선이 있던 적이 없으니까. 늘 한쪽만 맡는 일이란 전혀 유쾌하지 않았다.

그러고 보면 선배 제 남자친구랑 좀 비슷한 면이 있는 거 같아요.

무례하다는 면이?

농담이었는데, 네가 나를 선배라고 부르고 있는 관계라는 걸 잊은 농담이었다. 너의 얼굴은 미안함과 아차 싶음으로 일그러져 있었다.

아니요, 아니요, 절대 아니에요.

운전대만 안 잡았다면 두 손 모아 싹싹 빌 것 같은 기세에 나는 당황해서 너에게 사과했다.

미안, 미안, 농담이었어요. 내 농담이 심한 거야, 진짜로, 나주 씨 잘못이 아니라.

진짜 죄송해요. 그런 사람이 무례하다고 생각했다는 말…… 그렇게 생각했던 건 정말 옛날이에요. 지나면서 생각도 변했고, 선배를 절대 그렇게 생각하지 않아요. 정말이에요.

알아요. 내가 미안해요. 안 맞는 농담을 했어. 이상한 쇼맨십이 있어가지고. 웃겨야 될 것 같아서요.

너는 그제야 웃는다. 안도했는지 한손으로 가슴을 쓸어내리는 액션을 취한다.

선배를 멋있다고 생각한 게 그런 점이었어요. 단숨에 다가와 주는 면이요. 그거 제가 진짜 못하는 일들이거든요.

너는 네 환영회날 이야기를 했다. 작은 회사여서 회식도 자주 하지 않지만 아주 오랜만에 신입사원이 들어온 날이라 모처럼 전체 회식이 있던 날이었다. 삼겹살과 목살을 굽는 동안 30분은 어색하다가 겨우 서로 대화를 나누겠지, 하고 지레 포기하고 있던 참이었다. 소주를 섞은 맥주를 몇 잔 마시자 앞에 앉은 사람에게 말을 걸고 농담이 술술 나온 것은 나의 오랜 주사나 습관 같은 거였다. 침묵을 견디지 못하는 습관. 앞에 앉은 사람의 웃는 얼굴을 보아야 마음이 놓이는 안달 같은 것.

저 어색하지 말라고 분위기 풀어주셨잖아요. 진짜 감사했어요. 선배가 저희 쪽 테이블에서 얘기하니까 다른 테이블에서도 얘기가 돌고, 다들 웃고. 선배가 주인공이어야 한다고 생각했다니까요.

나는 머쓱하다는 표정을 지어내며 너의 말을 듣는다. 기분은 좋았지만 한편으론 무슨 소린가 싶기도 하다. 나도 너처럼 우아하게 가만히 있어도 괜찮고 싶거든. 괜히 아무도 부추기지 않았는데 혼자 침묵에 불안해져 까불지 않고. 나도 누가 웃겨 주면 웃고만 있고 싶다고. 내향 인간을 마주하고 속이 꼬인 사람처럼 또 그렇게 혼자 속으로 툴툴거렸다.

그렇게 떠들어놓고 삼일 내내 후회해요. 말이 또 많았구나, 쓸데없이 나댔구나, 내가 미쳤지, 하고요.

에이, 말도 안 돼요.

그렇게 말하다가 너는 고개를 흔들며 방금 한 말을 정정한다.

알 것 같아요, 그 기분. 저도 그래요. 맨날 후회해요. 말해 놓고.

나는 나를 이해한다는 표정이 떠오른 너의 옆얼굴을 본다. 고개를 끄덕이며 마주 웃었지만 속으로는 여전히 약간 빈정거리는 중이다. 너희들이 그러는 건 잘 알아. 한 마디 해 놓고 안 해도 될 걱정까지 하는 부류라는 거. 너, 규희, 그리고 너희가 '우리랑 비슷한 사람들', '나랑 맞는 사람들'이라고 부르는 사람들 말이야. 그런데 너희 말고 내가 그런다고. 나도 그런 후회를 한다고. 너희는 나를 거의 사교 왕으로 생각하잖아. 그런 술자리나 모임 같은 일에 아무런 어려움이 없을 거라고 생각하고 너 없었음 어쩔 뻔했니! 하고 내 뒤로 숨잖아. 함께 있는 사람들이 웃어야만 마음이 편해서 매번 큰소리로 떠들지만 그것도 힘들다고. 나도 모르게 너와 규희 부류와 나의 부류를 나누어 생각하곤 했다. 혼자 반발심을 활활 태우고 또 다시 혼자 꺼트리고, 그러길 반복했다.

지나간 너의 목소리를 머릿속에서 반복 재생한다. 제가 진짜 못하는 일이거든요. 못하는 일. 그러니까 그걸 할 수 있는 사람과, 진짜 못하는 사람이 있다. 그 차이는 뭘까. 너와 규희와, 그리고 나의 차이는 도대체 뭔가. 왜 규희와 너는 진짜 못하는 일을, 나는 종종, 자주, 제법 즐기며 하고 마는 걸까. 나는 규희가 사라지고 나서야, 여기에 없고 나서야 규희에 대해 더 많이 생각한다. 너를 이루는 조각과 내 조각들을 맞춰 보고 비교한다. 화가 나서 던지기도 하고 소중하게 어루만지기도 하면서 기이한 모양의 성을 쌓는다. 그게 규희가 떠난 뒤 내가 유일하게 몰두하는 일이다.

미팅에서 만난 서점 담당자는 나에게 작게 알은척을 하고 내 옆의 너를 찬찬히 본다. 미팅이 끝날 무렵 테이블을 정리하며 그는 나란히 앉은 우리를 보고 두 분 느낌이 비슷하네요, 한다. 그 말이 칭찬처럼 들린 것은 나뿐이었을까. 고개를 돌려 옆에 앉은 너의 표정을 확인할 수 없었다. 정말 그랬을까 봐. 네가 뜨악한 표정을 짓고 있을까 봐.

회의실을 나오고 나서야 너를 본다. 긴장한 기색이 역력한 얼굴이다. 나는 근처에서 잠깐 커피를 마시고 들어가자고 제안한다. 네가 약간 망설이기에, 커피가 싫으면 따뜻한 차도 마실 수 있고 무엇보다 거기 찻잔이 진짜 예쁘다고 농담처럼 덧붙인다. 나는 네가 카페인에 약해서 하루에 여러 번 커피를 마시는 게 곤란하다는 걸, 그래서 카페인이 적은 홍차나 잎차를 선호하고 이미 몇 년 전 유행이 지나 버린 노리다케 홍차 잔을 아직도 혼자서 좋아하고 있다는 걸 안다. 네가 좋다고 말하기를 기다리며 나는 데이트를 신청한 사람의 심정이 된다.

예상대로 카페에 들어간 너는 허브티를 주문하고, 허브티마저 티팟에 담겨 홍차 잔과 함께 정갈히 나오는 것에 감탄한다.

선배, 감사해요.

네가 웃으며 말한다. 음? 뭐가? 모르는 척 커피 잔을 내려놓는 내게 너는 쑥스럽다는 듯 덧붙인다.

너무 잘해 주셔서 뭐랄까……. 보상받는 느낌이에요. 정말 힘들었는데. 여기 와서 마음도 많이 편안해졌고. 하는 일도 좋고요. 열심히 할게요.

블로그식 말하기구나. 나는 너의 화두를 들으며 그런 것을 감별한다. 너는 점심시간에 네댓 명이 모였을 때 나누는 스몰토크로는 인스타그램식 말하기, 외근 나가는 길에 두셋이서 대화를 나눌 땐 트위터식 말하기, 그리고 예외적으로, 아주 가끔 생기는 이런 둘의 시간에는 블로그식 말하기를 한다. 나는 그 말에 보답하듯 짧은 시간이지만 내 눈에 비친 너의 모습에 대해 말한다. 진지하고 열정이 있는 좋은 사람처럼 보인다고, 그러나 때론 안 해도 될 생각과 고민에 몰두하는 것처럼 보인다고 얘기하자 너는 곧바로 진지한 표정이 된다. 타인의 평가를 기억해 뒀다가 몇 번이고 곱씹으려는 듯한 태도에 나는 대화의 방향을 튼다. 보다 사적이고 쓸모없는 이야기로. 내가 겪었던 학교생활과 회사 생활에 대해 길게 털어놓자 너는 점차 편안해지는 것처럼 보인다. 더 이상 머리모양이 단정하게 잘 있는지, 화장이 망가지지 않았는지, 광대가 도드라져 보이는지, 이 선배가 나를 어떻게 생각하는지에 대한 경계 없이 너도, 자신에 대해 말하기 시작한다. 전 회사에서 가시적으로 드러난 갈등 이외에도 너는 요 근래에 네가 겪고 생각했던, 눈에 보이지 않고 일상적으로 스스로를 옥죄고 있는 듯한 부담과 심리적 억압에 대해서 털어놓는다.

나주 씨 장녀예요?

너는 고개를 젓는다.

대부분 그렇게들 많이 말하는데, 아니에요. 둘째딸이고 막내예요. 너의 얼굴에 떠오른 익숙하다는 표정을 조금 오래 바라본다. 나는 네가 장녀가 아니라는 걸 알고 있으면서도 그렇게 묻는다. 그런 물음이 익숙한 사람에게는 그냥 그렇게 묻는다. 그런 오해에 대해 설명하고 싶고 자신이 지닌 그런 분위기를 조금은 자랑스러워한다는 것을 안다. 그런 건 왠지 SNS를 보지 않아도 알 것만 같다. 막내인 사람에게 장녀인 줄 알았어, 하는 말이 좋게든 나쁘게든 그 사람의 어떤 점을 건드리는지. 그 점에 대해서 얼마나 말하고 싶어 하는지도. 나는 노력하지 않아도 네가 말하지 않고 못 견디는 대화 주제를 꺼내게 된다. 왜 이렇게까지, 자꾸 네 마음에 들고 싶을까. 너를 안다고 자랑하지 않고는 못 배기는 이 유치한 마음은 뭘까.

너는 너에게 감정적으로 의존하는 엄마와 분리되는 일이 너무나 어렵다고 말한다. 먼저 그렇게 마음먹기까지 수없이 약해지는 마음을 다잡는 일이, 그리고 가까스로 독립을 목표로 착실히 독립 자금을 모으겠다고 결심했지만 작년 그 일 때문에 다시 독립에 대한 열망이 사그라진 일에 대해.

그런 무서운 생각도 들어요. 결국 결혼해야 떠날 수 있나 하는.

결혼. 나는 그 단어에 붙들린다. 너는 그러니까, 나아가고 있다. 자신의 과거를 집착하듯 살피지만 어쩔 수 없이, 또다시 착실하게 미래로. 너는 과거에 머무르는 사람이 아니다. 오지 않은 미래를 대비하는 사람. 그런 너의 건강함에 훼방을 놓고 싶었는지 나는 결국 그 날짜를 묻는다. 전혀 의도할 수 없이 뀌어지는 방귀나 나름대로 착실히 의도했지만 어설프게 매설된 덫, 그중 어느 쪽일지 모를 질문을 한다.

나주 씨, 작년 2월 1일에 뭐했어요? 글쎄요⋯⋯. 기억이 잘 안 나요. 왜요? 무슨 날이에요?

아니요, 그냥. 곧이니까.

참, 그러고 보니 페이스북에는 그런 게 꼬박꼬박 뜨죠. 그거 가끔 보면 재밌더라고요.

식은 커피를 입에 머금고 나는 동의의 뜻으로 고개를 끄덕인다. 손목을 들어 시계를 보고, 커피 잔을 내려놓는다. 내 몸짓을 신호로 우리의 티타임은 끝난다. 내가 하고 싶은 이야기는 오늘도 하지 못한 채.

나는 내내, 줄곧, 너에게 하고 싶은 말이 있다. 내가 아는 너의 이야기 말고, 네가 좋아하는 대화 주제 말고, 너와 다른 이야기를 하고 싶다. 그게 내 솔직한 마음이다. 너와…… 나누고 싶은 이야기가 따로 있다. 누구에게도 하지 못한 이야기. 너에게만 할 수 있는 이야기. 나주 씨. 나주 씨 그거 알아요? 그거…… 있잖아, 규희가 죽었어. 널 떠난 남자 말이야. 널 떠나 나에게로 온 남자. 본가로 가던 길이었어. 너는 그날 뭐했니? 왜 버스 사고가 났는지는 모르지. 사고는 늘 나고, 규희는 그저 거기에 있었을 뿐이겠지. 그렇게 신을 믿었고, 그래서 언제나 죽는 걸 무서워하던 애였는데 진짜로 죽으니 좀 말도 안 되는 것 같더라. 규희가 살아온 모든 게 복선 같고, 이상했어.

우린 달라. 규희는 나와의 관계가 익숙해질 무렵 입버릇처럼 말했어. 다르지만 좋아. 내 얼굴에 언짢아하는 기색이 엿보이면 나를 달래듯이 그렇게 덧붙였지. 그런데 있잖아. 다른 걸 좋아할 수 있는 건 어디까지일까. 언제까지일까. 규희가 그렇게 말할 때마다 나는 둘인데도 혼자 같았고, '나랑 진짜 비슷했던 애'로 등장하는 너를 생각했어. 곧이었어. 규희가 죽은 날이. 나는 완벽하게 혼자가 됐어.

규희는 11개월 전에 죽었다.

*

작년 2월의 첫째 주 일요일, 나는 춘천에 있었다. 규희는 젊은 사람답지 않게 납골당이 아니라 공동묘지에 묻혔다. 규희 어머니가 그걸 원했기 때문이다. 규희의 무덤은 규희 부모님이 자신들이 죽으면 사용하기 위해 미리 사 놓았던 춘천의 공동묘지에 있었다. 춘천은 규희 부모님의 고향이었다. 나는 규희 부모님의 흰색 혼다를 타고 구불구불한 산길을 올랐다. 겨울의 공기는 차고 맑았다. 서울은 여전히 미세먼지가 자욱해 시계가 엉망이고 숨을 제대로 쉴 수 없었는데, 춘천의 하늘은 깨끗하게 파랗고 높았다. 다행이라고 생각했다. 비염이 심해 미세먼지가 심하던 날마다 고생하던 규희의 얼굴이 떠오르고. 뒤이어 공기가 너무 나빠 눈도 코도 목도 너무 아프다 단이야, 하고 두꺼운 알의 안경을 살짝 들고 눈과 눈 사이, 콧대를 꾹꾹 누르던 모습이 떠오른다. 없는 너는 여전히 있을 때만큼 생생해서, 이 기억은 언제까지 살아 있을까, 차가운 두 손을 주무르며 그렇게 생각했던 것을 기억한다.

아담하다고 하기엔 좀 이상하지만 그렇다고 크다고는 말할 수 없는 무덤에 규희는 묻혔다. 떼를 잘 입힌 봉분 아래 규희가. 무덤 옆 매끄러운 비석의 앞면에는 '경주 이씨 규희'라고, 뒷면에는 '1988~2018'이라고 새긴 글자가 보였다. 나는 저 글자들을 잊을 수 없겠지, 하지만 정말로 잊을 수 없을까, 정말로? 언제까지? 라고 혼자서 꼬리를 물고 시비를 걸었던 것을 기억한다.

규희 부모님이 무덤 앞 작은 단에 과일과 술을 차리는 동안 나는 비석 옆, 꽃을 꽂도록 만들어진 깊은 대리석 관에 서울에서부터 안고 온 꽃을 꽂았다. 대체로 공동묘지의 무덤 옆에 꽂는 꽃들은 조화였다. 무덤은 사람이 자주 다녀가는 장소가 아니니까. 그런데 꽃은 자주 시드니까. 꽃이 시드는 즉시 다른 꽃으로 교체하기에 꽃은 너무 비싸니까. 묘지 입구에서 다양한 색과 종을 흉내 낸 조화 다발을 팔았다. 나는 거기까지 생화를 안고 갔다. 서울에서 춘천역까지만 두 시간이 넘게 걸리고, 춘천역에서 다시 규희 부모님을 만나 차를 타고 30분은 더 들어와야 하는 곳까지. 춘천행 기차에 오르기 전 나는 꽃시장에 들러 목화와 거베라, 리시안셔스를 다발로 샀다. 두 시간은 시들지 않겠죠? 나는 그렇게 물었다. 두 시간 후에 꽃다발을 건네면 규희가 바로 받아 물을 채운 화병에 꽂을 것처럼. 그렇게 꽃이 며칠은 살아 있을 것처럼. 괜찮아. 규희는 목화 리스를 좋아했다.

나는 규희의 부모님이 차린 상에 슬그머니 붕어빵 봉지를 얹어 놓는다. 소화를 죽어도 못 시키는 주제에 규희는 밀가루를 좋아했다. 붕어빵은 머리부터지, 이거지, 약간 덜 익은 밀가루맛, 하며 호들갑을 떨었다. 겨울에 붕어빵 트럭을 찾아 거리를 느릿느릿 걸으며 시간을 죽이는 규희에게 나는 몇 번이고 춥다고, 그거 좀 나중에 먹으라고 퉁박을 줬었다. 절대 고집 부리지 않는 성격의 규희는 내가 그렇게 말하기 전에, 내 표정에 스치는 기색만으로 내가 지쳤다는 걸 알고는 금세 붕어빵 욕심을 접곤 했다. 멋쩍게 웃으며 내 팔에 팔짱을 끼고 "춥지, 얼른 가자." 했다. 나는 그게 좋으면서도 싫었다. 너는 왜, 내가 화도 못 내게, 아니 왜 맨날 나만 화내게. 너는 왜 우기질 않아. 왜 우기질 않아서 나도 너에게 우길 수 없게 만들어. 그땐 진지했고 진심이었지만. 이제와 생각하면 그게 도대체 뭐가 중요했나 싶다.

규희 부모님과 나는 두 번 절했다. 규희야, 하고 불러도 이을 말이 없었다. 규희 어머니는 꽁꽁 언 손으로 무덤을 쓰다듬었다. 이미 깔끔하게 정돈된 무덤에서 괜히 잡풀을 뽑기도 했다. 나는 그 시간 동안 어쩐지 숨을 조금 참고 있었던 것 같다. 편하게 숨을 쉬는 일이 이상하다고 생각했다. 규희가 죽었다는 사실은 믿기지가 않지만 저 솟아오른 흙 속에, 흰 뼈가 된 규희가 있고 규희는 더 이상 숨을 쉬지 않는다는 사실은 왠지 선명해서. 그렇지, 규희야, 너는 지금 숨을 쉴 수 없지. 나만 쉴 수 있어서 미안해, 그런 마음으로 조금만 내쉬어도 겨울 허공에 하얗게 티가 나는 숨을 간신히, 조금씩 참아보았다. 참 멍청하지. 안다.

*

주말이 지나 1월의 마지막 주, 그 끝엔 규희의 기일이 붙어 있다. 올해의 2월 1일은 금요일. 이주에 너는 나와 점심 먹는 날 벌써 몇 차례 점심을 건너뛰었다. 함께 영업을 나설 때, 이동하는 차 안에서 긴긴 시간을 함께 보내면서도 몇 번씩이나 입술을 달싹이다가 만다. 나에게 묻고 싶은 말이나 하고 싶은 말이 있는 게 틀림없는데, 네 입술은 여전히 꾹 닫혀 있다.

아마도 네가 나를 알아버린 것 같다. 역시 날짜가 힌트였을까. 내 물음 때문에 오랜만에 페이스북에 접속했던 걸까. 그래서 규희의 죽음을 뒤늦게 보았을까. 너는 1년 반 넘게 전혀 페이스북을 하고 있지 않고 규희의 죽음은 오로지 페이스북을 통해서만 알려졌다. 규희의 친구들은 많지 않았다.

주말에 나는 춘천에 가지 않는다. 너와 마주칠 것 같아 두려웠다. 말도 안 되는 생각이라는 걸 안다. 너는 규희의 묘가 어디 있는지 모른다. 알 수 없다. 하지만…… 그 날이 곧 올까, 네가 아는 날이. 어떻게 올까. 우연히 들이닥칠까. 잘 모르지만 할 수 있는 한 미루고 싶었다. 규희의 부모님에게서도 연락은 없다. 규희의 부모님은 그런 분들이었다. 규희 같은 분들. 애인을 잃은 앞길 창창한 아가씨에게 규희 기일에 춘천에 갈 건데 혹시 갈 거라면 태워 주겠다는 말로 부담을 지우고 싶어 하지 않는 분들.

주말부터 수요일까지는 설 연휴다. 5일을 쉬는 긴 연휴에 나는 전에 없이 목, 금까지 붙여 연차를 냈다. 주말 동안 낑낑대다 내린 결론은 너를 피하는 일이다.

2월의 셋째 주 월요일, 연휴가 끝나고 다시 출근하는 날, 너는 자리에 없다. 네가 누구보다 일찍 출근하는 것은 이제 사무실의 모든 사람들이 알고 있다. 관리부장님께 너의 출근을 물어봐도 어깨를 으쓱할 뿐이다. 그럴 사람 아닌 것 같은데, 늦잠 잤나보지. 대수롭지 않게 몇 마디 거든다. 반차를 쓴 걸까, 하고 기다려 보지만 오후가 지나도 너는 오지 않는다. 퇴근 시간까지 너는 나타나지 않는다.

나는 문자를 여러 번 썼다가 지운다. 너에게 받았던 회사 명함에 너의 번호가 있다. 새 명함을 한 통 받고 쩡한 표정이 되어 편집부장에게 왜 이래, 대기업 아이디카드 쓰던 사람이! 하고 놀림을 받았던 네가 떠오른다. 나는 너에게 따돌림을 당하고 있는 것 같다. 너의 일상을 훔쳐볼 때처럼 가슴이 두근거리고 속이 미식거린다. 이 정도의 미식거림. 너와 실제로 마주하게 되면 들 거라고 상상했던 불편감이다. 나는 너에게 이런 식으로 내 존재를 알리고 싶었던 걸까. 고통을 주고 싶었던 걸까. 그런 거라면 나 자신이 너무 저열해서 견딜 수가 없을 것 같다. 하지만 그런 마음이 없었다고는…… 못하겠지. 그러나 그 모든 과정에서 나는 정말로, 네가 좋았다. 이상하지. 이런 마음을 고백하면 너는 단호하게 굳은 얼굴로 내 앞에서 고개를 저을 것만 같다. 나쁜 것보다 이상한 게 더 나쁘다고 할 것 같다. 그건 어쩐지 네 목소리인 것 같기도 하고 규희 목소리인 것 같기도 하다. 나는 고민하다가, 고민하던 모든 문자를 너에게 보내 버린다.

－나주 씨, 저 김단이에요.

－운전 중이에요?

－어디 아파요? 괜찮아요?

－내일은 출근할 거죠?

－우리 얘기 좀 해요.

－미안해요.

－강원도 춘천시 동산면 군자리 산133 추모공원 7단지 매장묘인데……. 찾기 힘들어요. 나중에……. 나중에 나랑 가요.

답장은 오지 않는다. 맞은편의 네가 사라지자 나는 수차례 들락거렸던, 한동안은 들어가지 않았던 너의 SNS에 또다시 들어간다. 차례대로. 늘 돌던 대로. 트위터, 인스타그램, 페이스북, 블로그, 유튜브. 올라온 새 게시물은 없다. 어디에도 네가 없지만 나는 너를 생각한다. 조용히 생각하고 조용히 걸어 다니는 너를. 평일 저녁엔 일기를 쓰고 주말엔 종종 성당에 가고 혼자 영화를 보는 너를. 보름이나 한 달에 한 번 SNS에 텅 빈 공터나 반짝이는 강물이나 오래된 가방 귀퉁이 사진을 올리는 너를. 너는 거기에 있다. 나는 이곳에 있고. 우리의 거리는 여전히 이만큼 떨어져 있다. 그 거리만큼 너를 생각한다. 숨을 조금 참아 본다.

문학 출판사에 다니고 있습니다. 소설을 쓰기 시작한 것도 취직한 즈음입니다. 각오나 목표가 있는 복잡한 마음은 아니었고 다만 내가 만든 이야기로 A4 용지 10장 정도를 채우면 다른 어떤 생각도 들지 않고 순전히 기뻤습니다. 문학을 좋아한 지 5년 만에 입사를 하고 또 그로부터 5년 만에 당선이 된 것이, 출판사 합격 전화를 받았을 때와 신문사 당선 전화를 받았을 때가 비슷하게 기쁜 것이 재밌고 좋습니다.

문학 편집자라는 직업이 좋습니다. 이렇게까지 열심히 읽고 생각해야 하는 직업이라니. 그렇게까지 해야 하고 그렇게만 하면 된다니. 소설을 쓰는 일도 이 직업 덕분에 가능했다고 믿습니다. 좋은 소설을 만나면 너무 좋아서 누군가에게 이야기하지 않고는 못 견디는 사람들과 함께 일하니까요. 좋아하는 것을 이야기하는 힘으로 여기까지 왔는데, 이상하게 소설에는 싫고 슬프고 나쁘고 아픈 이야기도 할 수 있어서 좋았습니다.

소설을 읽어 주신 심사위원 선생님들께 감사드립니다. 소식을 들은 날 재택근무라 내내 혼자였는데 사랑하는 고양이 홍시가 옆을 지켜주었습니다. 건강해야 해. 엄마 아빠, 당근과 채찍을 보내 준 동생 병규에게 사랑을 전합니다. 같은 팀 동료들에게도 고마운 마음입니다. 효인, 혜진 선배. 문학과 편집과 회사와 웃음을 가르쳐 주셔서 감사합니다. 세영 씨, 함께 오래 일했으면 좋겠어요. 기현 씨, 기현 씨가 없었다면 하지 못했을 일들이 정말 많아요. 그리고 제가 비밀을 털어놓았던 친구들. 유정 씨, 친구이자 동료가 되어요, 했던 말을 이렇게도 다시 할 수 있어 좋습니다. 호석 씨, 보라 씨. 우는 소리는 두 분 앞에서만 한 것 같습니다. 해진 선생님, 졸업 전 선생님 수업을 청강하지 않았다면 문학을 덜 사랑했을지도 모르겠어요. 선우 현경, 내 즐거움은 전부 너희 덕분이야. 성실하고 따뜻한 재현. 사랑한다.

문학을 읽고 쓰고 만드는 동료들에게 (다들 알고 계시겠지만) 우리는 멋진 일을 하고 있다고 말하고 싶었습니다. 좋아하는 것의 곁에 있는 일. 바라는 건 언제나 그것이었습니다. 여기에 있을 수 있어서 기쁩니다.

한 사람에 대한 세밀한 묘사·정서적 변화 담아낸 문장… 정확하고 날카로워

예심을 통과해 본심에서 집중적으로 거론된 작품은 '수지'와 '나뭇잎 사이로', 그리고 '없는 의자'와 '나주에 대하여'였다. 먼저 '수지'. 이 작품의 주인공을 한동안 잊을 순 없을 것 같다. 그만큼 매력적으로 다가왔다는 뜻이다. 어느 땐 에너지가 폭발했고, 어느 땐 혼란스러웠으며, 또 때때로 안쓰러웠다. 말 그대로 인물 그 자체로 '러너스 하이'인 상태. 아쉬웠던 건 '나'에 대해서 말하느라 다른 등장 인물을 제대로 살피지 못했다는 점이다. 그로 인해서 하고 싶은 말 또한 자기 안에만 머무른 듯한 인상을 주었다.

'나뭇잎 사이로'는 가장 유니크한 소설이었다. 기타를 치는 아파트 경비원에 대한 이야기. 거기에 갑을의 문제나 철거를 둘러싼 갈등 등 사회적 의제가 마치 실제 '나뭇잎 사이로' 악보 코드처럼 군데군데 잔잔하지만 격렬하게 나타났다. 문장도 미학적으로 나무랄 데 없었다. 하지만 문제는 소설 중반부터 등장한 '꼬끄'의 존재였다. 그와 주인공 '김'의 관계가 작위적으로 느껴졌고, 그로 인해 '김'이 무언가 깨닫는다는 설정 역시 무리라는 평이 지배적이었다. 플롯에 대해서 다시 진지하게 고민해본다면 더 좋은 작품으로 곧 다시 만나게 될 것이라고 믿는다.

'없는 의자'에 대해선, 먼저 이 작품 때문에 본심 시간이 예정보다 훨씬 더 길어졌다는 점을 밝히고 싶다. 뜨거운 지지가 있었고, 설득이 있었고, 마지막엔 미련이 남았다. 그만큼 완성도의 측면이나 메시지의 차원에선 흠결이 없었다. 영해와 성해, 그리고 죽은 진해의 캐릭터도 바로 옆에 앉아 있는 사람들처럼 생생했다. 하지만 의자가 가진 상징성이 너무 직접적이지 않으냐는 의견이 있었다. 중간 부분 등장하는 '우주 쓰레기'에 대한 삽화도 단점으로 지적됐다. 그 지적들이 이 작품이 지닌 미덕을 이길 만한 수준은 아니었지만, 선택에는 작은 영향을 발휘하고 말았다. 그러니. '없는 의자'의 작가는 미덕만 생각하고 가길 바란다. 지적에 지지 말고 미덕을 더 키우길 바란다. 그렇게 우리의 미련을 괜한 것으로 만들어주길 기다리겠다.

올해의 당선작은 '나주에 대하여'이다. 죽은 애인의 전 여자 친구인 '예나주'와 같은 회사에 근무하게 된 '김단'의 이야기. 이 예외적인 상황을 예외적이지 않게 만든 것은 이 작가의 문장 덕분일 것이다. 한 사람을 세밀하게 묘사해내고 그에 따른 정서의 변화를 놓치지 않고 따라간 문장들은 정확하고 또 때론 날카로웠다. 그 구체적인 문장들이 말하는바 우린 너무 많이 '안다'고 착각하고 있다는 것. 누군가를 알 수 있는 방식은 늘어났지만 그로 인해 실제 우리가 마주하게 되는 것은 정작 나의 민낯뿐이라는 것. 그러니까 이 소설은 '나주에 대하여'가 아니고 실상 '김단에 대하여'가 맞다. 그 점을 작가가 밀도 높은 구성으로 끝까지 밀고 나갔다. 당선을 축하드린다. 여기 함께 응모한 사람들의 몫까지 오래오래 지치지 말고 써주길 바란다.

부산일보 이지은

1982년생
안동대학교대학원 현대문학 석사 졸업
중앙대 예술대학원 창작전문가 과정 중퇴
2018 kb창작동화제 최우수상
제4회 한국과학문학상 가작
제6회 한낙원과학소설상 당선
펴낸 책으로 《고조를 찾아서(공저)》가 있다

우리가 아는 우리의 모든 것

이지은

　폭염이 나흘째 이어지고 있는 대낮이었다. 모니터의 작은 창에 나타난 것은 5인 분은 넘어 보이는 양의 칼국수였다. 김치 속을 버무릴 때나 쓸 법한 커다랗고 붉은 고무 대야에 가득 담긴 칼국수에는 어떤 고명이나 양념장도 없었다. 배추나 애호박조차 들어있지 않았다. 희끄무레한 면발만으로 채워진 고무 대야만이 화면의 절반을 차지했다. 자, 오늘은 칼국수로 시작하겠습니다. 모두 안녕하셨죠? 나무젓가락을 든 명이 대야를 마주하고 자리에 앉았다.

　명은 몰라보게 다른 사람이 되어 있었다. 머리카락을 모두 밀어버렸고 군더더기 없던 몸에 살이 제법 붙어 이제 막 출소한 조직 두목처럼 보이기도 했다. 명은 대야에 든 칼국수를 한 가닥도 남기지 않고 모두 먹은 뒤에 널찍한 접시에 쌓아올린 두부 부침을 다섯 접시 내리 먹었다. 양념되지 않은 음식만을 공략하는 콘셉트인 모양이었다. 명의 입가는 깨끗했고 표정도 담담했다. 다정한 목소리로 칼국수의 역사나 맛에 대해 설명하기도 했다. 그러나 방송을 보는 내내 나는 명이 무엇을 말하려고 하는지 알 수 없었다. 온통 흰 색일 뿐인 음식들이 그의 입 속으로 천천히 들어가 사라지는 것은 마치 설산을 한 걸음씩 디디며 올라가는 행위나 하나의 정성스런 제례 같으면서도, 멈출 수 없는 폭력처럼 보였다. 명이

디저트라며 삶은 메추리알이 가득한 냄비를 들고 앉았을 때 나는 눈을 감았다. 명의 부고를 들었을 때, 그때 그 영상을 끝까지 볼걸 하는 생각이 가장 먼저 들었다.

기차는 연착으로 밤 열한 시를 넘겨 간이역에 섰다. 눈이 내리는 거리는 텅 비어 있었다. 거리가 가늠되지 않는 곳에 겹겹이 산이 있는지 그림자들이 마구 포개어진 것처럼 보였다. 역 맞은편으로 곧게 뻗은 길을 따라 가다 보면 강이 나오고 그 강을 가로지르는 긴 다리를 건너면 곧 장례식장이 나타날 것이다.

눈발이 붓꽃을 싼 포장지를 두드렸다. 꽃을 살 때, 역 앞 꽃집에서 틀어놓은 라디오로 닷새 뒤는 화이트 크리스마스가 될 것이라는 예보가 들려왔다. 그러나 눈은 한참 전부터 내리고 있었다. 플로리스트는 그가 먹던 딸기를 플라스틱 팩에 내려놓으며 리본은 무슨 색으로 달아드릴까요? 하고 물었다. 근조 리본을 달아달라고 하자 그가 전지가위를 든 채로 나를 물끄러미 보았다. 이거 꽃말이 기쁜 소식인데요? 나는 그런 것은 아무 의미가 없다는 듯이 웃어보였다. 명이 옆에 있었다면 그딴 거알 게 뭐야 하고 말했을지도 몰랐다. 플로리스트는 물소처럼 무심한 얼굴로, 가지런하지 못한 줄기들을 뚝뚝 분질렀다. 그가 줄기와 잎들을 서걱서걱 잘라내는 소리가 자꾸 거슬렸다.

명은 어릴 때를 떠올리면 교회 앞 개울가에 수북하게 핀 붓꽃이 제일 먼저 떠오른다고 했다. 그 풍경만이 유일하게 아름다웠기 때문이라고 덧붙였다. 명의 목소리는 기이할 정도로 화창한 날씨와 함께 떠올랐다. 피부에 닿던 뜨거운 빛이 마치 질감을 가졌던 것처럼 기억나 자꾸만 외투를 걷어 팔을 쓰다듬어 보았다. 그러자 그의 거뭇거뭇하게 그을린 곧은 등과 히피처럼 부스스하게 기른 머리카락을 한 줌으로 묶고 있던 질긴 풀의 냄새, 평화롭게 헤엄치던 개들의 모습이 한꺼번에 떠올랐다. 나는 그때의 우리가 가장 좋았다.

그 시절 스물두 살의 나는 명을 찾아서 훌쩍 떠났다. 일 년이 넘도록 홀로 여행 중이던 명이 블로그에 기록하던 일기들을 읽었기 때문이었다. 명은 다른 남자애들과 달라 보였다. 나는 명이 세상을 이해할 줄 안다고 믿었다. 그저 어렸기 때문에 모든 것이 촉매였고 폭발이었다. 서른이 되면 세상이 끝나는 줄 알았던 우리에게는 믿을 수 없을 만큼 어떻게든 흥미롭게 청춘을 살아내고자 노력했던 때였다.

'내가 나로 살아가는 게 제일 어렵더라'

명이 어느 절벽에서 찍은 사진 아래 써둔 글귀가 기억났다. 그 사진에는 구름 한 점 없는 하늘과 절벽의 끄트머리가 아슬아슬하게 찍혀 있었다. 그 구절을 손바닥에 옮기는 시늉을 해 보았다. 서른이 된 내 손에 적힌 명의 투명한 글은 이제 묘비명처럼 그늘을 닮았고 조금은 치기어려 보이기도 했다. 어째서 같은 문장이라도 시간에 따라 마음의 다른 지점에 도달하는 것일까. 오래 전에 출발한 별빛이 이제야 눈에 부딪히듯 스물두 살의 우리가 이제 와 선명하게 그려졌다.

명의 부고는 자연스러웠다. 나는 명이 보편의 수명보다 훨씬 일찍 갈 것이라고 생각했다. 그건 확고함에 가까운 생각이어서, 그 생각을 끄집어 내 구체적인 형태로 만져볼 수도 있을 것 같았다. 명이 죽었다는 사실은 우리가 대학 시절에 함께 다녔던 모임의 선배로부터 들었다. 우리 중 서른을 넘기지 못하고 죽은 사람은 둘이 더 있었다. 하지만 사인死因이 동사凍死일 줄은 짐작하지 못했다며 선배는 황당해 했다. 무슨 산이라더라, 처음 들어보는 이름이었는데. 혼자 올라갔다가 길을 잃었나 보더라. 장례식 갈 사람이 없는 것 같은데. 넌 요새 많이 바쁘냐? 애들이 네가 명이랑 가장 친했다고 하던데. 나는 한꺼번에 쏟아지는 말들을 들으며 마치 선배가 앞에 있는 듯 고개를 주억거리다가 아뇨, 안 바빠요. 제가 가볼게요 하고 급히 대답했다.

출판사 일은 그다지 바쁘지 않았다. 간판에 '융 출판사—각종 문서 업무 대행'이라 적혀 있는 스무 평 규모의 작은 사무실에서 일을 했다. 세 명의 직원이 기획과 섭외, 집필과 교정에 인쇄소 관리 업무까지 돌아가며 맡았다. 대학 때 전공한 도서관학이 아무 쓸모가 없는 일이었다. 출판사 이름이 거창해서 매일 조금씩 내가 사라지고 있는 기분마저 들었다.

우리가 주로 하는 일은 인문학과의 논문을 교정해주거나 누군가의 자서전을 대필하는 것이었다. 간간이 대입이나 입사용 자기소개서 의뢰가 들어오기도 했고, 신년사나 고소장, 탄원서를 대신 써준 적도 있었다. 사장이 여러모로 발이 넓었던 덕에 일감은 끊이지 않았고 알음알음 소개를 받아 찾아오는 사람들도 꽤 있었다. 하지만 바쁘다는 생각은 들지 않았다. 그런 글들은 일종의 방향과 성격이 모두 정해진 것들이었다. 그래서 의뢰 받은 글을 쓰는 일은 마치 삼각 김밥을 만드는 틀에 재료만 조금씩 다르게 넣을 때처럼 모양과 형식이 같은 글을 복제하는 행위일 뿐이었다. 다들 종잇장처럼 창백한 얼굴을 하고, 소리 지르는 일도 결재 서류를 집어던지는 일도 없이 지냈다. 그런 절정이 없는 일을 하며 아무 무늬 없이 살았다. 내가 세상과 타협한 지점은 과녁으로 치자면 1점짜리 흰 색 선이었다. 아슬아슬하지만 허공을 짚는 일은 아닌.

하지만 가끔은 소리 지르고 싶을 때가 있었다. 그런 순간은 불현듯 찾아왔다. 명치 아래를 누군가 주먹으로 꽉 누르고 있는 느낌이었다. 그럴 때 명이 가르쳐 준 방법을 썼다. 조그만 크기의 현수막을 주문해서 새벽에 거리 아무 곳에나 붙이는 것이었다. 나는 골목 어디든 상관없으니 게릴라 형태로 걸어 달라고 주문했다. 하지만 한 번도 확인한 적은 없었다. 현수막 업체에서는 입금만 제때 해 주면 아무것도 묻지 않았다. 그들은 외침이 닿는 곳이 어디여야 하는지는 물어도 외침의 종류나 성격에 대해서는 궁금해 하지 않는다는 점에서 청부업자 같기도 했다.

내가 처음으로 주문한 현수막은 'K, 난 당신이 누군지 안다'였다. K는 자서전 의뢰를 한 고객이었는데 경기도 소재의 모 대학에서 법학을 강의하고 있다는 50대 교수였다. 그는 출판사 사장과 골프를 치면서 잘 알게 된 사이라며 찾아왔다. 그는 자료 수집을 위한 면담을 시작하자마자 어린 시절 외국에서 생활하던 때의 추억을 상세하게 설명했다. 자신을 유난히 예뻐해 어설픈 솜씨로 불고기나 김밥 따위의 한식 도시락을 싸주시던 독일인 담임에 관한 일화를 꼭 넣어달라고 주문했다. 스웨덴의 국제학교에서 중등 교육을 마치고 미국으로 진학해 우수한 성적으로 졸업을 한 것과 국적을 불문한 여성들로부터 일방적으로 사랑을 받았던 화려한 에피소드를 덧붙였다. 특히 미국 고등학교에서 프롬킹으로 선출된 뒤 학교 전통에 따라 프롬퀸과 함께 블루스를 추었던 기억을 이야기할 때는, 제 손을 잡아보세요 하며 갑자기 나를 일으켜 춤을 추려고 했다. 내가 곤란한 표정을 짓자 다시 가죽소파에 깊숙이 몸을 기대고는 권위적인 표정으로 돌아가 이야기를 계속했다.

그러나 자료 조사를 하면서 보니 어느 것도 K의 말과 일치하는 것이 없었다. 스웨덴의 국제학교에는 당시 한국인 재학생이 한 사람도 없었고 프롬킹으로 선발되었던 당시의 사진도 남아 있지 않았다. 무엇보다 한 사람의 자서전에 넣기에는 그가 들려준 일화들이 너무나 사소하고 흐릿했다. 그는 계약금을 냈고 일주일에 한 번씩 나는 그와 면담을 계속해야 했다. 그가 말을 멈추는 경우는 물을 마실 때와 내가 제대로 메모하고 있는지 내용을 확인할 때뿐이었다. 나는 그의 이야기를 들을수록 그가 자신을 얼마나 사랑하고 싶어 하는지 알 수 있었다.

사장은 골프장에서 그런 사람을 만나본 적이 없다고 말했다. 나는 K가 법학과 교수가 아니라 야간 수업에서 사회복지학을 가르치는 강사라는 걸 알았지만 그 얘기는 하지 않았다. 우리에게 필요한 건 진실이나 객관이 아니야. 고객이 그런 인생을 살았다고 하면 우리는 무조건 믿어주는 거지. 고객을 행복하게 만드는 것. 그래서 이윤을 창출하는 것. 이 두 가지만 기억하도록. 사장은 어린이집 원장 같은 말투로 다정하면서도 확고하게 가르쳐주었다.

그동안 내가 대필해 온 것들은 모두 진실과는 거리가 멀었다. 이곳을 찾아오는 대부분의 고객들은 거짓 인생을 살았고 거짓 학위를 받았다. 내 몸에서 나온 문장들로 그들의 과거와 학력을 부풀려 왔다는 것은 내 자신이 더 잘 알았다. 손끝이 떨리도록 기묘한 삶, 성찰의 단단한 덩어리가 녹아든 종이를 넘기면서 오랜 시간이 지나도 살아남는 고전을 남기는 것은 내 일이 될 수 없었다. K교수의 자서전 제목은 〈나의 진실한 삶〉으로 정해졌다. 그가 그 제목을 고집했다. 나는 최종 교정을 본 뒤 파일을 인쇄소로 보냈다.

명에게 그의 이야기를 하자, 그는 타인을 견딜 수 없는 마음이 들 때 현수막을 한번 걸어보라고 했던 것이다. 나는 이제와 K를 견딜 수 없는 건 아니라고 말했다. 견딜 수 없는 것은 따로 있는 것 같았는데, 그게 무엇인지 모호했다. 내 안에서 뭐가 자꾸 소멸되고 있는 느낌만이 지속될 뿐이었다. 하지만 나는 명의 말대로 현수막을 주문해 보았다. 잃어버린 누군가를 찾거나 특수학교 건립에 반대하는 게릴라 현수막들 사이에서 내 목소리가 바람에 흔들리고 있는 모습을 상상하면서 숨을 쉬고 밥을 넘겼다. 그러나 편안함은 오래 가지 않았다.

명은 내게 결국은 엄마에 대해 써야 할 것이라고 말했다. 엄마는 시골의 텅 빈 집에서 홀로 죽었다. 그래서 그녀에 대해 어떤 말을 써 공중에 걸어도 흰 색 룽따들이 펄럭이는 사원의 마당에 나 혼자 서 있는 기분이 들 것 같았다. 고독한 추모제를 지낼 생각은 없었다. 나는 그녀를 기리지 않음으로써 상실하지 않았다. 그래서 엄마의 죽음은 소화되지 않았고, 나는 아무 말도 허공으로 던지지 못했다.

명은 투고를 거절당한 시의 한 구절씩을 공중에 내던지는 마음으로 현수막을 걸기 시작했다고 했다. 명은 출판사가 아니라 한 사람에게만 투고했다. 그가 매달렸던 대상이 누군지 나는 알고 있었다. 명이 여행을 끝내고 돌아온 뒤부터 오랜 시간 시를 주고받으며 문학 공부를 하던, 다정하고 속 깊은 사람이었다. 명이 그 사람 집 앞 놀이터에서 밤을 새울 때면 가끔 내가 옆에 있어주었다. 그네에 앉아 그 집 대문이 닫히는 소리를 듣고 창문에서 불이 꺼지는 걸 바라본 뒤에도 명은 일어서지 않았다. 어느 날부터 명은 그가 가는 곳마다 그림자처럼 따라다녔고 수십 통씩 편지를 부쳤다. SNS에 나온 모든 일상을 캡처하고 그걸 출력해서 가방에 넣어 다녔다. 그 사람은 명을 '아날로그적 스토커'라고 명명하며 거리를 두었다. 나는 어느 순간부터 명을 내버려두었다. 우리 같은 사람에게는, 맹목도 삶을 이어갈 동기가 되기에 충분하다고 착각했기 때문이었다.

명은 그 남자의 집 우편함과 대문과 담장 벽돌, 담장 너머로 떨어진 목련꽃 이파리에도 글을 남겼다. 그러다가 그에게 보냈지만 되돌아온 시들 한 편, 한 편을 잘게 쪼개어 그 집 주변에 걸도록 현수막을 주문하기도 했다. 그런 뒤 자신의 현수막들을 찾아 사진을 찍어 남겼고 그걸 일종의 여행처럼 여겼다. 나는 명이 보내준 사진들을 퍼즐처럼 맞추며 구절을 연결해 읽는 시간이 좋았다.

'빈 우주를 홀로 메고, 론리비치로 걸어왔네, 예수가 씻겨주는 발처럼, 가난했던 마음, 바다로 뛰어내릴까 말까, 바람은 나를 떠다 미는데, 숨죽여 나를 밀어 올리는, 모래의 힘'

이 시의 제목이 무엇이냐고 물었지만 명은 답이 없었다. 답이 없을 때는 두 번 묻지 않았다. 아마 명도 마음 안에서 무엇인가가 들끓고 가라앉으며 역동의 계절을 앓고 있을 것이라 믿었다. 그저 이십대의 명이 그 계절 속을 무사히 통과할 때까지 기다리는 수밖에 없었다.

우리는 계절이 지나갈 즈음마다 만나서 밥을 먹었다. 나는 명의 담백한 말투를 좋아했다. 그토록 치열하게 아파하면서도 정작 말투에는 고통의 무게를 담지 않았다. 명이 말없이 밥을 먹는 모습도 마음에 들었다. 그는 고요의 정점에 이른 사람처럼 보였다. 어느 날부터 명은 더 이상 시를 쓰지도, 그를 사랑하지도 않는다고 말했다. 시인이 될 생각도 없다고 했다. 그저 자기 안의 바다까지 미끄러지듯 천천히 내려가고 있는 중이라고, 수수께끼처럼 뱉었다. 명은 더 이상 현수막을 주문하지 않았지만 나는 거리를 걷다가 출처가 적히지 않은 현수막을 볼 때마다 명을 생각했다.

그가 완전히 다른 방식으로 사는 사람이 되었다는 걸 나는 나중에야 알았다. 그는 이제 안으로 뱉는 사람이 되었던 것이다. 명이 가진 모든 언어와 맹목의 에너지는 그의 몸 안으로, 풍선을 부풀어 오르게 하는 호흡처럼 들어갔다는 걸 나는 몰랐다.

꽃을 싼 비닐 포장에 눈이 내리는 소리와 부츠 굽이 바닥을 치는 소리 외에는 아무 소리도 들려오지 않았다. 바람은 가라앉았고 눈송이가 굵어졌다. 직선의 2차선 도로 주변에는 편의점이나 식당, 여인숙 같은 건물이 하나도 없었다. 도로 양쪽으로 벚꽃나무들이 줄지어 있고 그 바깥으로는 눈에 표백되고 있는 논밭뿐이었다. 드문드문 서 있는 가로등 불빛마저 빛이 바래 오히려 눈빛이 밝았다. 멸망한 세계처럼 사위가 내내 고요했다.

얼어붙은 붓꽃 다발은 작은 짐승의 사체처럼 느껴졌다. 이게 다 무슨 소용일까. 한 송이를 꺼내 눈 위로 던졌다. 그 위로 뜬 눈을 감기듯 소복이 눈이 내렸다. 도로의 점선과 모든 경계는 눈 속으로 사라져 규칙적인 간격의 벚꽃나무들만 아니었다면 사방의 방향을 분간할 수 없을 지경이었다. 더는 누구의 부고도 없는지 같은 방향으로 가는 차가 한 대도 없었다. 울 코트에 달라붙은 눈은 전기밥솥에 오래 남아 있던 밥찌꺼기처럼 보였다. 꽃 한 송이를 더 버렸다. 손은 조금도 가벼워지지 않았다. 위를 올려다보았다. 어두운 허공에서 베개의 솜이 터지듯 갑자기 눈송이들이 나타나는 것 같았다. 꽃 한 송이를 버리고 또 버리며 걸었다. 명의 얼굴이 떠올라 마음이 자꾸 무거워졌다.

명이 머물고 있던 곳은 '꼬따오'라는 섬에서도 인적이 드문 아오릉 비치였다. 공항에서 그곳까지 버스와 페리, 썽태우를 번갈아 타며 가니 꼬박 열다섯 시간이 걸렸다. 그곳으로 가겠다고 적은 내 메일을 읽었는지 확인하지도 못했다. 다만 그의 블로그에 있던 매일 매일의 일기에서 찾아낸 여정이 그곳에서 바뀌지 않은 지 한 달이 넘었기 때문에 여전히 그 섬에 있을 것이라 짐작했다. 명은 한 곳에서 오래 머무는 방식의 여행을 했다. 일 년 동안 그가 간 나라는 채 다섯 곳을 넘지 않았다. 그는 언제나 공동욕실이 딸린 가장 싼 도미토리에 묵었고 현지인이 만드는 거리의 음식을 먹었으며 꽃이 핀 담 아래 앉아 동네 사람들과 담배를 피우며 시간을 보낸다고 했다.

나는 에어컨 대신 천장에 굵고 긴 팬이 돌아가며 바람을 일으키는 덥고 작은 방갈로를 구했다. 나무를 덧대어 만든 삐걱대는 발코니에는 낡은 해먹이 하나 걸려 있었다. 오른쪽으로 몇 걸음 떨어진 방갈로에는 영국에서 온 남자 두 명이 묵었다. 커튼을 치지 않은 그 방의 창문으로 그들이 서로를 바라보는 그윽한 눈길이 고스란히 보였다.

명을 마주친 건 다음날 낮이었다. 아주 작은 비치였기 때문에 머무는 사람들의 얼굴은 금세 눈에 익었다. 여행자들과 말을 섞지는 않았다. 내 표정이나 몸짓이나 말투 어딘가에 내게 찍혀 있던 낙인이 타인들에게 보여서 그들이 흘리는 냉소에 얼어붙을까봐 주저하던 때였다. 그저 명을 보고 나면 마음이 좀 환해질 것 같다는 생각만으로 걸었다. 경사진 내리막길의 좁은 골목 끝에 탁 트인 바다와 이백 미터 남짓 이어진 모래밭이 비치의 전부였다. 양쪽 끝은 바위가 포개어져 벼랑을 이루고 그 위에 작은 레스토랑과 카페가 있었다. 명은 비치파라솔이 드리운 그늘 아래에서 몸이 여윈 개들과 장난을 치고 있었다. 그을린 얼굴과 자연스러운 몸짓이 현지인처럼 보여 그를 지나칠 뻔 했다. 나는 한 쌍의 비치 체어 중에 그의 옆에 놓인 빈자리에 앉았다. 세 마리의 개들 중 갈비뼈가 도드라진 한 마리가 나를 물끄러미 바라보았다.

기어코 왔네. 명이 가벼운 말투로 말했다. 나는 대답하지 않았다. 대신, 모임의 소식을 전했다. 준영이는 죽었어. 철학과 애? 응. 결국 죽었구나. 결국 죽었지. 극복하지 못했어. 명이 아무것도 더 묻지 않아 나는 모임 사람들이 어떻게 지내고 있는지를 무심하고 길게 얘기했다. 명은 그저 먼 바다를 바라보며 내 말을 듣고 있었다.

모임에서 우리는 그저 하루하루, 존재의 당위성을 확신해야 하는 처지였고 서로의 비슷함에 기대려는 마음으로 만났지만 서로에게 절박하지는 않았다. 사실 그 무엇에도, 절박할 수 없었다. 우리는 모여서 상처에 대해 이야기하던 사람들이었다. 서른 이후의 사람들에게는 보이지 않는 우리만의 세계가 있었다. 사람들은 젊음을 화사함, 가능성, 아름다움과 등가로 쳤다. 이 시기를 지나가면 그때가 그저 좋았던 줄 알 거라고 말했다. 우리는 그 말들을 믿지 않았다. 하지만 우리는 담담하게 모든 어두운 것들을 다루는 용기 같은 것을 품었다. 타인의 상처를 상처로 덮다 보면 슬픔이 모호해지는 지점이 보였다. 명과 나는 그 지점 안에 몸을 구기고 들어가 겨우 숨을 쉬었다.

명은 신학과 학생이었다. 싸우려고 들어갔어. 왜 신학을 택했느냐고 묻는 내게 명은 그렇게 말했다. 명은 종교 단체에서 공동체 생활을 하며 유년기를 보냈다. 부모는 그를 학교에 보내지 않았다. 성경 바깥의 것을 배우면 악마의 물이 든다고 했다. 그는 열세 살 때 성탄절 이브 행사에 쓰일 소품들 중에 여성 가발을 하나 훔친 적이 있었다. 예배를 알리는 종이 울리고 폭설이 퍼붓는 밤이었다고 했다. 창밖으로 교회 지붕에 달아놓은 색색의 전구들이 발하는 빛이 고스란히 들어오는 다락방이었지. 가발을 쓰고 거울에 나를 비춰 보는 순간 나는 그게 내 진짜 삶이라는 걸 확신했어. 누가 알려주지 않아도 터득하게 되는 거더라, 그런 건.

명은 교회의 불빛이 멀어지고 합숙하는 작은 집들의 지붕이 어두운 테두리로 남을 때까지 무작정 뛰었다. 가슴 안에서 어떤 바람이, 자꾸 도망가라고 외치더라. 명은 그렇게 말했다. 나는 그 바람이 된 기분으로 명의 이야기를 들었다. 명이 기억하는 다음 순간은 아득하게 컴컴한 어둠 속에서 웅얼거리는 기도 소리와 울음, 분노의 목소리가 뒤엉켜 한꺼번에 귓속으로 파고 들던 시간이었다. 새까만 어둠 속에서 아버지의 기도 소리가 유독 선명하게 들려왔다. 내 이름을 부르며 기도하고 있었어. 악마에 물든 아들을 구원해 달라고. 그 기도들은, 내 마음에 구멍을 하나 냈지. 작고 깊은 구멍이야. 보여? 하고 명은 가지런한 갈비뼈들 사이를 손가락으로 짚었다. 새까맣고 50원짜리 동전 크기만 한 점이 있었다. 그건 정말 구멍처럼 보여서 나는 손가락으로 몇 번 꾹 눌러보기도 했었다.

명은 그때부터 기도를 열심히 하며 어떤 장난도 치지 않았다고 말했다. 공동체 안의 여자아이에게 보란 듯이 사랑 고백을 해서 모두를 안심하게 만들기도 했다. 하지만 혼자 있는 시간에는 마음에 난 작고 깊은 구멍을 통해 자기 안의 다른 소년을 가만히 끄집어내어 어루만졌다. 명은 그 소년이 때가 되어 자신을 찢고 튀어나오는 날을 기다렸다. 그리고 몇 년이 흐른 뒤 모두가 평화롭게 잠든 밤에 공동체에서 홀로 도망쳤다.

그 뒤로 명은 원하는 대로 살았다. 머리를 길게 기르고, 곱게 화장을 하고, 하이힐을 신었다. 경멸당하면서도 사내들을 사랑하고 고백했다. 나는 그를 죽일 듯이 노려보던 몇몇 남자 선배들의 표정을 잊지 못했다. 그 표정들은 내게도 간접적인 상처가 되었다. 개인의 간절한 마음이 받아들여지지 못하는 일에 예민했기 때문이었다. 사랑받지 못하는 것은 모두 내 이야기 같았다.

솔직하게 살지 않는 게 더 비루한 거 아니야? 명이 웃으며 말했다. 나는 명의 사랑 이야기를 아오록 비치의 파라솔 그늘 아래에서 들었다. 햇빛이 파도 위로 잘게 부서지며 반짝이는 오후에 들은 이야기였기 때문에 사실 우리는 더욱 쓸쓸해졌다. 명은 마치 내게 이야기를 들려주기 위해 그 모든 말들을 아껴온 사람처럼 보였다. 나는 많은 것을 이미 알고 있었지만 다시 들었고, 또 들려달라고 졸랐다. 명의 차분한 목소리를 듣고 있으면 어떻게든 살아갈 수 있을 것 같았다.

우리는 심심할 때마다 바다로 들어갔다. 바닷물은 볕에 데워져 미지근하고 눈이 아리도록 빛났다. 개들이 따라 들어와 헤엄을 쳤다. 새파란 물고기 떼가 일렁이며 어지러이 물러났다. 나는 두 달 동안 매일 명을 찾아갔다. 그는 언제나 그 자리에 있었다. 우리는 수박주스를 마시고 볶음면을 먹고 담배를 피웠다. 개들은 파라솔이 드리운 그늘 아래 우리와 함께 낮잠을 잤고 함께 바다에서 헤엄을 쳤다. 나는 헤엄을 치다가 힘이 빠질 때면 개들 중 한 마리의 등에 머리를 대고 누워 바다 위를 둥둥 떠다녔다. 머릿속에 아득하게 그리운 것들이 형체 없이 떠올랐다가 흩어지곤 했다.

명은 물이 뚝뚝 떨어지는 긴 머리를 바닷바람에 말리는 동안 시를 썼다. 시에는 개와 파도와 바람과 이방인들이 등장했다. 이렇게 매일을 살면 무엇에도 날이 서지 않겠구나, 그런 생각이 든다고 했다. 그 날로 자신을 베고 타인을 벨까 봐 두려워하지 않아도 될 때 돌아가겠다고 말했다. 나는 내가 이해하고 싶은 사람에 대해 말하기 시작했다. 바다에서 불어오는 뜨거운 바람을 맞으며 아름다운 풍경에 저항하려는 마음을 내 버려 둔 채로.

　나는 엄마가 나를 좋아하지 않는다는 것을 아주 어렸을 때부터 몸으로 깨달았다. 그녀가 남들 앞에서만 선심 쓰듯이 안아주는 품에는 언제나 주먹이 서너 개 들어갈 만큼의 빈 공간이 존재했다. 내가 태어났다는 사실 자체가 엄마에게 군더더기라는 걸 나는 받아들였다. 엄마가 나를 버리고 혼자 집으로 돌아갈까 봐 외출할 때마다 모든 촉을 세우고 살았다. 외할머니 댁이 있는 먼 지방에 도착하면 나는 언제나 엄마의 자동차 열쇠를 주머니에 넣었다. 외할머니는 우리를 반가워하지 않았다. 고추장이나 된장, 텃밭의 채소 따위를 챙겨주는 일도 없었다.

　나는 입양아가 아니었고 엄마도 계모가 아니었으므로, 나는 모녀 사이의 거리감을 보편적인 편견으로도 해석하지 못했다. 그것은 모성의 문제가 아니었다. 경계의 문제였다. 나는 타인을 바라보듯 나를 보는 그녀의 교묘한 방임과 냉대 아래에서 묵묵히 싸웠고 내 균열을 목도하며 자랐다. 차라리 맞아서 멍이 들면 좋겠다고 생각했다. 친구 중에는 엄마에게 자주 맞는 아이가 있었다. 트로피나 옷걸이, 신발주걱으로 맞은 자국은 모두 크기와 깊이가 달랐고 우리는 그걸 구별할 줄 알았다. 그 친구는 엄마에게 맞고 싶어 하는 나를 때리며 울었다.

　어린 내가 칭찬 받으려고 수건을 개어 놓거나 설거지를 해 두면 외출에서 돌아온 엄마가 수건을 다시 펼쳤다가 접고 그릇을 소리 내어 닦았다. 볶음밥이나 계란말이를 만들면 엄마가 밤에 그것을 프라이팬에서 긁어내 버리는 소리가 들렸다. 내 일기를 읽지 않았고 첫 생리를 축하하지 않았다. 나는 엄마를 포함한 세계로부터 멀어졌다. 그 세계를 신뢰할 수 없어 책 속으로 파고들었다. 가상의 세계에는 아이가 홀로 세상과 맞서는 것이 가능했고 이야기의 시작과 끝이 분명하게 존재해서 인과관계도 뚜렷했다. 마법사들은 사랑받지 못하는 아이를 알아주었다. 명랑하고 밝은 세상으로 가는 티켓은 언제나 마음이 외롭고 홀로 지내는 아이에게 우선적으로 주어졌다.

나는 한국으로 돌아오는 날까지 매일매일 엄마 얘기를 했다. 아주 가까이에 있었지만 가장 먼 곳에 있었던 엄마에 대해 혀에서 쓴 냄새가 날 때까지 말을 멈추지 않았다. 그럴 때마다 명은 푸르게 빛나는 바다의 먼 끝을 한참동안 바라보았다. 마치 문장의 무게를 재고 있는 것처럼. 같이 헤엄치기를 기다리던 개들이 지친 표정으로 발목을 바닷물에 먼저 적시며 우리를 바라볼 때까지 오랫동안. 명은 그 시절의 시간이 자신을 밀어 올리는 힘으로 좀 더 오래 살아갈 수 있겠다고 말했다.

명을 떠올리면 그때의 표정이 먼저 생각난다. 결이 없는 두부처럼 무심하고 고요하던. '먹방'에서조차 명의 표정은 변함이 없었다. 나는 명이 바다를 바라보던 방식으로 화면 너머에 있는 명을 물끄러미 바라볼 수 있게 되었다. 하지만 그는 내가 동경하던 명이 아니었다.

우리는 우리가 알던 그 누구도 아니었다.

여행에서 돌아온 뒤, 가장 먼저 한 일은 몇 년 만에 엄마를 보러 가는 것이었다. 엄마는 내가 성인이 되자마자 기다렸다는 듯 아빠와 이혼하고 시골에 내려가 살았다. 그들이 내게 한 마디 상의도 없이 헤어졌다는 사실보다 엄마가 그토록 대하기 어려워하던 외할머니 곁에 살기로 한 결정이 더 놀라웠다. 엄마는 외할머니 댁 뒷집에 세를 얻어 살았다. 마루에 앉아 있으면 외할머니 댁 담장 너머로 주홍빛 불이 켜지는 순간이 다 보였다. 끼니 때마다 밥 짓는 냄새가 흘러나왔다. 어떤 프로그램을 보고 있고 언제 코를 골며 잠이 드는지도 모두 알 수 있을 만큼 지척이었다. 엄마는 그 집에 들어가지는 않으면서 온종일 마루에 앉아 멍하게 그곳을 바라보았다.

며칠을 데면데면하게 머문 뒤 떠나던 날, 나는 엄마에게 가만히 물어보았다. 나한테 왜 그렇게 차가웠어요? 라고. 진심이 드러나지 않도록 조심하면서. 반전 같은 걸 기대하지는 않았다. 그저 그 순간에는 어쩌면 엄마가 말하고 싶어 할지도 모른다고 생각했고 엄마에게 설득되고 싶은 마음도 있었다. 내가 어떤 기분일지 엄마는 알 수도 있을 거라고 기대했다. 그러면 납득이 가능한 삶을 살아갈 수 있을지도 몰랐다.

그러나 엄마는 잘못 사온 장난감을 바라보듯 나를 힐긋 바라보더니, 단호하게 말했다. 나는 그런 적 없다, 라고. 내가 줄 수 있는 사랑은 다 주었다. 엄마는 그렇게 믿었고, 그 집에서 몇 년을 더 살다가 홀로 죽었다.

꽃들은 존재의 흔적도 없이 사라졌다. 눈이 덩어리째 쏟아졌다. 바람이 누운 채로 불어 수평으로 흰 벽을 쌓아올리는 것 같았다.

벚꽃 나무가 늘어선 길이 끝나고 시야가 트이면서 폭이 넓고 검은 강이 나타났다. 강 너머에서 건물의 노란 불빛 하나가 눈발 사이로 희미하게 빛났다.

명과 내가 가장 환했던 순간은 오래 전에 지나가버렸다. 이제 내게 남은 것은 상실될 것들뿐이다. 타인을 이해하는 일, 사랑 받고자 애쓰는 일들로부터 나는 이미 멀리 와 버렸다. 그저 묘비처럼 오래도록 서서 빈손으로 눈을 맞는 것만이 내게 어울리는 위로처럼 여겨졌다.

눈송이들이 자꾸만 덧없이 강으로 몸을 던지는데도, 밤은 새까맣게 깊었다.

좀비 드라마를 보다가 문득, 그 좀비들 중 한 명을 집에 데려오고 싶어졌다. 물을 데우고 컨디셔너를 듬뿍 써 머리를 박박 감긴 뒤 보송한 수건으로 얼굴을 닦아주면, 크럼프 댄스를 추듯 꺾인 관절과 악의만 남은 표정이 풀어질 것 같았다. 그러면 달이 환한 밤에 왠지 부드럽게 몸을 꺾는 그를 발견하고 옥상에서 손을 흔들어 줄 수도 있을 것이다. 어쩌면 서로의 세계를 건너가 볼 수도 있지 않을까. 나는 늘 드러난 표정 뒤의 이야기가 궁금한 사람이라서 이방의 세계 속으로 뛰어들 준비를 하고 살아간다.

글을 쓰는 일은 아직 희열도 고통도 없다. 자연스러운 노동으로 여기고 있다. 내가 쥐어짜서 쓰면 독자도 쥐어 짜며 읽을 것 같다. 언젠가는 뼛속 칼슘까지 탈탈 털어 문장을 쓰는 날이 오겠지만, 주변 사람들의 얼굴과 감정을 훔치지 않고 스스로 내공을 쌓는 사람으로 남고 싶다. 천재나 영재로 불릴 나이는 넘었지만 노력하고 성장하는 사람으로 불릴 기회는 내게도 있어 다행이다.

이 수상소감을 읽으며 씁쓸하게 다시 여백의 종이를 마주할, 나처럼 방구석에서 홀로 글을 써온 모든 이들에게, 감히 안부를 묻는다. 곧 함께 걸어요. 힘 내요. 제 글을 믿어주신 심사위원님께 감사드립니다. 내면이 건강한 작가가 되겠습니다.

심사평 ⏐ 정찬, 구모룡, 정영선, 김경연

안정된 문장 · 긴밀한 서사에 좋은 점수

예심을 거친 9편 가운데 남겨진 작품은 4편이다. 모두 일정한 수준의 문장력과 구성력을 보였다. '모나리자'(신나리)는 인공지능 시대 화가의 운명을 예견한 SF로 인물과 사건 서술에 있어서 밀도가 다소 떨어졌다. 사회 속에 뿌리를 내리지 못한 청년의 꿈과 좌절을 우주에 대한 공상과 병치한 '플라이 바이'(배은정)는 소설적 발상의 참신함이 돋보였으나 처음과 끝의 서술을 더 단단하게 할 필요가 있었다. '사프나'(김호)는 죽음을 애도하기 위해 라다크 히말라야에 이르는 여로를 구체적인 과정을 통해 서술하였으나 가정폭력에 시달리다 죽은 이주여성의 삶이 다소 모호하게 처리한 점이 아쉬움으로 남았다. '우리가 아는 우리의 모든 것'(이지은)은 다른 3편의 작품에 비하여 안정된 서술을 주목하게 하였다. 등장인물들이 상처와 고통을 서로 이해하고 감응하는 과정이 구체적인 세목을 통해 잘 그려졌고, 성 정체성을 고뇌하는 인물 창조라는 측면에서도 강점을 보였다. 글쓴이가 서사를 장악하고 있다고 판단하였다. 우리는 소재나 기법의 새로움에 이끌리기보다 안정된 문장과 긴밀한 서사에 좋은 점수를 줄 수밖에 없었다. 가열찬 정진을 기대한다.

불교신문 **김대갑** ㄱ

1964년 부산 출신
부산대학교 독문학과 졸업

키르티무카

김 대 갑

그토록 날카롭고, 깊고, 빠르게 뼛속까지 스며든 것은 없었다. 나치 수용소인 베르겐 – 벨젠의 사진을 보고 수전 손택이 한 말이었다. 현수 역시 티베트 노승을 찍은 사진에서 허파와 췌장을 파고드는 강렬한 느낌을 받았다. 그건 롤랑 바르트가 말한 푼크툼이었다.

그가 국립미술관으로 가던 날에는 유독 노란 낙엽들이 범나비 떼처럼 너울거렸다. 현수는 티베트 데뿡 사원 특별전이 열리는 전시실로 들어섰다. 격배산의 사면을 따라 층층이 배치된 희읍스레한 건물들. 작은 전각들이 오종종하게 앉아 있는 사원 안의 풍경과 조용히 걸어가는 스님들의 모습이 소박한 유화처럼 보였다. 현수는 사원의 이모저모를 눈으로 좇다가 그 사진 앞에서 우뚝, 발걸음을 멈추었다.

편편한 듯하면서도 어딘가 일그러진 등신불의 얼굴. 그의 피부는 황토빛을 띤 채 메말라 있었다. 구부슴한 목에는 붉은 염주를 걸었고 황금빛 가사가 왼쪽 어깨에서 오른쪽 허리로 흘러내렸다. 결가부좌를 튼 채 정물인 양 앉아 있는 노승의 모습에서 현수는 무언가 무너지는 감정을 느꼈다.

가만히 닫은 스님의 입술에는 오련한 균열이 있었고 정결한 자태에선 형언할 수 없는 슬픔과 환희심이 느껴졌다. 그건 현수가 일찍이 상상해

본 적이 없었던 불사제의 모습이었다. 그 사진을 본 이후, 그는 티베트로 가서 흑백 망점 기법으로 노승을 촬영하고 싶은 마음이 간절했다.

현수가 사진 동아리 선배였던 민우의 전화를 받은 것은 문래동에 갔을 때였다. 그때 그는 서울의 숨은 명소를 기획하는 출판사의 의뢰로 철강거리를 찍고 있었다. 예술인들의 작업공간과 작은 철강 공장들이 기묘한 공존을 하고 있는 곳이었다.

이리저리 철강거리를 촬영하다가 조붓한 골목으로 접어든 그는 소담스럽게 앉아 있는 카페를 발견했다. 소음과 먼지에도 아랑곳없이 그곳에선 잔잔한 아리아가 흘러나왔다. 문득, 그가 한번 들어봄직한 음악이었다. 카페로 들어서니 입구에 낡은 거울이 하나 있었다. 양 볼이 살짝 들어간 얼굴에 적당한 중키를 가진, 후줄근한 회색 잠바와 청바지를 걸친 삼십 대 남자가 보였다. 그가 까칠한 턱수염을 매만지며 키위 주스를 주문할 즈음, 아리아는 절정을 향해 달려가고 있었고 핸드폰이 울렸다.

절 사진 좀 찍어주라. 책 내려고요? 그래, 사찰 기행문이다. 빨리 해다오. 개런티는 넉넉히 준다. 좋습니다. 민우는 친구와 함께 포토 앤 북스라는 출판사를 경영하고 있었다. 이름이 알려지지 않았을 뿐, 현수의 실력은 프로 사진가와 견줘도 차이가 나지 않았기에 급히 그에게 전화한 것이었다.

그는 밤새 남도 땅으로 차를 몰아 새벽녘에 승보 종찰인 송광사에 도착했다. 기한은 보름이었다. 그동안 현수는 총 열 군데의 사찰을 촬영할 계획이었다. 좋은 기회였다. 이 프로젝트만 끝나면 여행 경비가 마련되기에 그는 가고 싶었던 티베트로 떠날 수 있다고 생각했다.

아침도 잊은 채 그는 도량석 목탁을 치는 스님을 따라다니며 송광사 촬영을 시작했다. 달빛이 은조각처럼 산머리에서 내려와 절 마당에 넘쳐흘렀다. 교교한 그 빛 아래 스님들이 예불을 올리기 위해 대웅보전으로 정연하게 걸어갔다. 종고루에서 들려오는 청량한 운판 소리가 허공에 너울거렸다. 송광사의 새벽 공기는 차갑다 못해 투명했다.

현수는 광각렌즈와 릴리즈를 꺼내 카메라에 부착한 다음, 달빛과 별빛에 의존해서 느린 셔터 속도로 불일 계곡과 침계루의 모습을 찍기 시작했다. 여명이 밝아오자 현수는 대웅보전을 향해 카메라를 돌렸다. 푸른 이끼로 뒤덮인 퇴락한 기왓골 사이로 새벽이슬이 맑게 흘러내렸다. 스님 한 분이 그 이슬을 손으로 받을 듯 처마 아래에서 합장하고 있었다. 현수는 침착하게 스님의 손끝에 매달린 빛과 이슬을 담았다. 속된 티가 없이 맑고 아름다운 풍경이었다.

침계루 아래에서 간단히 요기를 한 현수는 대웅보전 앞으로 다가갔다. 전면 문살 아래 궁창에 그려진 키르티무카가 왜 왔느냐는 표정으로 그를 노려보았다. 두 눈을 부릅뜬 채 이방인으로부터 법당을 지키겠다는 굳은 결의가 담긴 얼굴이었다. 풍경소리가 없고, 탑이 없고, 전각에 주련이 없다는 송광사의 아침이었다. 붉은 태양은 키르티무카의 얼굴에 장려한 빛을 내리고 있었다.

그는 송광사 근처에서 하루를 묵은 후 아침 일찍 법보 종찰인 해인사로 향했다. 가을에서 초겨울로 넘어가는 홍류동 계곡은 만산홍엽으로 가득했다. 계곡물은 온통 붉은색이었다. 풍경소리 청아한 해인사에는 유요柳腰의 품새를 지닌 낙엽송들이 여유롭게 서 있었다. 농염한 태양이 지상에 사선의 빛을 내릴 즈음, 현수는 수다라전으로 향했다. 스님 한 분이 장경각 안으로 들어갔고 그는 그 뒷모습을 조심스레 촬영했다. 사선으로 비친 빛은 불사제의 몸을 휘감으며 한 폭의 수묵담채화를 그리고 있었다.

점심 무렵에 해인사를 나온 그는 내비게이션을 작동시켜 59번 국도를 달렸다. 불 보찰인 통도사를 목적지로, 중간 경유지로는 기장군 내리 마을을 선택했다. 사진동아리 선배인 영재가 그곳에 있었다. 그녀는 서울의 광고업계에서 알아주던 실력파 사진작가였다. 남편이 사업 실패로 자살하자 충격을 받아 외가로 낙향했던 것이다. 근 세 시간을 달린 그는 청자 빛 산허리로 둘러싸인 깊숙한 마을로 들어갔다. 영재는 불행한 과거를 잊은 듯 편안한 표정으로 현수를 맞이했다. 그녀의 집에서 하룻밤을 묵은 현수는 마을 위쪽 장우산 언저리에 있다는 안휴사를 둘러보기로 했다. 오백 년 된 은행나무와 단풍이 일품이라고 영재가 말했기 때문이었다. 안락하게 쉴 수 있다는 사찰 이름도 무척 마음에 들었다.

현수는 무지개 우산이 쓰여 있는 듯 화려한 산길을 타고 올라가 안휴사를 찾아갔고 그곳에서 미령을 처음 만나게 되었다. 대웅전 주변으로 노란 은행잎이 난분분하게 날리던 날이었다. 단아하면서도 어딘가 허허로운 기운이 느껴지던 그녀는 사진과 그림에 대해 현수와 오랫동안 이야기를 나누었다.

그가 안휴사에서 미령과 헤어진 후 통도사 근처에 도착한 때는 늦은 밤이었다. 정문 왼쪽 거리에 식당과 술집, 기념품 가게들이 늙은 병사처럼 도열해 있었다. 그때 그는 상가 너머 파란빛과 붉은빛을 동시에 번쩍거리는 모텔을 보았다. 현수는 하얀 털에 두 색깔의 눈, 일명 오드아이를 가진 터키쉬 앙고라 고양이를 상상했다.

아침 일찍 카메라와 렌즈를 챙긴 그는 통도사로 들어갔다. 제일 먼저 그는 극락보전으로 향했다. 그 유명한 반야용선도를 찍기 위함이었다. 현수는 태양빛이 비스듬히 극락보전의 북측 외벽을 비추는 때를 기다렸다. 카메라를 삼각대에 고정시킨 스틸 컷 자세로 그는 오랫동안 서 있었다. 서서히 햇빛이 벽화에 스며들 때쯤, 현수는 컬러 모드로 반야용선도를 찍기 시작했다. 대각선 방향으로 벽화가 밝음과 어두움으로 확연히 나뉘자 그는 흑백모드로 전환해서 촬영했다. 빛은 이제 극락전을 지나 마당으로 스며들었다.

현수는 그 빛을 따라 극락전 앞에 다가섰다. 본존불인 아미타불 좌우로 관세음보살과 대세지보살이 장엄한 표정을 짓고 있었다. 그는 망원렌즈를 이용하여 불상 뒤에 있는 아미타 극락 회상도를 세밀히 촬영했다. 붉은색과 황금색이 어두운 색깔과 대비되는 불화를 보며 그는 늘 신비스러운 생각이 들었다.

밤늦게 모텔에 돌아온 현수는 힙 플라스크에 담긴 보드카를 마시며 태혁을 생각했다. 가방에서 필름 카메라를 꺼낸 현수는 그걸 한참 내려다보았다. 노트북에 메모리 리더기를 꽂은 현수는 통도사 사진들을 검색했다. 수 백 장의 컷 중에서 마음에 드는 사진 열 장을 골라냈다. 포토샵으로 콘트라스트와 명암을 조절한 현수는 각 사진들에 작은 낙인을 찍기 시작했다. 필름 카메라를 한쪽 눈에 갖다 대고 촬영 자세를 잡은 태혁의 모습을 작게 만들어 왼쪽 아래에 집어넣는 식이었다. 사진을 확대하면 모를까 보통의 눈으로 보면 결코 보이지 않을 크기였다. 이런 낙인을 찍는 것은 태혁을 기억하는 그만의 특별한 코드였다.

잠시 후, 그는 송광사 사진들을 모니터에 띄웠다. 대웅보전과 불화들을 확대해보면서 현수는 섬세한 무늬를 감상했다. 불화들 속에는 다양한 패턴과 기하학적인 문양들이 숨어 있었다. 몇 시간의 작업 끝에 편집 작업을 끝낸 현수는 작은 암자를 찍은 사진들을 불러냈다. 지나가는 길에 들른 암자들의 풍경이 좋아 짬짬이 찍었던 것들이었다. 그는 연화암과 계족암, 청수암에서 찍은 불화 사진들을 훑어보았다.

그렇게 불화들을 확대하던 현수는 연화암의 불화에서 이상한 점을 발견했다. 부처님의 가사 밑단에 아주 작게 사람이 하나 그려져 있었던 것이다. 고개를 갸웃하던 그는 윤곽선이 흐릿할 정도로 그림을 크게 확대해보았다. 예쁘장한 여자 아이가 금박 옷을 입고 합장한 채 부처님을 쳐다보는 형상이었다. 고개를 갸우뚱하던 그는 혹시나 하는 마음에 계족암과 청수암의 불화도 확대해보았다. 역시 그 불화들에도 여자의 모습이 있었는데 차츰 나이가 들어간 형태였다. 그런데 그 얼굴이 어딘가 낯이 익었다. 미령의 얼굴을 닮아 있었던 것이다.

그는 가방을 뒤적거려 안휴사와 해인사의 풍경이 담겨있는 메모리카드를 찾기 시작했다. 미령의 모습을 확인하고 싶었다. 그런데 한참을 뒤적거리던 현수는 차츰 얼굴이 굳어졌다. 가방 속 물건을 모두 꺼내 봤지만 카드를 찾을 수가 없었다.

낭패였다. 그 카드에는 안휴사 뿐만 아니라 합천 해인사의 사진도 담겨 있었다. 그게 없으면 다시 해인사로 가야 했다. 초조한 마음에 카드의 행방을 부지런히 떠올려 보았지만 뇌세포 속에 흙탕물이 잔뜩 뿌려진 것처럼 희미했다. 허재비처럼 침대에 풀썩 누운 현수는 민우와 약속한 기일을 떠올렸다. 하루라도 빨리 티베트로 가고 싶었는데 일정이 늦어진다는 생각이 들자 허탈감이 몰려왔다.

현수는 눈을 감은 채 안휴사 대웅전 앞의 돌 벤치에 앉아 있었다. 그는 오른손에 필름 카메라를 잡고 있었다. 아늑한 풍경소리가 흐릿하게 들려왔다. 그 풍경소리에 섞여 자늑자늑한 발자국 소리가 다가왔다.

어둠의 방을 갖고 있군요. 그는 갑자기 들려오는 목소리에 눈을 떴다. 태양을 등진 어떤 여인이 희미한 미소를 띤 채 자신을 내려다보고 있었다. 농홍한 입술과 갸름한 얼굴선, 뚜렷한 이목구비를 가진 사람이었다. 현수는 잠시 어리둥절했다. 이상한 현실에 빠져든 느낌이 들었다.

아니죠, 카메라는 밝은 방이죠. 롤랑 바르트가 이야기한 것처럼. 언뜻 정신을 차린 그는 여인을 올려다보며 낮게 중얼거렸다. 카메라 옵스큐라가 아닌 카메라 루시다를 말하는군요. 아, 전문용어를 잘 아시네요. 그녀는 설핏 웃으며 돌 벤치에 다소곳이 앉았다. 라벤더 향인지 솔 향인지 알 수 없는 가향이 여인의 몸에서 흘러나왔다. 석양이 그녀의 어깨 위에 스며들었고 노을이 물러가는 소리가 들리는 듯했다. 사진을 찍으셨던 모양이군요. 예, 저도 한때는. 지금은 그림과 이야기하고 있지만. 사진을 포기하신 건가요? 포기라기보다는 회의가 들었죠. 어떤? 사진은 무척 잔인하다는 생각이 들었어요. 왜죠? 사진을 찍는다는 것은 구도를 잡는다는 것이고, 구도를 잡는다는 것은 무언가를 배제한다는 것이죠. 흠, 사진은 선택적인 인상을 심어줄 수 있다는 걸로 들리는군요. 그래요. 반면에 그림은 배제하지 않죠.

처음 만난 사람이었지만 사진을 찍는다는 연대감에서 자연스레 나온 대화였다. 두 사람은 잠시 절 마당을 내려다보았다. 늦가을의 태양 빛이 맑은 공기를 퉁기면서 마당을 돌아다녔다. 안온하고 편안한 기운이 느껴졌다. 그 카메라는 무척 오래된 것이군요. 예, 늘 들고 다닙니다. 어떤 사연이 있는 카메라인 것 같군요. 뭐, 그럴 수도……

사실 현수는 한 시간 전에 이미 그 여인을 본 적이 있었다. 안휴사의 백팔 계단을 지나 은행나무를 찍은 그는 절 마당 오른편에 자리한 요사채로 가게 되었다. 열린 문틈 사이로 어떤 여인이 너른 방에서 불화에 채색작업을 하고 있었다. 그는 몰래 그녀를 촬영하기 시작했는데 구석진 곳에 있는 작은 방문이 열렸다. 매우 잘 생기고 젊은 스님이 나타났다. 절 주차장에서 현수와 마주쳤던 혜안이라는 스님이었다. 그는 여인의 뒷모습을 가만히 지켜보다가 가벼운 인기척을 내며 말을 걸었다.

미령 보살. 이제 아미타 극락도는 상호 개안만 남았군요. 예, 연꽃 속 중생의 모습은 제가 마무리하고 있지만 가장 중요한 작업이 남았지요. 채륜 처사는 아직 연락이 없나요? 언제 온다는 기별이 없군요. 혜안 스님, 저는 이제 자신이 없어요. 남아 있는 석채도 별로 없는 터에 채륜 사형이 온다는 보장도 없고. 이제 그만 인공 물감을 써야 할 것 같아요. 그건 안 됩니다! 주지 스님은 홍교 처사의 방식대로 해주기를 바라고 있어요. 스님, 이제 그만 현실을 인정해야 해요. 조금만 더 기다려 보시죠. 글쎄, 그게……

두 사람의 대화를 엿듣던 현수는 조용히 뒤돌아서서 절 마당으로 향했다. 그는 삼층 석탑 뒤에 있는 돌계단으로 다가갔다. 그 계단 위에 대웅전이 작게 보였다. 그는 앉은 자세로 돌계단과 대웅전을 로우키로 촬영했다. 계단은 무척 크면서도 위엄 있게 보이고 대웅전은 천상의 높은 곳에 위치한 듯한 모습이었다.

현수가 대웅전 앞에 다가가니 키르티무카가 송곳니를 드러내며 그를 맞이했다. 연꽃잎을 입에 물고 화려한 무늬를 자랑하는 귀면은 볼 때마다 느낌이 달랐다. 대웅전을 돌며 섬세히 촬영했던 현수는 벤치에 앉아 눈을 감고 있었다. 그런데 한 시간 전에 피사체로 봤던 여인이 갑자기 나타나자 자못 기이했던 것이다.

사연? 그렇죠. 모든 사물과 인간은 저마다 사연이 있죠. 근데 여긴 어

떻게 오셨나요? 사찰 기행문에 들어갈 사진을 찍는 중입니다. 아, 그렇
군요. 여인은 별 말이 없다가 한마디 툭 던졌다. 다음은 어디로? 통도사
로 갈 예정입니다. 고개를 끄덕이던 그녀는 몸을 돌려 대웅전을 쳐다보
며 말했다.

저 귀면은 키르티무카예요, 산스크리트어인 키르티와 무카의 합성어
죠. 일명, 영광의 얼굴이라고 하죠. 그런 뜻이었군요. 늘 궁금했는데.
시바신의 무서운 측면을 표현한 형상이라고 하던데. 맞아요. 악령으로부
터 법당을 보호하는 역할을 하죠. 겉보기엔 무섭지만 저에겐 무척 친근
한 얼굴이에요.

한동안 말하던 여인은 조용히 일어섰다. 절 사진 많이 찍으라는 말
을 남긴 그녀는 대웅전 뒤쪽으로 총총히 발길을 돌렸다. 재미있는 여인
이군. 처음 본 사람과 깊은 대화를 나누다가 홀연히 가버리다니. 나이
는 나와 비슷해 보이는데. 순간, 현수는 노을에 물들어가는 그녀의 옆모
습을 찍고 싶은 충동이 일어났다. 그는 재빨리 디지털카메라를 꺼내 촬
영했지만 셔터가 작동하지 않았다. 메모리 카드가 꽉 찬 것이었다. 그는
허리 가방에서 다른 카드를 꺼내 카메라에 장착했다. 빼낸 카드는 바지
주머니에 급히 집어넣었다.

여인의 모습을 망원렌즈로 포착한 현수는 연속으로 촬영했다. 그녀의
주변은 밝았지만 그녀의 몸은 희미한 실루엣으로 남게 되었다. 날씬한
여인의 몸매는 어딘가 에로틱한 분위기마저 자아냈다. 좋은 사진을 건
졌다고 생각한 그는 흡족한 마음으로 일어섰다.

그렇군! 현수는 침대에서 벌떡 일어났다. 창문을 쳐다보니 여명이 밝
아오고 있었다. 그는 혼란스러운 가운데 깨었다 잠들었기를 반복했고
그 와중에 안휴사에서 메모리 카드를 교체한 기억이 났던 것이다. 그는
서둘러 모텔을 나왔다. 차가운 새벽바람이 불어오고 있었다. 멀리 통도
사를 둘러싼 영축산에 푸른빛이 맴돌았다.

안휴사에 도착한 현수는 대웅전 앞의 돌 벤치로 달려갔다. 그러나 카드는 보이지 않았다. 혹시 몰라 자신이 돌아다닌 동선을 추적했지만 마찬가지였다. 그는 힘없는 걸음걸이로 대웅전 앞으로 돌아갔다. 부주의한 자신을 책망하며 다시 해인사로 가야 할지 고민했다.

어쩐 일이세요? 통도사로 간다고 하지 않았나요? 흠칫 놀라 고개를 든 현수는 여인을 알아보고는 다급하게 물어보았다. 혹시 메모리카드를 못 보셨나요? 그녀는 호주머니에서 메모리 카드를 꺼냈다. 혹시 이것인가요? 어, 그게 어찌? 어떤 보살님이 주웠다며 저에게 주시더군요. 아, 정말 감사합니다. 두 사람은 서로를 쳐다보며 은근한 미소를 주고받았다. 부드러운 바람이 그들 사이로 지나갔다.

가을의 늦은 빛이 깊숙이 들어오는 창가에 둘은 마주 앉았다. 수평선으로 넘어가는 태양이 연붉은빛을 바다에 흘렸다. 그 빛은 그녀의 모습을 은밀히 엿보고 있었다. 자신의 이름을 미령이라고 밝힌 그녀였지만 현수는 이미 그 이름을 알고 있었다. 술잔을 만지작거리는 그녀의 손등에 푸른 혈맥이 가느다랗게 퍼져 있었다. 포도주색 스커트에 하늘색 블라우스를 입은 미령은 검은 카디건을 걸쳤다. 다양한 색깔이, 그녀의 몸에 머물러 있었다. 안휴사와 가까운 해수욕장에는 송죽정이라는 정자가 있었다. 두 사람은 그 맞은편에 있는 민속음식점에 앉아 있었다.

그거 아세요? '이것은 파이프가 아니다'라는 제목의 유명한 그림. 원래 제목은 '이미지의 배반'이죠. 르네 마그리트의 작품인 것 같은데요. 맞아요. 그건 파이프를 그린 그림이지 실제 파이프가 아니라는 거죠. 우리는 실재實在를 본다고 착각할 뿐, 모든 것은 이미지일 뿐이에요. 마그리트는 그런 사람들의 착각을 비판한 거죠.

그런 것인가. 현수는 지금 보고 있는 그녀의 모습도 실재가 아닐 거라는 착각이 들었다. 빛과 시각 세포의 결합으로 이루어진 이미지일 뿐.

저의 아버지는 평생 부처님의 이미지를 그리셨죠. 참 우습죠. 왜 사람들은 불화를 보며 그게 부처님의 모습이라고 생각할까요? 불화에 비친 부처님의 가르침을 보는 건 아닐까요? 글쎄 과연 그럴까요? 그냥 그림

일 뿐인데.

현수는 비판적인 질문을 던지는 미령을 언뜻 이해할 수 없었다. 지금 그녀는 부처님의 모습을 형상화한 불화를 그리고 있는 중이 아닌가? 누구보다도 경배해야 할 그녀가 회의적이라니.

제 아버진 대단한 분이셨어요. 마치 불화를 위해 태어나신 분처럼 열정적으로 그리셨죠. 그건 아버지의 제자인 채륜 사형도 마찬가지였지만. 두 분은 연화암 같은 깊은 산중의 암자에도 가곤 했어요. 하나의 불화를 완성할 때마다 그분들의 얼굴에 스민 환희심을 저는 잊지 못해요.

잠깐만요, 아버님이 연화암 불화를 그리셨다고요? 예. 송광사 옆에 있는 작은 암자예요. 아, 그런 우연이. 제가 촬영한 사진 중에 그 절의 불화가 있거든요. 그래요? 미령은 무척 신기하다는 표정을 지었다. 혹시 계족암과 청수암 불화도 그리시지 않았나요? 어머, 그건 어찌? 연화암을 먼저 그리셨고 청수암은 나중에 하셨어요. 현수는 내심 감탄했다. 자신이 발견한 불화 속 여자의 모습이 미령일 거라는 생각이 들었던 것이다.

신기한 인연입니다. 어떻게 제가 알게 되었는지 궁금하겠지만 다음에 제가 상세한 이야기를 해드릴게요. 흠, 도대체 그게 무엇인지 너무 궁금하군요. 좋아요. 다음의 만남을 위해 여백으로 남겨놓을게요. 예, 여백으로….

두 사람은 건배하며 맑은 술을 마셨다. 그녀가 술잔을 내려놓자 현수는 내내 궁금했던 것을 물어보았다. 그런데 혜안스님과는 왜 그리 언쟁을 하셨죠. 그것 또한 사연이 많아요. 주지 스님에게 죄를 짓는 기분이지만 저로서는 어떻게 해 볼 도리가 없어요. 채륜 사형이라도 오신다면 좋으련만. 그녀는 잠시 허공을 쳐다보았다. 현수는 한 줄기 그리움이 스치는 미령의 표정을 놓치지 않았다.

그녀의 아버지는 열일곱에 처음 불화를 그렸다고 했다. 단청장이를 따라다니며 절을 유랑하던 중에 불화장이었던 어느 스님의 문하로 들어가서 홍교라는 이름을 받고 불화를 배웠다. 나이 사십이 되어서야 비로소 자신만의 기법을 터득한 그였다. 영산회상도와 괘불, 지장보살도와 같은 그림을 그리면서 홍교는 차츰 명성을 쌓게 되었다.

오 년 전, 안휴사 주지 스님은 홍교에게 아미타극락도를 그려달라고 했다. 극락의 모습을 재현한 것으로서 다른 불화보다 시간이 많이 걸리는 그림이었다. 아미타불과 관세음보살을 중심으로 수많은 중생들과 상징물들을 그려 넣어야 했다.

미령은 아버지의 조수 역할을 충실히 했다. 수제자인 채륜은 절에서 자란 고아 출신으로 나이는 그녀보다 열 살 정도 많았다. 그림 솜씨가 홍교에 버금갈 정도로 뛰어난 사람이었다. 아미타극락도를 그리기 위해서는 최소 육 개월 정도의 기간이 걸렸다. 배접 작업과 밑그림이 끝나면 채색작업에 들어갔다. 홍교는 고분 기법과 달음달이 기법, 생채 석법 등을 능란하게 사용했고 금박기법에 탁월한 사람이었다.

인공 재료가 아닌 천연 재료만을 이용하기로 정평이 나 있었던 홍교. 접착제도 소의 힘줄을 녹인 아교를 사용했고 물감도 돌을 갈아서 만든 석채만을 사용했다. 주지스님은 홍교의 그런 전통적 방법을 존중했기에 그에게 불화를 맡겼던 것이다. 홍교가 특히 심혈을 기울인 것은 상호 개안, 즉 부처님의 얼굴을 그리는 것이었다. 다른 채색작업은 채륜과 미령을 시켰지만 그것만은 자신이 직접 그렸다.

어려서부터 아버지를 따라다니며 뒷바라지했던 미령은 틈틈이 별화를 그렸다. 불교 전설에 나오는 동화적인 소재를 전각의 천정이나 대들보, 기둥에 그려 넣는 것이었다. 그녀에게 불화는 그 무게감이 너무 큰 것이었다. 홍교는 그런 미령을 격려하고 지도해주었다. 자신은 평생 사찰을 돌아다녔고 아내는 오래전에 죽고 말았다. 늘 애틋한 마음이 담긴 시선으로 미령을 바라보던 아버지였다.

차츰 아미타극락도가 제 모습을 갖추면서 이제 가장 중요한 작업만이 남게 되었다. 금박기법으로 부처님과 관세음보살의 옷을 도드라지게 했던 홍교였다. 상호 개안을 앞두고 그는 법당에서 늘 기도를 올렸다.

홍교는 부처님 상호를 그리기 전에, 고려 불화인 관경변상도를 보러 일본에 갈 결심을 했다. 극락으로 가는 열여섯 가지 방법을 제시한 관무량수경을 그림으로 해설한 불화였다. 홍교는 그 불화를 이미 여러 번 보았으나 상호 개안을 하기 전에 한 번 더 보고 싶었던 것이다.

정말 분통이 터지는구나. 우리 조상이 그린 불화가 왜 일본에 남아있는지. 오래전 미령과 함께 간 교토의 지은원에서 홍교는 분노에 찬 목소리로 불화를 내놓으라고 고함치곤 했다.

일본으로 떠나기 전 홍교는 먼저 부처님 얼굴 전체에 석채로 살색을 발랐다. 사흘 후, 살색이 완전 착색되면 청색으로 눈썹을 그리면서 개안 작업을 할 예정이었다. 홍교는 극락에서 환생하는 중생의 형상을 그리는 일은 미령과 채륜에게 맡기고 일본으로 떠났다. 아미타극락도 제일 밑부분에는 커다란 연못이 있었고, 그 위에는 흰 연꽃들이 떠 있었다. 전생의 업에 따라 중생들은 상품, 중품, 하품으로 나뉘어 연꽃 속에서 환생을 기다리고 있었다.

그럼 아버님은 지금 어디 계신지. 스산한 바람이 엷게 불어왔다. 미령은 눈을 감으며 다시 침묵을 지켰다. 현수는 심상치 않은 그녀의 태도에 더 이상 물어볼 엄두가 나지 않았다. 바람이 테이블 위로 지나갔고 잔에 담긴 술이 미세하게 떨리고 있었다. 밤은 고양이처럼 살며시 다가왔고 창문 밖으로 청회색 하늘이 보였다.

음식점을 나온 두 사람은 모래사장을 오랫동안 거닐며 별화와 불화, 사진에 대해 이야기를 나누었다. 두 사람은 바닷가 끝에 홀로 앉아 있는 카페로 들어갔다. 연한 나트륨 조명이 새어 나오는 곳이었다.

현수 씨, 그 필름 카메라에 얽힌 사연은 뭔가요? 잠시 망설이던 현수가 어렵사리 말을 꺼냈다. 두 아이가 있었습니다. 서로의 허리를 끈으로 묶은 채 떠오른. 저와 태혁 선배는 남도의 항구에 가서 그 아이들을 보았어요. 우리들은 경찰청과 계약을 맺은 프리랜서였어요. 물에서 건져낸 유체들을 찍는 일을 했습니다. 아, 그런 일을 하셨군요. 외롭고 힘든 작업이었겠어요. 힘들다기보다는 너무 처절했습니다. 그 선배는 더 이상 사진을 못 찍겠다며 도망치듯 사라졌고 몇 달 후 유체로 발견되었어요. 이 카메라는 그 사람의 유품이에요. 깊은 사연이군요. 우듬지 사이를 흘러가는 느개처럼. 미령은 담담한 표정으로 말했다. 제 아버지의 다음 이야기도 여백으로 남겨놓을게요. 다시 만나게 되면……

조용히 아리아가 들려왔다. 현수가 문래동 카페에서 들었던 아리아였다. 미령씨, 혹시 저 아리아의 제목이 뭔지 아세요? 미령은 알 듯 모를 듯 희미한 미소를 지을 뿐, 별 말이 없었다. 카페를 나온 두 사람은 송정역으로 걸어갔다. 검은 바다와 나란히 누워있는 철길을 밟으며 현수는 가만히 미령의 부드러운 손을 잡았다. 빛이 사라진 유적한 공간에서 두 사람은 양수 속 태아 같은 편안함을 느꼈다. 현수에게 손을 내 맡긴 채 미령은 아리아의 한 소절을 나직하게 불렀다. 알프레도 카탈리니의 오페라, "La Wally"에 나오는 아리아라고 말했다.

현수야. 사진이 참 좋긴 한데 몇 개 사진은 좀 다른 걸로 하자. 왜 마음에 안 들어요? 나름대로 좋은 시도이긴 한데 독자들에게 어필하기엔 좀 어렵다.

석남사 일주문을 나서던 현수는 민우의 전화를 받으면서 얼굴을 찡그렸다. 어느 정도 예상은 했다. 샘플로 보낸 사진 중에서 흑백 망점 사진을 보고 그런 말을 했을 것이다. 감광도를 최대로 높여 굵은 점들이 보이게 해서 마치 점묘화처럼 보이는 사진들이었다. 프랑스 사진작가 브뤼노 레끼야르에 대한 오마주로 현수가 자주 사용하던 기법이었다.

현수는 민우에게 생각해보겠다며 전화를 끊었다. 바보 같은 생각이었다. 대중들을 위한 사찰 기행문이지만 예술 사진을 삽입하는 것도 그리 나쁜 시도는 아니었다. 예술 사진이든 풍경 사진이든 대중들이 그걸 보고 감상하면 그만인 것이다.

차에 시동을 건 현수는 안도의 한숨을 내 쉬며 담배를 피웠다. 석남사를 끝으로 이제야 모든 촬영이 끝난 것이다. 근 천 컷에 달하는 사진들을 분류하고 보정하는 작업만 남았다. 그는 서울로 가기 전에 홀가분한 기분으로 미령을 다시 만나고 싶었다. 그녀와 안휴사에서 헤어진 것이 벌써 사흘 전이었다. 현수는 사찰 촬영을 마치면 다시 오겠다고 그녀에게 약속했다. 시간이 된다면 자신의 차로 서울로 같이 가자는 말도 했다. 미령도 가벼운 미소를 지으며 고개를 끄덕였다.

안휴사에 도착하니 여신도들이 요사채 공양 칸에서 정연한 자세로 나오고 있었다. 그는 대웅전 앞에서 카메라를 꺼내 하이키로 그녀들의 모습을 찍기 시작했다. 삼층 석탑을 도는 그녀들의 모습은 부처님의 자비를 원하는 가련한 존재들이었다. 그는 뷰파인더 속에서 미령을 찾아보았다. 그러나 그녀는 보이지 않았고 사각 프레임 속에서 낯익은 얼굴 하나가 걸어오고 있었다. 혜안이었다.

또 어쩐 일이세요? 아, 예. 마지막 촬영을 마치고 잠시 쉬러 왔습니다. 이제 서울로 바로 갈 생각입니다. 미령 보살을 만나러 오셨죠? 마음을 들킨 현수는 당황하며 고개를 숙이다가 이내 얼굴을 들었다. 미령이 가버렸다는 말을 들었기 때문이었다.

홍교 처사는 실종되었다고 들었어요. 아마 죽었을지도 몰라요. 일본에 간 후로 소식이 끊겼으니. 요사채 안의 다탁에 현수가 앉자 혜안이 보이차를 따라주며 말했다. 예? 어떤 일로? 교토의 지은원에서 나라에 있는 고찰로 간다는 연락을 끝으로 행방불명되었어요.

그 말을 듣는 순간, 현수는 허파가 텅 빈 듯한 느낌이 들었다. 필름 카메라에 얽힌 사연을 담담히 듣던 미령의 얼굴이 떠올랐다. 어쩜 그리 침착하게 자신의 말을 듣고 있었는지.

그녀와 채륜이 미완성 불화를 안휴사에 가지고 오던 날, 주지 스님은 채륜에게 상호 개안을 해달라고 부탁했지만 그는 한사코 고사했다. 그 언젠가는 스승이 돌아와 해야 한다면서 먼 길을 떠나고 말았다.

주지 스님은 아미타극락도를 완성시키고 싶었어요. 그동안 공들인 노력도 아까웠고 홍교 처사의 작품이 훼절되는 것이 못내 아쉬웠던 거죠. 그래서 이제는 상처를 잊었거니 생각하며 두 사람을 불렀는데. 채륜 처사는 아직도 스승이 돌아올 거라고 믿고 있는 것 같아요. 미령 보살은 어떤 마음인지 잘 모르겠고. 제 느낌으론 흥교 처사는 두 분을 애틋하게 생각한 것 같더군요. 안타까운 사연이군요. 이제는 어쩔 수가 없죠. 그 언젠가 미령 보살과 채륜 처사가 다시 올 날을 기다려야겠죠.

두 사람은 한동안 보이차만 입으로 가져갔다. 현수는 착잡한 심정으로 차를 마시다가 조용히 입을 열었다. 스님, 그럼 그 불화는 어디에 있습니까? 현수의 말에 혜안은 고개를 돌려 작은 방문을 가리켰다. 저 안에 보관되어 있습니다. 불화를 한 번 볼 수 있을까요? 그건 왜요? 사진을 찍고 싶습니다. 현수의 말에 혜안은 고개를 저었다. 그건 안 됩니다. 주지 스님의 허락을 받아야 해요. 스님께서 보여주시면 안 되겠습니까? 허허. 글쎄 그건 제 소관사항이 아니에요. 현수가 애원하며 말했지만 혜안은 완고했다. 한참 동안 매달리던 현수는 불현듯 노트북을 꺼냈다.

스님, 이걸 한번 보시지요. 현수가 노트북의 화면을 가리키자 혜안은 약간 의아한 표정으로 현수 옆으로 다가갔다. 나란히 앉은 두 사람은 현수가 찍은 불화를 이리저리 지켜보았다. 현수는 여자의 모습이 그려진 연화암과 계족암, 청수암의 불화를 확대해서 차례로 보여주었다. 차츰 혜안도 자못 신기한 표정을 지으며 미령인 것 같다는 말을 했다. 현수는 미완성 불화에도 그녀의 모습이 있을 거라는 이야기를 넌지시 했다. 잠시 고민하던 혜안은 요사채 문을 잠그고 불화를 너른 방에 펼쳤다.

현수의 눈에 아미타불이 주재하는 극락세계가 펼쳐졌다. 순간 그는 눈을 크게 뜨며 심장이 멎는 듯한 충격에 빠졌다. 여태껏 그가 봤던 불화와는 분위기가 너무 달랐다. 머릿속에서만 생각하던 연화장의 세계가 장엄하게 나타났다. 그는 티베트 등신불에서 만났던 푼크툼을 느끼며 한동안 멍한 자세로 서 있었다. 빨리 촬영을 서두르세요. 조금 있으면 대중 집회가 열립니다. 혜안의 말에 퍼뜩 정신을 차린 현수는 급히 카메라를 꺼내 세밀히 촬영했다. 촬영을 끝낸 그는 아미타극락도 사진을 확대해서 이곳저곳을 지켜보았다.

이상하군요. 이 불화에는 미령의 모습이 보이지 않는군요. 현수는 다시 세밀히 이곳저곳을 확대해서 관찰했지만 그녀는 그 어디에서도 발견되지 않았다. 한참을 이리저리 둘러보던 그는 극락의 새라는 긴나라의 얼굴에 커서를 갖다 댔다. 남녀 두 사람의 머리에 하나의 몸통, 두 팔과 두 다리를 가진 상상의 새였다. 여성의 얼굴을 확대해 본 현수는 차츰 놀라운 표정을 감추지 못했다. 그건 미령이었다. 그걸 본 혜안도 흥미로운 표정을 지으며 남성 쪽도 확대해보라고 말했다. 현수가 그걸 확대하자 영민하게 보이는 두 눈에 온화한 표정의 남자 얼굴이 보였다. 혜안은 채륜 처사라고 말하며 탄복했다. 현수는 순간, 흠칫하고 말았다.

다시 현수는 아미타극락도의 아랫부분을 확대해보았다. 수많은 연꽃 속에 중생들의 모습이 그려져 있었다. 미령이 채륜을 기다리면서 그렸다는 부분이었다. 마우스를 만지며 연꽃들을 하나씩 확대하던 중에 혜안이 갑자기 현수의 손을 잡았다. 이 부분을 더 확대해보세요. 현수가 마우스 휠을 돌리자 흰 연꽃 속에 들어있는 중년 남성이 또렷하게 나타났다. 둥글넓적한 얼굴에 엷은 미소를 띠고 있었고 붓을 잡은 채 합장하는 모습이었다.

아, 미령 보살의 간절한 마음이 이렇게 숨어 있었군요. 혜안은 두 손을 모으며 오랫동안 합장 자세를 취했다. 현수 역시 저도 모르게 두 손을 모았다. 늘 여여하십시오. 요사채 앞에서 혜안은 이 말로 현수에게 작별인사를 대신했다.

삼층 석탑을 지나 대웅전으로 올라간 현수는 망연자실 절 마당을 내려다보았다. 풍경소리가 들려왔고 마당 가녘에는 배롱나무 잎이 흩날리고 있었다. 미령이 연꽃 속에 숨겨놓은 아버지와 홍교가 긴나라에 그려넣은 미령과 채륜. 아버지는 두 사람을, 딸은 그런 아버지를 아무도 몰래 집어넣었다. 그들은 영원히 서로의 행위를 모를 것이다.

현수는 등신불을 찍어서 그 모습을 소유하겠다는 생각이 얼마나 어리석었는지 후회가 밀려오기 시작했다. 현수 씨, 우리가 현재라고 생각하는 순간, 모든 것은 이미 과거가 되어 버리죠. 그런데 왜 사람들은 그 만져질 수 없는 현실에 집착하고 그걸 소유하려고 할까요?

눈을 감은 그의 머릿속에 어떤 장면 하나가 떠올랐다. 프랑스 영화, 디바에 나오는 성악가가 아리아를 부르는 모습이었다. 영화 속 여주인공인 신시아 호킨스는 자신의 노래를 결코 녹음하지 말라고, 흘러가는 노래를 붙잡지 말라고 했다. 현수는 차츰 그 아리아의 제목이 기억났다. 그건 '그래요, 이제 난 떠나겠어요'였다.

현수는 사각의 프레임 속에 피사체를 붙잡아두려고 했던 자신이 부끄러웠다. 현실의 이미지를 포착했다고 생각했지만 그건 이미 흘러가버린 과거가 된다. 두 부녀는 진실된 마음으로 서로의 마음을 한 장의 그림 속에 오롯이 담아냈다. 현수가 태혁의 모습을 자신의 사진 안에 집어넣는 행위는 허위와 가식이었다. 합성이라는 인위적인 수단에 의해 또 다른 허위를 만들어냈을 뿐이다.

저와 제 아버지가 그린 불화는 불화가 되고 싶은 것이 아니라 그냥 존재하고 싶었을 뿐이에요.

미령의 말이 다시 귓가에 쟁명하게 울려왔다. 현수는 프레임 속에 갇혀 있던 자신의 영혼이 서서히 분해되는 느낌이 들었다. 나는 여태껏 모든 사람과 사물을 피사체로만, 대상으로만 생각했다. 그게 얼마나 어리석은 생각이었던가. 미령은 그림 속 사물들과 이야기한다고 했다. 거북과 용, 토끼, 그리고 키르티무카에게도. 나는 그냥 찍었을 뿐이다. 그 어떤 소통이나 정감도 없이. 결국 내가 찍은 사진들은 생명이 없는 하찮은 것이었다.

생각이 여기에 이르자 현수의 마음이 홀가분해졌다. 그는 카메라와 노트북을 꺼내 여태껏 촬영한 모든 사진들을 삭제하기 시작했다. 어느새 안휴사에 짙은 어둠이 몰려왔다. 그는 돌계단을 내려갔다. 그의 뒷모습을 키르티무카 만이 말없이 지켜보고 있었다.

기쁘다. 오랜 그리움 하나를 해소한 것이 너무 기쁘다. 학창시절에 시를 썼고 대학에서 문학을 전공하면서 시와 소설을 접했다. 늘 글을 썼고 언젠가는 내가 창조해 낸 작품들이 제대로 빛을 보았으면 하는 마음이 간절했다.

눈 속에 피어난 雪中梅처럼, 청자 빛 산허리를 돌고 돌아 고요히 내려앉은 천상의 새 긴나라처럼, 나의 그리움은 내 작은 서재로 이제야 스며들었다. 늘 미안했다. 내 소설 속에서 죽어 간 수많은 인물들에게. 과연 내게 그럴 자격이 있는 건지, 그들의 죽음을 탄생시킨 그 역설의 행위를 해도 되는 건지.

생업에 쫓겨 한참동안 글을 놓았던 적이 있었다. 언뜻, 옥색 구름 사이로 봄의 햇살이 우련하게 비출 때, 가을의 끝자락에서 는개가 서서히 내릴 때, 혹은 겨울의 초입에서 우듬지 사이로 낙엽이 하느작거릴 때, 글은 다시 내 가슴 속으로 은밀하게 숨어들었다.

모든 것은 그저 인연의 끈이리라. 한때는 글이라는 것을 포기하고 그저 살 길만 찾겠다고 생각했다. 이게 도대체 무슨 짓인가 라고 탄식하며 낙담과 실망의 늪을 헤매지 말자고 결심했다. 나를 힘들게 하는 글로부터 도망도 가고 싶었다. 그러나 나는 결코 文香의 바다를 벗어날 수 없었다.

부족한 글을 뽑아주신 심사위원 분들에게 깊은 감사의 인사를 드린다. 이제 다시 시작하라는 채찍 하나를 장엄하게 받은 기분이다. 끊임없이 노력할 것이다. 더 좋은 작품, 더 좋은 글로 精進의 길을 걸어갈 것이다.

냉철한 머리, 따뜻한 가슴 가진 소설

소설은 이야기를 통해 삶의 참모습을 형상화하는 예술이다. 단편소설은 긴박
감이 있고 재미있어야 하고, 읽고 난 독자가 뜨거운 감동을 하게 해야 한다.
소설은 독자에게, 이거야 말로 슬프면서도 참된 삶(실존) 아닌가요, 하고 질문
을 하는 것이다. 그러한 관점에서 음모된 모든 작품을 읽은 결과 '승무', '빛의
그림자', '선과 원', '본래 그 자리', '天網천망', '키르티무카' 여섯 편을 본선에
올리고 다시 깊이 읽었다.

이번 응모작들은 여느 해보다 문장력이 좋은 작품들인 듯싶었지만, "나는 왜
지금 이 이야기를 쓰고 있는가"하는 당위성이 확실하지 않은 것들이 많았다.
소설의 궁극의 목표는 인간의 구원에 있다. '천망', '키르티무카'를 제외한 네
편의 작품은 문장과 짜임새와 주제를 도출하는 기법에서 아직 공부가 더 필요
하다. '천망'은 잔잔한 독거노인의 삶을 다룬 허무 냄새 나는 것인데, 한 소년
과의 교환이 가슴을 따뜻하게 한다.

'키르티무카'는 문장이 세련돼 있고, 이야기에 삶의 무게가 실려 있고, 현상 저
너머의 본질을 응시하는 시각과 형상화 하는 실력이 믿을 만하다. 좋은 소설
을 쓰려면 냉철한 머리의 감각도 있어야 하지만 따뜻한 가슴의 감각도 있어야
한다. 내공도 있어 보이고, 두 감각을 다 가지고 있다 싶어 이 작품을 당선작
으로 결정한다. 당선자에게 축하하고 건필을 빈다.

서울신문 **윤 치 규**

1987년 서울 출생

한국외대 노어과 중퇴, 육군3사관학교 졸업

은행원(IBK 기업은행)

제주, 애도

윤치규

그러니까 빙의가 될 거라고 했다. 무당이 바다에 빠져 죽은 넋을 건져 올릴 거라고. 정확히는 무당이 아니라 심방이었다. 제주도에서는 무당을 심방이라고 불렀다. 처음 그런 이야기를 들었을 때는 당연히 농담인 줄 알았다. 내가 아는 양차장은 그런 사람이 아니었다. 굿을 한다니. 그것도 아는 사람도 아니고 억울하게 죽은 귀신을 위해 제사를 올린다니. 그건 아무리 생각해도 나로서는 정말 이해할 수 없는 일이었다.

"제주도의 밤이 푸른 이유는 어둠 속에 귀신이 섞여서 그런 거야."

바다 위에는 아주 작은 불빛도 떠 있지 않았다. 양차장의 말과 정반대로 하늘은 어두웠고 바다는 그것보다 더 어두웠다. 아득히 먼 곳에서 파도만 끊임없이 밀려왔다. 파도는 내 발밑에서 잠시 반짝이다가 물거품이 되어 사라졌다. 그 지루한 반복을 지켜보면서 돌아갈 핑계를 찾았다. 억울하게 죽은 귀신보다 지금 내 처지가 더 분하고 답답했다. 도대체 난 무엇을 바라고 제주도까지 내려온 걸까? 양차장이 이렇게 변해버린 줄 알았다면 아마 내려오지 않았을 것이다.

"이따가 상주 역할 좀 맡아줄 수 있어?"

"제가 그런 걸 어떻게 해요."

"왜 못해? 현충원에서 대표로 묵념하는 거랑 똑같은 거야."

아무리 그래도 그런 일은 꺼림칙했다. 누군지도 모르는 사람을 위해 상주를 맡으라니. 부모님이 멀쩡히 살아계신 데 그런 역할을 맡아도 되는 건가? 만약 그게 예법에 어긋나지 않는다고 해도 그런 경험은 전혀 해보고 싶지 않았다. 상주는 심방이 칼을 들고 춤을 출 때 그 앞에서 미안하다고 흐느끼며 대신 매를 맞아야 했다. 양차장은 별거 아닌 것처럼 이야기했지만 딱히 그런 일을 자처해서 겪어보고 싶지는 않았다. 무엇보다 그럴 필요도 없었다.

"그냥 한 번 해봐. 시늉만 해보는 거야."

"진짜 싫어요. 아무리 차장님 부탁이라고 해도 이건 아닌 것 같아요."

남서쪽으로 내려오는 해안선을 따라 승합차 한 대가 전조등을 켜고 다가왔다. 승합차는 우리가 서 있는 곳을 지나 동쪽으로 향하다 문 닫은 어촌계 앞에서 차를 돌려 해변 뒤 주차장으로 내려왔다. 시동이 켜진 상태로 문이 열렸고 차 안에서 네 사람이 내렸다. 셋은 남자였고 한 명은 여자였다. 그들은 모두 한복 위에 두툼한 패딩점퍼를 걸치고 있었다. 어깨에 저마다 북과 장구, 징 같은 악기를 하나씩 짊어지고 서로 짝을 이뤄 무거운 상자를 옮겼다.

그들은 해변에 짐을 내려놓고 눈짓으로 인사했다. 잠시 주변을 둘러보다가 크기가 가장 큰 현무암 바위 앞에 모였다. 서로 손을 붙잡고 기도하듯 눈을 감았다. 얼마 지나지 않아 모래사장 위에 멍석을 깔리고 천막이 세워졌다. 멍석은 전통방식으로 짚을 엮어서 만든 것이었지만 천막은 철제 캐노피였다. 천막이 바람에 날아가지 않게 네 귀퉁이 위에 큼지막한 돌멩이를 올려놓고 고정끈을 단단하게 묶었다. 누가 지시하지 않아도 일사불란하게 움직이며 준비하는 모습이 다들 전문가처럼 보였다.

천막 안에는 여섯 칸짜리 병풍을 펼쳤다. 그 앞에 직사각형 밥상을 놓고 놋으로 된 제기 위에 청귤과 보리빵, 고기산적을 올렸다. 작은 반상 위로 소주도 한 병 보였다. 여자는 소주를 노란색 주전자에 붓고 빈 병은 멍석 바깥쪽에 두었다. 그 사이 남자들은 바지 끝단을 걷어붙이고 바다로 향했다. 현무암 바위에 오색 줄을 두르는데 뒷부분이 물에 조금 잠겨 있었다. 그들은 발이 젖어도 신경 쓰지 않고 줄을 동여맸다. 오색 줄은 어느 한 곳도 느슨하거나 처진 곳 없이 단단하게 묶였다.

모든 준비가 끝나자 여자가 승합차로 돌아가 심방을 모셔왔다. 심방은 연세가 아주 많은 할머니였다. 흰색 고깔을 머리에 쓰고 붉은색 도복을 입고 있었다. 바람이 불어 겉옷 밑단으로 삐져나온 도복이 부산하게 펄럭였다. 머리에 쓴 고깔이 금방이라도 날아갈 것 같았다. 심방은 느리고 우아하게 한 걸음씩 바닷바람을 뚫고 걸었다. 한 걸음 한 걸음 천천히 발을 내딛는 모습이 묘한 경외감을 주었다.

*

휴가도 아닌데 주말에 일부러 제주도까지 내려온 이유는 양차장을 설득하기 위해서였다. 정기 인사를 앞두고 본부장이 새로 설립된 인도네시아 현지 법인의 총괄 책임자로 양차장을 추천했다. 본부장은 나를 따로 불러 양차장의 의중을 알아보라고 시켰다. 전화로도 충분히 물을 수 있었던 일을 주말에 직접 찾아오기까지 한 이유는 나 또한 누구보다 양차장의 복귀를 바랐기 때문이었다. 양차장은 마땅히 돌아와야 하는 사람이었다.

과수원 한가운데 귤 창고를 개조해놓은 카페에서 양차장을 만났다. 볕이 좋은 테라스에 앉아 청귤 라떼를 마시며 그동안의 안부를 물었다. 남편과 아들의 장례식 이후로 일 년 반 만이었다. 그래도 표정이 전보다 한결 나아졌다고 생각했다. 대화 중에 농담도 자주 섞였고 먼저 웃음을 보일 때도 있었다. 이제 어느 정도는 괜찮아진 사람처럼 보였다. 정말 아무렇지 않은 건 아니겠지만 적어도 그렇게 보일 수는 있게 된 것 같았다.

"다시 돌아오셔야죠. 이렇게 한가로운 곳에서 경력 다 썩히기는 아깝잖아요."

"제주도는 안 바쁜 줄 아니? 여기도 정신없어. 오히려 그때보다 시간이 더 부족해."

"여기는 안 어울려요. 화려하게 복귀하셔야죠. 그 덕에 저도 승진 좀 하고요."

일부러 추켜세워주려고 한 말이 아니라 양차장의 경력은 은행 내에서도 독보적이었다. 영업점 경험은 기본이고 본부에서도 핵심 부서로 손꼽히는 자본시장부 출신이었다. 대리 때는 글로벌 인재로 선발되어 아이비리그에서 경영학 석사과정을 수료했고, 과장 때는 은행장의 비밀장부라고 불리는 도쿄지점의 첫 여성 책임자로 발령받기도 했다. 이런 사람을 초임지 때 사수로 만난 건 내게 정말 큰 행운이었다. 실제로 아무 연줄도 없었던 내가 자본시장부에 들어갈 수 있었던 것은 양차장의 추천 덕분이었다.

"차장님 안 계시니까 저 완전 찬밥 됐어요. 승진도 벌써 몇 번째 밀리는지 몰라요."

"나 없어도 잘하잖아. 승진은 때가 되면 하게 될 거야."

"부사수를 끝까지 책임지셔야죠. 자꾸 이러시면 제가 제주도 따라옵니다."

가족을 잃은 직후 양차장은 은행을 그만두려고 했다. 그때도 설득하기 위해 제주도까지 내려온 사람은 나였다. 인사부가 먼저 고향에서 근무할 수 있게 배려해주었다. 전례 없는 특혜지만 그만큼 사고가 비극적이었다. 교통사고로 남편과 이제 막 초등학교를 졸업한 아들을 모두 잃었다. 한라산을 가로지르는 1139번 국도의 좁은 커브 길과 군데군데 얼어붙은 빙판, 그리고 중앙선을 침범한 트럭은 두 사람의 생명뿐만 아니라 양차장의 미래까지도 한순간에 앗아갔다.

"나 지금은 여기에서 꼭 해야 할 일이 있어. 나 아니면 할 수 없는 일이야."

"어머니 따라서 귤 농사라도 이어받아요?"

"그런 건 아니고. 궁금하면 너도 같이 가볼래?"

양차장이 가방에서 팸플릿을 꺼냈다. 만장굴에 대한 안내 책자였다. 유네스코 삼관왕이라느니, 세계 7대 자연경관이라는 수식어가 큼지막하게 붙어 있었다. 접혀 있는 종이를 펼치니까 그 안에 동굴 속 사진이 여러 장 실려 있었다. 주석에는 이 동굴이 수십만 년 전에 형성된 것으로서 세계에서도 손꼽히는 규모의 화산 동굴이라고 적혀 있었다. 이게 다 뭐냐고 묻자 수줍게 치아를 내보이며 미소를 지었다. 고향을 잃은 사람에게 고향을 다시 돌려주는 사업이라고 설명했는데 그게 정확히 어떤 일인지는 알 수 없었다.

"이런 일을 하면 마음이 좀 나아져요?"

"그게 무슨 말이야?"

"이런 게 좀 도움이 되시냐고요."

"너는 어떻게 그런 말을 아무렇지도 않게 하니?"

양차장이 눈을 가늘게 뜨며 나를 노려봤다. 말해놓고 보니 마음이 뜨끔했다. 미안하다고 사과하려다가 다시 입을 다물었다. 양차장은 잘못했다는 말을 싫어했다. 그때 당시 신입이었던 내가 어떤 실수를 저지르면 고개를 숙이거나 반성하지 말고 어떻게 조치할 것인지 방안부터 제시하라고 다그쳤었다. 최선을 다했다고 변명하거나 죄송하다면서 울먹거리는 것은 아무 도움도 되지 않는다. 노력했어도 결과가 좋지 못하면 책임을 질 뿐이다. 책임에는 후회와 반성이 필요하지 않다. 죄송하다는 말은 자기 연민일 뿐 상황을 개선하지 않는다. 내 기억 속의 양차장은 그런 말을 단호하게 내뱉는 사람이었다.

"차장님 혹시 예전에 저한테 자주 했던 말 기억하세요?"

"어떤 말? 너한테 맨날 그만두라고 했던 거밖에 기억 안 나는데."

"은행원답지 않게 너무 사연에 연연한다면서요. 특히 신용평가표 작성할 때마다 그랬잖아요. 은행원은 모든 것을 숫자로 말하고, 숫자에는 구구절절한 서사가 없다."

지점에서 처음 업무를 배울 때 내가 가장 어려웠던 것은 취급자 의견을 작성하는 일이었다. 대출을 해줘야 하는 이유를 설명하는 단계인데 이상하게 반려되거나 보류되는 경우가 많았다. 신입이 올린 평가여서 더 까다롭게 보기도 했겠지만, 그보다 핵심적인 이유는 내가 그 의견을 어떻게 작성해야 하는지 전혀 감을 잡지 못한다는 것이었다. 승인권자가 궁금해하는 건 차주가 어떤 곤란한 사정으로 어디에 쓰려고 돈을 빌리는지가 아니었다. 오직 담보와 소득, 매출액과 순수 자본 비율 등을 고려해 얼마나 보장받을 수 있는지, 어떻게 회수할 수 있는지에 대한 것이었다.

양차장은 내게 서류를 검토할 때는 숫자만 정확히 산출하면 다른 것을 고민하지 말라고 충고했다. 고객마다 털어놓는 복잡하고 어려운 사정은 계산식 어디에도 들어가지 않는다고. 우리가 믿을 수 있는 것은 오직 매출액과 영업이익처럼 계량화할 수 있는 수치뿐이라고. 숫자가 나쁘면 대출은 진행될 수 없었다. 반대로 숫자가 좋으면 필요하지 않더라도 대출을 적극적으로 권유해야 했다. 반기별로 할당되는 이익 목표를 채우기 위해서는 돈이 필요한 기업이 아니라 돈을 갚을 수 있는 기업에 더 강하게 대출을 밀어줘야 했다. 그렇게 사정이 어려운 업체는 조금씩 제도권 밖으로 밀려나고 여건이 되는 업체는 기존의 대출을 유지하기 위해 쓸데없는 대출을 추가로 끌어안았다.

한번은 그런 방식에 의문을 품은 적이 있었다. 정말로 돈이 필요한 사람에게는 대출이 나갈 수 없고, 돈이 필요하지 않은 사람에게 억지로 대출을 밀어 넣는 일에 대해서. 당장 거래처에 문제가 생겨 대금을 회수하지 못하는 소기업 사장에게 고금리의 제2금융권을 소개해 일정 비율 원금을 변제시킨다거나, 여유 자금이 생겨 대출을 갚겠다는 사람을 내부 평가 기간에 맞춰 억지로 미루게 하는 일은 정상적이지 않았다. 하지만 양차장은 그런 걸 정상이라고 말했다. 정말 조금도 망설이거나 주저하지 않고 그렇게 말했다. 은행이 자선단체는 아니잖아? 그 답은 간단하면서도 명료했다. 영리법인의 선과 정의는 이윤을 추구하는 것이었다. 하지만 그렇게 확신에 차 있던 사람이 이제는 제주도에서 이런 짓을 벌이고 있었다. 자카르타마저 포기한 채로. 아무리 사람이 쉽게 변한다고 해도 이건 너무 무책임할 정도로 변해 버린 것 같아 솔직히 실망스러웠다.

*

굿당에 도착한 심방이 멍석 위에 고무신을 벗어 앞코를 뒤집어 놓았다. 옷매무새를 천천히 매만지며 비뚤어진 고깔부터 버선까지 다시 한번 점검했다. 덧신을 신고 멍석 위에서 채비를 갖추자 여자가 흰색 술을 가져왔다. 가닥이 풍성하고 끝이 구불구불한 술이었다. 심방은 술 안에 손가락을 넣어 위에서 아래로 몇 번 쓸어내렸다. 꼬여있던 술이 한 올씩 풀리자 신기하게도 바람이 거짓말처럼 잦아들었다.

심방은 노란 주발에 쌀을 가득 담았다. 놋그릇 안에 흰 쌀을 붓고 무명으로 감쌌다. 쌀이 쏟아지지 않게 끈으로 단단하게 묶고 그 밑에 머리빗 하나와 소주병을 같이 얽어맸다. 무명천 밑에 매달린 머리빗과 소주병이 부딪치면서 달그락 소리가 났다. 주변이 적막한 탓인지 그 소리가 유난히 크게 들렸다. 남자 중 한 명이 그걸 들고 바다로 향했다. 물에 잠긴 바위를 지나 더는 들어갈 수 없는 깊은 곳까지 걸었다. 달그락 소리는 무명천에 감싼 주발을 물속에 던져버리고 나서야 사라졌다.

바람이 그치자 파도의 기세도 한결 약해졌다. 여자가 소반을 들고 굿당에서 나왔다. 심방이 정해준 장소에 소반을 내려놓는데 제기 위에 있던 청귤 몇 개가 백사장 위에 떨어졌다. 여자는 그걸 주워 소매로 닦아 내게 하나 건넸다. 양차장이 괜찮다는 듯 고개를 끄덕여 두 손으로 받기는 했는데 어떻게 해야 할지 몰라 쥐고만 있었다. 청귤은 전체적으로 녹색이었고 군데군데 노란 빛을 띠었다. 껍질은 무르지 않아 아직 단단했다. 양차장이 내 손바닥에 놓인 것 중에 알이 작은 것 하나를 집어 향을 맡았다.

"이촌역 지점에 있었을 때 모셨던 지점장님 기억나?"

"저랑은 악연이에요. 그분이 고과를 깎아놔서 지금도 승진을 못 하는 것 같아요."

"그래도 퇴직해서 그런지 얼굴이 좋아졌더라. 청귤청도 두 상자나 사갔어."

이촌역 지점을 떠올리면 가장 먼저 청귤 향이 떠올랐다. 양차장의 어머니가 직접 담근 청귤 청이 지점장실뿐만 아니라 창구에도 하나씩 놓였다. 청귤차라는 게 별것도 아닌데 고객에게 반응이 좋았다. 상담할 때면 새콤달콤한 향의 정체를 궁금해하는 사람이 많았다. 그 덕분에 고객에게 청귤차 한 잔을 내오는 건 이촌역 지점만의 특별한 서비스로 자리 잡았다. 달콤한 차는 금리나 신용처럼 민감한 이야기를 주고받을 때 확실히 효과가 있었다. 씁쓸한 커피나 떫은 차를 대접할 때 보다 더 대화가 잘 풀렸다. 설명 듣는 시간이 길어져도 불만이 적었다. 가끔은 어떤 상품에 가입해야 청귤청을 사은품으로 얻을 수 있는지 물어보는 사람도 있었다.

그렇게 인기가 좋았던 청귤차가 지점에서 사라진 건 지점장과 양차장이 언쟁을 한 이후부터였다. 두 사람이 다투게 된 원인은 내가 거절한 어떤 대출 때문이었다. 지점장은 자신의 친구라며 손님 한 명을 내게 소개해주었다. 직접 만나기도 전에 서류부터 건네는 게 처음부터 예감이 좋지 않았다. 그 고객이 신청한 대출은 서민구제금융 대출이었다. 재직만 확인된다면 신용등급을 따지지 않는 상품이었다. 취급하기에 그렇게 까다롭지는 않았다. 만약 돈을 갚지 못한다고 해도 국가기관에서 대신 갚는 담보 특약이 있어 부담이 적은 대출이었다. 다만 문제는 그 고객이 직장을 다니고 있지 않다는 사실을 내가 알아차려 버린 것이었다.

지점장이 준 서류는 위조된 것이었다. 자신이 아는 업체 사장에게 부탁해 용역회사에서 청소직으로 근무하는 것처럼 꾸몄다. 건강보험료까지 정식으로 내고 있어 서류만으로는 문제가 될 게 없었다. 내가 그게 위조라는 사실을 아예 몰랐다면 전혀 꺼릴 게 없었다. 하지만 이미 알아 버린 이상 그대로 진행할 수는 없었다. 아무리 그 고객이 폐암 4기이며, 이미 너무 많은 종류의 항암제를 써서 더는 의료보험이 적용되지 않는 비급여 치료밖에 남지 않은 상태라고 해도 나로서는 어쩔 수 없는 일이었다.

"지점장님은 곧 퇴직하니까 상관없었던 거예요."

재직 문제로 대출이 어렵다고 보고하자 지점장이 나를 따로 불러냈다. 그러면서 유연하게 처리할 방법이 없냐고 은근히 압박을 넣었다. 외부에서 감사가 나오더라도 서민구제금융은 그렇게까지 엄격하게 따져보지 않는다면서 다시 한번 판단해보라고 했다. 하지만 아무리 그래도 서류에 도장을 찍고 처리하면 모든 것이 내 책임이 될 것 같았다. 이대로는 진행할 수 없어 사수였던 양차장에게 도움을 청했다. 양차장은 길길이 날뛰며 곧바로 지점장에게 따졌다. 지점장은 한걸음 물러서며 내 자율에 맡긴 거라며 선을 그었다. 그 말은 결국 내게 양차장을 따를지 자신을 따를지 결정하라는 거나 마찬가지였다.

지점장이 나를 거칠게 몰아세웠다면 오히려 마음이 편했을 것 같았다. 하지만 그보다 훨씬 더 능숙한 사람이었다. 지점장은 그 동기가 외환위기 때 어쩔 수 없이 그만둔 사람이고, 그가 그만두지 않았다면 어쩌면 자신이 그렇게 됐을 수도 있었다며 속사정을 털어놨다. 그러면서 내게 그런 걸 상상할 수 있겠냐고 물었다. 제비뽑기처럼 누군가는 잘리고 누군가는 살아남았던 시대를. 아무 잘못도 없이 운이 조금 나쁘다고 해서 그 사람이 평생 어떤 수모와 고통을 감내해야 했는지. 그런 말을 듣는 내내 조용히 입을 다물고 있었다. 딱히 대답할 수 있는 말이 아무것도 없었다. 그런 사정은 분명히 안타까웠지만 아무리 따져봐도 나와는 아무 관계도 없는 일 같았다.

*

멍석 위에 앉은 남자들이 악기를 집었다. 서로 눈짓을 주고받으며 예행연습을 시작했다. 북채를 쥔 고수가 북을 두드리자 장고수가 장단을 더하며 합을 맞췄다. 징수는 징을 한 번 쳤다. 크고 웅장한 징소리가 먼 바다까지 닿아 사라지면 다시 징을 쳤다. 심방은 징 소리에 맞춰 사방으로 허리를 굽혀 인사를 올렸다. 장고수의 박자가 조금 빨라지자 심방이 천천히 춤사위를 시작했다. 버선발을 높게 세우고 두 팔을 하늘로 뻗었다가 무릎을 굽히면서 다시 땅 밑으로 늘어뜨렸다. 제자리에서 낮게 뛰기도 하고 절을 하듯 허리를 굽히기도 했다. 춤사위는 아주 느렸다가 갑자기 속도가 붙었다. 횟수가 반복될수록 동작이 조금씩 격해지고 빨라졌다. 북과 장구의 박자도 그에 맞춰 더 급해졌다.

어둠 속에서 흰색 술은 선명하게 빛났다. 밤바다 앞에서 흰색 궤적을 그리며 허공 위에 흔들렸다. 징수가 채를 한 번 휘두르면 하늘로 치솟았고, 고수가 매화점을 두드리면 땅으로 떨어졌다. 그 잔상은 구천을 떠도는 도깨비불 같다가도 업을 풀고 승천하는 혼령처럼 보이기도 했다. 누군가를 부르면서도 내쫓는 것 같았고, 원망하면서도 그리워하는 것 같았다. 한참 동안 그 자국을 두 눈으로 좇다 보니 나도 모르게 넋이 나갈 것 같았다. 문득 정신을 차리고 보니까 주변에 사람이 늘어나 있었다. 뭔가에 홀린 것 같아 서둘러 돌아보는데 어쩐지 낯이 익었다. 자세히 보니 낮에 양차장을 따라 만장굴에 갔을 때 만났던 사람들이었다.

한낮이었지만 만장굴 내부는 굉장히 어두웠다. 입구에서 계단을 내려갈 때만 해도 땅속으로 들어간다는 걸 실감하지 못할 정도였다. 동굴이니까 어두운 게 당연하지만 그래도 이렇게까지 어두운 줄은 몰랐다. 바닥에 설치된 조명은 박쥐 때문에 밝기를 제한하고 있었다. 굴의 내부는 좁고 어두워 천장에 매달린 종유석 같은 걸 조금만 구경하려고 해도 금방 뒷사람이 다가왔다. 바닥은 또 울퉁불퉁해서 자주 돌부리에 걸렸고 천장에서 떨어진 물이 군데군데 고여 신경 써서 걷지 않으면 미끄러질 수도 있었다.

양차장이 인솔한 단체는 오사카 지역의 이쿠노구에서 온 재일 교포 상인회였다. 조센이치바라고 불리는 시장의 정식 명칭은 미유키모리 쇼오텡가였지만 일본에서는 코리아타운이나 조선 시장 같은 속칭으로 더 유명하다고 했다. 내가 처음 들어본다고 하자 일행 중 비교적 한국말이 유창한 어떤 노인이 자세하게 설명해주었다. 킨테츠선의 츠루하시역과 이마자토역 사이에 작은 강이 흐르는 다리를 건너면 조센이치바가 나온다고. 과거에 제주에서 일본으로 떠난 사람 대부분이 그 일대에서 자리를 잡았다고.

앙차장은 만장굴에서 가장 인기가 좋다는 거북바위 앞에서 일행을 모았다. 그곳에서 마이크를 켜고 거북바위와 해안동굴에 대한 설명을 잠깐 들려주었다. 노인과 함께 어깨를 맞대고 양차장의 해설을 들었다. 바위는 위에서 내려다보면 그 모습이 제주도와 닮아 있었다. 가운데 볼록한 부분은 한라산이 솟은 것 같았고, 전체적인 윤곽도 해안선과 비슷했다. 바위의 아래쪽에는 유선이 아직 남아 있었다. 동굴 벽면에 그려진 것과 거의 같은 높이였다. 아마도 천장에 붙어 있던 암석이 떨어졌을 때 그만큼의 수위로 용암이 흐른 것 같았다. 용암에 잠긴 부분은 모두 쓸려 갔지만, 윗부분만큼은 섬처럼 남은 것이다.

"화산 동굴은 용암의 겉과 속이 식는 속도가 달라서 생깁니다. 겉은 식어서 단단하게 굳지만 속은 여전히 뜨거운 상태로 계속 흘러 이렇게 텅 비는 거예요."

설명을 다 듣고 동굴 속을 걷는데 생각보다 길이 일찍 끝나버렸다. 조류에 휩쓸리듯 고개를 숙이고 바닥을 더듬거리며 앞으로 걷다 보니 어느 순간 공간이 넓어지고 조명이 환한 곳에 도착하게 되었다. 그곳에는 앉아서 쉴 수 있는 벤치도 있고 비상 전화기 같은 것도 설치되어 있었다. 우리는 무너진 천장에서 용암이 쏟아져 내려 생긴 근사한 돌기둥 앞에서 줄지어 사진을 찍었다. 그제야 뒷사람을 신경 쓰지 않고 겨우 유선과 종유석을 찬찬히 들여다볼 수 있게 되었는데 우습게도 그곳이 반환점이었다.

반환점에서 노인은 눈을 감고 벽에 귀를 가져다 댄 채로 한참 동안 움직이지 않았다. 용암 벽 너머로 무언가가 들리는 것처럼 두 손으로 귀를 모았다. 그의 표정은 지나치게 경직되어 있었다. 손주들이 포켓몬스터와 던전 같은 단어를 내뱉으며 신나게 뛰어노는 것과는 상반된 모습이었다. 그는 한참이나 벽 안쪽의 소리를 들었다. 점자를 읽듯 조금씩 색이 다르고 층이 나누어진 선명한 가로줄을 하나하나 손으로 짚었다. 그는 그 벽 너머에 어렸을 때 들었던 소리가 선명하게 남아 있다고 했다.

그가 기억하는 것은 대낮의 호루라기 소리나 새벽녘의 군화 소리, 누군가가 끌려가며 질렀던 비명. 고막을 찢는 일방적인 사격 소리 같은 것들이었다. 기억이 청각으로만 남은 이유는 그런 일이 벌어질 때마다 누군가가 눈을 가려주었기 때문이었다. 노인은 그때 자신의 두 눈을 덮어주었던 주름진 손바닥에 대해 회상했다. 노인을 지켜준 손은 여러 명의 것이었다. 해변에서는 아버지였고 방안에서는 어머니였다. 마을이 불탔을 때는 삼촌이 되었다가 밀항선에 숨을 때는 이웃집 아저씨가 되기도 했다. 그는 산지항에서 무역선 배 밑창에 몸을 싣고 일본으로 오기 전까지 아무것도 보지 못했다고 했다. 그게 너무 후회된다면서 벽에서 귀를 떼지 못하고 오랫동안 흐느꼈다.

관람이 다 끝나고 양차장은 그들에게 기념품을 하나씩 나누어 주었다. 탁자 위에 장식용으로 두는 돌하르방이었다. 돌하르방은 겨울 모자를 눌러쓰고 양손을 가슴과 배 위에 올려놓았다. 돌하르방의 모습은 어쩐지 지점장의 친구였던 그 고객과 닮은 것처럼 보였다. 그 고객은 항암치료 부작용으로 빠진 머리털을 가리려고 모자를 썼다. 스테로이드와 호르몬 약의 부작용으로 눈과 코가 부어올랐고 얼굴에는 검버섯이 가득했다. 그와 마주 앉은 것은 아주 잠깐뿐이었지만 그 인상은 오래도록 내 기억 속에 남았다. 눈을 감으면 지금도 얼마든지 떠올릴 수 있었다.

*

본격적으로 굿판이 시작됐다. 구경하는 사람은 서로 대화도 나누지 않고 진지하게 제사를 지켜봤다. 낮에 본 노인은 맨발로 천막 안에 들어가 있었다. 나머지는 자리가 부족해 모래 위에 그대로 서 있었다. 나이가 어린 아이들은 하나같이 부모 뒤에 몸을 숨겼다. 처음 보는 낯선 풍경에 겁을 먹은 것 같았다. 붉은 도복에 흰 고깔을 쓴 심방이 무서운지 실눈을 뜨거나 아예 눈을 감아버린 아이도 있었다. 어떤 아이는 돌하르방을 손에 꽉 쥐고 있었다. 낮에 들은 설명 때문인 것 같았다. 양차장은 마을

마다 돌하르방을 세우는 목적이 복을 기원하는 게 아니라 화를 피하기 위한 것이라고 알려주었다.

심방의 옆에서 시중을 들던 여자가 직사각형의 종이를 조심스럽게 들고 왔다. 중간에 가짜 돈이 매달려 있고 위쪽이 삼각형으로 접혀 있는 종이였다. 여자는 그 종이를 심방의 등 뒤에 붙였다. 그러자 다른 사람이 된 것처럼 심방의 걸음걸이와 표정이 바뀌었다. 심방은 주위에 모인 모든 사람을 데리고 바다로 나가 짚으로 만든 인형을 내려놓았다. 파도는 작게 들이쳐 인형의 밑을 적셨다가 빠져나갔다. 인형에 수의를 입히고 염포로 단단하게 묶었다. 두꺼운 상자를 펼쳐 상여를 만들고 그 위에 인형을 시체처럼 올렸다.

"인형에 염을 하고 나면 굿당 가운데 잠깐 앉아 있어 줘."

"저는 진짜 못하겠어요. 솔직히 이게 다 뭐 하는 건지도 잘 모르겠어요."

"나 대신한다고 생각해. 나도 그런 적 있었잖아."

최후의 일격처럼 긴 파도가 뭍 안쪽으로 깊이 밀려들어 왔다. 파도는 양차장의 운동화를 덮치고 용왕상까지 닿았다. 파도에 두 발이 다 젖었는데도 양차장은 미소를 짓고 있었다. 운동화와 양말을 벗어 멍석 귀퉁이에 올려놓고 맨발로 모래를 밟고 섰다. 발이 시릴 텐데 아무렇지도 않은 것 같았다. 심방이 염포의 끝을 넉넉하게 잡고 내게 건넸다. 그걸로 상여를 굿당까지 끌고 오라는 것 같았다. 당황해서 멀뚱히 있자 양차장이 등을 떠밀었다. 왜 내가 이런 일까지 맡아야 하는지 혼란스럽고 이상했다. 시키는 대로 일단 상여를 억지로 끌고 와 굿당 앞에 놓았다. 신발을 벗어 멍석 중앙에 앉아 무릎을 꿇었다. 그 사이 무아지경에 빠진 심방의 무용은 절정으로 치달았다. 무악은 요란해졌고 주변에 모인 사람들은 곡을 시작했다. 곡소리와 북소리가 절정에 닫자 심방은 도포 자락을 펄럭이며 제자리에서 뛰어올랐다.

한순간에 춤이 멈추고 심방이 내 앞에 우뚝 섰다. 흰색 술을 바닥에 내려놓고 댓가지를 꺾어 만든 기다란 회초리 묶음을 손에 쥐었다. 그리고 그걸로 내 등을 내리쳤다. 댓가지가 얇아서 아프지는 않았지만 그래도 기분이 좋지 않았다. 한 대 두 대 맞을 때마다 도대체 내가 무슨 이유로 매를 맞아야 하는지 이해할 수가 없었다. 당장이라도 자리를 박차고 일어나서 집으로 돌아가고 싶었다. 하지만 그럴 수 없었다. 주위를 둘러보자 그곳에 모여있던 사람들이 모두 조용히 흐느끼고 있었다.

지점장이 지시했던 대출은 결국 불가 판정을 내렸다. 내게는 지점장보다는 양차장에게 잘 보이는 게 중요했다. 지점장은 의외로 순순히 받아들였다. 다만 그를 한 번이라도 직접 만나보고 다시 결정하라고 부탁했다. 그 고객이 직접 찾아온다고 해서 위조된 서류가 달라지는 것은 아니었다. 그건 내 입으로 직접 거절의 뜻을 전하라는 의도였다. 자신이 맡기 싫은 역할을 내게 떠넘기는 짓이었다. 지점으로 찾아온 그 고객은 행색이 지나치게 초라했다. 오랫동안 고생한 사람에게서 느낄 수 있는 특유의 비굴함이 몸 전체에 배어있었다. 그는 나를 계장님이라고 깍듯이 호칭했다. 의례적으로 묻는 말에도 변명하듯 눈치를 보며 둘러댔다. 차라리 선배라고 거들먹거리는 부류였다면 거절하기가 더 나았을 텐데. 이상하게도 대출이 어렵다는 말이 잘 떨어지지 않았다. 양차장이 옆에서 지켜보고 있다는 걸 뻔히 알면서도 그 자리에서 그를 칼같이 잘라내지 못했다.

그에게 대출이 거절되었다고 말한 사람은 양차장이었다. 내가 우물쭈물하자 양차장이 도와주려고 다가왔다. 양차장은 그에게 친절하게 웃으며 자리를 옮겨 달라고 부탁했다. 그 고객은 그게 어떤 의미인지 알고 있는 것 같았다. 겨우 단 한 칸 옆으로 옮기는 것뿐이었지만 그를 비추고 있던 어떤 불빛 같은 게 꺼지는 것 같았다. 그는 내게 곤란하게 만들어서 미안하다고 한 번 더 사과했다. 창구에 앉아 그가 떠난 의자를 바라보면서 대화를 엿들었다. 대출이 안 되는 이유를 논리적으로 설명 듣는 동안 그는 계속 기침을 쏟았다. 입안이 바짝 말랐는지 마른 혀를 계속 다시는데도 양차장은 능숙하게 키보드만 두드렸다.

그 일이 있고 난 뒤로 지점에서 청귤청은 완전히 사라져버렸다. 지점장이 자신의 집무실에 있던 것을 치우게 하자 창구에 놓였던 것도 자연스럽게 버려졌다. 그 외에는 딱히 아무 일이 일어나지 않았다. 지점장과의 신경전도 끝났고 우려했던 인사 보복 같은 것도 전혀 없었다. 다만 나는 며칠 동안 악몽에 시달렸다. 아무도 없는 지점에 나와 그 고객이 단둘이 마주 앉아 있는 꿈이었다. 그 꿈은 지금도 가끔 꿀 때가 있었다. 꿈속에서 그 고객은 날 원망하지 않았다. 그저 내 앞에 앉아 기침을 쏟을 뿐이었다. 나 역시도 딱히 내가 잘못했다고 생각하진 않았다. 몇 번을 곱씹어도 그날의 결정은 옳은 일이었다. 다만 후회하는 것은 그때 내가 따뜻한 차 한 잔을 내오지 못한 것이었다. 야윈 목에서 쏟아지는 메마른 기침 소리를 들으면서도 그에게 청귤차 한 잔을 권하지 않았다. 아무리 잘못한 게 없더라도 그 정도는 할 수 있었을 텐데.

"설운 어멍아 이런 변고가 어디 있수광. 구름 질로 바람 질로 고향산천 온 줄 모릅니까. 한 달을 그물고 두 달을 그물어도 경해도 원망하고 있수광. 이승에서 못한 것 저승에서 허쿠다. 잘들 삽서 하다하다 걱정말앙 잡들삽서. 살암시민 살암십서."

심방이 백안을 뜨고 귀신에 씐 것처럼 여러 목소리를 냈다. 노인처럼 한탄하다가 아기처럼 울었고 남자처럼 화를 내다가 여자처럼 비명을 지르기도 했다. 그 앞에서 나는 고개를 숙이고 죄인처럼 엎드려 있었다. 양차장은 두 손을 맞잡고 기도하듯 무언가를 빌었다. 나는 시킨 대로 고맙수다 라고 말하며 심방에게 절을 해봤다. 고맙수다, 고맙수다. 기계적으로 말을 반복할 뿐인데도 내가 진짜 상주가 된 것 같은 기분이 들었다. 심방은 매질을 멈추고 제풀에 꺾인 듯 바닥에 주저앉았다. 그리고 멀리 바다를 바라봤다. 밤하늘은 여전히 별도 없이 캄캄했지만, 바다에 가까워질수록 그 밑이 아주 조금은 푸른 듯 보였다.

태어나서 처음 쓴 소설은 살인마에 관한 이야기였습니다. 장면마다 차마 입에 담을 수 없는 지독한 강간과 살인이 나왔습니다. 그때는 소설 속의 인물이 죽는 것에 대해 아무것도 느끼지 못했습니다. 플롯을 정해놓고 서사의 흐름대로 필요하면 어떤 인물이든 죽여버렸습니다. 하지만 몇 번의 죽음을 간접적으로 겪으면서 조금 달라졌습니다. 이제는 가능하면 아무도 죽지 않는 소설을 쓰고 싶습니다.

연민을 느끼고 싶습니다. 내가 할 수 있는 일이 아무것도 없다고 해도 연민만은 갖고 싶습니다. 세상에서 일어나는 수많은 비극에 공감하고 아픔을 느끼고 싶습니다. 나와 전혀 상관없는 사람들일지라도 그들에게 삶이 있었다는 것을 기억하고 싶습니다. 소설을 잘 쓰지 못하더라도 그런 것을 느낄 수 있는 사람이 되고 싶습니다.

부족한 제게 기회를 준 심사위원분들께 더 간절히 쓰겠다고 약속드립니다. 애정을 담아 제 작품을 읽어주셨던 강화길 작가님께도 특별히 고마움을 전합니다. 어떤 소설을 써야 할지보다 어떤 사람이 되어야 하는지 가르쳐준 아름답고 눈부신 하성란 선생님과 고독한 글쓰기를 함께 해준 문우들, 장인, 장모, 사랑하는 아내, 애교 많은 네 마리의 고양이, 그 외 일일이 호명하지 못한 수많은 은인과 지인 모두에게 감사드립니다. 끝으로 매일 밤 아들의 원망을 들어준 보고 싶지만 볼 수 없는 어머니 아버지와, 지금은 멀리 떨어져 있는 현수, 현유, 현욱이 누나, 그리고 존경하는 갑규 형에게 미처 말하지 못한 진심을 고백합니다. 사랑합니다.

가족 잃은 인물의 애도 '산뜻하게' 그려내는 방식 매력적

마스크를 쓴 귀가 얼얼해질 정도로 장시간의 심사였다. 각 심사위원들이 1차로 추린 원고는 총 13편이었고, 그중 최종적으로 3편이 남아 열띤 토론을 벌였다.

'하트비트'는 실로 오랜만에 접하는 순정 로맨스 서사였고 구성이나 흐름이 흥미롭다는 소수의 지지가 있었으나 다소 무리한 설정과 '시계'라는 상징을 효과적으로 활용하지 못했다는 점에서 단점이 컸다. 오래도록 이야기를 나눈 작품은 '맹창'과 '제주, 애도'였다. '죽음'을 공유하고 있지만 소설의 분위기나 톤은 사뭇 달라서 심사위원들의 의견도 분분했다. '맹창'이 보여준 높은 서사의 밀도는 또 그만큼 수사적 과잉을 동반하는 것이어서 끝내 설득되지 못한 지점이 있고, 이야기의 매력을 형식적 혼란스러움이 상쇄시켜 버린 듯한 느낌도 있었다. 매끈하게 다듬기보다 더 거칠게 몰아붙였더라면 하는 아쉬움이 남았다.

'제주, 애도'는 긍정적인 의미에서 교과서적인 작품이었다. 제주의 현재와 과거의 서울이 병치되는 구성도 그렇거니와 이야기의 인물들과 갈등이 선명했다. 탄탄한 문장을 토대로 서사의 리듬을 형성하는 능숙함도 엿보였다. 무엇보다 사고로 남편과 아이를 잃은 인물의 애도를 '산뜻하게' 그려내는 방식이 매력적이었다. 사소한 단점들이 눈에 띄지 않았던 것은 아니지만 이 작가가 믿을 만한 소설가가 되리라는 합의는 흔쾌히 이루어졌다.

문학 작품에 등수를 매길 수 없다는 말에 다소 어폐가 있다고 여기는 편이지만 본심작에 한해서는 맞는 말이라고 생각한다. 각 작품이 가진 매력들 중 그 날 심사장에 모인 사람들에게 조금 더 도드라진 어떤 작품이 선택되는 것이고 무책임하게 들릴 수도 있겠지만 그것은 운이다. 소설가의 운명을 시작하게 된 당선자에게는 아낌없는 축하를, 투고하신 모든 분들에게 심심한 위로와 격려 를 전한다.

세계일보 **남현정**

1983년 광주 출생
연세대학교 국어국문학과 학사 졸업
서울대학교 협동과정 공연예술학과 석사 수료

그때 나는

남현정

그때 나는 산꼭대기에 서 있었다. 그러니까, 그때 나는 누군가 내 몸을 살짝 건드리는 것만으로도 중심을 잃은 채 곧 절벽 아래로 떨어질 상태였다. 나는 왜 여기에 있는가? 그런 생각을 하기에 앞서 나는 이 절벽에서 한 발자국 뒤로 물러서야 했다. 그러나 몸이 잘 움직이지 않았다. 몸의 중심을 잃으면 나는 죽을 것이다. 저기 까마득한 바닥으로 픽. 내 몸은 찢기고 터져서 형체를 잃고 말겠지. 그런 최후는 생각만으로도 너무 끔찍하다. 침착하자. 천천히 한 발자국만. 한 발자국만 뒤로 물러서면 될 것인데 그게 생각처럼 잘 되지 않았다. 몸이 떨려왔다. 남아있는 것이라고는 찢긴 육체 뿐일 참혹한 미래. 그것은 공포였으므로 내 몸은 떨려왔고 절벽 위에서 떨려오는 몸을 어찌하지 못하는 이 상황 또한 공포였다. 공포로 몸이 떨리는 공포. 누군가의 도움이 필요했다. 그러나 지금 내 곁에는 까마득한 바닥과 그 다음 절벽 뿐이었다. 누군가 붙들어만 준다면 나는 그 손을 붙잡고 한 발자국 뒤로 물러설 수 있을 텐데. 한 발자국이면 충분했다. 한 발자국만 뒤로 물러서면 다음 발자국은 얼마든지 내딛을 수 있을 것 같았다. 그러나 내 곁에는 아무도 없었다. 왜일까. 그것은 나의 문제일까 나를 도와주지 않는 모든 사람들의 문제일까. 누구라도 탓하고 싶었지만 탓할 사람이 없었다. 지금 머릿 속에서 떠오르는 사람이 아무도 없었다.

그때 어떤 목소리가 들려왔다.

끝없는 장대를 기어오르는 머리없는 한 존재를 나는 저기 바라본다.

어디에서 들리는 걸까? 이 목소리는 환청일까?

산보하는 동안, 휴식을 취할까 하고, 비록 아무리 바래도 거기에 다다르는 게 불가능할 정도로 그토록 다다르기 어려운 그 휴식의 밑바닥에 다다르려고 애를 쓰며 산보를 하는 동안, 나는 저기 바로 그를 알아본다.

아니다. 이것은 환청이 아니다. 나는 분명 이 목소리를 듣고 있다. 쏟아내듯 말을 뱉어내고 있는 이 목소리는 둔탁하고 차가웠다. 낯선 것이 아니었다. 틀림없이 들어본 적이 있었다.

지치지 않고 오 아니다 그는 무겁게 지쳐있다 끊임없이 그는 기어오른다.

그 무시무시한 수직의 길을 기어올라간다.

목소리는 점점 커졌다. 나는 목소리의 말들을 이해하고 싶었다. 그러나 그걸 이해하기에 내 상황은 너무 무시무시했고 나는 이미 흘러가버린 목소리의 느낌만을 겨우 기억하고 있었다. 순간 나에게 말을 거는 저 목소리의 정체를 확인해야 한다는 생각이 들었다. 그래서 뒤를 돌아보았다. 아무도 없었다. 아무도 없었지만 저기 길은 있었다. 비명을 삼키며 나는 한 발자국 뒤로 물러섰다. 몸이 부들부들 떨렸다. 나는 그 자리에 주저 앉고 말았다. 그러나 그 자세는 여러모로 도움이 되었다. 조금 진정이 되었고 나는 네 발로 기어서 절벽으로부터 벗어났다.

목소리가 더는 들리지 않았다. 몇 개의 단어가 떠올랐다. 머리없는/휴식/무겁게/지쳐 있다. 이 말들이 스스로 생각해 낸 것인지 아니면 내가 정말 들은 것인지 이제 확신할 수 없다. 머리없는 휴식 무겁게 지쳐 있다. 긴장이 풀리고 있었다. 공포도 불안도 참혹한 이미지도 없어졌다. 나는 자리에 누웠다. 뜨거운 햇빛이 온몸으로 쳐들어왔다. 이 햇빛이라면 계절은 여름일 것이다.

나는 왜 여기에 있는가. 눈을 감았다. 무슨 일이 있었던가. 생각나는 것이라고는 절벽 아래 까마득한 밑바닥과 아찔하게 떨리던 몸의 감각 뿐이었다. 과거를 떠올려 보려는 나의 노력을 조롱하듯 졸음이 밀려왔다. 과거가 떠오르지 않는 건 순전히 이 터무니없는 졸음 때문일 것이다. 나는 울고 싶어졌다. 과거가 없는 인간이 있을 순 없잖은가. 없는 과거를 지어내볼까 이런 생각을 잠시 하다가 이 절벽에서 완전히 벗어나는 게 무엇보다 시급하다는 생각에 나는 졸음과 울음을 참고 누운 자리에서 일어났다. 사나운 햇빛을 피해 저기 보이는 길로 어서 가자. 그리고 나의 이 고도를 낮추자. 나는 길을 향해 네 발로 뚜벅뚜벅 걸어갔다.

끝없이 이어질 것처럼 보이던 가파른 경사가 어느 새 끝났다. 내 다리에 힘은 거의 남아 있지 않았다. 온몸이 땀으로 흥건하게 젖어 있었다. 오른쪽 다리가 쥐가 올라 뻣뻣해졌고 나는 그 자리에 멈춰 서서 통증이 사라지기를 기다렸다. 내 앞으로 완만한 길이 펼쳐져 있었다. 아직 통증이 남아 있지만 걷지 못할 정도는 아니었다. 나는 절룩거리며 앞으로 걸어갔다. 빽빽한 나무들이 더위를 삼켜버린 듯 했고 햇빛은 이 길 위를 침범하지 못했다. 시원하기보다 서늘했다. 나는 절벽으로부터 멀어지겠다는 목적을 어느 정도 이룬 것처럼 보였다. 그 다음 목적은 없었다. 그래서 계속 걸었다.

걷다 보니 괴상한 광경을 목격하게 되었는데 길 한 가운데에서 빨간 세단 하나가 들썩들썩 움직이고 있었다. 이 빽빽한 숲에 자동차라니. 아무리 둘러봐도 자동차가 지나다닐 만한 길은 없었다. 또 내가 걷고 있는 이 길도 모든 것들의 통행을 허용할 만큼 넓은 곳이 아니었다. 어딘가에서 굴러 떨어졌을까? 어느 몰상식한 운전자의 몰상식한 운전으로 이곳까지 자동차가 쳐들어 온 것일 수도 있다. 저 몰상식한 빨간 세단은 나의 시선을 붙들려고 안달이라도 난 것처럼 계속 들썩이고 있었고 나는 그것의 몰상식한 초대에 기꺼이 응하겠다는 듯 세단 앞으로 절룩거리며 걸어갔다. 창문이 열려 있었다.

그곳에선 두 사람의 몸이 뒤섞이고 있는, 말하자면 뜨거운 사랑의 행위가 벌어지고 있었다. 이런 장면을 두 눈으로 직접 보고 있으니 보면 안 되는 것을 본 사람이 가질 법한 죄책감 같은 게 들었다. 그럼에도 나는 계속 보았다. 둘은 몸을 기계적으로 문지르고 있었다. 뜨거운 입김과 비릿한 냄새가 창문 바깥으로 새어 나왔다. 나는 어떤 목적이 있는 사람처럼 이들의 사랑이 끝나기를 기다리며 계속 쳐다보고 있었는데 그렇게 한참을 쳐다보고 있으니 둘의 사랑이 다소 지루하게 느껴졌다. 그럼에도 나는 그 자리에 계속 서 있었다.

삐걱. 예고도 없이 문이 열렸다. 빨간 기계의 들썩임은 어느 새 멈춰 있었다. 열린 문으로 한 사람이 빠져 나왔다. 나는 죄가 들통나기라도 한 듯 당혹감에 온몸이 화끈거려왔다. 그 사람은 헐떡이고 있었고 그러면서도 차분하고 무심하게 자동차의 문을 닫았다. 마치 그 안에 아무도 없다는 것처럼. 그러고는 나를 쳐다보았다. 나는 서 있는 자리에서 벗어나고 싶었지만 몸이 말을 듣지 않았다. 어디를 쳐다봐야 할 지 몰라 이리저리 시선만 피하다 이 자와 결국 눈이 마주치고 말았는데 그때 나는 말 그대로 몸이 얼어붙어 버렸다. 이 자는 사람이 아닌 짐승의 얼굴을 하고 있었다. 늑대의 얼굴 같기도 했고 개의 얼굴처럼 보이기도 했는데 괴물일까. 차라리 머리 없는 존재가 덜 흉측할지도 모른다. 이 자는 나만 보고 있었고 나는 이 자의 시야에서 벗어나고 싶었다. 그러나 몸이 움직이지 않았다. 이 자는 한 발 더 가까이 다가왔다.

"우리 언제 만난 적 있습니까?"

이 자의 목소리는 아주 평범했고 그것이 더 괴이하게 느껴졌다. 그럴 리가. 나는 속으로 말했다. 입 밖으로 내뱉지 않은 게 다행이었다. 당신처럼 흉측하게 생긴 사람을 내가 도대체 어디에서 만났겠습니까. 이런 혐오감을 면전에 대고 드러내는 건 그리 바람직한 일이 아닐 것이다. 비밀스레 죄책감을 느끼고 있던 찰나 이 자는 갑자기 내 몸의 냄새를 킁킁 맡기 시작했다. 비밀을 탐지하려는 개처럼 내 주위를 빙빙 돌며 여기저기 계속 킁킁댔다. 나는 나의 내밀한 혐오감이 들킬까봐 내심 불안했다.

그러나 그것은 혐오감이라고 말하기에는 무리가 있었다. 낯선 것에 대한 두려움 정도였을 것이다. 이 자는 내 주위를 계속 빙글빙글 돌며 내 몸을 킁킁댔는데 얼마나 가까이 킁킁댔는지 가끔 이 자의 코와 손이 내 몸에 슬쩍슬쩍 닿았다. 그럴 때마다 혐오가 아닐 것이라는 조금 전의 생각이 무색할 정도로 온몸에 소름이 돋았다. 이 접촉으로 내 몸이 언젠가 무너지게 되리라는 불길한 확신마저 들었다.

"저는 지금 막 벌레 한 마리를 죽였습니다."

이 자는 갑자기 멈춰서서 나를 뚫어지게 쳐다보며 말을 시작했다.

"그것은 아주 빠르고 미끄러웠어요."

"……"

"그것은 죽기 전 30초 정도 더 살았습니다."

"……"

"그걸 죽이는 건 쉬운 일이 아니었어요."

"……"

"그러나 제가 죽이지 않았다면 그 벌레는 틀림없이 당신을 물었을 것입니다."

"……"

"그 벌레에게는 독이 있어요."

"……"

"그 독은 사람을 죽일 만큼 무서운 것이지요."

"……"

"그런 점에서 당신은 제 도움을 받았다고 볼 수 있습니다."

"……"

"그렇다고 당신에게 무얼 바라거나 그런 것은 아닙니다."

이 자는 말하고 멈췄다. 다시 말하고 멈추고 말하고 멈추고… 나의 답을 기다렸을 것이다. 그러나 나는 침묵으로 일관했다. 이 자의 말은 사실이 아니다. 빨간 세단에서 무슨 일이 벌어졌는지 두 눈으로 똑똑히 보지 않았던가. 뻔뻔한 개 같으니. 나도 모르게 욕이 튀어나올 뻔 했다. 나는 이 자를 이제 거의 개로 인식하는 듯 했다. 그때 이 자가 느닷없이 내 손을 잡아채다시피 움켜쥐었다. 부드러운 감촉이라고는 전혀 없는, 메마르고 딱딱한 손. 나는 아주 기분이 나빠져서 화를 내고 싶었다. 그러나 가만히 있었다. 과거만 잊어버린 게 아니라 말하는 방법마저 잊은 건 아닐까? 슬슬 불안해졌지만 그렇다고 입밖으로 말이 튀어나오는 건 아니었다. 나는 최대한 매몰차게 이 자의 손을 뿌리쳤다. 메마른 손이 힘없이 내팽개쳐졌다. 아무래도 나의 호의는 여기까지인 듯 했다. 나는 경멸의 눈빛으로 이 자를 한 번 노려보고는 앞으로 걸어나갔다. 오른 다리에 통증이 아직 남아있어서 나는 똑바로 걸을 수 없었다. 절룩절룩. 나는 내 행동이나 모습이 하나도 마음에 들지 않았다. 모든 면이 다 궁색하고 꾀죄죄했다. 이 곳을 떠날 이유가 딱히 있는 건 아니었지만 손도 뿌리치고 경멸의 눈빛으로 노려보기까지 했으니 이 자와 계속 함께 있을 수는 없었다. 내가 할 수 있는 다음 행동이라고는 고작 앞으로 걸어가는 것뿐이었다. 이렇게 오래 절룩거리며 걷게 될 줄 몰랐다. 절름발이의 몸으로 이 산 속에서 무얼 할 수 있을까. 지금으로선 아무 생각도 떠오르지 않았다. 잠시 휴식을 취하고 싶었지만 개의 얼굴을 한 자가 아직 내 뒤에 서 있을 것이므로 나는 계속 걸어야 했다. 휴식 없이 목적 없이 계속. 나는 이 자가 그렇게 끔찍히 싫었던 건 아니었는데 어쩌다보니 이 자를 끔찍히 싫어하는 사람처럼 행동하고 있었다. 그건 아무리 생각해보아도 내 진심은 아니었다.

그 자가 나를 뒤쫓아 오고 있을 지도 몰랐다. 그러나 뒤에서는 아무 소리도 들리지 않았다. 나는 개의 얼굴을 한 자를 계속 신경쓰고 있었다. 어쩌면 저 자가 나를 뒤쫓아 오기를 바라고 있었을지도 모른다. 뒤를 돌아볼까 잠시 생각했는데 그것이야말로 정말 궁색하고 꾀죄죄한 행동이었고 나는 그래서 묵묵히 앞만 보며 걸어갔다. 쨍한 햇빛이 가끔씩 나무들 사이를 파고 들었다. 여름의 펄떡이는 냄새가 났다. 소리들은 계속 있었다. 나뭇잎들은 밟히고 있었고 돌멩이들은 구르고 있었다. 그 소리들은 크지 않았지만 귀를 기울이다 보면 몹시 소란스럽게 들렸다. 여기 이곳에서 무슨 일이 벌어지고 있는 게 틀림없다. 내가 처한 이 상황을 이해하려면 여기 이곳에서 무슨 일이 벌어지고 있는지 알 필요가 있다. 그러나 지금 눈 앞으로 보이는 건 떼를 지어 늘어서 있는 나무들과 가끔씩 푸드덕 거리며 날아가는 새의 무리, 조금 질퍽거리는 흙 그리고 절룩거리는 나에게 전혀 친절하지 않은 울퉁불퉁한 돌멩이들이었다. 이 자연만으로는 나의 상황을 이해하는 데 무리가 있었다.

퍽.

그때 하늘에서 새가 떨어졌다. 그것은 붉은 머리에 매달린 동그란 몸과 꼬리가 없는 특이한 형상의 새였다. 붉은머리새는 몸에 달린 날개를 잠시 파닥거리다가 이내 머리를 몸 속에 파묻고 죽었다. 그것은 꼭 하나의 공처럼 보였다. 붉은머리새의 최후의 파닥거림은 대략 30초 정도였다. 순간 개의 얼굴을 한 자의 말이 떠올랐다. 그것은 죽기 전 30초 정도 더 살았습니다. 붉은머리새도 죽기 전 30초 정도 더 살았다. 개의 얼굴을 한 자가 이 말을 했을 때 나는 그 말이 무슨 말인지 잘 이해하지 못했다. 그런데 지금 붉은머리새의 최후의 30초를 지켜보며 나는 그 말의 뉘앙스 정도는 이해할 수 있을 것 같았다. 겉으로 보기에 삶은 죽음으로 쉽게 넘어가는 것처럼 보이지만, 최후의 30초가 있으므로 산 자는 죽은 자의 세계로 절대 쉽게 넘어갈 수 없다. 이 30초는 죽음 앞에 선 산 자의 모든 생이 집약된 시간이며 모든 생이 집약되는 불가능이 일어나는 시간이다. 그때 나는 붉은머리새의 죽음에 경이로움을 느꼈다. 땅에 널브러져 가여이 죽어 있는 이 붉은머리새를 푹신한 풀밭에라도 묻어주고 싶었다. 그래서 그것의 사체를 집어 바지의 오른쪽 주머니에 넣었다. 내 바지는 헐렁해서 붉은머리새를 담기에 충분했다. 붉은머리새의 묵직한 무게가 나를 바닥으로 끌어당겼다. 그러자 내 무게가 오른발로 쏠렸고 그로 인해 내 몸은 오른쪽으로 더욱 기울었다. 나는 이미 충분히 절룩거리고 있었다. 망가진 균형. 붉은머리새가 나의 망가진 균형을 더욱 망가

뜨려 놓았다. 한 마리가 더 있었다면. 한 마리 더 하늘에서 떨어져도 좋을 일이었다. 한 마리 더 하늘에서 떨어지면 나는 그것을 바지의 왼쪽 주머니에 넣을 것이다. 그럼 그것이 다시 나를 왼쪽으로 끌어당길 것이고 그렇게 되면 나는, 나의 망가진 균형은 조금이나마 회복되겠지. 그러나 이 바람이 얼마나 끔찍한 것인지 깨닫기까지 시간이 오래 걸리지 않았다. 나의 균형을 위해 붉은머리새가 하늘에서 떨어져 죽기를 바라다니. 조금 전까지만 해도 최후의 30초니 죽음의 경이로움이니 호들갑을 떨고 있지 않았던가. 나의 비인간성을 확인하는 이 기분은 정말이지 끔찍했다. 나는 붉은머리새를 바지 주머니에서 꺼냈다. 깃털로 뒤덮여 있는 그것의 물컹한 살이 만져졌다. 끔찍한 기분으로 만져서인지 아니면 죽어있는 것의 살을 만지는 것이 본래 끔찍한 일인지 알 수 없었으나 붉은머리새의 몸을 만지는 기분은 정말이지 끔찍했다. 나는 그것을 있는 힘껏 멀리 던졌다. 붉은머리새는 작은 포물선을 그리며 저기 수풀 속으로 떨어졌다.

부스럭.

붉은머리새가 떨어진 자리에서 소리가 났다. 토끼였다. 회색빛으로 보이기도 하고 붉은장밋빛처럼 보이기도 하는 토끼 한 마리가 나를 한 번 힐끗 쳐다보더니 붉은머리새를 입으로 물고 어디론가 재빨리 뛰어갔다.

나는 아직 절룩거리고 있었다. 이 절룩거림은 더는 오른발의 통증 때문이 아니었다. 통증은 어느 새 사라져 있었다. 그렇다면 나는 지금 왜 절룩거리고 있는가. 붉은머리새가 나를 바닥으로 끌어당기고 있는 것도 아니었고 통증도 없어졌는데 나는 똑바로 걸을 수가 없었다. 이대로 절름발이가 되어 이 산속을 누빌지도 모른다. 그런 삶은 생각도 하기 싫다. 절름발이가 되느냐 아니냐 이건 지금으로선 내 의지의 문제가 아니었지만 토끼를 뒤쫓는 것은 내가 마음만 먹는다면 얼마든지 할 수 있는 일이었다. 붉은머리새가 계속 마음에 걸렸다. 그것을 폭신한 풀밭에 묻어주었어야 했는데 그렇게 하지 못했다는 게 아주 찜찜했다. 토끼를 붙잡아야 했다. 토끼가 물고 간 붉은머리새를 찾아서 그것의 장례를 치러

주어야 했다. 그렇게 하지 않고서야 찜찜함인지 죄책감인지 모를 이 나쁜 기분에서 벗어나지 못할 것 같았다. 토끼를 찾아야 한다.

그러나 절름발이의 몸으로 토끼를 찾기란 쉬운 일이 아니었다. 토끼는 작은 몸집으로 민첩하게 요리조리 움직이며 나를 약올렸다. 내가 절룩거리며 토끼가 있는 쪽을 향해 걸어가면 그것은 즉시 다른 방향으로 잽싸게 뛰어갔다. 입에 붉은머리새를 물고 죽음을 물고 폴짝폴짝 나무 뒤로 숨었다가 바위 뒤에서 다시 나타났다가 얄미운 궤적을 그리는 저 망할 토끼를 잡아야 하는데 이 몸으로 이 비참한 마음으로 느릿느릿 꾸물꾸물 몸만 비비꼬며 폴짝거리는 토끼만 쳐다보는 나는 무엇 하러 붉은머리새를 수풀 속으로 던져 버렸을까. 그곳으로 던지지만 않았더라면 토끼가 그걸 물고 가는 일은 없었을 텐데. 그럼 내가 이런 우스운 꼴로 이 산속을 헤매는 일도 없었을 텐데. 이런 자기반성 대신, 차라리 붉은머리새의 장례를 포기하거나 그게 싫다면 토끼를 붙잡을 다른 묘안을 생각해내거나. 지금 내가 할 수 있는 일이 아무 것도 없는 것은 아니었다.

바스락.

다시 소리가 들렸다. 나는 눈을 부릅뜨고 소리가 나는 쪽으로 살금살금 걸어갔다. 나무 아래 토끼가 있었다. 내가 찾고 있던 회색빛인지 장밋빛인지 모를 그 토끼는 나무 아래에서 발작적으로 폴짝폴짝 뛰고 있었다. 이 미치광이 토끼의 입에는 아직 붉은머리새가 물려 있었다. 어찌나 세게 물었는지 붉은머리새의 몸에서 새빨간 피가 흘러내리고 있었고 눈을 부릅뜨고 계속 쳐다보기에 그 장면은 너무 잔혹했다. 저 가여운 붉은머리새를 못된 토끼로부터 어서 구해내야 했다. 그러나 나는 이 무서운 장면 속으로 선뜻 뛰어들지 못했다. 가여운 붉은머리새를 가여워하고만 있었고 못된 토끼의 잔혹함을 비난하고만 있었다. 이 못된 토끼가 피투성이 붉은머리새를 입에 물고 발작적으로 뛰어다니는 동안 나는 그 모습을 계속 무력하게 구경했다. 위장된 연민이었나. 차라리 먹어버려라. 그러다 미치광이 토끼는 갑자기 어떤 계시라도 받은 것처럼 나무 아래 구멍 속으로 다이빙하듯 몸을 던져 들어갔다. 토끼가 눈 앞에서 사라지고 나서 나는 그제서야 토끼가 발작하던 그 자리로 갔다. 구멍을 바라보며 저 미친 토끼가 빼앗은 붉은머리새의 평온한 죽음을 생각했다. 구멍 속에서 붉은머리새의 살점을 뜯어먹을 토끼의 모습이 떠올랐다. 토끼의 입에 물려 처참히 폴짝거리던 붉은머리새의 형체도 눈 앞에 아른거렸다. 마음이 들끓었다. 나는 붉은머리새의 복수를 생각했다. 미치광이 토끼가 나의 장례를 망쳐놓았고 복수로라도 나의 애도하는 마음은 지켜져야 한다! 나는 분노인지 슬픔인지 서러움인지 모를 감정에 휩싸여 그 자리에서 미치광이 토끼처럼 한참을 발작적으로 절룩거리며 폴짝거렸다. 그러면서 토끼에게 복수할 수 있는 이런 저런 방법을 강구해보다가 구멍을 막는 것이 최적의 복수라고 생각하게 되었고 이 생각이 얼마나 멍청한 것인지 깨닫기까지는 한참 시간이 걸렸다.

여러 개의 구멍이 눈 앞에 있었다. 나는 먼저 미치광이 토끼가 다이빙해 들어간 구멍을 바위로 막고 흙으로 덮었다. 그리고 또 다음 구멍으로 절룩거리며 걸어가 다시 그것을 바위로 막고 흙으로 덮었다. 눈 앞에 보이는 구멍을 다 막고 나면 다시 또다른 구멍이 보였고 그렇게 구멍은 계속 나타났다. 나는 구멍이 보일 때마다 이 짓을 반복했고 이 무용한 짓을 진빠지게 반복하다가 결국 이 짓의 목적을 잊고 말았다. 이제 더는 못하겠다는 생각이 들 만큼 기진맥진해진 상태에서도 나는 계속 바위를 옮기고 흙을 덮어 구멍을 막고 있었는데 그때 저기 보이는 다른 구멍에서 토끼 한 마리가 튀어나왔다. 회색빛으로도 보이고 장밋빛으로도 보이는 바로 그 미치광이 토끼였다. 그것은 나를 한 번 힐끗 쳐다보고는 저 멀리 폴짝폴짝 뛰어가 사라졌다. 나는 토끼가 사라지는 뒷모습을 잠시 바라보다가 다시 흙을 덮기 시작했다. 토끼가 사라졌다고 해서 모든 구멍을 막아야 한다는 강박이 사라진 것은 아니었다. 나는 이미 이 짓의 목적을 잊은 상태였고 더구나 이 멍청하고 단순한 짓에 이상한 쾌감마저 느끼고 있었다. 나는 토끼가 사라진 후로 한참 동안 구멍을 막는 짓을 계속했고 구멍을 막아도 더는 아무런 기쁨이 느껴지지 않을 때까지 발견되는 구멍을 계속 막고 막고 막고 또 막았다.

나는 빈속이었다. 빈속으로 오래 걸었다. 이 허기를 계속 버틸 수는 없었다. 허기는 잊혀지는 것이 아니었고 나는 배가 고팠다. 이제 나는 이 산을 내려가고 있는 것인지 올라가고 있는 것인지 그 갈피조차 잡을 수 없었다. 왼쪽 다리에는 언제 시작됐는지도 모를 통증이 퍼져 있었다. 내 몸은 거의 무너지는 꼴이었다. 이곳저곳에서 불어대는 더위 없는 바람이 여름의 효력을 없애 버렸고 나는 얼빠진 사람처럼 이곳저곳을 두리번거렸다. 이곳저곳을 둘러보아도 모두 빽빽한 나무들 뿐이었다. 그것들은 무섭게 나를 에워싸고 있었다. 그러다 별안간 이 나무들의 무리가 못매라도 때릴 것처럼 나를 향해 돌진했다. 나는 겁에 질려 그 자리에 주저 앉아 무릎을 꿇었다. 사죄하는 마음으로, 설령 그것이 내가 모르는 죄라 하여도 무조건 사죄한다는 마음으로 나는 엎드려 눈을 감았다. 그러나 만일 그때 내 손에 몽둥이가 들려 있었다면 나에게 돌진하는 이 무서운 존재들을 향해 몽둥이를 사정없이 휘둘렀을지도 모른다. 그때 나는 뒤죽박죽이었고 몽둥이를 휘두르는 것은 폭력일 것이고 나의 폭력이 정당할 순 없으나 나는 무고했고 나의 무고함을 증명할 수 있다면 나는 기꺼이 몽둥이를 휘둘러야 하는가. 사방은 조용했다. 새의 울음소리가 간헐적으로 들렸다. 피흘리던 붉은머리새가 떠올랐다. 나는 세상의 비정함에 대해 생각했다. 이 세상은 도대체 어떤 세상이길래 무너지는 이 꼴로 나를 여기 이 진창에 던져 놓았는가. 몸에 매달려있기만 하는 이 성가신 두 다리를 차라리 없애버릴 수 있다면. 나는 나쁜 격정에 휩싸였다. 무너져가는 몸으로 바닥에 누웠다. 빽빽한 나무들이 무자비하게 하늘을 뒤덮고 있었다. 나뭇잎들의 야박한 틈 사이로 보이는 하늘은 하늘의 특색을 잃은, 아주 작은 구덩이처럼 보였다. 땅의 습기를 빨아먹는 새까만 벌레들이 내 몸 아래로 기어와 서늘하게 꿈틀거렸다. 그것들의 움직임은 불쾌했고 나의 짓누름 한 번이면 소리도 없이 죽고 살고 죽고 살고 끝날 운명일 존재들 죽을 운명이어야만 태어나게 되어 있는 그리하여 모든 죽음에는 생이 함축되고 이 미약한 벌레들을 손가락으로 아주 단순하게 짓이겨 죽이는 것은 이것들의 생의 의미마저 죽이는 것과 같으니 나는 그런 일은 하고 싶지 않았다. 벌레들아 죽지도 못할 운명보다는 죽을 운명으로 태어나는 게 더 축복일까? 그것이 벌레의 생이라도?

라쉘휘 트히슡!

그때 나는 어디선가 터져나오는 둔탁하고 차가운 목소리를 또다시 들었다. 귓가에서 들리는 것 같기도 하고 머릿 속에서 들리는 것 같기도 하는 이 목소리는 이곳저곳을 맴돌며 점점 커졌다. *라쉘휘 트히슡! 라쉘휘 트히슡! 라쉘휘 트히슡! 라쉘휘 트히슡! 라쉘휘 트히슡! 라쉘휘 트히슡! 라쉘휘 트히슡!* 라쉘휘 트히슡은 소리날 때마다 매번 특정한 리듬을 발생시켰다. 그 리듬 속에서 음절의 날카로운 속성이 자연스럽게 마모되었고 그러자 그것은 점점 부드럽고 성스러운 소리로 탈바꿈되었다. 나는 그 소리를 외울 만한 여력이 있었다. 라쉘휘 트히슡. 나는 소리내어 말해 보았다. 비록 그 말의 의미는 몰랐지만 그렇다고 성스러운 소리가 성스러워지지 않는 것은 아니었다. 이곳의 정적은 소리의 성스러움을 더욱 드높였고 거대한 소리는 사방을 떠돌다 불쑥 형체를 갖추더니 점점 줄어들면서 마침내 하나의 지팡이로 축소되었다. 나는 그 지팡이를 꽉 붙잡았다. 그것에는 다음과 같은 문자가 적혀 있었다. La chair est triste! 알 수 없는 힘에 이끌려 나는 그 지팡이를 붙들고 일어섰다. La chair est triste!이라고 적힌 이 지팡이가 무너진 내 몸을 일으켜 세웠다.

La chair est triste! 문자는 절대 불평하는 법이 없었고 그것의 의미를 알아채는 것은 내가 아닌 세상에 널린 해석하는 자들의 몫이었으며 이 문자가 라쉘휘 트히슡이란 소리의 주인이라는 것은 이 모든 게 계시였으므로 단번에 깨달을 수 있었으니 목소리와 문자와 지팡이는 하나로 집약되었고 그리하여 나는 그것을 맹목적으로 따르게 되고야 말았다. 이 고귀하고 신성한 지팡이가 내가 가야할 길을 올바르게 인도할 것이라는 믿음이 피어났고 이 지팡이를 절대 함부로 다뤄서는 안 될 것이라는 금기가 태어났다. 물론 이 믿음과 금기는 충분히 괴상했다. 그것이 괴상하다는 걸 모를 만큼 그때 나는 어리석지 않았다. 그럼에도 지팡이에 의존하여 걷는 것이 홀로 절룩거리는 것보다 훨씬 나았으므로 나는 이 괴상한 믿음을 당분간 이어가기로 했다. 오른손으로 지팡이를 바닥에 찍어누르며 오른발을 앞으로 내딛고 곧바로 왼발을 질질 끌기. 다시 지팡이에 내 몸의 무게를 싣고 바닥을 찍어누르며 오른발을 앞으로 내딛기 그리고 곧바로 왼발을 질질 끌기. 질질 끌기 질질 끌려다니기. 지팡이에 질질 끌려다니며 마음만은 평온하게 여기 이 진창을 누비는 신세란!

진창 속에서 짐승들의 울음소리는 끝없이 메아리쳤다. 나는 정확한 절망이라는 말을 떠올렸다. 이곳은 목숨을 내놓고 이동해야 하는 곳이었고 굶주린 포식자의 자비없는 공격에 무력한 이방인인 내가 살아남을 방법은 지금으로선 없어 보였다. 몸을 숨길 만한 은신처도 알지 못했고 그렇다고 나를 공격하는 맹수를 공격할 만한 그럴싸한 무기가 나에게 있는 것도 아니었다. 일어나지 않은 일이었지만 이제 곧 일이 벌어질 것이라는 공포에 몸이 떨렸다. 짐승의 예고 없는 공격에 나는 무참히 쓰러질 것이다. 그때 문득 지팡이를 두 손으로 꽉 붙잡고 라쉘휘 트히슽이라고 외치고 싶었다. 그 외침으로 이 고약한 공포심이 사라질 것이라는 확신이 들었다. 확실한 믿음으로 나는 소리내어 외쳤다. *라쉘휘 트히슽!* 잔혹한 맹수가 내 앞에 나타나 내 살점을 물어뜯는 일 같은 것은 일어나지 않으리니. 진실로 진실로 그렇게 될 지어다. *라쉘휘 트히슽!* 믿는 대로 이루어질 것이니 *라쉘휘 트히슽!* 놀랍게도 마음이 조금씩 평온해지고 있었다. 나는 이 지팡이만 믿으면 되었고 내가 아무리 궁핍하고 저속한 꼴이라 하더라도 내가 믿기만 한다면 이 성스러운 지팡이는 나를 기필코 지켜낼 것이리라. 오 나의 지팡이여! *라쉘휘 트히슽!*

이윽고 벤치가 나타났다. 이 깊고 깊은 산 속에서 나타난 저 벤치는 마치 기적과도 같은 것이었다. 휴식, 그토록 다다르기 어려워보였던 휴식의 시간을 저 벤치에서 비로소 갖게 되리라. 이게 다 지팡이 덕분이었다. 라쉘휘 트히슽! 나는 벤치에 앉아 이것이 휴식이지 이것이 휴식이야

스스로 감탄하며 땀을 식혔다. 그리고 이 벤치에 무사히 다다를 수 있었음에 감사하며 진심을 다해 기도했다. 무너져 버린 몸으로 내가 지치지 않고 이곳에 다다를 수 있었던 것은 모두 지팡이의 인도하심 때문이며 *라쉘휘 트히슽!* 지팡이의 인도하심으로 이 거룩한 벤치에 안착함으로써 마침내 평화로운 휴식을 가질 수 있게 되었으니 *라쉘휘 트히슽!* 보잘 것 없는 나를 여기 이 벤치에 앉게 하심은 존귀하신 지팡이의 크나큰 뜻이 있음이며 *라쉘휘 트히슽!* 그 거룩한 뜻을 받들어 지팡이의 영광이 되기를 원하고 또 원합니다 *라쉘휘 트히슽!*

이 거룩한 벤치에 앉아 바라보는 풍경은 무엇 하나 특별하지 않은 것이 없었다. 그 중 가장 특별했던 것은 긴 장대를 기어오르는 머리없는 한 존재였다. 그 광경은 정말로 특이했지만 완전히 낯선 것만은 아니었다. 어떤 기시감마저 느껴졌는데 언젠가 들었던 말이 장면으로 완벽하게 구현되는 것을 목격하고 있는 것 같았다. 나는 그 광경에 눈을 떼지 못했다. 그런데 머리없는 존재가 무시무시한 수직의 장대를 기어오르는 모습을 계속 바라보고 있다보니 그가 더 올라가고 있는 것인지 아니면 더 떨어지고 있는 것인지 헷갈리기 시작했다. 머리없는 이 존재는 언제 떨어질지 모를 불안한 자세로 잠시 정지하는 듯하다가 다시 기어올랐고 그러다 다시 정지와 불안과 시작을 계속해서 반복했다. 그는 지치지 않고 오 아니다 그는 무겁게 지쳐 있었고 장대에 매달린 그의 괴이한 자세를 볼 때 이 곡예에 진절머리가 나 있는 게 틀림없었다. 그렇다면 내가 머리없는 이 존재의 가여운 곡예를 끝내줘야겠다는 생각을 하다가 그게 이 사태의 본질이 아니며 오히려 저 수직의 장대가 끝없이 이어지도록 그리하여 계속해서 그가 기어오를 수 있도록 비록 그곳이 불가능할 정도로 그토록 다다르기 어려운 곳이라 하더라도 바라는 곳까지 기어코 다다를 수 있도록 도와야 한다는 마음이 들었다. 나에게 있는 것이라곤 이 지팡이 뿐이었고 이 지팡이가 저 장대를 더 길게 더 수직으로 만드는 데 어느 정도 도움이 되지 않을까하는 생각에 나는 벤치에서 일어섰다. 그리고 머리없는 존재가 낑낑 기어오르고 있는 저 무시무시한 장대를 향해 지팡이를 붙들고 질질 몸을 끌며 걸어갔다. 장대 앞에 기어이 도착한 나는 머리없는 존재가 매달려 있는 저기 저 높은 곳을 올려다보았다. 목이 꺾여 현기증이 났다. 내가 이 장대로 올라가지 않는 한 내 지팡이를 저 머리없는 존재에게 건네줄 방법은 없어 보였다. 그는 결국 이 장대에서 떨어질 것이고 그것이 이 지팡이의 잘못은 아닐 것이다.

이쯤해서 그만 생각할 필요가 있었다. 나는 머리없는 존재만 너무 오래 생각하고 있었고 머리없는 존재만 생각하기에는 나에게 생각할 거리들이 너무 많았다. 나는 생각을 끝내기 위해 이 소중한 지팡이를 장대 옆에 박아두기로 했다. 그것은 그 순간 내가 할 수 있는 가장 그럴싸한 일이었다. 그래서 나는 정말로 그렇게 했다. 이것으로 충분했다. 내 지팡이가 머리없는 존재에게 도움이 된다면 좋으련만 그럴 가능성은 희박해 보였다. 지팡이를 장대 옆에 박아두는 바람에 불행히도 내 몸은 다시 무너졌다. 지팡이에 기대 몸을 질질 끌며 겨우 걸어다녔던 나는 이제 지팡이 없이 네 발로 땅을 기어다니는 지경에 이르렀다.

비록 지팡이에 질질 끌려다니는 신세였지만 직립보행으로 최소한의 인간성을 유지했었던 나는 네 발로 기어다니는 짐승의 꼴로 산 속을 누비며 최소한의 인간성마저 잃어가고 있었다. 전락이었다. 이 와중에 나는 빌어먹을 전락에 대한 것이 아니라, 나의 성스러운 지팡이를 어떻게 그리 쉽게 포기할 수 있었는지만 계속 생각하고 있었다. 그 지팡이로 말할 것 같으면, 어떤 계시처럼 나타나 나를 진창에서 구원해 주었고 극도의 공포감으로부터 벗어나게 하였으며 그리하여 나를 기적같은 휴식의 시간으로 정확하게 인도해 주지 않았던가. 나의 믿음의 지팡이, 그토록 성스러운 지팡이를 나는 무엇에 홀렸길래 그리도 허망하게 버리고 말았는가.

믿음의 빈 자리는 순식간에 공포심으로 다시 채워졌다. 거의 짐승처럼 기어다니고 있는 나를 굶주린 적은 언제든 공격할 것이다. 그러나 나는 믿음을 잃었기 때문에 더는 라셀휘 트히슽!이라 외칠 자격이 없었고 라셀휘 트히슽!없이는 이 공포심을 떨쳐낼 수가 없었다. 나는 언제든 죽임을 당할 수 있었다. 내가 스스로 죽는 것과 죽임을 당하는 것은 완전하게 다른 문제였다. 나는 왜 이런 상태로 믿음을 잃고 휴식도 없이 짐승처럼 죽음과 함께 기어다니게 되었는가. 생각하면 생각할수록 화가 났다. 믿음의 지팡이를 스스로 버렸고 그러므로 나는 이런 비참한 꼴로 전락하는 게 마땅한 것인가? 그럴 리가! 차라리 미쳐버릴까? 내가 미쳐버리면 이 모든 사태가 진정될까? 그럴 리가! 아무 것도 달라지지 않을 것이다. 차갑게 경직되어 가는 이 몸도 더는 참을 수 없는 지경에 이른 이 배고픔도 내가 미쳐도 미치광이가 되어도 무엇 하나 달라지지 않을 것이다. 나는 무섭게 정신을 차렸다.

허기를 채우는 것은 어려운 일이 아닐 수 있다. 닥치는 대로 무엇이든 먹어 치우면 그만이었다. 산 속에 널려있는 무수한 먹이들! 이렇게 네 발로 기어다니게 된 마당에 아무 것이나 먹어 치우지 못할 이유가 나에게는 없었다. 그러나 정작 나는 눈 앞에서 빨간 토마토가 땅바닥을 뒹굴고 있는 것을 보았을 때 의심스럽게 그것의 냄새를 맡으며 이 토마토가 먹을 수 있는 토마토인지 썩은 토마토인지 따지고 있었다. 그것은 썩은 토마토였고 나는 구역질이 났다. 그러나 썩은 토마토라도 먹어야 했다. 나는 그만큼 최악이었다. 그때 나는 썩은 토마토에 일종의 동질감을 느끼고 있었는데 최악인 내가 썩은 토마토를 먹는다면 그것은 어쩌면 동종포식의 행위가 될 것이다. 썩은 토마토를 먹지 않는다고 해서 나의 최악이 최악이 되지 않을 것은 아니었지만 그러나 나는 썩은 토마토를 먹지 않기로 했다. 그리고 이렇게 된 바에야 질 좋은 먹이만 먹겠다는, 아마도 최악일 결심을 하고 말았다.

가까운 곳에 못이 하나 있었다. 나는 목이라도 축이기 위해 가장 낮은 자세로 못까지 기어가기 시작했다. 땅바닥에 얼굴을 처박고 콧구멍으로 땅의 비린내를 들이마시면서 네 발이 없는 것처럼 몸뚱이만 남은 것처럼 지렁이처럼 민달팽이처럼 천천히 천천히 온몸에 충격을 주며 고통스럽게 겨우겨우 앞으로 앞으로. 그건 의식과도 같았고 스스로 그런 고통을 견뎌냄으로써 앞으로의 무서운 불행들을 미연에 막아내리라는 헛소리. 아무리 생각해도 그때 나는 제 정신이 아니었다. 기어이 못 앞에 이르렀을 때 내 몸은 풀에 베인 상처와 약간의 피 그리고 작은 돌멩이와 흙, 벌레의 오물 따위로 뒤범벅이 되어 있었다. 이 지경으로 이 못에 이르니 고작 이 못에 이르려고 이 지경이 된 것 같았고 그러니 지금의 이 참담한 꼴은 모두 이 못의 탓! 못이여 나는 너를 멀리 할테니 너도 저 멀리 꺼져버려라 멀리 멀리 아주 멀리. 그러나 나는 목이 너무 말랐고 어떻게든 목을 축이고 싶었다. 그래서 못으로 고개를 숙여 혀를 깊숙이 내밀었다. 물은 축축하고 미끌거렸다. 그것은 물이 아닐지도 몰랐다. 그러나 나는 목이 너무 말랐고 여기에 이르기까지의 나의 비참을 생각해서라도 그것이 물이든 물이 아니든 어떻게든 그것으로 목을 축이고 말겠다는 미련한 정신으로 정체모를 그것을 혓바닥으로 날름날름 핥아먹었다. 한 번 두 번 세 번 여러 번 몇 번이고 반복해서 핥아먹는 동안 나는 그것의 맛과 감촉에 거의 신경을 쓰지 않았다. 그리고 얼마 지나지 않아 몸이 활활 타오르는 듯한 기분을 느꼈는데 그것이 고통이었는지 쾌락이었는지 알 수 없을 만큼 내 감각은 거의 마비된 상태였다.

나는 못 옆에서 몸을 동그랗게 웅크려 말아 앉았다. 손바닥을 핥으며 나는 나의 비참을 체념했다. 시무룩한 마음으로 못만 쳐다보다가 무엇에 이끌리기라도 한 듯 하늘을 향해 위로 고개를 쳐들었는데 그때 개의 얼굴을 한 자가 약간의 걱정과 몽롱함이 배어있는 눈빛으로 나를 내려다보고 있었다. 이 자가 지금 내 머리 위에서 나를 내려다보고 있는 것이 매우 의아했지만 나는 나의 사태를 이미 체념한 상태였으므로 이 자가 다시 내 앞에 나타난 것에 별다른 거부감을 느끼지 않았다. 이 자는 개 같은 얼굴로 웃고 있었다. 그러더니 어디서 가져왔는지 모를 단단하고 딱딱한 밧줄로 아주 차분하게 내 목을 묶기 시작했다. 이 자가 지금 밧줄로 내 목을 묶고 있는 것이 매우 의아했지만 나는 나의 사태를 이미 체념한 상태였으므로 이 자의 밧줄이 내 목줄이 되는 것에 별다른 거부감을 느끼지 않았다.

목줄에 묶인 채 나는 이 자가 이동하는 대로 끌려다녔다. 다행히 이 자는 무자비한 작자는 아니었다. 내가 조금 더디게 움직이거나 헥헥거리며 지친 낌새를 보이면 그 자리에 바로 멈춰 서서 나의 상태를 살폈다. 이 자의 이런 친절한 행동이 나에게 어느 정도 위안이 되었다. 이 자는 이 산의 지리를 잘 알고 있는 것 같았고 이 자에게 끌려다니는 길들은 이제껏 내가 기어다녔던 모든 길보다 수월했다. 이동하면서 가끔씩 목줄이 헐거워질 때가 있었는데 그럴 때마다 이 자는 나에게 다가와 목줄을 세게 조이고는 내 머리에 대고 달콤한 말들을 퍼붓곤 했다. 이 자의 흉측한 외모는 변함이 없었지만 나는 언제 그런 마음을 품은 적 있었냐는 듯 어느새 혐오없이 경멸없이 아마도 경외의 마음으로 이 자의 모든 말과 행동을 우러러 보고 있었다.

개의 얼굴을 한 자가 나를 끌고 도착한 곳은 우리가 처음 만났던 바로 그 숲이었다. 저기 빨간 세단이 보였다. 이 자는 내 목줄을 나무 기둥에 묶어두고 빨간 세단 속으로 들어갔다. 어둠이 짙어지고 있었고 어둑한 나무들 틈 사이로 서늘한 바람이 이따금 불어왔다. 나에게 이제 계절과 날씨는 무엇보다 중요해졌지만 그것에 동의하기 위해서는 목줄에 묶여 네 발로 기어다니는 나의 상태를 믿어야 했고 그건 그렇게 쉽게 믿을 수 있는 문제가 아니었다. 나는 아직 죽고 싶은 마음은 없었다. 삐걱. 빨간 세단에서 개의 얼굴을 한 자가 빠져나왔다. 이 자는 무엇에도 방해받지 않으며 성큼성큼 나에게 걸어오더니 손에 들린 빨간 토마토 한 알과 갈색빛이 도는 술잔을 친절하게도 내 앞에 내려놓았다. 그러면서 내 머리에 대고 이건 브랜디이고 토마토는 보다시피 잘 익었으며 필요한 게 있다면 무엇이든 말하라고 말했다. 개의 얼굴을 한 자 이 개 같은 자는 내 목줄을 세게 조이고는 내 뺨을 한 번 쓰다듬더니 다시 세단 쪽으로 걸어갔다. 개 같은 자의 뒷모습에서 일종의 서정성이 느껴졌고 하나의 완벽한 그림처럼 보이는 개 같은 자의 그림자를 노려보며 나는 브랜디를 혓바닥으로 날름날름 핥아먹었다. 향기로운 갈색의 액체가 목구멍으로 흘러들어가고 얼마 지나지 않아 나는 몸이 활활 타들어가는 기분을 느꼈는데 그것은 고통보다는 쾌락에 가까웠다. 그때 내 앞으로 지나가는 악어 한 마리! 이 기분으로 이 정신으로 나는 악어에게 주머니에 들어있던 돌멩이를 던져 보았다. 한 번 두 번 세 번 여러 번 몇 번이나 돌멩이로 언어맞고 기지개를 켜는 듯 하품을 하는 듯 악어는 나른하게 나를 한 번 쳐다보더니 그러고는 저 멀리 언덕 위에서 자기를 기다리는 새끼에게로 기어갔다. 내 몸의 긴장이 풀리고 있었다. 어디선가 시끄럽고 횡횡하게 웃어젖히며 **조심해, 악어야** 라고 말하는 목소리가 들려왔다. 귓가에서 들리는 것 같기도 하고 머릿 속에서 들리는 것 같기도 하는 이 목소리에 나는 귀를 기울였다. 이 목소리는 나의 있음을 증명하고 있었지만 나는 아직 최초의 말도 내뱉지 못했다. 나는 내 목줄을 더 꽉 졸라매었다. 그리고 눈 앞에 펼쳐진 이 광경을 믿기로 했다. 여기 이 빨간 세단과 언덕 위의 악어와 악어 새끼, 또 개 같은 자와 브랜디와 썩지 않은 토마토를 나는 믿어야 했다. 산 속의 밤이 시작되고 있었다.

* 작품 속 목소리로 표현된 부분은 다음에서 인용하였습니다.

　1. 앙리 미쇼, 김현 역, 「끝없는 장대에」

　2. 스테판 말라르메, 「Brise marine」

　3. 앙리 미쇼, 김현 역, 「단편들」

오랜 시간, 나는 아무도 읽지 않는 소설을 써 왔다.

소설을 쓰는 시간은 소설만을 생각했던 시간이며 그래서 나를 생각하지 않는 시간이기도 했다. 어렵고 힘든 시간이었지만 그보다는 기쁨이 더 큰 시간이었다. 알 수 없는 힘에 이끌려 무언가를 써 내는, 신비롭고 불가해한 시간. 나는 그 시간이 좋았다.

그러나 소설을 다 쓰고 나면 나는 무력해졌다.

왜 나는 아무도 읽지 않는 소설을 계속 쓰고 있는가?

누구도 답을 주지 않았고 스스로 답을 찾지도 못했다.

포기라는 말을 몇 번이고 노트에 썼다. 그러나 그 다음이 떠오르지 않았다.

포기 이후. 그 다음의 삶. 없다. 나에게는 없을 삶.

그러니 나는 계속 쓰는 수밖에 없었다.

무력감을 느낄 때마다 내가 했던 일은 읽기였다.

베케트의 신들린 듯한 중얼거림에 매혹되거나 프루스트의 숨막히게 아름다운 사유에 정신을 빼앗기거나 플로베르의 끝모를 유머를 흉내내보거나 블랑쇼의 지독하게 정확한 문장들을 넋놓고 따라쓰거나 그러다보면 나는 어느 새 내 소설을 시작하고 있었다.

나를 붙들어 일으켜 세웠던 무수한 문장들!

그것들을 읽는 시간은 괴로움이 없고 순수한 즐거움만이 있는, 그 무엇과도 바꿀 수 없는 소중한 시간이었다.

소설 쓰기의 괴로움을 내 곁에서 유일하게 알아주었던 남편이 없었다면 지금처럼 내가 소설을 쓰고 있을지 확신할 수 없다. 그가 내게 준 열정적인 지지와 사랑은 너무 과분했고 그 덕분에 나는 다음 소설을 계속 고민할 수 있었다. 그에게 사랑한다는 말을 꼭 전하고 싶다.

문학이, 소설이 불가능의 얼굴을 들여다보는 것이라면, 그것이 시체 안치소에서 시트를 들쳐 사랑하는 사람의 얼굴을 확인하는 것처럼 끔찍한 것이라 해도, 그럼에도 계속 쓰겠는가 누군가 나에게 물었을 때, 쓰겠다고 답하겠다는 내가 나는 두렵다.
그러나 나에게는 계속 쓰겠다는 말 이외에 할 수 있는 말이 지금으로선 없다.

상상력 비상하게 발휘… 대담성 돋보여

예심을 거쳐 본심에 올라온 작품은 13편이었다. 13개의 조망이 다른 만큼 내용과 전개방식도 다채로웠다. 남현정의 '그때 나는'은 상상력을 비상하게 발휘해 본질과 현상 사이의 중간 지대를 대담하게 펼쳐 보였다. 표면적으로는 산꼭대기 절벽 끝에서 공포에 질려 떨고 있는 자신을 발견하고 네발로 기어 내려온 화자가 숲 속을 헤매며 겪는 육체의 모험 이야기이다. 이질적인 자연에 내던져진 원초적인 몸의 불완전한 보행 동작을 통해 끝없는 수직 상승을 추구하는 정신과 마침내는 목이 묶여 기어야 하는 육체적 현실로의 귀환을 다양한 상징성과 비유적 장면으로 그려냈다. 저변의 논리가 치밀하기에 자칫 언어 유희처럼 비치는 문장들도 공허한 포즈가 아니라 그 안에 신뢰할 수 있는 사유의 힘이 느껴졌다. 작품을 읽은 뒤에도 해독되지 않고 남는 잉여가 있다면, 그것은 정신이 접근할 수 없는 슬픈 육체의 몫으로 여겨진다. 심사위원들은 작품의 우수성에 주목하는 동시에 작품 세계의 변별성을 평가해 '그때 나는'을 당선작으로 뽑았다.

'가드니아'는 단편소설의 정석을 보여준 작품이었다. 작은 실수로 죽을 뻔한 일을 아무에게도 말하지 못하고 꾹꾹 삼키며 보내는 하루를 통해 노화와 고립, 화자가 잘 아는 치자꽃이 가드니아로 불리는 짐작할 수 없는 세계와의 괴리를 잔잔하게, 그러나 여실하게 드러내 끝내는 충격을 던진다. 소설의 모든 요소를 충족시킨 모범적인 작품이지만, 특징지을 수 있는 작풍이 약해 아쉬웠다.

보디빌더의 세계를 건실한 문체로 그린 '체중'도 좋은 평을 받았다. 선수와 코치가 서로 미묘하게 상응하며 긴장 관계에서 공감으로, 다시 애정의 관계로 변해가는 모습이 잘 포착되었다. '오늘의 해시태그'는 무척 재미있게 읽힌 작품이지만, 대학 생활에서 참여한 총학생회와 페미니즘 카페 활동이 얼결에 당한 삭발로 인해 우왕좌왕하다 해프닝으로 끝나 아쉬웠다.

영남일보 **최원섭** ㄱ

1967년 서울 출생
메릴랜드 주립대 졸업
조지 워싱턴대 석사

수달

최원섭

욕조의 물이 출렁였다. 그는 누워서 허연 천장을 바라봤다. 코로 물이 들어와서 머리를 쳐들었다. 양쪽 어깨와 무릎이 물 위로 솟아났다. 무릎 주변의 털들이 피부에 무질서하게 달라붙어 있었다. 욕조 바닥에 등을 붙여 봐도 몸 전체가 잠기지는 않았다. 상체를 일으키자 물이 주르르 흘러내렸다. 들리는 건 오직 물소리였다. 이 또한 층간소음이 될 수 있을까. 지나치게 세상이 조용했다.

밤새 잠을 못 자고 뒤척이던 그는 욕조에서 잠수를 시도했다. 얼마나 시간이 지난 건지 짐작할 수 없었다. 전체 빼기 남은 시간. 이 계산이 가능하다면 지나온 시간을 알 수 있겠지. 전체라는 시간은 과연 얼마나 주어진 것일까.

그는 수건으로 몸을 대충 닦으며 거실로 나왔다. 서랍에서 팬티를 찾다가 바닥에 물자국을 남겼다. 겨우 찾은 팬티는 고무줄이 늘어져 있었다. 다른 것으로 바꾸려다가 그만뒀다. 마찬가지지. 그는 혼자 중얼거리며 침대에 누웠다. 언제부턴가 그는 혼잣말을 했다. 혼자 웃기도 하고 끄응 소리를 내기도 했다. 잠도 혼자 잤고 밥도 혼자 먹었고 자위도 혼자 했다. 혼자 안 하는 게 있을까. 전체 빼기 혼자 안 하는 거. 제로.

역시 잠이 안 왔다. 욕실에서나 거실에서나 그는 천장을 봤다. 천장은 생긴 것과는 달리 무료하지 않았다. 네모난 평면을 주시하다 보면 별의별 영상들이 눈앞에 그려지곤 했다. 시간을 보내기는 안성맞춤이지만 허송세월과 다름없었다. 아들의 모습이 떠오르기도 했다. 그럴 때면 그는 자신의 이미지를 아들 옆에 나란히 배치했다. 둘을 감싼 배경은 전세계 방방곡곡의 명소였다. 아들과 못 가본 데가 이렇게 많다니. 조금이라도 배경이 못마땅하면 마음에 들 때까지 바꾸느라 그는 온종일 누워 있을 수밖에 없었다.

밖에서 빗소리가 들려왔다. 더위는 좀 가셨지만 대신 빛이 줄어들었다. 새벽인지 아침인지 종잡을 수 없었다. 내심 오후로 접어들기를 바랐다. 오전에 뭘 먹을지 고민을 덜 수 있기 때문이었다. 사실 그는 뭘 먹어도 상관이 없었기에 다 부질없는 생각이었다.

빗소리가 잦아들었다. 그는 영상이 나타나길 기대하고 있었지만 어디선가 낯선 소리가 들려왔다.

따가닥. 딱. 딱. 따각.

불규칙하고 거친 소리였다. 그는 눈을 껌벅였다. 몸을 일으켜 소리의 근원을 찾아 나서기가 선뜻 내키지 않았다. 그런 종류의 소리라면 누구든 거부 반응을 보일 수밖에 없었다. 하지만 그가 혼자서 하는 일에 예외가 있었던가. 그는 꾸물꾸물 몸을 일으켰다. 고개를 돌려 소리 나는 쪽을 보았다. 베란다에 뭔가가 있었다. 정확히 말하면 베란다 방충망이었다. 벌레이기에는 덩치가 컸다.

그는 침대에서 내려왔다. 결과적으로 다행이었으면 좋겠다, 그런 희망으로 한발 한발 베란다를 행해 갔다. 열다섯 평 아파트라서 엎드리면 코 닿을 위치였다. 어둠이 채 걷히지 않아 미확인 존재는 타원형 윤곽만 드러냈다. 거북이를 뒤집어 놓은 꼴이었다. 세상에서 제일 큰 쥐일 수도 있었다. 꼬리가 보였기 때문이다. 화가 나서 누군가에게 욕을 퍼붓고 싶었다. 도대체 방충망에 왜 벌레 말고 다른 게 붙어 있느냔 말이다.

타원형이 움직였다. 네 발의 발톱들이 방충망을 단단히 움켜쥐고 있었다. 결단을 내려야했다. 더 방치했다가는 방충망을 뜯고 집 안으로 들어

올 태세였다. 그는 방충망을 소심하게 툭 쳤다. 엉덩이를 뒤로 쑥 뺀 자세였다. 타원형은 방충망에서 살짝 떨어졌다가 요요처럼 다시 붙었다. 탄력적이었다. 재차 공격에 나섰지만 성과는 미미했고, 오히려 상대가 즐기고 있다는 의구심이 들었다.

작전의 변화가 요구됐다. 그는 대항할 무기를 뒤지기 시작했다. 거실은 주방이자 유일한 방이기도 했다. 우선 싱크대에 달린 서랍을 열었다. 방충망을 통과할 만한 쇠젓가락 대신 나무젓가락만 가득했다. 어렵게 찾아낸 쇠젓가락을 들고 그는 베란다에 우뚝 섰다. 이를 악물고 징그러운 타원형을 푹 찔렀다. 손끝에서 뭔가 꿈틀하는 느낌이 전해졌다. 동시에 젓가락을 떨어뜨렸다. 타원형은 방충망을 발톱으로 긁으며 아래로 미끄러졌다. 방충망이 아주 보기 좋게 찢어졌다.

쥐가 아니었다. 그는 분명히 목격했다. 동그란 얼굴에 귀가 작았다. 뉴스나 인터넷에서 본 적이 있었다. 수달이었다. 낙하할 때 서로 눈이 마주쳐서 잔상이 오래 갔다. 그 눈은 마치 입처럼 의사 표시를 하고 있었다. 기쁘고 화나고 슬프고 즐거운, 등의 평범한 감정 표현이 아니었다. '왜'였다. 왜 자기를 찌르는지 왜 자기가 찔려야하는지. 실존적인 표현에 가까웠다. 그는 억울한 마음이 들었다. 왜, 같은 실존은 정작 그가 묻고 싶은 말이었다. 그는 다시 침대에 누워 이리저리 뒤척였다. 빗물에 젖은 수달이 천장에서 그를 내려다보는 것 같았다.

그는 일어나 옷을 대충 걸치고는 집을 나섰다. 복도로 나와 엘리베이터 앞에 섰다. 주위를 두리번거리며 큰 죄라도 지은 것처럼 안절부절못했다. 그는 엘리베이터 안에서 중얼거렸다. 동물이야. 한낱 동물. 스스로 위안을 얻으려는 의도였지만 쉽게 마음이 달래지지는 않았다. 집에 침입한 도둑을 때리면 상해죄가 된다는 말이 갑자기 생각났다. 동물이 도둑으로 인정받을 수 있나. 정황상 정당방위였어. 최소한 야생동물을 상대하는 인간에게는 핸디캡을 줘야지.

경비는 앉은 채로 자고 있었다. 밖은 부슬비가 내렸고 어둠이 조금 남아있었다. 그는 집이 수직으로 올려다 보이는 지점으로 가기 위해 화단을 넘었다. 오층에서 떨어져도 살아날 수 있을까. 고양이라면. 예상지점에서 위를 보는데 빗물 때문에 눈을 뜰 수 없었다. 고개를 숙이고 눈을 비비다가 화단 한쪽에 꺾여있는 상추 잎들을 발견했다. 잎사귀를 젖혀보니 수달이 누워있었다. 눈을 감고 있었는데 빗물 때문인지 죽음 때문인지, 이유는 알 수 없었다.

그는 손을 넓게 펴서 비를 막았다. 수달의 작은 얼굴이 비를 피할 수 있도록. 그 덕분인지 수달이 눈을 떴다. 구슬 모양의 또랑또랑한 눈이었고 긴 수염들이 얼굴에 붙어있었다. 눈만 떴을 뿐이지 꼼짝달싹하지 않았다. 그는 어떤 계획을 갖고 나선 게 아니라서 머뭇머뭇했다. 괜찮으냐는 말도 건넬 수 없었고 119에 전화를 걸어 현 상황을 설명할 자신도 없었다. 수달은 무슨 영문인지 그를 빤히 쳐다봤다. 그는 수달의 시선을 피해 먼 산을 바라봤다. 곧 아침이 올 기세여서 왠지 초조해졌다.

움직임이 없는 수달의 자세는 말 그대로 자포자기였다. 그는 수달을 끌어안을 작정으로 몸을 굽혔다. 팔이 닿을 즈음, 수달이 스스로 일어났다. 한잠 자다가 이부자리를 빠져나오는 노인 같았다. 그는 땅에 발을 디딘 수달의 모습이 왠지 어색했다. 직립이었다. 두 발로 선 키가 그의 무릎 정도였다. 수달이 그를 향해 팔을 내밀었다. 너무 자연스러운 행동이라 그는 엉겁결에 그 손을 잡았다. 어둠이 걷히고 있었다. 그는 누가 볼까봐 서둘러 수달의 팔을 잡아당겼다.

집에 들어서자 수달이 우두커니 섰다. 거실바닥에 물이 흥건해졌다. 온몸을 덮은 수달의 털이 물에 젖어 반짝였다. 손님인 양 예의를 차리는 수달의 모습에 그는 들어오세요, 라고 말할 뻔했다. 그가 수달의 등을 가볍게 두드리며 유도했지만 발바닥을 떼지 않았다. 더 기가 막힌 건 그를 보는 수달의 눈이었다. 몸이 젖었잖아, 라고 말하고 있었다. 별수 없이 그는 수건을 대령해야했다. 그는 거실 구석에 있는 걸레를 집었다가 도로 내려놨다.

수달이 손발을 꼼짝하지 않아 그는 몸종 신세나 다름없었다. 그는 수건으로 손수 수달의 몸뚱이를 닦아줬다. 수달의 털은 보통 개의 것보다 굵고 꼿꼿했지만 부드러움을 유지하고 있었다. 온몸이 흠뻑 젖어 수건 하나로 모자랄 지경이었다. 배를 닦을 때는 움찔했고 머리를 닦을 때는 눈을 가늘게 떴다. 인간을 흉내 내는 건지 본능인지 알 수 없었다. 다리는 짧아서 눈 깜짝할 사이에 닦아냈다. 집에 남아있는 마른 수건들을 소진하고 나서야 그 물기를 다 없앨 수 있었다. 고생스럽기보다는 왠지 모를 성취감이 들었다. 드라이어까지 동원해 수달의 털을 뽀송뽀송하게 마무리해 주었다. 수달은 내내 미용실에 온 손님 같은 태도였지만 그를 불편하게 만들지 않았다. 도리어 둘 사이의 어색한 분위기를 날리는 데 일조를 했다.

수달은 걸을 때, 별일이 없는 한 네 발이었다. 크지도 않은 공간을 획 둘러본 수달은 욕실 앞에서 멈췄다. 그리고 그를 돌아봤다. 무슨 조화인지 그는 말 못하는 수달의 의도를 정확히 알아챌 수 있었다. 그런 자신의 정체가 의심스러워서 그는 벽에 걸린 거울에 자기 얼굴을 확인하기까지 했다.

그는 수달이 원하는 대로 욕실 문을 열어줬다. 수달은 욕실 안으로 성큼 들어갔다. 젖은 바닥과 물기가 남은 욕조를 살피더니 그에게 대뜸 눈으로 말했다.

여기네. 여기서 나를 불렀지?

그는 깜짝 놀랐다. 욕조에는 있었지만 누구를 부른 기억은 없었다.

노래를 더럽게 못하더군.

난 노래를 부른 적이 없어. 가만히 누워있었어.

물에서는 생각조차 파동을 만들지. 아주 답답한 노래였어. 그냥 지나칠 수가 있어야 말이지.

그래서 오층까지 올라왔다고?

내 몸은 엿가락처럼 늘어나. 베란다에서 베란다를 오르내리는 건 식은 죽 먹기지. 바다로 가다가 길을 잃었어. 끔찍한 터널과 하수구를 헤매다가 겨우 지상으로 올라왔건만.

그는 순간 대화를 피하고 싶어졌다. 수달이 배를 어루만지며 말을 이었다.

불의의 테러를 당한 부위가 쓰리구나. 쓰려.

그는 수달의 행동을 잠자코 지켜봤다. 상해죄로 걸고넘어질 심산은 아닌 듯 했다. 그는 양심의 가책으로 인해 사후 조치 정도는 취하고 싶었다. 하지만 대책이 없었다. 그의 집에 비상약품이 구비됐을 리가 만무했다. 약이라고는 수면제가 전부였고 수달을 애써 잠재울 구실도 없었다.

해가 뜨고 거실이 점점 밝아졌다. 수달은 침대 밑으로 가서 엎드렸다. 길게 처진 몸은 피곤한 기색이 역력했다. 반면에 그는 마땅히 앉을 자리를 찾지 못했다. 혼자 있다면야 당연히 침대 위로 갔겠지만 막상 손님의 눈치를 안 볼 수는 없었다. 그도 침대에 기대앉았다. 다들 출근을 했는지 이웃들은 기척이 없었다. 집 안의 고요함은 곧 서먹함으로 바뀌었다. 단지 그 이유만은 아니었지만 그는 자리에서 일어섰다. 아무래도 손님 대접의 필요성이 느껴졌기 때문이다.

그가 냉장고를 열고 우유를 꺼냈다. 유통기한은 지났지만 냄새는 괜찮았다. 그는 납작한 접시를 찾다가 펄쩍 뛰었다. 바로 옆에 수달이 와서 서있었다. 그냥 줘. 입 대고 마시게. 그는 미심쩍은 얼굴로 우유팩을 건넸다. 수달은 두 손으로 우유팩을 받더니 곧장 입으로 가져갔다. 수달의 손가락이 다섯 개여서 의외였다. 야무진 손아귀와 손톱 덕분에 팩을 놓치지 않았다. 수달은 우유를 많이 마셨다. 그는 자신의 배까지 부른 착각이 들었다. 수달의 주둥이가 점점 하얗게 변해갔다.

수달은 우유를 다 마시고 나서도 만족하지 못했다. 텅 빈 냉장고의 문을 닫지 못하고 미련을 가졌다. 대식가임이 틀림없었다. 그는 냉장고 문을 닫으려고 수달의 팔을 당겼다. 수달은 냉장고 문을 붙잡고 버티다가 힘에 부친 듯했다. 배가 고프다는 팬터마임의 일환으로 배를 쑥 집어넣고는 스스로 놀라는 시늉을 했다. 젓가락에 찔린 듯한 부위가 부어올라 있어서 그에게 죄책감을 상기시켰다.

멋쩍어진 그가 두리번거리다가 구석에서 스펀지 미니 공을 집었다. 수달의 관심을 식욕에서 멀어지게 할 작정이었다. 옛날에 아들에게 그랬 듯이 공을 큰 포물선 형태로 던졌다. 수달을 향해 날아가는 공에서 먼지 가 일었다. 수달은 공을 손바닥으로 무관심하게 쳐냈다. 놀이의 룰을 모 르는 것 같아 그가 다시 공을 던졌지만 수달의 반응은 마찬가지였다. 공 을 쳐내는 강도만 세졌을 따름이었다. 그가 공을 계속 던졌다가는 서로 다툼으로 번질 수도 있는 분위기였다. 수달의 식욕을 잠재우기에도 역 부족이었다.

그는 외출복으로 갈아입었다. 수달은 거실에 눈을 감고 엎드렸다. 수 달을 데리고 나갈 방도가 없어서 그는 혼자 나섰다. 오랜만의 외출이라 그에게는 꽤 희생을 감수하는 결정이었다. 천성적으로 길눈까지 어두운 그였다. 마트로 갈까 하다가 수산시장으로 목적지를 잡았다. 버스와 지 하철을 번갈아 타고서야 갈 수 있는 곳이었다. 모든 게 오랜만이었지만 목표가 있어서 다행이었다.

오래전에 그는 목적지도 없이 떠돌아다닌 적이 있었다. 아들이 실종된 후였다. 종점에서 종점으로 종착역에서 종착역으로 오간 적이 부지기수 였다. 기차도 탔고 배도 탔고 버스도 탔다. 아들이 물에 빠져 떠내려간 해변에도 여러 번 갔다. 하지만 해가 바뀔수록 그 횟수는 줄어들었고 그 의 외출은 흐지부지 끝이 났다. 그 후 그는 집밖으로 나오지 않았다. 특 히 욕실로 들어가면 욕조 안에 오랫동안 머물러서 아내를 긴장시켰다. 더구나 아내는 물에 대한 트라우마에서 벗어나지 못한 상태였다. 아내 는 그를 욕실에 못 들어가게 말렸지만 그는 고집을 꺾지 않았다. 하루는 아내가 말도 없이 집을 나갔다. 그리고 두 번 다시 돌아오지 않았다. 그 는 아내를 기다리다 혼자 이사를 했고 줄곧 집에 틀어박혔다.

그에게 수산시장은 오랜만이 아니라 처음이었다. 상인들이 시장 통로 양쪽에서 그에게 말을 걸었다. 다들 말소리가 크고 빨라서 그는 금방 위 축됐고 신경이 곤두섰다. 수산 시장보다는 인간 시장에 가까웠다. 목소 리가 걸걸한 상인이 그의 옷깃을 잡아끌었다. 조기. 고등어. 삼치. 대구. 장어. 상인은 가게에 없는 생선이 없다면서 무슨 요리를 준비하는지 물었다. 요리씩이나. 그는 상인이 열거한 생선을 종류별로 한 마리씩 샀다.

집에 돌아오는 길에 그는 근처 약국에 들렀다. 소독약과 반창고를 샀다. 텔레비전에 동물원에서 탈출한 수달에 관한 뉴스가 나왔다. 먼 태평양을 건너온 귀하신 몸이니 목격자는 즉시 신고를 바란다고 했다. 약국에 앉아있던 사람들이 동시에 고개를 돌리며 주위를 살폈다. 아파트 건물로 들어오면서 그는 경비와 마주쳤다. 경비의 자세가 하도 뻣뻣해서 그는 시선을 피했다.

그가 현관문 비밀번호를 누르는 소리를 들었는지 수달은 현관에 마중 나와 있었다. 수달은 그를 보는 둥 마는 둥하며 그가 든 봉투에 고개를 처박았다. 사정없이 봉투를 뒤적이는 바람에 그의 팔에 힘이 들어갔다. 예상과 달리 수달은 시무룩하게 고개를 빼냈다. 영문을 모르는 그는 수달이 다시 거실에 엎드리는 모습을 지켜봤다. 그는 봉투째 냉장고에 넣고 나서 수달 옆으로 갔다. 토라진 이유를 알고 싶었지만 수달은 아무 말도 없었다.

그는 수심 어린 얼굴로 수달을 달랬다. 수달을 돌아 눕히고 배에 약과 반창고를 처방하려했지만 그마저 거부당했다. 수달이 그의 팔을 뿌리칠 때는 살갗을 약간 긁히는 수모를 겪었다. 마침내 수달은 벌떡 일어나더니 자기 배를 가렸다. 이건 상처가 아니야. 배꼽이야. 넌 나에 대해서 너무도 몰라. 수달의 선언은 그 스스로를 돌아보게 만들었다.

그는 수달 옆에 엎드려 휴대폰 검색을 시도했다. 수달에 대한 본격적인 연구에 돌입했다. 기본적으로 수달은 하루의 반 이상을 먹이사냥에 투자했다. 한낮에 잠을 자고 나머지 시간은 먹는 게 일이었다. 전생에 덕을 쌓았는지, 일부다처제였다. 강에 사는 수달과 바다에 사는 수달은 먹이부터가 달랐다. 서식지가 다르니 습성과 생태도 특징이 있었다. 바다 수달은 배영에 능했고 곁에 있는 수달이 떠내려가지 않게 손을 잡아 준다고도 했다.

축 늘어져있던 수달이 슬며시 한쪽 눈을 떴다. 그도 수달을 보고 있던 차라 서로 눈이 마주쳤다. 어쩔 수 없이 두 눈을 다 뜬 수달이 말했다.

이제 내가 뭘 먹는지 알았어?

그가 고개를 끄덕였다. 수달은 당연하다는 듯 목을 곧게 펴서 콧대를 세웠다. 그는 꼴사나운 수달에게 한마디 건넸다.

그것만 안 건 아니지.

수달의 귀가 쫑긋해졌다.

도망자더군. 유명한.

수달은 당황하지 않고 그를 주시했다. 예상이라도 한 듯이 반문했다.

그래서 어쩔 작정이야? 나를 여기서 내보내겠다는 건가? 신고라도 하게?

나는 혼자 사는 체질이야. 늦은 나이에 깨달았지만.

난 돌아가기 싫어.

이 집에서도 살 수 없잖아. 생태계가 다르니까.

그래. 난 원래 캘리포니아 몬터레이 베이에서 왔어. 나를 좋다고 쫓아다니는 바다사자를 피해서. 어떻게 그럴 수가 있겠어. 종이 다르고 심지어 수놈이야. 펭귄을 강간했다는 소문도 파다했지. 여기는 그 놈들이 없어서 천만다행이야.

동물원은 어쩌다 간 거야?

억울하게 잡혔어. 길눈이 어두워서 어쩌다 간 곳이 바다와 강이 만나는 근처였지. 그런 데가 놀기는 좋거든. 낚시금지 사인이 있어서 안심했는데.

글자도 보는군.

난 머리가 좋아. 하지만 글자는 아니고 그림이었어.

여기서는 아무도 믿지 마.

바다로 갈 거야. 동물원 우리 안에 탈출구를 만들어놨지. 그런데 막상 출발해보니 너무 미로야. 힘들게 구멍을 파냈는데. 봐봐. 내 이빨.

앞니가 보통 아니네.

하수구에 닿을 때까지 갈아댔어. 이가 좀 닳았을 거야.

수달이 앞니를 내밀어 자랑하는 걸 보며 그는 다시 외출에 나섰다. 이번에는 가까운 마트로 갔다. 그는 마트의 수산물 코너로 직행해서 조개를 다량으로 구입했다. 직원이 도매는 마트보다 수산시장이 싸다고 귀띔했다. 그가 양손에 든 봉지와 등에 맨 배낭은 조개로 가득 찼다.

경비실에서 그를 발견한 경비가 슬금슬금 기어 나왔다. 코를 벌름거리며 그에게 말을 걸었다. 해산물을 좋아하시나 봐요. 배낭도 꾹꾹 눌러보며 놀라워했다. 그는 적당히 얼버무리면서 엘리베이터가 오기만을 기다렸다.

수달이 조개를 보자 꼬리를 흔들며 달려들었다. 거실은 금세 조개판으로 변했다. 수달은 정해진 식사 예절이 없었다. 손가락으로 조개껍질을 까기도 하고 배에 올려놓고 주먹으로 내려치기도 했다. 성치 않은 이빨까지 동원하는 바람에 옆에서 구경만 하던 그는 싱크대 서랍을 뒤적였다. 칼을 가져와서 조개껍질 틈을 벌려줬다. 덕분에 수달은 편하게 식사를 마칠 수 있었다. 그는 조개껍질을 어떻게 처리할지 고민하다가 현관에 쌓아 뒀다. 수달은 배를 두드리며 만족해했다.

수달의 눈이 게슴츠레해지는 걸 보고 그는 수달을 침대 위로 인도했다. 수달은 사양하지 않았다. 그도 별일이 없어 수달 옆에 누웠다. 벌써 잠이 들었는지 수달의 몸이 부풀었다 꺼지기를 반복했다. 그는 팔을 뻗어 수달의 주먹만한 뒤통수를 만졌다. 숨을 쉬는 대상에 손을 대본 기억이 가물가물했다. 역시 묘미는 기다란 몸이었다. 그의 손이 수달의 몸통을 길게 쓸어내렸다. 엉덩이 가까이에서는 꼬리가 살짝 반응했다. 무심결의 움직임을 보자 그는 장난스러워졌다.

그는 수달의 어깨를 조심스럽게 당겨 천장을 향하게 만들었다. 포유류로서 생겨나는 호기심을 절제할 수 없었다. 그는 자세히 수달의 몸통을 관찰했다. 수놈이라면 있어야 할 부위가 안 보여서 다리 하나를 당겨볼 심산이었다. 순간 수달의 시선이 느껴져 가슴이 철렁했다. 그는 재빨리 침대보를 정리하는 척 연기를 했지만 몹시 부자연스러웠다. 수달이 한심하다는 투로 말했다.

수컷의 생식기는 배꼽에서 교미 때만 돌출돼 나온단다. 난 바다사자한테 물려서 배꼽이 흉하게 볼록해졌어.

그렇구나. 그는 민망해져서 도로 누웠다.

천장에 영상이 나타나지 않았다. 옆에 누가 있으면 포기해야 하는 것들이 있었다. 수달은 무엇을 포기하고 있을까. 캘리포니아라면 먼 길이었을 텐데. 수달은 그의 생각을 읽고 있다는 듯 대답을 했다. 그 말들이 천장에 둥실 떴다.

멀고도 험한 길이었지.

어떻게 견뎠어?

지금처럼.

지금처럼?

가만히 누워있었어.

배영이군.

그는 욕조에 누워 그런 상상을 종종 하곤 했다. 만약 달라졌을까. 아들이 배영을 배웠다면. 그래서 더 오래 물에 뜰 수 있었다면. 생존 호흡법을 익혔다면. 발차기를 더 길게 할 수 있었다면. 어딘가로 헤엄쳐가지는 않았을까. 최소한 어디선가 발견되지는 않았을까. 아들 친구처럼 비치볼이라도 껴안고 있었다면. 그 비치볼을 빼앗았다면. 그날 친구의 식구들을 따라 여행을 가지 않았다면. 그 전날 감기라도 걸려 앓아누웠다면. 애초에 그 친구를 안 사귀었더라면. 만약에. 만약에… 그는 수많은 만약을 떠올렸다. 하지만 '만약'은 있을 수 없는 가설이었다. 왜냐면 그의 관점에서 실종은 결과가 아니라 과정이었다. 현재 진행 중인 사안에 가정법을 대입할 수는 없었다. 하지만 아내는 냉정하게도 실종이 결과임을 인정해서 그를 놀라게 했다. 아들 실종 후 불과 십 년도 안 지난 시점이었다. 그리고 또 세월이 흘렀다. 그는 여전히 실종을 결과로서 받아들이지 못했다. 심지어 다가올 십 년 아니 백 년을 또 하나의 과정으로 맞이할 각오가 돼 있었다.

그는 수달을 힐끗 봤다. 바다에 누워 파도에 몸을 맡긴 수달이 눈앞에 그려졌다. 수달은 어떤 영상을 보고 있었을까. 수달이 몸을 일으켰다. 잠이 안 와. 그 역시 일어나 앉았다. 수달이 침대를 내려갔다.

자맥질을 해야겠어. 몸이 너무 건조해.

수달의 말에 그는 욕실로 가서 물을 틀었다. 욕조가 점점 물로 채워졌다. 수달은 그 새를 못 참고 욕조로 들어가 발을 담갔다. 그가 애써 말린 털들이 점차 물에 젖었다. 수달이 들락날락 법석을 떠는 통에 그가 물세례를 맞아야 했다.

물이 충분히 차자 수달은 뛰어난 잠수 실력을 선보였다. 물 안과 밖의 경계를 자유롭게 넘나들어 그의 부러움을 자아냈다. 물 안에서 꼼짝 않기도 했는데, 그가 걱정스러워할 무렵 머리를 쏙 내미는 장난을 즐겼다.

물이 넘쳐 욕실바닥이 물 천지가 됐을 때쯤 초인종이 울렸다. 그는 더 이상 종교에 관심이 없기 때문에 방문객을 무시했다. 세 번 네 번 초인종이 계속되자 그의 인내심이 바닥났다. 수달의 귀도 빳빳해졌다. 물이라서 소리가 큰 파장으로 몰려왔던 것이다. 그는 자신을 전도사라고 주장할 작정으로 현관문을 자신 있게 열었다. 경비가 무표정하게 서있었다. 그 뒤로 보이는 비슷한 표정의 경찰이 성큼 다가왔다.

동물원에서 탈출한 수달의 은신처를 제공하고 계신가요?

아니요.

조개를 무더기로 운반하셨잖아요. 이사 온 후로 칩거의 나날을 이어가던 분이.

집안을 좀 봐도 될까요.

경찰이 현관문을 미는 통에 그의 발이 조개무덤을 건드렸다. 조개껍질들이 쏟아져 내렸다. 경찰에게는 본연의 업무겠지만 경비까지 집안 수색에 참여했다. 그만큼 수색에 어려움을 겪었다는 반증이기도 했다. 열다섯 평에 두 명의 인력을 투입해 얻은 성과는 제로였다.

목욕을 하던 중이신가요. 찢어진 방충망 수리는 왜 안 하세요. 이만큼의 조개를 혼자서 다 드셨나요. 공허한 질문들만 던져놓고 수색 인력은 철수했다. 그는 욕조에 남은 물과 무너진 조개무덤을 바라봤다. 그에게 남은 것도 제로였다.

그는 산책을 하는 사람처럼 천천히 걸었다. 경비의 눈초리로 인해 뒤통수가 따끔했다. 그는 화단을 넘어 상추밭으로 갔다. 오층을 올려다봤다. 그 지점에서 아래를 봐도 땅바닥에는 상추뿐이었다.

아저씨. 먹을 걸 왜 밟아. 빨리 나와요.

경비가 소리쳤다. 그는 화단을 나오며 중얼거렸다. 이번에는 없을 줄 알고 있었지. 꿈같은 일이 반복되는 법은 없어. 그는 집에 들어갈 기력이 느껴지지 않았다. 아파트단지 주변의 맨홀 뚜껑들을 눈여겨봤다. 수달이 한 가닥 털을 묻히지나 않았는지 유심히 살폈지만 흔적이 없었다. 간절히 비가 오기를 바랐지만 하늘은 흐린 상태로 유지되고 있었다. 파장이 전달되기에는 대기의 습도가 충분하지 않았다.

마트에서 수산물코너 직원이 아는 체를 하려고 했다. 그는 냉정하게 상품 진열대로 시선을 돌렸다. 그리고 덕테이프를 골랐다.

집으로 돌아와 침대에 드러눕는 대신 그는 거실 한가운데 앉았다. 탁자에 놓인 서류봉투를 열었다. 서류를 꺼내 작성하기 시작했다. 기본정보를 기입하다가 펜을 멈췄다. 이혼 사유가 아리송했다. 아들의 실종 때문일까. 아니다. 아들에게 누명을 씌우는 꼴이지. 성격 차이일까. 너무 상투적이지. 결혼은 아무래도 존재론적인 개념이었다. 애당초 결혼이라는 제도에 섣불리 발을 들인 게 잘못일지도 몰라. 어쩌면 숨을 영원히 멈추려고 했던 게 원인일까. 그 시도들을 지켜보던 아내는 지겨웠겠지. 그때 문득 수달이 떠올랐다. 책임 전가일 수도 있었다. 하지만 미뤄오던 이혼서류를 다시 꺼내들게 만들었다는 평계를 대고 싶었다. 그는 서류를 마저 작성하고 탁자 위에 잘 보이게 펼쳐 놨다. 아내에게 문자를 보냈다. 아내가 애원하던 일이었다.

그는 옷을 벗어야하나 고민스러웠다. 거추장스럽다는 이유로 과감히 겉옷을 벗어재끼고 팬티만 남겼다. 미련 없이 욕실로 들어가 문을 닫았다. 덕테이프를 붙여 문틈 사이를 막기 시작했다. 바다 느낌을 살리려고 했기 때문에 그가 고른 테이프는 푸른색이었다. 이왕이면 몬터레이 베이가 어떨까. 나무가 부서진 모서리 부분은 테이프를 덧붙였다. 하수구

구멍을 막기에는 스펀지 미니 공이 안성맞춤이었다. 그는 욕조의 물을 틀었다. 그는 욕조로 들어가 앉았다. 팬티가 우선 젖어들었다. 고무줄이 약해 벗겨질 듯했다. 이제 와서 바꿀 수는 없는 노릇이었다. 욕조가 넘쳐났다. 물이 바닥으로 떨어지며 작은 폭포를 이루었다. 그는 물의 동태를 주의 깊게 살폈다. 바닥에 얇게 펼쳐져있던 물이 점점 상승했다. 그는 기다림에 익숙하다고 자신했는데 착각이었다. 어서 물이 차기를 바라느라 다시 종교를 떠올릴 지경이었다.

이윽고 물이 욕조 높이까지 차올랐다. 기쁨도 잠시 문틈에 붙인 테이프 하나가 떨어져 나가는 게 보였다. 그는 일어나 세면대의 수도꼭지를 최대로 열었다. 수위가 좀 더 빠르게 올라가더니 마침내 욕조를 훌쩍 넘어섰다. 작은 수영장에 온 기분이었다. 그는 새우등 뜨기도 해보고 개헤엄도 하며 시간을 보냈다.

물이 가슴을 넘어 어깨까지 차오르자 그는 부산한 움직임을 멈췄다. 몸을 뒤로 젖히고 드러누웠다. 팔다리를 휘저으며 배영을 흉내 냈다. 보는 사람이 있을 리 만무하다는 생각에 마음 놓고 시도했다. 뜻대로 되지 않았다. 뭐든지 한순간에 이루어지는 것은 없었다. 그는 갈수록 초조해졌고 실망감만 더해갔다. 몸에 힘이 빠져 될 대로 되라는 심정이 되었다. 케 세라 세라. 한순간 몸이 붕 뜨는 느낌이 났다. 그는 저항하지 않고 몸을 맡겼다. 이윽고 누운 몸의 균형이 잡히자 천장이 똑바로 보였다. 긴장했던 근육이 풀려 나른하기까지 했다. 온몸에 전해지는 흐뭇함을 누군가와 나누고 싶었지만 언제나 그랬듯이, 그는 혼자였다. 오로지 천장만이 코앞에 있었다. 천장은 살면서 가장 친하게 지낸 상대나 다름없었다.

그렇게 말하면 섭섭하지.

물속에서 누군가가 말했다. 그가 고개를 돌리는 바람에 물을 먹고 허우적댔다.

몸에 힘을 빼라고.

수달이었다. 수달이 그의 등을 받치고 있다가 손을 뗐다. 그럼에도 그는 가라앉지 않았다. 수달이 물 밖으로 얼굴을 드러냈다.

어떻게 된 거야? 그가 물었다.

저 정도 구멍을 통과하는 건 일도 아니지.

열어놓은 건 아니겠지?

미니 공으로 다시 막았어. 걱정 마.

그는 수달과 나란히 누웠다. 산소가 부족해져 갈수록 숨을 쉬기가 힘들어졌다. 수달이 그를 슬쩍 보는 게 느껴졌다. 그는 빠질까봐 돌아보지 않고 누운 자세를 고수했다.

어쩔 셈이야?

그의 물음에 수달은 대답이 없었다. 그의 코가 천장에 닿았다.

어쩔 셈이야?

수달이 똑같이 물었지만 그도 묵묵부답이었다. 수달이 그의 팔짱을 끼더니 손을 맞잡았다. 그는 마치 수달이 된 기분이었다. 같은 포유류 정도까지가 좋았는데. 둘은 서로 천장을 봤다. 그가 어렵사리 입을 뗐다.

왜 다시 온 거야?

배영을 가르쳐주려고.

그럴 시국이 아닌 거 같은데.

간절할수록 배영이 필요하단다.

그는 수달이 상황파악을 잘 못했다고 느꼈다. 지금이라도 늦지 않았으니 여기서 빠져나가는 게 수달의 신상에 이로워 보였다.

바다로 가는 길은 아직 못 찾았어?

내비게이션이 절실해.

요즘 동물원은 살 만하지 않나?

정이 없어. 복작거리기만 하고.

그래도… 사는 데서 정을 붙이려고 해봐.

누가 할 소리를.

둘이 대화를 나눌수록 공기가 희박해져갔다. 결국 말소리 대신 가쁜 숨소리만 이어지던 중이었다. 귀가 밝은 수달이 그에게 먼저 물었다.

무슨 소리 안 들려?

들려.

그가 귀를 기울였다. 삑. 삑. 삑. 삑. 낯설지 않은 소리였다. 물에서는 정말 잘 들리는구나. 그는 감탄하며 계속 소리에 집중했다. 비밀번호를 누르는 소리에 이어 현관문이 열렸다. 익숙한 발걸음의 강도와 간격으로 봤을 때 아내가 확실했다. 한집에 살 때 쓰던 비밀번호라는 걸 어떻게 알아챘을까. 아내가 거실에 들어서자 잠시 두리번거리는 듯했다. 그리고는 탁자를 향해 천천히 걸어갔고 그 위에 놓인 서류를 집어 들었다. 그리고 아내는 욕실을 향해 조심스럽게 걸었다. 아마 물이 새나갔던 모양이다. 아내가 문고리를 돌리다가 문을 두드리기 시작했다. 그는 고막이 울려서 얼굴을 찡그렸다. 아내는 소리를 지르다가 탁자 위의 칼을 집어 들었다. 욕실 문틈을 쑤셔댔다. 테이프 하나가 떨어져서 물 위로 떠올랐다. 문틈으로 물이 조금씩 빠져나갔다. 아내는 부서진 모서리로 칼날을 집어넣고는 길게 갈랐다.

그의 코가 욕실 천장에 찌부러졌다. 얼굴은 작지만 주둥이가 긴 수달의 코도 천장에 부딪혔다. 수달은 끝까지 호흡의 중요성을 강조하며 침착하라고 조언했다. 삶도 죽음도 다 시간문제구나. 그런 생각으로 그는 눈을 감았다. 수달의 손아귀가 꿈틀했다. 그때 거실에서 남다른 목청이 들려왔다. 뭐야 이거. 웬 물바다야.

경비가 욕실 문을 어깨로 쳐대는 것 같았다. 나이에 비해 힘이 센 사람이었다. 테이프가 찌익 하며 뜯겨져나갔다. 문의 틈새가 넓어졌다. 틈이 벌어질 때마다 물이 거실로 새어 나갔다. 그는 걱정이 됐다. 천장과 코가 맞닿은 후로 더 이상 수위가 높아지지 않았다. 잠시 후 욕실 문이 활짝 열렸고 엄청난 양의 물이 쏟아졌다. 그 사이로 두 포유류가 봇물처럼 쏠려나왔다.

그는 난리통에 수달의 손을 놓쳤다. 미끄러운 거실바닥에서 허우적거리다가 겨우 눈을 떴다. 수달은 이미 온데간데없었다. 경비가 베란다의 구멍 난 방충망 사이로 목을 넣었다 빼더니 부리나케 집을 빠져나갔다.

아내는 물난리를 피해 탁자 위로 대피 중이었다. 아내가 손에 쥔 서류에서 물이 뚝뚝 떨어졌다.

아내는 그의 몰골을 보다가 탁자에서 내려왔다. 어디서 찾아냈는지 마른 옷가지를 그에게 건넸다. 아내는 일단 물에 잠긴 집에서 벗어나고 싶어 했다. 두 사람은 밖으로 나왔다. 그리고 그는 아내를 따라 아파트 화단 앞 벤치에 앉았다. 그가 위를 올려다보니 오층에서 아직 물이 똑똑 떨어지고 있었다. 아내는 옆에서 계속 서류를 만지작거렸다. 경비가 나타나더니 아파트 주차장에서 우왕좌왕하는 수달을 경찰에 인계했다며 의기양양했다. 또한 이웃집을 물바다로 만든 피해 보상을 그가 해야 할 거라는 의견을 피력했다.

경비가 눈앞에서 사라지자 아내는 서류를 찢어버렸다. 그에게 마지막 기회를 주겠노라고 선언했다. 결의에 차도 떨리는 목소리였다. 그가 직장으로 다시 돌아가야 하며 또한 욕실에 있는 욕조를 제거해야 한다는 조건이었다. 그는 말이 없었다. 그리고 느닷없이 아내에게 수달이 달아나는 걸 목격했냐고 물었다. 그를 보는 아내의 동공이 흔들렸다. 아내가 방금 전의 선언을 취소할 수도 있겠다는 생각이 그의 뇌리를 스쳤다. 그의 예감을 증명하듯 아내가 자리에서 일어났다. 손거울을 꺼내 그에게 내밀었다. 당신 꼴을 좀 봐. 그는 거울을 보며 고개를 갸우뚱했다. 얼굴을 이리저리 살펴봐도 영 주인 의식이 들지 않았다. 수염만 길면 동물계 척삭동물문 포유강 식육목 족제비과에 속하는 수달에 가까웠다. 그가 벌떡 일어나더니 어디론가 걸음을 옮기기 시작했다. 아내가 그를 불렀지만 무시한 채 다리에 점점 속도를 냈다.

동물원은 아직 문을 닫지 않았다. 수달 우리 앞은 아이들로 인해 소란했다. 그는 이곳이 아이보다 동물의 소리를 들어야하는 곳이라고 생각했다. 그의 눈앞에는 몇 마리의 수달이 있었다. 그 놈이 그 놈이라 할 정도로 개성이 없었다. 그럼에도 그는 그 놈 중에 그 놈을 구별할 수 있다고 자신했다. 그는 아이들 고함 저변에 깔린 소리에 집중했다. 간절할수록 통하리라.

　수달들이 무리를 지어 자맥질을 했다. 동시에 물에서 나오더니 어디론가 뿔뿔이 달음박질했다. 그 중 한 수달이 새우등 뜨기를 하듯 엎드려서 나오지 않았다. 그는 그 수달을 주시했다. 기다림을 아는 놈이라면. 아이들이 다 떠나갔다. 물속에 있던 수달이 꿈틀거리며 꾸준히 시선을 끌었다. 드디어 물에서 뛰쳐나오며 몸통을 길게 뻗었다. 배꼽이 흉하지 않았다. 그는 다행이라 여겼다. 그가 찾는 수달은 바다로 갔을 테니까.

　그는 주변을 배회하다가 사육사가 먹이를 주는 틈을 타서 우리 안으로 잠입했다. 그리고 초기의 적응 기간도 필요 없을 만큼 현지 환경에 금방 젖어들었다. 다른 수달들에게 새내기라고 여겨지지 않는 것 같아 처신하기가 수월했다. 그는 수달이 미리 파놨다는 구멍을 따라 태평양으로 갈 작정이었다. 비가 내리고 있었다. 초보이기는 해도 본능에 따라 자맥질을 했다. 이렇게 큰 욕조는 생전 처음이었다. 몸통을 뒤집어 한껏 여유를 부려봤다. 몸에 힘을 빼고. 침착한 호흡과 발차기. 출렁이는 물결에 몸의 중심이 흔들렸다.

　언뜻 우리에 쳐진 창살 너머로 우산을 쓴 아내가 보였다. 그를 알아보는 건지 시선을 오래도록 마주쳤다. 아내의 말이 그녀의 입모양을 통해 그에게 전달됐다.

　좋아 보여.

　그는 최선을 다해 배영을 선보였다. 눈에 빗물이 떨어졌다.

백지를 노려보다가 욕조로 들어간다.

밀려드는 무력감에 몸을 담근다.

천장에 수달이 나타난다.

수달은 바다 한가운데서 바다사자에게 쫓긴다.

수달은 손가락을 바짝 모아 바닷물을 가른다.

꼬리는 곤두서고 수염은 꼿꼿하다.

밀려온 큰 파도에 수달의 몸이 구름 가까이 솟구쳤다가

파도의 경사면을 타고 굴러 떨어진다.

한바탕 일던 물결이 잠잠해진다.

수달이 눈을 뜬다.

바다사자가 나타난다. 입을 크게 벌린다.

양쪽에 솟은 이빨이 하늘을 찌를 듯하다.

수달은 눈을 감고 물결에 몸을 맡긴다.

바다사자의 목소리가 들린다.

나는 펭귄을 쫓고 있어.

바다사자가 멀어지며 윙크를 한다.

이왕 이렇게 된거.

나는 수달 옆으로 첨벙 뛰어든다.

수달을 향해 팔을 뻗는다. 그도 나한테 손을 내민다.
우리는 서로 팔짱을 끼고 유유히 배영을 한다.

백지에 바닷물 한 방울이 떨어진다.
글을 쓸 준비가 됐다.
이건 수달이 알려준 방식이다.

현실감각과 상상력 균형감 월등

'2021 영남일보 문학상' 소설 부문에는 233편의 작품이 접수돼 10편이 본심에 올랐다.

코로나19로 세상이 몸살을 앓은 올해 문학도들은 무엇을 주목하고, 어떻게 해석했을까. 본심에 넘어온 작품에 대한 궁금증과 기대가 여느 해보다 컸다. 소설은 동시대를 살아가는 인간의 곤혹과 딜레마를 가장 첨예하게 다루는 서사예술이고, 그 최전선에 서 있는 사람이 신춘문예에 도전하는 문학도들이기 때문이다.

예심을 통과한 10편의 작품 세계는 의외로 다채로웠다. 오늘도 변함없이 삶의 현장에서 사람들과 부대끼며 살아가는 이들, 아픔을 다독이며 상처를 안고 살아가는 가족들, 국경을 넘나들며 편견과 차별을 몸으로 견뎌내는 사람들의 이야기는 유형화해 나누기가 어려울 정도였다. 모두가 코로나19에 억눌려 산 한 해였는데도 이토록 다양한 시선으로 인간을 바라보고 세상을 해석하며, 개성적인 서사의 세계를 구축해낸 문학도들의 능력과 열정이 새삼 경이로웠다.

'도크장'과 '신박한 것으로의 초대'는 우리 시대의 고단한 삶의 현장을 가장 잘 보여준 작품이었다. 용접노동자들의 이야기를 다룬 '도크장'은 현장감 넘치는 장면구축 능력이 돋보였다. 갈등구조가 지나치게 거칠고 상투적인 것이 못내 아쉬웠다. 같은 항공사에 근무했던 스튜어드와 조종사의 이야기를 다룬 '신박한 것으로의 초대'는 코로나19가 바꿔놓은 인생을 흥미롭게 보여주었지만, 느슨하고 모호한 관계가 안타까웠다.

'푸르고 깊은' '오류' '몸에 그린 벽화'도 개성이 돋보이는 작품이었지만 완성도가 살짝 아쉬웠다.

마지막으로 우리의 손에 남은 작품은 '브레이크 타임'과 '수달'이었다. '브레이크 타임'은 일식집 주방장의 섬세한 심리묘사와 감각적인 문장이 뛰어났다. 평범한 일상을 통해 독자들의 오감을 일깨우고 자극하는 솜씨가 일품이었다. 이 작품을 끝까지 지지하지 못한 이유는 구체화의 능력에 비해 추상화의 능력이 떨어졌기 때문이다.

'수달'은 현실을 은유하는 솜씨가 돋보이는 수작이었다. 아이를 바다에서 잃고 욕조에 물을 채우고, 끝내는 욕실의 문을 잠그고 차오는 물속에 자신을 맡기는 사내의 삶이 읽는 이의 마음을 흔드는 힘을 발휘했다. 사내가 직면한 상황을 끝까지 밀어붙이지 못하는 마무리가 아쉬웠지만, 작가가 지닌 현실 감각과 상상력의 균형감이 월등하다는 점에 우리는 의견을 같이했다. 당선을 축하한다. 이번에 아쉽게 기회를 얻지 못한 응모자들에게도 격려를 보낸다.

전남매일신문 박 숲

2012 월간문학 소설 당선
2021 전남매일신문 소설 당선
홍익대학교 박사 수료

굿바이, 라 메탈

박 숲

광장은 고요하다. 라인 밖off line에서는 문식이라 불리는 다나. 게임 속 광장을 가로지른다. 건물 곳곳에서 적의 호흡이 느껴진다. 강한 파괴력을 지닌 TRG-21 에임에 눈을 맞춘다. 연사 속도 0%, 반동이 다른 총에 비해 심하다. 다나는 강하게 떨리는 반동을 좋아한다. 살아 있다는 느낌 때문이다. 마우스를 쥔 손바닥으로 우우웅- 핸드폰 진동음이 전해진다. 컴퓨터 옆에 놓아둔 핸드폰을 들어 메시지를 확인한다. '오늘 중요한 회식!' 주인님인 메텔의 메시지다. '넵!' 다나는 답을 보낸 뒤 핸드폰을 내려놓는다. 다나는 TRG-21의 방아쇠를 조심스럽게 잡는다. 다나가 TRG-21을 선호하는 이유는 파워나 정확도가 100%이기 때문이다. 적을 침묵시킬 수 있는 단 한 방. 극도의 흥분과 긴장이 한 곳으로 집중한다.

미션: 클럽 나이트의 지하 창고에 설치된 폭탄을 제거하라! 제한 시간 3분.

핸드폰 진동이 몇 분 간격으로 울렸다 끊어지기를 반복한다. 메텔의 메시지가 끊이지 않는다. 메텔은 카톡과 모든 SNS를 거부하고 끝까지 문자메시지만을 고집한다. SNS는 누군가 자신의 삶을 엿보는 것 같아 불쾌하다고 했다. 다나는 다시 게임에 집중한다. 게임 안에서 레드 팀 하나가 '파이어 인 더 홀'을 외치며 다나의 뒤를 바짝 쫓는다. 클럽 나이트까지의 거리 30미터. 다나는 호흡을 멈추고 방아쇠를 당긴다. 헤드 샷! 정확하게 상대의 머리를 박살낸다. 검붉은 피가 분수처럼 튀어 오른다.

다나는 리사의 핸드폰 번호를 누른다. 전원이 꺼져 있다는 멘트가 나온다. 카톡 역시 확인하지 않고 있다. 어우 쌩! 자신도 모르게 욕이 튀어나온다. 핸드폰을 내려놓자마자 다시 진동이 울린다. 메텔의 동선이 세밀하게 찍혀 있다. 장소를 옮길 때마다 보내오는 메텔의 문자메시지가 오늘따라 살에 박힌 가시처럼 성가시다. 자판 위에 ㅍ. ㅓ. ㄱ. ㅋ. ㅠ! 라고 총을 쏘듯 마구 친다. 곧바로 게임 사이트의 화면 하단에 욕설의 댓글이 쓰레기처럼 쏟아진다. 클럽 나이트 안으로 들어가는 계단 모퉁이에서 여러 발의 총알이 날아온다. 컨디션 지수 제로. 캐릭터는 머리와 심장 부근을 맞고 쓰러진다. 진득하게 엉겨 붙은 검붉은 피가 바닥으로 흘러내린다. 정수리 한복판이 실제로 총알에 맞은 것처럼 욱신거린다.

잠시 게임을 멈추고 리사가 갈 만한 사이트를 뒤진다. 리사는 수지일 때보다 가상에서의 리사일 때 더 자유롭다. 리사는 어디에도 접속한 흔적이 없다. 함께 영화를 보기로 한 약속을 기억하고 있기나 할까. 다나는 리사와 사이트상에서의 부부 관계가 끝난 뒤에도, 리사가 다니는 사이트마다 쫓아다니며 영화 보러 가자고 졸랐었다. 리사는 다나와 영화를 볼 거면 차라리 돈 되는 아저씨들 꼬셔서 드라이브 가는 게 훨씬 이익이라고 했다. 다나 역시 돈을 지불하겠다고 했다. 미친놈! 날 뭘로 보는 거야? 애새끼들 후린 돈을 나한테 준다구? 아 존나 슬프다. 다나는 리사의 반응이 자존심 상했지만 참았다. 그딴 거 끊은 지 오래됐거든. 알바비 주면 될 거 아냐. 리사에게 가상이 아닌 실제 공간에서 사귀고 싶다는 말을 하고 싶었다. 너랑 놀아줄 시간 없거든요. 알바비? 펫 분양 어쩌구 여기저기 찝쩍대더니 널 키운다는 사람이라도 나타난 거임? ㅎㅎ 완전 쌩깐 건 아닌가 보네.

누군가 다나를 펫으로 입양한다는 얘긴 사실이었다. 펫을 입양하겠다는 쪽지를 받던 날 다나는 값비싼 아이템을 구입해 리사를 멋진 여전사로 꾸며 주고 싶었다. 펫이 되어 돈을 버는 것만이 관심사였기 때문에 주인이 될 대상이 누구이건 상관없었다. 그런데 설마, 펫을 입양하겠다고 쪽지를 보낸 사람이 메텔이었을 거라곤 상상도 못했다. 메텔과 리사는 게임사이트의 라 메탈 멤버들이며 저격수 마니아들이다. '라 메탈'은 마츠모토 레이지 원작인 은하철도999 시리즈 만화에 등장하는 혹성 이름이다. 천 년 주기의 궤도를 벗어나 한파에 뒤덮인 라 메탈. 모든 사람과 사물들이 점점 기계화되어 간다는 설정이 익명의 유저들이 떠도는 사이버 공간과 비슷하다는 착상에서 따온 이름이다. 리사는 다나와 메텔에게 우리들만의 제국으로 라 메탈을 사수하자고 했다.

다나는 부 캐릭터로 메텔과 에메랄다스를 구출하려다 몸이 두 동강나 죽게 되는 '다나'가 되었다. 메텔은 자신의 진짜 꿈이 우주 여행자라며 메텔이 되기를 원했다. 리사는 메텔의 여동생인 우주의 해적 에메랄다스가 되었지만 이름이 길어 원래의 닉네임을 그대로 사용하기로 했다. 처음에 주 멤버는 성태까지 네 명이었지만 성태는 옛날 구닥다리 게임, 완전 구리고 노잼이라며 금방 탈퇴해버렸다. 세 사람은 비슷한 게임사이트를 돌며 라 메탈 조직을 유지해 나갔다. 어떤 게임에 접속을 하든 셋은 하나의 끈으로 연결된 긴밀한 관계가 된 것 같았다. 세 사람 외에도 다른 유저들이 철새처럼 라 메탈에 잠시 착륙했다 사라지기를 반복했다.

어느 날 두 통의 쪽지가 와 있었다. '당신은 길드에서 추방되었습니다.' 다나는 고개를 갸웃거리며 쪽지를 열었다. 피식 헛웃음이 나왔다. 대놓고 쫓아내는 건 그나마 좀 나았다. 길드의 유저들은 팀 승률에 좋지 않은 영향을 끼치면 보이지 않은 압박을 가해 스스로 떠나도록 유도했다. 그러나 다나는 왜 자신이 추방되어야 하는지 알 수 없었다. 가족보다 더 끈끈한 정을 나눈다는 그들의 타이틀은 모두 거짓이었다. 그들이야말로 따뜻한 햇살의 감촉도 꽃의 향기도 맡을 수 없는, 감정이 사라진 차가운 기계 인간들일 뿐이었다.

두 번째 쪽지는 마리아가 닉네임인, 다나의 눈을 번쩍 뜨이게 하는 내용이었다. '직접 펫이 되겠다고?' 대뜸 반말이었다. 한 달 전부터 다나는 여러 곳의 사이트를 돌며 '나를 펫으로 분양합니다'라는 제목으로 공개 게시물을 올렸었다. 역할 대행 알바를 몇 번 해봤지만 다나는 펫 역할이 자신의 처지에 가장 맞다고 생각했다. 그러나 공개적인 펫분양 광고 글은 장난 아니면 19금 비공개 카페에서나 가능했다. 그러다 보니 대개 장난기 섞인 말투의 댓글이 올라오거나 혹은 개나 고양이를 분양하는 걸로 착각하는 사람들이 많았다. 여자가 필요하면 당당하게 돈을 주고 사라는 비난성 댓글이 올라올 때면 온갖 '충'들의 질퍽한 싸움이 이어졌다. 다나는 한동안 여러 사이트에서 논란의 중심이 되기도 했다.

그런데도 다나는 사이트를 옮겨 다니며 끈기 있게 글을 올렸고, 아주 가끔 연락이 오기도 했다. 좀 논다는 여고생들이 노래방으로 불러내거나, 대학생 누나들은 하루 파트너로 분양을 신청했지만 대개는 다나의 실제 모습에 실망스러워했다. 짓궂은 누나들은 노골적 성적 표현이나 성적 수치감을 주는 행동을 서슴지 않았다. 어차피 각오한 일이어서 그다지 놀랄 일은 아니었다. 무엇보다 돈이 떨어지면 으슥한 공원 벤치나 지하 주차장 또는 어두운 건물 계단에서 쭈그리고 자는 짓은 이젠 지긋지긋했다.

다나는 더욱 많은 사이트를 기웃거리며 점점 더 자극적인 글을 올려 수시로 강퇴를 당했다. 다나는 잠깐의 파트너가 아닌 든든한 스폰서를 원했다. 물론 그런 스폰서를 만난다는 건 기적에 가까운 일이지만 말이다. 성태와 일주일에 두세 번은 술 취한 아저씨들 주머니를 털어 끼니를 때우며 피시방을 전전했다. 그러나 위험을 감수해야 하는 그런 짓은 이젠 끊고 싶었다. 누군가의 펫이 되어 돈만 생긴다면 까짓거 주인이 어떤 짓을 요구하든 다 들어줄 각오가 돼 있었다.

오랜만에 입양 희망자에게 쪽지를 받았다. '기간이나 비용, 모든 조건이 입양자 맘 내키는 대로? 개웃김^^ㅋ 어쨌든 무조건 복종! 확실함?' 오오! 월척이 걸릴 것 같은 예감. 자판을 두들기는 다나의 손가락이 빨라졌다. '넵, 주인님 명령이라면 무조건 개복종! 개충성!' 다나는 재빨리 마우스를 클릭하여 쪽지를 날렸다. 그런데 아무리 기다려도 상대에게 답장이 오지 않았다. 또 낚였냐? 버엉신, 깝치고 있네, 차라리 좆을 판다고 올려 봐. 쪽팔리게 펫이 뭐냐? 옆에서 컵라면을 들고 면발을 후루룩거리던 성태 자식이 키득거렸다. 다나는 받은 쪽지와 보낸 쪽지의 내용을 다시 훑어보았다. 마리아? 닉네임이 졸라 구리다. 아이디에 맞게 진지한 답글을 보낼 걸 후회스러웠다. 쪽지를 다시 보낼까 하다 참았다. 이쪽에서 안달을 내면 오히려 지는 게임이다.

다나는 성태 자식에게, 뭔 개솔? 짜증을 내며 게임을 다시 이어갔다. 메텔이 접속했다. 다나는 메텔에게 반갑다는 인사를 건넸다. 메텔은 웃는 표정의 이모티콘으로 인사를 대신했다. 미션을 수행하기 위해 다나와 메텔은 서로를 엄호하며 지하 창고로 향했다. 호흡을 오래 맞춰서인지 메텔과 함께 미션을 수행하면 자신이 죽는 데쓰의 수보다 적을 죽이는 킬이 늘어나 계급도 함께 상승했다. 미션을 성공하셨습니다! 이동하실래요? OK!

마리아라는 닉네임으로 다시 쪽지가 날아온 건 삼 일이 지난 뒤였다. 이미 좆난 거라 생각했던 쪽지가 다시 날아오다니, 99.9% 성공을 확신했다.

'어떤 요구나 명령에도 무조건 복종하겠다고 약속할 수 있음?'

아나 속고만 살았나. 네엡, 무조건 개복종요, 주인님 충성^-^! 상대에게 매달리려는 속셈이 빤해 보여 다나는 잠시 망설였다. 문장에 드래그를 입혀 삭제할까 하다 보내기를 클릭했다. 이 정도 관심이면 거래는 끝난 거나 다름없었다. 하지만 복종이란 말을 자꾸 강조하는 건 왠지 좀 찜찜했다. 혹시 변태? 뭐 상관없다. 리사가 상대하는 남자들도 매일 한 놈 정도는 변태라고 했다. 다나는 돈이 생기면 가장 먼저 리사에게 폼나게 쏘고 싶었다. 주황색의 쪽지 알림 표시가 깜빡거렸다. 다나는 리사를 떠올리며 중얼거렸다. 조금만 기다려!

메텔은 삼십 분 간격으로 문자 메시지를 보내온다. 회사에서 나왔는지 회식을 하러 가는 위치의 지명을 세밀하게 찍어 보낸다. 메시지를 확인하는데 영상 통화가 울린다. 다나는 화면을 보고 깜짝 놀란다. 웬 영상? 리사의 얼굴이 흔들리며 나타난다. 헐 잘못 눌렀네, 아직도 기다리냐? 다나는 극장 옆 피시방에 들어와 있다는 말을 꿀꺽 삼킨다. 메텔과 함께 지낸 뒤 게임 밖 리사를 딱 한 번 만난 적이 있다. 메텔이 리사를 만나지 못하게 한 까닭도 있지만, 리사가 매번 다나가 아닌 라인 밖 문식을 거부했기 때문이다.

리사는 다나에게 얼굴은 왜 가리냐고 한다. 다나는 그냥, 하며 대체 화면으로 바꾼다. 지금 튕기는 거? 리사가, 아니 수지가 피식 웃는다. 어쩐지 쓸쓸해 보이는 미소다. 아씨 지금 내 꼴이 말이 아니네. 리사는, 아니 수지는 마치 셀카라도 찍듯 각도를 이리저리 옮기며 표정을 짓는다. 다나는 마치 수지를 마주 보고 있기라도 한 듯 쑥스럽다. 당장 수술해야 되는데 돈이 부족하네, 좀 빌려줄래? 다나가 놀라서 묻는다. 수술? 다른 손으로 핸드폰을 바꿔 드는지 화면이 흔들린다. 재수 없게 또 걸렸지 뭐야, 아 존나 짜증! 리사는 전에도 똑같은 부탁을 한 적이 있었다.

메텔의 펫이 된 지 얼마 지나지 않았을 때였다. 게임 도중 리사는 다나에게 돈을 빌려달라고 했다. 재수 없게 걸렸는데 수술비가 없다고 했다. 뭘 걸렸다는 건지, 무슨 수술을 한다는 건지. 다나는 리사가 아닌 라인 밖 수지를 만날 수 있다는 것에 흥분하여 아무 생각도 할 수 없었다. 수지는 예상보다 훨씬 예뻤다. 수술했다면서 술 마셔도 돼? 다나가 걱정스럽게 물었다. 비록 가상공간이었지만 결혼했던 사이라 그런지 첫 만남인데도 어색한 건 없었다. 수술 따위 별거 아닌데, 애를 지웠다고 생각하면 기분 더럽거든. 그래서 아무한테도 말하기 싫어. 수지의 말에 다나는 울컥해서 물었다. 나한텐 왜 말하는데? 넌 찌질이라 부담이 없거든. 다나는 수지가 몹시 실망스러웠다. 수지는 역시 리사일 때가 훨씬 인간적이고 빛이 났다.

리사는 라 메탈에서 저격수로 활약할 때가 가장 행복하다고 했다. 라 메탈에서 만큼은 키스 알바를 하지 않아도 되고 변태 아저씨들에게 당하지 않아도 되기 때문이다. 다나 역시 라 메탈에서 최고의 저격수이며 영웅으로 사는 게 좋다. 다나는 자주 리사와 키스하는 상상을 했다. 리사가 처음 라 메탈의 멤버로 왔을 때를 떠올린다. 리사는 은하철도 만화 시리즈의 광팬이라고 했다. 자신과 비슷한 취향의 사람들을 만나 가슴이 설레며, 라 메탈 이름이 마음에 든다는 내용으로 자신을 소개했다. 세밀하면서도 포인트를 잃지 않고, 독특하고도 흥미로운 글을 올려 유저들의 인기를 독차지했다. 다나는 공식적으로는, 초보인 리사에게 여러 가지 전술 요령을 알려주며 잘난 척했고, 비공식적으로는 은닉 아이디를 사용해 리사의 뒤를 쫓아다녔다. 다나의 장난에도 아랑곳하지 않고 리사는 언제나 당당하고 쾌활하게 맞대응했다.

가령, 난 말야, 중학교 교장이다. 너 중딩 맞지? 학교 어디야!!

리사 왈, ㅎㅎ 난 꽃다운 씨팔 세~ 취미는 키스, 특기도 키스, 기차역 일대가 내 활동 무대, 교장샘~ 나랑 키스할까? 나 존나 키스 잘해 쪼옥~ ♥

얼마 뒤 약혼반지와 천사의 날개 아이템을 선물하며 리사에게 사이버 결혼을 신청했다. 리사는 흔쾌히 다나의 청혼을 받아들였다. 메텔이 몇 가지 아이템을 결혼 선물로 주었지만, 평소와 달리 채팅창에서 말이 없었다. 메텔은 무슨 일인지 그날따라 과격하고 저돌적으로 게임을 이어 갔다. 두 사람은 눈치 없이 채팅창에 하트를 남발했다. 다나는 현실에서 리사와 실제로 결혼한 것처럼 기분이 들뜨고 행복했다. 마치 하루하루가 롤러코스터를 타는 것처럼 짜릿하고 즐거웠다. 아주 잠깐이라도 사이버 공간을 벗어나면, 라 메탈의 혹성에서 이탈되어 검은 우주의 미아라도 된 것처럼 두려웠다. 다나는 영혼을 빼앗긴 기계 인간이 되더라도 리사와 메텔이 있는 라 메탈에서 살고 싶었다. 라 메탈은 모든 것이 꿈처럼 달콤하고 따뜻했다.

리사를 대할 때면 언제나 할머니가 말했던 여고생 얼굴도 함께 그려지곤 했다. 그 어린 것이 얼마나 무서웠으면 그랬겠냐. 이빨로 탯줄을 끊었는지, 얼굴이 피범벅이 돼선 정신없이 도망가더란다. 삼촌이 병을 앓아서 그렇지 심성이 나쁜 건 아니니께 니가 참어라이. 사내의 극심한 폭력 뒤면 언제나 궁색한 변명을 늘어놓던 할머니. 폐휴지를 줍고 집에서 기른 상추나 부추, 고추 등을 시장에 내다 팔며 근근이 생활을 이어갔지만 한 번도 힘들다는 말을 하지 않았던 할머니. 죽지 않고 살아만 있으면, 언젠가 돌아오지 않겠냐. 그 여고생은 영원히 닿을 수 없는 곳으로 사라져 버린 건 아닐까. 리사와의 가상 결혼 생활은 오래가지 못했다. 리사와 이혼을 하고 나자, 다나는 어쩐지 오래전 버려진 핏덩이가 된 기분이었다.

메텔은 현경으로 불리는 것을 끔찍하게 싫어했다. 전문대를 졸업한 뒤 십 년 동안 한 회사에서 일을 했다고 했다. 메텔은 갈수록 회사에서 있으나마나 한 존재가 돼 간다고 했다. 지금도 회식을 하는 동안 모든 직원들은 새로운 팀장에게 집중할 것이다. 메텔은 구석에 앉아 조용히 술을 마시고 있겠지. 남몰래 팀장을 노려보며 이미 자신을 떠나버린 남자를 떠올리면서. 메텔은 그 남자 생각이 날 때마다 다나에게 문자를 보내는 것 같았다. 자신이 있는 곳을 누군가 알고 있다 생각하면 마음이 놓인다고 했다. 메텔이 어떤 이유로 펫을 입양한 건지 알 수 없지만 다나에겐 그저 고마운 주인일 뿐이었다. 사실 펫으로 입양하겠다고 쪽지를 보낸 여자가 메텔이었을 거라고는 상상도 못했다. 이상한 쪽지를 주고받던 날 다나는 주인이 될지도 모를 입양자를 만나러 갔었다.

그날 메텔은 롯데리아 이 층 창가에 앉아 있었다. 다나는 그녀가 쪽지를 보낸 여자 같다는 예감에 무작정 맞은편 의자에 앉았다. 뭐 먹을래? 메텔은 끼고 있던 팔짱을 풀며 물었다. 좀처럼 잘 웃지 않는 인상이었다. 쌍꺼풀이 없는 눈은 날카롭고 예민해 보였다. 메텔은 말없이 어딘가를 뚫어지게 바라보는 습관이 있는 것 같았다. 콜라를 한 모금 마신 뒤 다나에게 물었다. 니 조건은 뭔데? 다나는 피시방에서 지낼 돈만 있으면 된다고 말하지 않았다. 뭐? 너 지금 관심이라고 그랬니? 메텔은 마시던 콜라를 풉, 하고 내뿜었다. 생각지도 않은 말이 튀어나와 다나는 얼굴이 붉어졌다. 에이, 농담이죠. 저야 뭐, 먹고 잘 데만 있으면 돼요. 메텔은 정색을 하며 물었다. 가출? 아아 됐고, 우선 한 달 계약하고, 하는 거 봐서 재계약하든지. 일어나! 다나는 잔에 남아 있는 얼음을 입에 물고 메텔을 쫓아갔다. 입안에 가득 찬 얼음이 박하사탕을 문 것처럼 시원했다.

메텔의 뒤를 따라가며 다나는 가로수를 바라보았다. 가지가 몽땅 잘린 플라타너스 나무 둥치에 여린 잎이 돋아나고 있었다. 여린 잎들이 시멘트 기둥을 힘겹게 뚫고 나온 것처럼 안쓰러웠다. 그렇게라도 단단한 껍질을 뚫고 나온 여린 잎에 비해 자신은 단단한 기둥 안에 갇혀 바깥으로 뚫고 나오지 못하는 것 같아 답답했다. 메텔의 집은 건물이 낡아 보이는 오피스텔 4층이었다. 넌 저쪽에서 자. 다나는 방안을 둘러보며 물었다. 강아지 키워요? 와아, 이게 다 강아지 건가? 메텔이 얼굴을 찡그렸다. 다나는 못 볼 것을 본 것처럼 재빨리 시선을 거두었다. 어두운 계단이나 공원 벤치에서 자고 난 뒤 울고 싶도록 쓸쓸했던 기분을 메텔의 표정에서도 언뜻 본 것 같았다. 다나는 장난감 뼈다귀를 만지작거리며 방안을 둘러보았다. 하나의 공간을 소파로 경계를 두어 두 개의 공간으로 분리해 놓았다.

책상 위에는 몇 권의 책과 구형 컴퓨터가 있었다. 이거, 인터넷 돼요? 당연하지. 메텔은침대 위로 몸을 던졌다. 침대 옆 탁자 위엔 노트북이 펼쳐져 있었다. 다나는 손에 들고 있던 장난감 뼈다귀를 바구니에 던졌다. 스스로 원한 거지만 진짜 펫이 된 것 같아 기분이 묘했다. 그러나 생각지도 않게 먹고 지낼 곳이 생긴 것은 신기했다. 게다가 메텔은 집에 들어오자마자 현금카드를 내밀며 말했다. 꼭 필요할 때만 뽑아 써. 다나는 카드를 만지작거리며 리사를 떠올렸다. 라 메텔 혹성에 가보는 게 꿈이라던 리사와 비행기를 타고 여행을 떠나고 싶었다. 라 메탈 혹성이 아니라도 좋았다. 어디든 리사와 함께라면 다 좋을 거 같았다. 어쨌든 갈 곳이 없다고 장난처럼 말했을 뿐인데, 선뜻 다나를 집으로 데려온 거나 현금카드까지 내미는 메텔이 정상은 아닌 것 같았다.

메텔이 더 이상하게 보인 건 다음 날이었다. 밤 여덟 시 쯤 메텔이 초인종을 눌렀다. 다나는 잠이 취한 상태로 문을 열었다. 다짜고짜 메텔은 다나의 뺨을 후려쳤다. 야, 너 이 자식! 메텔에게 술 냄새가 풍겼다. 빨리 빨리 문 못 열어? 어쭈 이게 뭐야, 신발은 항상 똑바로 정리해 놓으라고 했지. 바닥에 이 자국들은 또 뭐야, 청소 안 했어? 메텔은 지나칠 정도로 화가 나 있었고, 다나는 뭐가 뭔지 정신을 차릴 수가 없었다. 메텔은 욕실로 들어가더니 오랫동안 나오지 않았다. 샤워를 하는지 물소리가 요란했다. 갑자기 메텔의 고함소리가 들렸다. 누군가에게 심한 욕설을 퍼붓는 것 같았다. 한참 뒤, 욕실에서 나온 메텔은 아무 일도 없었다는 듯 씨익 웃었다. 그러곤 노트북을 켰다. 다나는 머리를 세게 얻어맞은 것 같았다.

다나는 종일 아무것도 먹지 않고 잠만 잤다. 집이라는 공간이 주는 안도감 탓일까. 잠에서 깨어나지 못한 것처럼 계속 몽롱한 상태가 이어졌다. 메텔은 익숙한 게임 사이트에 접속했다. 총성이 좁은 공간을 요란하게 파고들었다. 다나는 슬쩍 모니터를 훔쳐보다 깜짝 놀랐다. 라 메탈 멤버인 메텔? 설마… 이게 어찌 된 일일까. 다나는 메텔의 어깨를 툭툭 건드렸다. 왜! 치켜 뜬 메텔의 눈빛에 소름이 돋았다. 저기, 그, 혹시, 라 메탈의 메텔? 터지는 총소리가 다나의 물음을 잘게 부숴버렸다. 내가 다나인 거 알고 있었어요? 다나는 메텔의 뒷모습을 바라보며 물었다. 메텔은 마치 기계로 만든 인간 같았다. 그게 왜, 뭐 잘못됐니? 메텔은 모니터의 푸른빛을 피처럼 빨아들여 에너지를 축적하는 것 같았다. 메텔은 마우스와 키보드를 번갈아 두드리며 총을 쏘아 댔다. 가상 속 부 캐릭터를 현실에서 마주친 기분은 소름 돋도록 생경했다. 라 메탈에서의 메텔은 다나와 리사의 주변을 떠나지 않고 변함없이 지켜주는 든든한 멤버였다. 다나는 괴팍하고 제멋대로이고 기괴하기까지 한 저 여자를 차마 메텔이라 믿고 싶지 않았다. 다나는 문득 메텔과 미션을 수행하기 위해 게임 안에 들어와 있는 것 같았다. 털어 내지 못한 잠이 확 달아났다. 가슴이 펌프질을 해대고 열 개의 손가락은 팔딱이는 물고기처럼 마구 움직였다. 다나는 소파 주변을 서성대며 메텔의 행동을 지켜보았다. 게임이 잘 풀리지 않는지 메텔은 옷을 후다닥 벗어 던졌다. 그런 뒤 욕실로 들어가 물을 끼얹고 나왔다. 전혀 다나를 의식하지 않는 행동이었다. 다나는 궤도를 이탈해 엉뚱한 행성에 발을 들여놓은 것처럼 두려웠다. 모니터를 훔쳐보았다. 리사도 접속해 있었다. 두 사람은 현실의 캐릭터보다게임 속 캐릭터가 오히려 인간적이고 따뜻했다. 다나는 어디가 진짜 현실이고 무엇이 진실인지 혼란스러웠다.

담배 연기로 가득 찬 피시방 내부는 마치 행성이 떠도는 우주의 공간처럼 낯설다. 다나는 뻐근해진 목을 돌리며 근육을 풀어준다. 게임 속미션을 수행하지 못하고 피를 흘린 채 쓰러져 있는 캐릭터를 들여다본다. 라 메탈은 몇몇 유저들이 짝을 이뤄 미션을 수행하고 있다. 리사와메텔이 없는 라 메탈은 쓸쓸하다. 다나는 단독으로 미션에 다시 가담한다. 적극적으로 적의 공격에 방어하지 않자 여러 발의 총탄이 날아와 다나를 피범벅으로 만든다. 다나는 왜 자신을 펫으로 입양한 건지 메텔의의도가 궁금하다. 게다가 얼마 전부터 메텔은 라 메탈 안에서까지 다나와 리사를 관리하려 든다. 다나는 어차피 메텔의 펫이기에 상관없다. 그러나 리사까지 관리하려 드는 건 못마땅하다.

푸른빛을 뿜어내는 모니터에서 눈을 뗀다. 피시방을 가득 채운 사람들. 컴퓨터 앞에 앉아 머리에 헤드폰을 낀 그들은 각자 원하는 세계를표류하고 있다. 감정을 잃어버린 기계 인간들을 보는 것 같아 머리털이곤두선다. 헤드폰을 빼고 모니터 안에서 펼쳐지는 총격전을 관전한다. 소리가 사라진 총격전이 오늘따라 기묘해 보인다. 다나는 여러 게임 사이트를 돌며 자신의 흔적을 차례로 지워나간다. 마지막으로 라 메탈 조직을 해체 시켜 버릴까 망설인다. 그들과 함께 했던 사이트 안을 이리저리 배회하며 생각에 잠긴다. 처음부터 존재하지 않은 상태란 어떤 걸까. 메텔도 리사도 라 메탈도 존재하지 않았던 상태. 더 나아가 사내가 핏덩이를 발견했던 그 이전, 아니 그 여고생의 배 안에 아기가 자리를 잡기전의 상태. 아무것도 존재하지 않는 상태로 돌아갈 수는 없을까.

메텔의 문자메시지가 다시 도착한다. 회사에서부터 약도가 시작된다. 전화국 담벼락을 끼고 50미터, 횡단보도를 건너 푸른 약국, 수 초밥집과개미 부동산을 지나 바다 횟집으로 이어졌다. 메텔의 문자메시지는 중

독성이 강한 게임처럼 여겨진다. 메텔이 정말로 이상하게 생각된 건 종일 자신의 위치를 내비게이션처럼 세밀하게 남기는 문자메시지 때문이다. 메텔의 이상한 행동은 거기서 멈추지 않았다. 술이 취한 날은 항상 새로운 남자를 데려왔다. 쟨 신경 쓸 필요 없어, 하고 내뱉은 뒤 술을 마시며 깔깔댔다. 그들 역시 다나의 존재를 무시하듯 스스럼없이 메텔과 뒤엉켜 침대에서 뒹굴었다. 다나는 그들의 행동을 게임의 연속으로 생각했다. 그런데도 그들의 성행위가 끝날 때쯤엔 사우나에라도 들어갔다 나온 것처럼 온몸이 축축하게 젖었다. 메텔은 거침없는 행동으로 다나가 펫이라는 걸 자연스럽게 인식시키는 것 같았다. 명령도, 강요도, 뚜렷한 의도도 없는 불투명한 상태의 인식을.

메텔의 말대로 낮에는 자유였다. 그 외에는 대부분 함께 게임을 하거나 메텔이 잠들 때까지 이야기를 들어주었다. 메텔이 쉴 새 없이 떠들어댄다는 걸 안 건 얼마 지나지 않아서였다. 처음 3일 동안은 밤마다 메텔의 이야기를 들으며 고장 난 인형처럼 고개를 끄덕였고, 5일째는 귀가 윙윙거렸고, 굳어지는 얼굴 근육을 푸느라 애를 먹었다. 10일쯤 되자 메텔의 말은 거친 자갈돌처럼 잘그락거려 도무지 잠을 잘 수가 없었다. 나중에는 종알대는 메텔의 입안에 총알을 박아 넣고 싶은 충동으로 목이 시뻘겋게 달아올랐다. 메텔은 마치 자루에 담긴 쓸모없는 말 부스러기를 끝없이 쏟아 내는 것 같았다. 유독 팀장에게 뺏겼다는 남자친구 얘기를 꺼낼 때면 삵괭이처럼 표독스럽게 변했다.

메텔은 회사 이야기를 할 때도, 동료들이나 자신의 사생활, 심지어 게임에 대해 떠들 때도 모두 숫자와 연결시키기를 좋아했다. 금융회사에서 십 년 동안 숫자를 만지다 보니 어느 순간 자신이 하나의 기호나 숫자가 된 것 같다고 했다. 메텔의 끝없는 얘기가 시작되면 차라리 감정이 없는 기계 인간이 되고 싶었다. 다나는 메텔이 떠드는 동안 종종 다른 생각에 빠졌다. 그 옛날, 여고생은 핏덩이 아기를 왜 자신의 가방에 숨겼는지 궁금했다. 그 상황에서 사라지는 것만이 최선이었을까. 할머니는 핏자국이 누렇게 바랜 문제집을 유품처럼 다나에게 전해 주었다. 여고

생을 떠올리다 보면 언제나 상상은 리사로 이어졌다. 어쩌면 여고생의 이미지를 그렇게라도 리사와 연결해보려는 의지일지 몰랐다.

리사는 수술을 잘 끝낸 걸까. 고민을 털어놓는 사이트에 '낙태 수술'로 검색어를 친다. 놀랍게도 활자를 교묘하게 바꾼, 불법 낙태 수술 경험담들이 수두룩하게 올라와 있다. 오래전 그 여고생도 차라리 낙태를 택했다면 어땠을까. 열 달 동안 어두운 뱃속에 웅크려 있었을 아기를 떠올리자 날카로운 감정이 차갑게 달려든다. 리사는 지금 어떤 상태일까. 리사를 떠올리자 다나는 마치 자신의 팔다리와 온몸이 잘 버린 가위에 차례로 잘려 나가는 것 같아 몸을 움찔거린다. 재빨리 계산을 한 뒤 피시방에서 뛰쳐나온다. 탁하고 습한 바람이 후끈한 열기처럼 코끝으로 몰려든다. 교묘하게 숨어 있다 공격을 퍼붓는 복병과도 같다. 순간적으로 호흡을 멈춘다. 눈앞이 침침하다.

메텔이 회사에서 나와 횟집으로 간다고 한 게 한 시간 정도 지났으니 아마도 시계의 숫자는 일곱 시를 표시하고 있을 것이다. 영상 파일을 첨부한 메텔의 메시지 알림이 울린다. 파일을 열자 처음 본 여자의 사진이 뜬다. 속이 피치는 하얀 레이스 상의를 입은 여자는 몹시 내추럴해 보인다. 하늘거리는 흰 천위로 긴 생머리를 자연스럽게 늘어뜨렸다. 여자의 미소는 물속에서 방금 빠져나온 것처럼 아름답고 청초하다. 약도는 횟집에서 다시 호프로 이어진다. 메텔은 왜 이 여자의 사진을 보낸 걸까.

다나는 지하철 쪽으로 몸을 돌린다. 눈알이 빠져나갈 것처럼 통증이 몰려온다. 머릿속에서 총알의 탄피가 탁탁 튀어 오르는 느낌이다. 라 메탈의 혹성은 사라졌다. 아니, 어쩌면 영원히 사라지지 않을지도 모른다. 다나는 새로운 라 메탈의 차가운 땅 위에 서 있는 건지도 모른다. 영혼은 사라지고 얼음처럼 차가운 감정을 지닌 기계 인간들이 산다는 라 메탈. 표정 없는 사람들이 지나간다. 그들은 갑자기 돌변하여 언제 총구를 들이밀지 모른다. 지나가는 사람들이 다나와 부딪치자 투덜거린다. 손가락이 미친 듯 움직인다. 다나는 주머니에 손을 넣는다. 싸늘하게 식은 금속 표면이 손가락에 닿는다. 메텔의 화난 표정이 떠오른다. 누군가에게 길들여지는 펫은 성태의 말처럼 좆같은 일이다. 메텔 역시 자신이 소속된 집단에 길들여진 펫이나 다름없다. 모든 관계가 먹이사슬처럼 서로가 서로에게 길들여지는 촘촘한 그물망으로 얽혀 있다 생각하자, 세상이 온통 주인과 펫으로 이루어진 것 같다.

꼬리를 물고 이어지는 차량의 불빛을 바라보며 걷는다. 밤의 표면은 화장으로 꾸민 화려한 여자들의 얼굴을 닮았다. 쏟아지는 불빛 앞에 어둠은 습한 골목 어디쯤으로 몸을 숨긴다. 핸드폰이 울리고 영상 통화가 걸려온다. 메텔은 술이 많이 취해 보인다. 액정 화면의 움직임이 끊어질 듯 이어진다. 메텔의 몸이 흔들린다. 어디세요? 화장실. 메텔은 입꼬리를 비틀며 피식 웃는다. 내 인생에서 그년만 사라지면 돼! 중얼거리며 눈물을 닦는 건지 메텔의 손이 화면을 가린다. 잠시 후 메텔은 차갑게 내뱉는다. 오늘 게임은 한 방에 끝내자! 메텔이 묻는다. 무조건 복종할 수 있지? 옙! 메텔이 피식 웃으며 액정화면에서 사라진다. 다나는 문득 라 메탈 멤버들과 폭탄물 제거 미션을 수행하고 있다는 느낌이 번개처럼 스친다. 피시방에서 총에 맞고 쓰러진 마지막 게임이 떠오른다. 메텔과 리사는 각자의 포지션에서 싸우고 있을 것이다. 다나는 클럽 나이트의 지하 창고에서 피를 흘리며 쓰러졌던 자신을 다시 일으켜 세운다. 하다만 게임은 끝을 내야 개운하다.

지하철 계단을 향해 뛰어간다. 라 메탈 안에는 지하철 계단이 없다. 지하철 계단을 향해 뛰어가는 문식이란 존재도 없다. 다나는 지금 라 메탈 혹성에 들어와 있다고 착각한다. 메텔의 회사 근처까지 지하철로 세 코스. 무조건 복종할 수 있지? 메텔이 묻는다. 사내도 다나에게 복종만을 강요했다. 명령을 어기거나 말대꾸를 하면 어김없이 혁대의 가죽끈이 칼날처럼 다나의 살을 파고들었다. 할머니의 등도 사내 앞에선 온전하지 못했다. 하늘이 맞닿은 계단 위 판잣집은 아무도 침범하지 못할 사내만의 제국이었다. 정신분열을 앓던 오빠를 견디지 못하고 영영 사라져버린 여고생. 다나는 사내의 제국에서 언제나 잭나이프를 숨기고 살았던 때가 떠오른다. 그때의 다나는 전혀 행복하지 않았다.

메텔은 새로 온 팀장에게 모든 걸 빼앗겼다고 했다. 메텔 입장에서 팀장은 라 메탈에 등장하는 적수가 아닌 것이 분해 보였다. 욕실 유리 장식장 안에 아직도 자리를 차지하고 있는 쉐이프 면도기와 배가 그려진 하얀 스킨 병, 솔이 마모된 파란색 칫솔이나 서랍장에 곱게 개켜 놓은 사각팬티. 이 모든 것이 팀장만 사라지면 주인을 되찾게 될 거라고 했다. 딱 한 번 메텔과 잠을 잔 적이 있다. 잠결에 흐느끼는 소리를 들었다. 다나는 귀를 틀어막았다. 메텔이 다나를 끌어안으며 물었다. 넌 내 말에 무조건 복종하는 거야 그렇지? 다나는 얼떨결에 고개를 끄덕였지만 차가운 칼날에 베인 것처럼 소름이 끼쳤다. 메텔의 눈물이 다나의 얼굴을 적셨다. 다나는 메텔의 체온 속에 몸을 파묻으며 복잡한 감정에 사로잡혔다. 따뜻하면서도 차갑고 있는 것 같으면서 없는 것 같은 여러 개의 감정은 머리가 여럿 달린 뱀처럼 다나를 뒤흔들었다.

메텔은 아직까지 다나에게 직접적인 명령을 내려 본 적이 없다. 그러나 영상통화에서 했던 말이 다나의 뇌를 휘젓고 다닌다. '한 방에 끝내자!' 자신의 위치를 세밀하게 보내오는 메시지들은 마치 오늘의 서브 미션을 위한 맵처럼 여겨진다. 전동차를 가득 채운 사람들이 모두 기계 인간처럼 보인다. 라 메탈의 혹성을 그린 만화의 줄거리를 떠올린다. 영혼을 빼앗겨 기계 인간으로 가득한 라 메탈에서 메텔과 에메랄다스는 탈출을 했던가? 메텔과 에메랄다스를 구출하다 몸이 두 동강 난 '다나'는 죽음을 두려워하지 않았다. 왜? 왜였지? 스스로 목숨을 버릴 만큼 다나에게 두 자매의 존재가 그토록 소중했던 걸까.

전동차의 문이 열리자 사람들이 한꺼번에 빠져나간다. 다나는 사람들의 뒤꿈치를 보며 계단을 오른다. 지하도를 빠져나오자 거리는 사람들로 북적거린다. 다나는 사람들과 섞여 앞으로 나아간다. 누가 아군이고 적군인지 구별이 되지 않는다. 적들은 언제나 어둠 속에 숨어 뒤통수를 노린다. 벌레가 기어가듯 뒤통수가 스멀거린다. 전화국 건물이 눈에 들어온다. 리사에겐 아직 연락이 없다. 리사는 암흑으로 가득 찬 혹성에서 여전히 출구를 찾지 못한 채 헤매고 있을지도 모른다. 리사에게 소중한 건 뭘까. 리사 역시 기계 인간으로 변해버린 건 아닐까. 리사를 떠올리자 다나는 잠시 혼란스럽다. 메텔에게 다시 문자가 온다.

메텔이 문자로 보낸 위치는 정확하다. 오피스텔 건물 앞을 지난다. 사람들이 한순간에 사라진 듯 거리는 조용하다. 다나는 주변을 살핀다. 가로수의 여린 잎사귀들은 어느새 크게 자라나 무성하게 펼쳐졌다. 다나는 자신의 푸른 잎은 여전히 단단한 기둥 안에 갇혀 바깥으로 빠져나오지 못한 것에 화가 치민다. 어디선가 갑자기 총성이 들린다. 적의 숫자가 몇 명인지 파악할 수 없다. 보이지 않는 적들은 다나를 두렵게 한다. 라 메탈 안에서 리사와 메텔과 한 가족처럼 서로를 엄호하며 미션을 수행했던 때가 떠오른다.

신호가 바뀐다. 다나는 무기를 확인한다. 메텔은 회식을 마쳤다고 했다. 남자 동료들은 2차를 갔고, 팀장은 회사 지하 주차장으로 갈 거라고 했다. 한 방에 끝내는 거야! 메텔의 눈에서 쏟아지는 푸른 광선이 느껴진다. 건물에서 뿜어대는 열기가 다나의 온몸을 할퀴며 땀방울을 뽑아낸다. 노래방 건물을 지나 메텔의 회사가 있다는 건물 쪽으로 걸어간다. 몇몇 사내가 시끌벅적 떠들며 지나간다. 한 블록만 지나면 회사 주차장이다.

메텔은 팀장이 몇 개월 전 이직한 그녀의 남자친구를 만나러 갈 게 뻔하다고 했다. 긴 생머리 여자가 건물 지하로 내려가며 백에서 차키를 꺼낸다.

라운드 당 작전시간 3분!

메텔은 어딘가에 숨어 다나를 엄호하고 있을 것이다. 마침 주차 관리소는 문이 닫혀 있다. 다나는 눈을 비집고 들어오는 땀방울을 손등으로 닦아낸다. 긴 생머리 여자의 구두 굽 찍히는 소리가 선명하다. 여자가 뒤를 돌아본다.

1분경과!

발소리를 죽이고 최대한 여자의 뒤를 따라붙는다. 3분 안에 미션을 성공하지 못하면 자신이 죽어야 한다. 여자가 B2라 새겨진 기둥을 돌아간다. 신경줄이 끊어질 듯 숨이 가빠온다. 머릿속에서 총소리가 요란하다. TRG-21이 떠오른다. 다나는 문득, 메텔의 명령 '한 방에 끝내기'를 거부하고 싶다. 아무도 내게 명령할 수 없어! 지금은 다나의 단독 미션, 아니 문식이 명령하는 미션을 수행하고 싶다. 한 방이 아닌, 더 잔인한 방법 '흉터 내기'로 깊은 상처를 입힐 것이다.

손가락 사이에서 찰칵! 소리가 난다. 금속성의 날카로움이 반짝 빛을 낸다. 손가락에 익숙한 감촉이다. 여자의 구두 굽 소리가 빨라지고 거칠게 내뿜는 숨소리가 들린다. 사내의 혁대가 떠오른다. 문식의 등짝으로 내리쳐지던 혁대의 날카로움이 칼이 되어 살을 파고든다. 사내를 말리던 할머니의 어깨 위로도 혁대가 파고든다. 다나는 사내의 미친 듯 날아오는 혁대를 붙잡는다. 손에 쥔 잭나이프의 날이 사내의 얼굴 여기저기를 가른다. 사내의 눈이 하얗게 뒤집힌다. 무조건 복종만을 요구했던 사내. 라인 밖 문식은 주인을 배반했다. 심장 박동이 요동친다. 다나는 심장이 미친 듯 날뛰는 순간이 좋다. 기계 인간의 차가운 심장과는 다르기 때문에.

여자가 뛰어간다. 라인 밖 문식이 다나에게 명령한다. 무조건 복종할 수 있지? 예스!

2분경과!

다나는 발소리를 죽이고 민첩하게 여자의 곁으로 뛰어간다. 여자가 놀라서 몸을 돌린다. 금속의 푸른 빛이 여자의 머리 위에서 날렵하게 튕겨 나간다. 기계 인간들을 차례로 처치하다 보면 혼란이 멈추고 모든 건 제자리로 돌아갈 것이다. 여자가 놀란 새처럼 파닥거리며 찢어질 듯 비명을 지른다. 이 여자는 누구일까. 메텔의 팀장이 아니다. 주춤하던 다나의 팔이 다시 공중으로 올라갔다 빠르게 여자의 얼굴 위를 가른다. 여자가 얼굴을 감싸고 주저앉는다. 하얀 레이스 위로 검붉은 피가 분수처럼 쏟아진다.

3분경과!

WIN!

다나는 재빨리 지하 주차장을 빠져나와 어두운 골목으로 스며든다. 가쁜 호흡을 간신히 가라앉힌다. 차가운 바람이 날카롭게 파고든다. 다나는 소스라치게 놀라며 생각한다. '나는 누구의 펫도 아니다. 다나도 아니다. 나는 단지 라인 밖 문식이일 뿐이다.' 숨을 죽이고 어디선가 문식을 지켜보고 있을 현경을 기다린다. 문식은 손바닥의 끈적이는 핏물을 바지에 닦은 뒤 칼을 똑바로 쥔다. 사이렌 소리가 골목을 휘젓는다. 골목 안쪽에서 조심스러운 발소리가 들린다. 메텔일지도 모른다. 문식은 마지막 미션을 위해 호흡을 가다듬는다.

'문턱'이 지닌 의미를 탐색하며 글로 풀어낼 방법을 찾고 있었다. 이 방에서 저 방, 안과 밖, 이쪽과 저쪽, 이 세계에서 저 세계 등등. 어딘가로 건너기 위해선 꼭 넘어야 할 경계. 당선 전화를 받는 순간 높은 문턱 하나를 넘었다는 안도감에 '그래도 해냈어!' 소리를 질렀다. 마치 빈 배로 돌아오지만 그래도 해냈다고 외친 《노인과 바다》의 노인처럼.

소설은 영혼을 입증하기 위해 길을 떠나는 서사라던 루카치의 말처럼 오랜 시간 존재를 증명하고 싶었다. 끝이 보이지 않는 길 위에서 가장 두려웠던 건 나의 글쓰기에 대한 불신과 마주하는 순간들이었다. 아무것도 아니게 될까 봐. 그런 탓인지 '왜 글을 쓰는가'의 질문과 맞닥뜨릴 때면 존재의 이유를 들 수밖에 없었다. 그러나 매 순간 날카롭게 깨어있어야만 존재 역시 가능하다는 것을 깨달았다. 문학의 진정한 가치와 목적을 깨닫는 순간까지 앞으로도 꾸준한 글쓰기로 묵묵히 나아갈 것이다.

오랜 시간 문학의 길 위에서 만난 스승들과 문우들, 일일이 호명할 수 없지만 모두가 소중한 인연들이었다. 멈추지만 않는다면 꼭 이룰 수 있다던 나의 첫 스승이신 윤후명 선생님, 소설이 가야 할 진정한 방향성을 제시해주신 박상우 선생님의 말씀을 늘 가슴에 새기고 있다. 힘든 순간 포기의 유혹이 일 때마다 꼭 붙잡아 주셨던 남상순 작가님께 특별히 감사 말씀 전한다. '문학에 길을 묻다'의 문우들께도 깊은 감사를 전한다. 이번엔 제 작품에 운이 닿았지만 다음은 당신들 차례이니 힘내시라고.

나의 소중한 아이들, 든든한 남편, 글보다 딸의 건강을 염려하는 엄마, 무조건 내 편이 되어주는 형제들. 소중한 가족들 덕분에 글쓰기 삶이 더욱 가치가 있음을 고백한다. 마지막으로, 기회를 주신 전남매일신문 심사위원들께 깊은 감사를 드리며 더욱 단단한 작품으로 보답을 드리고 싶다.

소설의 재미와 크기 · 시의성 사이 고심

2020년을 한 마디로 표현하자면 '코로나19의 해'일 것이다. 전남매일 2021년 신춘문예 소설부문 응모작들을 심사하기 전에 코로나19에 관한 내용이 다수 포함되어 있으리라 예상했다. 예상과 달리 코로나19 상황을 다룬 작품은 드물었다.

본선에 올린 작품은 5편이었다. 〈굿바이, 라 메탈〉은 사이버 세상 속 현실과 현실 세상을 넓고 깊게 잠식한 사이버 현실이 한 개인에게서 어떻게 혼합되고 충돌하는지를 막힘없이 보여주었다. 〈평균의 남녀〉는 사람의 평균값에 관한 진지한 탐구가 도드라졌으나 보편성을 성취했는지, 아쉬움이 남았다. 〈홀〉은 '의식의 흐름 기법'에 따라 실제 현실의 구멍과 의식의 구멍을 병치하여 서술했다. 지나치게 모호한 서술이 아쉬웠으나 묘하게 눈길을 잡아끄는 매력이 있었다. 〈붉어진, 흔한 장미 문양〉은 편의점에서 일어난 지갑 분실 사고를 둘러싸고 사소한 욕망의 그늘을 현실감 있게 묘사했다. 〈안녕, 셀리〉는 키르키즈스탄 여성의 코리아드림과 한국 여성인 '나'의 아메리카드림(영어 구사의 꿈)이 빚어낸 재치 있고 깊이 있는 우화였다.

〈굿바이, 라 메탈〉과 〈안녕, 셀리〉를 최종심에 올려놓고 고심했다. 두 작품이 다 문장이 세련됐다. 박진감 넘치는 전개와 주제의식의 선명함, 소설로 재미있다는 점에서 우열을 가리기 어려웠다. 지난한 현실에 각기 방식으로 대응하는 양상이 흥미진진했다.

결국 작품이 담고 있는 이야기의 크기와 시의성을 잣대로 〈굿바이, 라 메탈〉

을 당선작으로 결정했다. 소설로서 많은 장점을 가진 〈안녕, 셀리〉에 안타까움을 전하고 〈굿바이, 라 메탈〉에 축하를 보낸다.

전북일보 황지호

전북 장수군·읍 동촌리에서 태어나 자랐다.
'우수출판콘텐츠제작지원사업'에 선정되었고,
《잠수함 속 토끼》 등을 출간했다.
〈월간 전원생활〉에 칼럼을 연재하고 있다.

귀가歸家

황 지 호

집이 죽어가고 있었다. 평고대 안쪽으로 쏟아진 기와는 기단과 마루에서 파편이 되었다. 기와가 밀린 곳은 보토와 진새, 앙토가 드러났고 그 흙에 의지해 민들레가 자라고 있었다. 뿌리가 암세포처럼 서까래 골수에 파고들었을 것만 같았다. 상한 서까래 마구리는 아귀의 이빨처럼 날카로웠고 추녀는 갓이 상한 버섯처럼 추레했다. 찬바람을 막기 위해 설치한 덧문과 덧문에 남아 있는 삭은 보온 비닐들이 집의 음습함을 더했다. 황토미장을 한 벽도 무너진 지 오래였다. 미장한 흙이 떨어지며 드러난 중깃과 눌외, 설외가 핏줄처럼 보였다. 황토와 범벅 돼 흘러내린 빗물이 피고름 같았다. 기둥을 타고 흘러내린 그것을 주춧돌이 농반처럼 받았다. 밤이 되면 무서운 소리가 들릴 것만 같았다. 집이 흐느껴 울 것만 같았다.

드레싱은 악몽 같은 시간이었다. 피부암 전이를 막기 위해 절단한 그녀 다리는 치료되지 않았다. 피부암이 전이된 것인지 바이러스에 감염된 것인지 알 수 없었다. 조직검사를 하자는 요청에 담당의는 침묵으로 일관했다. 이미 내려놓은 듯했다. 깨끗한 임종을 위해 절단한 부위의 상처라도 낫길 바랐지만 수습되지 않았다. 소독할 때마다 핏줄과 살들이 너덜거렸고 상처와 상관없는 근육이 바들거렸다. 그녀의 긴 비명이 병동을 오래 침묵하게 했다. 몇 번의 드레싱 이후 이식한 살이 떨어져 나갔다. 소독 접시로 그것이 떨어지자 담당의가 질끈 눈을 감았다. 시간이 지날수록 뼈와 근육 사이가 벌어졌다. 이격을 봉합할 수 있는 것은 없었다. 회진을 할 때마다 새살이 돋았냐고 순하게 묻던 그녀가 퇴원을 하라는 의사의 말에 사납게 변했다. 처음에는 비명을 참아 보겠노라고 했다. 암이 전이된 것이면 위쪽을 한 번 더 절단하자고 했다. 퇴원이 임종을 준비하라는 말인 것을 안 그녀는 분노와 원망을 여과 없이 드러냈다. 분노와 원망 사이에 의사는 희망을 심어 주지 않았다. 담담히 남은 생을 정리하라고 했다. 의사의 담담함이 죽음을 더 바투 다가오게 했다.

부엌문 하방과 둔테를 바라보았다. 하방은 반달처럼 굽었고 둔테는 우물처럼 깊었다. 옛 목수는 하방을 자귀로 다듬고 끌질을 더해 둔테를 만들었다. 곡률이 큰 월방문턱이었으나 턱이 닳았고, 세월과 문의 무게를 이기지 못한 둔테는 깨져 있었다. 비스듬히 걸린 부엌 판문을 당겼다. 부엌이 깊숙한 곳까지 햇살을 받아들였다. 고개를 들어 천장 상부 구조를 바라봤다. 좌측 대들보와 우측 평주를 휘어진 충량으로 연결하고 전후면 도리를 연결하는 멍에를 충량 위에 가로질러 걸었다. 그 위 외기 도리에 추녀와 서까래를 걸었다. 충량과 멍에의 곡선이 은은했고 모를 접어 순해 보였다. 손대패로 다듬은 서까래의 살결이 매끄러울 듯했다. 겉은, 고통스럽게 죽어 가고 있었지만 속은 아직도 여리고 순한 집이었다. 부엌과 안방을 연결하는 눈꼽재기창은 그대로였으나, 그 아래 부뚜막에 걸려 있던 암수 솥은 사라지고 없었다. 오래 비어 있던 집이니 고물상들이 남겨 놓을 리 없었다. 솥을 잃은 부뚜막은 무너졌고, 쌀뒤주는 사라져 빈자리에 먼지가 앉았다. 솔가리는 숨이 죽었고, 섶은 삭아 땔감 답지 못했다. 석유곤로와 사기그릇들이 바닥에 어지럽게 흩어져 있었다. 그 사이에 놓인 한쪽 술날이 닳은 놋숟가락 하나를 집어 들었다. 유리를 만진 듯 차가웠다. 손가락으로 입술을 만들어 술잎을 천천히 쓸었다. 파란 녹이 더 진하게 드러났다. 놋숟가락을 작업복 안주머니에 넣었다. 부엌방 홑겹 대살문 너머로 작은 항아리 몇 개가 보였다. 항아리에 소분된 간장과 된장을 고물상도 차마 내쏟지 못한 듯했다. 간장과 된장은 이미 오래전 발효의 끝에 다다랐을 것이다.

　정맥주사 속도를 조절하기 위해 고개를 숙이자 그녀가 감나무 새순이 돋았냐고 물었다. 그즈음이라고 답했다. 정월에 담은 간장을 갈라야 하니 이제 그만 집에 돌아가자고 했다. 집에 돌아가면 감나무 새순이 돋기 전에 간장을 가르고 새순이 피면 못자리를 준비하자고 했다. 논두렁이 미끄러울 텐데 한쪽 다리가 없어 걱정이라고 했다. 오디새가 울기 전 밭갈이를 마치고 접동새가 울면 외를 심자고 했다. 감꽃이 피면 논두렁에 서리태를 심고, 감꽃이 질 때쯤 메주콩을 심자고 했다. 뻐꾸기가 울면 참깨를 심고, 고추잠자리가 날면 김장 배추를 심자고 했다. 눈 오기 전에 모은 솔가리가 불땀이 좋은데 산비탈에서 갈퀴질을 할 수 있을지 모르겠다고 했다. 그녀가 첫눈이 내린 날 아침, 햇빛이 문고리에 걸릴 무렵 그를 낳았다고 말했다. 생일날 국수를 삶아 주고 싶으니 그만 집에 돌아가자고 했다. 회진을 도는 담당의에게 퇴원하겠다고 말했다. 의사가 몇 올 남지 않은 그녀의 머리카락을 귀 뒤로 넘겨주었다.

　부엌에서 나와 툇마루를 바라보았다. 여모귀틀 하단 곡선은 초봄의 들판을 닮았고 마루청판 상부 풍화된 나이테는 밭이랑을 닮았다. 밭이랑은 소를 부려 골을 탄 듯 굽었고 새 보습을 끼운 듯 고랑이 깊었다. 이랑과 고랑에 먼지가 쌓여 마루의 봄 흙 같던 검은 윤기가 남아 있지 않았다. 마루청판 하부에 옛 목수의 흔적이 남아 있었다. 나무 연질을 부드럽게 떠낸 자귀 자국이 완연했다. 마루청판과 귀틀, 부엌 월방과 둔테를 다듬은 자귀 솜씨가 예사롭지 않았다. 그의 스승은 목수 일을 배우겠다는 사람이 오면 자귀질만 반년 넘게 시켰다. 머리보다 몸이 먼저 나무의 성질을 깨닫게 하려는 뜻인 줄 알겠으나 견디는 사람이 별로 없었다.

스승은 죽기 직전, 남은 목수들에게 자기가 죽거든 묵은 집을 고치거나 이축하라는 이야기를 했다. 돈이 되지 않는다고 일을 물리지 말라 했다. 목수에게는 묵은 집보다 좋은 스승이 없다고 했다. 묵은 집을 열어 보면 옛 장부법, 직재와 곡재를 다루는 정석을 배울 수 있다고 했다. 집을 감싸는 바람 길과 집 속으로 스며들어오는 물길을 볼 수 있다고 했다. 성정이 다른 재료를 버무려 공간을 짓는 방법과 그 공간이 사람과 사람, 사람과 외기를 어떻게 이어 주는지, 혹은 피해가게 하는지 알 수 있다고 했다. 집이 늙어 가는 흐름과, 어디부터 상하고 아프기 시작하는지, 집과 사람이 어떻게 의지하고 서로를 품어 주는지 엿볼 수 있다고 했다. 그리고 집이 사람으로 보일 때에야 비로소 도편수가 된다는 말을 남겼다. 오래된 옛집은 허리가 굽은 노인으로, 반듯하고 고졸한 집은 선비로, 산속 암자는 초연한 노승으로 보여야 한다. 양반인 것 같지만 격 없이 화려하게 지어 기생인 집이 있고, 비루한 객처럼 보이지만 그 속은 준엄한 어사의 품위를 갖춘 집이 있다. 같은 촌부라 하더라도 사임당 같은 집이, 용부의 부족한 심성이 드러나는 집이 있다. 폐가가 되었을 때도 무관의 기품 드러나는 집이 있고, 인색하고 옹졸한 성품이 드러나며 볼품없어지는 상인의 집이 있다. 본채는 번듯하지만 아래채는 남루한 집이 있고, 부족한 본채지만 아래채와 의지하며 조화로운 집터를 만들어 가는 집이 있다. 말은 없지만 속정이 깊어 기대고 싶은 집이 있고, 치장은 화려하나 내용이 없어 오래 머물 수 없는 집이 있다고 했다. 도편수는 산파와 같아 새로운 집의 탄생을 돕기도 하지만, 의사와 같아 아픈 집을 낫게 해 주어야 한다고 했다. 허리가 굽은 노인에게는 지팡이를 깎아 주고, 격 없는 기생집에는 회화나무를 심어 주고, 비루한 객에게는 밥 한 끼 대접해야 한다. 인색한 상인 집에는 마루를 만들어 주며, 남루한 집은 미장보다 지붕을 고쳐 주고, 조화가 깨진 집은 담을 쌓아 주어야 한다. 자식을 가르쳐 용부를 돕고, 올곧은 뼈대를 갖춘 집은 좋은 터를 잡아 이축해 주라고 했다. 혹여 그럴 수 없는 집이라면, 주인이 이미 속꿍을 확인한 집이거든 정성을 다해 염습을 해주라 했다. 염장이가 되

457

어 시충이 나오더라도 진맥하듯 시신을 닦고, 가죽같은 빈 몸, 피고름 담긴 육신이라 생각하지 말고 성심을 다해 염을 하라고 했다. 시신이 허리를 세우듯 집이 목수를 섬뜩하게 하더라도 시취에서 살아 있을 때의 사연을 맡겠다는 마음으로 습을 하라고 했다. 조각난 수장재, 부러진 보머리라도 함부로 버리지 말고 화장을 하되 그 마지막 육신으로 어느 집 행랑채 한 번 따뜻하게 데울 기회를 만들어 주라고 했다. 화장이 끝나면 재는 부추 밭에 뿌리고 좋은 날을 골라 부추를 거둬 막걸리 한 잔 하되 첫 잔은 반드시 고수레를 하라 했다. 그리고 잊으라 했다. 은하수 같은 부추 꽃이 발목을 잡아도 집과의 인연은 이미 끝난 것이라 생각하고 등을 보이라 했다. 배 목수가 집을 철거할 일꾼들과 함께 마당에 들어서며 그의 분위기를 살폈다.

　그녀가 집으로 돌아왔다. 등에 업혀 마당을 지날 때 지붕 용마루 복문이 쓰러졌으니 세웠으면 좋겠다고 했다. 툇마루에 내려놓자 비닐 덧문을 걷지 그랬냐며 나직하게 나무랐다. 마루에 앉은 그녀가 툇보를 올려다보며 여전히 곱다는 말을 했다. 그리고는 집 치울 일이 걱정이라 했다. 그녀는 때가 되면 참나무 껍질을 벗겨 굴피담을 보수했고, 그 곁에 인동과 나팔꽃을 심었다. 마루는 마른걸레만으로 검은 윤을 냈고 아침마다 마당 비질을 했다. 가을걷이를 앞두고는 흙을 이겨 마당들이기를 했다. 좋은 흙을 따로 선별해 바람벽 틈을 메웠고 남은 흙으로 부뚜막과 한데부엌을 보수했다. 그녀가 집이었고 집이 곧 그녀였다. 개숫물도 마당에 함부로 쏟는 일이 없었다. 윗물은 다시 썼고 아랫물은 거름에 더했다. 바람이 불면 처마 끝에 매단 시래기를 뒤집었고, 구름이 들면 수채를 확인했다. 겨울이 오기 전 마루에 덧문을 달았고, 봄이 되면 걷었다. 같은 날 세살문에 창호지를 발랐다. 봄에는 꽃잎을, 가을에는 낙엽을 포개 넣었다. 외양간 옆에는 손수 막을 짓고 토끼를 키웠다. 토끼가 새끼를 보면 동물도 사람도 주변 왕래를 금했다. 개가 해산을 하면 왼새끼로 꼰 금줄을 대문에 치고 돌아와 어미 개 곁에 앉아 어떤 말들을 주고받았다. 곧 미역국을 끓여 오래 쓴 해산 바가지에 담아 어미 개에게 먹였다. 삼칠일이 지나면 금줄을 걷었고 그때서야 강아지를 안았다. 마당은 암탉과 그 새끼들의 터전이었는데 평화롭게 노니는 병아리를 좋아해 고양이만은 키우지 않았다. 그녀는 그녀의 집에 사는 것들을 죽여 양식으로 삼는 일이 없었다. 가축은 그저 키우는 것이었을 뿐 그 숨과 몸을 거두어 먹이로 삼지 않았다. 마당을 둘러보는 그녀에게 장날 강아지라도 한 마리 사 오겠다고 하자, 그녀가 이제……괜찮다……고 답했다.

기단에 서서 안방 문을 바라보았다. 창호지가 드문드문 삭았으나 내부가 보이지 않았다. 툇마루에 올라 안방 문 앞에 서자 무너진 외양간을 살펴보던 배 목수가 그를 넌지시 바라보았다. 문을 열기 위해 문고리를 잡았으나 힘이 맥없이 풀렸다. 추레하게 서 있으니 배 목수가 다가왔다. 배 목수가 안방 문고리를 잡은 그의 손을 슬며시 놓게 했다. 대목수가 집과 나무 기세에 눌리거나 장척이 부러지면 일을 해서는 안 되는 것이라 배웠다. 집 기세에 눌린 목수는 드잡이를 멈추고, 나무 기세를 이기지 못한 먹잡이는 먹통을 잠시 놓아야 하며, 장척이 부러진 도편수는 현장을 다른 곳으로 옮기라고 배웠다. 오늘은 목수로 온 것이 아니라 생각했지만 문을 열 수도, 벗어날 수도 없었다. 배 목수가 안방 옆 마루방 문을 열고는 그를 살짝 끌어 안방으로부터 벗어나게 했다. 마루방은 연등 천장이라 서까래와 대들보가 곧바로 보였다. 필요한 곳만 적당하게 다듬은 대들보였다. 옛 목수가 남겨 놓은 치장먹줄이 선명했다. 도리와 도리, 인방과 인방 사이에 많은 시렁이 걸려 있었다. 채반을 걸어 누에를 키우고 꽃 열매와 뿌리를 말리던 시렁이었다. 칸 전체 바닥에 깔린 마루 청판은 틈조차 벌어지지 않았다. 마루 막장을 보기 위해 고개를 숙이자 냄새가 났다. 집도 사람도 육신의 허물을 벗을 때는 냄새가 나는 법.

상처에서 진물과 피고름, 냄새가 계속 흘렀다. 거즈를 떼면 살점이 묻어 나왔다. 죽은 살이 죽어 가는 살을 부여잡았다. 붕대를 동여맬 수 없

459

었다. 이팝나무 꽃잎 같은 구더기가 생기기 시작했다. 그럴 수 있다는 것을 처음 알았다. 그녀는 여간해서 몸을 움직이지 않았다. 욕창이 위험해 움직여야 한다고 말하니, 이 방바닥에 어떻게 냄새와 얼룩을 남기겠냐고 했다. 때가 되면 그녀는 껍질이 연한 솔방울을 구해왔다. 그것들을 방바닥에 촘촘히 깔고 오래 불을 때 바닥에 송진을 먹였다. 송진 위에 은행잎을 곱게 갈아 뿌리고 굳기를 기다렸다. 그 과정을 몇 번쯤 반복했고 마지막엔 바닥을 사발로 밀고 마른걸레로 문질러 윤을 냈다. 송진 향은 방 안에 오래 머물렀고, 은행잎은 벌레를 막았다. 그 온화하고 담박한 방에서 그녀는 그를 팔베개로 재웠다. 그녀를 위해 의료용 중고 침대를 사 왔다. 침대 시트를 갈 때마다 그녀는 두 팔로 그의 목을 꼭 감싸 안았다. 그는 그를 위해 시트를 자주 갈았다.

배 목수가 일을 시작하자며 일꾼들에게 마당의 잡목이며 풀부터 정리하라고 지시했다. 마루방 문을 열어 놓고 기단으로 내려와 집 왼편을 돌아 뒤뜰로 갔다. 풀과 잡목으로 뒤덮인 뒤뜰은 버덩과 다름없었다. 배 목수가 일꾼들에게 낫을 받아와 길을 냈다. 장독대의 항아리, 뒤뜰 툇마루, 작두샘 손잡이가 남아 있지 않았다. 버선본을 뒤집어 햇빛을 되쏘아 노래기와 지네를 쫓았던 장독대엔 개망초가 무리지어 자라고 있었다. 새벽녘 잠이 깨 소쩍새 소리를 들었던 뒤안 툇마루에는 동바리만 남아 있었고, 손잡이는 사라지고 몸만 남은 작두샘은 이제 그만 쓰러지고 싶은 듯했다. 사라진 것들은 고물상을 통해 도시 어딘가로 팔려 나갔을 것이다. 초봄엔 머위를, 늦봄엔 죽순을 거두었던 대숲은 어지러웠고, 대숲과 채전 사이 굴뚝은 담쟁이넝쿨로 덮여 있었다. 굴뚝에 올라 담쟁이넝쿨을 걷어내는 배 목수를 향해 그럴 필요가 있겠냐고 말했다. 배 목수는 비록 무너뜨리더라도 굴뚝을 이렇게 놔둘 수는 없는 법이라고 말했다. 아궁이가 입이고 구들이 자궁이라면 굴뚝은 여근이나 유두쯤 된다. 아이를 낳는 여근인 탓에 묵은 집이라 하더라도 산월에는 구들이나 굴뚝을 수리하지 않았다. 난산일 때 지아비는 굴뚝 덮개를 열고 키로 부치고 시어머니는 치성을 드리라 조언했다. 온 집안사람이 산모를 위해 굴뚝에 모여 마음을 쏟으라 말해 주곤 했다. 넝쿨을 제거한 배 목수가 조심스럽게 굴뚝을 내려왔다.

목욕이 어려워 그녀의 몸을 자주 닦아 주었다. 손가락에 눌렸던 살이 다시 회복되는데 오래 걸렸다. 핏기 없는 피부라 저승꽃이 선명했고 겨드랑이를 닦아도 간지러워하지 않았다. 쪼그라진 젖을 닦을 때면 고개를 돌렸고 사타구니를 닦을 때면 몸을 비틀었다. 그럴 때면 계모 아니냐고 농담을 했다. 여기에서 내가 태어났고 이 젖으로 나를 키우지 않았냐고 말했다. 머뭇거리던 그녀가 그를 낳고 며칠 후 먹은 매운 김치 탓에 갓난애 입이 불켰다고 말했다. 그 뒤로 젖을 뗄 때까지 그녀는 김치뿐만 아니라 생선이나 맵고 짠 것을 먹지 않았다고 했다. 무얼 먹고 살았느냐 하니 조용하던 그녀가 봄 산엔 찔레도 있고, 진달래도 있고……. 꽃이 있지 않느냐고 했다. 그 꽃으로 그를 키웠고 그녀가 살았다고 했다. 산에서 돌아온 그녀는 그에게 젖을 먹이기 전 매번 몸을 씻었다. 꽃을 만진 손으로 아이 입에 젖을 물리기 싫었다. 늘 작두샘에서 냉수를 퍼 올려 몸에 쏟고 뒤뜰 툇마루에 앉아 젖을 먹였다. 배가 고파도, 한기가 들어도 냉수 쏟는 일이 먼저였다. 그는 물수건을 자신의 체온으로 데워 그녀의 몸을 닦았다.

집 주변을 정리한 일꾼들이 서성이고 있었다. 배 목수가 주변 정리가 끝났으니 고유제와 제사를 지내야 하는데…… 안방 문을 열어야 하지 않겠냐고 말했다. 곧 트럭에서 음식을 가져와 기단 위에 펼쳤다. 배 목수 아내가 준비해 준 음식들은 풍성하고 정갈했다. 준비를 마친 배 목수가 안방에 인사를 드리지 않고 집에 손을 댈 수는 없으니 더 늦기 전에 들여다보라고 조심스럽게 말했다. 그가 툇마루에 올라가 안방 문고리를 잡았다. 배목수와 일꾼들도 툇마루에 올라섰다. 배 목수가 문득 무슨 생각이 들었는지 일꾼들과 함께 기단 아래 마당으로 내려갔다. 담배를 물고 먼 산을 보고 있었지만 배 목수 마음은 문고리를 잡은 그의 손에 묶여 있었다. 그가 문고리를 잡고 천천히 당겼다. 쉽게 열리지 않았다. 문에 매달린 그의 모습을 배 목수가 애처롭게 바라보았다. 그를 도우려 걸음을 옮기는 일꾼을 배 목수가 잡았다. 곧 문이 열리고 그가 안방을 들여다보다가 문설주에 손을 기댔다. 일꾼들이 기단에 올라 안방은 바라보았다. 그곳에 무덤이 있었다. 구들 고래를 구덩이 삼아 시신을 안치하고 그 위에 굄돌과 구들장을 쌓은 뒤 재와 흙을 덮어 봉분을 만든 묵은 무덤이 드러났다. 일꾼들이 수런거렸다. 누군가가 집이 상여였던 셈이라고 말했다. 헐거워진 고막이벽으로 바람이 들어와 봉분의 흙이 개자리로 쏠렸다. 쌓은 구들장과 굄돌이 언뜻언뜻 보였다. 집의 자궁인 고래와 구들이 무덤 노릇을 했지만 따뜻하지도 포근하지도 않았을 것만 같았다. 산 자의 죽어 가는 집이 죽은 자의 살아 있는 집을 덮고 있었다. 어둡고 답답했을 것만 같았다. 안방의 온기를 기억하는 무덤 주인에게 그늘진 무덤은 형벌과 같았을 것이다. 배 목수가 마루로 올라와 배목걸쇠를 풀고 안방을 훤히 열었다. 습기와 냉기가 한숨처럼 마루로 쏟아졌다.

그녀를 위해 진통제 투여량을 늘렸다. 그녀의 감각이 그녀로부터 멀어지기 시작했다. 기억은 뒤섞였고 시간은 토막 났다. 상처가 간지러우니 새살이 돋는가보다고 말했다. 바람에서 비 냄새가 난다고 했다. 먼 곳에서 오래된 소리가 들린다고 했다. 풀을 먹이게 교복을 벗으라 했다. 새 운동화를 사 주지 못해 미안하다고 했다. 작설 같은 손톱을 깎아 주었던 아침을 그리워했고, 품앗이에서 남겨 온 사탕이 늘 녹아 서운했다고 했다. 남편이 죽었던 새벽에 함박눈이 내렸다고 했다. 그이가 마지막 숨을 내쉬었는지 들이쉬었는지 기억이 나지 않는다고 했다. 그녀가 다녀오는 시간은 멀었고 공간은 넓어 불분명했다. 진통제 양을 줄이자 그녀의 감각이 살아났다. 잠을 이루지 못했고 헛구역질을 했다. 감정과 상관없이 눈물을 흘렸고, 의지와 상관없이 동공이 확대되었다. 동짓달 흙적삼만 입은 듯 몸을 떨었다. 매 순간 모진 고통이 그녀 몸속에 머물렀다. 다시 진통제 투여량을 늘렸다. 진통제가 빠르게 소모되었다.

배 목수가 고유제를 지내며 성주신을 시작으로 가신들의 이름을 호명했고 배웅했다. 따로 상을 차려 무덤 주인을 위한 제를 지냈다. 주춧돌과 무덤에 술을 뿌렸고 음식을 땅에 묻었다. 종이를 태워 토지신에게 매지권을 환매하며 고유제를 마쳤다. 남은 음식을 일꾼들과 나눠 먹고 일을 시작했다. 배 목수가 집을 짓는 역순대로 하부 벽을 해체하고 수장재부터 분리하자고 했다. 지붕이 위태로워 상부 구조 먼저 해체하고 하부 구조로 내려오자고 했다. 배 목수가 수긍하며 일꾼 먼저 지붕에 올라 복문으로 사용된 수키와 두 장을 들고 내려왔다. 수키와 표면에 무명천 자국이 선명했다. 일꾼들이 기와를 해체해 마당으로 내리면 배 목수가 집 주변 경계에 쌓았다. 그는 목재에 주기를 먹였다. 정면을 기준으로 기둥에 번호를 썼고, 기둥 번호를 기준으로 부재와 수장재에 이름과 번호를 기록했다. 배 목수가 옮길 집이 아닌데 그럴 필요가 있겠냐고 물었다. 그가 목재들을 손바닥으로 천천히 쓸어 보는 것으로 답을 대신했다. 기와를 모두 내리니 보토와 앙토 등 집의 속살이 온전히 드러났다. 모난 괭이로 살을 걷어내는 세골을 시작했다. 홍진이 바람을 타고 먼 곳으로 날아갔다. 일꾼들이 세골한 흙을 아래로 떨구었다. 안방 상부 고미반자가 흙의 무게를 이기지 못하고 무너졌다. 흙과 함께 밝은 빛이 무덤으로 쏟아졌다. 배 목수가 일꾼들에게 고래고래 소리를 질렀다. 그 소리는 그에게 먼 곳의 소리처럼 들렸다. 뼈를 드러낸 서까래에는 철물이 귀했던 시대 흔적이 남아 있었다. 연침과 연침 구멍이었다. 서까래에 구멍을 뚫고 싸리나무 연침으로 꿸대를 꽂아 모든 서까래를 한 몸으로 연결했다. 그가 연침을 낫으로 잘랐다. 집을 이루던 음양의 첫 고리가 풀렸다. 집을 이루던 목재들의 교감은 단절되었고, 나무의 교접으로 만들어낸 공간이 해체되기 시작했다.

그녀에게 급히 병원에 다녀와야겠다고 말했다. 그녀가 진통제 때문이냐고 묻고는 이제 그만 서방님 곁으로 떠나면 안 되겠냐고 말했다. 그의 눈에 눈물이 고였고 그녀가 그의 손을 잡았다. 그녀의 손바닥이 그의 손등을 덮었고, 곧 그녀의 가냘픈 손가락들이 그의 엄지와 검지 사이로 들어왔다. 그의 손이 그녀의 손가락을 살며시 움켜잡았다. 잠시 후 그녀가 그의 손으로부터 그녀의 손을 거두어 갔다. 두 손끝이 떨어지는 찰나는 길고 느렸다. 그녀가 거둔 손으로 안방 벽장을 가리켰다. 벽장 안쪽 오른쪽 끝 벽지를 걷어내면 고미반자 위 고물에 들어갈 수 있다고 말했다. 고물 구석에 짚으로 덮어놓은 도자기가 있으니 그것을 가져오라고 했다. 도자기에는 아편이 들어 있었다. 홀로 되어 유복자를 키울 수 있었던 것이 이 아편 때문이었다고 했다. 이 집을 건사할 수 있었던 것이 이 꽃, 앵속 때문이라고 했다. 늦봄이 되면 그녀는 그를 포대기로 엎고 산으로 향했다. 노을을 등지고 몰래 심어 놓은 꽃을 찾아다녔다. 뒤뜰 대나무를 잘라 죽침을 만들어 양귀비 열매에 침을 놓으면 침선을 따라 하얀 진이 베어 나왔다. 양귀비 유두에서 배어 나오는 그 젖으로 그녀와 그가 살았다. 그 젖을 엿처럼 고아 도자기에 보관했다. 날품을 팔아서는 감당할 수 없었던 끼니를 그것을 팔아 해결했다. 복통과 하리를 앓는 사람에게는 열매를, 해열제를 찾는 사람에게는 뿌리를 주었다. 양지가 아닌 방안 그늘에서 말린 것이라 사람들은 제값을 치르지 않았다. 해수를 다스리고 염폐에 쓰려는 사람은 적은 양의 아편을 사갔지만, 눈이 이미 초점을 잃은 사람들은 많은 양을 사 갔다. 그녀는 양귀비를 심고 아편을 거두는 것보다 그것을 사러 오는 사람이 더 두려웠다. 두 목숨을 연명할 논과 밭을 마련한 후로 그녀는 더 이상 꽃을 키우지 않았다. 다만 언젠가를 위해 얼마의 아편을 남겨 놓았다. 그녀가 그 남은 아편을 뜨거운 물에 개어 달라고 했다.

강다리로 연결된 추녀를 내리고 종도리를 분리했다. 동자주를 내리고 대들보 위에 올라섰다. 바람벽을 보수한 흔적이 보였다. 목재와 이격 된 벽을 진흙으로 발랐다. 흙을 바른 자리에 손가락 흔적이 남아 있었다. 도리를 타고 그곳으로 건너갔다. 엉겅퀴 같은 손가락이 지나간 길을 그의 손가락이 천천히 따라갔다. 두 손끝이 시간과 공간을 건너 잠시 겹쳤다. 기둥이 사개맞춤으로 똬리를 틀어 수평 부재를 떠받쳤다. 도리는 주먹장으로 결구되었고, 툇보는 지금과는 다른 방식으로 치목돼 대들보 밑에서 부재들과 결합돼 있었다. 충량도 마찬가지였다. 충량과 툇보 뒤는 대들보 무게로 눌렀고, 앞은 처마도리와 서까래로 눌러 움직일 수 없었다. 단단히 맞춤된 집이었다. 목재들을 분리하기가, 인연을 끊기가 쉽지 않았다. 힘들게 연장을 넣어 부재들의 오래된 맞춤과 이음을 풀었다. 연장을 움직일 때마다 집에서 슬픈 소리가 났다. 집이 아파하는 듯 했다. 받을장과 덮을장을 구분해 도리를 기둥으로부터 분리했다. 드러난 대들보 목이 얇았다. 대들보를 내릴 준비를 하고 있을 때 배 목수가 상량문이 있는 것 같다며 그를 불렀다. 마룻대 상부 종도리와 맞닿은 부분에 홈을 파고 상량문을 넣은 뒤 정교하게 조각한 덮개로 덮었다. 덮개를 열고 상량문을 꺼냈다. 숭정으로 시작하는 상량문에는 초석을 놓은 안초일, 기둥을 세운 입주일, 마룻대를 올린 상량일을 기록했고 끝에는 상량 사주를 부기했다. 안초일은 집이 잉태된 날이고, 입주일은 뼈가 생긴 날이며 상량일은 집이 생명을 얻은 날이다. 그가 상량문을 접어 주머니에 넣었다. 집의 영혼을 그가 거두었다.

그녀가 방이 싸늘하니 군불을 때 줄 수 없겠냐고 했다. 솔가리와 마른 섶을 불쏘시게 삼아 아궁이를 말리고 장작을 밀어 넣어 방을 따뜻하게 했다. 솥을 씻어 물을 앉히고 돌아오니 그녀가 옷을 갈아입혀 달라고 했다. 다리가 없어 북망산에 오르기 힘드니 아무래도 서방님이 마중을 나올 것 같다고 했다. 자색 치마와 연분홍 저고리가 좋겠다고 했다. 보자기에 싸인 색이 바랜 한복을 꺼내 그녀에게 입혔다. 앙상하게 마른 그녀의 두 팔이 그의 목을 오래 감싸 안았다. 그녀가 침대를 치우고 방바닥에 눕혀 달라고 했다. 누운 그녀가 방바닥을 손으로 쓸며 아편이 담긴 도자기를 바라보았다. 그가 그럴 수 없다고 눈빛으로 말했다. 그녀가 희미하게 웃으며 아픔을 덜어 주는 것뿐이라고 말했다. 단단하게 굳은 아편에 물을 조금 붓고 솥 안에서 중탕을 했다. 잘 녹지 않았다. 놋숟가락을 집어 천천히 아편을 저었다. 안 된다고 생각했지만, 도자기를 꺼내 마당에 던져 깨뜨리고 싶었지만, 아편을 녹이는 손이 멈춰지지 않았다. 안방과 부엌 사이 눈꼽재기창 너머에서 그녀가 미안하다고 말했다. 여러 말들이 오고 갔으나 남은 것은 미안하다는 말뿐이었다. 그가 잠시 자리를 비운 사이 그녀가 마지막 힘을 다해 아편 물을 마셨다. 말끔히 마시고 고개를 숙여 목젖을 막았다. 편안하고 간결한 죽음이 아니었다. 죽어가는 그녀는 마디 없는 소리로 아픔을 표현했다. 몸으로부터 영혼이 분리되는 소리를 그는 마루에 앉아 들었다. 밤새 소쩍새가 울며 그녀의 영혼을 거두어 갔다.

보머리를 들어 올려 결구를 헐겁게 했다. 한쪽은 배 목수가, 한쪽은 그가 주축이 되어 대들보를 들어 올렸다. 기둥으로부터 대들보를 분리하고 상인방 위에 올린 뒤 한쪽씩 바닥으로 내렸다. 대들보가 내려오자 집 내부 공간과 하늘이 하나가 되었다. 공간이 사라지며 망자의 무덤을 억눌렀던 질곡의 사슬이 풀렸다. 도리와 보아지 장여를 수거하고, 기둥과 기둥 사이 인방재를 분리했다. 상부 인방재를 들어 올리고 벽체와 인방재를 이격 시킨 후 벽을 밀었다. 벽이, 집의 살들이 먼지와 함께 땅으로 되돌아갔다. 마지막 기둥을 수거했다. 집을 지탱했던 기둥을 주춧돌로부터 분리했다. 십반먹이 드러나며 주춧돌도 더 이상 생명의 씨앗이 되지 못했다. 기둥이 사라지자 집이 소멸되었다. 삶의 행복과 고통, 열망과 분노, 희열과 애증, 희망과 좌절을 담았던 집이 사라졌다. 집과 관련된 인연도 사연도 삶도 멸각되었다. 아니 더 넓은 곳으로 연하게 퍼져 나갔다. 해체된 집의 모든 뼈들을 마당 가운데에 얼기설기 쌓아 놓고 일꾼들을 보냈다. 배 목수와 그가 마지막 집, 무덤 개장을 시작했다.

그가 세한의 나무처럼 떨던 몸을 멈추고 마루에서 일어나 안방 문을 열었다. 태아처럼 몸을 웅크리고 길게 뻗은 오른손에 얼굴을 얹고 그녀가 죽어 있었다. 안방도 그녀의 몸도 차갑게 식어 있었다. 그가 그녀의 웅크린 몸을 반듯이 펴고 팔을 구부리려 했으나 뜻대로 되지 않았다. 우두둑 소리가 날 것만 같았다. 그녀를 안아 마루방에 옮기고 안방 바닥을 파기 시작했다. 그녀가 송진을 먹이고 윤을 낸 방바닥을 모난 괭이로 파냈다. 방통미장을 걷어내고 구장들 위의 모래와 자갈, 새침한 흙을 걷어냈다. 구들장을 들어내 한쪽에 쌓았다. 고래에 쌓인 재를 긁어내고 고래둑 일부를 무너뜨려 그녀가 누울 자리를 만들었다. 그녀를 마루방에서 안아 올렸다. 굳은 그녀의 몸은 더 이상 그를 감싸 안아주지 않았다. 그녀를 구들바닥에 눕히고 그녀의 얼굴을 마지막으로 쓸어 주었다. 고래둑 위에 이맛돌과 구들장을 올려 그녀의 관을 만들었다. 염습도 보공도 없었다. 구들장과 굄돌을 가져와 쌓고 흙을 덮어 집의 자궁에 그녀의 유택을 만들었다. 그는 그 길로 집을 떠났다. 목수가 되어 자귀질을 배우고 먹통을 잡았다. 대나무 칼로 먹줄을 긋고 끌질을 했다. 산파와 의사, 염장이 노릇을 하며 멀리로 멀리로 맴돌았다.

고미반자 잔해를 걷어내고 무덤을 개장했다. 봉분을 이루었던 흙과 구들장, 굄돌을 걷어내고 배 목수가 관 덮개로 쓰인 이맛돌과 구들장을 들어냈다. 그곳에 그녀가 있었다. 자색 치마와 연분홍 저고리는 삭아 없어지고 그녀의 웅크린 유골만 남아 있었다. 길게 뻗은 팔이 어서 오라고 손짓하는 듯했다. 유골의 어두운 두 눈에서 눈물이 흐를 것만 같았다. 배 목수가 말없이 유골을 수습했다. 유골은 여전히 한쪽 다리가 없었고 살이 잘 삭아 세골이 필요 없었다. 그녀를 하얀 종이에 싸서 함에 담아 그에게 건넸다. 그가 그녀의 유골함을 들고 마당으로 갔다. 쌓아 놓은 집의 유골들 사이에 그녀의 유골함을 앉혔다. 유골함 위에 상량문을 올리고 주머니에서 놋숟가락을 꺼내 눌렀다. 배 목수가 바닥에 깔린 솔가리와 마른 섶에 불을 붙였다. 집과 집이 타오르기 시작했다.

노을에 닿을 듯 집들은 무섭게 타올라 하늘로 솟구쳐 올라갔다. 그가 불꽃 끝 먼 하늘을 오래 바라보았다. 하얀 재가 그의 어깨 위에 소복이 내려앉았다.

그날 모악산 산행이 떠오릅니다. 안개가 진했던 늦가을이었습니다. 안개는 곧 는개로 변해 나아갈 길을 자주 확인해야 했습니다. 익숙한 길이었으나 불안감이 밀려왔고, 불안감은 두려움에 닿았습니다. 정상을 넘기 위해 서둘러 걸음을 옮겼습니다. 오래 걸었으나 정상은 나오지 않았고 도착한 곳은 낯선 마을이었습니다. 길을 잃었던 것이지요. 갈림길에서 방향을 틀었나 봅니다. 자주 다니던 산이니 길을 잃기 쉽지 않은데, 스스로 의지를 꺾고 벗어났을 겁니다. 제 글의 행로, 삶의 행적도 그때와 크게 다르지 않았습니다. 막연했고, 두려웠으며, 회피했습니다. 당선 통보를 받으니 길에서 벗어나 낯선 것을 기웃거렸던 순간들, 새로운 길을 걸어본 경험들이 의미 있게 다가옵니다. 사람들 삶 속에 결이 비슷한 감정과 인식의 강물이 흐르고 있다는 사실을 경험한 것이 소중하게 느껴집니다. 심사위원님들의 선택은 그럭저럭 걸을 준비가 되었으니 이제 산행을 시작해보라는 권유라고 생각합니다. 저는 다시 산 들머리에 섰습니다. 문장의 능선에서 세상과 역사, 사람들의 삶과 내면을 오래 바라보겠습니다.

글을 가르쳐 주신 이희중 선생님, 강준만 교수님, 세상을 보는 관점을 갖게 해 주신 변주승 교수님, 일찍 돌아가신 아버지를 대신해 주신 이강식 선생님, 제 삶과 글의 첫 독자인 윤공 스님과 마지막 독자인 아내 윤은영 님 감사합니다. 서울 · 장흥 식구들과 재선이를 비롯한 친구들, 물빛학원 동료들과 제자들, 흐

름출판사 한명수 사장님 감사합니다. 황원지와 황정현에게도 감사와 사랑을
드립니다.

현실과 자의식自意識 소설

예선을 거쳐 본심에 넘어 온 작품은 모두 7편이었다. 그런데 7편의 작품이 갖는 공통점은 자의식의 어두운 그림자와 시니시즘(냉소주의)의 자기 고백이 주류를 이루고 있다는 것이다. 〈수수〉는 직장과 모순된 현실의 스트레스를 위로해주는 건 수수한 한 가닥 바람 소리였다는 게 처량하다. 말라비틀어져 더 이상 나올 수 없는 치약을 명예퇴직을 강요당한 주인공의 모습과 몽타즈하여 그리고 있는 〈치약의 내일〉은 기약 없는 그의 내일을 잘 그려내고 있다. 〈죽은 고양이를 위한 연금술〉은 너무 관념적인 이야기의 전개들이 조작적이고 〈이누이트의 추모법〉 또한 관념소설이며 지나친 감상주의와 염세주의가 거슬린다.

〈마지막 화〉는 끝이 훤히 보이는 가족 복수극이라는데 문제가 있고 〈리치먼드 초콜릿〉은 산뜻한 감각적 감성이 두드러져 보이며 문장이나 표현들이 아주 유려한 반면 통속적인 스토리가 진부하다. 마지막 남은 작품 〈귀가歸家〉. 귀가는 바로 흙으로 돌아간다는 뜻이다. 격있게 건축된 전통 한옥 기와집이 수명을 다해 임종을 맞이하고 있다. 그 집 안주인도 암에 걸려 집과 함께 임종을 맞이하고 있다. 흙으로 돌아가기 전, 마지막을 겪어내는 집과 안주인의 임종 모습이 교직交織된다.

문제는 한옥건축물의 각종 용어가 나열되어 해독불가하게 만든다는 데 있다. 철저한 자료조사로 작품을 쓰는 건 좋으나 확고한 스토리나 리얼리티가 없이 해설 없는 전문용어로 시종일관 나열하면 작품에서 감동을 얻을 수 없다.

이런 단점을 안고는 있지만 이만하면 작가적 역량이 탁월하여 장차 좋은 작품을 쓸 수 있겠다 싶어 당선작으로 정했다. 정진을 바란다.

조선일보 **윤치규**

1987년 서울 출생

한국외대 노어과 중퇴, 육군3사관학교 졸업

은행원(IBK 기업은행)

일인칭 컷

윤 치 규

   도로는 꽉 막혀 있었다. 길 한복판에서 터번을 쓴 남자가 붉은 깃발을 흔들고 있었다. 앞쪽에 사고가 난 것 같았다. 택시기사는 창밖으로 고개를 내밀어 상황을 살피더니 한숨을 내쉬었다. 모든 차량이 일 차선으로 우회하기 시작했다. 그는 대열에 끼지 않고 운전대를 놓아버렸다. 앞지르는 차가 방향 지시등을 켜면 먼저 가라는 듯 느긋하게 손짓까지 보냈다. 내가 미터기를 가리키며 항의해도 방법이 없다는 듯 어깨만 으쓱거렸다.

   "지금 바가지 씌우려고 이러는 거지?"

   한국어로 말했는데 택시기사가 뒤를 돌아봤다. 알아듣기라도 한 것처럼 갑자기 내게 뭐라고 변명 같은 말을 쏟아냈다. 그의 말은 빠르고 된소리가 많이 섞여 영어인지 말레이어인지조차 알 수가 없었다. 그는 말을 할 때 습관처럼 오른손 검지를 펼쳐 흔들었다. 아주 길고 비쩍 마른 손가락이었다. 그 손가락은 '하나'를 뜻하는 것 같았다. 하지만 좌우로 흔들릴 때는 무언가를 부정하는 표시처럼 보였고, 위아래로 오르내릴 때는 하늘에 있는 신이나 제멋대로 비를 뿌리는 날씨를 탓하는 것 같기도 했다. 만약 그런 게 아니라면 어쩌면 천장에 붙어 있는 손도끼를 가리키는 것인지도 몰랐다.

도대체 택시 안에 손도끼가 왜 있는 걸까? 붉은색 페인트로 칠한 도끼 날은 아주 날카로웠다. 택시기사는 내 시선을 눈치채고 플라스틱 고정 틀에서 손도끼를 떼어냈다. 나무로 된 손잡이를 붙잡고 자랑이라도 하 듯 도끼날을 보였다. 그러다가 갑자기 창문을 내리찍는 시늉을 했다. 내 가 인상을 찌푸리자 이번에는 도끼날을 자신의 목에 대면서 죽는 척을 했다. 그런 행동이 나를 안심시키려는 것인지 위협하려는 것인지 도무 지 알 수가 없었다. 희주는 옆에서 웃음을 터뜨렸지만 나는 그럴 수 없 었다. 어쨌든 그가 왜 그러는지 이유를 알 수 없었고, 알 수가 없다는 것 은 때때로 내게 두려움을 주었다.

희주가 비혼식을 하겠다고 선언했을 때 처음 느꼈던 감정도 두려움이 었다. 그게 도대체 무슨 의미인지 이해할 수가 없어 무섭고 끔찍하기까지 했다. 남자친구가 있는데 비혼식을 하겠다니. 청첩장의 초안이라고 건넨 분홍색 봉투 겉면에는 오직 희주의 이름만 적혀있었다. 신랑 이름은 없었 고 누군가의 장녀 같은 표현도 없었다. 종이를 펼치자 진녹색 웨딩드레스 를 입은 희주가 환하게 웃고 있었다. 그 사진 옆에는 결혼하지 않기로 했 다는 결심과 자신을 온전히 더 사랑하겠다는 다짐이 쓰여있었다.

희주와 나는 사내 커플이었다. 한 달 전에 희주가 직장을 그만뒀어도 여전히 부서 사람들은 내게 희주의 안부를 물었다. 실제로 희주가 웨딩 드레스 입은 사진을 인스타그램에 올리자 사람들이 나를 축하해주었다. 몇몇은 기프티콘까지 보내줄 정도였다. 날짜는 언제야? 장소는 어디야? 여름 휴가 때 간다는 말레이시아가 사실은 신혼여행이야? 쏟아지는 질 문에 대답할 수 있는 말이 없었다. 그런 게 아니라고 해도 사람들은 믿 지 않았고, 헤어진 것도 아니라서 딱히 헤어졌다고 말할 수도 없었다.

결혼에 대해 캐묻는 사람 중에서 가장 집요했던 건 최팀장이었다. 최 팀장은 진심으로 축하한다며 나를 불러내 손을 붙잡고 놓아주질 않았 다. 그냥 희주 혼자서 찍은 사진이라고 해도 말이 통하지 않았다. 왜 자 신에게 결혼 사실을 숨기려고 하냐며 오히려 섭섭해하기까지 했다. 설 명하려고 할수록 오해만 깊어졌다. 그렇게 며칠 지나자 어느새 내 호칭은 새신랑으로 바뀌었고 회사에는 희주가 임신했다는 소문마저 돌았다.

사실 누구보다도 이 모든 상황을 제일 믿기 어려운 사람은 나였다. 비혼식이라니. 차라리 나와 결혼하기 싫다는 것뿐이라면 얼마든지 받아들일 수 있을 것 같았다. 나와 연애는 해도 결혼하지 않겠다는 거라면, 내가 남자친구 이상의 지위를 가질 수 없다거나, 법이나 제도로 묶일 수 없는 문제라면 그래도 이해는 할 수 있을 것 같았다. 하지만 사람들을 초대해서 비혼식을 하겠다니. 그것도 회사 동료들까지 부르겠다고? 아무리 지금까지 낸 축의금을 회수해야 한다고 해도 그건 말도 안 되는 일이었다. 그들과 함께 하객석에 앉아 손뼉이나 치고 있을 내 모습은 정말 상상조차 하기 싫었다.

*

가까운 곳에서 나무 한 그루가 쓰러졌다. 가드레일에서 얼마 떨어지지 않은 곳에 숲이 있었다. 벌목꾼 몇 명이 장비를 챙기며 대화 나누는 모습이 보였다. 벌목할 구역 같은 것을 확인하는 것 같았다. 한 명이 전기톱의 시동을 걸면 다른 한 명이 뒤로 돌아가 나무의 기둥을 붙잡았다. 키가 큰 나무는 날카로운 톱날이 닿자 맥없이 고꾸라졌다. 나무가 땅 위에 쓰러지면 장갑을 낀 인부가 달려들어 고기와 뼈를 발라내듯 열매를 따고 줄기에 붙은 가시를 긁어냈다. 육중한 나무 한 그루가 해체되는 데 걸린 시간은 믿기지 않을 정도로 짧았다.

기초 작업이 끝나면 벌목꾼은 다른 나무로 향했다. 그러면 뒤에서 대기하던 크레인이 해체된 나무를 트럭으로 옮겼다. 크레인은 바닥에 철심을 고정해놓고 회전하면서 작업했다. 중량이 얼마나 무거운지 서 있는 자리가 움푹 파였다. 크레인은 긴 목과 그 끝에 매달린 쇠집게로 한 번에 여러 그루의 나무를 들어 올렸다. 나무는 대기하고 있는 트럭의 짐칸 위로 쏟아졌다. 트럭은 나무가 한가득 실리면 시동을 걸어 어딘가로 떠났다. 트럭이 출발한 자리에는 곧바로 다른 트럭이 들어왔다.

"저건 야자나무야? 팜나무야?"

막 쓰러진 나무를 가리키며 희주가 내게 물었다. 내가 대답하지 못하자 야자나무라고 알려주었다. 그런가 싶어 쳐다봐도 딱히 알 방법은 없었다. 내게는 전부 엇비슷한 모양의 열대 나무일 뿐이었다. 희주는 그것들을 각각 야자나무와 팜나무로 정확히 구별했다. 내가 어떻게 알 수 있냐고 묻자 야자나무에서는 코코넛 열매가 열리고 팜나무에서는 팜 열매가 열린다는 당연한 설명을 늘어놓더니 그 후로는 길을 걷다가 대뜸 아무 나무나 가리키며 그게 어떤 나무인지 물어보기 시작했다. 그때마다 야자나무라고 대답했던 것은 팜나무였고, 팜나무라고 확신했던 것은 야자나무였다. 희주는 바닥에 떨어진 열매를 직접 보여주면서 정답을 확인시켜주었다. 그다음부터는 내가 열매를 먼저 보려고 하니까 그런 건 반칙이라면서 좋아하지 않았다.

"사진이나 좀 찍어줘. 저기 숲을 배경으로."

희주는 내게서 등을 돌리고 시트에 몸을 모로 기댔다. 가방에서 카메라를 꺼내 전원을 켜고 구도를 맞추는 동안 희주는 창밖에만 시선을 두었다. 희주가 원하는 사진을 찍으려면 내가 조금 더 뒤로 물러나야 했다. 창문 밖으로 펼쳐진 야자나무를 뷰파인더 안에 전부 담으면서도 희주의 뒷모습이 왼쪽 밑 프레임의 삼 분의 이 정도만 차지해야 했다. 그렇게 배경 한편에 희주를 고정하고 조리개를 천천히 돌려 렌즈의 초점을 멀리 두었다. 그러면 희주는 서서히 흐려지고 뒤쪽에 펼쳐진 숲이 점점 선명해졌다.

이런 구도로 찍은 사진은 인스타그램에서 괜찮은 반응을 얻었다. 매번 비슷한 사진만 올리는 데도 좋아하는 사람이 꽤 많았다. 희주는 이런 사진을 '일인칭 컷'이라고 불렀다. 사진은 인물보다 배경에 초점을 맞추고, 장소가 온전하게 담겨 있으면서도 카메라를 등지고 서 있는 희주의 뒷모습이 한쪽 구석에 반드시 놓여야 했다. 여행할 때면 희주는 자주 사진을 찍었다. 유명한 관광지뿐만 아니라 흔히 볼 수 있는 벽돌집이나 거리 위에서도 자연스럽게 사진을 찍었다. 그때마다 사진을 찍어주는 사람은 언제나 나였다. 그러니까 엄밀히 말하면 사진 속에서 일인칭 시점은 바로 나였다. 카메라를 등지고 서 있는 희주는 정작 삼인칭 피사체에 불과했다.

사진을 찍는 동안 야자나무 한 그루가 또다시 쓰러졌다. 육중하고 둔탁한 소리와 함께 땅이 울렸다. 그 울림은 가드레일 넘어 택시까지 닿았고 뒷좌석에 앉아 카메라를 들고 있는 내 손을 흔들었다. 셔터를 누르지 못하고 다시 렌즈의 초점을 맞췄다. 뷰파인더 안에 놓인 희주의 줄무늬 티셔츠가 선명해졌다가 다시 흐려졌다. 희주는 흰 바탕에 빨간색 줄무늬가 그려진 티셔츠를 입고 있었다. 처음에는 성조기를 본뜬 건 줄 알았는데 나중에 보니까 말레이시아 국기였다. 희주의 귓불 끝에는 그믐달 모양의 귀걸이가 매달려 있었다. 그건 말레이시아 국기의 그려진 그믐달과 똑같은 디자인이었다.

"그믐달이 아니라 초승달이야. 이슬람 국가는 달이 왼쪽부터 차오르거든."

"그거 한국에서 산 거잖아. 그러면 그믐달인 거지."

"초승달이라니까. 너는 왜 항상 네가 보고 싶은 대로만 봐?"

귀걸이 끝에는 동그란 고리가 뚫려 있고 그 밑으로 장식이 하나 더 달렸다. 모조 다이아몬드가 박힌 별 모양의 팬던트였다. 그 팬던트는 희주가 숨을 내쉴 때마다 아주 조금씩 흔들렸다. 그 무질서한 진동이 어떤 비언어적인 신호를 함축하고 있는 것 같았다. 희주는 손가락을 들어 숲을 가리키며 다시 말했다. 사실 아까는 거짓말이었다고. 저건 야자나무가 아니라 다 팜나무라고. 그 말을 듣고 나니까 창밖에 펼쳐진 야자나무가 이번에는 전부 팜나무처럼 보였다.

*

돌이켜보면 최팀장이 마케팅부에 온 이후로 희주는 계속 힘들어했다. 평소에 남의 험담을 거의 하지 않는 성격이었는데도 최팀장에 관한 이야기가 나오면 몸서리를 칠 정도였다. 최팀장은 보고서의 문장을 지적할 때도 더 섹시하게 쓸 수 없냐는 식으로 말하는 사람이었다. 한번은 홈쇼핑 방송에 쓸 사은품 선정 때문에 희주와 크게 부딪힌 적이 있었다. 최팀장은 사은품을 다양하게 준비하라고 했고, 희주는 질을 높이고 단가를 낮추기 위해 상품을 하나로 특정해 대량으로 구매하자고 제안했다. 그냥 아이디어를 나누는 차원에서 꺼낸 말인데도 최팀장은 정색하며 화를 냈다. 항상 똑같은 건 집에서 보는 마누라만으로도 충분하다고. 평소 같았으면 희주도 그냥 넘어갔을 일이었다. 하지만 그날따라 언성을 높이며 끝까지 언쟁을 벌였다. 그날 희주는 의견이 거절당한 것 때문에 화난 게 아니라, 말을 너무 함부로 내뱉는 걸 참을 수 없었다고 했다.

그날 이후로 희주는 가능하면 최팀장을 피해 다녔다. 최대한 눈에 띄지 않고 엮이지 않으려고 했다. 그러면 그럴수록 최팀장은 희주를 더욱 괴롭혔다. 희주는 키가 작고 체구가 왜소해서 의자에 앉으면 원래 잘 보이지 않았다. 최팀장은 일부러 숨어 있는 거냐면서 자주 칸막이 위로 얼굴을 들이밀어 희주를 내려다보곤 했다. 그런 일상이 반복될수록 희주는 점점 지쳐갔다. 하지만 그렇다고 주변에서 함부로 나설 수 있는 일은 아니었다. 아무래도 직장이니까. 저런 상사는 어디든 있으니까. 문제 삼을 수 있는 수준이 아니라면 참고 넘어가는 수밖에 없었다. 그때 나는 정말 그렇게 생각하고 있었다.

사건이 터진 건 상반기 결산 후 회식 자리에서였다. 영업실적이 좋지 않아 소갈비 집에서 냉면과 된장찌개로 배를 채워야 했다. 네 명씩 앉은 테이블에 소갈비가 삼 인분밖에 올라오지 않았다. 추가로 주문하려고 해도 눈치가 보였다. 최팀장은 소갈비가 다 구워지지도 전에 이미 공깃밥과 식사를 주문해버렸다. 희주는 고기를 구우면서 장난스럽게 배가 고프다는 말을 반복했다. 최팀장은 그게 거슬렸는지 대뜸 그렇게 배가 고프냐고 물었다. 희주가 놀라서 고개를 끄덕이자 그렇게 배가 고프면 같이 이차나 가자고 말했다. 자기가 배부르게 해주겠다고. 배가 터질 정도로 부르면 육아휴직이나 들어가라고.

사실 처음에는 최팀장의 말뜻을 정확하게 이해하지 못했다. 몇몇이 이 차는 치맥이 좋을 것 같다고 맞장구치는 바람에 더욱 그랬다. 하지만 희주가 웃고 있지 않았다. 얼굴이 빨개진 채로 고개를 푹 숙이고 있었다. 괜찮냐고 묻는데 어깨가 들썩거리고 주먹 쥔 손이 덜덜 떨렸다. 그 순간 나도 모르게 최팀장의 멱살을 낚아챘다. 정확히 무슨 상황인지는 모르겠지만 그래야만 할 것 같았다. 왜 이러냐고 소리치는 최팀장의 멱살을 강하게 쥐고 흔들다가 결국 주먹을 한 대 날렸다. 테이블 위에 반찬 그릇이 엎어지고 최팀장은 갈비 소스와 함께 바닥에 엎어졌다.

상황은 본부장까지 개입하고 나서야 겨우 수습되었다. 본부장은 일단 나를 말리며 자초지종을 물었다. 때린 사람은 분명히 나였지만 이유는 설명할 수가 없었다. 옆에서 희주가 성희롱을 당했다고 말해줘서 그제야 최팀장이 했던 말의 속뜻을 알게 되었다. 도저히 참을 수 없어 본부장이 보는 앞에서 다시 한번 달려들었다. 최팀장은 그런 게 아니라며 부인했다. 코피를 흘리면서도 오해라고. 그런 의도가 아니었다고. 너무나도 억울한 듯 두 손바닥을 펼쳐 허공에 몇 번이나 내저었다.

*

사고 수습이 늦어질수록 가드레일 옆에 차를 세우는 사람이 하나둘씩 늘어났다. 택시는 겨우 일 차선에 합류했지만 사고 현장과 가까워졌을 뿐 여전히 그곳을 빠져나가지 못했다. 택시기사는 가드레일에 앉아 있는 사람들을 부러운 눈으로 바라봤다. 그러다가 갑자기 선반을 열어 메모지와 볼펜을 꺼냈다. 그는 볼펜 뚜껑을 입에 물고 메모지에 미터기 요금을 적었다. 그리고 종이를 내밀며 엄지를 치켜세웠다. 그는 내 허락도 받지 않고 미터기를 꺼버렸다. 핸들을 꺾어 차선을 벗어나 가드레일 옆에 택시를 세웠다. 내가 뭐 하는 거냐고 따지자 그는 또다시 대답 대신 검지를 들어 위를 가리켰다. 그리고는 차 문을 열고 바깥으로 나가버렸다.

"우리도 복권이나 한 장 사자."

희주가 불쑥 얘기했다. 복권이라니. 갑자기 그게 무슨 소리인가 싶었다.

"사고가 난 차 번호로 복권을 사면 잘 맞는다잖아. 방금 못 들었어?"

"택시기사가 하는 말을 알아들었어?"

"들으려고 하면 들려. 저 사람 처음부터 영어로만 말했어."

희주의 말이 어쩐지 비난처럼 들렸다. 기분이 상했지만 내색하지 않고 고개만 반대쪽으로 돌렸다. 차가 완전히 멈추자 눅진한 에어컨 냄새가 더 진해졌다. 창문을 내려 택시기사 쪽을 바라봤다. 그는 사고 현장으로 걸어가 구경꾼 사이에 넉살 좋게 끼어들었다.

"시간도 늦어지는데 오늘은 바로 숙소로 돌아가자."

"돌아가고 싶으면 먼저 가 있어. 난 오늘 메르데카 광장에 갈 거야."

"너 혼자 어떻게 돌아다니려고."

내 말에 희주의 얼굴이 살짝 일그러졌다. 한쪽 뺨으로 알 수 없는 웃음을 지으며 더는 대꾸하지 않았다. 말실수라도 했나? 희주의 눈치를 살피며 시트 뒤로 몸을 더 기댔다. 여행하는 동안 될 수 있으면 희주의 신경을 건드리지 않으려고 했지만 그게 뜻대로 잘되지 않았다.

"거기는 그렇게 중요한 곳도 아니잖아."

"독립 선언이 이뤄진 곳이야. 전 세계에서 가장 높은 국기 게양대도 있어."

말레이시아에 도착한 이후로 많은 시간을 길 위에서 허비했다. 말레이시아는 어디를 가나 막혔지만 차 없이는 어디에도 갈 수 없었다. 말라카를 낮에 돌아보고 저녁때 메르데카 광장에 가는 일정은 처음부터 무리였다. 그걸 알면서도 희주는 계속 억지를 부렸다. 이번뿐만 아니라 세계에서 세 번째로 높다는 페트로나스 트윈 타워를 볼 때도. 프란시스 자비에르 신부의 유해가 안치된 세인트 폴 성당을 갈 때나, 가장 큰 힌두교 사원이라는 스리 마하마리아만 사원에서 기도를 올릴 때도. 원하지 않으면 따라오지 말라면서 자꾸만 일정을 늘려갔다.

여행지에서 이런 문제로 다투는 건 꽤 익숙한 일이었다. 재작년에 서

유럽에 갔을 때도 비슷한 일이 있었다. 독일과 이탈리아에 가야 한다는 것은 서로 동의했지만 그다음 일정으로 나는 체코를, 희주는 프랑스를 원했다. 내가 체코를 빼고 프랑스로 가겠다고 하자 희주는 그것보다는 이탈리아로 들어가 독일을 여행한 후에 삼일 정도 각자 떨어져서 프랑스와 체코에 다녀오자고 제안했다. 그래도 어떻게 따로 다니나 싶어 내가 양보하겠다는데도 희주는 굳이 그렇게 하자고 고집을 부렸다.

그때 우리는 이탈리아로 들어가 함께 독일을 여행하고 체코와 프랑스에서 각자의 시간을 보냈다. 그리고 귀국하기 하루 전에 베를린에서 다시 만났다. 숙소도 일부러 트윈룸을 골라 섹스를 할 때는 한 침대를 썼고 잠이 들 때는 각자의 공간에 누웠다. 그날 호텔 방에서 희주는 내가 가보지 못한 프랑스 남부의 풍경을 들려주었고, 나는 체코의 헌책방 골목을 혼자 돌아다니다가 우연히 발견한 맥줏집에 관해 이야기했다. 그건 내게는 정말 기묘하고 낯선 경험이었지만 희주에게만큼은 즐거운 추억으로 남았다.

"나도 사진 좀 찍고 올게. 진짜로 복권에 당첨될지도 모르잖아."

사고는 현장의 맨 앞에는 도요타와 버스가 세워져 있었다. 아마도 차선을 변경하던 버스가 직진하던 도요타를 들이받은 것처럼 보였다. 그 후에 도요타는 쫓아오던 트럭과 한번 더 부딪히고, 트럭은 뒤따라오던 폭스바겐과 연쇄적으로 충돌한 것 같았다. 다행히 정체 구간이어서 다친 사람은 없었다. 다만 여러 대의 차가 휘말려서 수습이 오래 걸렸다. 네 명의 운전자는 현장에서 함께 대화를 나누고 있었다. 말소리까지 들리지는 않았지만 대체로 차분한 분위기였다.

그들 중에서 유일하게 화가 난 사람은 도요타 주인이었다. 그는 이런 저런 참견을 늘어놓으며 자신의 차를 구경하는 훼방꾼들을 이리저리 밀쳐냈다. 그의 짜증이 심해질수록 구경꾼들은 더욱 몰려들었다. 저마다 사고 현장을 논평하듯 즐거워하며 수다를 떨었다. 택시기사는 그 도요타 주인 앞에서도 전혀 개의치 않고 번호판의 숫자를 적었다. 도요타 주인이 신경질을 부리며 애꿎은 바닥을 발로 굴러대도 택시기사는 신경도 쓰지 않고 사람들에게 자신이 적은 숫자를 보여주며 자랑까지 했다.

"아무리 그래도 좀 그렇지 않아?"

사진을 찍으려고 택시 밖으로 나가려는 희주를 붙잡으며 물었다. 희주는 누가 다친 것도 아닌데 뭘 그러냐면서 대수롭지 않게 말했다. 그러면서 이렇게 덧붙였다.

"너는 꼭 그래 본 적 없는 것처럼 말하네."

희주가 몸을 돌려 나를 바라봤는데 나도 모르게 그 시선을 피해버렸다. 희주는 그대로 택시 문을 열고 바깥으로 나가버렸다. 창문 밖으로 희주의 뒷모습이 내게서 조금씩 멀어졌다. 희주는 가장 먼저 도요타의 번호판부터 사진을 찍었다. 택시기사가 반가운 듯 손을 뻗어 아는 체를 했다. 두 사람은 무슨 말을 조금 나누다가 곧 크게 웃음을 터뜨렸다. 그는 흔쾌히 고개를 끄덕이며 손가락으로 오케이를 그렸다. 희주는 카메라를 건네고 트럭 뒤에서 포즈를 잡았다. 사고가 난 곳을 바라보며 서자 곧 플래시가 터졌다. 택시기사는 사진을 확인하고 한 번 더 찍겠다는 것처럼 검지를 펼쳐 허공 위에 흔들었다.

*

회식 다음 날 희주는 일주일 동안 휴가를 받았다. 개인 연차는 아니었고 청원 휴가였다. 본부장은 그사이 최팀장과 나를 따로 불러 화해를 중재했다. 그 자리에서 최팀장은 내게 고개를 숙이며 사과했다. 내가 희주와 사귀고 있는 사이인 줄 몰랐다고. 자신은 쭉 영업부 소속이어서 정말 모르고 있었다고. 최팀장은 미안하다면서 앞으로 이런 일이 두 번 다시 없을 거라고 약속했다. 사과하는 표정이나 목소리의 떨림 같은 것을 봤을 때 어느 정도 진정성은 있어 보였다. 게다가 나보다 열 살도 넘게 나이가 많은 사람이 그렇게까지 머리를 조아리자 나도 뻣뻣하게 굴 수만은 없었다.

희주가 휴가에서 돌아왔을 때 최팀장은 팀원 앞에서 다시 한번 공개적으로 사과했다. 본부장에게 받은 경고장을 자신의 책상 위에 걸어 놓고 희주 앞에서 허리를 숙였다. 그렇게 무거운 분위기는 아니었다. 최팀장이 이번 일로 많은 것을 깨달았고 더욱 언행을 조심하겠다고 하자 주변에 있던 직원들이 앞으로 두고 보겠다며 장난스럽게 으름장을 놓았다. 그렇게 사건이 일단락되었다고 믿었다. 만족스럽지는 않아도 어느 정도 마무리되었다고. 하지만 그렇지 않았다. 적어도 희주는 그랬다.

"왜 네가 나 대신 그 사람을 용서했어?"

낮에 말라카의 구도심을 돌아볼 때 희주가 내게 물었다. 때마침 광장에서 야외 결혼식이 열리고 있었다. 결혼식장에는 캐노피 천막을 여러 동 펼쳐 놓았다. 천막마다 신부 대기실과 무대, 뷔페를 차려놓은 피로연장 같은 공간이 준비되었다. 우리는 특별히 허락을 받고 신부 대기실을 구경했다. 천막에 흰 천을 매달고 그 앞에는 검은색 소파를 놓았다. 소파 위에는 꽃장식이 가득했다. 신부는 붉은색 드레스에 면사포를 쓴 채로 소파 위에 앉아 친구들과 사진을 찍었다. 친구들뿐만 아니라 희주와도 사진을 찍어주었다.

신랑이 모습을 드러낸 건 결혼식이 시작된 이후였다. 신랑은 눈이 파랗고 머리가 갈색이었다. 챙이 없는 모자를 썼고 전통 의상으로 보이는 노란 옷을 입고 있었다. 신랑은 신부의 아버지와 함께 예식이 진행되는 천막으로 걸어왔다. 신부는 그곳에 먼저 도착해서 신랑을 기다렸다. 신랑이 천막 안으로 들어가려고 허리를 굽히자 사람들이 손사래를 치며 말렸다. 신랑이 당황하며 주변을 살피자 미리 기다리고 있던 남자 넷이 천막의 각 기둥을 붙잡아 높이 들어 올렸다. 그제야 박수와 함성이 터졌고 신랑은 당당히 허리를 세우고 그 안으로 들어갔다.

결혼식이 진행되는 걸 지켜보다가 여행 내내 미뤄두었던 말을 희주에게 꺼냈다. 도대체 왜 그러느냐고. 꼭 비혼식 같은 걸 해야만 하겠냐고. 희주는 내 말을 듣고도 아무 대답도 하지 않았다. 그저 고개를 들어 나를 가만히 바라만 보았다. 그러다 우리 사이로 굵은 빗방울이 몇 방울 떨어지더니 갑자기 스콜이 쏟아졌다. 사람들은 서둘러 지붕이 있는 곳을 찾아 뛰어다녔다. 천막 안은 이미 가득 차서 가까운 노점의 처마 밑으로 비를 피하려고 했다. 하지만 희주는 제자리에서 꼼짝도 하지 않고 비를 맞았다. 열대의 소나기는 빗줄기가 굵었고, 그 속에서 희주는 비를 맞는 게 아니라 심한 매질을 당하는 것처럼 보였다.

"난 그 사람을 용서한 적이 없는데 왜 네가 그 사람을 용서해준 거야?"

최팀장과의 일을 정식으로 문제 삼을수록 우호적이었던 회사의 분위기가 점차 냉랭해졌다. 희주가 원한 것은 최팀장의 인사발령이었다. 하지만 본부장은 온 지 얼마 되지도 않은 최팀장을 다른 곳으로 내쫓을 수는 없다고 명확하게 선을 그었다. 그대신 희주에게 이동을 권했다. 희망 부서를 세 개 정도 알려주면 그룹장끼리 협의해서 최대한 배려해주겠다는 것이었다. 내 생각에는 나쁘지 않은 조건이었다. 하지만 희주는 단호하게 거절했다. 가해자가 남고 피해자가 떠나는 결과를 받아들일 수 없다는 게 그 이유였다.

상황이 해결되지 않자 본부장은 수습을 위해 희주가 아닌 나를 불러들였다. 일이 너무 커지면 먼저 폭력을 저지른 내게도 책임을 져야 할 부분이 있을 거라며 은근히 압박을 주었다. 그러면서 어차피 결혼해서 아기를 낳으면 희주는 회사에 오래 다닐 수 없다고 말했다. 오랫동안 최팀장과 마주치면서 일할 사람은 희주가 아니라 바로 나라고. 희주가 당장 큰 상처를 받아 감정적으로 구는 건 이해하지만 곧 있으면 남편이 될 내가 중심을 못 잡으면 안 된다고. 본부장의 말에 설득된 것은 아니었지만 나도 이쯤에서 희주가 그만두기를 바랐다. 겉으로는 희주를 이해하는 척했지만 사실은 아무것도 알지 못했다. 희주가 어떤 마음이었는지. 왜 그렇게까지 해야만 했는지.

*

하늘에 먹구름이 다시 몰려들었다. 사위가 한층 더 어두워졌다. 희주는 여전히 바깥에 있었다. 택시 창문 밖으로 고개를 내밀어 희주를 불렀지만 들리지 않는 것 같았다. 희주는 번호판의 숫자를 적는 사람들 사이에 섞여 있었다. 곧 비가 내릴지도 모른다는 것을 아무도 눈치채지 못한 것 같았다. 시간이 지날수록 앞차의 붉은 꼬리등 불빛이 점점 짙어졌다. 창밖에서 불어오는 바람에 축축한 습기가 배었다. 계속 틀어놨던 에어컨이 갑자기 춥게 느껴졌다. 그러다가 먼 하늘에서 번쩍하고 섬광이 빛났다.

소리 없는 번개가 어둑해진 하늘을 몇 갈래로 찢었다가 이내 사라졌다. 그 번쩍임이 너무 순식간에 지나가 눈을 깜박이고 나면 모든 게 착각처럼 느껴졌다. 희주는 그 빛을 보지 못한 것 같았다. 아니면 알고 있으면서도 신경 쓰지 않는 것인지도 몰랐다. 당장 가까운 곳에서 떨어지는 것은 아니니까. 아직은 소리도 닿지 않을 정도로 멀리 있으니까. 하늘을 올려다보지 않으면 바깥의 풍경은 여전히 태평스러웠다.

시간이 얼마 지나지 않아 빗방울이 떨어지기 시작했다. 처음에는 몇 방울씩 산발적으로 떨어지다가 곧 폭우가 됐다. 말라카에서 내렸던 스콜보다 훨씬 세찬 비였다. 빗줄기는 택시 보닛을 흠씬 두드렸다. 둔탁한 드럼 연주가 시작된 것처럼 굉장한 소음이 택시 안에 가득 찼다. 구경꾼은 손등으로 머리를 가리고 서둘러 자신의 차로 돌아갔다. 조금 전까지도 사진을 찍고 있던 희주는 사람들과 이리저리 뒤엉키는 바람에 시야에서 완전히 사라져버렸다. 고개를 이리저리 돌려봐도 내가 앉은 곳에서는 전혀 보이지가 않았다.

그 사이 빗줄기는 더욱 굵어졌다. 와이퍼를 켜지 않은 앞창에는 빗물이 차올랐다. 섣불리 나갔다가 희주와 엇갈리게 될 것 같았다. 택시 안에서 희주가 돌아오기를 기다렸다. 앞문이 열리고 택시기사가 들어왔다. 희주가 어디 있냐고 묻자 그는 대답 대신 희주의 카메라를 건넸다. 고개를 절레절레 저으며 머리칼에 묻은 물기를 함부로 털어냈다. 내가 흥분해서 다시 한번 물어보니까 그는 웃으며 손가락으로 오케이를 그렸다. 괜찮다고. 모든 게 괜찮을 거라고. 이번만큼은 그의 영어를 분명하게 알아들을 수 있었다.

조금 더 가까운 하늘에서 번개가 내렸다. 이번에는 새하얀 불빛이 순식간에 울창한 팜나무 숲 위로 떨어지는 게 선명하게 보였다. 그 빛이 너무 강렬해서 눈을 감아도 잔상이 사라지지 않았다. 더는 기다리고만 있을 수 없어 문을 열고 희주를 찾으러 나갔다. 어느새 사고 현장에는 아무도 남아 있지 않았다. 붉은 깃발을 흔들던 남자는 트럭에 올라타 있고, 도요타 주인도 운전석으로 돌아가 팔짱을 끼고 있었다. 그들은 빗속에 우산도 없이 돌아다니는 나를 이상하게 보는 것 같았다. 내가 창문을 두드리며 동양인 여자를 못 봤냐고 묻자 모른다는 식으로 고개만 돌렸다.

버스에 올라탔을까 싶어서 버스가 있는 곳으로 향했다. 흑인 운전사는 문을 열어 무슨 일이냐고 물었다. 사람을 찾고 있다고 하니까 들어오라는 것처럼 검지를 까딱거렸다. 계단을 올라 운전석 옆에서 잠시 물기를 털었다. 고맙다고 인사하는데 선반 위에 붙어 있는 손도끼가 보였다. 내가 멍하니 바라보자 필요하냐는 듯 손도끼를 떼어내 내게 건넸다. 나는 손사래를 치고 버스 안쪽으로 걸음을 옮겼다. 버스 안에는 손님이 드문드문 앉아 있었다. 좌석을 하나하나 들여다보며 걷는데 승객 한 명이 창밖을 가리켰다. 그가 가리킨 곳은 가드레일 너머였다. 팜나무가 우거진 숲 바로 앞에 희주가 서 있었다.

당장 버스에서 내려 도로를 벗어나 가드레일로 향했다. 그동안 빗줄기가 조금 가늘어졌다. 난간 앞에서 희주를 크게 소리쳐 불렀다. 빗소리 때문에 내 목소리가 전혀 닿지 않는 것 같았다. 가드레일을 뛰어넘어 조심스레 경사로를 내려갔다. 넘어지지 않으려고 했지만, 한순간 미끄러져 흙탕물 위로 굴러떨어졌다. 머리부터 발끝까지 전부 흙과 빗물로 범벅이 됐다. 몸 전체가 욱신거렸고 아프지 않은 곳이 없었다. 입에서는 모래가 씹히고 눈가에서 흙비가 흘렀다. 걸음을 내디딜 때마다 발이 진흙 속에 빠졌다. 네 발로 거의 기다시피 몸을 이끌고 겨우 희주에게 다가갔다.

햇볕에 그을린 희주의 어깨너머로 아직 베어지지 않은 팜나무 숲을 올려다보았다. 팜나무는 밑에서 보니 높이가 더 장대했다. 길고 곧은 나무 기둥이 하늘 끝에 닿을 것 같았다. 그 꼭대기에는 날카롭고 커다란 잎사귀가 비를 맞으며 흔들렸다. 그리고 그 위로 또 한 번 밝은 빛이 번쩍였다. 플래시가 터진 듯 주변이 환해졌다가 곧바로 다시 어두워졌다. 희주가 놀라서 어깨를 움츠렸다. 다시 굵어진 빗방울들이 희주의 어깨에 부딪혀 잘게 부서졌다. 어깨에 닿고 튀어 오르는 비의 파편 때문에 희주가 우는 것처럼 보였다. 그동안 수없이 희주의 뒷모습을 사진으로 찍었지만 희주의 눈에 보일 풍경은 생각해본 적이 없었다. 희주는 지금 울고 있을까? 어둠 속에서 나무는 키가 컸고, 숲의 더 깊은 안쪽에는 키가 큰 나무보다 더 키가 큰 나무가 수없이 자라나 있었다.

이번 소설을 쓰면서 제일 괴로웠던 건 제가 어쩔 수 없는 한국 남자, 줄여서 '어한남' 이라는 사실을 인정하는 일이었습니다. 솔직히 나 정도면 괜찮지 않나 싶었습니다. 이 문제에 대해 어느 정도 공감한다고 착각하기도 했습니다. 하지만 소설을 쓸수록 내가 정말 아무것도 이해하지 못하고 있으며, 앞으로도 이해할 수 없다는 걸 깨달았습니다.

예전에는 소설을 쓰면 무언가를 이해할 수 있을 거라고 믿었습니다. 유년의 상처라든지, 내 마음속의 복잡하고 양가적인 감정, 또는 타인이나 각종 사회 문제 같은 것을 말이죠. 하지만 그렇지 않을 때가 너무 많습니다. 제 소설은 대부분 무용하고, 저는 뭔가를 이해할 만큼 대단한 사람이 아니었습니다. 그런데도 결국은 쓸 수밖에 없다고 생각합니다. 소설을 쓰는 것만이 제가 할 수 있는 유일한 일입니다. 아무것도 이해할 수 없다고 해도 그래도 끝까지 마주하며 이해해보려고 하는 사람이 되고 싶습니다.

부족한 제게 등단의 기회를 준 심사위원분께 진심으로 감사드립니다. 오랜 시간 고독한 글쓰기를 함께 해준 문우들, 저 대신 등단의 꿈을 꾸어주신 장모님, 아버지가 되어주신 장인어른, 누구보다 뛰어난 소설적 재능을 갖고도 회사 일만 열심히 하는 사랑하는 아내, 그리고 먼 곳에서 응원해주는 형제들과 하늘에서 지켜보고 계신 부모님께 수상의 영광을 돌립니다. 끝으로 좋은 소설을 쓰려면 좋은 사람이 먼저 되어야 한다는 걸 깨닫게 해준 아름답고 동그란 하성란 선생님께 말로 다 할 수 없는 고마움을 전합니다.

한정된 공간 · 시간 활용하는 솜씨 돋보여… 결말의 배치도 신선했다

예심 통과작 총 13편은 대체로 해결하기 어려운 문제를 가진 인물들이 그것에서 벗어나거나 해결하려는 크고 작은 고군분투의 서사에 가까웠다. 그래서 보통 사람들의 그 간절한 개인적 행동이 때로 소설의 완성도나 형식의 아쉬운 점을 가리는 순간도 있었다.

'선착장에는 미데가'는 섬, 선착장이라는 주 공간과 인물들 간의 관계가 흥미롭게 다가왔다. 그러나 미데는 왜 섬을 떠났고 언제부터 떠나려고 했었는가? 이 모녀는 어쩌다가 이런 관계가 되었을까? 하는 등등의, 소설을 이해할 수 있는 몇 가지 의문들이 끝내 풀리지 않았다. '나'라는 일인칭 시점 인물을 독자에게 소개하는 지점에 대한 생각을 더 해보기 바란다는 조언을 드리고 싶다. '론 포포'는 "도망친다는 건 무언가로부터 원치 않게 떨어지는 일이기도 하잖아" 등의 인상적인 문장들이 눈에 띄긴 했으나 또 그만큼의 비문들이 곳곳에서 보였다. 중국의 '빨간 모자'인 동화 '론 포포'로 십대의 임신과 낙태 문제를 연결한 지점이 효과적인가? 하는 질문 앞에서도 확신이 서지 않았다.

당선작으로 결정한 '일인칭 컷'은 한정된 공간과 시간을 활용할 줄 아는 솜씨가 돋보였다. 희주라는 인물의 훼손당한 어떤 감정의 컷들을 보여주려고 시도한 점이나 그것을 내가 빗속에서 키가 큰 팜나무 숲을 올려다보는 그녀의 뒷모습을 지켜보는 장면으로 배치한 결말 또한. 그럼에도 불구하고 희주에게 팜나무란 무엇인지, 마치 울고 있는 듯 팜나무를 올려다보는 희주를 지켜보는 나에게 그 컷은 "삼인칭 피사체에 불과"했던 그 이전과 어떤 변화를 느끼게 하는지 모호하다는 점들이 못내 마음에 남았다. '일인칭 컷'이 "인물보다는 배경에 초점"을 맞춘다고는 해도 희주라는 인물을 한번은 독자에게 정면으로 한 컷 정도 남겨주었다면 어땠을까. 이 작품이 당선자에게 더 설득력 있고 개성적인 '이야기의 컷'들을 독자에게 들려줄 수 있는 디딤돌이 되기 바란다. 당선자에게는 축하를, 모든 응모자께는 격려의 인사를 보낸다.

한국일보 **강보라**

1982년 서울 출생

프리랜서 기자

티니안에서

강보라

그해 여름 사이판 국제공항에 도착한 수혜와 나는 국제선 터미널 끝에 자리한 경비행기 탑승 대기실에서 우연히 두 명의 미국인 남자와 마주쳤다. 두 사람 다 젊은 백인으로, 한 명은 노란빛이 도는 갈색 눈에 골격이 크고 오른쪽 팔이 온통 문신으로 뒤덮여있었다. 다른 한 명은 짧게 자른 잿빛 머리에 헐렁한 청바지 차림이었는데 한쪽 귀에 십자가 모양 금귀걸이를 하고 있었다. 대기실 바깥에서 담배를 피우던 남자들이 우리를 발견하고 서로에게 신호를 보냈다. 캐리어를 끌고 우리 쪽으로 다가오는 두 남자의 장난기 어린 눈빛에서 한계에 다다른 육식 동물의 허기가 느껴졌다.

대기실에 사람이라곤 우리 넷뿐이어서 수혜와 나는 남자들과 자연스럽게 말을 섞었다. 대화 중에 나는 조금 당황했는데 수혜가 굳이 하지 않아도 될 이야기를, 그것도 아주 형편없는 영어로 자세히 털어놨기 때문이다. 자신과 내가 중학교 시절 친구라는 것, 우리가 10년 가까이 서로 안부를 모르고 지내다 최근에야 다시 연락하게 되었다는 것, 그러니까 이 여행은 우리의 관계 회복을 위한 일종의 '우정 여행'이며 자신과 달리 직장이 있는 나의 사정을 고려해 3박 4일의 짧은 일정을 계획했다는 것, 그리고 결정적으로, 여행을 좋아하는 자신의 '보이프렌드'가 사이판에서 가까운 티니안 섬의 존재를 알려주었다는 것 등등. 솔직한 동시에 적극적인 그녀의 태도에 남자들은 한껏 고무된 눈치였다. 내가 활주로에 늘어선 경비행기들을 바라보며 이러다 그들과 한 비행기를 타게 되는 건 아닌지 염려하고 있을 때 남자들이 이름을 밝히며 악수를 청해 왔다. 문신한 남자의 이름은 제임스, 십자가 귀걸이의 이름은 제레미였다. 어쩌면 그 반대였던 것 같기도 하다.

"그냥 팻맨이라고 불러요. 사이판에서만 쓰는 이름이죠."

문신한 남자가 웃으며 말했다.

십자가 귀걸이가 "전 리틀보이예요."라며 따라 웃었다. 마치 자기들끼리만 아는 농담이라는 투였다. 수혜가 나를 보며 빙긋 웃었다. 학창 시절 음악실에서 비밀 이야기를 주고받을 때 자주 짓던 표정이었다. 리틀보이가 한손으로 십자가를 만지작대며 우리에게 입바른 칭찬을 늘어놓는 동안 팻맨은 숱 많은 눈썹을 추켜세우며 유쾌한 비밀이라도 감춘 양 빙글거렸다. 하와이안 셔츠를 입은 직원이 다가와 노란 종이를 조가비 모양으로 오려 만든 숫자판을 나누어주었다. 남자들이 받은 숫자는 1과 4, 나와 수혜가 받은 숫자는 2와 3이었다. 경비행기의 무게 균형을 맞추기 위해서라는 설명이 뒤따랐다. 나는 앞열에 리틀보이와, 수혜는 뒷열에 팻맨과 나란히 앉았다. 네 사람의 안전벨트를 확인한 기장이 마이크가 달린 헤드셋을 건네며 직업적인 미소를 지어보였다.

경비행기가 탈탈거리며 날아올랐다. 리틀보이가 내게 뭐라고 말했지만 엔진 소리가 너무 커서 제대로 알아듣지 못했다. 내가 약지로 헤드셋을 가리키며 손을 내젓자 리틀보이가 몇 번 더 대화를 시도하다 이내 포기하고 창밖으로 고개를 돌렸다. 섬이 가까워오자 헐겁게 잠긴 문틈으로 습한 바람이 새어들었다. 하강하는 경비행기 창문 너머로 짐꾼들이 대기하고 있는 게 보였다.

티니안 공항은 인터넷에서 사진으로 본 것보다 더 작았다. 수혜의 이름이 한글로 적힌 종이를 든 중년의 동양 남자가 게이트 너머에서 우리를 향해 손을 흔들었다. 수혜가 예약해둔 한인 게스트하우스 주인이었다. 우리는 팻맨과 리틀보이에게 허둥지둥 작별 인사를 하고 남자가 몰고 온 소형 밴에 올라탔다.

"저놈들 조심하세요."

남자가 말했다.

"눈이 탁 풀린 게 아무리 봐도 약 빠는 놈들 같아."

그가 백미러를 흘끔대며 선심 쓰듯 덧붙였다.

"렌터카에 스노클링 장비 넣어놨어요. 이 동네에는 라이프 가드 같은 거 없으니까 알아서들 조심하시고."

해변 앞 도로에 면한 게스트하우스는 두 층짜리 주택을 개조한 건물로, 쇠락한 관광지 숙소의 외용을 고루 갖추고 있었다. 본래 상아색이었을 것으로 추정되는 외벽은 칠이 벗겨져 처음 빛깔을 잃은 지 오래였고 자갈이 깔린 마당에는 지저분한 자전거와 빈병, 목이 꺾인 파라솔 따위가 아무렇게나 널브러져 있었다. 장점이라면 숙박 시 렌터카를 저렴하게 이용할 수 있다는 것뿐이었다. 체크인을 마친 우리는 숙소에서 빌린 빨간 도요타를 타고 섬을 돌아보기로 했다.

휴가철인데도 도로에는 차가 거의 없었다. 보조석에 앉은 나는 체크인 카운터에서 얻은 지도를 펼친 뒤 수혜에게 가까운 해변을 일러 주었다. 수혜는 그러지 말고 일단 섬을 한 바퀴 둘러본 뒤 어디로 갈지 정하자고 했다. 도로변에는 불꽃나무라 불리는 플레임 트리가 듬성듬성 늘어서있었다. 약한 바람에도 새빨간 꽃잎을 풀풀 날리는, 아름답지만 헤픈 나무였다.

티니안은 작은 섬이었다. 숙소가 있는 남쪽 끝에서 북쪽 끝까지 차로 한 시간이면 넉넉히 왕복할 수 있었다. 무료하게 섬을 돌아보고 해변으로 가려는데 반대편 차선에서 달려오는 차가 보였다. 우리와 똑같은 빨간색 도요타였다. 팻맨과 리틀보이가 창밖으로 목을 쭉 빼고 손을 흔들었다. 수혜가 서서히 브레이크를 밟았다. 그들도 천천히 멈춰 섰다.

두 대의 도요타는 결국 한 대로 정리됐다. 다음날 우리는 지도에 붉은

점으로 표시된 장소들을 돌아보기로 했다. 리틀보이가 운전대를 잡았다.

차는 텅 빈 도로를 달리다 표지판의 화살표가 가리키는 샛길로 빠지기를 반복했다. 태평양전쟁의 격전지였던 티니안에는 승전국 미국과 패전국 일본, 그 틈에 희생된 한국인들의 자취가 울타리도 없이 폐허 상태로 흩어져있었다. 'cemetery'라고 적힌 표지판을 따라 들어갔더니 정말로 잡초만 무성한 묘지가 나오는 식이었다. 'fuel drum storage'라는 표지판을 따라가자 드럼통으로 가득한 연료저장소가 모습을 드러냈다. 벙커 바닥에는 휘어진 철근이며 탄피 조각들이 어지러이 나뒹굴었다. 이제 막 폭격 당한 듯 생생하게 보존된 현장에 팻맨과 리틀보이는 흥분을 감추지 못했다. 호기심에 숲길로 들어섰다가 무서울 정도로 말짱한 탄약고를 발견하기도 했다. 수풀이 우거진 밀림에서 탄약고를 발견한 팻맨이 윗옷을 가슴 위로 들어 올리며 환호했다.

리틀보이와 팻맨이 운전을 교대하려는데 수혜가 화장실에 가고 싶다고 말했다. 지도를 보니 때마침 근처에 도서관이 있었다. 섬에 하나뿐인 작은 도서관이었다. 나는 남자들과 남겨지는 것이 불편해 수혜를 따라 도서관으로 들어갔다. 열람실은 에어컨이 틀어져있어 무척 시원했다. 수혜를 기다리는 동안 건성으로 책장을 훑다가 백과사전처럼 두꺼운 책들 사이에서 장정이 아름다운 도감 한 권을 찾아냈다. 페이지마다 세밀한 삽화를 곁들인 산호초 도감이었다. 인기척이 나 돌아보니 수혜가 내 어깨 너머로 책을 훔쳐보고 있었다.

"대박. 존나 예뻐."

수혜가 큰 소리로 감탄하자 입구에 앉은 뚱뚱한 원주민 여자가 우리에게 주의를 주었다. 둘이 밖으로 나오는데 수혜가 잠깐만, 하고 다시 안으로 뛰어 들어가더니 잠시 후 불룩해진 배를 끌어안고 의기양양한 표정으로 걸어 나왔다. 그러고는 티셔츠 안에 숨긴 도감을 꺼내 내게 선물했다. 사태를 파악한 팻맨과 리틀보이가 수혜를 보며 엄지손가락을 치켜세웠다.

섬 북부에는 미국이 맨해튼 프로젝트의 거점으로 사용했던 활주로가 당시 모습 그대로 남아있었다. '노스필드'라 불리는, 4열로 뻗은 거대한 활주로였다.

"일본군이 지었지만, 우리가 썼지."

리틀보이가 말하며 키득거렸다. 활주로 북쪽에는 유리 온실처럼 생긴 두 개의 원자폭탄 탑재소가 있었다. 안내문이 영어로 되어있어, 들고 있던 지도 귀퉁이에 한글로 적힌 설명글을 살폈다. '히로시마와 나가사키에 떨어진 리틀보이와 팻맨을 보관했던 장소'라고 쓰여 있었다. 수혜에게 사실을 말해주자 그녀가 남자들의 농담을 눈치 채고 눈을 흘겼다. 팻맨이 어깨를 으쓱하며 수혜의 어깨에 팔을 둘렀다.

"일본 놈들은 당해도 싸지."

팻맨이 말했다.

"우리 아빠 같은 소릴 하네."

수혜가 말했다.

"슬슬 해변에나 가볼까."

리틀보이가 말했다.

티니안의 해변은 놀랄 만큼 한산했다. 수심이 얕아 관광객이 붐비는 숙소 앞 해변과 몇몇 다이빙 포인트를 제외하면 대부분의 해변은 사람 그림자도 찾기 어려울 정도였다. 그럼에도 남자들은 굳이 좁은 바위틈을 비집고 들어가야 하는 누드비치를 고집했다. 모르는 사람이 들어오면 인기척을 느낄 수 있어서였을 것이다.

수혜가 비키니 상의를 벗고 비치타월 위에 엎드렸다. 깜짝 놀란 나와 달리 남자들은 별다른 반응을 보이지 않았다. 나는 수혜와 조금 떨어진 야자수 그늘 아래 수건을 깔고 엉거주춤 자리를 잡았다. 남자들 앞에서 아무렇게나 옷을 벗는 수혜가 불편했다. 수영 팬츠를 입은 리틀보이가 내게 다가오더니 가슴이 조금 작은 것 같다고 말했다.

"나쁜 뜻으로 듣지 마요." 그가 말했다. "동양 여자들은 그게 매력이에요. 가슴이 작으면 소년little boy처럼 보이거든요."

리틀보이가 손가락으로 자신을 가리키며 킥킥 웃었다. 딴에는 꽤나 기발한 말장난이라고 생각하는 듯했다. 나는 어색하게 웃으며 몸을 움츠렸다.

물에 들어갔다 나온 팻맨이 자리로 돌아오며 수혜의 엉덩이를 찰싹 때렸다. 수혜가 보란 듯이 몸을 발랑 뒤집었다. 그러자 안 그래도 납작한 수혜의 가슴이 거의 평평해졌다. 그 모습을 본 팻맨과 리틀보이가 마주보며 씩 웃었다. 순간 열대성 소나기가 예고도 없이 쏴쏴 쏟아졌다. 나는 수건을 머리에 덮어 쓰고 차를 향해 소리를 지르며 뛰어갔다. 돌아보니 수혜가 남자들과 함께 비를 맞으며 느긋하게 뒤따라오고 있었다.

날이 저물고 있었다. 우리는 인적 없는 도로를 따라 섬 남쪽에 있는 자살 절벽으로 향했다. 전쟁에서 패한 일본군과 강제 징용된 한인 수백 명이 미국에 항복하길 거부하고 뛰어내린 곳이었다. 도착해보니 눈에 보이는 것은 절벽이 아니라 절벽으로 이어지는 너른 들판이었다. 바다를 에두른 들판 곳곳에 일본군의 희생을 기리는 위령비가 세워져 있었다.

들판에 어둠이 내려앉았다. 서로의 얼굴을 식별하기 어려울 정도로 완전무결한 어둠이었다. 우리는 휴대폰 플래시를 켜고 위령비와 야자수 사이를 산책하듯 걸어 다녔다. 설탕처럼 뿌려진 별들 사이로 은하수가 고요히 흘러갔다. 수혜가 기념사진을 찍자고 말했다. 우리는 타이머를 맞춘 휴대폰 카메라를 바위 위에 걸치고 절벽 끄트머리에 섰다. 렌즈와 거리를 두려 뒷걸음치다 하마터면 다 같이 절벽 아래로 떨어질 뻔했다.

"씨발 여기서 뒤지면 자살인 줄 알 거 아냐."

수혜가 나만 들으라는 듯 한국어로 깔깔거렸다.

플래시가 터지자 주변에 있던 위령비들이 일제히 은색으로 번쩍였다. 사진을 확인해보니 두 남자가 수혜의 양 볼을 꼬집고 있었다. 수혜의 익살맞은 얼굴이 더 귀여워보였다.

*

499

완전무결한 어둠 속에서 나는 음악실의 친구들을 생각했다.

내가 다닌 중학교에는 아무도 쓰지 않는 음악실이 하나 있었다. 학급이 축소되는 과정에서 생긴 여분의 공간이었겠으나 자세한 정황은 모른다. 한 가지, 머리핀으로 자물쇠를 딸 수 있어 우리가 그곳을 쉽게 드나들었다는 것만은 확실하다. 수혜, 연선, 나. 각자 반이 달랐던 우리는 음악실에서 자주 함께였고 교실에서 제각각 외톨이었다. 우리는 그곳에서 세 통의 도시락을 나눠 먹고 한 권의 교환 일기장을 주고받았다. 걸레 삼총사. 아이들은 우리를 그렇게 불렀다.

엄마는 지금도 이따금 내게 말한다.

"그때는 네가 얼마나 힘든지 몰랐어. 알다시피 나도 여유가 없었잖니."

나는 지금도 이따금 엄마에게 말한다. 방과 후 나를 때리고 괴롭혔던 아이들에 대해, 집에 들어오자마자 방문을 잠그던 습관에 대해, 당신에게 너무 자주 화를 냈던 이유에 대해. 이제는 다 지나간 일이라고, 내게도 문제는 있었다고, 다만 그때는 내 모든 진심이 유리병에 든 편지처럼 느껴졌다고, 나이든 자식이 유년기에 저지른 비행을 털어놓듯 약간의 유머를 곁들여 이야기한다. 그때 나와 함께 따돌림 당했던 아이들, 폭력을 피해 음악실로 모여든 두 친구에 대해서는 이야기하지 않는다. 당시 우리가 성욕으로 충만했다는 것, 지금도 얼굴이 뜨거워질 정도로 그 성욕에 충실했다는 것, 각자의 경험담을 남몰래 공유했다는 사실에 대해서는 입을 다문다. 그 이야기를 하려면 그 시절 우리에게 붙은 모욕적인 별명을 말해야 하고, 학교를 떠들썩하게 만들었던 음악실 낙서 사건 ─ 누군가가 벽에 우리 별명을 매직펜으로 휘갈긴 ─ 에 대해서도 말해야하고, 우리를 제외한 동급생 전부가 돌아가면서 사포로 낙서를 지웠다는 사실도 말해야하기 때문이다. 나는 살면서 제법 많은 사람에게 이 이야기를 털어놓았지만 그때마다 그들은 말을 가렸고 내편이 아닌 속마음을 끝내 숨기지 못했으며 나와 어긋나는 순간 그 이야기를 떠올리는 것으로 자신의 폭력적인 언사를 정당화했다.

엄마는 너그러운 성품을 지녔지만 이런 종류의 이야기를 견뎌낼 만큼

맷집이 있는 사람은 아니다. 전말을 알고 나면 그녀는 나를 이해하기 위해 과거의 기억을 열렬히 더듬고 수정할 것이다. 그리고 결국엔 자신의 인생 전체를 오답처럼 여기게 될 것이다. 엄마는 전처럼 강하지 않다. 그녀는 이제 나를 사랑하기만도 벅차다. 나 또한 그렇다.

*

옆방에 있던 손님들이 떠나는지 문밖에서 캐리어 바퀴 구르는 소리가 났다. 덕분에 일찍 눈을 뜬 나는 천장에서 느긋하게 공기를 휘젓는 실링팬을 바라보며 지난 이틀을 찬찬히 되짚어보았다. 맨가슴으로 비치타월 위에 엎드린 수혜, 검은 실루엣으로 나를 내려다보는 리틀보이, 들판에 유령처럼 솟은 위령비들……

규칙적으로 부풀었다 잦아드는 수혜의 등을 가만히 바라보았다. 창을 통과한 빛이 수혜의 어깨를 타고 이불 아래로 흘러내렸다. 수혜의 돌아선 등에서 희미한 적의가 느껴졌다. 나와 수혜 사이에 놓인 탁자 위에 수혜가 준 산호초 도감이 펼쳐진 채 엎어져 있었다. 금박으로 제목을 박은, 감탄이 나올 정도로 아름다운 표지였다. 인기척을 내지 않으려 애쓰며 책을 집었다. 읽어보려 했으나 모르는 영단어가 너무 많았다. 수혜와 등을 지고 모로 누운 나는 휴대폰으로 산호초에 대한 정보를 찾아보기 시작했다. 관련 내용이 있는 블로그를 검색하다가 산호초에 의존해 살아가는 바다생물을 정리한 포스트를 발견하고 한참 읽었다. 산호초 틈에 몸을 숨기고 먹잇감을 사냥하는 곰치, 자신이 먹은 산호초의 독성으로 적을 공격하는 갯민숭달팽이, 산호초를 못살게 구는 해삼과 산호살이조개, 산호초 지역을 황폐하게 만드는 가시왕관불가사리……

그래. 오늘은 산호초를 보러 가자. 나는 옷을 갈아입고 밖으로 나왔다. 차 트렁크에 스노클링 장비가 있는지, 있다면 쓸 만한 상태인지 확인하고 싶었다. 삼십 대 초반으로 보이는 동양 남자 두 명이 마당에서 차에 실린 알루미늄 상자들을 부지런히 바다으로 내리고 있었다. 래시가드를 입고 능숙하게 장비를 옮기는 모습이 꼭 해변의 안전요원 같았다.

"안녕하세요!"

그들 중 한 명이 장갑을 벗으며 살갑게 인사를 건넸다. 게스트하우스에서 기르는 개가 기둥에 목줄이 묶인 채 컹컹 짖어댔다. 남자는 가무잡잡한 피부에 어울리지 않게 세련된 무테안경을 쓰고 있었다. 두건을 이마에 동여맨 모습에서 베테랑 여행자다운 자신감이 묻어났다. 또 다른 남자 역시 목 인사를 건넸으나 선글라스를 끼고 있어 표정을 읽기 어려웠다. 내가 무테안경과 대화하는 동안 그는 바닥에 놓인 장비들을 빠르게 숙소로 날랐다. 낯선 사람과 대화의 물꼬를 트는 건 어디까지나 무테안경의 역할인 듯했다. 그의 말에 따르면 두 사람은 원자폭탄에 대한 다큐멘터리를 찍는 중이었다. 티니안에 사는 한인과 그 자손들의 사연을 영상으로 담을 예정이라고 했다. 무테안경이 내게 혼자냐고 물었다. 나는 친구와 함께 왔으며 오늘은 둘이 스노클링을 할 예정이라고 말했다.

"여, 굿모닝."

나는 깜짝 놀라 뒤를 돌아봤다. 게스트하우스 주인이었다.

"같이 온 친구는 어제 들어왔고?"

"아, 그럼요."

"아, 그럼요." 그가 내 말을 따라하며 비아냥거렸다.

"친해요?"

"네?"

"친하냐고, 그 친구랑."

그가 다가오자 쉰내가 훅 끼쳤다. 핀업걸이 그려진 그의 셔츠 가슴팍이 땀에 흠뻑 젖어있었다. 주인을 본 개가 목줄이 있다는 걸 잊은 듯, 제자리에서 풀쩍 뛰어올랐다.

"친구 분이 되게 자유로운 영혼이신가보네."

그가 말했다.

"걔들 약 하죠?"

"누구요?"

"그 미국 놈들."

"모르겠는데요."

"아니 다른 건 아니고 해변에서 약 빨다 걸릴까봐. 여기 경찰들이 다른 건 몰라도 떨 냄새 하나는 귀신 같이 잡아내거든."

그때 귀에 익은 웃음소리가 들려왔다. 어느새 밖으로 나온 수혜가 아까 본 남자들과 마당에서 이야기를 나누고 있었다.

"아가씨들 노는 건 내 알 바 아닌데."

그가 수혜 쪽을 힐끗 보며 말했다.

"그래도 조심 좀 해주면 좋겠네. 그러다 사고 나면 섬 이미지만 안 좋아져. 괜히 여행 카페 같은 데서 말 돌면 한국 여자들 몸 사리느라 안 온다구. 무슨 말인지 알죠?"

흰 꼬리를 길게 늘어트린 열대새 한 마리가 우리 쪽으로 날아오다가 바람에 휩쓸려 구름 속으로 사라졌다. 태풍이 올 모양이라고 나는 생각했다.

빨간 도요타가 곧게 뻗은 활주로를 덜컹덜컹 내달렸다. 뒷좌석에 앉은 팻맨과 수혜가 실성한 사람처럼 웃어댔다. 수혜의 웃음소리가 기다란 탐침이 되어 내 가슴을 찔렀다. 면허를 따고 처음 하는 운전이었지만 직선으로 시원하게 뻗은 노스필드를 보자 두려운 마음이 사라졌다. 왼쪽으로 핸들을 휙 돌리자 수혜와 팻맨의 몸이 오른쪽으로 와르르 쏠렸다. 보조석에 앉은 리틀보이가 뒷좌석에 대고 알아들을 수 없는 말을 쏟아냈다. 흥분한 나는 핸들을 오른쪽으로 크게 꺾었다. 그러자 이번에는 수혜가 팻맨의 허벅지 위로 무너지듯 엎어졌다. 나는 액셀에서 발을 떼지 않은 채 앞으로 나아가기 시작했다. 바퀴가 돌무더기 위를 지날 때마다 수혜의 몸이 공중에 번쩍 들렸다가 떨어졌다. 팻맨이 롤러코스터를 탄 꼬마처럼 괴성을 지르며 나를 부추겼다. 리틀보이가 의외라는 듯 나를 곁눈질했다.

활주로 북쪽 원자폭탄 탑재소 주변에 사람들이 모여 있는 모습이 보였다. 그들 뒤편에 눈에 익은 올리브색 지프가 세워져있었다. 아침에 본 남자들이었다. 각각 카메라와 조명을 든 두 남자가 취재원으로 보이는 노인과 진지한 얼굴로 이야기를 나누고 있었다. 우리를 알아본 무테안경이 멀리서 고갯짓으로 반가움을 표했다. 나는 속도를 줄이고 그들 곁으로 다가갔다. 차창을 내리자 선글라스를 낀 남자가 우리 쪽으로 걸어왔다.

"어 틀렸네." 선글라스가 웃으며 말했다. "운전하시는 거 보고 저희끼리 그랬거든요, 저거 분명 수혜씨일 거라고."

"취재 중이신가 봐요."

"네. 여기가 알고 보면 되게 재밌는 곳이에요." 선글라스가 말했다. 수혜가 창틱에 팔을 괴고 경청하는 자세를 취했다.

선글라스가 노인을 가리키며 말했다. "저분 말씀이, 산호를 빻아 다져 만든 거래요. 이 비행장이요."

차에서 내린 팻맨과 리틀보이가 무테안경과 노인 근처를 서성이기 시작했다. 선글라스는 인터뷰 중인 노인이 일본이 활주로를 만들 때 동원됐던 한국인 노역자 중 한 명이라고 설명했다.

"노스필드는 본래 일본이 미국을 공습하려고 만든 비행장인데요. 나중에는 반대로 미군이 일본에 핵폭탄을 던지는 기지로 썼대요. 일본의 공습 기지였던 곳이 훗날 리틀보이와 팻맨을 탑재한 에놀라 게이의 이륙장으로 쓰인 거죠. 그러고 보면 역사란 참 거대한 아이러니의 텍스타일인 것 같아요."

선글라스가 쾌활하게 말했다.

"저 밥맛은 뭐래."

뒤에서 잠자코 듣고 있던 수혜가 내게 속삭였다. 나는 팻맨과 리틀보이에게 눈을 떼지 않은 채 선글라스와 대화를 이어갔다. 두 남자가 입맛을 다시며 무테안경 주변을 기웃대고 있었다. 뭔가 시빗거리를 찾고 싶어 하는 눈치였다. 그러나 무테안경은 그들의 존재를 깨끗이 무시했다. 어깨에 카메라를 메고 노인과 이야기를 나누는 그의 표정이 사뭇 심각해보였다. 나는 수혜가 제발 남자들을 부르지 않기를, 그들의 별명을 입에 담지 않기를 간절히 바랐다. 팻맨과 리틀보이가 우리 쪽을 바라보며 일이 싱겁게 돌아간다는 표시로 어깨를 으쓱 올려보였다. 나는 작은 한숨을 내쉬었다. 차를 돌려 나가는 길에 노인과 눈이 마주쳤다. 축 처진 눈꺼풀에 반쯤 덮인 눈동자가 물에 갠 먹처럼 일렁였다.

우리는 섬 중앙을 관통하는 도로를 타고 다시 남쪽으로 향했다. 목적지인 신사에 도착하기까지는 20분도 채 걸리지 않았다. 오후로 넘어서며 바람이 한층 거세졌다. 신사 입구에 우거진 플레임 트리에서 주먹만한 꽃들이 투두둑 떨어졌다. 해질녘 스노클링을 하려던 계획은 접어야 할지도 모른다고 생각했다.

우리는 싱그러운 숲 냄새를 만끽하며 본당으로 올라갔다. 양손에 조리를 들고 맨발로 계단을 오르는 수혜의 뒷모습이 어쩐지 고집스러워 보였다. 본당 양편에 선 동물 모양 석상에 이끼가 잔뜩 끼어있었다. 하늘을 가린 나뭇잎들 사이로 햇살 한 줄기가 부드럽게 내리꽂혔다. 꽃잎과 이끼로 울긋불긋한 땅이 빛에 반사되어 황금처럼 반짝였다.

우리는 나무 그늘 아래 비치타월 세 장을 겹쳐 깐 뒤 숙소 앞에서 산 피자를 꺼냈다. 팻맨과 리틀보이가 아침부터 한 조각씩 먹어치운 바람에 피자는 이 빠진 동그라미가 되어있었다. 어느덧 운전자가 된 나를 제외한 세 사람이 미지근한 맥주 캔을 땄다. 분위기 탓에 쉽게 취기가 오른 셋은 황당한 장난을 생각해냈다. 수혜와 팻맨이 상의를 벗고 본당 아래 누워 있다가 방문객이 오면 깜짝 놀라게 만들겠다는 것이었다. 나는 내키지 않았지만 모두의 들뜬 기분을 망치고 싶지 않아서 그럼 나는 나무 뒤에 숨어서 사람들이 놀라는 모습을 휴대폰 카메라로 찍겠다고 마음에도 없는 말을 하고 말았다.

십 분쯤 지나자 승용차 두 대가 신사를 향해 다가왔다. 수혜가 재빨리 비키니 끈을 풀고 본당 아래 드러누웠다. 수혜 옆에 누운 팻맨이 바지까지 벗는 시늉을 하며 낄낄거렸다. 리틀보이와 나는 나무 뒤로 몸을 숨겼다. 두 대의 승용차에서 예닐곱 명의 동양인들이 법석을 떨며 밖으로 나왔다. 말소리를 들으니 중국인이었고 연령대가 다양한 걸로 보아 친인척 지간인 듯했다. 그중 가장 나이 들어 보이는 여자가 수혜와 팻맨을 발견하고 곁에 있던 남자를 툭 쳤다. 여자가 손가락으로 수혜를 가리키며 뭐라고 말하자 남자가 몸을 빼고 본당 쪽을 살피더니 못마땅한 얼굴로 고개를 가로저었다. 무리 중에는 열 살쯤 돼 보이는 어린아이도 있었다. 여자와 남자가 짧은 실랑이 끝에 가족들을 다시 차에 태웠다. 유쾌한 소란은 벌어지지 않았고 차가운 경멸만이 남았다. 나무 뒤에 숨어있던 리틀보이와 나는 휴대폰을 든 손을 내리며 실망스런 눈빛을 주고받았다. 십대로 보이는 중국인 남자애들 몇 명이 딴청을 피우며 마지막까지 본당 쪽으로 시선을 던졌다.

*

그 시절 나를 지배했던 욕구는 잦아든 지 오래다. 뭐랄까, 마치 도시를 통째로 쓸어버리고 깊은 잠에 빠진 휴화산 같다. 이제 나는 남들이 웃으면 같이 웃음을 터트리고 남들이 심각해하면 함께 미간을 찌푸린다. 야생에 던져진 초식동물처럼 온 신경을 곤두세우고 포식자들의 기분을 살핀다. 이런 내 태도가 필요 이상으로 방어적이라는 걸 모르지 않는다. 그리고 수혜가 필요 이상으로 낙천적이라는 것도.

그 모욕적인 낙서 사건 이후 우리는 더 이상 우리가 아니었다. 연선이가 갑자기 사라져버렸기 때문이다. 누군가에게 나쁜 일을 당하거나 충동적으로 가출한 것이 아니었다. 증발. 그건 말 그대로 증발이었고 경찰은 조사 끝에 자발적 실종으로 결론 내렸다. 조사 과정에서 수혜와 나는 많은 질문을 받았다. 사람들은 우리가 어떤 사이였는지 물었다. 연선이가 사라진 날 무얼 하고 있었는지, 음악실에서 우리가 어떤 이야기를 주고받았는지, 셋이 어쩌다 그런 별명을 얻게 되었는지 물었다. 대답할 수 있는 질문이 많지 않았다.

졸업 후 9년 만에 수혜가 연락해왔을 때 나는 말하고 싶었다. 늦었지만 그래도 말하고 싶었다. 연선이가 사라진 것은 우리 탓이 아니라고.

*

바다가 노을빛을 받아 오렌지색으로 반짝였다. 나는 스노클링 마스크를 입에 대고 시험 삼아 숨을 크게 내쉬었다. 수혜가 수건으로 누울 자리를 만들며 자기는 물에 들어가지 않겠다고 말했다. 며칠 사이 커피색이 된 수혜의 예쁜 몸을 바라보며 나는 팻맨과 리틀보이가 어서 빨리 섬을 떠났으면 좋겠다고 생각했다.

구명조끼를 입고 붉게 출렁이는 바다 속으로 차곡차곡 몸을 담갔다. 물이 허리까지 차오르자 두려움이 밀려왔다. 할 줄 아는 수영이라곤 아무렇게나 팔을 휘젓는 개헤엄이 전부였다. 티니안에는 안전요원이 없다는 게스트하우스 주인의 말이 생각났다. 마스크를 쓴 얼굴을 물에 살짝 담가보았다. 수심이 얕아서인지 별달리 보이는 게 없었다. 발레리나처럼 발끝으로 바다을 콩콩 찧어가며 발이 닿는 곳 중 최대한 깊은 지점을 찾았다. 발을 떼자 몸이 둥실 떠올랐다가 천천히 가라앉았다. 물안경 너머로 보이는 세상은 의외로 무척 탁했다. 기대했던 산호초는 보이지 않았다. 미끌미끌한 해초들이 발가락을 휘감았다. 바람 때문에 불규칙한 파랑이 일었다. 나는 놀라 황급히 몸을 일으켜 세웠다. 저 멀리 수혜가 비시시 몸을 일으키는 게 보였다. 팻맨과 리틀보이가 양손에 먹을 것을 들고 해변으로 걸어오고 있었다. 발이 땅에 닿지 않았다. 나는 다시 물속으로 고꾸라지듯 들어갔다. 두 번째로 물 밖에 나왔을 때 두 사람은 키스를 나누고 있었다. 팻맨과 수혜가, 그리고 수혜와 리틀보이가. 물속에 들어갔다 나오기를 반복하는 내 모습이 우스꽝스럽게 느껴졌다. 나는 다시 꼬르륵 가라앉았다. 이번에는 오래 버텨볼 작정이었다.

다시 수면 위로 올라왔을 때 셋은 사라지고 없었다.

＊

그 시절 나와 함께 잔 남자애들의 이름을 나는 전부 기억하고 있다. 다들 지금 어떻게 지내고 있을지 궁금하다. 나에 대한 이상한 소문을 퍼트린 건 그 아이들이었는데. 정작 미워해야 할 사람은 그들이었는데.

나와 섹스한 남자애들이 나에 대해 나쁘게 말하고 다니는 이유를 그때는 알지 못했다. 하지만 나를 때리고 못살게 구는 아이들의 마음은 이해할 수 있을 것 같았다. 몸을 함부로 굴리는 여자들에게 어떤 식으로든 낙인을 찍어야만 했던 여자들의 마음을.

나는 가끔 휴대폰으로 남자들의 SNS 계정을 찾는다. 호기심에 나와 몸을 섞고 훗날 나를 걸레 취급하는 것으로 죄책감을 털어냈던 그들의 안부를 열심히 찾아다닌다. 이 집요한 탐문은 물론 그들이 좀 불행했으면 좋겠다는 내 인간적인 바람과도 관련이 있다.

＊

물 밖으로 나온 나는 휘청거리며 벤치에 앉았다. 사흘간의 여행이 나만 못 알아들은 농담처럼 느껴졌다. 해가 졌는데도 수혜에게선 아무 연락이 없었다. 바람이 세차게 불었다. 나는 캄캄한 자살 절벽에서 팻맨과 리틀보이가 수혜를 강제로 취하는 장면을 상상했다. 수혜가 팻맨을 있는 힘껏 밀쳐낸다. 리틀보이가 수혜의 배를 걷어찬다. 수혜가 머리핀으로 리틀보이의 눈을 찌른다. 리틀보이가 욕설을 내뱉으며 수혜를 절벽 밖으로 밀어낸다.

머리핀.

너는 담배를 머리핀에 끼워 피우곤 했지. 손에 냄새가 배는 게 싫다면서. 음악실 문을 가장 먼저 연 것도 너였는데. 내가 억울하게 당하는 걸 보는 게 분하다면서. 또래들의 눈에 그게 좀 고깝게 보인 걸까. 둘이 아닌 셋이어서 더 싫었던 걸까. 연선이는 어디서 뭘 하고 있을까. 너는 왜 나를 다시 찾았을까.

*

　숙소에 도착했을 때는 이미 밤이었다. 목이 꺾인 파라솔이 마당에서 요란한 소리를 내며 나뒹굴고 있었다. 혹시나 싶어 뛰어올라갔지만 객실은 아침에 본 모습 그대로였다. 나는 마당 앞 벤치에 앉아 수혜가 들어오길 기다렸다. 어디선가 고약한 땀 냄새가 났다.

　"걔 아직 안 들어왔어?" 게스트하우스 주인이 다가오며 험악한 얼굴로 물었다.

　"아, 네. 오늘은 밖에서 자고 올 모양이에요."

　"허!"

　그가 손바닥으로 마른세수를 하며 짜증스럽게 말했다.

　"아씨 골치 아프게 됐네. 그거 알아요? 내가 아가씨들 놀랄까봐 말 안 했는데 얼마 전에 여기서 사건 났었어."

　"정말요?"

　"정말이지 그럼 내가 없는 말 해? 그때도 기집애들이 밤에 빨가벗고 돌아다니다가 양키놈들한테 걸려가지고 괜히 나까지 불려가서 조사 받고 어휴."

　그때 올리브색 지프가 헤드라이트 불빛을 쏘며 우리 쪽으로 다가왔다.

　"무슨 일 있어요?" 무테안경이 내게 물었다.

　"수혜가 아직 안 들어와서요."

　"어? 수혜씨 아까 자살절벽 쪽으로 가는 거 봤는데." 무테안경이 말했다.

　선글라스를 벗은 남자가 차에서 내리며 말했다.

　"그치. 우리 거기서 나올 때 마주쳤잖아 걔들이랑. 안 그래도 찜찜했거든요. 수혜씨 혼자라."

　"경찰에 신고할까요?" 무테안경이 다소 흥분된 목소리로 말했다.

소란을 감지한 개가 펄쩍펄쩍 뛰었다. 게스트하우스 주인이 개의 목줄이 묶인 기둥을 발로 차며 신경질적으로 말했다.

"형님들아. 자기들이랑 나랑 입장이 같아? 막말로 지가 좋아서 따라갔는지 어떻게 알아요."

"사장님. 그러지 말고 신고하세요. 아무래도 현지인이 해야 처리가 빠르지 않겠어요? 그 새끼들 아무래도 좀…" 무테안경이 말했다. "민지씨도 조심하세요. 이 동네에 동양 여자만 노리는 양키들 많아요."

곁에 있던 남자가 무테안경을 툭 쳤다. "야. 민지씨는 안 그래."

그때 하얀 비키니에 비치타월을 두른 수혜가 마당으로 터덜터덜 걸어 들어왔다. 조금 전까지 바다에서 놀았는지 머리칼에서 물이 뚝뚝 흘러내렸다. 내가 달려가자 수혜가 주먹 쥔 손을 내밀더니 내 손바닥 위에 딱딱하고 까끌까끌한 물체들을 올려놓았다. 새끼손가락만 한 산호 조각들이었다. 수혜가 산호에 달라붙은 모래알갱이들을 검지로 살살 굴리며 감탄했다.

"민지야 이거 봐. 모래가 별모양이야."

뒤를 돌아보니 세 남자가 태풍에 터전을 잃은 이재민 같은 표정으로 우리를 바라보고 있었다.

*

내 지갑 속에는 오래된 사진이 한 장 있다. 이제는 세월이 흘러 흐릿해진 스티커 사진 속에서 연선이는 어찌된 일인지 혼자 사복을 입고 있다. 앳된 얼굴에 어울리지 않는 호피무늬 블라우스에 짙은 립스틱을 칠하고, 교복을 입은 나와 수혜의 어깨에 씩씩하게 팔을 두르고 있다.

앞으로 음악실에는 가지 않으려 해.

그날 연선이에게 비밀 일기장을 건네받았을 때 나는 그렇게 적었다. 그리고 그것을 수혜의 책상 위에 올려놓았다.

나에게는 그 시절 비밀 일기장이 없다. 마지막으로 일기장을 주고받은 건 연선이와 수혜니까. 수혜와 다시 만나게 된 후에도 나는 일기장의 행방을 묻지 못했다.

*

수혜와 나는 숫자 1과 2가 적힌 조가비 모양 숫자판을 들고 사이판 국제공항으로 향하는 경비행기에 올랐다. 수혜가 손가락으로 창밖을 가리키며 내게 뭐라고 말했다. 내가 엔진 소리 때문에 안 들린다며 손을 내젓자 수혜가 곁으로 다가와 다시 큰 소리로 말했다. 우리는 서로의 이야기를 듣기 위해 동시에 고개를 숙였다. 수혜와 나의 헤드셋이 달칵 부딪쳤다. 우리는 깜짝 놀라 동시에 고개를 들었다. 수혜가 아이처럼 배시시 웃었다. 우리는 또 다시 동시에 몸을 숙였다. 헤드셋이 또 다시 달칵 부딪쳤다. 우리는 미친 사람처럼 웃기 시작했다. 헤드셋 탓에 우리의 웃음소리가 멀리서 둔하게 들려왔다.

*본 작품에 등장하는 설정은 모두 허구이며 실제 대상과는 아무런 관계가 없음을 밝힙니다.

수상소감 | 강보라

14년 가까이 잡지사 기자로 일했습니다. 다른 사람의 말을 듣는 일은 오래 해왔으니까 이제는 저의 목소리를 조금 내어 봐도 좋지 않을까 생각했습니다. 그러나 쓰면서, 이 또한 다른 사람의 이야기에 귀 기울이는 일임을 알게 되었습니다. 오래 해왔지만 여전히 서툰 일이었고 그 와중에 밥벌이를 챙기는 일도 쉽지 않았습니다. 마지막에는 거의 생업을 포기하고 썼습니다.

소설을 쓰기로 마음먹으면서 잠깐 유료 강좌를 들은 적이 있습니다. 〈티니안에서〉는 그때 과제로 낸 엽편이 출발점입니다. A4용지 두 장 분량의 이야기에 살을 붙이는 과정에서 저는 이 소설이 여성의 성욕에 대해 말하고 있다는 걸 깨달았습니다. 여성의 성욕, 그중에서도 어린 여성의 성욕은 페미니즘의 가장 구석진 자리에 있지 않나 생각합니다. 저는 늘 구석을 좋아하는 사람이라 하필 거기 눈이 갔던 것 같습니다.

'I deserve it' 이라는 영어 표현이 있습니다. 맥락에 따라 '난 그럴 자격 있어' 라는 자부어린 선언이 되기도, '난 그래도 마땅해' 라는 자조 섞인 한탄이 되기도 하는 말입니다. 지금 제 심정이 꼭 그렇습니다. 스스로 조금 대견한 것도 사실이지만 한편으론 이런 상을 받다니 정말 큰일 났다는 생각이 듭니다. 솔직히 말하면 후자 쪽 마음이 훨씬 큽니다.

남편과는 연애 시절부터 소설 이야기를 나눴습니다. 밤이면 만원에 네 캔짜리 맥주를 탁자 위에 올려두고 요즘 읽고 있는 소설이 얼마나 근사한지 혹은 아쉬운지 앞 다퉈 의견을 주고받았습니다. 그러다 비슷한 시기에 함께 홀린 듯

습작을 시작했고 얼마 후 남편이 먼저 소설가가 되었습니다. 둘이서 산에 오르다 혼자 뒤쳐진 양 어쩐지 민폐를 끼치는 기분이었는데 이렇게 다시 함께 걷게 되어 정말 기쁩니다.

쓰면서 이런 건 소설이 아닐지도 모른다는 물음표를 자주 띄웠습니다. 더는 저 자신을 의심하지 않도록 해주신 심사위원분들께 감사드립니다. 얼마 전 첫 책을 낸 나의 다정한 문우, 사랑하는 엄마와 가족들에게도 마음을 전합니다. 제게 소설쓰기의 즐거움을 가르쳐주신 홍희정 선생님, 매달 스타벅스에서 서로의 작품에 대해 치열하게 토론했던 진, 석에게 무한한 고마움을 느낍니다. 글을 쓰는 동안 마음 깊이 의지했던 안 선배와 손 선배, 제게 티니안 섬의 존재를 알려준 정 선배에게도 큰 빚을 진 기분입니다. 글을 쓸 때 제 머릿속을 지배하는 유일한 독자이자 최고의 편집자인 남편에게 오늘은 맥주 말고 위스키 한잔 하자고 말하고 싶습니다.

심사평 ¦ 황예인, 이광호, 김솔, 은희경, 김금희

지금 당신은 이 여성을 어떻게 바라보고 있는가, 질문하는 소설

심사는 지난해에 이어 예심과 본심을 통합해 진행했다. 다섯 명의 심사위원들이 600여 편의 응모작을 읽은 후, 그중 한 편을 선정하기 위해 충분한 토론을 거쳤다. 최종 당선 여부를 놓고 긴 시간 이야기를 나눈 작품은 '알파카 월드'와 '티니안에서' 두 편이었다.

'알파카 월드'는 모든 사회 현상이 알파카와 연결돼 있다는 '알파카 이론'을 믿는 주인공 '연'과 그녀의 가족 이야기이다. 연은 알파카가 가난한 집안을 구원해주리라 여기며 알파카를 사들인다. 처음에는 누나의 말을 믿지 않던 남동생도 점점 그녀의 편에 서게 된다. 하지만 열심히 노동해 돈을 벌어야 한다고 믿는 아버지의 눈에 이들은 헛것에 단단히 빠진 모습으로 비칠 뿐이다.

작가는 황당하게 느껴질 법한 알파카 이론을 거침없이 밀어붙이며 알파카가 이 집안에 스며드는 과정을 설득력 있게 그려낸다. 알파카의 청결도와 학업 성적의 연관 관계를 믿는 남매가 함께 알파카를 씻기는 장면은 기이한 웃음을 불러일으키고, 이들 사이에서 겉도는 아버지의 모습에서는 가난을 향한 세대적 인식 차이가 선명하게 드러난다.

그러나 이러한 전개에 비추어보았을 때 결말이 약하게 느껴졌다. 우연히 주운 뷔페 초대권 덕분에 연은 가족과 함께 호텔을 찾는다. 출구를 찾다가 발견한 드레스룸의 거울 안에서 본, 인간처럼 두 발로 선 알파카의 모습이 바로 이 소설의 마지막 장면이다. 이 강렬한 이미지를 독자들에게 보여주기 전에 했어야 할 이야기들이 있진 않았을까? 몇 단계를 건너뛴, 다소 성급한 끝맺음처럼 느껴져서 아쉬움을 남겼다.

'티니안에서'는 '나'와 친구 '수혜'가 티니안섬으로 떠난 여행 이야기다. 두 여성은 우연히 마주친 백인 남성들과 여정을 함께한다. 이 과정에서 아시아 여성을 향한 백인 남성의 추근거림, 백인 남자와 놀아나는 여자애들을 못마땅하게 바라보는 연장자 남성의 시선, 헤픈 여자와 그와는 다른 여자를 구분하려는 남성의 시도 등이 매우 치밀하게 쌓아져 나간다.

여정의 끝에서는 나와 수혜가 지닌 과거의 비밀이 드러난다. 중학생 때 이들은 몸을 함부로 굴리는 여자애들이라는 의미로 '걸레'라고 불리며 괴롭힘을 당한 적이 있었던 것이다. 그러니까 작가는 여행 내내 백인 남성들과 거리낌 없이 어울려 노는 수혜의 모습을 보여줌으로써, 독자들에게 '지금 당신은 이 여성을 어떻게 바라보고 있는가?' 질문하고, 혹시라도 그 대답이 이 인물들이 받았던 그 폭력적 시선에 닿아 있지는 않은지 되짚어보게 만드는 구조로 소설을 만들어낸 것이다.

분명한 질문과 함께, 태평양 전쟁의 흔적이 남아 있는 섬을 배경으로 과거의 무게에 사로잡히지 않는 인물들을 그려냈다는 점 역시 이 작가가 앞으로 써낼 이야기들을 궁금하게 만들었다. 당선을 진심으로 축하드린다. 더불어 '알파카 월드'의 작가 또한 곧 어디선가 다시 만날 수 있게 되리라 믿는다.

한라일보 **차영일**

1973년 울산 출생
추계예술대학원 영상시나리오학과 석사 수료
울산남구문화원 장생포 아트스테이 입주작가

떠도는 도시

차 영 일

물은 낮은 데로만 흘러내렸다. 야트막한 경사의 작은 홈이나 틈이나 웅덩이를 지나가다 고이면 다음 물살이 고인 물을 끌어내어 아래로 데리고 갔다. 그리고 곧바로 수면은 빠르게 높아져서 조금 전의 길은 금세 지워졌다. 물은 계속 고이면서 경사의 끝을 지우며 수평선을 지면보다 높고 빠르게 끌어올렸다. 사람들은 길을 지나는 게 아니라 물을 건너는 것처럼 보였다. 사람마다 특색 있는 걸음걸이처럼 물은 사람을 만나 각기 다른 소리를 냈다. 도시는 물소리 때문에 계속 시끄러웠다.

대수는 통제되기 직전 지하철역에서 빠져나왔다. 거센 빗방울이 사람들의 거죽을 쿡쿡 찔러댔다. 사람들은 허리를 굽히며 우산을 방패 삼아 전진하느라 느리게 이동했다. 우산은 자기가 지켜야 하는 가장 무거운 단 하나의 무엇처럼 보였다. 대수는 지켜야 하기에 누구에게도 내어줄 수 없는 그 무엇이 없다는 생각이 들었다. 눈 밑이 뜨거워졌다. 고개를 돌려 사방을 둘러보았다. 사람들이 걸을 때마다 바닥에서 첨벙첨벙 물소리가 났다. 우산 없이 걸어가는데 빗물이 가시처럼 느껴졌다. 온몸에 뭔가가 꽂히는 것 같은 통증이 점점 더해질 때에야 허전함을 느꼈다. 지하철에 뭔가를 두고 내렸다는 사실을 깨달았다. 머리를 가로저었다. 현기증 때문에 미끄러질 뻔했다. 한숨을 내쉬며 머리 흔드는 일을 멈추었다.

오늘도 퇴짜를 맞았다. 미안하지만 안 되겠네요. 인쇄소 사장은 대수의 이력서를 보자마자 눈살을 찌푸렸다. 따귀를 얻어맞은 느낌이었다. 당신은 또 벌을 받아야겠군. 대수를 내리깔아 보던 사장은 그렇게 말하는 것 같았다. 시켜만 달라는 간청이 목울대를 떨게 했다. 에어컨과 선풍기 앞에 섰는데도 땀이 흘렀다. 이쪽 계통에 경험도 없는 데다가 자꾸 말해서 미안하지만 나이도 많고, 사대보험 들 처지도 아니라면서? 사장은 혀를 찼다. 돈도 못 버는 죄인이 무슨 위인이랍시고 깝죽거리느냐고 호통치던 노인네의 목소리가 들려왔다. 사슴인형을 사달라고 한 달 전부터 졸라대던 희아의 우는소리도 들려왔다. 치욕을 치르더라도 마련해야 할 사슴인형이었다. 대수는 자신의 머리를 쥐어박았다.

한 달 넘게 수십 장의 이력서를 들고 바깥으로 나왔지만 차비도 건지지 못했다. 저지대의 교차로에서 눈만 끔뻑거렸다. 대수는 양손을 주머니에 찔러 넣었다. 비에 젖지 않도록 한 손에는 휴대폰을, 나머지 한 손으로는 비닐로 감싼 돈 봉투를 바투 걸머쥐었다. 진동음이 느껴졌다. 비틀어 쥔 손목에 빗물이 스며들었다. 대수는 장대비를 피해 상가 건물로 들어갔다. 기다리던 전화는 아니었다.

*

조폭 영화에서나 봤던 신체포기각서를 쓸 뻔했다. 사흘 만에 원금 빼고 백오십만 원이던 이자가 이백만 원으로 불었다. 정부가 고리대금업을 단속한다고 해도 그들은 저지대로 몰려드는 물처럼 은밀했고, 어느 때는 가파른 언덕을 순식간에 내려오는 점령군처럼 무자비했다. 나름 업계에서 양심적이라고 말하던 사장의 면상을 후려치고 싶었으나 제 목숨값이 오십만 원이라는 데 기가 막혀 힘이 쑥 빠졌다. 신체를 포기하지 않는 조건으로 삼 일을 더 산다는 기대감에 문을 열 힘이 생겼다. 저렇게 살지 말아야 할 텐데, 하는 사내의 혀 차는 소리가 들려왔다. 대수는 돌아보지 않고 조심스럽게 문을 닫았다. 문을 등지고 중얼거렸다. 속도 없는 놈, 사내답지 못하게! 신문지를 방망이 삼아 후려치던 아버지의 말을 저도 모르게 뇌까리는데 아무나 붙잡고 욕을 해댈 뻔했다. 다리가 후들거렸다. 계단 난간을 잡고 주저앉아 이력서를 구겼다. 구겨진 이력서를 북북 찢으려다 말고 주머니에 집어넣었다.

신발끈을 매는데 희아가 바짓자락을 붙들고 늘어졌다. 오늘은 꼭 사슴 인형 사 올 거지? 한 달이 넘었잖아. 도깨비도 약속 지키는데 아빠는 뭐야. 대수는 희아의 눈을 바라보지 않고 말했다. 아빠 믿지? 목젖이 따가웠다. 아빠를 믿느니 여기 네 동생을 믿는 게 낫겠다. 아내가 희아를 대수의 품에서 빼내며 약을 올렸다. 아내의 부풀어 오른 배를 보자 눈이 시큼해졌다. 희아가 제 엄마의 배에 귀를 갖다 대며 말했다. 동생아, 이 언니 믿지? 아내는 대수와 눈이 마주치자 웃음을 멈추었다. 들었어? 애가 금방 배우잖아. 우리 딸까지 거짓말쟁이로 만들 거야? 둘째의 출산예정일은 삼 일 후였다. 출생신고서냐, 신체포기각서냐? 아무 데나 사인을 휘갈기면 그만일 텐데……. 문득 사냥으로 잡은 사슴을 어깨에 둘러메고 개선장군처럼 집으로 들어서던 때가 있었다는 사실을 떠올렸다. 대수는 웃으면서 현관문을 열었다. 아내는 웃는 걸 보니 안심은 된다고 등을 두드리며 배웅했다. 위쪽으로 난 계단에 햇볕이 길게 드리워져 있었다. 대수는 문 닫히는 소리가 나지 않는 뒤를 돌아볼까 해서 잠시 멈춰섰다가 유리문을 열고 나섰다.

대수는 땡볕으로 나왔다. 팻말을 들고 확성기에다 헌혈하라고 고함지르는 적십자 직원을 보며 담배를 물었다. 마지막 담배였다. 술을 끊어도 사슴인형을 사지 못했다. 담배라도 끊어야 한다. 그래도 안 되면 피라도 팔아야 할까? 아이는 성탄절도 아닌데 왜 자꾸 사슴인형을 사달라고 졸라대지? 이곳은 피 흘린 사슴이 어울리는 원시림이다. 대수는 화들짝 놀라 담배를 바닥에 떨어뜨렸다. 입술이 델 때까지 필터를 빨았다. 마지막 한 방울의 피까지 쥐어짜는 고리대금업자처럼.

도시의 발달 과정에 사슴은 어떤 상징이었을까? 사슴 한 마리조차 사냥할 도구도, 힘도, 용기도 가지지 못한 아비는 징벌 되어야 마땅할까?

물물교환할 처지가 못 되니 밥을 덜 축내는 거로 아비의 도리를 다해야 하는가? 대수는 땡볕 속을 걸어가면서 생각했다. 허기를 잊는 게 잘 안 돼 생각하고 또 생각했다.

썩은 동아줄로 고래심줄 같은 세상을 어떻게 이겨 먹겠냐고 묻던 아버지에게 대수는 소리를 질렀다. 칠 년입니다, 칠 년! 그동안 어떻게 아버지를 이길 것인지만 생각하고 또 생각했습니다. 나는 아버지처럼 독하고 못된 저질이 못 된다는 사실을 깨달았습니다. 그래서 이렇게 항복하는 거라고요! 대수는 다섯 군데를 더 돌아다녔지만, 사슴인형을 언제 장만할지 상상조차 못했다.

광택 나는 중형차를 타고 날마다 넥타이를 바꿔 매며 출근하던 금융종사자였던 시절이 있었다. 아버지는 삼대독자에게 무지렁이, 가난뱅이 시절을 물려주지 않겠다고 집착했다. 아버지가 말하는 무지와 가난은 골백번 죽었다 깨어나도 동정이 가지 않았다. 아버지만큼이나 그 무지와 가난은 세상 가장 먼 데 있는 비석처럼 여겨졌다. 고시생활을 청산하고 악성채권을 받아내는 금융맨이 되었다. 아버지에 대한 복수이기도 했지만, 자유로워지고 싶었다. 부자지간의 전환점이 필요했다. 독립해야만 했다. 아버지가 대수를 대문 밖으로 내치면서 말했다. 건물에 금이 생기면 틈새는 걷잡을 수 없게 늘어나는 법이야. 틈새는 온갖 벌레들의 집이 되고 말지. 그 벌레가 사람에게는 도무지 이롭지 않거든. 사람이 살려고 만든 집에 벌레가 들어오는 걸 그대로 놔두면서 무슨 궁리를 제대로 하겠어. 대수는 아버지의 말을 비틀어 대꾸했다. 앙금이겠지요, 아버지가 억지로 만들어낸 그놈의 앙금 때문에 나는 버러지가 됐다고요. 그건 아버지가 만든 거라고요. 현관문이 요란하게 닫혔던 그날에도 장맛비가 쏟아졌다. 앙금은 장맛비처럼 대수의 젊은 날을 집요하게 따라다녔다.

고객인 체하는 악성채무자에게 넌더리가 나고, 실적 운운하면서 감봉 조치라는 벌칙을 수시로 반복하는 팀장에게 살기가 느껴졌다. 때려치우고 싶은 충동이 아버지에 대한 복수심보다 더 강하게 자신을 일그러뜨리고 있다는 사실을 깨달았다. 대수는 악성채권 리스트에서 동창의 이름을 발견하고 전화를 걸었다. 술이나 한잔하자는 제안을 마다하던 동창에게 대수는 말했다. 내가 어떻게 지내느냐고 묻지도 않았지? 이제는 말해야겠네. 악성채권팀의 오대수입니다. 전화를 끊으려던 동창이 말을 잇지 못하고 침을 삼키는 소리가 들려왔다. 대수는 맹수처럼 동창의 급소를 물고 늘어졌다. 그래도 넌 행운아야. 나한테 딱 걸렸으니까. 동창은 백기를 들었다. 그게 올가미가 될 거라는 어떤 징후도 없었다. 어쩌면 올가미에 빠져 허우적거리더라도 아버지의 그늘에서 독립하는 자유가 더 달콤했는지도 몰랐다. 동창의 악성채권을 자신의 신용대출로 갚는 조건으로 편의점을 인수했다.

대수는 전봇대를 붙잡고 멈춰 섰다. 통증이 몰려왔다. 사대보험을 포기하는 조건으로 급여를 깎으면서 들어갔던 택배회사에서의 이튿날 아침부터 허리에 담이 올라왔다. 연립주택 오층에 헬스기구를 배달하다가 허리가 꺾였다. 다음 날, 착불로 반품한다던 전화를 받고 그만두었다. 그때 얻은 통증이 수시로 몰려왔다. 음주운전 사고로 구치소에 구금됐을 때는 바닥을 떼굴떼굴 구르도록 통증이 극에 달했다. 아내에게 사채를 빌려서라도 합의해야 한다고 울먹거릴 때는 아파서였는지 억울해서였는지 분간을 못했다. 아내가 급전을 빌려와 합의할 때는 분개심까지 차올랐다. 대수는 편의점을 인수할 때와 아내를 만날 때의 환희를, 아버지와 인연을 끊을 때의 통쾌함을 떠올리며 간신히 통증과 분개심을 참았다. 현실이라는 통증을 잊는 데에는 소박하게나마 행복했던 과거의 기억이 도움이 됐다. 영광스럽지는 않았어도 무자비하지 않았던 과거를 떠올리는 게 궁여지책처럼 여겨졌지만 꽤 쓸 만했다. 대수는 통증을 잊으려 할 때마다 그때를 떠올렸다.

편의점은 장사가 잘되었다. 노름빚만 아니었으면 충분히 먹고살 만했다는 동창의 말은 사실이었다. 게다가 도박할 만큼 시간의 여유가 있었다는 데 매료되었다. 그 당시 주변 상권에 편의점은 많지 않았다. 본사의 관리는 각박한 이윤이 타당하다고 여길 만큼 철두철미했다. 본사의 횡포가 부당하다고 여길 만큼 장사에 눈이 밝지는 않아서였는지 편의점은 실속이 넘치는 금광처럼 보였다. 편의점의 이윤은 예상보다 빠른 속도로 투자금을 채워갔다. 이중생활도 지겨웠다. 한 달 만에 사직서를 냈다. 돈을 빌리는 일은 일종의 선택받은 계층이어서 가능하고, 기회를 누리고 있다는 증거임에도 고의로 신용을 포기하는 연체자들 뒤치다꺼리를 하다 보면 지쳤다. 일부 악성채무자를 통해 생 전체가 무너지는 기분이 들곤 했다. 그거야말로 아버지가 말한 금처럼 느껴졌다. 연체자도 고객이라는 데 동의하지 못할 때마다 생겨나는 자잘한 스트레스와 지속적인 채권추심은 건물을 무너뜨리는 금처럼 여겨졌다. 그럴 때마다 아버지의 말을 떠올리며 금을 지워야겠다고 결심했다. 대수는 지금에서야 그 결심을 후회했다. 자신의 삶에 빗금으로 들어와 균열을 일으키며 앙금이 돼갔던 것들이 언제부터 시작되었는지 짐작조차 되지 않을 때마다 가슴이 서늘해지곤 했다.

직장을 그만두자 선량한 동창이 말한 대로 시간이 남아 주식에 손댔다. 그리고 아내를 만났다. 편의점을 가지지 않았더라면, 하루마다 정산하며 이익을 확인하던 순간의 기쁨에 사로잡히지 않았더라면, 그래서 주식으로도 모자라 가상화폐까지 손대지 않았더라면, 편의점의 야간을 지키던 여자가 아내가 될지도 모른다는 예감에 사로잡히지 않았더라면, 여자를 관리직으로 끌어올리면서 겹벌이만큼의 급여를 책정하지 않았더라면 거미줄에 걸려 바둥거리는 벌레 꼴은 피했을지도 모르는데······.

물건만 사고팔았던 게 아니었어. 아버지도 팔았고, 엄마의 패물과 쌈짓돈도 내다팔았지. 사랑에도 이윤을 붙이던 구질구질하던 시절이었지. 편의점처럼 나는 다 팔았어. 못 팔아서 안달이었지. 그런데 그게 다 채무가 되었어. 불행마저 사랑이 하는 일에 포함해야 한다고 착각했던 몹쓸 시절이었거든. 어느 날 눈 떠 보니 나는 압류 당했어. 대수가 술 취해 친구에게 넋두리했던 적이 있었다. 이제 넋두리를 받아줄 그 누구도 없다는 사실에 묘한 슬픔이 느껴졌다. 그것은 대수가 지금에는 가질 수 없는 사슴인형 같은 것이었다.

　대수는 사채업자를 다시 찾아갔다. 사슴인형을 마련하려 웃돈을 더 얻을 요량이었다. 사채업자는 원금이라도 가져오면 얼마든지 빌려주겠다며 웃었다. 대수도 같이 웃었다.

　대수는 동전을 밀어 넣으며 전화를 걸었다. 막내누나는 학부모 모임이 있다고 말했다. 잘 지내느냐고 묻지도 않았다. 가족 중에 그나마 대화가 되던 사람이었다. 결혼하겠다고 데리고 온 여자를 박대한 것도 누나였다. 막내누나가 옳았다. 눈물을 참으려고 둘째누나에게 전화를 걸었다. 둘째도 잘 지내느냐고 묻지 않았다. 대수는 잘 지내느냐고 물었다. 뜬금없이 인연 끊었던 놈이 뜬금없이 전화 오니까 잘 지내지 못할 것 같네. 전화를 끊어야만 했다. 대수는 큰누나의 가게로 갔다. 그저 배가 고팠다. 아무하고나 실컷 떠들어대고 싶었다.

　"아버지가 호랑이 담배 피우던 시절을 이야기하는 건 먹고살 만하니까 지겹지는 않지. 너는 과거지사라고 해봤자 온통 구질구질한 빚이고, 말도 안 되는 결혼이고, 집안 망신으로도 모자라 거덜 내는 이야기뿐이잖아. 네가 이렇게 험한 꼴 겪는 게 나중에 아버지처럼 떵떵거리며 살려고 일부러 고생하는 거라고 여겨도, 그래 봤자……."

　대수는 고개를 들지 않았다. 큰누나는 말을 잇지 않았다. 빈 잔에 소주를 따라주던 누나의 꺼칠한 손등만 바라봤다. 침묵은 무전취식에 대한 최소한의 결제 화폐처럼 여겨졌다. 억지로 된장국에다 밥알을 말아 입에 넣어도 허기는 사라지지 않았다. 대수는 단체 손님을 맞이하느라 일어서던 누나의 등에 대고 말했다.

　"다시는 안 찾아올게. 미안하다고도 안 할게."

　누나가 멈칫거렸다가 급하게 슬리퍼를 신고 대수의 시야에서 사라졌다. 주방에서 닦달하는 소리가 들렸다. 대수는 국물을 비우려다 말았다. 주섬주섬 신발을 신는데 담배나 피우자며 매형이 다가왔다. 고개를 숙인 채 신발끈을 묶으며 끊었다고 대답했다. 언제 끊었느냐는 말에 오늘 끊었다고 대꾸하며 일어섰다. 매형은 대수의 팔목을 잡았다. 대수는 매형이 내딛는 방향대로 정확하게 끌려나갔다. 끌려가면서 대수는 매형까지 봉변당하려고 그러냐고 모기만 한 목소리로 말했다. 가게 밖으로 대수를 끌고 간 매형은 대수의 입에 담배를 물렸다.

"처남댁이 다녀갔어. 고집 그만 부리고 아버지 찾아봬. 둘째 출산일이 오늘 내일이라면서?"

직장을 그만둔 지 채 삼 개월도 되지 않아서 위기가 닥쳐왔다. 리스크를 계산하고 관리할 수완도 갖추지 못했다. 맞은편 도로에 같은 간판을 건 편의점이 생겨난 게 신호탄이었다. 계약위반이 아니라는 본사 담당자의 답변은 완벽할 정도로 논리적이었다. 두 번째 재앙은 한 달이 채 지나기도 전에 닥쳐왔다. 동네가 재개발로 지정된다는 소문이 확정고시로 이어졌다. 장래를 보고 투자할 여력이 없었다. 투자금을 하루바삐 정리하려고 주식으로도 모자라 가상화폐에 발을 디딘 것이 화근이었다. 여자의 급여를 맞출 형편이 못 되었을 때는 동네가 텅텅 비게 되었다. 수십 년에 걸쳐 형성된 동네가 사라지는 데에는 몇 달도 걸리지 않았다. 돈 있는 치들은 미리 선점하겠다고 재개발 예정지에 가게를 차리는 호기와 배짱을 부렸지만, 대수에게는 그럴 만한 여유가 없었다. 상품이 소진되는 데에는 삼 개월이 더 걸리면서도 물건값을 회수하는 데에는 일주일의 여신도 아까워하는 본사의 닦달이 고까워 사채에 손을 댔다. 안 그러면 편의점이 본사의 수중에 넘어갈 판이었다. 대수가 여자의 급여를 맞추지 못하게 되었을 때, 여자의 아버지가 투병을 시작했다. 대수는 여자에게 밀린 월급도 못 주면서 병원비와 생활비를 대주겠다고 결심했다. 여자는 대수의 결정에 침묵했다. 여자의 아버지가 중환자실에 입원하던 날, 대수는 이틀 밤을 여자와 함께 뜬눈으로 보냈다. 여자의 아버지를 간호하면서 대수는 자신의 순수한 감정을 깨달았다. 대수는 아버지에게 못다 한 사랑을 장인어른에게 바치겠다고 말했다. 가족을 집착의 도구로 삼지 않겠다, 오직 희생으로만 가족을 이루고 싶다는 대수의 말에 여자는 고개를 끄덕였다. 자신도 몰랐던 희생정신을 알게 해줘서 고맙다고 여자에게 말하려다 말았다. 지금 돌이켜보면 그건 약속을 하지 않으려는 비겁한 술수였다. 대수는 여자의 아버지를 부지런히 간호했다. 여자의 아버지가 중환자실에서 깨어나던 날 밤, 병실 복도에서 여자는 자신이 결혼을 결정하는 거라고 말했다. 대수는 여자의 손가락에 시장에서 산 반지를 끼워주었다. 그들은 미안하다거나 고맙다는 말을 주고받지 않았다.

침묵이 잦고 길어지던 그들 사이를 희아가 비집고 들어섰다. 희아를 임신했어도 대수는 아버지가 있는 그 집으로 돌아가지 않았다. 엄마가 아버지 몰래 건물을 담보로 사채를 갚아준 사실이 들통난 다음에야 아버지는 대수를 그 집으로 불러들였다. 아버지는 사채업자보다 더 독하게 협박했다. 대수는 아버지의 돈을 갖지 못해 부모포기각서를 쓰고 말았다. 상속포기까지 포함된 각서를 쓰면서 홀가분하다고 말했다. 대수에게 가족은 고리대금업자였다.

돌아서던 대수의 주머니에 봉투를 찔러 넣고 달아나던 매형에게 고맙다는 말을 못했다. 인터넷에서 최저가로 주문할까 고민했지만 시간이 없었다. 이 돈을 빼앗기지 않는 것만이 예의일 것이다. 사슴인형을 둘러 메고 개선하는 것만이 답례일 것이리. 사슴인형을 품에 안은 채 입이 벌어져서는 한여름밤인데도 몇 날 며칠 캐럴을 부를 희아가 떠올랐다. 그 제야 피가 도는 것을 느꼈다.

대수는 세 번째의 인형가게에서 루돌프인형과 사슴인형을 번갈아 만졌다가 내려놓기를 반복했다. 다 사버릴까? 입이 안 다물어져서 당분간 잔소리는 안 듣겠지. 대수는 빈손으로 가게를 빠져나왔다. 희아보다 더 예쁜 사슴인형은 보이지 않았다. 인형가게를 들락날락할 때마다 피웠던, 매형이 찔러준 담배도 두 개비만 남았다.

삼 년 전이었던가? 희아가 할아버지를 봤다고 말했다. 아무리 저승사자 바짓가랑이라도 붙잡고 싶은 심정이라지만, 그런 생각이 난데없이 치미는 통에 대수는 화가 치밀었다. 그래도 희아를 위해서라면, 태어나는 아이를 위해서라면……. 그때 대수는 희아에게 물었다. 어떻게 할아버지를 기억해? 희아는 말을 더듬거렸다. 그, 그냥, 아빠는 할아버지의 자식이 돼서 뭘 그런 걸 물어? 희아의 입을 빌려 엄마가 말하는 것처럼 들렸다. 누구의 자식이라? 제 엄마의 품으로 달려가는 희아가 제 할머니의 말버릇을 흉내 낸다고 여겨지니 눈이 저절로 질끈 감겼다. 눈치 빠른 아내는 대수가 신체포기각서를 쓸 날이 머지않았다는 걸 진작부터 알았을까? 대수는 뜬금없는 생각을 털어내려고 담뱃불을 발로 비벼 끄며 인형가게로 들어갔다.

손자놈 안겨주면 해결해 주지. 네놈 고깝고 고깝지만. 그것도 복에 겨운 줄 알아라. 아비가 된 주제에 자식놈한테서 떡고물이라도 바란다는 게 나중에라도 부끄러워지겠지. 난생처음 누군가에게 무릎을 꿇었다. 돈을 빌려달라는 말이 끝나기도 전에 고함을 지르던 아버지가 소름 끼쳤다. 일어서는데 비틀거리다 넘어질 뻔했다. 아무도 대수를 잡아주는 시늉도 하지 않았다. 다리가 저렸고, 핏대가 섰다. 엄마는 대수와 시선을 마주치지 않으려고 등을 돌렸다. 엄마는 너무도 먼 데 있었다. 건물을 담보로 낸 빚만 제대로 갚았어도 누구보다 든든한 지원군이었을 엄마가 그리웠다. 지하 단칸방을 어떻게든 벗어나려면 아버지에게 이 할의 이자를 포함한 원금을 면해달라는 간청밖에 도리가 없었다. 장인어른은 갈수록 복수가 차고 간성혼수가 잦아졌다. 그 흔한 생명보험 하나 들지 못할 정도로 아내의 가족은 가난했다. 처남은 대수에게 빚을 갚아달라며 지하 단칸방의 몇 푼 되지도 않는 보증금까지 손에 넣으려고 난리였다. 아들 낳으면 또 그러실 거 아니에요? 아버지가 그렇게 좋아하는 판검사 만들어서 오라고! 아버지한테 무릎 꿇은 내가 미친놈입니다. 그래요, 나는 아버지 말마따나 돈에 미쳐서 부모도 다 팔아먹었지만, 아버지는 날 제대로 지키기나 하셨나요? 내가 이렇게 된 것도 다 아버지한테 문전박대당하는 꼴을 넌더리 나게 반복하다…….
아버지가 던진 재떨이가 거실의 장식장 유리를 깨트리는 소리를 들으며 대수는 다시 다리가 풀리는 걸 느꼈다. 가능하다면 땅 아래로 내려가서는 누구도 못 찾게끔 숨고 싶은 심정이었다. 엄마가 아버지 몰래 모은 돈으로 파산을 신청하는 데 쓰라고, 희아 옷 한 벌 값이라고, 식도 올리지 못한 채 발목 잡혀 사는 아내의 그림자 값이라고 날라다 주었지만, 그 돈을 병원에다 갖다 댈 수밖에 없었다. 그때마다 아내는 울지 않았다. 돌아서며 어깨라도 들썩거릴까 돌아봤어도 아내는 바윗돌 같았다. 아내는 우는 법을 잊어버린 것 같았다. 그렇게 여겨야만 여자를 미워하지 않을 것 같았다.

본사의 대금을 결제하느라 처남에게서 융통한 카드빚에다 보증 빚을 갚지 못했다. 처남은 신용불량자가 되느니 감방 가겠다고 협박했다. 파산신청은 이루어지지 않았다. 파산금액과 근거를 부풀릴 자신이 없기도 했지만, 신청하는 데에도 돈이 필요하다는 상담을 듣고는 포기했다. 희아 때문이라고, 자식 볼 낯짝은 가져야겠다고 말했을 때 아내는 등을 토닥거려 주었다. 아내를 등 뒤로 대수는 소리 죽여 울었다. 파산을 접수조차 할 수 없어 서러웠고, 다시 파산을 신청할까 무서워서 울었다. 처남의 빚을 갚았다는 아내의 말에 또 울었다.

삼 년간의 불임은 지루했다. 아침밥을 먹는데 비 내리는 소리가 들렸다. 비는 곧바로 지상에서 지하로 들이쳤다. 깨끔발을 하고 지붕 아래 붙어있는 쪽창문을 닫고 돌아서는데 아내가 셀로판테이프 같은 사진을 밥상 위에 올려놓았다. 눈물도 나오지 않았다. 뭐라도 할 수 있을 거라는 예감도 들지 않았다. 아버지에게 연락하고 싶은 마음은 더 사라졌다. 아들일까 딸일까, 그것만 궁금했다. 대리운전에다, 주유공에다, 과외까지 하면서 일 년을 버텼다. 유감스럽고 불행하게도 또 한 명의 자식에게 감히 감히 아비가 되겠다고 악착을 떨면서.

한 달 전, 모처럼의 휴일을 맞아 술을 마셨다. 부모와 상속을 포기한다는 각서가 반려될지도 모른다는 기대나 상상이 지겨웠다. 아버지를 만날 용기도, 누나들을 만나야 할 이유도 없었다. 아버지의 재산을 미끼로 패덕을 저지를 치밀한 구석도 없는 자신이 대견했다. 그런 생각을 하지 않았더라면 음주운전을 하지도 않았으리. 대리운전사를 부르고도 푼돈이 황금처럼 느껴졌다. 집요하게 울어대는 전화기를 끄고 시동을 걸었다. 직진하려는데 멀리서 단속을 알리는 불빛이 보였다. 비보호좌회전을 하다 직진 차량을 발견하지 못했다. 나름 단속지대를 훤히 꿰고 있다는 운전경력을 과신했다. 단속하기에는 이른 시간이라며 방심했다. 희아가 배를 싸매고 땀을 흘리던 제 엄마를 대신해서 아빠에게 계속 전화를 걸던 시각, 대수는 응급실에 실려 갔다. 대수는 응급실에서 간단한 치료를 받고 구치소로 끌려갔다. 타박상을 입은 것만으로도 다행이라는 경찰의 말에 대수는 차라리 영영 사라지는 게 나을 뻔했어요, 조금만 더 속도를 냈더라면, 하고 중얼거렸다. 경찰은 대수를 쳐다보지도 않았다. 아이가 유산이 될 뻔했던 이야기를 구치소를 나온 다음에야 전해들었다. 아주 오랫동안 더는 누구를 위로할 용기가 없는 자신이 벌레처럼 느껴졌다.

다시 통증이 몰려왔다. 그때의 사고로 통증은 더 심해졌다. 대수는 치료를 거부했다. 이제 아이가 태어난다. 아들이든 딸이든 상관없다. 아비처럼 당하지만 말아라. 네 할아버지의 염치없고 야박한 심성을 빼다 박기만 한다면 얼마든지 어깃장을 참아주겠다. 대수는 통증을 참느라고 어금니가 빠질 것 같았다.

신체포기각서보다 출생신고를 쓰는 날이 먼저 왔으면 좋겠다고 대수는 생각했다. 아버지에게 사슴 한 마리 내어달라고 읍소할 필요가 없다는 생각이 네 번째의 인형가게로 나서려던 대수의 발걸음을 멈추게 했다. 대수는 왼손으로 루돌프인형을 잡으려다 오른손으로 기어이 사슴인형을 집었다. 희아가 좋아하는 초록색 포장지로 휘감아서 품에 안았다. 봉투에서 만 원짜리 지폐 다섯 장을 빼내는 손이 떨렸다. 그 돈이면 신체포기각서를 하루 더 연장할지도 모른다는 생각이 들었다. 나는 이 할의 이자를 자식에게 붙이는 아비가 아니다. 부모포기각서를 쓰게 하는 아비가 아니다. 딸이 원하는 사슴인형이 아니라 자신이 어릴 때 가지지 못했던 루돌프인형을 고르려던, 그야말로 질 나쁜 아비일 뿐이다!

"따님이 무슨 색깔을 좋아하는지도 다 아시고, 참 자상한 아빠네요."

점원이 포장지를 싸면서 웃었다. 진열장을 차고앉은 인형이 죄다 자신을 바라보며 웃는 것 같았다. 돈을 빌릴 때마다 진열장의 인형처럼 친구들은 소리 내지 않고 웃었다. 휴대폰이 요금 미납으로 발신이 정지되었을 때에야 대수는 친구에게 전화 걸기를 멈추었다. 집으로 돌아온 아내는 산부인과의 우려를 잇속 차리려는 상술이라며 역정을 냈다. 세균 없는 집이 가장 안전하다는 아내의 말에 대수는 고맙다고 말하지 않았다. 직장을 알아보고 있으니 걱정하지 말라고만 대답했다. 희아는 엄마가 응급실에 실려 간 것을 몰랐던 벌로 사슴인형을 사달라고 졸라대기 시작했다. 대수는 물었다. 사슴이 예뻐? 희아가 눈을 부라리며 대답했다. 세상에나, 사슴이 예쁘냐고 묻는 사람도 다 있네? 아이는 예뻐? 하고 묻는 것하고 똑같잖아. 아빠는 희아가 안 예쁘지?

대수는 가게를 나오면서 마지막 담배를 입에 물었다. 온통 캐럴이 들리던 시장의 손수레 앞에서 어린 대수는 루돌프인형을 사달라고 졸랐다. 아버지는 사내가 무슨 인형이냐고 윽박질렀다. 대수는 캐럴보다 더 크게 울면서 시장바닥을 뒹굴었다. 아버지는 아들을 버리고 갔다. 아들을 찾으러 온 것은 엄마였다. 그때 대수는 루돌프인형과 아버지를 바꾸고 싶다고 졸랐지만, 엄마도 루돌프인형은 사주지 않았다. 배시시 웃음이 터져 나왔다. 얼마 만에 웃는 걸까. 담뱃불이 필터 끝에서 입으로 옮아붙었다. 대수는 금세 화난 얼굴이 되었다.

대수는 사방을 둘러보았다. 정류장이었다. 아홉 시 뉴스를 알리는 알람이 버스정류장 티브이를 통해 들려왔다. 대수는 잠시 멈칫했다. 이십 분 간격으로 운행하는 낯익은 버스가 멈춰 섰다. 아버지의 집으로 가는 버스였다. 오를까 말까 고민했다. 그 집에서 행복했던 적이 있었던가. 그랬더라면 찰나였을 것이다, 모기에 쥐어뜯기는 한순간처럼. 버스는 찰나처럼 시야를 벗어났다.

밤낮없이 벌어도 생활비는 모자랐다. 아내는 짜증을 부리는 대신 대수가 벌어온 돈으로 차곡차곡 빚을 갚았다. 아내가 마트에서 벌어들이는 돈으로 생활했지만, 늘 턱없이 모자랐다. 두 달째 사채를 못 갚아 이자가 원금을 추월하던 때였다. 대수는 아내에게 사실을 말하려 했지만, 임신했다는 말에 입이 얼어붙었다. 아내는 신용회복위원회의 워크아웃을 신청하려고 서류를 꾸몄다. 남의 돈 거저먹지 말라는, 그러다가는 천벌 받는다는 아버지의 말을 전하는 것으로 대수는 아내를 면박했다. 발버둥을 칠수록 진창으로 빠졌다. 대수는 작심하고 그 버스를 올라탄 적이 있었다. 아버지의 생일날이었다. 독립한 뒤로 아버지의 생일을 단 한 번도 챙기지 않았다. 엄마의 생일을 한 번이라도 건너뛴 적이 있었는지를 생각하다 보니 자신이 그토록 혐오하는 차별주의자라는 사실을 알았다. 대수는 집 앞에서 한참을 서성거리다가 깨달았다. 아버지에게 용서받아야 할 이유가 없다고 치기를 부리던 시절은 불쌍할 게 없다는 것을. 그러자 아버지라는 이름 앞에서 머리를 숙이는 일은 없을 거라는 결심이 생겨났다. 대수는 아버지가 담배를 끊은 뒤로 입에 달고 다닌다는 과자 꾸러미를 대문 안으로 밀어 넣고 돌아섰다.

대수는 지하철역까지 걸어갔다. 자리에 앉자마자 졸음이 몰려왔다. 꿈을 꾸었다. 정장 차림의 대수는 인형가게를 지나가고 있었다. 사슴이 가게 유리문을 깨고 도망쳤다. 사슴은 붉은 코를 한 루돌프로 변신했다. 대수는 루돌프를 쫓았다. 죽을힘을 다해 쫓았다. 루돌프가 멈추었다. 대수는 숨을 몰아쉬며 루돌프에게 다가갔다. 넌 내 딸의 인형이야. 말이 끝나자마자 대수는 루돌프가 되었다. 희아가 하늘에서 내려왔다. 잔망스럽게 선물꾸러미를 짊어맨 채 루돌프, 가자! 하면서 대수의 등에 탔다. 대수는 자신은 루돌프가 아니라 아빠라고 말했지만, 희아는 듣지 않았다.

목적지를 알리는 방송에 대수는 눈을 떴다. 문이 닫히려는 사이를 뚫고 황급하게 뛰어갔다. 대수는 지상으로 올라왔다. 퍼붓는 비는 발목까지 차올랐다. 물이 정강이에 차오를 때는 소름이 돋았다. 지하 단칸방이 물에 잠길지도 모른다는 불안 때문만은 아니었다. 그제야 사슴인형을 지하철에 두고 내렸다는 사실을 깨달아서였다. 언제나 영화에서나 볼 법한 일이 현실에서 벌어질까 마음졸였다. 신체포기각서를 쓰라는 사채업자의 협박은 영화보다 더 영화 같았지만 희아의 눈물보다는 영화 같지 않았다. 대수는 어떻게 변명할까 궁리했다. 희아를 설득할 다음 장면은 상상할 수 없었다. 너무도 극적인 단 한 장면을 떠올리느라 평생을 고민하고 창작하지 못하는 좌절에 사로잡힌 작가의 괴로운 표정을 지어보려고 해도 엄두가 나지 않았다. 사실을 말하지 않으면 그냥 묻힐 죄가 아닌가. 무감각해지는 자신이 파렴치하게 느껴졌다. 대수는 빗속을 걷고 또 걸었다. 저지대에 이르렀다. 밀려드는 물을 퍼내느라 분주한 사람들과 거대한 웅덩이가 되어버린 곳곳에 멈춰 선 차들이 얽히고설켰다.

대수는 양손을 주머니에 찔러 넣은 채 무심히 걷고 또 걷다가 진동음을 느꼈다. 큰누나의 가게에 들어서는 골목에서 직원을 구한다는 벽보에 홀려 무턱대고 귀청소방이라는 데 난생처음으로 기어들어 갔다. 지하로 내려가자 CCTV가 있었다. 두꺼운 방화문을 열려고 문고리를 잡았을 때 보인 안내문의 지시에 따라 인터폰을 눌렀다. 사레들려 기침하며 면접 보러 왔다고 말한 다음에야 문이 열렸다. 입구에 들어서는데 퀴퀴한 냄새와 낮은 조도, 고시원처럼 좁은 문들이 중앙 복도에 나열되어 있는 것을 보면서 대수는 유사성행위업소라는 걸 알았다. 이력서도 내밀지 않았는데 내일이라도 출근하겠냐는 사장의 말에 머뭇거렸다. 아내의 출산일 이후로 출근하면 안 되겠냐고 물어보려다 말고 생각해보겠다고 대답했다. 잔소리꾼인 희아는 아빠의 직업을 궁금해할 것이다. 대수는 마땅히 둘러댈 말을 찾지 못했다. 큰누나의 가게 근처여서 안 들킬 자신도 없는 데다가 눈치 없이 떠들고 다닐 입방정을 생각하니 시간 낭비인 양 여겨졌다. 방화문을 열고 나가려는데 사장이 연락처를 알려달라고 했다. 전화번호를 가르쳐주면서 벽마다 걸려있는 음화들을 봤다. 잊었던 욕정이 치 떨리게 돌아났다. 대수는 지상으로 올라오면서 제 따귀를 갈기며 중얼거렸다. 염치가 있어야지! 귀청소방 사장의 전화인가 싶어 끊길 새라 건물 속으로 뛰어 들어가며 전화를 받았다. 내일부터라도 출근하겠다고 말할 참이었는데 낯선 노인의 목소리가 들려왔다. 기다리던 전화가 아니어서 맥이 풀렸다. 얼떨결에 누구냐고 묻기까지 했다.

"요즘 우리집 객들이 월세가 계속 밀려. 밀린 월세 받으라고 앉혀놓은 관리자는 영 신통찮아. 게다가 내 전화를 죄다 피해. 괘씸하던 참에 첫째가 최신형 휴대폰을 사주기에 번호 하나 더 만들었지. 모르는 번호라서 그렇다 쳐도 목소리까지 잊어버려? 잊어버릴 게 많아서 배부르겠다. 세상에 흔해빠진 못나고 못난 놈. 그 흔해빠진 놈보다 더 못나고 못난 놈. 울 손녀딸은 네 꼴 안 닮고 지 에미만 빼다 닮아야 할 텐데. 희아처럼 어찌 그리 눈이 똘망똘망한지, 거참."

초음파 사진으로 둘째가 아들이라고 확신했어도 대수는 웃지 않았다. 아내도 대수처럼 아들이라는 말을 입에 담지도 않았다. 아버지와 모종의 거래가 있었다는 사실은 그래서 비밀이었다. 그런데 딸이라니. 현대 과학도 거짓말을 하다니. 대수는 속았다는 사실에 화가 났지만, 이상하게 웃음이 나왔다. 대가 끊어지면 어떠랴, 요즘 세상에 아들이면 어떻고 딸이면 어떠랴, 남녀평등을 넘어 사람 자체가 존귀한 시대에 닥치고 존중을…… 이라는 말이 노인네의 입에서 나오는데 실감이 안 갔다. 희아가 맞았다. 희아는 뱃속의 제 동생을 두고 한 번이라도 누나라고 하지 않고 언니라고 했다. 희아가 옳았다.

"네 에미가 알리지 말라고 악 쓰더라. 그게 괘씸하기도 하고, 또 나보다 늦게 알았다고 상심할 네놈 생각하니 입이 간지러워 참을 수가 있어야지. ……지금 병원이다. 한 이틀 빠르다던가. 네놈보다 내가 먼저 봤다니까 기분이 어떠냐? ……그래, 며, 며늘애에다가 고 올망졸망한 희아 전화만 아니었으면…… 하여튼 징그럽게 못나고 못나서 초가삼간 다 태울 놈!"

아버지가 며느리라는 말을 처음으로 입에 올렸다. 아내가 대수 몰래 아버지를 만난다는 걸 눈치채고는 있었지만 이렇게까지 긴밀할 줄은 몰랐다. 근본 없는 아이를 데리고 와서 대가 끊기게 생겼다고 윽박지르던 아버지였다. 아버지의 심술에 바짝 독기가 품어졌지만, 한 마디도 내지르지 않았다. 팔뚝에서 뚝뚝 흘러내리는 빗물이 휴대폰을 걸머쥔 손등을 적셨다. 대수는 주저앉았다. 그래, 실컷 울어보자. 도시가 수몰되기에는 부족한 빗물이다. 도시가 완전히 잠기도록 눈물이라도 보태주자. 아버지가 뭐라고 떠들어대는데 한 마디도 들리지 않았다.

대수는 건물 밖으로 나갔다. 물은 금세 무르팍까지 차올랐다. 대수는 뛰다 넘어졌다. 얼굴이 물에 잠겨서 숨을 쉴 수가 없었다. 몸을 뒤집어 물속에서 하늘을 올려다보았다. 사슴이 떼를 지어 하늘에서 내려오는 것처럼 보였다. 대수는 눈을 비볐다. 거듭 눈을 감았다 떴다. 루돌프는 사라지고 없었다. 일어나서 고함을 질렀다. 택시! 소용이 없었다. 도로는 물에 잠긴 차들로 얽히고설켰다. 지하철역은 통제되었다. 버스와 차를 버리고 쏟아져 나온 사람들과 지하철역에 가로막힌 사람들로 거리는 넘쳐났다. 대수는 떠도는 사람들과 차량 사이를 비집고 달렸다. 달리다 무엇인가에 부딪혀 미끄러졌다. 일어서서 다시 달렸다. 그러면서 내일이면 분실물센터에 가서 사슴인형을 찾아봐야겠다고 결심했다. 도시는 점점 물에 차올랐다. 근육이 뭉치고, 숨이 막혀도 멈춰지지 않았다. 한여름인데, 물소리밖에 들리는 게 없는데 그 틈을 타고 희미하게, 세상 가장 작은 목소리로 캐럴을 부르는 아이들의 목소리가 들려오는 것 같았다. 너는, 너희는 하늘에서 아래로 내려온 존재들인가. 하늘에서 아래로 내려와선 고이고, 고여서는 아래에서 위로 차오르는 물이 더러는 도시발달 과정을 방해해도 지금 나는 지켜야 하는 가장 무거운 단 하나의 무엇은 빼앗길 수 없다. 대수는 숨을 가쁘게 몰아쉬며 물속을 떠돌아다니는 일을 멈출 수가 없었다.

비로소 소설 쓰는 시간이 시작되었다

차씨 성을 가진 아이는 불씨가 남은 아궁이에 발을 빠트렸다. 엄씨 성의 아이 엄마는 사흘 내내 우는 아이를 안고 병원에 다녔다. 그는 후유증으로 단지 다리 한쪽이 짧아져서 기울어진 세상을 살았을 뿐이다. 심씨 성을 가진 아이는 세 살 때 경기를 했다. 공씨 성의 아이 엄마는 고칠 수 있다는 의사의 말에 화색이 되었지만 아이는 나아지지 않았다. 그녀는 후유증으로 단지 말하는 게 조금 힘들었을 뿐이다. 그들이 차별과 편견을 겪는 걸 볼 때마다 나는 세상에 나오지 말아야 할 사람은 아니었을까, 생각하곤 했다. 그때마다 죄를 짓는 기분이 들었다. 정신과 영혼이 너무도 멀쩡해서 오히려 세상의 허점과 약점을 찾아내어 고통을 치르던 그들에 대한 내 결심을 다시금 새긴다. 지키지 못한 아버지와 지켜야 하는 어머니, 사랑합니다!

문영 선생님은 소설을 가능하게 한 출발점이었다. 조원규 교수님은 자신을 괴롭히지 말라고 하셨다. 하성란 선생님은 고독해지는 법과 쓰는 힘을 가르쳐주셨다. 강영숙 선생님을 통해 문학의 힘을 믿었다. 엄창석 선생님은 시간을 견디는 소설을 쓰는 단 하나의 방법을 알려주셨다. 심사위원님께 겸손함을 약속드린다. 고독한 글쓰기와 난계창작반 친구들, 소설을 살아내면서 삶을 얻었다. 얼마 전 '고독한 글쓰기'를 떠난 전수현의 소설들을 기억하겠다. 누구나가 고독의 결과를 여백에 옮길 수 있다. 너무도 순백한 고독에 가득 찬 나머지 글을 쓰면서 고독감을 덜 수밖에 없는 이들의 소설은 곧 세상에 기억될 거다. 택수형, 덕영형, 재형, 이제 당신들 차례예요. 낙향했을 때 장생포로 오게 한 울산남구문화원 심영보 사무국장님과 선하디선한 문화원 직원들과 작가들에게 감사드린다. 사랑하는 동생 부부와 조카 민서와 도현, 친가와 외가 식구들에게 아버지와 어머니의 소설 쓰는 시간이 시작됐다고 말하겠다. 친구와 선후배에게 무슨 일들로 시간을 보냈는지 내용증명 할 수 있어서 다행이라는 말을 전한다.

거칠지만 열정적 문제제기 강점으로

본심에 올라온 11편의 소설을 읽고서 우리는 걱정스러운 표정을 짓지 않을 수 없었다. 에피소드의 나열, 겉도는 사연, 피상적 사건 전개 등의 문제들을 지닌 작품들이 대다수였기 때문이다. 안타깝지만 당선작을 낼 수 없다는 데 우선 합의했다. 서너 편을 놓고 어떤 작품을 가작으로 내세울지를 고민했다. 그런 데 개중에는 중복투고나 기발표의 문제를 안고 있어서 제외시켜야 할 작품도 있었다. 결국 두 작품이 남았다.

한승주의 '여자아이'는 잘 읽히는 소설이다. 60대 외래교수 남자와 20대 대학 원생 여자의 만남을 그렸는데 상당히 감각적이고 세련된 문장을 구사하며 안정된 호흡으로 스토리를 끌고 간다는 장점이 있다. 신인답지 않은 이야기꾼의 자질이 감지된다. 반면에 두 인물이 평면적인 데다가 그들의 관계가 안이하게 다뤄졌다. 특히 남자가 17년 후에 그 여자를 떠올리면서 첫사랑이자 마지막 사랑이었다고 추억하는 결말의 상황은 퍽 실망스러운 설정이었다. 가벼운 콩트 같은 작품으로 전락하고 말았다는 것이다.

차영일의 '떠도는 도시'는 '여자아이'와는 상반된 경향의 작품이다. 다듬어지지 않은 문장이 더러 보였으며, 스토리가 산만하게 전개된다는 느낌도 있다. 사채업자에게 신체포기각서를 써야 할 지경에 이른 가장의 위기 상황이라는 익숙한 내용을 다루면서도 그것에 대해 그다지 예리하게 파고들지 못했다. 아버지와의 갈등 원인이 피상적으로 제시된 점도 결함으로 지적된다. 하지만 주인공의 욕망 추구와 좌절의 과정, 극도의 초라함에 처한 한계상황의 진득한 묘사, 내면적 갈등과 번민의 집요한 포착 등은 주목할 만했다. 거칠고 투박한 면은 있지만 진지한 현실탐구와 열정적 문제제기가 강점이다. 더욱 갈고 닦는다면 좋은 작가로 성장할 가능성이 충분하다고 판단되어 가작으로 뽑는다.

이번 심사 과정에서 가장 안타까웠던 점은 신인다운 패기가 돋보이는 작품을 만날 수 없었다는 것이다. 기시감이 있는 상투적인 접근으로서 이 세상과 대화한들 그게 무슨 의미가 있겠는가. 과감하고 패기 넘치는, 그러면서도 진지한 성찰을 견지한 작품이 절실히 요구된다.